中国湖 下

杜杜

EVERSPRING PUBLISHING

EVERSPRING PUBLISHING

中国湖 下
China Lake Vol 2

COPYRIGHT 2018 by Dudu (Zhanqing Du)

Published by
EVERSPRING PUBLISHING
OTTAWA， ONTARIO， CANADA
everspring2017@yahoo.com

ISBN 978-1775128861
ISBN 1775128865

zhanqingdu@yahoo.com
Facebook: Du Zhanqing
Twitter: zhanqingdu

280,000 Words
Printed in the U.S.A
This edition first printing, Sep 2018

This is a work of fiction. Names, characters, places, and incidents are
products of the author's creativity. And any resemblance to actual
persons, living or dead, businesses, companies, events, or locales is
ultimately coincidental.

摄于二零一八年八月

作者简介：

  杜湛青，常用笔名杜杜。毕业于中国山西大学法律系，后出国深造，先后就读于芬兰赫尔辛基大学社会心理学专业、加拿大多伦多美容美体专科学院、加拿大渥太华大学软件程序设计专业。曾经商、从事文职、Spa 管理、健身教练等职业。为当地华文报纸撰写"杜杜笔廊""杜杜之窗"等文艺性专栏十余年。海内外平面纸媒发表文字逾两百万字。作品被收入多种作家文集。小说、散文、诗歌屡次荣获美国汉新文学奖、中国散文年会华语创作文学奖、台湾林语堂文学奖、加华文学奖等文学奖项，多次获得首奖。海外华文女作家协会会员，加拿大华裔作家协会会员，加拿大中国笔会理事。

  杜杜珍爱生活，积极乐观，笃信以爱为本。重视家庭。兴趣爱好广泛，擅长体育运动、歌唱、烹饪、毛线编织、服装裁剪、园艺、绘画等。积极参与社区义工活动。凡事脚踏实地。热爱在文字中做一条自由的小鱼，游荡于没有边际的生活海洋，享受风平浪静，亦直面狂风暴雨。相信精神的自由与独立，高于一切。

  出版中英文书籍：

散文小说集《青草地》
诗集《玻璃墙里的四季歌》
随笔散文集《杜杜在天涯》   淘宝、当当等中国网站均有销售
中长篇小说集《不吃土豆的日子》 Amazon 国际网有售
短篇小说集《玫红色的艾玛》 Amazon 国际网有售
新诗集《上帝之棋》 Amazon 国际网有售
散文集《大路朝天》 Amazon 国际网有售
英文诗集《When a poem speaks》 Amazon 国际网有售
新诗集《一叶书签》 Amazon 国际网有售
长篇小说《中国湖》上 Amazon 国际网有售
长篇小说《中国湖》下 Amazon 国际网有售
古体诗词集《草色入帘青》 Amazon 国际网有售

  Amazon 购书英文搜索词："Dudu Anthology" "Dudu's fiction" "Zhanqing Du"等均可。

杜杜个人微信号： butterflydudu
杜杜微信公众号： 杜杜天下
杜杜邮箱： zhanqingdu@yahoo.com
杜杜 twitter： zhanqingdu
杜杜 facebook： Zhanqing Du

献给默默关心我的家人

温情和岁月
融入血液
分秒不离

一、

卧春城坐落在卧春河南部，一年四季，性格鲜明。

秋天，是最美的季节，枫叶的艳丽铺天盖地延伸在整个国土之上。八月底，树木开始陆续变色，树种繁杂，树叶变化的速度各异，层次鲜明，开朗的冲着黄和红去，含蓄的冲着紫和褐色去，当然也有坚守绿色的长青松柏。九月，树叶熟得越来越热烈，漫山遍野如同泼洒不均的水彩画。卧春城四围的国家公园，一到周末就挤满了游人。开车进入公园，被两侧山岭簇拥，好像进了燃烧不均的丹炉，你忽而被艳红的热烈包围，忽而被浓黄的温存漂染，忽而又跌进了深紫色高贵的簇拥，于是，听得到大呼小叫的兴叹也就不足为奇了。停在路边的车辆排了大队，下了车子，要走很远才能到达一个有名的观景台。台子往往建在高处，俯瞰着浓密的森林和湖泊，那东一团西一朵的红、黄、紫、绿，就满满地占居了你的眼。人们挤挤攘攘地拍照，山谷里的色彩，经过相机过滤，失了自然的宏大和立体感，人物太近，占了大半个画面。你使劲睁大眼睛看着背后的景物，仍是模糊的一片，嘴上你恨这相机不够高级，心里不得不感叹人与自然竞争的能力。即便在这样绝妙的美景面前，人仍是要去占居一席之地。于是，干脆去了人，只拍风景，那风景才完整而固定了。这样丰富的色彩，持续了两周，也就渐渐地落地成泥。十月到来，冬的气味越来越近，秋，悄然逝去。

卧春城的冬天，又长又冷。十月，树叶还没落净，那雪白的棉絮就轻飘飘地偶尔光顾，大地渐渐萧条，空中少了树叶，清冷地放大了，蓝天如丢失了颜色，又白又灰。十一月，北风刮起，温度下降，勤快的母亲，把孩子的冬衣冬鞋早早预备妥当，随时大雪来临，就可无忧无虑地出门。雪也说下就下了，时冷时热，今天下了，明天便化了，上天舍不得撤走全部的温度。直到十二月，真正的寒冷才结结实实地到来，帽子手套围巾都派上了用场，出门，呵口气便白了眉眼。在外面走十分钟，进门带着一身凉气，惹的人们躲开，冻红的鼻尖很久才会缓过来。好在圣诞的气氛总是炽热，人们忙着派对，忙着购物，忙着准备节日礼品，忙着回家与亲人团聚，来来往往的人流，给冷天补充了流动的热度，喜庆之气就压倒了严寒之气，人们开心问候着，满脸笑容。下班回家，小区早已张灯结彩，家家户户挂起了彩灯，屋檐上、大树上、玻璃上，各种颜色式样的彩灯争奇斗艳，居民区的街道就亮堂堂的，五颜六色，分外好看。有些人还在院子前面连了鹿灯、圣诞老人灯、圣诞礼品灯、圣母耶稣灯等等，远远经过，也有了受到欢迎的感觉。屋里面火鸡的香味伴着开礼物喧闹的兴奋，屋外平安喜乐的气氛在冷空气里清爽地飘着。

节日一过，大家收了心思回去上班上学，钱花净了，囊中羞涩，商场里进入一年最消沉的季节，格外冷清。深冬来临，一二月份是一年里最冷的季节，天气预报里总是报着两个温度，预报温度和有风的人体感受温度，预报温度零下二十，有了风便总要加上五度十度。零下三十度，已经不是人们能够泰然处之的温度，老人不再出门，学校里的孩子们下课都留在室内活动，广播里不停地提供御寒小常识，提醒大家预防冻疮。偶尔温度升高，温度在零度之下，负十度之上，就会招来冰雨，整个城市变成半瘫痪状态，所有的娱乐活动都取消了，校车停运、学校停课，能请假的都请了假，整个小区变成了一个巨大的溜冰场，走路的都学着企鹅，仍时常有人冷不防地摔倒在地。一定要走路的，预备了特质防滑鞋，胶皮鞋套的底子是可以在冰上扎稳的小钉子。满街都是洒盐的大卡车，大粒盐防冻防滑，洒过盐不久，地上的冰层开始融化，渐渐地，冰消雪融，日子又可照常了。人们嘴上少不了抱怨，却仍旧该干什么干什么。最有趣的是，人们都变得肮脏邋遢，车子被溅起的盐水美化，就再看不出原来车子的颜色，脚上的鞋子都泛着一圈盐渍，白白的一层，黑鞋也就黑不黑白不白了，硬邦邦地丑陋着。大家都一样，也没谁笑话谁。讲究的，包里揣个室内便鞋，进门就换。也有带了湿纸巾的，进了门就耐心地弯腰擦拭。诊所、公共服务场所都备有一次性塑料鞋套，禁止雪鞋进屋，很多人不用鞋套，脱了鞋穿着袜子进屋，门口泥泞的雪地靴就高高低低地排了队，形成一道风景，彰显着人们自觉的卫生意识。这些日子，相比脏的车、脏的鞋，房屋和树林都干干净净，那刺眼的洁白会一直覆盖到三、四月。大雪之后，树木格外好看，被大雪压得奇形怪状，不同树木就有了不同的效果，有的一边弯着腰，妖娆有姿；有的变成了一座白色的山，威风凛凛；还有千手观音般一层层托着雪的，优雅万端。爱好摄影的一定不会错过这样的天赐良机，大小镜头抗着，蹲高爬低，往树林里钻，啪啦啪啦拍个不停。即便不是摄影爱好者，也被这仙境般的白雪王国触动，路边停了车，掏出手机拍照留念。

春天十分短暂，三月忽冷忽热，积雪断断续续地融化，路边高大的雪墙每天都在矮着。雪却仍旧稀稀拉拉地下，醒来，窗外可能忽然又是一片苍白。脚下东一块西一块裸露的土地却嫩嫩地冒出绿意，被压迫了一冬的黄草软塌塌地盖着，却怎么都挡不住那些新绿色旺盛的坚定。残雪消融，一下脚就是一汪水，街面的下水道总在潺潺地响着，路边融化的积雪流成一条条细细的小河，绵长不断。到了四月，已经有了夏的气息，阳光亮的刺眼，性急的青年，露出了大片的皮肤，人们的眼神跟随那些胳膊大腿的青春律动，闪闪发亮。大片的草皮脱去暗黄，成片的绿在宽阔的山坡铺展开来，零星的蒲公英黄灿灿地开起来。却还会突降奇雪，天地刷地白了，地温高，那白又刷地消去。阳光渐渐炽热起来，路边的积雪融化殆尽，马路宽了，天地阔展。一下子，红是红、白是白、绿是绿，自然界大度起来，无比慷慨地泼洒颜色。春天似乎一眨眼就过去，进到夏天了。

人们不愿辜负自然的恩赐，忙着出门享受这奢侈。人行道上多了许多身影，溜狗的，散步的，跑步的，骑车的。整个世界终于脱掉了那件披了太久的大衣，光鲜的颜色晃得人们睁不开眼。喜欢做园丁的老人都蠢蠢欲动，有些在室内发苗孕籽，却不敢种出去，五月的维多利亚节之前，不可播种，霜冻随时会来，这个祖上传下来的习俗，老一辈严格地恪守着。年轻人却不管三七二十一，早把花房买来的花苗种进花池。霜冻一直没来，年轻人暗自高兴，看看，这早种了十天就演绎出十天的旺盛，短短十天，小苗长了一倍。多年生的郁金香已经旺旺地开起来，在居民区里走动，门前屋后，随处可见郁金香娇美高傲的姹紫嫣红。

夏天的卧春城越发明亮，空气清新干燥，天空总是水洗过一样。云白的刺眼，有风的日子，云朵行走很快，飘在碧蓝如镜的天空，如立体动画，悠然地变换着形态。地上的绿草也不示弱，映衬着天上的好看。视觉可及的地方，样样都如刷了漆般新鲜透亮。温度从来不会太热，超过三十度的日子就被当作酷暑，也不过一两周。人门却总是开足了空调，公司里上班的人，要带件薄外套，在玻璃窗里面披着，出门到阳光下就脱去。人们穿的越来越少，长达半年的冬天，使得夏天的晴朗变得无比珍贵，皮肤饥渴地向往着太阳。

夏天是度假的高峰期，员工们陆陆续续地休假，办公场所似乎得了瘫痪症。世代在卧春附近居住的本地人，有的拥有从父辈继承下来的乡间别墅，或依山或傍水，举家前往。没有的，就租个木屋、房车，或者支帐篷野营，在远离城市的好山好水之处，小住一周半月，尽享远离喧哗、亲近自然的乐趣。家人朝夕相处，游玩踏青，人生之乐因为天高地远、山水相伴，有了超脱凡俗的随意和随心。

华裔移民购买乡村别墅的人家不多，户外野营虽相当普遍，野营超过一周的人家却寥寥无几。从中国出来之前的个人成长历史虽有不同，野营这样的事，弃了城市憋在村野，到底是一种公认的倒退。野营要有，三两天足亦，租住乡间别墅要有，有过一两次也就够了。再有宝贵假期还是用来多走几个地方、多看一些名胜，更能开阔眼界，以安抚行万里路的豪迈理想。于是，多种形式的外出度假，备受华裔青睐。比较流行的，是去古巴、中美岛国的度假圣地小住一周，白鸥雪鹭，黄沙碧海，椰树摇曳，海风习习，美食美酒包含在消费里，你尽管大吃大喝，然后一张躺椅支在阳伞下，接收着热带阳光热烈的亲吻，尽享天人合一的美妙感觉。乘坐大型游轮周游加勒比的，也不在少数。那些翡翠般的诸多岛屿，四季温暖，绿树红墙，千秋各异。因加勒比岛国多为欧洲各国的殖民地，英属、法属、荷属、西班牙属等等，这些岛国也就有了殖民者的不同个性。当地百姓兜揽游客生意，操着各种口音，各地的房屋建筑也都是殖民国家的风格，走在那样独特的热带马路上，一边海风习习，一边是欧美混合建筑密集林立，很有些走进了电影画面的感觉，又好像入了一幅美好的名画。回了卧春城，可以在地图上多插好几个小旗子，权当去过英国、法国、西班牙和荷兰了。人生因为这几个增多的小旗，变得更加富有。

安排度假，有时间又想省钱的人，早早就开始研究机票和促销信息，每天没完没了地翻着屏，直到筋疲力尽，几近呕吐，才看准了好的机票和打折促销的船票，终于付了定金，松了口气。图省心省力的人，干脆把这项功课交给旅游公司的经纪，一切等经纪安排妥当，行程规划合理，日子选定了，钱一交，就只等时间到了，全家行李箱一拖，登上远行的飞机。

度假，让人离开了日常琐碎，躲开了老板的脸色，断绝了锅碗瓢盆的油腻，渐渐地变成了卧春城的华裔居民生活里不可或缺的重要成分。

随着静湖区的建设日渐完善，静湖居民外出度假的也越来越多。春暖花开，人们见面打招呼就免不了"春假去哪里玩儿？"暑假更是一定会问："夏天去哪里逍遥？有安排了吗？"

卧春大学校友会聚会结束不久，梁星一家就动身去加勒比乘游轮度假。

　　每年的出游，都是金齐欣研究策划，家里已经有了三个投资房，都有了固定租户，梁星逐渐接手，忙碌基本告一段落。一闲下来，他就开始花功夫研究省钱又划算的出游计划。

　　金齐欣从来就不是个手大的男人，除了买房子大刀阔斧，日常生活都是精打细算，能省的绝不浪费。孩子们放春假那周，出游的家庭很多，价格压下不去，找不到好的促销。直到看到夏末的这个促销，才满了意。夏末，加勒比海天气炎热，又有台风可能，是游轮淡季，价格相对便宜。金齐欣是南昌人，从小习惯炎热。梁星虽是东北人，当年却报了南京大学，对南方炎热的气候也非常适应。当年两人在学校恋爱，宿舍楼里没空调，一搂一抱就是一身汗，金齐欣一想亲热，就死皮赖脸地说："让我在你的香汗里洗个澡吧？"梁星也就半推半就随了他的意。金齐欣读研究生的时候，梁星已经留校做了助教，勇子生在闷热的夏天，学校的教工宿舍是筒子楼，条件简陋，三个人挤在一间小屋里，门口支个炉子，就是家。孩子一哭，整座楼惊天动地，好在这家惊天之后，那家动地，都是年轻的小两口，谁也怨不得谁。勇子不到半岁，金齐欣拿到了留学签证，离境时又是夏天，勇子一岁了，在机场咿咿呀呀地叫着爸爸。梁星带着勇子出国时，勇子两岁，她在上海机场和送行的父母说："谁能想到我们会去那天高地远的加拿大？世界上最寒冷的国度之一，当初为了离开东北，才选择了南京，现在却要到一个更冷的地方去定居，这不是命吗？注定这辈子要和严寒相依为命了。今天和炎热告别，还真舍不得。"

　　也许是那时种下了对炎热留恋的种子，梁星听说要在盛夏去热带乘游轮，竟兴奋起来，她说："热，算什么缺点？我觉得是优点！人少，又便宜，多好！多久没有过汗流浃背的感觉了？可怜我的香汗都不会出了。当初在南京，条件那么差，一转身一身汗，还不是生了勇儿？勇儿一哭一身痱子，又痒又痛的，不是也过来了？再热能热过当初没有空调的南京？这边船上空调十足，受不了罪的。上了甲板，在海面上吹吹海风，哇，头发飘着，皮肤露着，多美啊。行了，赶紧定吧，就这样了！"

　　梁星的兴奋迅速传染了金齐欣，本来犹豫不决的面孔大大地舒展开来，被老婆肯定的滋味很爽。他转身等着勇子说话，勇子无所谓地耸了耸肩，就算表了态。金齐欣当机立断付钱定了机票船票，那时才五月份，卧春城满街郁金香灿烂得一塌糊涂，当时金齐欣还没有去做那个体检。

那段时期，金齐欣解手时稀稀拉拉不顺溜，腰也觉得乏，想着人到中年，就未老先衰了？心里不服气，不当回事，多休息休息便过去了。直到有一次和梁星"周六例会"，射精时钻心地痛起来，他啊啊地叫着，梁星还以为他兴奋过度，嘻嘻笑道："越老还越放肆了！连音响效果都加上了。"他也咧着嘴，不是笑，是痛，心下才警觉起来。那之后，房事能推就推，和梁星说腰痛，偶尔推不开，时间缩短，虽没再痛，却总是扯着似的不自在，便自己悄悄约了家庭医生。

家庭医生弗兰兹是个口碑很好的医生，病人非常多，预约要排大队，一排就排到了六月。金齐欣趴在诊床上被弗兰兹指检，尴尬难受都顾不得，只希望一切无恙。政府的公费医疗本来允许一年一次身体检查，梁星和金齐欣身体都很好，从不看病，体检也懒得做，跟着弗兰兹很多年，也只做过两次体检。被弗兰兹把玩阴茎阴囊，还要被她的手指摸肛门，是必做的检查，医生只是办公，金齐欣就把那不好意思都藏了起来。爬起来，一连声道谢，自己暗笑，做女医生的老公怕是不容易，这样的老婆啥样儿的对象儿都见过摸过，还能伺候得了吗？

这次心情却大不同，爬起身来，看到弗兰兹的慈眉善目双倍地慈祥，心里就打了鼓。

"小便不顺？射精痛？"弗兰兹问。

"勃起状况如何？"她又问。

"容易累？"她一边写着化验单，一边漫不经心地问。

金齐欣眼里，这漫不经心似乎蒙着一层伪装。他一天也没耽误，迅速按要求做了更深一步的检查。七月，诊所护士打来电话，要金齐欣去和医生面谈。金齐欣放了电话，就发了呆。得！该来的躲不开。

卧春大学校友会时，他悄悄和球队哥们儿周凌云摊了牌。周凌云说："你可真沉得住气！为什么不告诉梁星？"

"这么大的事儿，你以为我愿意憋着？唉！家里订好的游轮旅行，梁星盼了好久了，不想扫大家的兴，回来再说了。回来就开始全面治疗。手术时间都约好了。"

出行那天，周凌云把金齐欣一家送到飞机场。梁星兴高采烈，她连声谢着，说："有你和小唐做朋友，我们真幸福，看这车接车送的，咱们跟贵宾似的，还省了出租车钱，太感谢了。我家也全权交给你们，多费心了啊！你跟小唐说，我回来请她吃饭，这辈子跟她耗上了。"说完，梁星咯咯乐着，过来跟周凌云握了握手，全家人这才每人拖着一个行李箱，走进了机场的旋转大门。

"勇子，爸爸腰乏，大箱子你拖吧。"梁星吩咐。出门前，金齐欣已经给勇子打了预防针，出门在外，开开心心的，不许凡事扭着大人。勇子其实已经在伸手去抢爸爸的大箱子，听到妈妈多嘴，火气腾地上来，伸出去的手就要收回来，又想起爸爸的叮咛，才忍住了，只回头瞪了妈妈一眼，气哼哼地拉过爸爸的箱子，不再吱声。金齐欣拍了拍儿子的后背，小声说："儿子，你都比爸爸高了，懂事儿！"，勇子的脸这才松下来，懒洋洋地拖着箱子，另一只手已经掏出手机，一边走路，大拇指出溜出溜地翻着屏。

飞机飞到美国南部佛罗里达的劳德代尔堡港口，三人住了一夜酒店，第二天才叫了出租去港口登船。金齐欣定的轮船是有名的嘉年华船运公司的王子号，六天行程，会在不同岛屿停靠四次。

船是可以承载三千乘客的巨轮，十层楼，下面八层都有游客船舱，楼层越高船舱越贵，有阳台的就更要加价。金齐欣定的是不低不高的五层舱位，有窗户可以看到大海，但没有开放的阳台。如果不是梁星反对，他就定了底层的闷罐仓，少了窗户，离轮船发动机和水面贴近，会有噪音和海浪声，但可以便宜很多。上了船，大部分时间都是在甲板和娱乐层游玩，船舱只是睡觉，阖上眼睛，哪里不一样？可是上次乘游轮住的就是底层闷罐，梁星住的憋屈，觉得低人一等，等电梯都得多花时间，这次无论如何不肯了，金齐欣这才定了五层。

船在海上行驶，网络收费奇贵，金齐欣早声明了不花这个钱。勇子不能上网玩游戏，就死了心。上船的当天，梁星把儿子带到青年营去，青年营活动很多，棋牌、手工、舞会、影视秀等等，都是年轻人在一起热闹的活动。硕大的房间里挤得很满，撇开家长，同龄人一大群，男的英俊女的美丽，眼神随便一撩，都是青春火花，勇子脸上现出了少有的笑容，转眼已经和身边一个帅男说个没完了。梁星和金齐欣暗自吃惊，看不出勇子还蛮有社交能力的。这才放下心来，把孩子留在青年营，两人一身轻松退了出来。

"唉，你说咱俩怎么娱乐？咱们多久没有过二人世界了？"梁星面颊潮红，少女的娇羞浮了出来，胳膊紧紧挽着金齐欣。俩人有一阵没亲热了，这回出来，她满怀憧憬。"勇子不在，咱俩自由了。"她斜眼看着金齐欣，金齐欣却莫名其妙地叹了口气。

梁星抽回胳膊，一甩手说："你怎么回事？你是不是烦我啊？巴结着你，你连个笑模样都不给。"

"对不起，对不起。"金齐欣赶紧笑道："我，我有点走神儿。"他打定主意，回去再摊牌，这次无论如何别坏了旅行的好心情。可梁星最近总是往那事儿上绕，这几天腻在一起，可怎么排解这个困难？手术之后，这个事儿如果不行了，这辈子又怎么排解这个困难？他眼前阴云一片，假笑的脸难看异常。

"不是出来度假吗？走的哪门子神儿？"梁星嗔道，看老公在笑，就劝自己别生气。"房子租的好好的，近来没一个找事儿的。你走什么神儿？"

金齐欣伸手把梁星的胳膊套进自己臂弯，紧紧夹住，说："谁没个走神儿的时候，别生气。"就不再多言，俩人挽着乘电梯去九楼露天甲板。

轮船开的平稳，海面一望无际，身后的岸，只剩下影影绰绰的几根不规则线条。游客们松弛下来，舱铺安顿妥了，就换了休闲装到处闲逛。皮肤大片大片地露着，拖拉板儿啪啦啪啦响着，脸上没有不带笑的，叽叽喳喳的说话声身前身后绕着。阳光足足地晒着，成排的躺椅上躺满了裸露的人们。

两人找了个有阳伞遮挡的空椅子坐下。梁星掏出防晒霜在大腿上细细地抹着，金齐欣专心致志看着她的一举一动，心潮澎湃。

"看了半辈子了，还没看腻？别看了，发什么神经？这么大的太阳，你也赶紧给自己抹上，短裤短袖的，别晒爆了皮，我专门买的SPF60的高度防晒霜。西方人的皮肤癌发病率高，跟爱晒太阳不无关系，咱要防患于未然，快，抹啊！"梁星一边忙活着，一边把防晒霜塞进老公手里。

金齐欣心里又暗暗叹气，不晒太阳，就不得癌了？看着妻子的眼神就有了薄雾。他把头转向一旁，一个露出半个硕大胸脯的金发女子正穿着三点比基尼迎面而来，浑圆的屁股左摇右摆地在他鼻子下面飘过去。他的小腹紧了紧，站起身来。"我给你抹后背。"他倒出白白一团防晒霜，往妻子吊带衣裸露的肩头抹着。

"我发现你最近很有进步！"梁星笑嘻嘻地说，一边扭头看着那西人女子的背影，叹着："人家平地山峰要什么有什么，你咋不多看两眼，那可是你老婆比不得的。"

16

"说什么呢？她哪有我老婆的细皮嫩肉好看，咱老婆这健美匀称也是她比不得的。"金齐欣的心软软地抽动着，自从知道了检查结果，他每每接触梁星和勇子，就觉得特别亲近，好像随时会失去他们一样。路过的女人再美丽，也只是一道风景，看看，赏心悦目，却和自己无关。老婆孩子是自家的院子，每一寸土地都与自己息息相关。

梁星抹完自己，起身站在金齐欣身后开始给丈夫抹："你这后背是不是该多晒晒太阳？你这腰痛，到底怎么回事，一天好一天坏的。让你去看物理治疗师，你也不去。日光浴一定对这个有好处。我看你是不是该停了打篮球？打球时抻着了吧？"

"嗯，跟打球没关系，也许坐得多了。办公室工作的性质，腰痛病和颈椎痛，不是很普遍？"金齐欣享受着妻子在自己后背轻柔的摸擦，眼睛就又起了雾。

喇叭里传出娱乐经理愉悦激昂的话语，介绍着自己，也介绍着当天的活动。今后几天，这个名叫本杰明的男人将带领轮船上最主要的娱乐活动。他抑扬顿挫的声音让人听了仿佛血液里注入了兴奋剂。甲板上有些人站起身观看着什么，梁星这才发现，原来本杰明就站在几层台阶之下的中心广场，蓝眸金发，西装革履，英俊潇洒，年纪三十几岁上下，风度翩翩，此时正拿着麦克风兴高采烈地讲着，那身正规职业装在骄阳下和周围袒胸露乳的休闲氛围相比，十分醒目。他身边渐渐围起一个工作人员的人墙，赌场的、剧场的、餐厅的、娱乐秀的服务员代表几十人，每人像发了一张欢乐的面孔和一付快活的身体，传染着看客。乐台上，一个黑人摇滚组合，等本杰明的介绍一停，立刻奏起震天响的热带音乐，就有工作人员召呼大家跳集体舞，甲板上立刻热闹起来，人们排成队，跟着领舞齐刷刷地跳起来，那本杰明穿着西装站在前排领跳，在欢快的乐曲里庄严混合潇洒，格外好看。

音乐很响，不由得人不放松。梁星看了一会儿，躺了下来，她转身问爬在躺椅上的金齐欣："你看顶层甲板有篮球场，这几天你会不会去打打？"

"不打，就想和你在一起。"

梁星专注地看了一眼金齐欣，说："你最近甜言蜜语进步不少，哪儿学来的？"心下歉疚，以后周日的圣经学习是不是该取消？把时间用在老公身上？陆西安会怎么想？不，不能。她发现自己竟然心痛起来，两边痛。

骄阳之下，音乐与笑声环绕，两人一躺就是两小时，金齐欣趴着睡了一觉。梁星带了本小说，也看不进去，看两眼，便放下东张西望一番。海风是热的，阳光是热的，嘈杂的人声也是热的，梁星觉得自己的心也热气腾腾，被游轮的兴奋统治着，宁静不得。这是一种松弛的兴奋，与工作不同，与教会不同，与女友之间的促膝谈心也不同。她现在是自己的主人，是自我享受的兴奋，好像一朵花的开放，不依赖观赏的目光一样，它可以就那么尽管开着，自由地开着。

　　勇子青年营一群年轻人来到甲板上溜了一圈，年轻人早耐不住旺盛的饥饿感，从自助餐厅里出来，个个盘子里端着一座座小山。勇子看到爸妈，只远远地点了点头。梁星本来想叫金齐欣过去让勇子少吃点儿，晚上定了六点的正餐，见金齐欣睡了，也就罢了。她静静地闭目养神，感受着阳光跳跃的热度在皮肤上渐渐升高，多么温暖的享受。

　　身边有一男一女在说话，东欧口音的英文。女的说："今天排练时脚踝骨受伤，不知什么时候才能好！跳不成，下一站会不会赶我下船？"

　　男的说："别担心，养好再说。"

　　"怎么能不担心？好不容易上了船，工作又要丢了。"

　　梁星悄悄翻了个身，从眼睛缝里看着这对男女，金发碧眼，美艳英俊。女人身着黄色黑点儿三点装，浓妆艳抹，坐在躺椅上揉着红肿的脚腕。男人看端酒的侍者经过，要了两杯玛格丽塔鸡尾酒，递出一张船卡，刷了。他把酒递给女人，自己大喝了一口才说："也许你有更好的出路在陆地上。上帝不会做无缘无故的事情。喝了这杯，你会好受点儿，喝吧！"

　　女人谢过，仍不肯躺下来，说："上帝为什么欺负我？在拉斯韦加斯跳腻了才上船，和你们的配合也都熟了，这不是欺负我是什么？"泪光点点，声音也高起来，周围就吸引了一些目光。

　　男人伸手摸着她秀丽的大腿，不再作声。女人终于流出泪来，反倒不言语了，静静躺下，任那男人摸着，从男人递过来的纸巾盒儿里抽纸巾擦泪。

　　梁星背过身来，竟替那女子难受起来，猜出她们是船上的演员。这么美好的阳光，这么漂亮的佳人，也要为生计愁苦无奈。不由诚心感谢起上帝来，相比之下，自己的生活无可抱怨。

　　她盯着金齐欣熟睡的面孔，呼吸均匀得几乎没有呼吸，爬着的脸被压得变形，嘴角挂着一滴口水，像个小男孩儿。陆西安的脸浮现出来，骨骼虽比金齐欣棱角分明，英俊却谈不上。他吃东西的时候，也常常不知道嘴角挂了菜叶，于是也像个小男孩儿。梁星突然笑起来，我的母性骄傲感好强大，怎么把身边的男人都整成男孩儿了？他们难道不是叱咤风云的男子汉？金齐欣全职工作，张罗球队，还给家里买了那么多房子，陆西安做着公司经理，教会长老，还是自己的圣经辅导老师。可无论他们如何强大，在自己这个小女人面前，还不都是小男孩儿一样温存乖巧？女人，离不开男人，男人又何尝离得开女人？

她伸出手准备帮丈夫把嘴角的口水擦掉，手到跟前，又觉得恶心，抽回手来。不知道别人如何，结婚多年，渐渐地就不大亲吻了，嘴对嘴几乎是零，亲的时候不过脸贴脸。现在可好，连手都懒得碰丈夫的口水，如果接吻，还不恶心死了？人老了真不好，习惯什么就厌倦什么，那陆西安如果习惯了，估计也会厌倦。梁星想到这儿，心脏紧张了一下。她赶紧闭上双眼，羞见自己的不洁之想。那个圣洁的陆西安，永远也不会有机会去习惯，还是继续习惯自己的丈夫吧。

晚餐在餐厅按舱位安排的固定座位上就座，勇子也听话换了相对正规的衬衫，没带手机。梁星早把自己收拾得光眉俊眼儿，白纱裙上飘着一条淡绿的丝带，淡妆轻描，金齐欣的热带椰树绸衫也是刚熨过的，从出门她就一直在感恩上帝恩宠，生活太美好了。

隔着桌子，她看着儿子洁白的额头上那群细小的青春痘红红一片，说："勇子，妈妈跟你说你一定要勤洗脸，这样才能防止青春痘。"勇子伸手把本来立着的头发抹下来挡住额头，说："妈，这顿饭你能不能别教育我？让我吃顿没有说教的饭？"

梁星立刻哑了声，不识好歹！一股气憋住说不出，眉头皱起来，胸口闷闷的。金齐欣笑嘻嘻地说："梁星，我给你点杯鸡尾酒，你看这酒单，比咱们想象的便宜，一杯不到十元，咱喝得起。"

"如果真喝得起，还看什么价钱？你这不是打肿脸充胖子？自我安慰罢了。你看老外，在甲板上怎么个喝法？一杯接一杯，根本不想钱，就是喝高兴，那才叫喝酒呢。"梁星也不知道自己为什么要说这种不着边际的话，把从儿子那儿憋的气全发到金齐欣身上，原本商量好了上船不喝酒的，都知道船上靠卖酒挣大钱。

金齐欣听了梁星的话，辛酸顿起，想到自己的身体，为了让全家高兴如此隐忍，还得凭空受气，一瞬间很想把一切公布出来，话到嘴边还是忍了，他把酒单顺手扔回桌旁，闷不作声。

"你们烦不烦？钱钱钱，三句话不离钱，有意思吗？"勇子烦烦地说着，眼睛看也不看爸妈一眼。

　　三个人各自东张西望，一股粘稠的阻滞流淌在空气里。梁星刚才的好心情消失的无影无踪，明知道自己不对，又抹不下面子讲和。三个人心事重重，直到侍应生过来介绍自己、介绍菜品，才解了尴尬之境。

　　侍应生叫尚，是一个高个菲律宾中年人，古铜色皮肤，一张娃娃脸十分灿烂，他将负责他们这张桌子整个航程的侍应工作。

　　"希望你们喜欢我的服务，有什么问题请随时提出。"尚说。

　　"谢谢你！"梁星笑答，一边捅了金齐欣一下，金齐欣也笑，说："我们都是很容易的客人，谢谢，放心，我们不会挑剔你的服务。"

　　大家都笑起来。这一笑，立刻解了脸上的阴暗。刚才被撒旦控制了，没事找事儿，梁星想，这个菲律宾侍者是上帝派来化解不快的天使。于是，默默地祷告感谢了两句，才翻开菜谱，今天是意大利餐，开胃菜有无花果色拉、炸虾串、牛油果浓汤、油炸橄榄等等，勇子馋了，兴奋起来，说："妈妈，每个人都别点一样的，咱们好都尝尝。"

　　勇子整个晚餐，没有再给妈妈脸色，梁星也没有去触摸孩子的任何痛点，每次想要指点孩子的时候，就告诫自己闭嘴。她对刚才自己对丈夫的表现很失望，竭力弥补，不仅给自己要了一杯鸡尾酒，还给金齐欣也要了一杯，说："难得出来，第一顿晚餐，咱庆祝一下幸福生活！"这变相的道歉，让金齐欣开心起来。老婆就是老婆，割骨头连皮，唉，凑合吧，如果自己的病治不好，有她的苦日子受呢。

　　晚餐吃的舒心，主菜做的颇讲究，三人要了牛排、鱼和海鲜，互相都尝了尝别人盘子里的，连说好吃。梁星见勇子高兴，问他青年营的状况，勇子笑起来，说："刚才碰到件可笑的事儿。有个女生是得克萨斯州来的，竟然不知道咱加拿大是美国的邻居。她问我：'加拿大人说什么语言？'哈哈，把我惊得目瞪口呆。上帝啊，世界上还有这么没文化的人，我这一口流利英语，她没听到吗？美国人不至于这么愚昧吧？"

　　梁星和金齐欣都哈哈笑起来，金齐欣说："你还真别说，美国人自高自大，由来已久了，它做世界霸主做习惯了，别的国家都要小看。你看世界上的事儿，有它不插手的吗？经济地位和政治地位都是别的国家无法相提并论的。它的人民骄傲自满也就很正常了，得克萨斯州人只学会自己的牛仔历史就成了，管它加拿大不加拿大？人家不是照样衣食无忧，定期度假，过着世界上最幸福的生活？"

梁星接茬道："是，不要说美国白人骄傲，连移民们都骄傲。我有个同事过去住在美国，说美国华人看不起加拿大华人，说有本事的都移到美国了，移不到美国的才退而求其次，移民加拿大、新西兰、澳大利亚这些二流国家，所以咱们这些加拿大移民在美国华人移民眼里也是二等公民。"

金齐欣摇着头说："你说出了国，还要整这些等级，满足一下骄傲心里，多无聊？要说呢，都是弃国族，听说没有，人们管现在大批量移民的现象叫'全民弃国运动'。国内有钱的、当官的、高职的、高知的，还有没有海外关系的人吗？咱中国，哎！人民都不爱自己的国家了，到外面来找安定和稳妥。结果呢，到了外面还比上比下，不都是一丘之貉？真是撑多了。"

"那是。不过，你别牢骚，咱们不是一样？国籍都改了，从爱国角度，咱们都是崇洋媚外的叛徒。"梁星的声音下意识地放低了。

"人类的本性都自私，咱们也没那么坏，大家都一样，都是为了自己生活的更好而挖空心思，做牺牲自己的仁人志士，容易吗？有心无力啊！何况你我这样的小人物，本来也对那片伤痕累累的国家做不出什么贡献，还是先管好自己重要，是不是？现在发发感慨，爱国爱在嘴上，心里惦着那块土地，也就到头了。咱们很正常，普通人，想着普通事儿。你看有多少国内的大学教授出来干着蓝领工作，起早贪黑养家糊口，也不肯回国去，为什么？还不是不甘心让孩子在那样动荡不安的社会环境和肮脏的空气环境里成长？还不是自私？富人有富人的自私，穷人有穷人的自私，本质都一样。爱国？豪言壮语容易说，不容易做的。咱不过是个小老百姓，管好自己，比什么都重要，没给中国添负担，也是造福国家了，是不是？"

梁星看金齐欣说得兴奋，虽然总觉得他这样的想法狭隘自私，可也说不出更高尚的话来，就顺势说："那你说，咱们光自己好了，是不是也应该做点儿贡献？"

金齐欣皱了皱眉，说："你又要提教会奉献，是不是？咱们刚说了对中国都没贡献，这边教会你就别提了。如果有多余的钱，我宁可寄给国内的希望工程。教会你愿意去就去，我没拦着你，但大把大把地给教会扔钱，我就是不乐意。咱家那么多房贷，谁来付？勇子再有几年就上大学了，不花钱？咱们每年都给你父母和我父母寄钱，又在给老人办移民，负担也不小，你就省省心，好吧？咱们度假，别提你那个教。大家都开开心心的。来，儿子，点甜点吧，我看这个巧克力海绵蛋糕很好，咱们点一个。"金齐欣低头看甜点菜谱，想到自己的病，心情沉重。捐钱？还不知道啥时候需要别人给咱捐钱呢！

梁星没再吭声儿，她承认金齐欣说的没有一句不是实话。此时此刻，她也不想提教会。很奇怪，出门之后，她经常想到上帝，但的确没有想到教会，怎么回事？环境和距离真的会让人心发生变化？

晚餐后，勇子又去青年营找朋友去了，说八点钟的大型表演，也和朋友一起看。金齐欣和梁星决定回舱休息一会儿。

梁星上电梯时，挽了金齐欣的胳膊，头也枕上他的肩膀。一丝柔情从金齐欣心头缓慢流过，鼻子又酸了。"回舱好好休息一下，晒太阳也蛮消耗体力的，我很累了。"他伸手摸了摸梁星的头发，轻轻叹了口气。

舱里有三张单人床，下铺的两张推到一起就是一张双人床，墙中央还支着一个上铺单人床。梁星进门就四仰八叉地躺倒了，看金齐欣在桌边磨磨蹭蹭坐下，嗔道："咱们度假，那每天都是周六了，对不对？"话没说完，已经把枕头揪过来蒙了头，羞得什么似的。

金齐欣悄悄叹了口气，坐到床边，伸手把枕头挪开，摸着梁星潮红的脸蛋儿，说："例会也得有开会的内容吧？你看我最近，没有内容啊。"说着，他把梁星的手伸进自己裤裆里，软软一团。"你玩玩儿，看它听话不。"

金齐欣心里很想很想，感受着梁星努力的抚摸，想要把所有的情绪都集中在身体中部，他不要思想，不要温度，不要语言，不要金钱，他只希望此刻所有的一切都集中在那个小小的对象上，让它温暖，让它蓬勃，让它昂首挺胸。他的手揉捏着梁星胸前那团柔软，心中无限甜蜜。"老婆真好！"他嘟囔着，随着梁星乳头渐渐变得坚硬，它也在渐渐地觉醒。也许是船舱里放松的气氛，也许是度假的无忧无虑，它竟然可爱地站立了。"啊，谁说它没内容？来，快来！"

金齐欣兴奋极了，他什么都不想什么都不顾，他只知道一切的一切都是为了这个瞬间。他等待这个时刻有多久了？一边盼着，一边怕着，犹豫踌躇，欲进又止。而现在，在这个只属于他们的时刻，家的压力远远留在了北方，忧愁留给了未来的时间，他什么都不想背负，这是他的假期，他们的假期，让疾病见鬼去吧！他任凭自己的每颗细胞热烈地膨胀，进入是沉着的，运动是节制而猛烈的，梁星轻声呻吟着。船舱放大到无限，世界上只剩下了他和她的肉体，空气里充斥着粘稠的质感，两人的呼吸似乎都不够用了，不知道要怎样去哪里吸取更多支撑这兴奋的营养。他想要这瞬间变成永恒，可是，可是，突然，山洪毫无准备地冲破了阻拦，他刚好来得及抽出来，浓烈的精液已经滴了一床，小腹的隐痛又来了，他体会着射精的眩晕和疼痛的无奈，腿蜷缩起来，"啊！"他大叫起来。

梁星显然很失望，脱口而出："又是这么快？"说完立刻后悔，太冷酷了，赶紧说："我去拿纸，看射了这么多。"她深深吸了口气，起身进了卫生间，边走边说："你又高得厉害了？现在音响效果这么好。你没事儿吧？好像上次你说痛。腰痛是肾虚，我看你需要补点儿什么了，回去我去网上查查，给你熬点儿什么补肾的汤喝。"

金齐欣勉强接过纸，胡乱地擦了擦，累得要虚脱，就不再动了。哪里是腰痛？那不过是个幌子。他说："让我歇一会儿，睡一小觉，八点咱们去看秀，我还能睡半小时。"说完，他就闭上眼睛，把身边的一切关在外面。怎么办？从今往后，再不能了？悲哀，铺天盖地地吞噬过来，他的脸冲着墙，他忍着，可是枕头还是很快就湿了一块。

梁星坐在床边，静静地擦着床单上滴湿的一滩，偶尔抬眼看一眼金齐欣一动不动的后背。他这是怎么了？是不是生病了？从相识结婚到现在，他一直很健康，父亲去世早，可母亲很健康，他平时这样注意打球锻炼，会有什么病？不会是对我没兴趣了吧？她的手用了力，快把床单擦破了才停止下来。

脏纸揉成团扔进垃圾桶，她起身进卫生间洗手。纤细的水流在她指尖柔软地流过，她就那么开着水管，冲着，冲着。镜子里是那张并不太老的脸，她忽然觉得那张脸十分陌生，上面没有红晕，蜡黄的眼角皱纹清晰可辨。她觉得心里有个小挠子扯心揪肺地惹着她、恼着她、气着她，她低头用两个指尖轻轻把水揉了又揉，感觉着水流的润滑和温柔。不知过了多久，才叹着气关了水龙头。她脱了裤子坐在坐便器上，听着小便叮铃铃流淌的声响，突然就可怜起自己来，我为什么这么恶心？我真低级！上帝啊，饶恕我！

晚上的歌舞秀非常精彩，是一场欢快的热带风情为主题的演出，女子们浓妆淡抹歌舞升平，男子们英姿俊美托举自如。金齐欣和梁星坐在楼上靠舞台的座位，虽然在侧方，因为俯视，对观众全场和舞台全景都一览无余。勇子和几个同龄男女一同进来找了后面边上的座位坐了，嘻嘻哈哈的一直没停，直到开演才安静下来。梁星远远地看着孩子兴奋帅气的模样，脸上终于露出些许笑意。刚才叫醒金齐欣，两人默默走到戏院，疙里疙瘩，心照不宣，谁也没多说。

"哎，你看，那个男的，就是咱们晒太阳时碰到的那位，那女的没在台上，可能下船疗伤了，可怜，上帝保佑！"梁星捅了捅金齐欣，她下意识地用评判的目光注视着那个舞男的一伸腿一抬足，跳的真棒啊，看那线条分明的大腿肌肉，那棱角分明的脸，哇！"跳的蛮好啊！"她叹道。

　　金齐欣的目光却追随着一位极为美艳的金发女子，她的腿好像没有骨骼，笔直的如同画出来的一样。那胸，不大不小，健硕地挺立，那微笑，是属于人类的吗？美啊，真美！

　　舞台的布景更换都是不拉幕布直接而迅速的，你不得不感叹现代科学技术在表演艺术中的广泛应用，激光灯光闪烁变换，椰树风高的南海美景一瞬间就变成了高楼林立的纽约大道，摩托赛艇转眼变成了清风明月，快捷迅猛的劲舞立刻变成了柔情似水的沙滩夏夜。舞蹈编排紧凑活泼，风格跟随主题时而缓慢温情，时而迅捷激昂。美轮美奂之间，梁星和金齐欣都深深投入，散场时才恍如隔世般醒来，两人起身时相视一笑，"真不错！"金齐欣说。"真不错！"梁星肯定。

　　勇子终于回到爸妈身边来了，金齐欣问儿子："乘游轮高兴不？"

　　"高兴！"勇子毫不犹豫。"爸，你说有意思不？美国有些州 14 岁就可以开车，是住在乡下的，只让从家开到学校，那些地方没有校车，非常偏僻。我看青年营里那个女孩儿，看起来好像才十岁，个子小小的，她说她开他爸的卡车，哇！太酷了！爸，我马上要到十六岁了，我生日一过就学车，你让我开咱家的奥迪 SUV。"

　　"太小了吧？毛手毛脚的，那不是找事儿吗？"梁星接茬。

　　"妈，你就不能鼓励支持？干嘛非要打击我的积极性？政府规定可以十六岁开车，自有它的道理，政府都不嫌我们小，怎么到你这儿就觉得我们太小了？"勇子据理力争。

　　梁星正准备开口反驳，金齐欣捅了她一下，先开了口："你妈是怕不安全，开车出事儿的青少年比例很大，这也是有据可查的。勇子，忘了爸爸出门说的话了？"

　　勇子这才耸了耸肩，嘟囔说："反正到岁数我就学车，谁也别拦我。"

　　三人上了露台，领了几条大毛巾当被盖，舒舒服服在躺椅上躺下看大屏幕电影，晚上演奥斯卡获奖影片"美丽生活"。夜空繁星密布，露台上仍有不少喧哗人声，连通自助餐的大门里，仍有人进进出出端着比萨饼和苏打饮料，晚了，只有披萨作坊还开着。

回舱的时候，梁星还在唏嘘，被电影感动得稀里哗啦，勇子冲了澡，很快就爬上床，到底年轻，一天的兴奋迅速把他推进睡眠，微弱的鼾声均匀地响起来。金齐欣开着电视，调到船上的频道，正在播放船上白天有趣的镜头，演到青年营的活动，时不时有勇子的身影闪现，忽而在台上唱卡拉 0k，忽而在晒台上喧哗热闹，忽而又和几个女孩子蹦跳。儿子大了，不必多操心了，在家里虽然整天打游戏，又反叛的好像吃了枪药，一点就着，看看，和同龄人在一起，完全是一个健康快乐的模样。好，孺子可教！否则自己如果出事，够梁星受的。

　　梁星从卫生间出来，换了粉色碎花睡裙，头发湿淋淋地披在肩头，新鲜的肉体出水芙蓉一般。金齐欣看着老婆，又暗自叹了口气，这样的老婆，的确不该独守空房，可是……

　　梁星躺在金齐欣身边，船舱里很热，两人只盖了一层白被单，犹豫了一下，梁星还是把手伸了过去，柔软的一团。金齐欣受惊般抖了一下，他握住梁星的手，拉出来放在胸前，说："孩子大了，不能！"

　　"我知道老外都是和孩子分开定两个舱的。"梁星道。

　　"哎，多花好多钱。不是商量好的，咱们就将就在一个舱吗？"

　　梁星没吱声儿，她很想把手抽回来，可金齐欣正轻柔地攥着她的手揉捏着，她从来没有过这样的感受，金齐欣揉的似乎不是她的手，而是她的心。她的心就这样软软地被抚摸着，幸福感渐渐地血液一样流变她全身，空气中似乎也流溢着丝丝的甜气，那空空的焦灼慢慢褪去，可以感觉到每个细胞的松弛和自由。她干脆翻身半抱住金齐欣，舒服地叹了口气，不一定非得做爱才幸福，她全身放松下来，无可抱怨，无可抱怨。

　　月光在海面上跳跃着，波光粼粼，动荡的光线射进小窗，照在梁星熟睡的脸上，她的头弯弯地窝在金齐欣的肩侧，一只手还在金齐欣的手里交缠着，双双搭在他胸前。金齐欣小心地呼吸着，似乎怕吵醒了梁星。他的眼睛大大地睁着，望着那扇忽明忽暗摇动的小窗。哗啦，哗啦，海浪的轻拍，在这样寂静的夜晚无限放大，被子一样覆盖着所有的生命和梦境。

　　他轻轻把梁星的手放下，轻轻把自己的身体抽了出来。他起身出了船舱，抬腕，凌晨 1 点半。走过长长的走廊，静寂中他感觉到船舶轻微的摇动。两侧无数的船舱紧紧关闭着，静悄悄的。

　　上了电梯，他按了九层晒台。走出电梯，走过挂满油画的走廊，走过自动开合的玻璃门。海风呼地吹了他一个冷战。桅杆上的串灯在海风中摇曳，他慢慢走到船边栏杆跟前，任海风直接吹着他的面孔，尖锐却湿润。他任莫名其妙的眼泪哗哗地流了一会儿，风很快就把泪水吹干了。他低头看着船舷下面的海水，它竟然如此之黑，黑得伸手不见五指。他抬头，月亮很高很高，却似乎只照着天上。他奇怪在舱里怎么会看到波光粼粼。如果，如果，这时来个巨浪，他也许会被掀翻到那个黑黢黢的去处，一瞬间，谁也再找不到他任何踪迹。也许，他会喊救命，也许，他的眼前会出现勇子和梁星，还有父亲母亲，但很快，口鼻就含满了苦涩的海水，海水渐渐地充满了他的心肝肺，一切都被淹没，消失得无影无踪。

他看着眼前的黑暗包裹着一切，它的巨大是如此的惊人，站在这船头，它几乎压迫得自己要窒息。承载三千人的大船，漂浮在一望无际的海面上，不过是芝麻一粒。他嘴角露出一丝笑容，我算什么，什么都不是！连芝麻的一个分子都算不上。别难过了，本来就是尘埃，即便回归尘埃，也是自然规律。何况事情还不一定那么糟！他头一次感觉到了自己的无奈，和一种从未有过的敬畏，他有了一种想要向大海投降的冲动。

"啊！"他听到自己的喉咙发出了一个陌生的巨大响声，他让它延长，再延长，那吼叫就很婉转地拐着弯，却被海风吹得烟一样迅速散去，不留痕迹。

大海，在你的宽怀之中，我求你作证，求你保守，一切都会好起来的。他不知道自己是什么时候跪下的，双手抓着面前的栏杆，抽泣。

有人从后背拍了他一下，他猛然惊醒，回头，一对白人情侣互相搂着，站在面前，怀疑地看着他，酒气即便在海风中还是十分强大地迎面扑来："你需要帮助吗？"男人大着舌头问。

他摇了摇头，站起身来，翻身走向电梯。走了一半，又翻转身，看两人还目瞪口呆地看着自己，说："谢谢！太晚了，你们也该回舱了，明天一定有更好的酒可以喝。"

玻璃门从身后关上的时候，他觉得自己的灵魂飘着，追着，返回了他的身体，楼道里比外面温暖。即便盛夏的热带，夜里的海也是冷的。他感受着渐渐暖和起来的身体，似笑非笑。电梯平稳下降，他抬腕，凌晨三点。

世界正在沉睡，他走过无声无息的走廊，走廊很长很长。

二、

　　旭蓉蓉是从丫丫嘴里得知金齐欣得了重病的。

　　"我怎么会胡说？牧师祷告时求神的关怀和怜悯，让神使用他医治的大手，给医生能力来帮助金齐欣康复，还求神给他家力量和稳定，帮他们家度过这个艰难时刻。"丫丫对妈妈震惊而怀疑的目光十分不满。"这种事儿，谁会编？"

　　"那，那到底是什么病，牧师没说？"

　　"没有！我听儿童事工的阿姨说是癌。可能是梁星阿姨要求牧师不提的。好像是男人得的那种癌，叫什么 prostate，我不知道中文是啥。当年前加拿大总理皮埃尔特鲁多就是这个病死的。北美好像这个病很常见，我老听到 prostate 这个词。"

　　旭蓉蓉晕晕乎乎上了网，把 prostate 敲进谷歌翻译，跳出来"前列腺"三个字，她又跑到百度搜索上敲了"前列腺癌"几个字，在一大堆相关资料中粗略看了看是怎么回事儿，才拿起电话。

　　"你，哎！"旭蓉蓉本来想埋怨梁星没有通知自己，一转念，碰到这么艰难的事儿，谁愿意四处传播？这才心平气和问了问病情和治疗方案，又说如果需要帮忙，一定张嘴，住的这么近，手术和化疗期间，就让勇子过来吃饭。

　　电话里听不到梁星的态度，她语调平缓，有些疲惫，谢着，显然并不需要旭蓉蓉帮忙。旭蓉蓉不知道该说什么好，自己眼睛里倒汪了泪，就放了电话。她进了书房，坐在贾易生对面，让自己心情平复了一下，才说："金齐欣得了前列腺癌，你敢相信吗？"

　　贾易生也大吃一惊："真的？"

　　"我的脑子到现在都转不过来，怎么会这样？梁星两口子一直是人们羡慕的对象，怎么会发生这么不幸的事儿？"旭蓉蓉呆呆地问。

　　"疾病对谁都是公平的，管你是穷人、富人、国王还是乞丐，它都一视同仁。"贾易生站起身来，坐到旭蓉蓉坐的沙发扶手上，伸手摸着太太的头，低声说："哎！人，脆弱得很！今天是他得病，明天就没准儿是咱们。谁知道呢？我算看透了，这个及时行乐还真没错。"

旭蓉蓉甩开贾易生的手，说："你看你，别人生这么严重的病，你倒说什么及时行乐，烦人！"说着，皱了眉头就要起身。

"别生气，咱们一起去他家看看他们，好吧？我说的也是事实，你太敏感了。"贾易生赶紧一本正经起来。"我去买点儿礼品，咱们今天就去。"

旭蓉蓉看贾易生抓了钥匙就要走，反倒扯住他袖子，说："那也不必这样听见风就下雨，表现这么积极！"旭蓉蓉说着，自己先笑起来："你别又买些不实用还死贵的东西，这里不比国内，动不动买那些中看不中用的礼品盒，你就买些水果和西洋参什么的，男人也不好送花，花就别买了。"

贾易生走后，她呆呆地回味他刚才说的话，越想越觉得在理，今天癌症光顾金齐欣，明天说不准就光顾咱们，老外天天嚷着"享受今天！"不就是这个道理吗？听丫丫说圣经上总说明天的事儿让明天去担忧，也是这么回事，世事难料，活今天自然是对的。心下又对丈夫的一针见血竖了大拇哥。

两人吃过晚饭，也没跟梁星打招呼，就直接前往。这样突然拜访虽然不合西方规矩，倒显示了咱中国人的率真实在。在国内朋友邻居串门儿，谁还提前通知？旭蓉蓉正犹豫着要不要打个电话，早被贾易生塞进车里了。

勇子开门，旭蓉蓉抬头看着，啧啧叹着："勇子你又长个儿了，一米八了吧？"

勇子耸了耸肩，低头笑着，说："是，阿姨。我去叫我妈。"普通话明显带着外国音儿。他把两人引到会客室，就咚咚咚上了楼。

先下楼的却是金齐欣，两口子同时从沙发上站起身来，看见金齐欣和以前没什么两样，都有些吃惊。

"呵呵，以为我躺倒了吧？"金齐欣笑道："我这身体啊，还真不那么容易垮！"说完，又转身对跟下来的梁星说："你陪他们，我去沏壶茶。"

旭蓉蓉赶紧起身挡住他，说："老金，你坐下，我们坐一小会儿就走，不喝茶，在家刚喝过，你坐下，我们好说话。"梁星也按着老公坐下，扭头对旭蓉蓉说："你说他是不是太要强？我真没办法。家里有什么大不了的？非要他做？"说着，自己已经拐进厨房沏茶去了。

金齐欣坐下乐呵呵地说："老贾啊，难得见到你啊！你是大忙人，干大事儿的，不像我们，小市民。听说生意做的很好，怎么样？还是出来好吧？"

贾易生摇头自嘲道："哪里哪里，半路出家，混口饭吃，挣点儿辛苦钱，哪有你们政府工金饭碗来得容易？全职上班，还能业余做生意，旱涝保收。你看，买得起好几桩房子的是你家，可不是我家。"

"哎！这个就别说了，老贾！现在，有房子管什么用？"金齐欣说完，仍然笑着。贾易生和旭蓉蓉的脸却冻住了，谁也说不出话来。是啊，房子，十座房子也换不掉一个小小的癌啊！

梁星端着茶壶过来，旭蓉蓉起身帮忙。"什么时候手术？"她一边倒茶，一边问。

"你俩来的多巧，明天。"梁星答，"明天手术完应该会住院。"

"需要我们帮忙吗？"贾易生问："勇子到我家吃饭去吧？"

"那也得他愿意去，这个年纪，主意大了。"梁星说完，高声叫："勇子？明天爸爸手术，你愿不愿意去阿姨家吃饭？"

半晌没声音。梁星起身说："他听不见，一准又在玩儿游戏，带着耳机呢。我上去问问。"

"你就不用费这个劲，他不会去的。自己一个人在家多自由，吃点儿披萨之类的半成品，他就 OK 了。"金齐欣说："年轻人，难弄！这个勇子，大人说十件事，九件会反对，逆反的年纪。你们丫丫呢？女孩子会好些吧？"

"哎，哪里，也是自己有主意的，不犟嘴，可也难得听我们的，我们也就懒得说她，都顺着她。"贾易生说。

"他就知道宠孩子。"旭蓉蓉白了丈夫一眼。

"亏欠了孩子这么多年，现在有机会当然要补。"贾易生嘿嘿笑着，一脸幸福模样，想到丫丫省心又乖巧，如今朝夕相处跟爸爸越来越亲，就有了小男孩儿不加掩饰的荣耀表情。

旭蓉蓉用胳膊悄悄捅了丈夫一下，心里再受用也要分时间地点和场合，嘴上就拐了话题："怎么样，手术通知国内家人了吗？"

"哪敢告诉！咱们不都是一贯的报喜不报忧吗？别说他妈，我家人也不敢告诉。"梁星插嘴道："你们都不知道，我们游轮旅行之前他就知道了，瞒了我那么久，你说他城府深不深？有这样的吗？"说着梁星眼圈儿就红了。

金齐欣伸手搂了搂妻子，说："不是为了让你玩儿好吗？你就别耿耿于怀了。再说也没什么大不了的，医生说我手术和放疗之后活二十年不成问题，二十年能干不少事儿呢。"金齐欣仍旧乐呵着。

　　旭蓉蓉随声附和："当然！二十年是往少说了，医学这样发达，治好了咱就再活四十年。"

　　贾易生说："你还真别说，昨天看到一则新闻，瑞典一个百岁老人，五十几岁得了和你一样的病，现在四十多年过去了，到处被采访长寿经验，瑞典冷，吃的东西有限，他最爱吃胡萝卜和西红柿。"

　　梁星一听，两眼放光，问："你把链接发给我啊！我现在到处收集抗癌保健偏方，咱博采众长，有病乱投医，没准儿就发生个奇迹！"

　　"不是没准儿，是肯定会有奇迹发生的。"旭蓉蓉说。

　　梁星收了礼物，看西洋参那么整齐的一大盒，只怪旭蓉蓉破费了。旭蓉蓉捏了捏梁星的手，用了劲儿，小声说："你别自己干挺着，难受了给我打电话，需要我帮任何忙，我都义不容辞。"

　　梁星就呆了的样子，答不出话来。旭蓉蓉赶紧俯身穿鞋，出了门，才长呼了一口气，揉了揉憋着泪水的双眼。

　　"看着都是笑着的，心里的苦只有自己知道啊！"贾易生开着车悠悠地说。

　　"现在养生话题到处流行，网络上互相传播，我有时收到那类微信，顾不上看，就删了，以后一定要收藏备用，调整咱家的日常饮食，提早预防。健康，也应该变成咱们生活里的重要奋斗目标，你说是不是？真奇怪，咱们俩两地分居辛苦这些年，从来没关心过自己，吃喝胡乱对付，又不锻炼身体，反倒什么病都没有。金齐欣每周打篮球，多年如一日，梁星又讲究生活质量，吃喝从不马虎。她们一直生活条件优越，政府工作压力小，一点都不累，怎么他反倒生癌？生命真是无常。虽然大道理都懂，可事情发生在自己身边，还是不愿意去接受。"旭蓉蓉悠悠地说。"如果金齐欣出什么事，梁星就苦了，真不知她怎么面对未来！"

　　"你也不必这么悲观，每个人身体里都有癌细胞，据说现在癌症发病率是三五个人里就有一个，而且很多癌症都可治疗成功，得癌之后又健康地活着的人越来越多。金齐欣会治好的，你就别为梁星发愁了。"贾易生伸手拍了拍老婆的腿，旭蓉蓉趁势握住，半天不放，小声说："咱们都这样健康，真好！"

贾易生转头一看，旭蓉蓉低着头，白的透明的脸上挂着一层若有所思的迷蒙，眼角的三两根皱纹纤细如丝。妻子画儿一样，这幅画使他身体里流淌的血液温热舒缓。他的手在妻子腿上捏了两捏，收回目光，家已经到了。

旭蓉蓉的健康饮食工程很快就落到了实处。她增加了五谷杂粮粥，黄豆绿豆红豆黑豆、黄米红米麦芽米黑米、莲子桂圆银耳芝麻轮番成为杂粮粥的组成成员。蔬菜也变得五彩缤纷。这个北方国度大量蔬菜依赖进口，很多热带蔬菜旭蓉蓉从来没见过，现在也大胆尝试，买菜的时候兜里揣上纸笔，把标签上的菜名抄下来，回家就到网上搜索烹饪方法。

反响最强烈的是丫丫："妈妈啊，咱家的晚餐国际化了！"丫丫从小跟着妈妈在汽车里吃惯了对付事儿的快餐，虽然从不挑食，口味却偏向西人的方便饮食。如今有了千变万化的菜蔬盘盘碗碗地摆在面前，颇不适应，菜，有什么好吃，还是皮萨、薯条、汉堡好吃，那语气里就有了调侃的意思。

旭蓉蓉歪了丫丫一眼，说："你们这些在国外长大的孩子，嘴懒，就喜欢喝果汁，吃汉堡，老外除了色拉，什么菜都弄成看不清所以然的糊糊，省了咀嚼。咱中国菜可没这么窝囊，要讲究色香味俱全，还要品味蔬菜到了嘴里缓慢咀嚼的清香美味，你们这些国外长大的中国孩子怕是要把咱的饮食传统丢光了。唉，也怪妈妈，过去顾不上研究厨艺，养成你不喜欢吃菜的坏毛病，是妈妈的错。现在爸爸回来了，咱们开始讲究健康饮食，重视吃喝，也不晚啊。需要你配合的工作多么容易，张嘴开吃就得了。现在本事大了，还学会阴阳怪气了，坏小孩儿。"

丫丫走到正在削芋头皮的母亲身边，揉着妈妈的胳膊，说："妈妈，啥是阴阳怪气啊？我觉得你太好玩儿了，勇子爸爸的病让你这么警醒，咱家都成了健康食品实验基地了。其实，人的命都是上帝定好了的，什么时候该上天堂什么时候会下地狱，哪里是我们可以调整的呢？我是笑您的虚张声势。"丫丫的语言自然是中文英文夹杂着的，英文的比例远远大于中文。

坐在餐桌边看报纸的贾易生抬头看着女儿，说："丫丫，爹地站在你这一边。过来，让爸爸抱一下。"

丫丫一扭身搂住妈妈，说："没看到我正在抱妈妈吗，你要抱我，你自己过来！"

贾易生呵呵笑着，也不起身，摇着头说："丫丫最牛，爸爸惹不起你，还不能巴结你吗？"说完，起身往书房走，说："丫丫，你不过来，看不到爸爸给你的惊喜，可不是我的错！"

"惊喜？"丫丫全身支棱起来，双臂却还缠着妈妈呢，"妈妈，您知道爸爸在搞什么名堂吗？"

旭蓉蓉忍不住嘴角的笑意，说："爸爸让你去，你就去。"

丫丫兴奋地跟着爸爸进了书房。贾易生笑嘻嘻地问丫丫："丫丫，明天你生日，你最想要的生日礼物是什么啊？"

"苹果手机！"丫丫跳了起来，"爸爸，真的吗？你终于给我买苹果手机了？"丫丫从贾易生手里抢过四方包装盒，看着 iPhone 纤细却醒目的字样，双眼星星般亮着，欢呼起来，整个身体扑进爸爸怀里："爸爸，我爱你！"她嗯地亲了爸爸一下，就往门外走，手里已经在拆包装了。

"是爸爸和妈妈一起给你买的生日礼物，可无限制上网，三年的计划，你可以一直用到高中毕业了。"贾易生跟在女儿背后，笑容像被微笑腌制固定了一样。女儿咚咚咚早一溜烟儿上楼进了自己房间琢磨她的新手机了。

贾易生压制不住心里的喜悦，踱到旭蓉蓉背后，搓着手说："她高兴坏了！"

旭蓉蓉抿着嘴儿，说："你啊，就是惯她，好像恨不得什么都依了她才能换来孩子的心。"

"你这话说的不对，咱又不是买不起苹果手机，孩子想要为什么不给买？已经拖了一年了，够丫丫委屈了。"

"委屈什么？你看她同学里有几个有手机的？她早就有了黑莓手机。苹果机这么贵，高中生里真的还没几个人用，你倒又让她超了前。好在丫丫不是个物质至上的孩子，否则这样会惯出毛病的。"旭蓉蓉嘴里虽然埋怨着，心里却明白贾易生和女儿的父女关系越来越好，小家庭日渐和谐美满，无可抱怨。"不过，"她说："你别老是贿赂女儿。到时候丫丫该嫌我小气了。"

"哈哈！"贾易生笑起来："想不到老婆还有嫉妒的时候，你没听见我跟丫丫说是我们一起给她买的生日礼物吗？再说丫丫那么懂事儿，怎么会因为这个嫌你。你不是还定了两套书给孩子吗，今晚都给了吧，别等明天了。下周末要在家请小孩来做过夜派对，咱们再定蛋糕。你相信我，富养女儿穷养儿，咱的女儿错不了！"贾易生说完，伸手拍了拍旭蓉蓉的屁股，看着老婆扭捏着嗔笑"老不正经！"，简直面若桃花，这才转身洗手，说："我来给老婆打下手，老公一出手，一切都会有。"

两人你一言我一语，围着灶台忙碌，不亦乐乎。

半敞开式的厨房宽敞透明，灶台和中央台是深色斑纹大理石台面，墙中央一排悬挂式壁橱放射着暗红色的光芒，辉映着同一色调的地板。墙角的壁橱用了透明玻璃，旭蓉蓉花了六百多块买了一套英国皇家阿尔伯塔月光系列餐具摆在这扇透明壁橱里，金色的镶边围着蓝白相间的玫瑰图案，玫瑰的每一片花瓣都似乎要跳出来一样逼真精美。这是出国来她头一次购买如此昂贵的居家用品，昂贵的结果是中看不中用，她从来舍不得用它们。贾易生笑说："这些高档餐具，不用，你买它做什么呢？"

"买来看不行吗？烧饭时低头抬头看着这么漂亮精致的摆设，我心旷神怡，烧饭时好像有了高级观众，就干劲儿十足！阿Q精神你懂吗？用现代的养生理论来看，阿Q真是聪明的减压大师，他使用的是最佳的心态平衡手段，看自己有的，忽视自己没有的。你想啊，阿Q会得忧郁症吗？不会！我决定了，从今往后，我要做个现代版的女阿Q。"

贾易生看老婆兴高采烈地标榜自己阿Q，惭愧得想掉泪。当年给秋苇随便买了一套锅，就五千多元，眼睛都不眨一下。现在老婆买一套餐具才六百加币，算下来也就三千多人民币，还舍不得用，每天看看就知足了，这日子难道不是越过越倒退了？不，绝不能。他突然说："老婆，咱今天就用这套餐具吃饭，咱怎么就非得阿Q，咱用不着阿Q。"

"不怕不小心摔了心疼？"旭蓉蓉大睁着眼睛问。

"不怕，摔了再买！挣了钱是用来花的。有老公在，以后你想买啥买啥，买了咱就用！再别省钱了。你就行行好，让我这个老公也有点儿成就感。"贾易生双手握着旭蓉蓉的双肩，突然把她拉进怀里，他用下巴蹭着妻子的头发，说："我不好，让你一个人受了那些年苦，以后再不会了，我让你过上好日子！"

旭蓉蓉惊讶得说不出话来，一时语塞，被丈夫搂得透不过气来，才挣扎着脱开身，抬头看着贾易生，伸手摸着他的脸说："我没受苦，我和丫丫不是很好吗？而且我也挣钱，为什么要等你让我过上好日子？"旭蓉蓉另一只手也伸出来捧住了丈夫的脸，两手一用劲儿，贾易生的脸就挤成了瓜子脸，狐狸精似的，她咯咯笑起来，说："咱们一起过上好日子，你的努力加上我的努力！"说完哼着歌儿掏出炒菜锅，就开始炒菜。

那顿饭果然启用了展览品似的英国盘子，不过不是层迭着摆在每人面前的西式用法。老实说，旭蓉蓉和贾易生都不懂得怎么摆设这么精美的餐具，炒出来的是中国菜，咱就西盘中用吧。俩人嘻嘻哈哈在餐桌上折腾了半天，旭蓉蓉说："我看电影儿里讲究的老外面前总是大中小号盘子一个摆一个摆面前，菜是上一道就下一个盘子，咱即没开胃菜又没甜点，用不着。"最后，两人用几个最大号的盘子盛了菜摆在饭桌中间，盘子太平，汤汁几乎溢出来，贾易生低头爬到盘子上去吸菜汤，旭蓉蓉啪地拍着他后脑勺，说："哎哎哎，你有点儿大人样子没？"俩人又嘻笑着，把中盘子摆在每人面前，这才算像模象样儿了，典型的中西结合。四菜一汤，荤素齐全。凉拌茴香苗儿，爆炒墨西哥尖椒洋葱胡萝卜肉丝，咖喱烧鸡，苹果色拉，奶油西兰花汤，主食是粗粉炸酱面。旭蓉蓉干脆拿出来收藏了很久的三付银筷子，摆在每人面前。"好了吧？"她审视着陌生的餐桌，嘴角翘起来。贾易生已经跑上楼去叫丫丫了。

丫丫看到桌子，挥起新手机哇哇尖叫："这是咱们家吗？天啊！怎么这么多惊喜啊！"都落座了，她才托着下巴，双眼滴溜乱转，说："爸爸妈妈，你们知道我们的晚餐缺什么吗？"她得意的站起身来，说："等着。"回来时手里拿了一只精巧的玻璃烛台，上面插着一根金色的蜡烛。"这是圣诞节同学送的，漂亮吧。"

旭蓉蓉和贾易生对了对眼儿，孩子大了，浪漫这东西，真得跟孩子学学。贾易生从书房拿来打火机点燃蜡烛，摆在餐桌正中，蜡烛是芳香油浸过的，烛光摇曳，幽香一缕一缕地弥散着，旭蓉蓉闭上眼睛深深地呼吸着，说："这就是情调吧！辛苦了这些年，从来顾不上讲究这种看不见摸不着的东西，终于有这样一天了，真好！"

贾易生开了瓶五粮液倒了两小杯，又给丫丫倒满了芒果汁，说："爸爸妈妈都古董了，以后请丫丫经常、连续、持久地给爸妈补课，好不好？咱丫丫十五岁了，为我们的宝贝女儿长大一岁干杯！"

全家人都举了酒杯，贾易生说："日子过到这种状态，已经是衣食无忧，我这当老爸的也人到中年了，半辈子过去，有些想要的要不到，有些不想要的自己来，但从来没有放弃过努力，能走到今天的生活，来之不易。日子再往下去总要有个目标，爸爸的目标就是让你们娘俩生活的更好！我现在要敬你们娘俩一杯，这些年爸爸远在国内，对你们关心不够，对不起！让妈妈和你吃苦了！以后，爸爸一定努力再不让你们受苦，来，咱们为未来干杯，喝！"

旭蓉蓉一口酒入口，双眸晶晶盈盈泪光点点，桃花脸却笑着，她说："丫丫，你知道不？爸爸在国内是当领导的，做报告是他的拿手好戏，你看谁家餐桌上有这样的演讲？这就是领导同志的风度。"

丫丫咯咯笑道："圣经上说男人是头，女人是身体。爸爸这个头挺像头的。"

旭蓉蓉顺势说："好，丫丫，咱们也敬'头'一杯，我们的未来目标就是紧紧团结在'头'的周围，向着幸福生活继续前进。"

丫丫问："你们说的这些话我听不太懂，我大概给你们翻译一下，你们看对不对，爸爸的意思就是爸爸要赚更多的钱，我和妈妈做支持工作，支持工作是什么？"

贾易生哈哈笑起来，这边长大的孩子，对日常用语之外的中文总是一知半解，但这句话却说中了要害，他说："丫头啊，聪明。爸爸多挣钱当然是生活进步的根本，你相信，爸爸一定会越挣越多的。也许有一天妈妈就不需要为钱而工作了，想干啥就干啥，当然妈妈如果为了高兴而工作就继续工作好了。妈妈的任务就是保重自己，一家之母保重了自己，也就保重了全家。你呢，孩子，是初升的太阳，还有长长的路要走，支持工作就是积极进取，去追求属于你自己的一份价值，或者说就是在一生中找寻一个合适的社会位置。你要相信爸爸的话，人这辈子，十五岁的你可能会和五十岁的你如同两个截然不同的人，生命把你引领到哪里，无常而且莫测。但你记住，比如种地，只要你播下健康的种子，然后努力耕作，自然会有秋天的收获。天地无论如何轮回，这个道理从来没有变过。现在你还太小，看不到未来，好好学习就是通向未来的那条阳光大道。爸爸看好你，毛泽东那句语录千真万确'好好学习，天天向上！'"

"真复杂，爸爸！"丫丫嘟囔道："反正就是让我好好学习！我好像一直都在做这件事儿，你们就别啰嗦了。"丫丫说着，大口吃下盘子里最后一口面条，说："我长寿面吃好了，走了！谢谢爸爸妈妈做这么好吃的饭，谢谢手机！"也不等爸妈说话，就蹦蹦跳跳往楼上走，新手机紧紧攥着，好像有人要来抢走似的。

旭蓉蓉摇着头说："她心思都在新手机上，哪顾得上听你长篇大论做报告？你很久没做报告，憋的难受了？来吧，我当你的忠实观众！"

几杯酒过去，贾易生感觉血液在身体里温暖地流动着，眼前的旭蓉蓉头发凌乱，额角的乱发却飞出一股自然随意的美丽来，酒精描重了黛眉和红唇，杏眼蒙着一层朦胧。

"老婆，你真好看！"贾易生呆呆地说，舌头已经有些滞涩："老婆，有时候我想不通你，这么一个纷繁嘈杂的花花世界，怎么对你没有影响？你身体里有天然防腐剂？女人的虚荣和贪欲你没有，女人的刁钻自大你没有，女人的胡搅蛮缠你没有，女人的小肚鸡肠你也没有。这两年咱俩朝夕相处，我才体会了你的这些好。当初两地分居，你吃了那么多苦，也从不抱怨，也没想着把我甩了。你这么好的条件，工作好，人美，善良，周围一定会有别的追求者，告诉我，是不是？"贾易生抓着旭蓉蓉的胳膊，眼睛盯着旭蓉蓉直直地问。

旭蓉蓉眼前晃过大威哥的面孔，又晃过公司里几个男同事的面孔，她静静地笑了，伸手搂了贾易生的头，喃喃地说："你醉了！你知道我是什么人，怎么还会问出这样的问题？我只知道勤恳做事勤恳生活，不懂水性杨花。苍蝇还得找个鸡蛋上的缝儿去叮吧？我就是那只没缝的，嘻，是这只蛋没时间有缝儿。你想想，我一个人带着丫丫，全职上班，工作压力那么大，下了班送孩子去课外活动，一天当两天用，能有闲情逸致去应付追求者吗？饭经常是车上吃，连洗脸都是沾了水就算洗过了。"旭蓉蓉说完使劲儿摆了摆头，像是要摆掉那些艰苦的经历。
"唉，现在生活倒是稳定多了，你能帮着做点儿家务、接送丫丫了，我倒是可以腾出点儿时间来发展婚外恋。怎么样？"她话还没说完，已经嘎嘎嘎地笑起来，杏眼弯成了月牙。贾易生早从椅子上起身，捧住旭蓉蓉的脸，乱亲起来，一会儿那笑声就呜呜地不见了。

酒精在血管里认真地工作着，血液在血管里加速地流动着，心脏努力地加快了跳动，情绪忽闪着翅膀飞翔着。两人怕丫丫觉察，牵牵绊绊躲进书房，贾易生把旭蓉蓉按在桌子上，迫不及待。很快，世界就消失在两人同时高涨的快乐之中，只剩下喘息和知觉，知觉和喘息。

门铃响起来时，旭蓉蓉刚从眩晕中醒来，她胡乱收拾了自己，贾易生正从桌上的纸巾盒儿里抓出一把纸巾擦拭着丰富的内容。

旭蓉蓉抬腕看表，快九点了，谁啊？募捐的不会这么晚来打扰人。

来人是邻居辛迪，虽然是晚上，仍然花枝招展，一件洋红短裙紧绷绷裹着屁股，坐下非得把腿并紧了才不会尴尬。她坐下，一边用手揪了几下裙子，一边抽了两抽鼻子，说："你家真香，吃什么好吃的了？喝酒了吧？什么日子？"

旭蓉蓉还惦记着书房里的贾易生，自己也还没从恍惚中缓过精神，问："啊，你说什么？"

"没什么，问你们既不是周末又不是节日，为什么喝酒吃好东西。"辛迪的双眼上下左右地打量着旭蓉蓉家。

"啊，是丫丫生日，多炒了几个菜。我给你倒杯橙汁吧。"旭蓉蓉说着翻身进了厨房，辛迪已经起身跟了过来。"你这还是第一次到我家来呢，家里乱，别见笑！"旭蓉蓉的灶台还没收拾清白，水池里堆着几个脏锅。辛迪不停地东张西望，看到餐桌上的残羹剩饭，就立住不动了。"哇塞，你家用这么高级的盘子吃饭啊？还点蜡烛呢！啧啧啧，果然是生意人，到处都显著富啊！"

旭蓉蓉端着橙汁，恨不得一下泼到辛迪脸上，这女人怎么这么没品？眼里怎么只有钱？她微微皱着眉，说："今天特殊，平时不用这些盘子，什么富不富的。给，橙汁。我们还是坐到起居室说话吧。"

两人坐下，贾易生正好从书房出来，干干净净的样子。旭蓉蓉和老公对了对眼，两人都忍俊不禁。旭蓉蓉说："你要不要去躺一会儿？"

贾易生摇了摇头，对辛迪说："无事不登三宝殿，一定是为了围墙的事儿吧？"

辛迪咯咯笑了起来，眼睛活络地旋着："旭蓉蓉你看你老公，就是火眼金睛，啥都逃不过他的眼睛。"虽然是夸自己老公，旭蓉蓉却在心里起了腻歪。这女人怎么浑身散发着窑姐的味道？

这时辛迪已经把手里一个小本儿打开了，收了笑容，脸上骤然换了严肃的表情，说："做围墙的事基本联系好了，和你们通个气，就可以开始了。我来给你们讲一讲。"

旭蓉蓉起身让贾易生坐在辛迪旁边，自己坐到对面沙发上去。围墙这种事，贾易生在，就用不着她操心。

"咱们这片地，下面有很多巨石，连接围墙的立柱是手工没法儿干的，所以必须请专业人员用碎石机来打桩，这个费用，咱们根据每家的桩子数目平摊。我已经做了一些市场调查，现在基本定下这家公司，咱们一共九家一起做，这个公司给的折扣最多，网上的客户评价也不错。"辛迪递给贾易生一页这家公司的彩色广告页，就开始往下说："做围墙的用料有两个选择，用木头材料是传统材料，古朴自然，很多人喜欢，相对便宜。缺点是年深日久会变颜色，风霜雨雪地腐蚀，木头会越变越旧，据说讲究的人家，每几年要上一层清漆，比较麻烦。第二个就是PVC复合材料，永不变色，一劳永逸，可以选择自己喜欢的颜色，比较现代，但价格会比木料贵将近一倍。我已经问过七家了，都倾向于用木材，比较大众化，你家有什么想法？给，这是几张 PVC 和木围墙的照片，你比较比较。"

贾易生接过图片看了看，心里倾向于用 PVC，虽然贵点儿，不怕风吹日晒，多少年如一日，看这白围墙，又干净又好看！这种东西又不是衣服，可以经常更换，一劳永逸比较好，心下就犹豫起来。那辛迪也递给旭蓉蓉几张图片，说："我猜你老公想做 PVC 的，你也参谋参谋。是这样，如果就你一家做 PVC，你们就自己联系吧，除了柱子可以平摊，别的我们就不管了。我是觉得大家都住一起，围墙统一了，大方美观，既然大家都喜欢木头的，你家如果不是非用 PVC 不可，就随了大溜。咱们这条街看着也特别爽目。"

贾易生笑笑，问："除了我家，你是不是只有张阳阳家没去了？"

辛迪的脸立刻布满风情，眼神一瞟，她嗔笑道："可不是？你怎么猜出来的？你连张阳阳的名字都知道了？"

旭蓉蓉对辛迪瞬间万变的表情大感惊奇，辛迪说话时，她一直在悄悄观察，怎么这女人谈起围墙没有丝毫风骚之感？那付严肃认真的态度让她顿生好感。可现在这又是怎么回事？她来不及适应辛迪的表情，贾易生已经抬起头说："你能不能给我们一晚上时间，我俩商量商量，明天给你答复？"

辛迪眼神又飞瞟了一下，眉头却皱了，说："有钱人就是麻烦，人家都能当时决定，就你们要考虑。真是！"也不等目瞪口呆的两口子反应，倒又笑容满面了，说："当然可以，明天再告诉我吧。我现在去张……张阳阳家。"说完，自己先咯咯笑了，小声对旭蓉蓉说："叫惯张聋哑了，叫张阳阳反倒拗口了。"说着，已经起身往门口走。

贾易生两人起身送客，辛迪扭搭扭搭的屁股在贾易生眼前放肆地晃着，贾易生下意识地看了两眼，笑着说："辛迪，谢谢你！辛苦你了，需要我们做什么，你也别客气，尽管吩咐，众人拾柴火焰高。"

辛迪已经走下一节台阶，这时回过身来，很庄重地看了一眼贾易生，说："好！这话顺耳！"那最后一瞥又风情万种了。

旭蓉蓉关了门，直摇头，说："我真搞不懂了，她当演员的啊？那张脸跟装了拉锁似的，随便一拉，就换了件衣服。"

贾易生嘿嘿笑着说："这女人你还别小看，缺心眼儿是假像。精明得很呢，人倒不坏。"

旭蓉蓉睁着大眼睛等着贾易生解释。

"傻老婆,你看,参与的人家越多,越便宜。她不想多花钱,自然希望大家都用木材料,多一家就可以多一份折扣,对不对?咱家和张阳阳家算是这几家里相对条件好一些的,有可能选贵的PVC,如果咱们选了PVC,她们就少了可以凑份子的人家,她们平摊的钱也会因此增加。所以她先把那几家都统一了口径,再来攻克咱两家艰难一点儿的堡垒,有了那几家做后盾,更容易说服咱们,懂了?"

旭蓉蓉恍然大悟,说:"这么点儿事儿,还得动这么多脑筋?"

贾易生点着头说:"谁像你这么傻?一颗实心眼儿。中国人有几个不是精明的?不过,她也够辛苦的,用了那么多功,打电话、上网,做这么多调查研究得花多少时间和精力?除了为省钱,也得有颗热心肠。"贾易生叹了口气,说:"出来的人哪个是含糊的?你看她认真起来比你我都不差,做的研究很到位,办起事儿来,也实实在在,人真不可貌相。"贾易生看着旭蓉蓉乖巧听话的脸听的分外专注,温和地笑了,说:"老婆,我本来还想坚持用PVC,现在想想,其实就成全了她的辛苦,咱们省了心思,也不错。古朴的木围墙也没什么不好,出来进去,我看大多数居民用的都是木围墙,蛮好,你说呢?等以后咱们有机会换更大的房子,再换PVC吧。"

旭蓉蓉撇了撇嘴说:"呦,刚住上新房,就又说什么换再大的房子,刚赚点儿钱就烧得你不知道东南西北了?就算你再赚多少钱,咱也不换房子。我喜欢这个新家。其实,我本来就没想用PVC,倒不是不喜欢,我就是不喜欢搞特殊化,咱家又不是大富翁,不想搞那种另类扎眼的事儿。咱就用木料。"她说着又笑,说:"我看她那骚劲儿说收就收了,也够神的。的确干正事就有干正事儿的模样。"又心想,估计干坏事儿也有干坏事儿的模样,看了老公一眼,想起刚才书房的事儿,问:"你不累?"她面露娇羞。

贾易生轻轻搂了老婆,说:"咋不累?你害我晕头转向。她来的可真不是时候。"

旭蓉蓉连推带搡让贾易生上楼,说:"你赶紧睡觉,养精蓄锐。我去收拾厨房。"

辛迪出了贾易生家就径直走到张阳阳家,虽然已经过了九点,也不管三七二十一按了门铃儿。傅奇穿着宽大的深蓝色毛巾睡袍出来开门,见是辛迪,客客气气往里让。她照旧大模大样地东张西望,虽是豪宅,家里似乎还不曾装备完善,空空荡荡的。门厅边的通顶起居室里两只欧式皮沙发和一个配套的圆形大茶几倒是十分阔气，辛迪没好意思往屋里走，嘴里却啧啧叹着："哇，你家真大，房顶这么高，进过你家，我一回家就好像进了贫民窟。"

傅奇眉毛略抖，淡淡地笑了笑，说："哪里，你真会开玩笑。"

辛迪落座就开始介绍围墙的事儿，同样的话已经说了无数遍，脱口而出，演讲般流利。说到用料，她说："另外八家意见都基本统一了，就用木料。如果你家要用PVC，只好单独做了，我建议你用木料，要不还合什么伙儿呢？"

没想到傅奇想都没想，就说："我家随大流，你说用木料就用木料，没问题！"说完就站起身来。

辛迪不好再坐，心里嘀咕，牛逼！连口水也不给倒，礼貌都不懂，有两个臭钱不知道天高地厚了！倒没挑眉弄眼，本来想见见那个聋哑太太，也落了空。她问："你太太呢？"

"她睡了。"傅奇送到门口，淡淡地说："要多少钱，你说，我们给就是了。你有我手机和邮箱，随时联络。多谢！"傅奇长着一张规规矩矩的脸，哪儿都挑不出毛病，但哪儿都没有特点。辛迪从他家出来，就立刻忘了他的长相，他爽快的答复早已令她心花怒放。

辛迪上班不忙，她已经偷偷上网研究了好几天围墙数据，电话也都是上班时打的。你不能否定在政府捧着金饭碗的便利条件，不要说空闲时间做点工作之外的调查研究，即便上网聊天、偷偷在计算机上看电影的也不乏其人。有些员工中午出去吃饭或者健身，一去就是两小时。上班于是好像度假，回家要做饭收拾卫生，反倒成了劳工。辛迪是例外，永远不必做劳工，崔利从结婚起就像对女王一样供着她宠着她，饭好了她只要动嘴吃，衣服洗好了，她只要伸手穿，连做爱她都不需要劳动身体，崔利的勤快就足够她满足了。上班除了上网闲逛，家里的进账出帐都是由她来做，经济大权一定要控制在女人手里，这是她笃信的治家根本。每个月她只给崔利一百元零花钱，工资每两周自动打到账上，她就该付贷款的付贷款，该转账的就转账，养老金、房贷、信用卡、水电费、日用开销，她都精心地做了Excel表格，科学地管理着。上班干着这些家务事时，她十分专心细致，而且无比快乐。她还有一个最大爱好，就是收集各种各样的折价券。网络上她注册了几个折价网站，会定期给她发送折价优惠券。她趁人不注意，用办公室打印机打印出来，装在一个精致的本夹子里，副食、衣物、家居、餐饮、游玩等项目分门别类贴了卷标，折价卷从半毛钱到几块钱不等。她太喜欢买折价商品了，每省一块钱，她就赚到一块钱的欢乐，省的越多，她的欢乐也越多。有时她翻来覆去倒腾那些折价卷的时候，会情不自禁地哼着小曲儿，喜笑颜开，似乎那些折价券让她变成了大富翁。

这次做围墙，她的初步计算，大家合伙儿做，省下的钱可以上千，这个数字异常诱人。除此之外，贾易生虽然看出了辛迪的精明细致，却没看出她炽热的嫉妒心。在一条街上进进出出，辛迪最恨看到别人的车比她家的高级，最讨厌别人的门廊比她家的好看。如果别人家的围墙比她家的昂贵时尚，立在面前朝夕相见，那可真是如鲠在喉，会要了她的命。她积极推进围墙工程的动力，很大一部分来自于抑制别人搞特殊化的自我保护意识，她并不喜欢自己被嫉妒心控制的状态，血液在身体里左突右奔的奔跑并不舒适，可她控制不住自己，别人的好东西会变成兴奋剂，刺激她的怨恨和不平，这种不顾一切控制她的东西常常会滞留在她血液里久久不去，反复在她面前放幻灯片，令她想喊想骂想摔摔打打。她烦死了，她需要在萌芽状态阻止这个讨厌的感觉。统一思想，统一围墙，就是她最初的策略。一切都在她设计的方向上顺利进展，她的调查研究，她的努力斡旋，竟然都卓见成效。迄今为止，只剩下贾易生一家没确定了。张阳阳和傅奇这家人，平平淡淡，再有钱，有了那个残疾，也就够不成任何威胁，没有看得见摸得着的东西刺激她旺盛的嫉妒心。反倒这个贾易生和旭蓉蓉，他俩的和睦、他俩稳定的实力、他俩帅哥美女的组合，都令人心里发痒。她最不喜欢看到的就是这个紧挨着自己的邻居，样样比自家好。

回到家，崔利正在看电视。"累死我了！崔利，快来给我揉揉。"辛迪扔了包，就势爬在沙发上，崔利用热水洗了手，擦了按摩油，认认真真地给老婆揉了起来。他说："唉，你呀，刀子嘴豆腐心，这种公家的事儿，做起来不要命似的，晚饭都没吃好就一家一家跑，其实大家一起开个会不是更容易？"

"嗯。"辛迪拨拉着自己的小算盘，也懒得把统一思想统一围墙的初衷告诉崔利。她的后背在按摩油的滋润下光滑如丝，享受着丈夫精心的呵护，她精神渐渐放松下来，鼻子里下意识地哼哼唧唧。崔利有条不紊地按着，刚结婚时，崔利专门从图书馆借了夫妻按摩录像带和按摩书，认真学习，本来是双方互相按摩的教材，辛迪却从来不曾学习。崔利对老婆单方向的呵护是无条件的，多年来，一周两三次，从未间断。熟能生巧，到如今，他稳定的力度，娴熟的手法，几乎和专业人士没有区别。

41

"下次我听你的，开会解决问题，在咱家？那多麻烦？还得准备些茶点吧？"辛迪的哼哼唧唧突然中断，她问。

"省了时间啊！随便搞一点薯片和茶水不就完了，用不着你操心，你只要通知我开会时间就可以了，我来打点。"崔利答。

楼梯上响起了脚步声，是崔强。"爸，给我点儿钱。"

"学校这么近，家里什么都现成的，你要钱干什么？"辛迪问。

"我这么大了，身上不应该有点儿钱吗？"崔强不耐烦地说："再说，我问我爸要钱，又不问你要。"

辛迪一翻身从沙发上坐起来，就想驯儿子，崔利伸手按住辛迪说："你想要多少零花钱？"

"一百吧。一个月一百。"

"什么？这么多？你吃喝穿都现成的，要这么多钱干什么？"辛迪声音激动。

崔利继续用手拍着老婆，慰抚着，对儿子说："你让我和你妈商量一下。"

崔强走开，崔利对辛迪说："儿子从小听话，什么都不要，现在的年轻人哪有这样的？咱们就依了他，给他点儿自由，好吧？把孩子管太紧，对孩子心理健康不利。"

"在家吃、在家喝、在家住，要钱干什么，从小养成乱花钱的习惯，以后就难改了。"辛迪气哼哼道。

"咱们先试一个月好吧？"

"那我同意从五十块开始。"辛迪仍然气哼哼的。

"好，就先从五十元开始。"崔利上楼去和儿子讲话。辛迪自言自语："咱家又不是大富翁，不懂事的孩子！"

"她就是扣门儿的小气鬼！"辛迪听到儿子毫不遮掩的抱怨声。她冷笑起来，我小气？我这叫会过日子！怎么是小气？你长大就知道了，你有个这么会过日子的妈，有多么幸运！

三、

过去几个月，梁星食不下咽，睡不安寝，金齐欣的病，狂风一样刮乱了她平静的生活，如今狂风宁息，病情得到控制，定期检查，生活又在平静地继续。她渐渐适应了用一种类似母亲的心态爱护金齐欣，能自己做的她尽量去做，能宠着金齐欣的她尽量去宠，能不对金齐欣指指画画她就尽量克制。

每天早晚，她都要虔诚地祷告，求神给她力量度过难关。她对金齐欣的这种小心翼翼，无形中消耗着她的精神，令她筋疲力尽。每一次陪丈夫去医院治疗，她总是强打精神，满面春风。浮在表面的无所谓埋葬着她深深的忧虑和痛苦。金齐欣的疲惫是无法掩饰的，他也不必掩饰，他的角色是病人，他尽管真实自然地活着每一天，没有一个人会对他指手划脚。可她梁星呢？她不能让这个家沉浸在死气沉沉的苦恼之中，她需要让它仍然像过去一样按部就班，活力四射。要强的心性，不允许她这个病人的家属像病人一样病病殃殃。她要在最困难的时候，仍然给人一个喜乐平静的印象，她是基督徒，她要让自己的身上显示基督的光芒。她要让所有人感觉她的勇敢和坚强，让所有人欣赏她的乐观和豁达。金齐欣的癌症不会打垮她，更不会打垮她的家。她于是总是一如既往地打扮着自己，不停地照镜子，对着镜子一遍一遍地微笑，用粉底霜仔细地遮盖夜不成寐的黑眼圈。可是到了夜深人静，她会突然从半梦半醒中惊醒，听着金齐欣均匀的呼吸，在黑暗中叹气。

有时候，金齐欣的脸在黑暗中苍白而模糊，像是……像是……死去了很久。这突然的恐惧包裹着她，让她难以呼吸。她翻身起床，躲进厕所，脑子里一片空白，只剩下恐惧。那次，就是在那种情况下，她拨通了陆西安的电话，电话响了第三声时，她准备放下，半夜3点钟，她这是在干什么？可就在这时，陆西安接起了电话。

"梁星，你没事儿吧？"他悄声说。

"我，怕！"她握着听筒的手索索地抖。

"不怕，我在电话里陪着你。相信神，他会保佑你。"顿了顿，他又说："相信我！我比神离你更近。"

一股温柔的暖流从听筒里缓缓流进她的耳鼓，缓慢充满她全身。她不知道陆西安所说的"相信"是什么，她也不必知道。她只知道，这句话让她感觉无比踏实，心中的恐惧在那暖流中丧失了坚持，悄然退去。她迷迷糊糊地说："我，我想念你！"

"我懂！我也一样。"陆西安的回答没有丝毫犹豫。"你，你要我过来看你吗？我可以现在就动身，如果你愿意。"

"什么？过来？现在是半夜两点半啊！"梁星吃了一惊。"不，不不！"一个激灵，她好像刚从梦中醒来，"不不！谢谢你！我好多了！你睡吧！对不起，打扰了你睡眠。晚安！"她没等陆西安说话，急急忙忙放了电话。

坐在卫生间的地上，屁股底下瓷砖的冰冷，刺激着她的神经，她听得见自己心脏狂跳的声音。我这是在干什么？她问过自己，又问神："神，你告诉我！我这是在干什么？"没有听到神的回声，她把头静静埋在膝盖中间，无声无息。

自从金齐欣病了，她和陆西安两人的圣经学习就中止了。她的心被金齐欣的病充满，装不下任何别的东西。周日她仍然去教会崇拜，她希望借助神的大能医治金齐欣。教会的温暖和关爱，让她感觉自己不是在孤军奋战。崇拜之后，她就赶紧回家照顾金齐欣。她和陆西安已经达成默契，等金齐欣的病情稳定之后，再重新开始圣经学习。这期间，她劝说金齐欣一起去教会，生病后变得相对温和的金齐欣，不再坚定拒绝，就跟着去了两次。

陆西安在教会见到金齐欣，镇定而友善，他拍着金齐欣的肩膀说："很高兴你能来教会崇拜。梁星非常爱主，你们一定会得到神的保守。"金齐欣点着头，轻轻躲开陆西安的手掌。陆西安有种居高临下的天然气质，令他十分不安。不就信个主吗？难道连信主这件事也高人一等？他后来跟梁星说："人们说基督徒里很多伪君子，我看不假。人性的真实，多多少少要被那些假正经的教义掩盖，人如果只剩下美，没有丑，只有善，没有恶，只有喜乐，没有悲伤，这世界还有什么滋味？我看那个陆西安最假了，一付高大全的君子模样，让我看着就来气！我不去教会了，教会里这种人太多了，见了这类人就犯恶心。你别逼我。"

梁星听得目瞪口呆，一时说不出话来。金齐欣看梁星憋的脸红脖子粗，心软下来，笑笑说："我不去，但我没有反对你去教会啊！有你和你的神亲近就够了。咱家呢，也搞个分工协作。看不见摸不着的精神方向，神啊，祈祷啊，等等，你负责。尊重科学，认真配合医生治疗这块儿呢，我负责。咱俩取长补短，正好完美。"

梁星无法从丈夫对陆西安的定义中解脱出来，她恨死了这样的评价。她太了解陆西安了，他一点儿都不假，金齐欣所说的"假"，正是陆西安的"真"，这两个男人活在两个世界里，一个注重精神世界，一个注重物质世界，水火不容！人怎么可能区别这么大？

"人人都是个体，也许你说的假，正好是别人的真。你的真就是允许恶、允许丑这些负面的东西肆意妄为地存在，不去控制和克制，人家的真却是尽力摈弃恶、抑制丑，让自己去崇尚喜乐、美、和善，你反倒说人家恶心，这也太没道理了吧？"梁星终于开了口。

金齐欣冷笑道："呦，你老公是恶人丑人坏人，你教会的人都是善人美人好人，好好好，我看如果再往下说，你还要说我生病也是恶有恶报呢。"

梁星气得浑身发抖，她太想把这架吵下去了，可是，可是，自己面对的是丈夫、是病人、是一个被世俗熏得昏头晕脑的人、是一个因为生病而情绪激动的人、是一个健康人需要同情的对象，她怎么能，怎么能继续这场架？她披了件衣服就出了门，她必须高尚，她必须美丽，她必须善良，她必须虚假。她在风里走着，迎面遛狗的人跟她打招呼，她也不理。那一刻，她完完全全地站在陆西安一边。一个人追求精神理想，向善向美，有什么不好？和陆西安单独学圣经的经历，让她看到了一个真正的正人君子。他的深邃，他的隐忍，他的克制，他的善良，这一切，没有一样是假的，都是真的。仅仅孤男寡女这件事，一个男人能对她没有非分之想，没有强大的精神后盾，没有端正无私的品格，可能吗？这就是真的不能再真的真实，何况陆西安显然是喜欢自己的，这就难上加难了，她相信自己的判断。两人最后一次圣经学习的告别情景，还不够说明一切吗？

"我，我想周日下午陪陪金齐欣，就不来学圣经了。"

陆西安静静地看着她，停了很久才说："不学就不学吧。他的确需要你。等他病情稳定了，咱们再开始。"他的手伸了出来，梁星也把手伸了过去。两只手握在一起的时候，都抖了一下。

陆西安突然把她揽进怀里，在她耳边说："我，我舍不得你。习惯了每周见面，我不知道见不到你，自己会怎样。"

梁星的心疯狂地跳动着，呼吸急促，她也紧紧搂着陆西安，他的臂膀真宽阔啊！多么好的怀抱啊！她说："上班和在教会不是都见得到吗？等他病情稳定了，我们再学。一言为定！"

从此，那个温暖的怀抱就成了她经常复习的内容，还有那句话，魔鬼一样一遍又一遍地重复："我舍不得你！我舍不得你！我舍不得你！……"甚至有几次，坐在金齐欣的病床前，她也无法驱赶这个讨厌的魔鬼。那种时候，金齐欣就变成了一个模糊的符号，在她面前若隐若现。

她热切地盼望金齐欣快快地好起来，这不纯粹的动机，也一度令她厌恶自己，可她阻挡不住。她给自己找到很多可以原谅自己的理由，我是人，充满罪性，不洁的想法都属正常。我爱金齐欣，希望他恢复健康，同时我离不开陆西安的圣经辅导，这个离不开需要金齐欣恢复健康做前提条件，这两件事的辩证统一，说明一切都是神的旨意，金齐欣一定会恢复健康，只有这样，神的大能才在他身上显现，也在我们周围这些人的身上彰显，继续学习圣经，是在神修直的路上行走，是和神亲近，当然更是神所喜悦的。

自从游轮度假归来，金齐欣坦白了病情，这个家就与原来大不相同了。家人都变得非常客气友善，似乎整个家就是一个水晶玻璃球，谁都怕一不小心，就把它打破在自己手里。勇子也懂事儿起来，回到家先做功课，然后按金齐欣的规定玩儿一小时游戏，就主动让爸爸把网断掉。金齐欣说："你既然这么自觉，网就不必断了，学会自我克制，对一生大有益处。"他说"一生"时，心头流淌着辛酸，自己的一生还有多少时日？勇子还小，就让他自由些吧，人这一辈子的不测风云，不是我们可以预见的，能够把握的只有今天，还是让孩子的今天舒服开心一点儿好。他这种态度的转变，反倒让勇子更加自觉起来，学习成绩一路上升，几次测验都拿回 A+。梁星私下对金齐欣说："人们都说男孩子成熟晚，一旦成熟，就势不可挡，还真是这么回事。咱勇子如果以这种状态把高中读完，进个一流大学也不是天方夜谭啊！"金齐欣点头说："你我的智商摆在这里，孩子错不了。再说，坏事儿不会都轮到咱家，我这病啊，也许破了许多别的不吉利，你信不信？"

梁星本来想说："都是上帝的安排，圣经说，上帝从来不会让人承受不能承受的东西，所以一旦事故发生，人是必定可以承受的。"她想起了刚背过的经文，哥林多前书十章十三节："你们所遇见的试探，无非是人所能受的。神是信实的，必不叫你们受试探过于所能受的。在受试探的时候，总要给你们开一条出路，叫你们能忍受得住。"她知道金齐欣对基督教心存反感，才忍住没把这话说出口。

她笑了笑说："想不到你还挺迷信的。"金齐欣说："我这种因果、缘由论是来自于能量守恒定律，自然的、辩证的唯物主义，是咱老祖宗老早就明白的道理。祸兮福之所依，福兮祸之所伏，对不对？这道理多么通俗，又多么深刻？比你那洋教高明多了。"梁星脸色难看起来，憋着，皱着眉头走开，一说到宗教，两人就箭在弦上，她学会了闭嘴，否则，家里的团结稳定就不能保证，而团结稳定，在治疗的关键时期，极其重要。

　　医生鼓励金齐欣恢复正常生活，在不导致疲劳的情况下，一切日常起居都应该照旧。金齐欣手术期间，梁星休了几天假，就又回去上班了。金齐欣身体虚弱，梁星上班之前替丈夫准备好中午的食物，出门之前，她暗自祷告，请神开启金齐欣的心灵，让神的荣光住进他的生命，时刻陪伴他，让他快快地好起来，让生活快快地恢复正常。

　　那一段时间，要经常陪着金齐欣进出医院，即便上班，梁星也是三天打鱼两天晒网。好在已经在政府部门工作多年，攒了不少假，加上每年的病假事假轮番用也还有富余，老板是个快退休的法裔慈祥女人，对她睁一只眼闭一只眼，梁星的日子倒没有因为金齐欣的病而变得紧张不堪。

　　难受的是心情。那种持续的不稳定感，那种焦灼的渴望预知未来的感觉，空气一样充斥着每一次呼吸。有时，她会突然感觉前途是黑暗的，死神把金齐欣苍白失了血色的面孔摆放在她面前，她甚至看到自己抱着丈夫僵硬的身体痛哭流涕的场面。她的眼泪就会不自觉地流淌，她感觉无助和无奈，心跳加快，大脑空白，似乎从悬崖上坠落，双手呼啦着，却抓不住任何依靠。她发现自己变得比以前敏感，别人多看她一眼，她就看出了同情的味道，别人不经意的一句"人生无常"，她就当作是说给自己听的。她不喜欢这种感觉，一贯骄傲的自己突然变成了被同情的对象，太不舒服了。她尽量昂首挺胸，可仿佛有个硬物顶在她胸口，让她无法挺直胸膛。她尽量笑容满面，可她感觉自己的脸好像贴着一层看不见的胶带纸。疾病啊，为什么上帝要给她的家庭这样的考验？难道真的像金齐欣所说的，有着什么大的福分在前面等待着？她不再去想自己想不清楚的东西，日子总得照旧往前过，她默默祷告，别的都交给神。

　　一天天，她在这样复杂的煎熬中度日如年。她经常在金齐欣身边阅读圣经，读着读着就开了小差。金齐欣伸出手来碰了碰她，她才从白日梦中惊醒，看到丈夫关切的眼神，顿时心生愧疚。金齐欣想，妻子又在为自己的病犯愁,安慰说:"一切都会好起来的,现代医学这样发达,治疗会成功的,我相信癌症会离我而去,很快我就又会活蹦乱跳了,我不会把你孤零零地留下,你放心。"梁星心潮澎湃,两人抱在一起,一切语言都是多余的。

治疗过程中,梁星和金齐欣都尽量避免触摸对方的肌肤,男女之事在这种情况下太奢侈了。两人的拥抱于是穿衣戴帽,累累赘赘。即便在床上,睡衣结实地穿着,搂了抱了,也随即松开。

"晚上的药,该吃了,我去给你倒杯水。"梁星说着,从床上起身,招呼金齐欣吃完药,两人才又躺下。

"别多想了。早点睡。"金齐欣说。

梁星合住圣经,放在床头桌上,关了台灯。黑暗中,两人静悄悄地入睡,身体中间间隙宽敞,睡得下另一个人。

梁星去教会崇拜的日子,她仍然忍不住默默注视着陆西安的一举一动,陆西安在台上读经,她目不转睛。她感觉到他同样的关注,虽然只有不经意的一瞥。陆西安为会众分发圣餐圣酒,她故意从他手里接过圣饼,动作缓慢,两人的手指悄悄地碰撞了,像老朋友打着招呼,两人的心于是都轻轻地打了颤。

上班时,陆西安和梁星偶然在饭厅或楼道里碰到,都微微有些异样。

"你好!"他说。

"好!你也好!"她的心就快速地跳起来,脸也温热了。

距离使曾经模糊的一切变得清晰,那种兄妹一样的无拘无束、挚交一样的光明磊落,因为不能再见面而变了味道。思念,变成了双方向的运动,具体而且清晰,有形有物。陆西安看着 A 片进行的手保健操越来越频繁,屏幕上嗷嗷叫的女人就变成了梁星。而梁星,则在苦恼的空隙,一遍遍地想着陆西安的温度、味道、眼神和声音。她想着他的温度的时候,皮肤就温暖起来,想着他的气味时,鼻腔里就充满了那气味,想着他的眼神,她看到哪里,哪里就好像都是他的眼睛,想到他的声音,她的耳朵就嗡嗡响个不停,那低沉缓慢而充满信心的声音多么美好:"来吧,我们祷告……"。

梁星对陆西安的情感是单纯的,她简单地认为神的爱是唯一无私的爱,而且是永远正确的爱,自己只要信靠神,就担当得起一切矛盾和不幸。这种对陆西安的思念,她也单纯地归给神,一切不是安排在神的手中吗?这种感情难道不是神在引领?一切都很纯洁。她很奇怪自己在这段肉体交合的空白期，竟然没有强烈的渴望，一定是治病的繁琐程序和精神上的极度疲惫减弱了她的肉体欲望。在想念陆西安那些温度、气味和声音时，她也从来不曾把它们变成裸露的身体。她为此加倍感谢神的带领，她说："神啊，你是何等崇高伟大，你教会了我远离低级趣味。我为此献上无尽的感恩，我要永远地爱你，请你掌管我的生活，掌管我的家庭，让金齐欣的身体快快地康复吧！以耶稣基督名祈求，阿门！"

日升日落，世界按部就班，一切都规律地平稳运行。最纷乱的总是人心。陆西安的感觉却十分混沌，哪个自己是真，哪个自己是假？神的教诲和教会大家庭是真？还是欲望的片刻宣泄更真实？他痛苦着，不得其解。他怀疑自己，怀疑世间的一切，甚至怀疑圣经的真实性和神的存在性。一想到这儿，他就恐惧万分，他祷告着辱骂自己，祈求神的原谅，他向神许诺改正的决心。可是，几个小时以后，不洁的怀疑又会不请自来。他的痛苦就更深地折磨着他。他把罪恶归给魔鬼撒旦，他继续祷告，求神做他的盾牌，战胜撒旦的诱惑，坚定对神的信心。

他大声地朗读圣经："耶和华啊，求你不要向我止住你的慈悲；愿你的慈爱和诚实常常保佑我。因有无数的祸患围困我，我的罪孽追上了我，使我不能昂首的罪孽比我的头发还多，我就心寒胆战。"

"耶和华啊，求你开恩搭救我！耶和华啊，求你速速帮助我！"

他在家里来回地踱着步子，寂静的夜晚因此变的喧闹，他觉得嘴里冒出来的"诗篇"章句，因为这人造的声势而无限放大，撒旦是惧怕这种神圣的气场的，他坚信。直到口干舌燥了，他才停止朗读。夜已经深了，他把自己放在淋浴喷头下面，水调得很烫，他被烫得跳来跳去，却不去对冷水。他感觉着皮肤对水温逐渐的适应，终于在龙头下安静下来。他让热水从头顶放肆地冲刷，水流很大，皮肤被热水烫成了红色，水帘遮得他几乎不能喘息，这才把鼻子移开一点，眼泪却流了下来，他干脆大声地哭了起来，"人啊，有他妈什么意思？"他的拳头擂在淋浴间的瓷砖上，他的哭声夹杂在水声里，断断续续，好像神从遥远的宇宙空间发射的信号，微弱而断续，断续又微弱，人似乎接到了，又似乎没有……

尽快把金齐欣的母亲接来同住的主意是梁星提出的，移民手续还在办理中，等不及了。金齐欣当然非常高兴妻子的开明和善解人意。眼看着老人到来的日子渐渐近了，梁星却变得坐立不安。

她拨通小唐电话："我愁死了，小唐。无论如何你得给我出个主意。"梁星对着话筒愁眉苦脸。

"不就是要和婆婆一个房檐下生活吗？这么没出息，金齐欣手术的时候我都没看到你这么发愁。"小唐答。

"金齐欣生病，我们仍可以同心协力共度难关，他妈来了，真不知道会发生什么意想不到的矛盾。婆媳打斗的故事如雷贯耳，你说我能不紧张吗？"

"亲爱的，放松点儿。你现在有神和你同在，时常祷告，不会有问题的。"小唐是永远轻言细语的鼓励。

"他妈啥都不信，还特别反对迷信，性格非常刚硬，怎么办呢？"

"唉，来了再说，好不好？有问题咱们随时联络，我们兵来将挡，水来土掩。神会帮助我们的。唉！接他们来也是你的主意，你现在又紧张成这个样子。这个决定是不是有点儿草率？"小唐笑问。

"金齐欣得了这么重的病，虽然手术和放疗都很成功，毕竟不能再掉以轻心。他妈移民申请已经等了四年多了，还不知要等到猴年马月去呢。我想还是接来吧，要不金齐欣要真有个三长两短，那不成了一辈子的遗憾？"梁星唉声叹气。

"你别胡说。金齐欣不是恢复得很好吗？早期得到医治，一定不会再犯，别让负面思维干扰生活。你啊，放松些，老人来了有一个适应过程，夫妻还要磨合呢，何况老人？大不了你让她单独住另一个房子去，你家最不缺的就是房子啊。"小唐咯咯笑起来。

梁星和金齐欣是五年前陆续给双方父母提交了申请移民的手续的。刚出国的时候读书求学，两人从国内出来，满心向往美国，来了加拿大，并不安心，总想着毕业后就去美国找工作，然后定居美国，自己生活尚不稳定，何敢奢望接父母？至于为什么喜欢美国，无具体缘由。美国是全世界人民向往的国度啊，世界霸主，国力强大，人民生活优越安定，工资高，福利优良，教育领先，有什么理由不喜欢吗？加拿大相对来说，气候就不得不打折扣，严冬漫长，要领受苦寒与风雪考验。当年金齐欣申请学校先申请的是美国，美国虽取得了录取信，却没申请到奖学金，签证无望，小两口失望之余，全部精力才投向加拿大，金齐欣申请了五所学校，竟然被三所录取，其中一所，还给了奖学金，就这样，金齐欣终于带领全家迈出国门。两人毕业后双双顺利在卧春城找到工作，头几年转战美国的心思还没消失，自然没动那接老人出来的念头。几年之后，渐渐适应了加拿大淳朴安定的民风民情，政府工作这样高福利而稳定平静的金饭碗捧着，人人羡慕嫉妒恨，过去那些向往美国的好处一点点消失，这才死了挪动的心思。回头看，一转眼已经出国十来年了。

金齐欣的父亲过世很多年了，母亲年近七十，一直独居。"父母在，不远游"的孝顺之道，出国奋斗的子女们少有能遵从的。苦尽甜来，接母亲出来就变作一件箭在弓上的状态，金齐欣给母亲递了申请不久，梁星也开始给父母办移民。

"你妈能来，我爸妈就不能来吗？"梁星理直气壮。

"我没有说不能接你父母来。只是咱们的担保资格，同时接两家父母不知道是不是有点儿够呛？不妨等等再说。"金齐欣实事求是。

"不申请，怎么知道咱们不够资格担保？你妈已经申请了半年多了，咱们这也不算一起申请，如今申请的人这么多，老人移民要等好几年。老人一天天见老，一天就是一天，怎么等得起？我就要现在申请。"梁星主意一定，金齐欣也不再多言。两家父母的申请就那样前后脚完成了。

这几年，街头巷尾，华裔老人的面孔渐渐多起来。短期探亲旅游的有，更多的人是直接给老人办了移民。

老人接来后的安顿方法，五花八门。有给老人申请政府资助的公寓楼，让老人出去住的，同一个城市，分开住，既保证隐私空间，又方便互相照应；条件好的，还有给老人单独在小区附近买房的，多了份投资，也保证各自的隐私空间。还有两家老人和儿女一起挤在一个屋檐下的，三代人三个不同家庭合并一处的场面，是不启用想象力想不出的热闹；当然最多的情况，是一方老人住在家里，承担儿女一家的后勤工作，保姆、厨师、园丁、菜农、清洁工，身兼多职。也有个别老人实力比子女强大，给儿女买房置地，反过来照应儿女。

天气好的时候，小区公园里带孙女孙儿打秋千玩儿沙子的老人们，群群伙伙站在树下聊天，成了一道独特风景。那风景下面，东家长西家短，谁家老人和子女又吵闹了，谁家老人赌气回国了，谁家老人累病了住医院了，一样消息不会落下。也不总是负能量占上风。某某教会的老人主日学特别好，整个星期，就盼着周日呢；东北那个退休音乐学院的教授拉起了一个老人合唱团，想参加吗？广东画院的那位翟教授开始教国画了，一起学吧？河南那位武术传人薛老太开始教太极拳了，连老外都跟着学呢；哦，中科院的退休院士老刘开了个物理化学辅导班，专给高中生补课……

51

等到梁星准备接金齐欣母亲来时，卧春城的华裔老人群体已经很有些规模了，生活条件良好的静湖区更是走在前列。

"我公公婆婆来的早，刚来时相处的那个艰难啊，几天几夜都说不完。到儿子家来，就是要来做主的，我这个做媳妇的连说话的资格都没有。我这么脾气好的，也气得天天想离婚。以后有空给你讲，故事多得很。"小唐在电话里语重心长。"后来他们住到老年公寓就渐渐好起来，从别的老人那儿学了很多，思想开阔了，旧观念开始渐渐改变，对我也越来越宽容。现在懂得动不动给我买点儿东西小恩小惠一下了，感谢神，日子终于不必因为老人掺和而乱七八糟了。"

"你怎么从来没跟我说过这些？"梁星很吃惊。

"说什么？过去的就过去了。现在好了，不就 OK 了？你如果不提这个话头，我还真想不起来那些烦心事儿。再说，后来他们都信了主，性情也改得越来越好，你说咱们基督徒是不是要宽怀为本？还提那些陈芝麻烂谷子干什么呢？"小唐笑嘻嘻地说。"他们都是热心人，来的时间长了，对这边的生活习惯都适应了，到时候让他们带带你婆婆。老人来了总有个适应过程，人老了，适应的慢，你得有个心理准备。国内老人的封建老脑瓜儿，想啥怪事儿的都有，你倒是真应该准备好迎接挑战。这也是神给你安排的机会，让你磨练心性啊！是不？"

"是。我同意。道理都明白，可是，心理就是害怕，麻里麻烦的。你说这是不是人的罪性？自私地不想自己的小生活被干扰。"梁星问。

"是。咱们是不完美的人，不是完美的神。别对自己太苛刻了，你已经做的够好的了。到时候，让她多参加老人活动，老人有了社交圈，就不会把劲儿往媳妇身上使了。到时候，你随时跟我联络，我能帮的尽量帮，车到山前必有路，咱们还有神保守，你就放宽心吧！你如果老是忧虑，对金齐欣也是压力，有害无益。好了，我们多为你祷告，别忘了神的看顾。"

放了电话，梁星的心情明朗起来，小唐说的对，兵来将挡，水来土掩，别再自寻烦恼了。

老实说，手术和放疗都很顺利，除了身体虚弱，容易疲劳，金齐欣并没太多的不适和痛苦。梁星托国内亲友买了冬虫夏草给他吃，还开始引进抗癌食谱，洋葱、西红柿、蘑菇、木耳、大蒜、柠檬，轮番上阵。放疗期间，金齐欣的体力已经恢复到可以上班，医生只有鼓励没有异议，梁星看金齐欣在家呆着快憋疯了，也就随了他去。金齐欣和老板商量好每天只工作大半天，老板专给他一些重复性的轻省活计，负荷不大，混着上班，混着下班，反倒比生病以前自由自在。本地人很少显示出额外的关注，文化使然，人们从小就被教育对残疾者、智障者、病患者要一视同仁。不对他们表示额外关注，显示针对常人的尊重、甚至忽视，就是给病患者提供最强大的信心和鼓励。

反倒是中国人过分热情，见了面没有不显示一下同情和友好，外加劝说和建议的。金齐欣渐渐习惯了自己被同胞看作病人，也乐得顺其自然。躲着不见人，就像躲风躲雨躲避阳光和空气一样难啊。他学会了顾左右而言他，学会了笑而不答。渐渐的，人们关切的问候也就销声匿迹了，日子还得往前过，各过个的吧，谁也别给谁添加负担。明天谁知道？好好过今天吧。金齐欣发现自己的变化很大，看世界的目光突然轻松下来，他甚至跟梁星说："咱们把那投资的房子卖掉一个吧？少点儿贷款，就少点儿心思，也少些麻烦事儿。多点儿闲钱就多点儿开心的选择，咱用来旅游度假娱乐。"

梁星很吃惊。她坚决地摇着头，说："现在这些房客都是我操心，报税什么的交给会计事务所做，房市稳定，不卖！一切都很稳定，先保持原样吧。"她其实心里有一层不愿坦白的想法，如果金齐欣有个三长两短，多个房产，就多一份经济上的安全。只要房市不跌，她宁可多操一点儿心。如果家里少了一份稳定收入，这些房产都是救命稻草啊。不过，她对金齐欣的态度转变感到欣慰，过去那么精明能干会算计的丈夫，变的心态平和了，欲望降低了，这是自己信了主也越不过去的坎儿。这生死门前走了一遭，真是一堂最好的人生观重塑课堂，教授就是生命本身。

和小唐打完电话，梁星无所事事，准备看一个国内的电视连续剧。金齐欣被球队队友拉出去小聚去了，他虽然停止了打球，和球队的几个铁哥们儿仍然关系密切，经常有人招呼他一起去看球、吃饭等等。医生说，恢复体育锻炼是必须的，只是剧烈运动要看身体条件是否允许，用药期间体力不支，建议走路、游泳等轻微运动。要回到球场上还需时日。眼见着金齐欣身体一天天见好，面色也渐渐地红润光洁起来，倒添了几分没生病时不明显的白马王子的秀气和文雅。梁星巴不得他快快地好起来，保持心情愉快，有朋友约他出去，她总是大力支持，只是不忘了千叮咛万嘱咐："酒不许喝！记住了！这个马虎不得，致癌！"

家里很安静，起居室里隐约传出电视机声响，她走了过去，是勇子在看冰球比赛。

"勇子，你过去不大看冰球，怎么最近突然有了兴趣？功课做完了？"梁星问儿子。

"妈，今天是周六的冰球之夜啊！你还真当我小孩吗？在加拿大，不懂点儿冰球，丢死人。这两天咱卧春城的水獭队打得漂亮，估计能进二轮赛。下课时同学们常常议论，我也不能太孤陋寡闻吧？"勇子眼睛盯着电视机，目不转睛。"哎呀！屎！这个球没进，真可惜！"他擂着皮沙发，额头上一排青春痘熠熠发光。

勇子真是越长越精神了，个子高高大大，身板儿虽单薄，骨架却很结实，五官十分端正，朗眉俊目，唇上新鲜的绒毛胡须颇有些勉强的成熟味道。

"勇子，你奶奶下个月就过来了，住你隔壁那间睡房，你没意见吧？"梁星问。

"啊？没意见。"

"你奶奶长啥样儿你还记得吗？"梁星问。

"有点儿印象，不深。"勇子答。

"你……"梁星还想问，勇子不耐烦地说："妈，你让我专心看看球赛好不好？奶奶长奶奶短的，加上前年回国，我总共就见过她三次，每次就呆不到一周，你还想知道什么？"勇子的眼睛终于从电视机上移了过来，他冲着梁星说："妈，我就不明白你们怎么想。你最近这么紧张，你如果害怕奶奶来，你为什么要接她呢？为什么两种生活要搅和到一起呢？奇怪！"

梁星咽了咽唾沫，半晌才说："你这么想问题？可她是你爸爸的妈妈啊！"

"我爸的妈妈怎么了？子女长大了成家立业，爸爸妈妈还住在一起，合适吗？好像只有咱们中国人这么干吧？我看这儿的人九十几岁的老人也是自己一个人住，八十几岁的老头子还颤颤巍巍地开车呢，也不怕吓死别人。我哥们戴维的奶奶，电话接完，都不知道放回去，老的啥都不记得，眼睛全瞎了，还一个人住着独立房呢，戴维爸妈和他叔叔婶婶怎么劝老人到自己家同住，老人都不愿意，没自由，没隐私，没空间了啊！妈，要我说呢，你如果准备接奶奶，你就乐呵呵的，别这么愁眉苦脸，要不就别接。"勇子唧唧呱呱说了一大堆，把梁星撂在不知所措的境地里。她暗自感叹孩子的直白和一针见血，走过去想摸勇子脑袋，被闪开了，她嘟囔着："这儿子！"也不介意，俯身从电视柜里拿出国内买的一包 DVD，上楼去卧室看电视。

起居室的电视是宽屏超大高清的，儿子看，她自动让位。婆婆来了，恐怕得申请一个中文电视台给老人看，这个还得问问小唐，别弄上那个莲花功的电视台，反共教育旷日持久地在家里叽哩哇啦，气场坏掉，可掰不过来。家里有个身体有病的，如果再添个精神有病的，日子可怎么过？

她想起上周祷告会，教会一个陈姓姐妹求大家帮她求神的事。陈姐妹的母亲练上莲花功，来了加拿大见人就讲，魔怔了，外面丢人不算，回家也是半仙。半夜两点钟起床在走廊里哼哼唱唱，说家里房顶上正在旋转着五彩莲花，拼命劝说陈姐妹夫妻退党退团，说莲花主在美国发功治病，不用吃药打针可以长命百岁，是世界第一大功。一夜鸡犬不宁，陈姐妹的丈夫死活要搬出去住，眼睁睁看着一个家庭摇摇欲坠。摊上这样的妈，怎么办？小唐带着众姐妹祷告求神降恩，日子过去一周了，也不知如今陈姐妹家怎样了。

梁星盯着电视银屏，是《铁齿铜牙纪晓岚》，张国立的小眼睛正神秘地放射着智慧光芒，可梁星的脑袋里闪烁着的，是陈姐妹苦苦地面孔。又是父母与儿女同住的例子，又是反面的教材，我这是怎么了？她问神："为什么我没有办法放松，为什么我不能不想这些负面事情？我怕什么？"

四、

冰儿的头发长长了，齐腰，风里飘着，延伸出黝黑绵长的妖娆。初冬的寒冷把一张玉脸冻得粉红，一顶有沿的贝雷帽遮着额上淡淡的皱纹，黑色薄呢中裤，两条长腿直溜溜立着，齐踝平底短靴一蹬，简直就是十五六岁少女的清纯。她拿着手机指点着旭蓉蓉约会的路线，身边招来许多目光。

"对了，就是街角的提姆霍顿咖啡店，我先进去了，冷了。呵呵，人们盯着我的目光虽然热烈，也不够让我暖和过来，风太大了。"转身进了咖啡店，赶上晚饭时刻，队伍蜿蜒到了门口，她就势排在尾端。手机滴地响了一下，一定是他。打开手机，短信标识亮着。"我还在等你回话，今天到底见不见？"

她抬腕看了一眼手表，旭蓉蓉再过十分钟就来了。"好吧，你来吧，过半小时，贝尔街的提姆霍顿咖啡店。"

旭蓉蓉放了冰儿电话，就给贾易生发短信说晚饭不回去吃。什么大不了的人物，要我作陪才可以见？旭蓉蓉进门时，冰儿还站在餐台前，"我等餐，你找个地方先坐，我给你要了你喜欢的知力汤和黑面包，两份奶的咖啡。"

旭蓉蓉靠墙角坐了，看着冰儿端着托盘的身影翩翩而至，嗔笑道："美死了，这是要见谁？"

俩人面对面坐下，冰儿才把帽子摘了，说："记得吗？上次跟你说过的那个网友，对诗对多了，就有了邮件联系，跟他说过好多次我有家有口的，那人就是倔，一味地表达爱情。今天突然就给我发邮件说已经到了卧春城，是出差开会，要见面。我不找你当电灯泡，找谁啊？谁知道是个什么人，安什么坏心眼儿。"

旭蓉蓉摇着头笑，说："我看你还是蛮重视的，要不干嘛穿这么年轻？小妖精似的。"

"唉，你含蓄点儿好不好？咱就这点儿虚荣心，让你撕得体无完肤。好歹是粉了我好几年的粉丝，我还能不像点儿样子？再说，也不是什么新衣服，几件旧的休闲装，随便一搭，就这效果。"冰儿洋洋得意。

"唉，要不说上帝不公平呢，造了你这样的才女加美女，奇。底片板好，照片没有不好的道理，穿啥都上相。"旭蓉蓉赞美道："我要是个男人，也会爱你！"

冰儿的长胳膊就伸了出来，摸了摸旭蓉蓉的脸，说："我早就爱上你了，是不是男人，都一样。"旭蓉蓉早习惯了冰儿的亲近方式，也不躲，俩人目光缠了缠，对着笑过，该干啥干啥。

俩人喝着汤，一边聊。"实话跟你说，我怕自己忍不住，干出坏事儿来。你在我身边，就像立着一个防疫针，我的软弱就会变成坚强，免疫力大幅提高！"冰儿说，"你呢，也帮我判断判断这个人。"

"判断他什么？你又不准备甩秦男，这人好不好，坏不坏，跟你有什么关系？莫非你动了什么心思？我看你游移不定，这么没定力，怕是也蛮喜欢他。"旭蓉蓉喝着汤，脸上飘着幸福，说："这次轮我请你，你怎么又抢了先？这汤太好喝了，真暖和！"

"什么轮你轮我的，好喝就使劲喝，不够了我再给你买一碗。"冰儿也喝，故意夸张地出了声音，又说："是好喝哈！"

　　俩人喝得里外暖和，这才言归正传："你还别说，这人还真有点儿魅力，高科技公司的主管，在美国都是六位数以上的薪水。古典诗词出口成章，应和诗词中规中矩，很有些底子，据说是人大中文系毕业的。英文也好，动不动写点儿英文短文和诗歌，很象样子，所以我的英文博客，他也跟。他还在同心圆网上唱歌，在那个唱坛小有名气，男中音，我听过一两次，不敢再听，很动听。你说这么优秀的人，怎么会没有老婆？怪了吧？所以我觉得有诈。"

　　"看看，果然对你的心思。这不成了你的蓝颜知己了？那你到底什么态度，就维持蓝颜？所以让我来当电灯泡？"

　　冰儿的手又伸过来摸了一下旭蓉蓉的脸蛋儿，说："聪明！连蓝颜你都懂。你给我讲讲什么叫蓝颜？"

　　"考我吗？好，我就给你说一说，别吓着，昨天刚看过维基百科。蓝颜呢，就是亲情、友情、爱情之外的第四种情感，比友情多一点，比爱情少一点。他是给你这样的现代多情女子量身定做的一种男性朋友。你可以跟他无话不说，掏心掏肺，可你和他没有肌肤之亲，甚至连面都没见过。可是你们在电话上、在网络上，如影随形，不弃不离。你痛他也痛，你喜他也乐。你不敢告诉身边人的话，可以对他讲，你不愿公开的苦恼，可以放肆地向他倾诉。你们知心知意，除了身体，别的都知道了。你们是彼此精神停泊的港湾。他既是你的减压仓，又是你的舒缓剂。好像你生活的风景里，那个风，那个天气，没有这股风，你的风景就没有动感和生气，没有天气，就没有你的风景。可你抓不住风，摸不着天气，你只能感觉到它，它是实实在在的存在。一天不联络，你们会揪心撤肺地想念和惦记对方。你们几乎就要变成恋人了，你们不能见面，如果这层膜一破，蓝颜太容易演变为情人，这正是你今天最担心的。"旭蓉蓉没说完，自己已经欢乐地笑出一脸花朵。她克制着笑容，长叹着说："近朱者赤，你看，粉了你这么久，我也出口成章、妙语连珠了。"

　　冰儿也笑得毫不收敛："行了行了，我带出徒弟了。你老实交代，怎么会把这个蓝颜研究得跟计算机程序一样深入细致？风和天气的比喻也太美了，比我高明！是不是也在发展蓝颜？在座的这些人里，没第二个会这么明白蓝颜的意思，得，我的冠军小姐，我服了你。"

两人吃着笑着，冰儿低声说："你说我笨不笨，早晨他来电邮，一上午志忑得啥都干不了，心里装了兔子。一直在犹豫见不见，怎么见。直到想出找你当电灯泡这个高招儿来，才一块石头落了地。我怕的不是他，正如你猜到的，是我自己！"

"唉！你啊，性情中人，也难为了你。"旭蓉蓉突然感觉悲哀，她突然想起了芯儿里苦。那天陪冰儿逛情趣店买玩具伴侣的情景也莫名其妙地浮现出来。秦男那个木头一样的理工男生，怎么能进入冰儿多情善感丰富细腻的精神世界？他连冰儿的博客都没有读过一篇啊！冰儿如果没有这位蓝颜，也早晚会有绿颜黄颜，这太正常不过了。

"那你怎么打算？既然叫我来，就是要永远保持纯洁的关系。你放心，你让干啥就干啥。那你说，我该干啥？"

"啥也不用干，有你在，我就心定了。"

两人同时看到门口进来的华裔男子，寸头黝黑浓密，宽额阔脸，鼻直口方，灰色夹克里露出雪白衬衫，黑色板裤有棱有角，身材高大健硕，目光灵活机敏，朝着众人一扫，如同刮起一阵微风，那微风说停就停在两位华裔女子身上了。冰儿已经起了身，用眼神招着手，旭蓉蓉抬头看自己的好朋友，哇，怎样一张端庄正派又娇媚温柔的粉脸。

男子走了过来，远远地伸出手来握住冰儿的手，微笑着说："幸会！半满美女吧？我是周桥。这位是？"周桥的眼睛落在旭蓉蓉身上，他的眼神里略过一丝犹疑。显然，这多出的一个人，是意外。

"我好朋友旭蓉蓉。蓉蓉，这就是周桥。对了，这不是你的本名，是网名，看看，你的本名我倒忘了。"

"啊，周桥好记，我本名太生涩，没人叫得准，卞睿熙，不怪你记不住，我还是刚和你通邮件时告诉过你一次，后来不都是用周桥这名吗？从小总要因为我的名字和别人多费口舌，专门起了这个容易的网名，让大家都省省脑筋。"周桥说着，已经坐下，眼神不经意地在两位美女身上扫来扫去，很满足的样子。他环视着四周的人群，说："首次见面，在咖啡店，太不好意思了，你们别吃了，留着肚子，我请你们去别的地方吃饭吧。"

周桥看起来很大气，说话大气，举止大气，眼神也不遮不掩地大气着。倒是冰儿一直有着几分拘谨，眼神躲躲闪闪，腮红一直不肯褪去，配上这一身年轻的装束，更加显得稚嫩。旭蓉蓉看着自己面前这一对男女，心想，冰儿别是真的动了心吧？这男人面相不错，就是眼神有些活泛，在女人面前这样无拘无束，怕是易犯桃花运。

"不用了，我们俩现在都节食，已经吃得差不多了，你是客，我们是主，哪有让你破费的道理？就别换地方了，我们也不麻烦了，就给你在这儿点几样东西吃吧？你要什么，我去买。"冰儿说着起了身。那周桥又坚持地劝说要去饭店，看两位女士确实没心思，才把冰儿按下，自己去买咖啡和小吃。

　　"真不错啊，难怪你动心。"趁周桥不在，旭蓉蓉小声说。

　　"别瞎说，谁动心了？"冰儿的脸更红了。

　　"看你那张桃花脸，亲爱的，骗不了人的。没事儿，我给你把门儿。"旭蓉蓉挤了挤眼睛。

　　周桥坐回来时，也端了一个汤和一个粗面包，外加一杯大号咖啡。"向女士学习，节食。"他嘿嘿笑起来，露出一排白牙，眼角皱出几根粗壮的纹路，又道："'随宜饮食聊充腹，取次衣裘亦暖身。未必得年非瘦薄，无妨长福是单贫。'半满才女，知道这是谁的诗吗？"问完，也不等冰儿回答，接着解道："这是白居易的诗，心态太好，文人的看破与高洁，就该是这样的。这首诗最后两句更是画龙点睛之作'随分自安心自断，是非何用问闲人。'，有了这份自安之心，外界的富贵名利也就无法干扰心中的平静了。二位好兴致，不大鱼大肉，是真雅，难怪都这么漂亮。"

　　旭蓉蓉和冰儿对了对眼，都笑。冰儿说："你出口成章，别吓坏我们，酸文腐儒，还不够吗？一见面就给我们加压。"

　　旭蓉蓉接道："别，你们有文化，这些'古代话'我听着很受用，我最好学了，继续继续，免费课堂。"

　　那周桥这才面露尴尬，知道自己太张扬，早知道要见面吃饭，腹稿提前打了好几份，怕冰儿小看自己，这不过是第一招杀手锏，没料到会招来美女们的调侃，自己也觉得假。

　　"我检讨，我检讨！"低头的一刹那，有了男孩的羞怯。冰儿看着他的眼神游离起来。旭蓉蓉只是抿嘴儿笑。

　　后来的交谈轻松下来，周桥干脆摘了面具，家长里短地和二位女人闲聊，不外乎工作内容、生活状况等等，把诗词歌赋撇在一边。他很懂得不厚此薄彼，三两句跟冰儿说罢，就会把话头挪到旭蓉蓉这边来，绝不冷场。咖啡喝完了，两位主妇家的概况也幻灯片走了一遭。倒是话题一到他自己，就三绕两绕去了别处。旭蓉蓉隐约感觉这男人有故事，文人，没故事倒奇怪了，也不挑明。只是觉得冰儿几次欲言又止，那周桥老要照顾到面前两个人，说话不顺，便找了个机会去厕所，假装便秘，坐便器上不起来。哎，电灯泡那么容易当吗？

旭蓉蓉一走，周桥就说："你是专门的吗？"

"什么？"冰儿佯装不知。

"带朋友来见我，怕我吃人？我对你是真心的，你别让我伤心。"周桥直愣愣地说出来。

冰儿把头扭向一边，看着窗外，心里恨旭蓉蓉不仗义。"我，我不是跟你开玩笑，信里说的都是真的，我是有家有口负责任的良家妇女，不会跟你……"话没说完，脸早红了。

"我也是良家好男啊，不敢奢望你离婚跟我走。我只希望我们可以更深入细致地了解对方，既然见面，为什么不可以单独相处？知心话说了这么多，难道这点儿信任都没有吗？我还要在这里呆一天，如果你愿意，我可以请假多呆几天。"

"不，不，不！我觉得见面本来就不必要，网上聊聊不是很好吗？"

"见了你，我才知道网上多么有限。你比视频里的你更加漂亮清纯，哪里像两个孩子的母亲？迷人、优雅、温柔、善解人意、才华横溢，女人的好处都被你占了！上天真是不公平。为了多见你几面，我可以多逗留几天。"周桥毫不掩饰。说着，从兜里掏出一本书，递了过来，说："我写的，找国内朋友帮忙出了，古诗词，没人看，只能拿来送人，你别见笑。首页上有我给你题的一首词，写得不好，但都是真心。"

封面朴素得不能再朴素，布纹纸，象牙白，摸着有种涩涩的凝重，书名在右上角，只有一个字：吟。署名周桥，小的几乎看不见。冰儿克制着内心突然涌起的惊诧和抵挡不住的赞赏羡慕，唉！如果有一天，我也能出版这样一本书，该多好啊！

"好朴实的装帧！"她小声说。小心翼翼地翻开封面，折封上是周桥一张半身像和作者简介，照片上的人比面前这位年轻，冷峻英俊、棱角分明，眼神深邃地遥看镜头，直视自己，她下意识地要伸出手按住自己咚咚的心跳。

题词是柔中带刚的钢笔字，浑圆中透着委婉，一撇一那之间，坚定执着。

"长相思——赠佳人

朝难平，暮难平，倦倦相思倦倦影，秋冬春夏情。
昼思伶，夜思伶，才下眉头心上停，隔山隔水行。"

冰儿按捺着心中的激动，低头翻书。一页一首，上半页是诗词，下半页是诗词创作的来龙去脉，绝句，律诗，古文，词，都有，有些在网上见过，有些没见过。"真没想到，你写了这么多。多少年的功夫？"她问。

"家父爱吟诗作画，从小有些熏陶，上高中时就随便写点儿，随便丢了。这本是近年写的，零打碎敲，游戏之作，今韵，别当真。"周桥说着，手伸过桌子替她把书阖上，说："回去慢慢看，别耽误我们宝贵的时间。你说，之后去哪里？先让你朋友回去，我请你看电影吧？"

"不，真的不能。孩子在家等我呢。"冰儿面露难色。

"我从美国过来，你就真的这么不给面子？"

"我，真的不行。"

"那我求你行不行？"周桥压低声音说。

冰儿脸红得不象样子，只管摇头。

"难道，难道，我就这么没有魅力？"周桥声音高了，眉头皱着。

"不，不。这和你有魅力与否无关。是我不愿意。"冰儿嘟囔着，缺乏底气。

"那你跟我朝夕交谈是为了什么？难道不是为了今天？"

"不，不。我压根没想过什么今天明天。"冰儿也急了，"我只是顺其自然地聊着，没多想。"

"可我想了！女人被欣赏难道不是好事儿？我把自己都送到你面前，你还不明白吗？"

冰儿恨死了旭蓉蓉。她不再摇头，拎起包起身说："我去洗手间，对不起。"虽然声音微弱，终归是有了很多坚定的成分。周桥伸手抓住她手臂，也起了身，凑着她耳朵说："我求你给我一个机会。"

冰儿匆匆甩着胳膊，转身快步走向洗手间，耳边还留着他热腾腾的呼吸。

"死妮子，在哪里？害死我了，太不仗义了。"冰儿进了卫生间，对着一扇关着的隔断门就说。旭蓉蓉却从身后绕了出来，笑嘻嘻说："干嘛？我这不是刚完吗。怎么样，有什么进展？"

冰儿等着旭蓉蓉洗手，看着镜子里慌慌张张的自己，确定卫生间里没有别人，摇头说："我真笨！自己怎么就搞不定呢？你说我是不是太软弱了？我是真的没那个意思，可他真是有那个意思。"

旭蓉蓉抬头看着镜子里的冰儿，说："你看你的样子，哪里是不乐意，分明是心里乐意，道德上又放不开。唉，我不管你。你给我个明确态度，我配合。"

"那就是一个 No！不管他多有魅力，我就不信自己会走出这步，以后日子怎么过？我做不到脚踩两只船啊！我怎么能做出对不起秦男的事儿呢？你帮我。再别上厕所了，害死我！"

"你如果想要坚决的，我们立刻给他冷场就好了。"旭蓉蓉耸了耸肩。

"那也别，人家大老远来，聊了两年天儿，这也有些过分了，以后变成仇人？你别离开我就好。"冰儿变成了哀求的小孩儿。

"唉，优柔寡断，我看你还是动情了。你们啊！文人，没办法！"旭蓉蓉摇着头，两人从厕所出来。

"是看电影还是去酒吧喝点儿酒？要不到我旅店房间坐坐？时间还早呢，两位女士尽管吩咐。"周桥坐着不动，等不到结果誓不甘休的样子，显然不再坚持把旭蓉蓉排除在外。

"那就去酒吧吧，老实说，出国这么些年，我从来没进过酒吧。"旭蓉蓉说。

三人走了两条街，进了一家苏格兰酒吧。门脸只有一扇门，里面竟然柳暗花明，宽大无比。吧台在正中央，一片开阔的座位围着，灯光昏暗，音乐清幽。三人找了靠墙的车箱座坐下，带位小姐刚走，服务小姐已经把酒单送过来，一口气介绍了几样招牌菜，红烧羊肘、油焖鸭等等，周桥极力鼓动二位再吃点儿，两位只是不肯。就各自点酒。旭蓉蓉忙着东张西望，酒单上的名堂没一个认识，全由冰儿替她作主，冰儿就主点鸡尾酒，度数低，不会惹事，又好喝。给旭蓉蓉点了玛格丽塔，自己点了龙舌兰酒，周桥要了黑啤。

"还真是贤妻良母型的，否则出国这么久会没进过酒吧？"周桥叹道。

"你才知道？这样的中年女移民多得很呢。土吧？"旭蓉蓉不在乎，乐呵呵的，面对自己面前掐着柠檬的绿色液体很是兴奋。她伸出舌头舔了舔杯口一圈白色晶体，"呸呸"吐着，"是咸盐！"她露出苦相，逗得冰儿和周桥都乐，"是装饰用的盐，我的傻蓉蓉，真舔啊？当然了，盐就着酒喝能降低酒里勾兑时柠檬的酸涩滋味。"冰儿解释。

"谁像你，1.5 代，上学那阵就经常进出酒吧，我是刘姥姥进城，你早该给我扫扫盲了。"旭蓉蓉说着，已经大口喝了起来，"真好喝，这哪是酒？就是怪味儿饮料么，咸的。"

有旭蓉蓉这半真半假的二五精神，加上三口酒精下肚，话题立刻轻松起来。周桥说："不知道的，还以为你俩同性恋呢。好成这样。"

俩人对了对眼儿，都微笑不语，冰儿说："我没那福气。是不是，蓉蓉？她家老贾是她永远的白马王子。"

旭蓉蓉说："明明是秦男栓得你紧，怪我吗？"你来我往倒真有了八分味道。

"二位如果真有心思，诺，这是我酒店房间房卡，你们去。"周桥突然说。

两位女人都愣了，半天没人说话。周桥笑着说："什么年代了，这有什么不合适吗？"

旭蓉蓉突然咯咯笑了起来，说："周桥，你思想真开放。我们得像你学习，我们连纸上谈兵都算不上，你倒似乎是个实干家。"

冰儿脸上一阵红一阵白，使劲儿瞪着旭蓉蓉，旭蓉蓉只装着看不见，继续问："你这么英俊潇洒多才的人，怎么会到现在还单身，快给我们讲讲你的风流艳史。"

那周桥就收了一脸轻笑，皱了眉头，他已经在喝第二杯黑啤，虚的东西化在酒精里，脱口说出半句真心话来："可能是我要求太高，欲望太强了吧，少有人适合我，碰不上合适的啊。"

"对象有过？结过婚？"旭蓉蓉紧追不舍。

"唉，往事，还提它干嘛。"周桥摇了摇头，收了话头。目光呆呆地转到冰儿脸上，冰儿潮红微微，一只手撑着下巴，眼睛半迷着，把玩着手里的酒杯，灯光射亮了半张脸，另外半张变成朦胧画儿，睫毛的影子根根清楚。周桥呆了呆，也不顾旭蓉蓉在场，自顾自说："如果有冰儿这样的女人和我白头偕老，我愿意把自己的一切都献给她……"说着，手伸过来抓住了冰儿的手。

冰儿猛地一惊，抽出手来，眼睛已经转到旭蓉蓉脸上，旭蓉蓉不知所措，也楞了。

"我知道你俩好得跟一个人一样，我也不在乎了。蓉蓉，我跟你实话实说，冰儿她不快乐，我们网聊了这么久，你问问冰儿，我是不是她的知心朋友？你们女人真是，保住这个假了吧唧的矜持和狗屁道德干什么？不快乐就分手，女人生来应该是被人爱的，不是被人当丫鬟婆子用的。贡献、贡献、贡献，家，孩子，你们自己就不应该有点自己的生活和娱乐、开心和解放？今天我就来给你俩上上课，你们实在太不懂生活了，太单纯幼稚了。拿着鸡毛当令箭，赶紧扔了它。人生在世，就要及时行乐。美酒佳肴、谈情说爱、良宵共度，难道不是最快乐的境界？放下包袱，一切都没那么严肃，人就轻松了，就这么回事儿！"周桥一口气说完，咕咚喝干了酒，又向服务小姐招手。

冰儿想说话，被身边的旭蓉蓉在桌子底下按住。旭蓉蓉说："周桥，那你说怎么就叫放下？比如我们俩，有家有口，怎么放下？不管孩子，不管家？自己行什么乐？还有什么乐可行？"

"呵呵，"周桥笑了："你的情况我不清楚，也许家和孩子就是你的快乐之源泉。可冰儿我知道，家和孩子之外，她有着太多属于她的快乐，她只是憋着自己，委屈自己，糟蹋自己。蓉蓉，你是她闺蜜，你知道我说的是事实，对不对？比如她和我，她明明可以跟我有更好的交往，我们志同道合，不论文化层次、兴趣爱好、相貌心灵，甚至经济能力等等，没有一样不般配的，我敢肯定，以我俩多情的性格，更亲密的事情也一定异常和谐。"他也不顾忌两个女人目瞪口呆的神情，继续说："为什么她连跟我单独吃顿饭、看看电影都不敢？她这就是放不开！我现在希望她能放开一次，可她心里有个枷锁。我本来也没有什么奢望，即使有，现在也不能讲。我只是想握着她的手聊聊天，像在网上那样，无话不说。可她连这个机会都不给。你说她这是何苦？我这又是何苦？千里万里的跑过来看她。蓉蓉，你说有这样的吗？专门找了你来，是壮胆还是避嫌？"他又大口喝酒，继续感慨："你们没有发现吗？我们都很虚伪，我们都在强奸自己的意志，强奸自己的自由，强奸人类天然的本性，这就是放不开，这就是做人的艰难之处！人为什么不可以活的真实一些？为什么？"一咕咚，他又灌了一口酒。

"放任自己的心性，就是人类的自由？你真这么想？那样就不虚伪了？"旭蓉蓉很惊奇周桥的观点，和谁聊天会聊这种高深的话题？而且，面前这位实在太直白了。

冰儿眼角低着，她伸手按住周桥的杯子，说："周桥，你喝醉了，请你别喝了，我们这就送你回旅店。"说着，站起身来，旭蓉蓉也站起身来。

周桥看两位女士起身，仍然坐着不动，嘿嘿笑着，两手朝下摇摆着，示意二位坐下，说："对不起，你们先坐下，坐下！我没醉，我只是憋坏了，想痛快说说话！对不起，我检讨！你们放心，我不会吃了你俩，也不会酒后闹事儿，放心放心，就是说几句话！"见两人犹豫着坐下了，才又说："冰儿，你说过你渴望一种从心灵到肉体都和谐的爱情，是不是？如果你不给自己机会尝试，你的渴望怎么能够变成现实？你说说。这回，你说，我听。"

　　冰儿低了头，盯着面前杯子里一层恍惚的酒底，缓慢地说，语气平稳笃定："我承认你说的话有合理之处。但是，我不同意人人都要及时行乐，置家庭和亲人于不顾，自私地寻找自己的快乐和爱情。想，是一回事儿，做，又是另一回事儿。周桥，你说人和动物有什么区别？动物就是没有思想，想什么做什么。不对，即使动物世界，也有它自己的规则，不同类的动物有不同类的规则。我们人类，有我们自己维持生活和维持社会进步的规则，是不是？我们是高级动物，我们除了拥有欲望，我们也拥有克制欲望的能力。活在这个世界上，每个人都需要用一些虚伪的条条框框来限制支棱八翘的欲望，这就是人生，很正常的人生，否则，人人都会去犯罪。你说对吗？我甚至认为人人都有愤怒了想杀人，贪婪了想偷窃，渴望了想偷情，憋久了想骂人的状态，但人人都会做出来这些事儿吗？不会。因为人有做人的理性和约束。我认可这种约束的存在，甚至遵从它。至于我，我告诉你，无论我怎样向往我所形容的爱情生活，都不等于我准备放弃我已经拥有的并不完美的生活。想和做，在我完全是两回事儿。你明白了吗？你可以不管不顾，我不能！我认为这是我和你的本质区别。"

　　"天！你是知心大姐！你是永远光荣正确的！你刚才说的这一切，真的是你的思想？还是你从任何一本教科书上都可以背诵的东西？站在道德至高点上，有那么爽吗？你不觉得高处不胜寒吗？冰儿啊，你的灵气，你的聪慧都到哪里去了？你的与众不同哪里去了？你脑子里灌了铅吗？你这样活着，不累吗？难怪你不快乐，你被这些鬼绳子东一条西一条绑得紧紧的，还能够自由呼吸吗？你太亏了！我几乎要可怜你了！"周桥对视着冰儿渐渐泛红的眼睛，缓慢地摇着头。

　　旭蓉蓉听傻了，看着两个人激动的表情，出声不得。

　　"我知道我自己可怜，这很简单！可怜人必有可恨之处！我的可恨之处就是我优柔寡断，左摇右摆，有了东，想着西，占着北，望着南。折磨我的正是这些不切实际的欲望，它们彩虹一样美好，可你永远摸不着彩虹，你甚至永远走不到它跟前去。你只能远远地看着它，就是这样。这就是我的命运，我可怜的命运！"冰儿的声音很轻，却字字都敲得人心麻酥酥地难受。

旭蓉蓉在桌子底下握住冰儿的手，轻轻捏了捏。

"我要拉你出来，冰儿，我告诉你，我要让你改变，我要让你放弃你坚守的可怜！我现在就发誓，我一定会做到的！我可以给你幸福，是你要的那种。啊，设立一个终生目标，真爽啊！"周桥双眼盯进了冰儿的瞳孔，似乎要把自己的誓言冻进她的记忆里："冰儿，就这样了，来，为我的新誓言干杯。"他举着杯子，见没人响应，仰头就喝。

"谁告诉你我想要改变？也许我不想改变，也许我自己也没搞清楚正确和错误，也许生活在可怜之中就是我的归宿，也许你眼中的可怜，在我只是必然和现状，不存在可怜还是不可怜！你发誓干什么？你的发誓，或者许诺，会给别人带来压力，你懂吗？难道你看不到它已经给我又上了一道枷锁吗？你没看到吗？你口口声声是来爱我的，你明明是来欺负我的！单就这点，我不觉得我和你志同道合，我们的人生观有着本质区别。"冰儿越说越快，舌头没有被酒精浸泡失去能力，反倒精神大振。

"哇，你是马列主义教导员，你高尚，你隐忍，你遵守规则，我流氓，我低级，我自私。你高高在天，我低低在地。冰儿，我的半满女神，我膜拜你，这就是你想要的吗？"有几对目光从四周聚在他们身上。周桥胡乱点了点头，压低了嗓音，说："冰儿，我问你一个最基本的问题，你有没有过在我们聊天之后夜不成寐？有没有有过下了线就幻想着和我抱得紧紧地说话？我告诉你，我每次都这么想。我也确信你也这样想过。你为什么要骗自己，活在自己设立的骗局里，就那么有意思？"

"别再吵了，你俩，冰儿，咱不说了。我从来没见过你这么激动。"旭蓉蓉真的担忧起来，桌子下面的手紧紧拽着冰儿。冰儿低声对旭蓉蓉说："没事儿，你放心。"又转头对周桥说："你说的对，我想过这事儿，那又怎么样？这能成为一个现实生活中放纵自己的理由吗？人的大脑一天可以转过几万个念头，难道每一个都是完美无瑕、必须实现的吗？无论我多么喜欢你，甚至，甚至想你，那都是我的事情，和你无关。我想不想和你单独交往，我有权自己决断，我现在告诉你，我的回答是 NO！你认了吧！"冰儿说完，对旭蓉蓉说："蓉蓉，我们送他回旅店，他喝多了，你先陪着他，我走回去开车，过来接你们，送了他再去取你的车。"说罢，已经三步两步走出了酒吧。

周桥看着冰儿的背影，嘿嘿地冷笑着，说："蓉蓉，你都看见了，都听见了，她明明喜欢我，想我，可她非要强迫自己做个圣女，做个仙人，她这是何苦？你告诉我实话，她的婚姻真的有她自己形容的那么健康快乐吗？我不信，我觉得她如果和我一起生活，她会比做仙子快乐得多得多！"

旭蓉蓉摇着头，又点了头，说："你说的也太简单了，即便你说的都对，现实和理想还是有距离的。再说，你要干什么？你的爱情，能撑得住现实？让冰儿撇下孩子老公，和你去美国？你这不是说笑话是什么？"

"你真是一针见血！我就是这个意思。"

旭蓉蓉倒真吃了一惊，她审视地看着周桥，说："你这么认真？那你刚才那及时行乐的论调，又怎么解释？"

"及时行乐和这个矛盾吗？和未来的妻子及时行乐，有说错吗？"周桥反问。

"未来的妻子？"旭蓉蓉无言以对。她一口喝干自己杯里的酒，不过是杯底碎冰化出来的冰水。她看得清清楚楚，冰儿是动心了，她喜欢周桥。这个周桥不管真假，海誓山盟的嘴上功夫也够了。她的确可以想象这两个人在一起风花雪月的和谐景象，可那是幻境！现实是障碍重重。冰儿和秦男的契约不会轻易撕毁，无论秦男如何的冷漠，冰儿都不会轻易迈过这个门坎。周桥说的都是对的，冰儿不幸福，她生活在精神的沙漠中，经年累月，无依无靠。岂止是精神沙漠？她经常要和一个不会说话的小玩具共享亲密，她的肉体也行进在沙漠之中，干旱地快要爆裂。可这又怎么样呢？改变不了冰儿头脑中根深蒂固的贤良本性。她之所以会上网写博聊天，原本就是一种精神的释放。你周桥就只能安安静静地做个彩色的白日梦了。

"蓉蓉，你上网不上网？"周桥突然转了话题。

"偶尔上去看看本地新闻而已，不写博客不聊天。"旭蓉蓉答："但冰儿的博客我是看的，中文英文我都看。她写太多了，也只能看个皮毛，我是她的铁杆粉丝。我应该在跟贴里见过你的名字，跟她贴的人太多了，我还真没留心你，感情你们都知心成这样儿了。"

"人真是物以类聚，我看你和她一样单纯，也是貌美如花，只是风格迥异。"

旭蓉蓉发现话题转到自己身上，老大不自在，问："你嘴真甜。你的博客我没看过，在哪里？是同心圆网吗？"

"我不写博客，就在论坛上发帖跟贴，你不上论坛，自然不熟悉我。对不起，不知道会见到你，否则应该多带一本书送来给你。"

"没事儿，送给我也是浪费，我没文化，不懂古诗词。"旭蓉蓉这时看周桥恢复了初见时的矜持礼貌，心里舒服下来，问："我觉得你感情生活有故事，是不是？怎么总是顾左右而言他？很伤情吗？"

"你真想知道？"

"想。"

"她死了。癌。五年前。我们青梅竹马。"周桥掏出皮夹子，从里面抽出一张相片来，说："看了，别吃惊。"

旭蓉蓉接过来就呆了。"怎么会这么像？你没开玩笑吧？"

"没。世界上就有这样巧的事儿，我也不明白，我第一次在视频上见到冰儿，吓了我一跳。你现在不怪我着魔了吧？"周桥拿回照片，小心翼翼装了。"真人还是有些距离，性格也不一样，但长的真像，连笑起来一个眉毛高一个眉毛低，都像。"

"为什么不告诉冰儿？"

"你说呢？明白我为什么不说了？我对冰儿是真心，绝对没有用她来做前妻替身的意思，你相信我。她那么敏感，会误解的，不如不说。"周桥说。

"可你也无法否定这个相似的成分占了很大比例，是不是？"旭蓉蓉心潮澎湃，对世界上这些冥冥之中的秘密无从求解。"我很糊涂，你既然这样一往情深，又怎么，怎么……"

她想说"你怎么给我一种不够踏实的感觉？你甚至认为女人应该不受婚姻约束，还赞成同性恋，甚至肯把你酒店钥匙给我们，这……"，终究觉得不妥，忍住没说。

"你是不是觉得我挺开放的？不怪你，人本来就是矛盾动物。观念开放，不影响对爱情的坚贞和执着追求。而且，而且，也许我并不开放，也许我只是试探一下冰儿的定力。要真心追求一个女人，不是草率的一件事，是不是？你如果爱一个人，你愿意为她做任何事儿，只要她高兴，我甚至准备好迎接她的儿子，只要她高兴，她和孩子们一起来美国该多好？我还赚了儿子呢，我们养得起。"

旭蓉蓉抬眼看着周桥平静地谈论冰儿的孩子，指甲不自觉地敲打着酒杯，心里早就翻江倒海了，这个周桥太让人惊奇了。

"嘿嘿，蓉蓉啊，蓉蓉"他摇着头："再说，你凭什么说我开放呢？语言开放就是开放吗？也许我的思想仍是保守陈旧的，你又怎么能够看到呢？"

这话耳熟，这不是和冰儿刚才说的话一样的论调吗？这两个人难道都是想的一套，说的一套，做的又一套？冰儿是善良隐忍得过头，到了没有原则的地步，你呢，周桥你又是什么状况？

"我是真心爱冰儿，我见到她的第一时间，就知道，迟早有一天，她会跟我去美国的，或者去一个她喜欢的地方，谁知道呢？总有一天！"周桥微笑着，一脸平静，像在说着一件既成事实的故事。

旭蓉蓉按捺着心中的波澜，起身叹道："情为何物？直叫人以身相许？你们啊！我真胡涂了。走了，走了，窗外那是她的车。"

两人来不及等服务生送账单，直接起身去前台付账，旭蓉蓉客气了几下，还是让周桥付了，男人，总得给点儿面子。

周桥第二天会议结束，直接离开卧春城，没再约见冰儿。甚至走之前，连邮件也没写一封。冰儿虽然坐立不安，还是憋住没写邮件询问。她按部就班地上班下班，做饭，送孩子学棋打球，熬夜写博客。日子安安静静地过着，日子背后却好像有个影子在晃，制造这个影子的事物，让她的心时不时地纠结，时不时地幻想，时不时地无奈。

随着时间的推逝，上网越来越成为一种盼望。她等待着，等待着博客里的留言，等待着邮件里的惊喜，等待着那个叫周桥，或者叫卞睿熙的人发出熟悉的信号。她偷偷地回忆见面时的每个细节和对话，他的眼神，他热哄哄的呼吸，他的誓言，他的板裤，他的寸头。她想着这些的时候，偷偷地沾沾自喜，这些真实的东西让网络变得可信，一切不再虚幻，这些都是真的。一个男人爱一个女人，爱得想要接受她的一切。

孩子的事儿，嫁娶的事儿，当然都是旭蓉蓉后来告诉她的。她不介意周桥借旭蓉蓉传话，能说出这话，就足够她欣慰和幸福了。远远的一个地方，有个人在想她，就像她在想他一样。还不够吗？简直美妙绝伦。

终于，有一天冰儿打电话给旭蓉蓉："他来信了！"

"这是早晚的事儿。怎么样？"

"什么怎么样？"冰儿克制着激动的语气："聊聊天有什么大不了？"

"是是是，你好好聊。"旭蓉蓉笑了："冰儿，你昨天写的那篇博客，说精神出轨是无法验证的，所以无法经历现实磨难并受到社会制裁，是写给自己的借口吧？"

"你说呢？"冰儿也笑。

"你如果有徐美美的潇洒，就不会这么痛苦了，你没跟徐美美聊聊？"

"我不愿意把友情分成三六九等，可是，蓉蓉，我和徐美美是玩儿伴，不能谈严肃的事情。也许她可以跟我说她的内心，但我对她就是说不出我的思想和纠结。她和你不同，你明白的。"

如果面对面，旭蓉蓉知道此时冰儿会一如既往地伸出手摸摸她的脸。她心里突然流过一丝暖意，她小声说："周桥以为你和我同性恋，你怎么看？"

"没怎么看。我是很爱你啊，你爱不爱我？我觉得你也爱我。可我还没爱你爱到要和你上床，这就不是同性恋。你说呢？"旭蓉蓉脑子里飘过两个裸体女人如胶似漆的样子，浑身燥热不安，她咯咯笑着说："冰儿，谢谢你爱我。我也没有爱你爱到想上床，想这种事儿，心里还有不洁之感呢，羞死了。当然我们不是同性恋。"说罢，又觉得结论尴尬，赶紧转了话题："徐美美好吗？我看她还是没孩子，每天打扮的花枝招展，开心得很。"

"为没孩子发愁呗，谁会没有烦恼？她在考虑领养中小学孩儿呢，说要排好几年队，肯特已经同意了。你看，即便徐美美那么快乐和及时行乐的人，也开始找责任来负担了，世界上真的没有完美，心里开心不开心，只有自己知道，是不？"冰儿悠悠地说。

撂了电话，冰儿看看手表，发动了车子，该去接秦男和儿子了。

丈夫带两个儿子去看冰球赛，公司奖励的球票，自己买要好几百元。秦男过去几年里每年总会买个两三场球票，带孩子同去，冰儿也去过一两次，没兴趣，后来就不让秦男给自己买票了，浪费钱，也浪费热情。丈夫孩子不在，她宁可自己在家上网写博客，难得的休闲时光。今天免费票，赶上卧春球队对美国底特律球队，好一场比赛，三个男人兴致勃勃地走了，饭也没来得及吃，怕塞车。冰球大国，看球赛对这爷仨好像和吃饭睡觉一样重要。冰儿追着喂了小儿子秦云最后一口饭，嘴上唠叨着，心里是喜悦，拎上包，着着急急送爷仨走。难得秦男跟孩子在一起，难得自己有一个完整的空闲时间，都是好事儿。秦男的车子前天被追尾，拿去修车行修了，问题不大，对方要私了，秦男就没报保险公司，只要修得完美，有什么关系？与人为善，胜造七级浮屠。这几天就都是冰儿接送全家。

从静湖区上高速，只需拐两个弯。原先的荒地早已被鳞次栉比的房屋覆盖，这些新房越造越大，有很多还修出城堡似的门楼，可惜没有城堡一样的占地。房子挤房子，院子里的绿地面积越来越小，很多房子都是大个子穿小鞋的感觉。

有钱人真多！冰儿一路开过，想着。自家的房子当年是静湖区最早的一批，如今在这群新鲜豪宅里面，只能算七个小矮人的茅屋了。好在房子背后面对的湖面，不曾改变，如今更是千金难换的风景。只要还和秦男过一天日子，就不会搬家。

可是，这样的日子，会永远过下去吗？会吗？

路灯下，车子平稳前进，冰儿的大脑在间隔的灯影中忽明忽暗，一刻都不肯停歇。

五、

金齐欣的母亲有个很资产阶级的名字，尤曼殊。据金齐欣讲，尤老太年轻时在镇子里是一道风景，肌如香雪，唇红齿白，十三四岁，凤眼一抬，就撩人心跳。一根长辫几乎垂到膝盖，人称"尤大辫"，是方圆几里地有名的美人儿。她父亲是私塾先生，中过秀才，琴棋书画样样拿得起来，还颇通周易，邻里乡亲婚丧嫁娶，总要让他给选黄道吉日，搬家盖房也会上门来讨个字求个符，图个吉利。尤老先生仁德宽厚，对这个宝贝女儿珍爱有加，琴棋书画样样细细浇灌。解放那年，尤老先生因乡下有百余亩田地租给佃户，被划成地主，尤家从此多灾多难，镇里的房产全被没收，婢仆遣散，原来的三进庭院被分给几十家公用，一家老小挤进一间西厢房。尤老先生不敢回乡下挨批斗，亦不敢出门，抑郁成疾，没过两年就病死了。

尤大辫的辫子随着曾经的好日子剪掉了，成分不好，见人低三分，低头走路，悄声说话，把小时候养出的傲气，一并压在心里，要强的劲

71

头憋足了用功在学习上，内心的孤傲变作了孤僻。别人不敢理她，她也犯不上理人。放学就帮母亲编织揽来的毛线活儿，换些油米，哪里够用？家里金银首饰、电匣子、洋表、字画，变卖典当，娘俩勉强过活。

尤曼殊一张美人脸，出来进去，表情是没有的，人称冰美人。这一冰，就冰了一辈子，心底那骄傲的心性却从来不曾改过。尤母吃糠咽菜供尤曼殊上完医学院，尤曼殊自愿到祖国最艰苦的地方去，希望天高地远，可以远离运动风波，甩掉成分包袱。阴差阳错，有比她更进步的占了西北的指标，她被留在市级医院，运动的风波没一样躲得过，地主狗崽子的头衔戴着，右派的帽子当仁不让，工农兵领导医院时，尤曼殊在刺骨的冷水里清洗堆积成山的病患床单，趴在便池上刷厕所，一刷就是五年。病人私下悄悄请她看病，开了处方请工农兵领导签字拿药，院领导也睁眼闭眼，知道她医术高明，自己的亲戚朋友，多有被她医好的，才渐渐地松了对她的专政。回到医生岗位上时，尤曼殊更加把全部心思投入到工作中去，天下再乱，她只是专心在看病一件事儿上，仍旧低头走路，悄声说话。

医院烧锅炉的工人金革追求这个冰美人时，尤曼殊想都没想，就草草嫁了，嫁的是金革的根正苗红。她的冰却是在家里也化不了的，心底瞧不起金革，话也懒得说。生了金齐欣以后，她脾气变的更加古怪，哭笑无常，对命运的怨恨时不时爆发，外面受的气都撒到家里。金革明白尤曼殊的苦，不声不响，忍让成性，尤曼殊在家里说一不二，那骄傲的心性才多少有些用武之地。

金齐欣从小在母亲训斥指责声中长大，读书升学，重振家业，是母亲话里话外的厚望。她一辈子的压抑，都指望着儿子来扬眉吐气。金革婚后亦明白自己与尤曼殊的悬殊距离，借酒消愁，渐渐酗酒成性，金齐欣高二时，金革得了肝癌，不到一年就撒手人寰，年仅四十七岁。

尤曼殊的脸更加冰冷了，她的恨又多了一个理由，上天从来就没有恩待过她，不是让她缺这就是让她缺那。缺了金革的尤曼殊，脾气更加古怪莫测，说着话、做着事都会莫名其妙地引发哭泣，甚至笑着笑着，也会开始哭泣。哭声是毫不遮掩的抽泣，呜呜咽咽，绵长持续。金齐欣在母亲抽泣状态时，会不吭不响地给母亲倒一杯热水，会去把炉子上做了一半的饭菜继续做完，会自己吃完饭把碗筷收拾干净，然后看一眼仍然发出抽泣声音却哭干了眼泪的母亲，默默转身，关上自己房门复习功课。尤曼殊每回如此折腾一次，就会安静几天，这安静的日子里，对儿子温言软语、慈眉善目，她明白自己的行为不正常，她对孩子心存愧疼。可安静的日子不会持久，她的严词厉语、怒目相向日渐频繁，脸绷的越来越紧，训斥的声音越来越大，然后迎来新的一轮儿。

金齐欣考试在班里排到第十名，尤曼殊拿笔敲着桌子喊："这种成绩，还有脸拿来给我看？你这个不孝之子，不好好学习，你对得起我对你的培养吗？对得起我这些年吃的这么多苦吗？告诉你，咱家孩子从来就不应该出了前三名，从来就不应该！下次，你不考进前三名，就别给我进这个家门！"最后一下敲打，是敲在金齐欣头上。金齐欣忍着痛，不吭不想，他别无选择。母亲已经开始呜咽了，继而就是那绵长的整晚的抽泣。

金齐欣一直认为自己不如母亲聪明，他也永远不会令母亲满意。但他身上有一种父亲那里遗传来的天然的宽和脾性，对母亲的宽容和谅解，是自然而然的，做个懂事而孝顺的孩子，是他的自然状态。每次看到母亲哭泣，他都会从心底可怜母亲。他想要为母亲扬眉吐气，于是认认真真地用功学习，虽然他无法保证自己永远是前三名，但也从来没有出过前十名。

在母亲的训斥和抽泣声中，他顺利地通过高考，没有考进第一流的名校，却以高分进入二流重点院校。离家求学的他，舒展了翅膀，大学成绩远比高中出众，门门拔尖。暑假回家探望母亲，他不再害怕母亲的指责，他不仅是第一名，还是班长、学生会主席，母亲给他的生活费，他总是省吃俭用，把剩余的还给母亲。尤曼殊的脸上有了笑容，这才是她的儿子，她的儿子原本就该如此出色。

毕业留校后的金齐欣，没有浪费一天时间，就一边上研究生一边开始着手考托福，准备出国。这也是母亲从小灌输的思想，此地不留人，自有留爷处。她希望儿子逃离这个给了她太多苦难的土壤，她不要儿子再摊上一丁点儿她受过的不公平待遇，她要他远走高飞，她要他荣耀发达。如果不解放，尤父是一定会送她尤曼殊留洋的。尤曼殊想，解放时，父亲如果听叔父的话，跟着叔父一起去台湾，现在自己也一定会留学英美，接受最一流的教育，哪里会吃这么多的苦？活得人不像人，鬼不像鬼？前几年从一个亲戚那里得知叔父在台湾一所大学里做教授，儿女都是留美的。她又死去活来地哭了几天，怎么想怎么觉得命运太不公平。叔父的女儿小时候是和自己一起上过私塾的，论相貌论才艺都远在她尤曼殊之下，可现在呢？自己这辈子怎么过来的？人家又是怎么过来的？一个地下，一个天上！

金齐欣和梁星结婚时，尤曼殊并不同意。她只和梁星见了一次面，觉得她配不上这么优秀的儿子。梁星不难看，但也没有出众的美貌，不笨，但也聪明不到哪里去。家境平平。至于是否孝顺、贤慧，还都看不出来。长大的金齐欣却不再对母亲言听计从了，她是在电话里听到儿子结婚的消息，又是在电话里听说了勇儿的出生。

　　这时改革开放十几年了，尤曼殊渐渐成了医院的大拿，科室主任，除了看病，还带了两个实习研究生，走路昂首挺胸，开口说一不二。那种翻身得解放的感觉，终于让她在生活里重新找到了自己。孤单度日的她并不孤单，她把所有精力都用在工作上，这几乎成了多年来的生活惯性。业余时间她连电视都不看，除了持续不断地钻研业务书籍，她还捡起了儿时父亲教授的中国画本领，文房四宝在桌上铺开，宣纸一摊，一笔一划，一画就画到半夜三更。渐渐地，桌上桌下，垒起了厚厚的画过的宣纸，兰草，竹子，牡丹，满屋伴着。

　　她几乎没有时间想儿子，换句话说，她不让自己有时间去想。憋了一辈子的苦，终于熬到头变成了甜，她必须抓紧时间去尽情生活，活自己的生活。儿子一切安好，她不必要去惦记，她不应该有时间和闲余的头脑去惦记别人的生活，别人，也包括儿子。

　　金齐欣两个星期从学校打一次电话给她，那时私人电话还没普及，门房大爷高声唤着，整幢楼都听得见。她咚咚咚地下楼，昂首挺胸。这座楼很旧，楼道年久失修，墙皮剥落，住的大多是不起眼儿的小人物，她就是那个小人物中受人尊敬的大人物。医术高明，模样端秀，貌似傲慢，却永远对病人和颜悦色。如今又培养出一个优秀的儿子，还如此孝顺，动不动给母亲来电话，能不令人羡慕？窗口上就会有许多窗帘的蠕动和帘后的人影儿，门里门外就会有这样的对话："看人家尤大夫，真是要啥有啥！当年金革连小学都没毕业吧？怎么能娶上她？"

　　"这个你不懂，过去成分不好就低人一等。金革不在乎这个，是金革对尤大夫大度。"

　　"这儿子是继承了尤家的聪明基因才如此优秀的吧？"

　　"不全对，金革虽然没读过几年书，但人极聪明，人高马大根正苗红，打篮球唱红歌都是一流，是厂里的文体骨干。真没两下子，能被尤曼殊看上？"

　　"听说南胡同那片老宅是她家祖上的，有消息说可能会还给她呢，是真的吗？"

"谁知道。破成那样儿了，有嘛用？迟早要拆，折了赔钱倒还不错，够尤大夫下半辈子享受荣华富贵了。"

"唉，真是瘦死的骆驼比马大，风水轮流转，有钱人到头来还是有钱人啊！"

尤曼殊经济上的拮据是一直持续到金齐欣出国之后，才有所改善的。儿子的生活她不参与，供儿子上大学读研究生、出国留学的钱却都是这个母亲省吃俭用帮衬支持才实现的。金齐欣有了勇儿以后，尤曼殊一给压岁钱就是一千块。金齐欣带勇儿回国探母，做奶奶的也是一摞钱取好了撂金齐欣面前："去给勇儿买东西吧，国内东西便宜，能带去的就是省下的。"她自己却一辈子省吃俭用，从不乱花钱，甚至比一般人还要节省，衣服袜子总是补了又补，洗菜的水也要省下用来冲厕所。

"妈，我给你寄钱你不要，我不能再要你的钱，我带了旅行支票回来的，不用你的钱。"金齐欣总是推脱。

"笑话，我就你一个儿子，不给你给谁，别啰嗦，外币兑换，左右一折腾，好处都给了银行，吃多了撑的？"尤曼殊说着，声调高了起来。

金齐欣怕母亲上火儿，赶紧闭嘴，伸手把钱揣起来，才看见母亲脸上露出些笑模样来。

那片老房果然折了，折出的价钱果然不薄，尤曼殊对着紫檀木匣子里崭新的存折，双手抖个不停，天啊，爸爸啊，妈妈啊，我们也有今天了！五百万，五百万啊！

钱的事儿，尤曼殊没有跟金齐欣多说，她把遗嘱立好，所有财产都会传给儿子。那时勇儿已经十来岁了。电话里她问："勇儿为什么不上私立学校？"

"妈，这边公立学校都很好啊，为什么要上私立学校？"

"既然有私立学校，就有它的高贵之处，如果是钱的问题，我来解决。"尤曼殊当机立断。

"妈，这个，这个，关键是不必要。勇儿挺好的，您放心，国外的情况和国内不太一样，我们会妥善安顿孩子的。"

"哼，不就出了个国吗？看你翅膀硬的，我孤陋寡闻，在中国乡下，不懂你们国外的高级，是不是？私立学校就是私立学校，走到哪儿都是高级的，难道我说错了？"尤曼殊也不知道自己为什么要这样不讲理。

"妈，对不起，我不是那个意思，我是说不用浪费那个钱去上私立学校，勇儿挺好的。我是想让您放心，别因为操我们的心动了气。"金齐欣心里憋着，嘴上小心翼翼。

勇儿继续上着公立学校，继续迷恋电子游戏。金齐欣每次跟母亲通一次电话，就会沉默两天，梁星知道金齐欣孝顺，对这个厉害的母亲，说一不二。过去两人一聊到金母，金齐欣平时轻松愉快的模样就变成了严肃认真，他会说："我母亲，是世界上最聪慧美丽的女人，也最命苦。唉，我不孝啊！父母在，不远游，我却游到外国来了。"梁星说："你家真有趣，你出国不是了却了你母亲的心愿吗？怎么又是不孝了？你如果留在国内，没有完成母亲的心愿，也是不孝啊！"金齐欣盯着梁星，半天说不出话来。

金齐欣很少把母子俩电话里的具体谈话内容跟梁星细说，他习惯关着门给母亲打电话。梁星隐约感觉，这个婆婆有本领把乐天派的金齐欣变成忧郁症患者，她对金母的恐惧也因此而放大。接金母来同住的日子越来越迫近，她就越来越怀疑自己的热心肠是不是正确，也许金母的到来，不会让丈夫快乐，也不会让婆婆快乐，那自己这样性急的决定就真是好心办坏事了。

金齐欣给母亲买了从北京到多伦多的直达票，从卧春城到多伦多需要开车六小时。全家提前一天到了多伦多，领着勇儿逛了一整天科学博物馆。一进六层楼的科学馆，勇子就兴高采烈，物理天文动植物都让他着迷。金齐欣梁星夫妻俩暗自高兴。

金齐欣说："咱儿子以后怕是要学理工科！"

梁星说："学理工不会发愁没饭吃，挺好！纵有万贯家财，不如一技在手。"

晚上，一家人专门找到网上好评如潮的川霸王餐馆吃晚饭。卧春城华人圈子小，中国餐馆多以广东风味为主，投资开餐馆的都不会把卧春城作为目标，所以卧春华裔跑到多伦多来吃东西的人比比皆是。金齐欣两口子不是太疯狂的吃家，但每次顺便来了，也少不得提前做点调查研究，总会选一家知名的餐馆大吃一顿。最开心的是勇子，小伙子青春期旺盛年华，吃起东西来野人似的。看着儿子吃得香睡得好长得壮，金齐欣两口子开心得要命。

吃饱喝足，全家人才开回机场附近的酒店。洗漱之后，勇儿倒头睡下，很快响起鼾声。

金齐欣把电视关了，很严肃地对梁星说："咱俩得谈谈。"

"嗯，你说。"梁星早被这些日子的忐忑不安憋得受不了，只怕金齐欣病刚控制住，心里添堵，一直没跟他唠叨。明天，明天这个改变生活状态的日子就要来了，她心里发虚，正下定决心和金齐欣坦白自己的忧虑，金齐欣倒先开了口。

"我妈一生受苦，性格扭曲，脾气不好，有时也会不讲道理，或者，或者她还可能哭哭笑笑的，"金齐欣低头摆弄着睡衣纽扣，喉咙里格楞格楞响，像要把涌上来的回忆咽回去。停了半晌才又说："我谢谢你这么替我和我妈着想，主动提出提早把她接来。不过，我对你有点儿要求。"

"你说。"

"我要求你和我一样，打不还手，骂不还口。如果她有什么过分的地方，我要求你忍耐……唉，我知道这样要求你是不公平的，但我别无选择，我们都别无选择。我要求你忍耐，像你的耶稣那样忍耐，我请求你。"

梁星和丈夫并排坐在床上，后背靠着枕头低着头，听到耶稣二字，不由得抬起头来，只见金齐欣呆呆地看着面前一个模糊的地方，一动不动。他声音轻微，似乎在自言自语："我这个妈，这么苦，她就我一个儿子，我们不对她好，她会崩溃的。"

梁星感觉一股强大的悲哀从丈夫身体向外辐射着，他竟然把自己并不相信的耶稣也搬出来救急了。她不想让金齐欣难过，不想丈夫为此事在病体上填加忧愁。她心痛起来，金齐欣已经有很多身体煎熬，他不能再受更多的精神煎熬。一股英雄气概突然生发，有什么大不了的，我有神保守，我宽忍善良。不就是个婆婆吗？我忍就是了。我就是要像主一样承受一切！"谢谢你拿耶稣做我的样板，你放心，我如果没准备好，怎么会想到要接她来住？我凡事不吭气就是了，你别愁了，病刚好，再愁出毛病可糟了。你妈来，母子欢聚，是大喜事儿，咱们怎么整得像葬礼似的。"

梁星说了葬礼二字，立刻意识到走了嘴，赶紧补充："我是说咱们高高兴兴的迎接你妈的到来。别愁眉苦脸了，我看你生病时都没这样愁过，好了好了，睡了。你让我干啥我都尽力就是，不惹你妈生气，不顶嘴。如果她要打我左脸，我把右脸也伸过去。"

金齐欣这才笑了，却笑得小心翼翼。俩人关灯躺下，背对背。自从金齐欣手术之后，这是两人最常用的睡眠姿态，避免不必要的身体接触，一边不能够，一边不想看到那位的不能够。梁星睁着眼睛，看酒店的加厚窗帘边上挤进来一缕路灯的灯光。她轻轻地叹了口气。唉！明天！

    同一趟飞机下来的人都走得差不多了，尤曼殊还没出来。全家人望穿双眼，心急火燎，接机的人进不去，金齐欣就在出口走过来走过去，似乎可以走出个母亲耽搁的理由似的。梁星不停看表，心里嘀咕着机场的存车费，真是，多等了一个小时，凭空多花钱，机场停车历来以小时收费，贵得吓人。想着，又责怪自己无聊，竟想着钱，没有对老人的担心，悄悄祷告一切平安，又祷告神赐她怜悯心。

    尤曼殊出现在大门口的时候，金齐欣几乎是奔跑着迎上去的。

    "妈，您怎么才出来，我都想让机场保安帮我找人了。"

    尤曼殊身穿一件深紫色长风衣，一条黑丝巾在领口打着结，脸上没几根皱纹，看着怎么都只是个五十几岁的人。头发染得很黑，浓浓密密。只有嘴角下滑的笑纹，才看出了一些年岁。这风度翩翩的女人，看着和二十年前没两样，梁星暗自吃惊，心里说不清是妒忌还是羡慕，总之是不顺溜，这和我并肩走着，快把我比下去了。

    "妈，我们急坏了，怎么会出来这么晚？"梁星接过婆婆手里的拉杆箱，转身对勇子说："还不过来叫奶奶？"

    尤曼殊仰头看着勇子点了点头，说："这么高了，我都得仰视了。"

    勇子小声叫了奶奶，中文生涩，不知道该说什么，就不再做声，一家人簇拥着尤曼殊往停车场走。

    "人老眼花，老走神儿，心思不够用，下了飞机跟着人流走过来就停在行李传送带那儿取行李，左等不来，右等不来，只剩下我一个人了，我才抬头看见显示屏上不是我那班飞机，等错地方了，我的那班飞机的传送带在出口另一边。这才赶紧过去取行李，传送带上只剩我的两只箱子，空转着。唉，这不是老了是什么？没用了！这点儿事儿都迷糊成这样了。"

    "那没人帮您从传送带上往下拿行李，自己拿的？"金齐欣问。

    "不自己拿，还等着你来拿？什么事儿我没见过，拿个行李算什么。在你眼里，我是不是已经是一块朽木疙瘩了？连行李也拿不了？"尤曼殊下巴翘得老高，挺胸走着，不屑一顾地说。

梁星听着婆婆如此理直气壮，吃了一惊，儿子是敌人？这可才见面啊！也不敢接茬儿，她扭头看了看金齐欣，只见丈夫满脸堆笑，好像刚被母亲夸奖过。梁星悄悄撇了撇嘴，劝告自己装聋作哑。

停车花了二十八元，梁星心里嘀咕，得，婆婆这一犯迷糊，果然花了双倍。

上了车，梁星把副驾驶座位让给婆婆，金齐欣开车。梁星小心翼翼拿出昨天从唐人超市买的包子，问婆婆："妈，您饿不饿？我们昨天给您买了包子，你要不要吃点儿？这是矿泉水。"梁星伸着胳膊递到前座，尤曼殊扭头接过来，说："哦，你们还买唐人东西啊？我还以为这些年你们西化的不进华人超市了呢。"

梁星咽了咽唾沫，像咽着一只小虫。她告诉自己，我啥也没听见。

"天啊，这包子怎么是甜的啊？欣儿，妈妈不是告诉你，我得了二型糖尿病吗？我早就戒了甜食了。"

"哦，我们不知道包子是甜的啊，以为是咸的呢。这边广东人卖的东西，总是会放糖。"金齐欣着急慌忙地说。"梁星，你看看还有什么不甜的，给妈吃。"

梁星从脚边盛食品的口袋里，翻出一盒切好的酱肉递给婆婆，尤曼殊看了看，盖子也没打开就推了回来，说："这么油腻的东西，现在我不吃。如果不是我需要赶点儿加餐，再挺一会儿也行。算了算了，我吃飞机上剩的东西。"说着，从随身一只大皮包里掏出一个餐巾纸包儿来，左一层右一层打开，竟是两个蛋糕和一小盒面条，又不知从哪儿翻出一双一次性筷子。

"喏，蛋糕我没吃，甜的，给勇子吃吧。"尤曼殊把蛋糕递了过来。

梁星接了，分外惊奇，这么优雅的人飞机上的剩饭也宝贝似的装包里？还以为只有我爱干这事儿呢。勇子推开蛋糕，摇着头用英文说："妈，我不吃。你知道我从来不喜欢蛋糕。"

梁星吓了一跳，发现婆婆对勇子的英文，没有反应，这才放了心。金齐欣却回头说："还不谢谢奶奶？"

勇子谢过了，却对着爸爸的后脑勺翻了翻白眼儿。跟妈妈小声用英语嘀咕："爸爸怎么了？这么紧张。小事情弄得挺大！"梁星使劲掐了儿子大腿一下，用眼神狠狠地制止了他。勇子不再吭气儿，把苹果手机耳机塞上，闷头玩儿游戏。

车子早已驶出了多伦多，公路两边的高楼大厦渐渐稀少，大片树林和田地绿油油一望无际。马路直通天际，身边的车辆穿梭来往，行驶飞快。

　　车里放着英文广播，尤曼殊说："有没有中文CD？这听不懂的就是噪音。"梁星赶紧从驾驶座旁的储藏箱里掏出一迭CD，翻不着中文的，只好作罢。金齐欣伸手调了几个广播电台，终于找到一个古典音乐台，母亲点了头，眉头舒展了，金齐欣的脸才松弛下来。

　　尤曼殊问："几个小时能到家？我可真挺累的。"

　　"6个小时，回家怎么都要11点了。妈，你几点钟需要吃饭，要提前告诉我，我在高速公路边上的休息中心停下来，咱们去吃点快餐。您有时差，飞机上休息不好，现在赶紧闭目养养神吧。到家了歇歇，明天咱们再去餐馆吃饭给您接风。"

　　尤曼殊道："接什么风！我最讨厌吃餐馆了，又咸又油，最不健康。现在提倡健康饮食，我又有了糖尿病，更要忌口。你爸肝癌，我糖尿病，你从现在就得注意饮食平衡，防患于未然，懂吗？我来了，一定把你们不健康的生活方式调整过来。"

　　金齐欣点着头，说："啊，好！那就在家里吃，不去餐馆了。"他听到母亲提到父亲的肝癌，心里咯噔了一下，唉，自己的前列腺癌怕是从爸爸那儿遗传来的。"妈，其实我们挺注意的，坚持运动，饮食也注意少油少盐。您放心。"他心里苦笑着，再健康，还不是照样该得癌还得癌？打球打了多少年了？还不是一样？

　　尤曼殊终于闭上眼睛，靠在座位上。车里不再有人说话，音乐很轻，车轮压轧路面的声音呼呼响着。

　　梁星听了婆婆刚才那句话，越想越气，呼吸急促起来，脸也潮红了。她觉得车里闷得要爆炸。我的天，我的妈呀，您能不能住嘴呢？你儿子已经是癌症患者你知道吗？我们把你接来是为了让你和儿子相亲相爱，不是让你来对他斥责挑剔谩骂，他奔五十去的人了，不是小孩儿！你能不能给他少点儿精神压力？"不健康生活方式"？你还没进家门呢，怎么就知道我们的生活方式不健康？你这不是说我这个做媳妇的不懂得营养保健吗？天，没进门呢，就要搞改革，这不明摆着给我下马威吗？这是我的家还是你的家？她在心里争吵着，据理力争。有那么片刻，她劝说自己停下来，可那个想要大声喊叫的声音远远高过这个劝说的声音。她就听之任之了，这样的内心放肆，让她感觉到释放的快乐！不能吵出来，还不让人心里过过瘾吗？

到休息中心时，天还没黑，金齐欣招呼母亲下了车，引着母亲进门，"门这么重，我都推不开。"尤曼殊抱怨道。金齐欣教了教母亲怎么按残疾人自动开门按钮，全家才磨蹭着找了靠窗座位坐下。勇子坐着看包，玩儿手机，尤曼殊去卫生间，金齐欣和梁星起身去麦当劳前面排队买吃的。

没有尤曼殊在身边，梁星立刻感觉可以自由呼吸了。她悄声说："把我紧张死了，你妈真……真……"梁星本来想说"霸道"二字，怕丈夫不悦，憋住没说。"我刚才没说错话吧？我压根儿都不敢说话。你累了吧？一会儿换我开车吧？"

金齐欣心里明白老婆的感觉，自己又何尝不是如坐针毡？每句话都探索着母亲的心意才敢说出来。可他不愿意梁星看出自己同样尴尬的处境，笑着说："别紧张，她是刀子嘴豆腐心，你仔细想想，她的话，有一句错的吗？不出去吃饭是给咱们省钱，健康饮食，是为咱们的身体，听着就完了。"看梁星定定地望着自己，笑容扩大，说："我脸上长花儿了？这么看我？"

"咱俩结婚二十几年了，没见过你对我这样宽容理解的，妈到底是不同！我担心下一步我连话语权也要丧失了。不是她说的话对不对，是她的那个气势，不饶不让的唯我独尊。有她在身边，我都胆小得不知道自己该干啥不该干啥了。"

"你这话是怎么说的？谁能不让你说话？你该干啥干啥，别惹她就完了。你今天表现很好，就这样就行了，谢谢老婆。"金齐欣说着伸手悄悄揽了揽老婆的腰。这不揽还好，一揽，梁星突然就心酸起来。身边一个病人，再加上一个那么厉害的婆婆，以后的日子真不知如何过下去。好日子就这样到头了吗？她心里空落落的，眼圈红红的。

两人端着托盘来到桌前坐下，尤曼殊刚从厕所回来，正把卷起来的厕所手纸揣进包里。两口子下意识地对了对眼儿，谁也没说什么。尤曼殊拿出药来吃了，才开始吃饭。金齐欣就问长问短地了解了一下糖尿病饭前吃药的问题，心里告诫自己从此要关注母亲的病了。

金齐欣给母亲买了鸡肉汉堡套餐，尤曼殊打开汉堡纸盒，一层层翻看着，嘴里不停："欣儿，实话跟你说，这些年，我很少在外面吃饭，既不经济，又不健康。麦当劳在国内只进过一次，还是单位同事过六十大寿生日请客时去吃的，没觉得有什么好吃，可比不上咱们的馅饼，还那么贵。在国内吃一顿麦当劳要七八十块，够我吃十碗兰州牛肉拉面的了。"她一边说，一边把汉堡最上面那片面包拿起来就咬了一口。

"妈，汉堡您要整个咬，连中间夹的内容一起吃才好吃。"金齐欣小声对母亲说。

　　尤曼殊看着面前的汉堡，沉默着。金齐欣整个人紧张起来，他小心翼翼地看着母亲。梁星比金齐欣还紧张，目不转睛地看着婆婆毫无表情的脸，气也不敢喘。只有勇子傻乎乎大口大口吃着。

　　只见尤曼殊慢悠悠地晃悠了两下那片面包，又咬了一口，一边嚼着，一边她抬头用挑战的目光看着儿子说："我喜欢分层吃，这样嘴不用张的那么大，太不文雅。分层吃有什么错吗？我吃了一辈子饭，你以为我连汉堡都不会吃吗？"

　　金齐欣尴尬地笑了笑，说："没错，您想怎么吃就怎么吃吧，妈，吃吧。"

　　勇子却突然问："妈，文雅是什么？"

　　梁星赶紧说："啊，文雅就是吃饭的风度要雅致。Table manner."

　　勇子就扭头说："奶奶，这儿的人吃汉堡都是大口大口吃，汉堡就得这么吃，这就是吃汉堡的 Table manner。你这么吃，太奇怪了，我不觉得这是什么 Table　manner。饭店里的汉堡比这个还厚，张不开那么大的嘴，就用刀叉切割成小块，也要上下中间一起吃的。"勇子说完，也不看奶奶脸上的颜色正倏忽转变着，自顾自地大口吃起来。

　　尤曼殊不说话，眼睛也不抬地看着汉堡，又叉起一片中间夹的生菜叶子递到嘴里慢慢嚼着，慢悠悠地说："勇子，你这中英混合语言我可听不懂。你看不惯奶奶，就别看好了。"说完，又接着吃下面的西红柿。

　　金齐欣使劲瞪着勇子，制止着他想要反驳的冲动。勇子一梗脖子，翻着白眼，耸了耸肩，不再作声，眼睛看着窗外，气哼哼地抓起薯条来吃。

　　"妈，小孩子，您别理他。"金齐欣说着，把一瓶矿泉水递给母亲，说："套餐带的饮料都是甜的，我专门让换了瓶水。"

　　"嗯，我不喝。吃饭的时候喝水，会冲淡胃液。看看，你们有多少坏习惯！"

　　金齐欣笑了笑，仍是那个尴尬的笑。梁星忍着不去看婆婆叉起那片圆圆厚厚的汉堡炸鸡一口一口吃下去的模样。全家人低头吃饭，不再声响。

重新上路时，天已蒙蒙黑，开夜路，金齐欣不放心让妻子开，又怕母亲信不过梁星，虽然身体很累，也告诫自己要一鼓作气。他劝母亲放倒椅子睡一会儿，尤曼殊就把椅子放倒，梁星坐在后面咯着腿，只好侧坐着，也不敢吭声儿。心里委屈得要命，金齐欣从此心里只有妈了，别的都没有了，往后这日子可怎么过呢？

一路无话，到家已经晚上 11 点多了。勇子径直回房睡觉，金齐欣两口子忙着安顿母亲，一句话说出去，一定会有一句话回过来。

"妈，这是闹表收音机，您可以对上时间，定时放广播叫您起床。"

"别给我整这么多新鲜事物，再说，我觉都没睡过来，闹什么表！广播是中文的吗？英文的我听不懂，还不是对牛弹琴。"

"妈，这是壁橱，衣服架子都挂在这儿，箱子里的衣服都挂起来就好了。"

"知道了，我又不是没长眼睛，都看得见。"

"妈，楼上两个卫生间，我们主卧里有一个，外面这个您就和勇子合用了。楼下还有一个小的不带淋浴，您也可以用。"

"不就上个厕所吗，哪儿不行？我慢慢熟悉，你能不能别告诉我这么多事儿？我脑子东西太多，装不下这么多新东西。"

"妈，要不要我帮您收箱子？"

"我说了不用你管，你怎么听不懂？你去你去，我自己慢慢打理，烦死了。"

金齐欣和梁星退回主卧室时，已经 12 点多了。梁星并肩和金齐欣在卫生间刷牙，梁星说："你今天太累了，赶紧睡吧，明天请假别去了，多睡会儿，也招呼你妈适应适应咱家。"

"你能不能别你妈你妈的，要说妈，或者咱妈，听着真别扭。"金齐欣脸色很不好。

梁星本来想反驳，看金齐欣累得刷牙的力气都快没有了，就闭了嘴。

俩人上床后，梁星说："睡吧，啥都别想了。赶紧睡！你的病刚控制住，别再累坏了。"

两人却谁都睡不着，烙饼似的翻过来倒过去，梁星想起来睡前祷告还没做，爬起来跪在床边两手抱拳支着额头，默声祷告："主啊，感谢你让我们今天平安度过。我知道你在给我考验，把婆婆派到我跟前，试炼我的耐心、宽容心和爱心。就像你把那么多的苦难加给你的儿子耶

83

稣，给我们做活的榜样，解脱我们的罪。我感谢你！我求你用你全能的大手安抚我的软弱和不足，求你用信心在我心中扎根，合理地处理这个新形势下的新生活，求你给金齐欣力量，给勇子力量，让他们认识你的存在，让我们成为一个团队，好好面对面前的挑战。我知道你一直在看顾我们家，金齐欣的病控制住了，都是托你医治的大手。现在求你继续把灵降到我们身上，特别要降到我婆婆尤曼殊身上，让她的坚硬变得平和，求你在我们每个人身上做工，让我们和睦相处，倾心相爱！求你减去我们心上身上的负担，像那疲惫的鹿儿饮着你的溪水，让一切烦恼忧愁都在你的大爱之中化为乌有。神啊，你是何等崇高伟大，我感谢你，依靠你！今天我所有的祷告都是奉耶稣基督的名求，阿门！"

她祷告之后，爬回床上，心里一下轻松了许多。没什么，我有主与我同在，一切都会好的。不一会儿，一天的疲惫和紧张就把她送进了梦乡。

金齐欣却还是没有睡着，他很累，开了一天车，身体累，心比身体更累。妈，我终于把你接到身边了，可为什么我心里如此沉重？为什么我看不到你的笑脸？妈，难道，我们非得这样愁眉苦脸剑拔弩张地过生活吗？从小，我就是那样长大的，现在癌症的风波刚刚过去，难道又要开始一轮新的折磨？说不定，癌症再回头，说不定，我会比你先死。世界上什么事情不可以放下？非要如此怒目相向？病了这一场，什么都看清楚了，生命多么脆弱，难道我们不应当珍惜今天吗？也许，也许，我应该把生病的事情告诉你。也许，那样可以换来和平。可万一你知道我的病，把我当小孩子一样照看怎么办？那就又回到了童年的状态，我会丧失自由。我怎么能再过那样不自由的生活？不，不能说，坚决不能！而且，让你平添烦恼，亦有违孝道。你知道我生病，只会加重你的心理负担，你会更加怨天尤人，抱怨命苦，而我，也不会因此变得健康。不，坚决不能说！过一天，算一天吧！就这样吧！

金齐欣脑子里乱哄哄地无法安宁，半梦半醒之间，一团灰暗的浓雾沉沉地停在他的睡梦之中。

这边尤曼殊倒是倒头就睡了，但时差作怪，半夜三点钟就醒了。她摸摸索索地整理箱子，把带来的东西摊了一地，冬天的夏天的，四季衣物都带全乎了，是打定主意呆几年的，谁知道能不能呆得住？儿子娶了媳妇，就是不一样，怎么看着都好像要跟老妈作对似的，吃个破汉堡还那么多规矩，连孙子也一起上阵，当着媳妇的面让老妈下不来台，什么事儿？虽然这媳妇不声不响，一脸笑容，可还不是她把儿子孙子带成这样？装模作样的。看我能不能把局面扳过来。

尤曼殊鼻子里哼着，自言自语道："儿大不由娘，凑合着过吧。"自己的声音倒把自己吓了一跳。

六、

转眼之间，旭蓉蓉和贾易生的新家已经被两年光阴打磨完善，家里布置的舒适讲究。家具一件件填满，多是中高档比较考究的材料和款式，通顶水晶吊灯质量高贵，一进门就闪闪发亮，阳光从不同方向射来，闪出七色光彩，映的人眯缝了眼。再睁眼，才看见家里窗明几净，纤尘不染，宽大的房屋里少有闲杂碎物，大小物件摆放的规矩整齐，横是横，竖是竖，博物馆的橱窗似的。贾易生生意稳定，老板做出了一点儿规模，不容妻子旭蓉蓉分说，每周一次，雇清洁工来打扫卫生。丫丫渐渐长大，功课门门优秀，早熟独立，除了学钢琴需要接送，其他活动都是自己出入乘公共汽车。夫妻两人同心协力过日子，时间似乎就多出来一份，比起当年旭蓉蓉孤身拉扯丫丫的日子松弛了很多。夫妻你一言，我一语，大事商量，小事切磋，心头即便有千斤重担，被这三言两语卸去，也就轻如鸿毛了。贾易生说："好了，没什么大不了的！"旭蓉蓉心头就像开了扇窗，沉重憋闷的污浊之气被清爽新鲜的空气替代，锁着的眉头就瞬间展开，脸上的阴暗消失，笑意浮上嘴角，原本就白净的面孔也变得红润透明了。门口的花池已长出不小规模，和他们的日子一样，兴旺蓬勃，绿叶植物油汪汪地出水，花儿奋力开着，一朵谢了，一朵又来。紫藤顺着门廊柱子盘桓上升，与人比个儿，高出一头，春夏时节，开出一柱紫云花烟，撩人注视。全家人进进出出，匆忙仍是匆忙，却多了一份从容，疲惫仍是疲惫，也填了一份淡定。

旭蓉蓉还在单位做着项目小主管，带着三两个得力手下，按部就班，一成不变地上班下班，项目收尾时少不了加班加点，再没遇见萨瓦里那样难处的同事，工作时心情爽快自在，技术难题也就不成什么问题，在时间的进步中一样样兵来将挡，水来土掩，悄悄地消灭掉。旭蓉蓉终于开始有了闲暇，天性不爱热闹，就常常闷在家里烧菜做饭，收拾房间，这个家便渐渐讲究得像模像样。想到那年卖房时因为脏乱差遭经纪人白眼儿，恍惚做梦一般，心下嘲笑自己当年的马虎随便，那时的日子算是日子吗？忍不住感叹，人这一辈子会经历多少种变化，实难算计，再发达的科学技术，挪到脚踏实地的生活上，也是白搭。吃喝拉撒，柴米油盐，点点滴滴的积累和体会，生活的感觉是好是坏，只有自己清楚，皮肉与情感，身体与心思，哪架高端计算机能计算出个结果来？

这天，旭蓉蓉一边擦拭壁炉上的根雕，一边问贾易生："你说，当初你为什么不肯早点儿过来？如果早来了，是不是早就过上这样安定的日子了？想当初，我累得倒到床上就不想起床，每天都是在疲惫中度过，丫丫也没个安定的感觉。你呢，在国内就有怎样的风光了？半大不小当个官儿，下班了连个象样的家也没得回，胡乱吃喝，有多少意思？"

贾易生道："要不有'往事如烟'的说法呢。有科学研究说，如果让每个人都重新活一遍，百分之八十五的人会比前生更开心、更成功、更有价值，一半以上的人能得到诺贝尔奖，还有超过百分之八十的人每天只有欢乐，没有痛苦。可是，上天偏偏不让你重活，所以人类就这样循环往复地犯着同样的错误，一遍又一遍地后悔当初。没有一份完美的生活等着任何一个谁。所以呢，不能往回看，不能后悔，最好的方法就是看现在，看将来。尽量少做一点将来再后悔的事儿。"贾易生这么说着，面前过着幻灯片，国内的高楼大厦酒楼宾馆、秋苇的娇羞可人、周锡银大老爷们儿的沮丧和玛格丽塔无声的哭泣倏忽从眼前掠过。"人啊，此一时，彼一时。哪有持久的一帆风顺呢？当然也没有持久的坎坷波折。上一上再下一下，是最自然的走向。"

"可我希望咱家的生活，从此只走上坡路，不走下坡路，你说我们能做到吗？"旭蓉蓉满怀期望地说。

"当然！天道酬勤，你我都不是懒惰之人，我们的日子蒸蒸日上也是顺应了自然规律，对不？"贾易生嘴上这样说，心想，七情六欲，喜怒哀乐爱恶欲哪有个完？人就是没事找事儿，真要一帆风顺了，还会有意想不到的问题时不时地出现，没问题的生活倒奇怪了。

贾易生想到周锡银，玛格丽塔终于搞定了，婚也不离了，两人的夫妻心理学习一学就是一年，恩爱得像初恋，可生活还不是一味地捉弄人？自从周锡银家庭不再有后顾之忧，开始恢复两头跑的生意需求，还不是又恢复了一个彻头彻尾的两面派形象？一边哄得太太玛格丽塔天花乱坠，每天五条微信问长问短，一边仍是妓馆常进常出，外带秋苇之类的小三小四，一身还不完的情债。这个债务状况，只有天知地知，他周锡银和贾易生知道。周锡银的快乐和一帆风顺纠缠着许多难言之隐。贾易生暗自下了决心，情债这东西太危险，如同一个深渊，一但掉进去，爬上来千难万难。他庆幸自己从秋苇身边及时脱开，谁能想到这个八面玲珑的女子也会厌倦了风月场与官场上周旋自如的荣耀，巴巴地想要出国来？如今，弄得周锡银甩都甩不掉。上次见面，周锡银竟然叹着气承认在帮秋苇办移民，一副不得已而为之的神情。　自从周锡银帮助贾易生打开了生意局面，贾易生深层次接触了周锡银的感情纠葛，两人的关系早已日渐深入，成了知心密友，无话不谈，不苦不诉。

　　"你还和她玩儿起真格的了？如果玛格丽塔知道了会怎么办？"他问周锡银，两人正在碧绿的高尔夫球场慢条斯理地走着，一起打球。

　　"哎，我也是没有办法的办法。帮她找了个移民公司往魁北克省申请，离得远远的，少些麻烦。那边招收移民指标多，条件宽松。钱吗，我支持她一半，她自己出一半，办个投资移民还不算太艰难，以后日子也不会太差。我不过是想完结这桩心事，善始善终。我和秋苇的情分从我老婆闹离婚开始就不行了，我没法一心二用啊！而且坦白说不就是逢场作戏吗？她比得过咱的原配妻子吗？给她办移民的事儿，我太太其实起了坏作用，她当时情绪太激动，竟然和秋苇邮件往来，动之以情晓之以理，让她有些廉耻，不要甘当小三。还批判她发裸体照片，毫无自爱等等。秋苇受得了吗？那是怎样表面柔软内里刚硬的女人？当即顺杆就上，跟我说，你太太把这么大的屎盆子扣我头上，你不能不负责任，我在中国呆腻了，你帮我办了移民吧，办成了咱们就两清。言外之意是否则会缠着我不放。我倒不是怕她，只是觉得事情闹大了，对谁都不利，还是好收好了的好，也就是花些钱就能搞定的事儿，办好了自己心里也没太多愧疚。我不行，你看你小子多走运，没被这小妮子缠上，风流一场也没欠下什么风流债，好合好散，高明！你搞定女人有一手。"

　　贾易生哈哈大笑，摇头道："这是哪儿和哪儿？我出国是沾老婆的光，自己还搞不定，怎么管得了别人？而且我穷啊，没钱办投资移民，秋苇明白我帮不了她这个忙。再说，你的风流和我的风流哪里是一个层次上的？我现在可算认识你了，性情中人，女人身上还真不是个可以轻易能放下的人，人味儿太重。"他知道自己没有周锡银好色淫逸，也没有周锡银豪迈仗义，只有周锡银这样什么都不缺的人，才会被女人缠上，也只有他有能力周周到到地把事情做得尽善尽美。他贾易生终究是个守家立业古板保守之人，如今被小家庭的幸福春风熏陶着，只想断了那风流之心，踏实过日子。和秋苇当年的纠缠，仿佛是个遥远的故事，这故事的主人公似乎不是自己，是个听来的别人。如今聊起秋苇就像聊着一个略微认识的熟人，不痛不痒的。老了，他感叹着，这种心态难道不是衰老的表现吗？

贾易生挥起球杆，一杆下去，球竟轻松地越过了人工池塘，周锡银高声喝彩，两人乐滋滋地往前走去。

周日早晨，贾易生在院子里割草，割草机突突突地奏着锣鼓般震天的音乐。两人等到九点以后才出门来收拾院子，恐怕太早了影响邻里睡眠。阳光赤裸地照着，虽然只是春天，那种温暖明亮的气息已经替盛夏提前做了广告，花儿一拨拨地开起来，迫不及待地把五颜六色挂满枝头。旭蓉蓉在门前举着胶皮水管浇花，嘴里哼着不知什么调调，得意洋洋。有人说花草通人性，果不其然，自己的辛勤劳动换来这一池铺张的颜色，满街新房门前，咱的花朵最最旺盛，似乎自家霸占了更多的春天。贾易生转到后院割草，割草机的噪音才弱了些，就听见门前树稍上鸟儿在高声歌唱。抬头望去，竟顶着一个窝，一只大鸟进进出出忙着什么。喜气，鸟择良树而栖，这也是咱家的兴旺。旭蓉蓉这样歪头朝树上看着，目光一偏，就看见隔壁辛迪正站在半开的窗口往下看着自己，全神贯注的样子。她冲辛迪笑了笑，点了点头，低头继续浇花。

自从大家合作一起修了围墙，旭蓉蓉领教了辛迪超人的精明和寸土必争的斗争精神，就比原来更加敬而远之。当时丈量院子尺寸时，打桩公司因为一颗巨石当道，有一段围墙朝辛迪家院子挪进了一寸，辛迪硬是不辞辛苦一次次打电话和打桩公司抱怨，要求他们过来重新打桩，说我们出钱让你们来打桩就是信任你们，你们怎么能把各家院子的尺寸都量错呢？这不是失职是什么？她还过来劝贾易生也打电话抱怨，以引起打桩公司重视。打桩公司开着大机器动用三五个人来打一根桩，谁负工钱？耗时费力不赚钱，于是一味拖延怠工。贾易生明白辛迪是为了自家少了那一寸地，并不想占她家这点儿便宜，赶紧和打桩公司许诺了额外加钱，也懒得问辛迪家分摊，一分一毫不差地填了旧桩、打了新桩，满了辛迪的意，才罢了。旭蓉蓉问贾易生："那咱家多付了这钱，她怎么就不讲究原则了呢？"贾易生摆手说："你知道这是精打细算的一户人家，让一步海阔天空，咱们就别计较这点儿钱了，招来邻里不快，低头不见抬头见，不值！吃亏是福！"这还没完，后来全体分摊费用时，旭蓉蓉主动承担了收款员的责任，她把算出的木料和施工明细表递给辛迪时，辛迪家应付 5699 块，旭蓉蓉顺嘴说，你家五千七百块，那辛迪竟瞪着眼睛问："明明是五千六百九十九块，怎么是五千七百块？"旭蓉蓉楞了半天，才尴尬地说："哦，这么大的数字，我只是嘴上这样四舍五入了，你付账当然是按实数付款，不要多付这一块钱。"辛迪道："你这一四舍五入，这不是混淆视听吗？你们都是搞计算机的聪明人，这四舍五入也是聪明的一部分吧？"旭蓉蓉听着这话实在不象话，也不好多言，转身走开，像刚吃了一颗苍蝇。

那辛迪可不想远离旭蓉蓉一家，她动不动过来问长问短，你家修花砖地找的哪家公司啊？你家这株好看的丁香树是那个园艺店买的啊？问完不久，她家的花砖地也修成了近似的模样，她家的门前也种上了相同的丁香树。旭蓉蓉心里无论多腻歪，也没法子改了自己的回答，只能任由邻居今儿拷贝一下这样，明儿拷贝一下那样，两家院子就多少有了些姐妹俩的相似味道。旭蓉蓉纳闷儿为什么辛迪这么要强的人竟然热衷于照猫画虎，毫无自己的喜好和见解。纳闷儿之后，只有一笑了之，由着妹妹学了姐姐。可惜那辛迪是个懒惰之人，只会催促丈夫崔利干活，那崔利上班下班忙完一日三餐，哪有多少精力用在院子里，草呀树呀花呀来不及像他伺候辛迪一样被伺候得服服帖帖，不是缺水就是生虫，树也长得不好，花也开得不旺，那辛迪自己不肯劳作，进进出出也好像看不见那些树啊花的，本来也无心欣赏草木，照猫画虎的目的除了攀比没有别的目的，渐渐地也就灭了攀比心，想起来催着崔利去院子里干干活，想不起来也就由着花呀草呀自生自灭了。于是，那妹妹就越来越不像姐姐，经常耷拉着一张干巴巴没人疼没人爱的脸。

旭蓉蓉正蹲着拔掉花池里几颗杂草，就听见嘎登嘎登高跟鞋的声响，扭头看见辛迪摇摇摆摆从车道上朝自己走过来。她站起身来，背转满是泥土的手套，捶了捶自己发酸的腰，说："早啊！"

"没你早，你们两口子真勤快，每个周末都一起折腾院子，不累？我总觉得这院子是为人服务的，不该人为院子服务。"辛迪道。

旭蓉蓉耸了耸肩，眉头也懒得皱，又蹲下身子继续除草。那辛迪已经走到跟前，自顾自地说："你家人真的都超前。你和你先生能干也就罢了，你女儿也那么能干，连我儿子崔强都忍不住回家来念叨几句呢。"

旭蓉蓉警觉起来，站起身来，强迫自己露出个笑脸，问："丫丫？崔强不是已经去华远市读大学了吗？怎么还会知道丫丫的事儿？他说丫丫什么呢？"

那辛迪笑嘻嘻地说："哎，现在的年轻人，网络这样流通，什么消息不是一瞬间就家喻户晓了？你不知道？丫丫没跟你说？她和一个老外同学谈恋爱呢，在学校就又搂又抱的。我家崔强说听他同学说下课他俩就在楼道里接吻，啥都不避讳。"

旭蓉蓉脑子一下就蒙了，愣怔怔盯着辛迪，好半天说不出话来。

"你看你！我还会骗你吗？我儿子是长周末回来聊起来的。网络世界，啥消息都是一瞬间的事儿。我是专门过来告诉你一声儿，怕你不知道，万一孩子出点儿什么事儿，咱们做大人的不是失职吗？"辛迪得意洋洋地表着功，指出了旭蓉蓉的失职，她感觉特别过瘾，脸上盛开着一朵骄傲的鲜花。然后她突然话锋一转，指着花池里一束盛开的红花问："哎？这个花我咋没见过呢？叫什么？我也该买来种种，开这么旺，你是不是给它喂了激素？"

旭蓉蓉也不等她再往下问，就一股脑把应该到哪里去买这种花，什么时候种合适，施什么肥，大概多少钱都抖落了一个干净。心想，你赶紧去照猫画虎吧，学得越像越好！今天你可做了一件大好事，把这么重要的信息向我透露，理所当然得到一份奖励。

贾易生和旭蓉蓉草草收拾了工具进屋来，丫丫已经起床，睡袍也不系带子，露出若隐若现的胸罩，嘴里哼着一首流行英文摇滚歌曲，在厨房里吃东西。旭蓉蓉两口子彼此对了对眼儿，旭蓉蓉就在餐桌前坐下，贾易生插上电源用电热壶烧热水沏茶。

"丫丫，妈妈听说你有男朋友了，是吗？"旭蓉蓉开门见山。

丫丫看了妈妈一眼，手里剥着鸡蛋，头也没抬，笑嘻嘻地说："哈哈，妈妈，你消息很灵通！"

"是谁啊？你能不能跟妈妈讲讲？"

"妈妈，这有什么可讲的？是同学，一个年级的。你想知道什么？"

"你们好了多久了？他长什么样子？学习好不好？家境如何？"

"上帝！好吧，给你看。"丫丫说着掏出手机翻了起来，一会儿就找出一张两人的合影。只见一个比丫丫高一头的帅气白人男孩儿紧紧搂着丫丫，两人彼此神出舌头做着鬼脸，眼神里装满了青春年少摄人魂魄的兴奋。

贾易生也凑过来看，说："不错嘛，我家丫丫很有眼光吗。"说着又加了一句："我就搞不懂你们年轻人现在时髦的这是什么？自拍照动不动伸出个长舌头，多难看！"

旭蓉蓉用胳膊肘捅了丈夫一下，又问丫丫："他念书好吗？"

"不好！反正没我好。那又怎么样呢？"丫丫小眉头一皱，一脸不满意。

"哦。"旭蓉蓉不知该说什么好，嘟囔道："当然学习好也是很重要的。那他其他方面如何？音乐啊，体育啊？"

"谁像中国人家庭逼孩子学这个学那个？你知道别人怎么看中国学生吗？首先，中国学生一定是天才生，其次中国学生一定会弹钢琴。千篇一律，有什么好？都是逼出来的，一点儿个性都没有。老外家庭是让孩子自由发展，他们得个B，家里就高兴得要给奖励。我得了A，没得A+，妈妈都不高兴。"丫丫说着，斜眼看了妈妈一眼，旭蓉蓉愣愣地看着女儿，哑口无言，是的，自己对丫丫的要求一贯是A+，此时听丫丫抱怨，不知道是该恨还是该爱，是该检讨还是该训斥。

丫丫又接着说："他爱打冰球，是他们住的那个小区冰球队的主攻队员。好像每周业余时间就都打冰球了，起早贪黑，有时候早晨五点钟就要去练球，四点多就从家出门了，我看他爱冰球的态度不比咱们中国小孩用功学习的劲头小，也好辛苦，家里又接又送，还要做义工帮球队做事，人家的家长也不偷懒。只不过人家不把精力放在死读书上罢了。他还玩儿视频制作，弹弹吉他，反正他不爱学习。"

"打冰球也能打出百万富翁呢！你看加拿大不就是靠着一代又一代这样疯狂迷恋冰球的人群才造就了这个冰球大国吗？你想想，哪个孩子将来打进NHL冰球队，年薪就都是7位数了。哎？这孩子说不定也能打进卧春城海狸队呢？到那时候，如果咱丫丫还和他好，不是就一下成了百万富翁的娇妻了？"贾易生乐呵呵地说着，没说完，自己已经哈哈大笑起来。

旭蓉蓉狠狠剜了一眼丈夫，看丫丫和爸爸一起嘎嘎乐，也忍不住笑了起来。

"我看我爸最开明了！还特别会做梦！"丫丫说着，跑到爸爸身边去抱了一下，又扭头对妈妈说："妈，你担心啥呢？我们现在好就好着，谁知道明天会怎么样？他现在每天跟我去图书馆学习，又没影响我学习，你别担心。我周五的考试不是又拿了98分，你不是刚签过字吗？搞个对象有那么了不起吗？谁不搞对象？我同学里搞对象的多得很呢！我为什么不可以？"

丫丫说完就往楼上走，说："我还有功课要做呢。"一边走一边在手机上敲字。

旭蓉蓉赶紧追着说："丫丫，你先等等，妈妈有话跟你说。"等丫丫站住，旭蓉蓉小声说："男女谈恋爱，吃亏的都是女方，你得学会保护自己，懂不懂？"

丫丫一下红了脸，说："妈，我又不是小孩儿。别说了，我不要听！"说完咚咚咚跑上楼去。

旭蓉蓉转身坐下，端着贾易生刚沏好的大红袍茶，说："我看你一点儿都不担心这事儿，还推波助澜的。本来挺严肃的话题，怎么弄成个无所谓的大玩笑似的？"

贾易生伸出手来拍了拍妻子肩膀说："放松点儿。女孩子这个恋爱的窍儿一开，大人几句话就能关住吗？既然开了，就只能合理引导。她正在热恋，你以为你警告几句就能降温？咱家丫丫，这么大了，聪明孩子，你放心，根本就不会有什么你担心的事儿发生。你听她的那话'我们好就好着，谁知道明天会怎么样？'，多现实？可不是咱们当初那种从一而终、谈恋爱就必须结婚生子的旧观念。我主张孩子多谈几次恋爱，多有些经验，那才能知道自己到底要什么，不要什么，什么样的人合适自己，什么样的人不合适自己。你说对不对？"

旭蓉蓉听了，吊着的心渐渐放下，可还是忍不住小声说："你说现在的孩子不会这么小就发生关系吧？辛迪说孩子在楼道里接吻都不避人。那她知道怎么用避孕措施？"

"嗯。"贾易生想了想，说："要说丫丫这么聪明，肯定懂。学校里不是都教过生理课了？你不是说还发过避孕套吗？你如果不放心，就跟孩子私下再挑明了问问？"

旭蓉蓉转着杯子犹豫不决，说："我不想这样直接谈这个，如果他们本来没事儿，我这么一说，不成了教唆、鼓励和赞成发生关系了？我可不想给孩子这个印象。"

"那就算了。"贾易生说着，呵呵笑了起来。

"你笑啥？神经兮兮的。"

"你记得咱俩大学的时候吗？还不是什么都做出来了？出事儿了吗？那可是多么封建的年代啊！如果传出去，是会受处分的。咱们还不是平平安安地过来了？"

旭蓉蓉瞪了丈夫一眼，自己也忍不住微笑起来，想到自己也年轻过，心里说不出的滋味，五味酱瓶打翻了一样，小声呢喃："哎，咱俩一转眼都结婚二十来年了。想起那时的事情，还好象昨天。"

贾易生也呆了呆，是啊，二十多年了，倏忽一瞬。

那几年，静湖中学的排名在卧春城持续称雄，除了学习成绩领先，学校出名的还有乐队、划船队、机器人俱乐部等等课外组织，在各项学区比赛里，静湖中学的名字总是名列前茅。每天上下学时间，有三四辆八百路牌号的公交车沿着不同路线在静湖区接送学生，原来还需要高中生买年票的公交服务，近两年免费了，原因是天主教学校的所有学生车辆都免费，公立学校为了与天主教学校竞争，只好提供免费待遇。这几辆公交车专为学生设置，整个车上都是静湖中学的学生，早晚乘同路车，生脸变熟脸，静湖区的孩子们少有彼此不认识的。车上的热闹可想而知，好朋友三三两两开着小会，整个车厢就是一个大会场。青春气盛，男生和女生少不了眉目传情，彼此留心，眼神飘过，就有很多少男少女的心脏加快了运行速度。乘车去学校成了上学的一大乐事，学生们少有不爱乘公交车上学的，即便父母可以顺路接送，孩子们也找理由拒绝。

丫丫在校车上总是和好朋友玛莉萨坐一起，两人一夜不见，如隔三秋，永远聊不完的话题。两人隔着一站地，先上车的玛莉萨总是给丫丫占好座位，那中门靠窗的两个座位就成了两人的专座。玛莉萨是孟加拉国裔二代移民，父母当年都是难民，没有受过教育，依靠在唐人街做体力工养家糊口，后来陆续生下四个孩子，艰辛养育，穷人的孩子早当家，孩子们竟然个个出类拔萃。玛莉萨的姐姐和两个哥哥都考取了名牌大学，假期打工挣钱，积攒支撑自己的学费。玛莉萨有优秀的哥哥姐姐做榜样，也样样不甘人下。她最热心公益事业，各种为教会和小区捐款的活动一定少不了她作为组织参与者的身影，在学校和小区都有不小的名气。她还是一家西人教会的青年团骨干，夏天利用假期随教会青年团到海地支教，回到卧春城，仍与两个海地孩子保持着友好的通信关系，经常把打工挣到的钱寄给那两个孩子贴补家用。这次静湖中学学生会竞选学生会主席，玛莉萨第一时间响应，口碑良好的玛莉萨立刻得到很多同学的支持，丫丫自然是最积极的支持者。可丫丫有个心思像幼虫一样蠢蠢欲动，几天就长为成虫，心里装不下了，非要飞出来不可。今天上车，丫丫就决心和好友摊牌。

"玛莉萨，有件事我想告诉你，希望你不会介意，我也准备竞选学生会主席呢，今天去学校就声明，你不会责怪我成了你的竞争对手吧？"丫丫闪着直率的目光，微笑着说。

　　玛莉萨忽闪着浓黑的眼睛，刷了睫毛膏的长睫毛扫帚似的在淡棕色的脸上扫了两扫，她楞了几秒钟，就兴奋地笑起来："这样太好了！你怎么不早说？这是个自由的国家，我怎么会因为你也参选而计较呢？太荒唐了。我支持你！都怪我，你实力这样强，我怎么一开始没有鼓动你参选呢？是我该感觉惭愧啊！你能做出这个决定，我太高兴了！"

　　丫丫就和玛莉萨拥抱起来，互相摸着后背，像是久别重逢。玛莉萨说："你我又不矛盾，有共同的东西可以互相分享，各自的宣传还不是都得靠自己？这下好了，咱俩还可以齐心协力应对另外那三位竞选者呢。"两张青春面孔彼此照耀，车上像亮着两个小太阳。去了忧虑，两人干脆搬起指头数算起另外那三位候选人来。

　　三位竞争者里一女两男，女的是女子足球队的队长猫猫，华裔，另外两位男同学是查德和阿芒。

　　猫猫是小唐的女儿，个子不高，天生和她母亲一样长着一张笑脸，跟谁说话都是一股春风，因为功课优秀、热爱运动、擅长交际，为人爽朗大方，人缘出奇地好。据说她脸书上朋友圈超过三千人。是那种不参加竞选，天理难容的人物。

　　查德是学校出了名的跳级生，升入九年级时就比所有同学都小两岁，十年级又跳了级，直接进入十一年级，一来一去，比同年级同学小三岁。他个子和年纪一样袖珍，白白静静文文弱弱，一只大眼镜遮着半张脸，越发显得像个发育不全的小学生。这样一个小小的身体里却装着无限的大能量，首先是学习不费力气的好，门门功课出奇地优秀，几乎每次考试都近乎满分。有一次全班都考不及格，他一个人得了 99 分，人们看他像看天外来客。他却一点儿都不用功，学校里能参加的活动没一样少了他，他那瘦小的身影穿梭在运动场上、音乐厅里、舞会上，繁忙得像个蜜蜂。据他说他在家最喜欢的活动就是睡大觉，学校里的功课很快做完就不再翻看。人们把他当做一枚稀有钻石一样仰视着，谁在他面前都有着几分无法掩饰的佩服和敬意，这就是活生生的天才，不是练出来的，不是逼出来的，不是熏陶出来的，而是与生俱来的。他的那种孩子气的活泼，也招人喜欢，是学校里无人不知无人不晓的名人。

　　另一个男生阿芒，印度裔，学习中等，天生运动好，是学校足球队的著名前卫，踢球又准又狠，球场上的风光总能延续到场下，课堂上、楼道里，总有几个高大英俊的男生跟在他身前身后。这群帅哥穿着肥大的牛仔裤，裤腰掉在半拉屁股上，一弯腰，里面的彩色内裤露出好大一截，让人担心那条裤子随时会发生意外，被地心吸引力粗暴地吸到地上。他们横排走过，头发耸得很高，定型发胶让根根头发有着利剑的挺拔气势，棱角分明的面孔展示着摄人魂魄的青春帅气，嘴角那些略带歪扭的笑容似乎嘲讽着那些注视的目光，又似乎放肆地四处播撒青春火种。"酷！""帅呆了！"人们窃窃私语，女生们偷眼看着的脸蛋儿泛着桃色粉红。校园里会因为这群人的经过，泛起东一圈西一圈的涟漪，那是一种有着荷尔蒙热度的热情，让每个人心中燃起跳跃的火星。

丫丫和玛莉萨最后确定，三个竞争对手各有所长，都不可低估。猫猫的社会能力，查德的天才魅力，阿芒的酷哥威信，是他们的特长。

"咱们也得找出咱们的特长来争显优势。"玛莉萨说。

玛莉萨的公益活动能力显然是她的优势。丫丫笑了，说："玛莉萨，你看我是最没有优势的候选人啊！算了，我还是自动放弃吧。"玛莉萨拍着丫丫大腿，示意她别胡说八道，就咬着指头想了想，说："丫丫，你看，也许这就是你的优势。你的优秀是均衡地好，你参加竞选，谁都不会有疑议，因为你的好是谁都看得见的，虽然说不出是怎么回事。似乎谁都想爱你，你有一种天然的吸引力，你在哪里，哪里就有一种莫名其妙的力量，和谐的力量。你什么都好得那么自然，你美丽，你温和，你聪明，你功课好，音乐好，长跑有耐力，你的好数不胜数，可你又好像特别不把自己当回事儿，谁和你在一起都感觉舒服，因为你听的多说的少，你善解人意，你一点儿都不骄傲。一个美丽、聪慧又善解人意的女生，本身就是谁都比不过的优势啊！"

玛莉萨说这些话的时候，丫丫几次喊"停"，"有这么夸人的吗？露骨不？"玛莉萨只是自顾自地说。丫丫就伸出手去捂玛莉萨的嘴，玛莉萨就奋力地躲，一边仍奋力地说。丫丫终于捂住了玛莉萨的嘴。俩人早已笑得忍不住，四周都停止了喧哗，一齐看着她俩，丫丫和玛莉萨才吐着舌头住了声。两人等着周围的喧哗声又开始了，才悄声继续商量。玛莉萨说："咱们就开始做各自的海报和宣传视频吧？你男朋友马克西姆特别擅长做视频，能帮你，我可怎么办？"

"这算什么，我让他帮你就是了，咱们一起折腾。"

两人说着话，校车已经到站了，大家陆续下车，蜂拥着往校门走去。

早晨的校园热闹非常，一长溜公交车卸除了学生，就排着队等待从狭窄的停车场出口一辆辆缓慢撤离。学生们下了车唧唧喳喳地打着招呼，有隔着人群高声叫嚷的，有窃窃私语一起翻看手机的，有书包没拉好，饭包、纸笔掉得哪儿哪儿都是的，也有不想进教室，在楼外三伙两伙晃荡的。直到校车一辆辆陆续走了，自己来送孩子的家长们也陆续离去，停车场空空荡荡了，校园才安静下来。铃声就那样在喇叭里混沌地响了几秒钟，便散在晨风里。

　　高中生没有固定教室，从锁箱里拿了书本就直奔自己选的课室。丫丫的锁箱在北楼翼的尽头，第一堂课是数学，在南楼翼的尽头，这一南一北，她抱着书包快步飞奔来去，比赛似的，她暗自打定主意不再把数学课本留在锁箱，背回家虽然沉重，好过这趟上气不接下气的运动。人们给丫丫让着路，不小心撞了谁，一声 Sorry 了事儿，仍然接着跑。

　　马克西姆就是这时横空钻了出来，横腰抱住丫丫，脸上带着兴奋的微笑。

　　"你吓死人了！"丫丫几乎尖叫着。"别捣乱，上课了，你在这里干什么？"一边说着，仍往教室走。

　　马克西姆说："想你了。"说着就亲了丫丫一下，眼神缠绵。

　　丫丫也回了一个亲吻，语气和缓下来，说："做个好男孩！现在去上误，午餐时在餐厅等我。"

　　"不能旷一堂课？我想和你在一起。"马克西姆央求道。

　　"胡来！告诉你，绝对不可以旷课！快去快去，我得跑了，乔纳森的误啊！"丫丫推着马克西姆高大的身体，也不等他离去，就转身向教室跑去。

　　数学老师是三十出头的亚裔男子乔纳森，一张娃娃脸，讲课爱开玩笑打趣学生，幻灯片做的极其漂亮，经常搞些世界名画做背景，不像数学讲义，倒像艺术品课堂。再复杂的数学问题，他只要三笔两划就解释得清清楚楚。他带领的静湖中学机器人俱乐部常年拿第一，他教的学生，数学成绩一向出众。据说他博士毕业本来可以留在大学教书，却为了追随女朋友，跟到了女朋友的家乡卧春城，卧春城的两所大学没有助理教授的空缺职位，静湖中学就成了他的安身之所，虽然是大材小用，却渐渐教出了名气，上课下课和学生们嘻嘻哈哈，竟好像自己也成了中学生，成就着一个快乐的职业，便再也不动去大学教书的心思了。因为教学出色，还喜欢业余开发机器人、搞点儿小发明，申请了两项专利之后，就经常有赞助商给他些研究经费，他的学生还经常成为这些实惠的

96

受益者。今年有个赞助商赞助了他三十台苹果计算机，消息不胫而走，选他课的打破脑袋，丫丫是半夜三更等在网上，注册时间一到，就第一时间选了他的数学课，才幸运入围，多少同学因为没选到他的课唉声叹气。

上课他允许学生用计算机做笔记，用谷歌文件储存课堂笔记，也可以在网上递交数学作业。这样的上课方式，在静湖中学前所未有，有点儿实验性质。家长和保守些的老师，很有些持异议的，难道中学生就应该废除纸笔了？网络那么嘈杂，上课时间上网，能保证学生是学习，不是在玩儿游戏和网聊？有向教育局提意见的，有跟校长反应不同看法的，官方却对乔纳森百分百支持，现在是电子时代，这样新潮的教学方式也许是未来的发展方向呢。中学生们最是欢天喜地，每天盼着上他的数学课，似乎一进乔纳森的计算机课堂，自己已经走在了苹果时代的最前列。

丫丫慌慌张张进了教室，同学们都已经各就各位坐在自己的计算机面前。乔纳森已经接好幻灯机，在幻灯平台上的透明塑料片上写一道方程式，墙上落下来的投影屏幕上映出他清晰的字体。丫丫打开自己的计算机，一边记笔记，一边像往常一样开了自己的脸书，一条条看朋友圈留言，看到好笑的，正好是前排坐着的同学，就忍俊不禁，连忙抬头看，见那同学也正三心二意，翻着推特的网页。同学们多有同时开始几个网页的，数学课的笔记倒压在屏幕最底下，乔纳森也不管，自顾自地教。中间他时常提问，很多手举起来回答问题，也不知道这些人是怎么练就的一心二用的本领。丫丫的手举的最高，乔纳森倒很少叫她，知道她的回答总是完美，不如把机会留给别的同学。

最近这一两年，丫丫不论在家还是在图书馆，做功课时总要听着流行音乐，计算机手机都开着，网络媒介繁忙地滴滴哒哒响着。心思像是一座复杂的研究所，被切割成许多任务中心研究室，有个视察员不停歇地从这个房间走进另一个房间，啪啦啪啦地开门关门，指导着各个研究室的研究进程。各个中心的研究工作可能风马牛不相及，互不干涉，却按部就班按照自己的项目目标，平稳前进。旭蓉蓉看不惯这样热热闹闹做功课的样子，说："我真不明白你们这一代人是怎么回事，同时做着这么多事儿，怎么能集中精力？我们小时候就知道一心不可二用。现在怎么全反了？三心二意反倒美其名曰'Multi-tasking'，还是一种时尚的本领，我真搞不懂！"丫丫耸耸肩，说："妈妈，你的那一套过时了。我不是什么都做的很好吗？这是个电子时代，别看您是计算机工程师，电子时代的这种丰富多彩，Multi-taking 是最基本的一项，您落后了！"旭蓉蓉哑口无言，唉声叹气地住了嘴，任由孩子大声放着摇滚音乐，一会儿计算机一会儿电话，哼着歌儿，摇头晃脑地做作业。贾易生私下安慰旭蓉蓉："你想想，丫丫说的有错吗？当年咱们年轻时还不是一样？大人的话哪里听得进？代沟！现在这一代，除了代沟，还加了一条文化沟壑。咱们受的是传统中国式教育，凡事严谨，集体消除个性。丫丫他们呢？提倡个性，鼓励自由地发挥个性。只要不耽误正事儿，她怎么学，有什么要紧？条条大路通罗马！"

丫丫成了个大忙人，在学校，上课听讲，下课后去图书馆写作业、参加课外活动、谈恋爱，回到家，除了准备竞选的各种宣传材料，还要练琴，准备钢琴十级的考试。旭蓉蓉睡觉以前，去和丫丫道晚安，看见女儿专注地在计算机上忙活，问："能不能早点儿睡觉？明早七点就得起床赶校车，你每天睡眠不够，怎么能行？"丫丫露出不耐烦，说："妈你快睡吧，我知道了。"旭蓉蓉回房躺下，翻腾几下，又起身敲丫丫门，隔着门问："丫丫，你饿不饿？要不要妈妈给你做点儿吃的？"丫丫在门里答："妈，您就别麻烦了，好吗？让我安静地把事情做完。我这么大了，饿了会自己去厨房找吃的。晚安，晚安！"

有时起夜，旭蓉蓉看见丫丫房间还是亮着灯，就蹑手蹑脚过去听，常常听见丫丫劈里啪啦敲键盘的声音，有时还在计算机上和什么人说话。墙钟已经指在两点钟了，就心痛孩子，知道说也没用，也不敢打搅。碰上某天房里没一点声音，她就推门进去，看见丫丫歪在床上，已经睡着了，手机还攥着手里，枕头边上堆着课本和计算机。她就进去蹑手蹑脚替孩子盖好被子，关了灯，再蹑手蹑脚退出来，轻轻地叹气。

丫丫的竞选准备工作进行的很顺利。纸质海报都是在计算机上设计打印出来，粘贴在大张广告纸板上，贴满了学校的主要过道和饭厅、体育馆入口，和其他候选人的海报相映成辉。学生们三三两两地驻足观看候选人的情况，熟悉的同学，早已选好了支持阵营，不熟悉的仔细比较长短，也大体有了支持方向。海报里除了提供个人最为擅长和值得炫耀夸口的长处，还都有详细的脸书地址和视频地址，就有同学掏出手机拍了照，回家再研究观看。那些日子，学校里就多了些兴奋的话题，候选人的四周自有一群帮忙的热心朋友纷纷调动能力，帮忙宣传拉票。

马克西姆承担了主要的视频制作工作。丫丫的视频两分钟长，长短镜头把丫丫日常的生活状态浓缩集成，视频轻松幽默，有她运动场上的矫健身姿，有她端坐课堂的专注端秀，有她和同学就餐时的开怀大笑，也有周末派对上的狂欢，背景音乐选了流行歌曲"有个人我过去知道"，片尾丫丫做着鬼脸说："静湖中学，我爱你！我选择了你，现在轮到你选择我了！"一边说，还一边伸出一根手指点着镜头。那最后一笑，大方得体，却有着天然的千娇百媚，白净的面孔闪着青春无敌的光辉，眼神清澈如秋泓一潭，整个世界都被她的纯洁美好自信照得亮堂堂的。

马克西姆帮玛莉萨制作的视频，风格迥然不同，虽然也是覆盖了玛莉萨的全部生活，格调却按照玛莉萨的要求倾向于社会公益层面，里面有大量玛莉萨在海地和黑人小孩的合影照片、小区捐款活动照片等等，背景音乐选了约翰列侬的"想象"，无形中有了一种高大上的社会责任感。玛莉萨很满意，请马克西姆和丫丫在麦当劳吃汉堡，三个人兴高采烈，举着可乐干杯。

"你发现没有，那个猫猫，心眼蛮小的。她好假啊！过去那种谦和友善原来都是假的！现在见了我连招呼也不打，好奇怪！似乎我参加竞选，就变成了她的敌人一样。我们去同一间教会，青年组活动时，她过去对我很亲热的。"丫丫感慨地说。

"是，我也发现了，她对我也很冷淡，但碰到了还打招呼，讲讲话。可能她觉得你的威胁最大，才不理你，你也是华裔啊，又比她漂亮，音乐和演讲都得过奖，功课的优秀程度也不相上下。"玛莉萨继续安慰说："丫丫，别太在乎这个。不说话就不说话，有什么呢？咱们努力咱们的，他们努力他们的，和咱们不相干！到了这个阶段，咱们尽力而为，别的就交给上帝吧！记着时常祷告，上帝会保佑我们的。"

演讲定在周五上午十点，抽签时丫丫是最后一个上台。

学校的礼堂庄严气派，除了大厅一层，还有二层三层阳台式观众席。全校的学生按班级陆续就坐，礼堂响着细碎的喧哗，玩儿手机的，聊天的，东张西望的。中学生脸上满不在乎的神情就着青春痘一起张扬着，正在发育的身体春天的幼苗一样，散发着荷尔蒙的甜腻味道。瘦削的显得有些发育不全，却支楞着只有青年才拥有的细长大腿。发育充分的显得饱满结实，前面的高峰和后面的隆起都有着骄傲的气势。男孩儿脸上如果长了胡须，便有些故弄玄虚的老成，却终究因为年轻，没有丝毫的世故之态，那掩在胡须下的窃笑早露了馅，是只有年轻才可能拥有的爽朗无忧。描眉画眼的女孩儿们，似乎想提早进入成熟，一双妙眸却在那过于浓重的妆下，忽闪着单纯的光芒。虽然学校里有严谨的衣着标准，还是有不少同学擅长打破常规。东一个洞西一个洞的乞丐服里露出一抹又一抹皮肤，操心的母亲想必会担心那裸露的膝盖是不是很容易得关节炎。老师们却大多睁一只眼闭一只眼，对现代青年的混乱着装听之任之。碰上一个老师张口表态，就会被学生在背后骂个狗血喷头，"不可思议，这是一种设计！她懂不懂？毛衣不过肩膀上开了个洞，就不让穿？老顽固！没品味！"脱下那件毛衣的女孩于是穿了一件大腿残破的牛仔裤，丝丝缕缕的水洗线头随着走动的步伐在大腿上左右摇摆，于是人们的目光就从肩膀转移到了大腿。那老顽固迎面碰上，昂着教师骄傲的头颅，竟不往女孩的下半身看，于是女孩低着的头在擦身而过的同时高高地昂扬了。

第一个上台的是玛莉萨，可能因为紧张，上台时有点儿急，前半部分演讲有好几处打了磕绊，后半截才顺溜下来。她重点提到了中学生的社会责任感和身处发达国家所应唤醒的对贫穷地区儿童的救助意识。她提出了将搞一两次非洲小朋友的援助活动，她在海地支教时的故事和当地儿童因此得到救助的统计数字深深打动人心，台下掌声热烈。她从台上下来坐在丫丫身边时，丫丫兴奋地拥抱她，说："讲的棒极了！"

第二个上台的是天才神童查德，他调皮地戴了一顶巫师的高帽子，手里拿着一只魔法棍，大眼镜罩着半张脸，俨然一个哈利波特形象，他的灵巧聪慧和这神魔般的装扮相得益彰，一上台就获得满堂喝彩。他的演讲重点在中学生的生活应该如何寓教于乐，如何最大发挥每个人的创造力和想象力，还要拥有哈利波特魔法学校那样的神秘世界里的千万种可能性。他许诺作为学生领袖，他会把他自身的"天才魔法"运用到工作中去，让同学们都传染到百战百胜高效率高成果的正能量。他的幽默诙谐和不拘一格的演讲方式多次逗引得全场哄堂大笑。丫丫不得不感叹，查德优秀的基因与优良的演讲效果之间的密切关系，但她明白地感觉到查德似乎在玩儿一个游戏，而不是在竞选学生会主席，不知道她自己的感觉是不是也会是大多数同学的感觉。

接下来的演讲是猫猫，她声情并茂，身体语言做的过多，似乎在跳舞，于是有了不自然的夸张之感。她对自己各方面成绩的赞美和肯定也令演讲染上了自我为中心的光环。对同学的许诺很多，诸如组织好同学每周花几小时为需要的同学义务辅导功课，诸如用大家义卖所得的钱帮助匡难同学购买学习用具等等，提议内容积极、慷慨、友爱，但没有具体的实施措施，就多少有了些虚浮的空洞之感。丫丫听完，当机立断决心砍掉自己演讲中空洞的东西来增加演讲的简洁性和现实性。

100

酷哥阿芒的演讲出人意料地华而不实，除了没完没了插科打诨式的笑话，引得全场热烈哄笑，并没有实质内容。那是一种典型的以形象和风趣取胜的竞选策略，帅的让人目不转睛，酷的让人心神激荡。丫丫感受着礼堂里兴奋的热度，口哨声时不时尖声响起，女孩儿们眼里闪着狂热的焰火。现场不像竞选学生会主席，倒像一场一线歌星的演唱会。粉丝的狂热，早已掩盖了演员的表演内容和演艺水平。一瞬之间，丫丫感觉自己参与的这场竞选不过是一个笑话。一种突然的轻松感袭上心头，自己的认真完全大可不必。毫无疑问，这个主席的角色总要有个人来承担，大多数同学并不在乎谁来承担，至于是否能做出什么成绩，有人真的在乎吗？不管谁来做，世界都是日复一日地往前走，爱运动的尽管运动，爱学习的尽管学习，时间总归会把所有的中学生推向大学和社会，做个学生会主席，除了本人的简历上多一抹可圈可点的历史，难道一人之力真的能改变学生的任何状况吗？她在周围人的喧哗之中对自己冷笑着，心情疏忽变化，如此，真没什么大不了的，当不当这个主席，有什么意义呢？

　　她恍恍惚惚走上讲台，端端正正地问大家好，平平淡淡地笑着，原来背会的长篇演讲，撇开没提，刚才脑子里的思想原原本本流水一样倾泻出来。"我没有什么可炫耀的本领，也没有其他几位竞选者完善的未来计划和不可抵挡的个人魅力。我想，站在这个讲台上，我和你们中间任何一个人一样，只是一个平凡得不能再平凡的中学生。我不知道我有什么资格站在这里，但既然已经站上来，我就说两句心里话。我没有未来计划，但那个计划会有的，当你们选择了我。我想我只需要解释一下我的生活原则，那就是"认真"二字。我只知道做一切事情都要认真，学习的时候好好学习，运动的时候好好运动，弹琴的时候好好弹琴，交朋友的时候好好相处，如果能做学生会主席，我会好好地尽我的职责，该花的时间我会为同学们花，该为同学们做的工作我会去认真做。我不喜欢站在云上，我只会老老实实走在地上。如果同学们肯给我这样的机会，我是你们的仆人，不是你们的领袖。我喜欢仆人这个角色，它让我感觉自己拥有价值。就是这样，这就是我的全部计划！谢谢大家！"

　　演讲似乎才刚刚开始，就突然结束了，她鞠了个躬，下了讲台。礼堂里静悄悄的，大家目送着她回到自己的座位上，掌声才响起来。这样简短的竞选演讲可谓史无前列。可是一种说不清的什么东西空气一样包围了人们，它像风一样让你感觉得到却抓它不住，你觉得舒服，似乎在嗅着它的芳香，可又无法说清是什么香味儿。你觉得心脏有一丝麻酥酥的感觉，收紧了，却又放开来，那一丝酥麻却水一样瞬间就流了过去，什么痕迹也没留下，但它明明白白在心上停了一下，明明白白。

玛莉萨紧紧拥抱丫丫，说："天！你这是搞的什么把戏？即兴演讲？简单到好像什么都没说，又好像什么都说尽了似的。我都不知道该说什么了！反正就是觉得震撼！你能赢！"

丫丫笑眯眯地说："怎么可能？我比你们差太远了！随它去吧，我不在乎。和你们相比，我是零，所以还不如老老实实说两句实在话。"

选票是第二天才统计清楚的，丫丫和阿芒并列第一。听完大喇叭里的宣布，丫丫惊得目瞪口呆，这不是开玩笑吧？正像自己所感受的，笑话，一切如同笑话一般！我丫丫何德何能？和阿芒合作承担学生会主席？和那位人气兴旺的酷哥承担学生会主席？真的吗？

恍惚中，丫丫和前来祝贺的同学一一拥抱。她在内心发出疑问，这个世界怎么是这样？你破罐子破摔的时候，它反倒让你完成一种成就。上帝，请告诉我，这到底是怎么回事？

七、

日子开始得并不顺利。尤曼殊自以为很开明很新潮的脑袋，在梁星眼里封建专制到了是可忍孰不可忍的状态。尤曼殊认为，儿子的家就是我的家，这是天经地义。她的全面改革是从厨房和卧室壁橱开始的。

"我把你家的非健康食品都扔了，什么咸菜啊，酱菜啊，腌制的东西一概致癌，什么年代了，还吃这些破玩意儿，最起码的保健常识都没有。"

梁星打开冰箱一看，自己偶尔打牙祭的小黄瓜、豆腐乳都不见了。冰箱里一下子空出来一层。正呆着，尤曼殊出其不意地从身后闪出来，说："你要找什么？我来给你拿，你不知道在哪儿。冰箱里很多死角，太脏了，我都重新整理过了。你就不用再插手了。"

尤曼殊进入儿子的生活以后，她正以秋风扫落叶的气势把家里翻的底朝天。壁橱里的衣物都被她一批又一批地搬到阳台上暴晒，连金齐欣和梁星的内衣裤都不放过。

"太臭了，一股汗霉味儿。大概从你们结婚，就没晒过衣服被褥吧？阳光是最有效的杀菌剂，这么天然的清洁剂不利用，傻吗？真不卫生！"

金齐欣跟梁星使了眼色，说："妈，这么楼上楼下地搬运衣物，挺累的，您等我回来了，您指挥我做好吧？"昨夜梁星小心翼翼地跟他抱怨没有了隐私权，婆婆有什么权利动媳妇的胸罩内裤？即便动儿子的，也不太合适吧？儿子都五十来岁了。金齐欣自知母亲做的过分，只好心平气和地劝梁星："委屈你了，我明天说两句。你呢，你得想开点儿，她看了你的内衣裤，你身上也少不了一块肉，是不是？"他说着，理不直气不壮，连自己也没劝倒。哎！自从母亲来了，梁星就变得沉默寡言，面无表情。每天下班的时间也推迟了一两个小时，总说加班。金齐欣怀疑她在躲避这个家。可他能怎么办呢？自己去搬衣物晾晒，至少可以保护太太的隐私权吧？金齐欣突然意识到，即便自己，也从来没有动过梁星的内衣裤，女人，你得给她们留点儿空间吧？难道应该对母亲说两句什么？

尤曼殊听儿子要帮忙，回答道："等你们下班回来再弄，那还不弄到猴年马月去？我慢慢弄，一天干一点儿，就都干完了。再说，我怕你们忽悠我，根本就不做。"

"妈，您真的觉得我们这么糟糕吗？您看左邻右舍，哪里有谁家晒东西的？咱南方潮湿，东西吸潮，在国内习惯晾晒东西。这边干燥，没那些发霉问题，这么些年，我们不是也就这么过来了吗？还真没看见过邻居在院子里晒东西的。我担心邻居提意见，咱家院子里这么堆东西，裤衩胸罩的，有点儿不雅。"金齐欣小心翼翼地说。

"天啊，你怎么出国出得这么愚昧了？咱在自家院子里晒东西碍着谁了？没听说过外国有这种新鲜事儿。而且，有妈妈帮着给衣物晒太阳消毒，穿上这些散发着太阳清香味道的衣服，多幸福啊！怎么好像我倒成了事儿妈了？这边人不晒，就对了？错的东西为什么要坚持？不明白！现在的孩子，怎么这样？好歹不知！"尤曼殊说完，继续该干啥干啥。

金齐欣咽下了嘴里剩下的话，低头帮母亲往屋里搬衣服，一大摞，满抱，挺沉。哎，母亲的辛苦，值吗？我们的容忍，有没有头？

梁星无数次想要顶嘴，事到临头，又无数次打消了念头。她时刻告诫自己紧闭双唇，可还能忍耐多久，她不知道。有好几次，离家出走的念头、甚至离婚的念头都闪现出来，又被她自己推翻。这是干什么？我和金齐欣没有任何问题，问题是他母亲，这不能构成分开的理由，何况金齐欣还是病人，她不能做这种不仁不义的事。她祷告的时候，不停地求问神该怎么做，可事情总不见好，难道神也不同情我的处境？她很恐惧，这样怀疑神，是罪恶的，不能！神的爱只对信赖他的人施放，她要有信心。受的这点儿罪跟耶稣钉十字架所受的罪相比，算得了什么？甚至埃布尔的苦，都够不着，埃布尔失去了所有财产、亲人，她失去了什么？家庭地位？快乐？尊严？家？天啊，想到这里，她毛骨悚然，她现在是真的连家都失去了。一个没有家的人难道不是世界上最可怜的人？她用手蒙着自己的面孔，庞大的自怜自哀彻底笼罩了她。她的确是故意拖延下班时间的，她觉得自己在这个家是个多余的人，她没有话语权，没有隐私权，没有自由说笑权，甚至连做母亲的权利都岌岌可危。那天是怎么挨婆婆训斥的？

"你儿子整天关在房间里，多不健康？就知道在网上瞎混！我看你们应该把他的计算机挪到楼道里，这样，他干什么都在大人的控制监督下，就一定不会那么放肆了。我像他那么大的时候，都开始帮母亲织毛线养家糊口了。你这当妈的，教子无方，应该好好反思检讨一下。"

"勇子都十六岁了，不是六岁，怎么可以在大人的控制监督下做事儿？这，这，不合适吧。讲道理还是比高压重要。"她小声说。

"欣儿，你听听梁星说的话，真是上梁不……"尤曼殊终于没有说出那句完整的话，梁星的脸早已气得通红。尤曼殊皱着眉头，摇头说："哎，娇气得说不得碰不得。你们讲道理管用也行，勇子迷恋游戏的事儿一看就是由来已久，讲道理管过用吗？既然不管用，为什么不想个别的出路？这就叫溺爱！当初让你们送他进私立学校，你们坚决不听，我出钱不行吗？非不送。告诉你们，棍棒底下出政权！欣儿，你看你这么优秀，不就是我高压政策浇灌的产物吗？孩子啥都不懂，还自以为是，小苗苗歪了，就是要大人来帮着捆绑扶正。难道我说的有错吗？"

每逢这种争吵发生，确切说是尤曼殊一个人的争吵发生时，金齐欣和梁星都会在最短时间内想办法躲到尤曼殊看不见的地方去。梁星想到这些，眼泪就在眼睛里打转。什么人会在自己家里躲躲藏藏？她竟然整天在自己家里藏猫猫，多么荒唐！她把双手从脸上放下来，疲惫像一层雾罩着眼睛。必须得想个什么办法，必须的。这日子太难受了。

她悄悄来到儿子门口，敲了敲门，走进去。勇子在玩儿游戏。她坐在儿子床上，对着勇子宽阔的后背，说："勇儿，作业做完了？"

"嗯。"

"妈妈跟你说说话行吗？"

"你说。"

"奶奶来了以后，你很少在楼下逗留，为什么？连球赛都不怎么在起居室看了。"

勇儿头也不回地说："奶奶老说人，我不愿意听。再说，她又听不懂英文，还乱出主意。我不喜欢爸爸的样子，好像是奶奶的一件东西，任她随便想怎么就怎么。不过，爸爸好像不以为然，那别人就没必要担心了。"

勇子终于关了计算机，转过身来。看到母亲一筹莫展的面孔，楞了楞，说："妈，你不高兴和奶奶住在一起，为什么还要在一起？"

"我有不高兴吗？"梁星问。

"妈，你们为什么这么虚伪？明明不喜欢，为什么还装做喜欢？就不能让奶奶不和咱们一起住？"

"奶奶就你爸这么一个儿子，接来不就是一同生活吗？让老人家一个人住出去，那怎么能说得过去？千里万里的来了，把老人踢一边儿去，算什么？大逆不道啊！"

"什么叫大逆不道？我看她也不高兴，好像咱们都是她眼睛里的刺。和咱们在一起，她也怪累的，给咱们做饭，做的饭没味道，我都不爱吃。还奇里古怪地管闲事。妈，你没看见她每天跟在我身后关灯吗？那天我还没走完楼梯呢，她就把楼道灯关了，我差点儿没摔跤。"

"她是为了帮咱们省电。节能。"

"我都这么大了，干嘛要她帮我关灯？那能节多少能呢？咱们这么多年没节能，就犯罪了吗？老拿中国那套东西来框着自己，还框着别人，对吗？妈，还有了，你知道吗？奶奶不冲厕所。我和她合用卫生间，她的尿好臭，为什么不冲？她不是医生吗？怎么这么不讲卫生？还得我替她冲厕所。"

梁星使劲挥手，让勇子压低声音。"她是为了省水，不是不讲卫生。尿好几次，再冲，不是节约吗！爸爸说奶奶在国内都是攒了洗菜水冲厕所的。"

"真恶心，妈妈！这算什么卫生？我不喜欢她，她老说别人，可我看她毛病最多了。她还从来不笑，好像全世界的人都欠她钱似的，反正我不喜欢她。"勇子直言不讳。"我不明白你们想什么，反正我觉得你们应该让她单独住。"

"奶奶忙来忙去，也是为咱们做事，这个你要看到。别老说奶奶不好。而且，她还想出钱让你去读私立学校呢。"梁星嘴上教育着勇子，心里却赞叹着勇子的一针见血。

"这个我当然知道，所以我没说什么呀，如果你不问我，我哪里会说？"勇子耸着肩膀，不以为然，又说："反正我感觉一切都和以前不一样了，这种不一样，我不喜欢。而且，我也从来不想上私立学校，我喜欢所有我上过的学校，为什么我要去读私立？"

从勇子房间出来，梁星舒畅了不少，至少这个家还有儿子是站在自己一边的。她感觉欣慰的还有儿子的有理有据，孩子是真的长大了。婆婆就是个不招人待见的人，自己烦她情有可原，儿子也烦她。她忽然觉得增添了力量，嘴角荡出些许笑意。儿子悄悄躲进自己房间里烦，多好的风度！多懂事儿！骄傲感悠然升起，儿子善解人意啊！生活一下子变得有了成就感，和儿子似乎签署了秘密协议，莫名地亲近起来。很好，阵营壮大，二对二，自己并不孤单。

周日在教会见到陆西安。自从金齐欣生病，两人断了二人圣经小组的学习，那种说不清道不明的关系也有了一些改变，距离使这种关系更加神秘和含有期盼。两人除了不定期的邮件来往互通有无，在单位碰到或者教会结束活动，都会找机会随便聊几句。梁星在陆西安面前可以无拘无束无话不讲。她说："有人说老人应该分开住，你怎么看？"

"我也认为那是上策。我看你最近憔悴了不少，下巴都尖了。"陆西安一边跟经过的弟兄打招呼再见，一边低声说道。

梁星心头流过一股暖流。哎，自己的付出，金齐欣怎么看不到呢？如果这句话从金齐欣口里说出来该多好啊！"谢谢。那，你不觉得分开住有悖伦理？"

"记得以弗所书五章关于妻子和丈夫的描述吗？'你们做丈夫的，要爱你们的妻子，正如基督爱教会，为教会舍己。丈夫爱妻子，要如同爱自己的身子，爱妻子便是爱自己了。为了这个缘故，人要离开父母，与妻子联合，二人成为一体。'"陆西安静静地背诵着，见梁星点头，犹疑的眼神渐渐亮起来，又说："夫妻在一起和父母分离，是圣经的教诲。你的苦楚，他应该体会到的。老人出去住，你们该问候就问候，该关心就关心，谁拦着你们尽孝了？又有谁说只有住在一起才是孝子？"

牧师过来找陆西安商量下周培灵会的事儿，梁星道了别，一路想着分开住的事儿势在必行，应该再跟小唐聊聊。这才发现在教会又没见到小唐，不知道她家里有什么事儿。

回到家，梁星拨通小唐手机："两周没见到你去教会了，忙什么呢？"

"哦，狗狗要去金城河参加比赛，我们不得不一大早开车去。上周是猫猫比赛，也是在外地，没办法，只能围着孩子转吧。怎么样，你好吗？对不起，近来没给你打电话，上周我婆婆眼睛白内障动手术，都是我接送照顾，忙得够呛，没顾上。"

"唉，我知道你忙，你太能干了，我不行，就这一个婆婆，无病无灾的，就搞得我心神不安。你看你还照顾婆婆手术，婆媳关系这么好。唉，我怎么这么笨？就搞不通这个关系呢？"

"还是那样不吵不闹，可就是双方都看着不顺眼？"

"是，就是那样。可是，小唐，你知道吗？我下班连家都不想回了。我简直不觉得那是我的家。我想是不是应该在附近买个镇屋让她出去住，你说呢？"

小唐说："哎！你做的够好了，不声不响的，心里难受，也从来没有过正面冲突。梁星，想想信主以前，你做得到吗？这都是神在时刻保佑你，时刻支撑你啊！你家条件好，应该让你婆婆在附近单独住，大家都和和平平、心情愉快，难道不比把房子租给外人赚那点儿钱更重要？要想长久解决两代人的代沟，只有分开住！我就是你的榜样，身边耳闻目睹的例子更是多不胜数。这个分开的方法是实践检验出来的真知，金齐欣想通了也会答应的，再说，先试试也行啊，不行了再搬回来呗，总比你这样每天有家难回好吧？你婆婆她未必比你好受，是不是？圣经上说万事互相效力，忧郁的气氛是传染的，一个人不高兴，全家不高兴，一个人高兴，全家高兴。而且，我们做女人的，应当担当起家庭里这个良性催化剂的作用，把家庭气氛控制在喜乐平和的状态。家和万事兴，老老小小都会因此受益的。你提出这个分开住的建议，也是为了家庭的长久和睦，金齐欣一定会理解的。"

道理虽然都懂，从小唐嘴里说出来，终归听着顺耳有力。自从信了主，梁星经常把握不好常规生活和基督徒信仰生活的关系，不是走了这个极端，就是进了那个牛角尖。把基督徒的生活运用到生活中来，圣经经文经常不够用。与其说小唐让梁星信任是因为她是个资深基督徒，不如说小唐的人品亲和端正，教人心服口服。听了小唐的话，梁星如吃了一颗定心丸，想分开住的想法没有违背上帝的旨意，也没有违背圣经的教诲，甚至是一种对上帝的畏惧和遵从，太好了，自己马上就要成为良性催化剂了。她舒了口气。问："那你当初也是这样和公公婆婆分开住的吗？你公婆也是这样霸道吗？"

"这可一言难尽了，梁星。我那时候比你现在困难得多，你婆婆是个肯做事儿的人，勤快，吃苦耐劳，而且出发点都是为你们好。我那公婆，哎，一辈子在农村生活，儿子出息了，那他们是要来享福的。你知道我上班整天站着，回家真想一头栽到床上躺下，可没有这个福气啊。他们连菜都不帮我洗一下，我回来才开始做全家的晚饭。过去一家人懒了就对付，下点儿饺子，烤个披萨了事，有他们在，能吗？哪顿饭不得炒三五个菜，荤素齐全？他们倒好，甚至不让周凌云给我当帮手，专门在我做饭时拉着儿子说话，让他陪他们看电视。他们认为做饭就是媳妇的事儿，儿子是不应该下厨房的，根本不管我也是工作了一整天，还是体力工。我一边做饭，一边眼泪往肚子里流。你想想，每天我就像头牛一样，干啊干，猫猫狗狗都还小，吃完饭收拾完了，我还得张罗孩子功课，洗洗涮涮，从来没有十二点以前睡过觉。第二天六点多又得起床开始忙碌的一天。别说离婚的念头了，连死的念头都有过。你说我可怜不？有一次我病了，躺倒了，你猜怎么着？我婆婆马上也病了，也躺倒了。我能怎么样呢？发着烧还爬起来伺候她呢，一家老小六个人的饭还是我这个病人来烧。就那种情况，他们都不许周凌云进厨房，真把我当牛马使唤了。你知道我的个性，不会索取的，那时又刚刚信主，就整天想着爱人如己，时刻祷告，求神给我力量。其实，现在回头想去，我是太被动了，那样受了半年多，才好意思跟教会姐妹说，教会姐妹就开始为我祷告。其实寻求说明，是谦卑做人的一个标志，我还是太骄傲了，觉得自己什么都能搞定，没有早点儿和姐妹们交通。申请老年公寓的主意就是教会姐妹出的，那时候来的老人少，不到一年就申请到了。公婆开始还不乐意过去，结果住出去以后，发现比和我们合住舒服多了，周围很多华人老头老太，经常可以一起逛街，一起聊天儿，自由自在的，楼里都是中国老人，还有春游啊，英语课呀，都是政府派车来楼门口接送，离唐人街又近，生活内容丰富多了。住了不到一年，他们反倒和我们变得越来越亲近，我婆婆会专门包了肉包子送过来给猫猫狗狗吃，也不再对我横鼻子竖眼了，看到周凌云在厨房帮忙，不鼓励，但也不阻止了。你知道什么原因使他们改变的吗？"

"环境？"梁星猜道。

"对了一半。环境的确是一个重要因素。你知道我们人多么有限啊，思想有很多局限。他们经常和别的老人接触，七嘴八舌的，各种思想就有了碰撞，也有了互相影响。来的久的老人有知趣又开明的，老说，聪明的老人不应该掺和孩子的事儿，要给孩子自己留出空间和时间，老人保重好自己不给孩子添乱，就是对孩子最大的支持和爱护。很多老人就是这样动不动给孩子送点儿吃喝，他们耳濡目染的，老观念就变化了，照猫画虎的，也学会了心痛我们。"

"另一半是什么？他们信主了？"梁星问。

"你真聪明！老人公寓离宣道会很近，那可是咱卧春城最老最早也是最成熟的基督教会啊。老人公寓的老人，一到周日就成群结队地去听道了，因为经常有免费吃喝，他们的动机咱就忽略不计了，但日久天长，很多老人都信了主，如何去爱，如何去给予，如何面对困苦，如何谦卑，如何宽容，如何不论断人，就都听到学到了。感谢神啊，感谢神！"

梁星听到小唐吸着鼻子，心里也跟着抖动着。"感谢神！"她也跟着说道，又说："也感谢你，小唐！"

"我们多么有福啊，你说是不是，梁星？有神带领我们，看顾我们！一切不如意都是暂时的，相信我，只要心中有信靠，一切都会过去的。"

梁星放了电话，好像大热天喝了一杯冰镇汽水，浑身通透地舒坦。她盘算好和丈夫商量分开住的事。

"勇子问为什么不让你妈出去单独住。"晚上睡下，梁星跟金齐欣说。

"小孩子，懂什么？我怎么能做出那种事？我妈就我一个儿啊！"

"可是……"梁星突然鼓足勇气说："可我也只有这一个家啊！"

金齐欣停了很久，说："你什么意思？这个家不是挺好的吗？"

"你是装傻还是真傻？你和我，我们做错了什么，每天受呵斥？你觉得这是一个正常的家？"梁星想想自己经常偷偷哭泣，本来很要强的一个人，现在被尤曼殊治理整顿的像个小绵羊，越想越觉得委屈的要命！"你妈从来不会说谢谢！从来不会！她永远在抱怨、指责、挑毛病、教育人。我们大家都不高兴。难道我说错了？"

金齐欣不响，翻身背对着梁星。梁星说："你想过没有，咱们给你妈在跟前买一个小点儿的镇屋，好不好？咱们来来去去方便，各自也有了私人空间。你考虑考虑，我这个提议不过分吧？这两年这样做的华人又不是咱们一家，光静湖区就好几户呢，邻街的小姚家不就是吗？咱们投资了好几处房子，卖掉城里那个套房，经济负担也不会加重多少。"

金齐欣不再接茬。黑暗里，两个人的心事儿跟黑夜一样沉重，铁被子一样压的两人都有些喘不过气来。

金齐欣开始悄悄地看房子了。

小唐撂了梁星电话，默默地发了一会儿呆。过去和公婆相处的那些伤感记忆，昨天一样历历在目。虽然一切都过去了，待她往回看时，才发现自己仍然在可怜自己。她起身踱到窗口，后院的菜蔬长得蓬勃茂盛：豆角、黄瓜、西红柿、韭菜各自为城，木头杆子和铁丝架子横平竖直：高低错落，垄平沟直，汪汪的绿深浅不一，就着自己的身材高有高的的挺拔，低有低的茂盛。明眼人一看便知，这菜地显然经受着行家的细致看顾。黄瓜已经结了指头粗细的几根，豆角顺杆开着密密的碎花。哎：如果没有公婆三天两头乘公交车来替自己收拾院子，哪来的这片无公害自留地的兴旺？老两口每次过来一忙就忙活一整天，除杂草，施肥：浇水，剪枝，间苗儿。无公害的菜蔬，人见人爱。收成好了，菜地里的菜蔬除了自家享用，多余的还成了社交媒介，今天送这位一包豆角：明天送那位一把韭菜，小唐夫妇和公婆就都落下了热心肠、重情重义的好名声。

开头，小唐暗地里抱怨公婆不懂得省水，胶皮管子浇地，随便就是一下午，那得多少水啊？加上这一天又一天弯腰驼背一脚泥一手土的慢功夫，种这点儿菜还不如超市里买现成的划算。

"能不能别让他们种地了？别人家都是草地，平展展的，就咱家是立体的，菜地，你看前后左右就咱家独一户，是不是太庸俗了？"小唐跟老公抱怨。

"庸俗？亏你想出用这个词，咱自家院子里想平面还是想立体，关别人什么事儿？绿油油的，和草地一样环保，不是吗？我爸妈是农民出身，种菜是他们的本行，也是他们最拿手的，这么大个院子只种草，光是看着好看，对他们来说真是太浪费了。种上农作物让土地有出产，土地才尽了它的现实意义啊！你没看他们种起菜来那兴高采烈的劲头？丰收了多有成就感！"周凌云说着，嘿嘿笑了："何况，他们把劲儿用在地里，不是省得把心往别地儿使了？如果往你身上使劲，你受得了吗？"

那阵公婆已经搬进老年公寓，小唐的生活从受气的小媳妇变回了自家的女主人，刚有了穷人翻身得解放的感觉，可以不用看谁脸色过日子了，她一想自己在公婆监视下生活的日子就不寒而栗。算了，种地就种地吧。虽然公婆兜里揣了自己家的钥匙，还买了老年人优惠的公车票，可以随便进出自己家，但毕竟他们关心的只是后院这块可以生长庄稼的菜地，不是自己的隐私生活。

日子就这样过了下来，菜地收成总是很好，蔬菜外交渐渐为小唐家树立了良好口碑。小唐经常可以吃上无公害的蔬菜，那从菜叶的每根纤维里散发出来的自然香甜，是任何超市里皮光面滑、化肥催生出来的蔬菜无法比拟的。小唐也觉得好，竟渐渐开始感叹加拿大的冬天实在太长，菜蔬可以生长的季节如此之短，从五月份开始种地，直到八月才能吃上蔬菜，到九月下旬天气骤然降温，菜地也就不得不罢园，丰收和享用只是一个月的光景。老两口的成就感经历了春夏两季日复一日的风里来雨里去，才换来这一畦人见人叹的成果，着实不易，也更加难得。

此时，小唐站在窗口，眼皮下蓬勃的菜地像一把绿色的小扫帚，轻轻扫动着她的心。是的，感谢神！这样很好，一切都是神的旨意！苦尽甜来，自己和公婆困难相处的日子早已成为历史，老人平安喜乐，孩子越来越省心，狗狗还有一年就要进入大学，猫猫也只剩两年了。

想到猫猫，小唐突然皱了眉头。这孩子最近怎么有些反常？不再愿意去教会参加青年组活动，每天不愿意吃东西，还动不动在卫生间里自言自语。她从卧房出来下了楼，见猫猫正爬在餐桌上对着计算机忙乎着什么。

"猫猫，妈问你，你为什么不去教会了？"

猫猫抬了抬眼，耸了耸肩，说："不去教会的人多了，为什么我不可以不去？"

"可你从小就是在教会环境里长大的，妈妈只是好奇，是什么让你突然改变了想法？你不去，不觉得心里空空的吗？妈妈如果有两周不去教会，心里就像有了一个大洞一样难受呢。"

"那是你有大洞，我可没有。我自从不去教会，发现周日可以省出很多时间干很多事情。信主就一定要去教会吗？信不信只有自己心里知道，只有神知道，又不是非得做出来给人看的。我自己时常祷告，感觉挺好的。哥哥最近不是也不大去了？他周日老是比赛。哥哥也说，去不去教会没什么关系，心里信最重要！"猫猫说着，继续在计算机上敲字。

小唐暗自吃惊，孩子这样下去，会远离神的看顾的，连狗狗也这样说？她试图默诵圣经上关于教人去教会崇拜的重要经文，却想不起来。是希伯来书说的吗？"一定要去教会，基督来临日近了，要彼此鼓励"？得仔细查一查，还应该请教一下牧师，需要给这两个孩子认真讲一讲去教会的重要性。

　　"猫猫，前一段你不是在参加学生会主席的竞选吗？后来没听你再说起，后来？"小唐小心翼翼地问。

　　"没选上！"猫猫答了一句，就不再吭气儿，盯着计算机的脸阴沉难看。

　　小唐本来想多问几句，看了猫猫一眼，没言声。这孩子从小要强，做事目的性强，不会因为没竞选成功落下毛病吧？一边做饭，她时不时观察女儿，见她劈哩叭啦敲字，小脸儿渐渐舒展了，才放了心。

　　晚饭上桌，一家四口团团围坐，各自吃饭。周凌云、猫猫和狗狗手里都在看手机，玩儿手机成了要务，吃饭倒像是顺便的，一家低头无语。小唐坐下看看这个，又看看那个，觉得无趣，也起身找到自己手机，翻开微信边看边吃。

　　自从周凌云帮她装了微信，小唐就上了瘾。微信信息的便捷传播，让她大开眼界。过去几乎不读书的小唐，发现自己经常在读微信朋友圈转发的内容，健康保健常识，国内国外趣闻轶事，幽默笑话，心灵鸡汤，福音传颂等等，五花八门的信息令她眼花缭乱。她还加入了好几个微信群，同事一个群，教会一个群，校友一个群，最近又出现了一个吃货群，是卧春城能吃会做的妈妈们组建的。几个小时不翻微信，就有几十个提示。她兴高采烈地转发信息，热情洋溢地跟帖赞美，认识不认识的跟几个贴，就知心朋友一般彼此互相赞美吹捧起来。朋友圈的发帖也各有特点，有人爱晒旅行，有人爱晒饮食，有人爱晒家庭甜蜜，还有人只转心灵鸡汤。转心灵鸡汤的又各有侧重，有人只专注心理保健，有人只关注健康养生，有人只关注世界局势国家大事，有人只关注自己专业领域知识。小唐无论多忙，每天睡觉之前都要翻开朋友圈撸一遍。开始的时候还个个仔细研读，后来发现内容太多，就只看题目，有兴趣的才打开，觉得好的，立即转发，没兴趣的题目干脆不翻开。个人贴生活照片的她却一定要看，热情跟帖。这样，不知不觉微信一开就是两三个小时，时间流水般逝去。

　　吃着饭，小唐看到群里一个微信顺口溜，就抬手发给周凌云："女人呆在家，男说变大妈。女人事业好，男嫌顾家少。女人长得美，男人说祸水。女人长的丑，男人掉头走。女人太听话，男人脾气大。女人脾气小，男人要爆炸。"发完，又加了一句："你说做女人多难做？你得对你女人好一点儿。"

周凌云也在看微信，收到小唐微信，立刻翻了翻收藏，抬手发来一条："男人这辈子不容易：帅点儿吧，太抢手，不帅吧，拿不出手。活泼点儿吧，说你太油。不出声吧，说你太闷。穿西装吧，说你太严肃。穿随便点儿吧，说你乡巴佬。会挣钱吧，怕你找小三。不挣钱吧，怕养不起家。结婚吧，怕自己后悔。不结婚吧，怕她后悔。要个孩子吧，怕出来没钱养，不要孩子吧，怕老了没人养。对老婆好吧，被称气管炎。不对老婆好吧，苦头要变现。"发完，也加了一句："这年头做女人难，做男人更难！你得对你男人好一点儿。"

两人一来一去，交流得顺畅，脸上都乐滋滋的，并肩坐在餐桌上低头敲字，谁也没抬一下头。

不知过了多久，小唐发现餐桌上只剩自己一个人了，便起身收拾桌上的残羹剩碟，这才发现猫猫的饭碗还是满的，看不出她吃了多少菜。她暗自责怪自己光顾看微信，又没督促孩子吃饭。明天得给猫猫的菜拨出来。这孩子最近看着明显消瘦，不肯吃东西，总说很饱，不会是病了吧？

猫猫的确是病了。短短三个月，猫猫就变成了皮包骨。圆脸蛋儿成了窄窄的一条，所有衣服穿在身上像是个空衣架拎着，晃晃悠悠。偶尔洗完澡，裹着浴巾出来，细胳膊细腿露浴巾外面如同小学生一样缺少发育，肩胛骨尖尖地竖着，像两把刀。两条细腿细得像铅笔画出来的两道杠，膝盖骨大大地鼓出来，大腿骨上的肉都萎缩了似的，永远合不拢。从后面看着她走路，你会担心这两道杠随时会折断。她还用自己餐馆打工挣的钱买了一个高级的数码磅秤，放在卫生间里，每天称好几次，嘴里念念叨叨："怎么还是这么重？"

小唐劝她吃饭劝得她烦，她竟干脆不上桌吃饭了，不是说在外面买了便当吃过了，就是说胃里胀气吃不下。有时被小唐逼得急，饭端到她面前，她就狼吞虎咽吃下去，好像一辈子没吃过饭一样。吃完就消失到地下室去了，再出现时嘴里散发着漱口水的清香味道。小唐开始没在意，后来才在打扫地下室卫生间时发现饭菜沉渣的呕吐痕迹。她警觉起来，跟踪到地下室，就发现猫猫关住门在里面呕吐，发出可怕的呕吐声响。怪不得不在楼上上厕所，原来是为了躲人耳目，把刚吃了的东西都吐出去。还知道漱口来掩盖真相，这不是疯了吗？

小唐气坏了，当时就想发作，一转念，孩子的举止反常，还是和周凌云商量一下再说吧。她悄悄拉周凌云躲进卧室，关了门说："你发现猫猫最近瘦了很多没有？不肯吃饭，还把吃下去的东西都吐出去！这孩子不会神经出毛病了吧？"

　　"有吗？我倒没在意。前天咱们去学校看她们球队比赛，她不是踢得非常好吗？跑的飞快，还进了一个球。队长当得响当当的啊！看她每天跑步、去健身房，玩儿命锻炼。运动这样出色，身体的能量一定是足够的。这么大的人，她如果饿了，营养不够，怎么可能大运动量运动？她不就是喜欢苗条些，控制着饮食吗？这一代年轻人都崇尚苗条，这也没什么。"周凌云大大咧咧地说。

　　"你……，反正我看着她这样迅速消瘦不正常，苗条也不能苗条成病态吧？不行，我得带她去医院看看病，千万别耽误了什么大事儿。"小唐眉头不展。

　　猫猫却不肯配合，还相当生气地说："我身体很健康，为什么要看病？我没病！不去！"

　　小唐不知所措，一夜辗转反侧，一大早起床就偷偷问狗狗："你妹妹在学校怎么样？她那么瘦的女生，学校多吗？"

　　狗狗耸耸肩，说："哪有她那样的，瘦得都吓人，快成骷髅了。我看她没准儿得了厌食症。"

　　狗狗用的英文 Anorexia，小唐不明白，追着问："Anorexia 是什么？"

　　"就是那种不吃饭的病，青年女孩儿最容易得了。妈你又不是文盲，去网上查查就知道了。"狗狗着急去学校划船队训练，话没说完，人已经出去了。这时狗狗已经考完 SAT，几乎考了满分，十一、十二年级的平均成绩在九十七分上下徘徊，正在往美国藤校递申请。

　　小唐胡里胡涂上着班，猫猫趴在座便器上呕吐的情景虽然是假想出来的，却一遍又一遍在眼前晃，渐渐就像真的见到了一样，小电影翻来覆去地播放着。她庆幸点心部的指挥工作都是做熟的，不需要动脑筋，否则心里这样放不下孩子，工作还不捅漏子？好容易等到了午饭工间，她忍住没看微信，上网查 Anorexia 的百科解释。这一看不要紧，越看越觉得猫猫的所有症状都符合诊断，上帝啊！这病严重了会死人的！而且属于精神类疾病，不容易治愈，治好了也有复发的可能性。小唐赶紧把百科连接发给了周凌云，说："你看看，咱们回家得好好商量商量这孩子怎么办。"

事情却来得措手不及，中饭刚结束，静湖中学就打来电话，说猫猫在体育课上昏倒了，已经送去医院。小唐慌慌张张请了假，通知了周凌云，就往医院赶。

猫猫被强迫住院了，体重严重低于正常水平，各项化验指针显示出严重的营养不良。

"厌食症！"医生对小唐和周凌云说。"症状已经相当严重。必须在医院恢复治疗一段时间才能出院。这个病需要团队治疗，家庭的鼓励和支持是相当重要的。住院期间，我们会有药物、心理医师和青年顾问同时参与治疗。这些手册有对厌食症的介绍和治疗方法，你们看一看。"医生说着递过来一份小册子。

"如果营养不良，她为什么会那么有精神运动？"周凌云不解的问？

"嗯。拼命运动，把身体的卡路里消耗掉，也是厌食症患者的一种典型症状。她们一但进入厌食症的状态，所有的注意力就都集中在自己的体重上，而且患者自己的体重标准荒唐地低于正常标准。不吃东西是为了严格控制卡路里，运动也是为了控制卡路里。得这种病的患者很多都是生活目标明确的完美主义者。你们这个女儿一直是父母、老师、同学眼里的优等生，她对成功的期望值可能比很多同龄孩子都要高，心理上的压力通常是得厌食症的一个重要因素。这个，我们的心里顾问会配合她慢慢治疗的。你们做好思想准备，她可能需要休学一段时间。孩子有忧郁症，她醒来第一句话是'怎么我还活着呢？'后来我们问话，她就只是哭。"

小唐和周凌云面面相觑，小唐小心翼翼地问："我们这个孩子每天做事儿都很有精神，怎么会忧郁？"

"她掩盖得很好。我想她一定是怕你们失望和担心，所以一直把自己的病藏着、瞒着。"医生严肃地说。"一起治疗吧。根据孩子以前一直是优等生的表现，这孩子意志坚强，如果她主观上想要治好自己的病，就一定会配合治疗。先减压吧。住院假条我已经开好，你们可以拿去给学校登记请假。"

两口子心情沉重，起身去看猫猫，猫猫的眼睛还肿着，她正坐在床头抠指甲。

"对不起！"猫猫看见爸妈进来，小声说道。

"为什么对不起？"周凌云伸手去拍猫猫的头，被猫猫闪着躲了。他放下手呵呵笑着说："谁不得病？得了病就治病，没什么大不了的。"

小唐看女儿的身体在病号服里空荡荡地晃悠着，鼻子一酸就想掉眼泪，强忍住了，怕说话说错了触发孩子悲伤，忧郁症在她的认知领域就是想自杀的病，那可真不是闹着玩儿的。她拉着猫猫的手，摸着，说："丞生让你住院，我去给学校请假，你就安心养病。"说着，握紧孩子的手，做了一个简短祷告，请求上帝医治的大手来看顾猫猫，也请求上帝给全家添加信心来面对猫猫的病，两口子这才起身回家。

八、

金齐欣很快就在静湖区看中一座镇屋，城里的一套公寓也找好了售房代理。他左思右想觉得应该先跟母亲商量一下再买房，否则母亲不同意搬去住，房子不是白买了？可这话怎么跟母亲说出口呢？他几次话到嘴边，几次又咽了回去，翻来覆去，好几天睡不成一个安稳觉。

这天下班回到家，金齐欣感觉到家里气氛不对，两个女人都少有地沉默。主食是葱油饼，菜是宫保鸡丁和素炒西兰花，汤是芦笋粉丝汤。他默默吃着饭，猜想着饼一定是妈妈做的，菜却像是梁星做的，两个女人不言声，他笑嘻嘻夸了饼的美味，又夸了菜的可口，也没人理他，他自觉无趣，也只好住了口。

饭后，尤曼殊说："你到妈房间里来一下，我跟你说个事儿。"

金齐欣的心咚咚跳着，趁母亲上楼，悄悄问梁星："怎么了？"

"我也不知道。刚到家时还好好的，她把菜都收拾好了，说鸡丁和西兰花我炒的好吃就等我炒了。我就答应了。谁知道厨房地上到处都是水，你妈干活就是这样，老是弄的满地水。我拖鞋打滑，差点儿没摔倒，就说了一句怎么这么多水？然后就拿抹布把地擦了一遍，这才发现她又生气了。"

金齐欣点了点头，又摇了摇头，嘴里叹着气，上楼去妈妈房间。无论如何得把分开的提议说给母亲，必须破斧沉舟了。

116

事情倒比他想的容易得多。尤曼殊开口就说："欣儿，你坐下。我有个想法你看怎么样，我已经考虑了好几天。我看梁星眼里放不下我，晒晒衣服就是侵犯隐私权了，做个饭嫌我把地上溅了水，上厕所嫌我省水不冲厕所。"

　　"妈！梁星……"

　　"你不必解释，你听我说完话。"尤曼殊制止了儿子，继续说："妈的老房退回来的钱都存着没动，我准备换了加币在静湖区买个房子自己住，你看怎么样？妈可不是嫌弃在你这里住得不舒服，妈就是独立惯了，不习惯跟你们混着住。我看买个镇屋也就三十几万，妈出得起这个钱。"

　　金齐欣突然感觉昏黑的夜晚变成了丽日晴天，母亲在昏黄的灯光映照下，面孔圆润慈祥，一下子变成了世界上最美丽的母亲。那个板着面孔、严肃呵斥的母亲不见了，眼前的她简直就是一尊充满慈悲心的活菩萨。金齐欣克制着大脑的眩晕，强迫自己平静下来。他笑着说："好的，妈！我听您的。不过我不用你换钱买房，我给您买就是了，咱就买附近的，这样您在我身边，我们都方便照应。"

　　"这个你别烦，也不用客气。妈就你一个儿子，我的钱就是你的钱。我用自己的钱买房子，心里舒服，梁星也没话说。妈妈以后老了，这房子就是你的。你给我买房子，依靠你，我心里不舒服。这事儿就不用商量了，就这么定了。你先买着，咱们看看怎么运作，不行我就回国一趟，把钱兑了。"

　　金齐欣心里翻江倒海，几天的愁苦无助竟是那么不值当，母亲是世界上最开明、最通情达理的母亲，自己竟身在福中不知福，还悄悄动着些不堪的心眼儿，比起母亲，自己是多么渺小丑陋。不知哪儿来的一股勇气，他突然起身紧紧抱住了尤曼殊，半天不松手。心中无声地呼唤着，妈，我的妈妈！

　　尤曼殊被儿子的拥抱弄得不知所措。多少年来，她和儿子几乎没有什么身体接触。一辈子刚硬的她，早年丧父，青年丧母，中年丧夫，心灵和肉体始终处于压抑状态，她几乎忘记了与人肌肤相亲的感觉。当年和金革结婚之后的夫妻关系也是完成任务一般，缺乏爱情的夫妻生活如同一加一等于二的公式，没有缠绵的耳鬓厮磨，没有嚅嚅低语的枕头话儿，金齐欣不过是一个婚姻公式的必然得数。她忘记了自己的性别，忘记了自己也是个有温度有情感的女人。做母亲，她几乎没有用过柔软的方式表达母爱，对她来说，母爱就是严格的指点。可是此刻，被儿子环抱的这个瞬间，她感觉着身体抑制不住的轻微抖动，心里什么东西轰然崩溃。儿子面颊的温度磨擦着她的颈项，传给她全身一股无法控制的战栗，这战栗如此陌生，火焰一样流过每寸皮肤，融化着身体里零零碎碎沉积的冰碴子，血管似乎一下成了新建的高速公路，无沟无沿，无阻无碍，在身体里宽敞地通向西面八方。她的眼睛一瞬间蒙上了泪雾，整个世界似乎完全消失了，只剩下一片光明，光明里有一对身影，她和儿子拥抱在一起的身体。那是这样一幅完美的图画，毫无缺陷。这是什么感觉？这就是幸福吧？

她小心翼翼地抬了抬手，有些犹豫，又有些胆怯。终于，她的手克服了那层看不见的阻拦，环抱在儿子背上。她上下抚摸着儿子的后背，间或拍打几下。儿子的后背并不宽大，但多么实在啊，这是从自己肚子里生出来的孩子，他怎么能就这样大了呢？大得抱不住，大到不知道该怎样去抚摸才能证明他曾经来自自己的子宫，大到她几乎没有任何办法证明他携带着她的基因、她的血脉、她的希望和她的爱。可这正是她的儿子，实实在在地在她怀里，比她高、比她大的一个男子汉，这就是世界上她最亲的人，她唯一的寄托。

"傻儿子！"她嘴里念叨着，声音少有的低沉温和："我的傻儿子！"

两个月之后，尤曼殊的永久居民身份下来了，全家人欢天喜地。给母亲买房子的事儿正办得紧锣密鼓，移民身份如此确定下来，一切都严丝合缝，上帝的手似乎在暗中推动一切的顺利进程。金齐欣高兴极了，梁星也高兴极了，全家人都似乎中了头彩一样喜上眉梢。梁星睡前祷告长跪不起，一遍又一遍感谢主慷慨的看顾，原来一切都是短暂的考验，神的旨意何等宏阔高深，他总是把最好的给他的子民。金齐欣心情愉快，身体的恢复也加快了步伐，半天上班改成了全天上班，篮球队的训练活动也开始逐渐纳入意识日程。

这期间，尤曼殊回了趟国，把银行存款转成了加币，除了汇出了国家允许每年汇出的五万美金，又请信得过的病人帮忙汇出了买房的款项，剩余存款办理了异地支付账号，准备逐年在网上操作把钱转出来，这才心安理得地登陆入境，移民身份正式生效。尤曼殊有了一种当家作主的感觉，下了飞机，看待这块土地的眼光变得异常亲切，这个国家安宁平定，远离世界纷争，人民祥和礼貌，官员鲜有腐败，政治清明，环

118

境清幽。从此，她拥有了进出这个美丽国家的自由权利，她尤曼殊终于冲出国门了。

很快，尤曼殊就住进了新买的两层镇屋。房子在尤曼殊名下，这让一生好强的她有了扬眉吐气的感觉。我是加拿大移民，在加拿大也有房产了！她想到过去那些不堪回首的岁月，那些低人一头的日复一日，那些忍辱负重的分分秒秒，再看看眼前焕然一新的一切，新的环境，新的文化，新的语言，新的面孔，新的房子，新的身份，新的体验，新的独身生活，一切好像梦幻一般令人难以置信。

镇屋一侧是一条羊肠小路，另一侧与一户年轻白人夫妇家相连。年轻夫妇和蔼亲切，总是笑嘻嘻地跟她说"Hi！" 她也回以笑容和"Hi！"，打个照面，心里就多一丝甜意。镇屋坐落在静湖区边缘，离儿子家步行十五分钟路，金齐欣两口子开车过来，只要几分钟。梁星每周都会给她买些肉蛋奶蔬菜水果送来，说三五分钟话，客客气气，彼此多了一分包容的亲切，少了在一起时互相看不惯的挑剔。

房子背后是公园，有一片绿草如茵的足球场，和一块供孩子们玩耍的沙滩地。秋千、滑梯在夕阳下和晨光里红红绿绿色彩艳丽，提醒着注视者，儿童和生命的成长就在身边悄然发生和发展着。晚饭后，站在窗下，可以从敞开的窗口听到孩子们的欢声笑语，可以看到那些幼小灵活的彩色身影在树阴下蹦跳。这种时刻，尤曼殊就会感觉自己还没老，青春和活力离自己很近很近。她干脆披了外套出门去散步，腿脚很灵便，哪里像七十岁的老人？这个自信，她始终有。

公园里总能碰到很多中国老人，见得多了，驻足攀谈，很快就有了一个不小的朋友圈。到哪里去买菜更便宜，到哪个机构学英语最方便，到哪里能打太极拳，谁谁谁开办了老人合唱团，哪个公园可以跳老人健身操……五花八门的信息在老人中间以电子时代的电子速度迅速而广泛地传播着。尤曼殊几乎目不暇接了，她被一种从未有过的兴奋激荡着，一种新的生活不知不觉改变着她。

在国内，尤曼殊一生不曾有过挚密亲朋，高傲的她长久压抑，多少年来，倔强的她选择了把自己关在孤独而高贵的密封世界里，像被囚禁在高塔中的长发女孩罗旁多一样不食人间烟火。刚开始出来散步，公园里有人跟她攀谈，她还小心翼翼，含蓄而警觉。渐渐才发现，自己的矫揉造作完全大可不必。环境的变化正在拉平所有人之间的高低贵贱，管你是来自北地寒天的大兴安岭，还是来自天涯海角的海南岛，只要是中国来的，就是老乡，就有着一番血缘上的亲近，就有着一种异国他乡同族相见的温暖。这种异类中同类的凝聚力，可以忽略你的出身、学历、经历，一切的过去都归零了，也没有人去在意。老人们共同的东西就是我们都来自中国，我们都不懂这儿的语言，我们都像局外人一样生活在异国他乡，我们基本都是靠着儿女的申请来到外国，不管是在为儿女服务，还是在安享晚年，我们都可能会在这块陌生的土地上寿终正寝。我们彼此隔着山山水水，隔着岁月，隔着不同的出身和经历，都聚集在了一坨小小的静湖区，我们必须学会互通有无，必须学会彼此关照，彼此亲近。儿女们忙着他们的事，隔着代沟，隔着文化沟，最能彼此了解、彼此解闷儿的是我们这些相同处境的老人，只有我们同龄同背景的这群老人，才能找到公共的语言和深刻的理解。

"啊呀，您是江苏人？我是四川人。江苏人就是秀气，看您的衣服总是穿得这么好看。"

"您是医生？太好了，我正好有个病症要请教您！"

"这个，老张懂，我给你他电话号码。他是会计师，英文好，外国这些税收啊、房贷什么的银行问题，非常复杂，去问问他，他几句话就给您说清楚了。"

"哎，那些年搞运动，有几个人没受过苦的？李伯伯当年还被剃过阴阳头呢。他说自杀了一回没死成，这不一活就活到八十五岁了？"

"郭奶奶最会包包子，包出来又白又胖，你跟她学准没错。"

"叶老师是教会老人组的组长，周日我带你去教会听道，你一定会喜欢老人组的。"

…………

住在高塔上的罗旁多似乎听到了那个迷人王子深情的呼唤："罗旁多，罗旁多，把你的头发放下来，让我从你金色的梯子爬上去。" 一个禁闭的世界，就这样在尤曼殊面前打开了。原来外面的世界这么好看，原来人与人交往如此容易，原来有了朋友也这样开心，原来面前的这些陌生人并没有想象的那样可怕。

她开始去上英语课，每周三天上午都贡献在教室里。那是政府为新移民办的第二语言培训班，授课老师是年轻的本地白人，同学则来自世界各地，除了几个中国人，还有来自中东、南亚和南美的新移民。她从最低一级开始上，认认真真记单词，小学生一样做作业。她显然是个好学生，没几天，就通过评估升了班级。她自己却深知自己的弱点，英文书写能力和听说能力严重脱节。书面文字能看懂的，变成口语，就都不知所云。连最简单的纸、笔、吃、睡、这、那都要琢磨半天才明白一二，连成句子的话就更加不堪，别人说了三句话，她的大脑还停留在第一句的第一个单词上面。听不懂成了聋子不说，还张不开嘴成了哑巴。有什么办法呢？老了，嘴笨了，耳朵退化了，早就过了学语言的最佳时期了，就只能这么蜗牛一样慢慢爬着学吧。很多老人学着学着看不到希望，就打了退堂鼓，不再坚持。尤曼殊可不气馁，有了一生坎坷的经历，这点儿学习的苦算得了什么呢？何况对别人是苦，对她是多么好的一个福分啊，七老八十了，还有机会免费上学来学一门新语言，这样的生活是有目标的生活，实在太好了。

静湖区的老人合唱团是个自由的民间组织，尤曼殊禁不住周围老人的鼓动，也参加进去。团长魏声曾经是国内一个二线城市歌舞团的男高音演员，年纪七十三四岁，身板挺直健硕，科班出身，歌喉没有因为岁月而减弱音质，仍然洪亮优美迷人，浓眉大眼，棱角分明，头发梳得一丝不乱，特别是那总是笔挺的身材和合体的装束，让所有老人相形见绌。老太太们难免嘀嘀咕咕，对老头儿说："你看人家魏声，那派头，当演员的就是不一样！"老头儿们就嘿嘿笑道："可惜啊可惜，有些人已经人老珠黄，入不了人家魏演员的眼喽！"老两口儿就边说边笑，继续肩并肩去唱歌，见了魏声恭恭敬敬地练声、学唱，任由魏导演在高音区、低音区合理摆布。练完歌，老人们神清气爽，似乎一切烦恼都被高声歌唱化解成了美妙音符，从胸中喉中一并输出了。音乐使人欢愉，老人们练歌的劲头日益高涨，合唱团像模象样地壮大，练好几首歌，就到老人活动中心义务表演，老演员们意气风发，多声部唱得层峦迭嶂、生机盎然。合唱团渐渐竟有了些名气，不少小区活动也慕名邀请他们来表演助兴。

尤曼殊的天生丽质在合唱团里有了用武之地，她成了合唱团当然的女高音领唱。她高雅出众的气质令她鹤立鸡群，加之一生勤奋认真，歌词歌谱总是她第一个背会唱熟，表演时总被安排在醒目位置。

"那是谁啊？"

"尤医生啊！"

尤医生长、尤医生短，尤医生的名声也渐渐在静湖老人群里响了起来。老人们但凡有个病有个灾，都要先打电话问问她的意见。一辈子兢兢业业钻研业务的她，想不到到了异国他乡还能用上老本行，心中的喜悦无以言表，老有所用的充实感填补着她独身的空缺，对所有求医问病的老人总是有求必应，极尽耐心和细心。纸墨笔砚也是登陆时全套搬运过来的，不去上课的时候，她就写写画画。写的好了，画的满意了，她会迭的整整齐齐，留着过年过节送给其他老人做礼物。

"妈，你变了！"金齐欣说，"变得越来越好看，越来越和气！"

梁星附和道："妈本来就漂亮年轻，现在是美上加美了，是咱静湖区最漂亮的老人！"

尤曼殊心中喜悦，脸上挂着喜气，嘿嘿笑道："七老八十的人了，你们还拿妈开玩笑！"

她何尝没发现自己的变化？过去很少发笑的自己，也动不动会开点儿玩笑了。每天乐滋滋的，这是一个连自己也感到陌生的尤曼殊。

她越来越喜爱这里，清新幽雅的环境，透明干净的空气，随处可见的碧绿草坪，和颜悦色面带微笑的邻里人众。在儿子家住了那几个月的烦恼，也似乎成了久远的过去。变化都在不知不觉之中发生。她回头想想，刚来时，竟然想要改造儿子一家的生活习惯，简直荒唐不经。隔着一段距离看儿子和媳妇一家，那是蛮成功蛮优越的新移民代表，夫妻双职工，工作稳定，收入良好，夫妻和睦，孙儿健康上进。关键一点，儿子很孝顺，知道把老妈接来享受国外的蓝天白云、清风绿树，知道把老妈放身边是福气。老天有眼，自己这前半辈子吃的苦受的罪都有了补偿。和身边很多老人的生活相比，自己相当优越，有钱买房子，孙子长大了，不需要自己去做保姆兼厨师，时间全是自己的，想学习就学习，想唱歌就唱歌，想散步就散步，甚至，想谈恋爱……

尤曼殊不敢想下去，她眼前晃着魏声笔挺的身躯。

魏声移民有十几年了，已经拿到了政府给的每月一千多加币的养老金，一个人吃喝，富富有余。他老伴儿是二胡乐手，曾和魏声在同一个歌舞团工作，两年前患胰腺癌去世。魏声也在一座镇屋独居，是女儿女婿替他买的，女儿家就在附近，没有小孩。他的儿子在美国加州，一两年过来探一次亲。人们私下说魏声的老伴儿心眼儿小，不让魏声参加有女人加入的集体活动，想必是怕魏声招揽青睐目光，惹出桃花故事。魏声年轻时风流浪漫，老伴儿至死紧密防备，自有她充分的理由。魏声虽然常有组建合唱团的心思，有了老伴儿坚决的阻拦，这理想也就搁浅多年。如今，魏声把自己的家作为排练场，每周一次汇集众位老人练歌，如果有表演，两次、三次练歌也是有的。老人们在魏声家常出常入，笑眉笑眼地来，兴高采烈地走，练歌间歇吃点儿喝点儿聊聊天儿，也不用魏声费心，老人们自觉地带来些水果、点心、茶叶，女人们帮着张罗，从不要魏声动用手脚。魏声家似乎变成了华裔老人的小区中心，一个老人据点儿，静湖区的大小新闻，少有这里不知道的。排练密集时，老人们却有的能来，有的不能来。需要看小孩做饭伺候儿女的，大多时间难以保证。好在参加的老人很多，高低音四个声部总不会没人唱。

尤曼殊属于那种自由自在没有负担的模范队员，随叫随到，很少缺席。唱了半年多，来来去去，魏声和尤曼殊之间就有了些不自在，眼神一来一去，都有了些含义。尤曼殊有时唱着唱着就红了脸，不敢去看坐在钢琴前伴奏的魏声。魏声抬头一扫，目光经过尤曼殊时就蓦然一亮，却慌忙转到别人身上，心思却还停在尤曼殊那里不离不散，教唱时就有几分走神儿，上句不接下句。每次排练，尤曼殊心里揣了异样，即盼着快点儿结束，又巴望永远不要结束，恨自己好像回到了十八九岁情愫荡漾的阶段。想到自己十八九岁时背着成分的黑锅，抬不起头来，自卑又自傲，哪里有人敢和自己谈恋爱，又有谁能被自己看上？那时恋爱不过是一个书本上的概念，从未有过体验，自己算是有过青春吗？这么想着，又是一番自哀自怜，少不得躲在家里哀哀怨怨地哭上半天。哭完才想起来，这个哭法已经多年不曾有过，那些又哭又笑的年月，恍惚发生在别人身上，离自己隔着时间、隔着空间、隔着记忆，早已遥不可及了。

圣诞节到了，魏声送了她一片光盘，是他唱的歌儿。这件礼物成了伴随她清冷夜晚的最佳伙伴。她放着他的歌声，想象着他指挥的手势、弹琴的身姿、高歌的神态，脸上的皱纹就会舒展，心脏和大脑分外松弛。什么也不用想，什么也不用去体会，她觉得舒服，觉得好，觉得这就是幸福。她也送了魏声礼物，一幅兰草画，虽然没有装裱，却是她最满意的作品，那三五根墨兰从石头边上探出头来，摇曳着自由和舒展，就像她自己一样，清新高贵，单纯里藏着傲然的美丽。虽然谁都没有说什么，但他和她有了一个共同的秘密，俩人悄悄地、含蓄地守着它。

她盼着去练歌，像小孩子盼着过节一样，心中充满憧憬。有了这份念想，每天不管做着什么事情，都似乎有个花园的背景紧紧跟随，前后左右绽放着迷人的鲜花，它们散发着沁人心脾的香气，用娇艳亮丽的色彩照亮她的眼。暖风吹着，远远的天际似乎响着神秘好听的音乐。她觉得自己的身体是轻松的，做起事来神气活现。精神是积极的，睁开眼就有开心的感觉。这一切的改变，都是因为那个看不见摸不到的花园的存在，她走到哪里，它就跟到哪里。直到这一刻，她才意识到她这辈子第一次有了一种新的体验，她向往这个花园已经一辈子了，可它迟迟没来，年入古稀才姗姗来迟。这个花园的名字叫做——爱情。

尤曼殊的头发留了起来，虽然已经有了很多白发，参杂在厚重密实的黑发之间，并不明显。她一个月染一次发根，那一头黑发就当之无愧地可供人夸奖了。小时候被称作"尤大辫"的记忆清晰地浮现出来，除了齐膝的大辫子，她还记得身上那些柔软的丝绸旗袍、父亲慈祥温暖的笑容、书桌上雕刻着八大山人的澄泥砚、墙上"室雅何需大，花香不在多"的对联。她把这些记忆精心储存起来，在心里观望它们的时候，眼前却是茂密的红枫树林、碧绿的草地和金发碧眼的儿童。一种时空的错位感就会另她恍惚窘懂，不知道自己身在何处，又身处何时。

魏声开始来串门，晚饭之后，他步行到尤曼殊家，两人有时坐在窗前，天好时干脆坐在后院里，喝茶，说话儿。魏声虽然歌喉响亮，在尤曼殊面前却并不多言善辞。他是个一流的倾听者，精通怎样挑起话头、怎样让对方感觉自己的倾听是建立在共鸣和理解基础之上的。于是，同样不善言辞的尤曼殊就好象有着说不完的话，过去、现在、未来，似乎这辈子耽误了没说出来的话，都是攒到这时来派上用场的。

终于有一天，尤曼殊送客的时候说："老魏，明天是我生日，你过来咱们做点儿吃的，庆祝一下？我跟儿子说好了，不跟他们出去吃饭了。"

第二天下午，魏声买了一条鲜鱼和几样绿色蔬菜过来，两人连说带笑在厨房里忙活了一通，折腾出健康营养的四菜一汤，清蒸鱼、清炒豆苗、南煎豆腐、凉拌素什锦、冬瓜虾仁汤和糙米饭。魏声还带来一瓶女儿红酒，拿热水温了酒，两人对面坐了，笑盈盈干杯。

"祝美女生日快乐！祝尤大夫越活越年轻！"魏声说。

"好，好！干杯！"尤曼殊心里心外高兴，抿了一口酒就满面桃红了："老朽了，还美女呢！越活越年轻咱不奢望，但越活越健康，咱要努力！"

"一起努力！你做我的监督员，我做你的护航舰！"魏声说着，竟轻声唱起'十五的月亮'："丰收果里有你的甘甜也有我的甘甜，军功章有你的一半也有我的一半。"悠扬的歌声婉转迂回，他的双眼一直目不转睛地盯着尤曼殊。

尤曼殊低了头，感谢灯光昏暗，看不清她红了的脸。千言万语无从说起，那片刻的沉静里，圆润深情的歌声充斥了所有空间和时间，他竟把俩人比作军嫂军哥，她感觉到心跳的躁动不安，紧张地快要停止喘息，暗恨这两句节奏过于婉转缠绵，再不快快结束，真不知道手脚脸面该往哪里放了。

魏声的歌还没唱完，他就握住了尤曼殊的手。尤曼殊开始还退缩着想往回抽，魏声只是握着不放，他说："曼殊，"这是他第一次直接叫她名字，"别怕，你这辈子辛苦，现在该享受幸福了，让我加入你的幸福，好不好？我们在一起，只会更加幸福！"

尤曼殊泪流满面，把头深深埋在魏声怀里，双肩不停抽搐。魏声也老泪纵横，拍打着尤曼殊后背，哽咽无语。

魏声虽一生生活在在演艺场中，却有着一份内敛的执着，男欢女爱之事心高气傲，从不能任意随之。他出身在一个小资本家家庭，父亲开有两家布店，家境说不上大富大贵，倒也衣食无忧、仆佣相随。当年和邻家一位长相姣好、性情温良的女孩儿自小一起玩耍，青春萌动时便私定了终身，从此发誓非她不娶。可惜解放时那女孩儿随家人移居香港，从此了无音讯，魏声这段儿女情缘渐渐熄灭，眼里的女子怎么都无法比得上心上那个旧人，渐渐竟起了独身之意。后来进了艺校，因相貌英俊歌喉嘹亮，引得不少妙龄女子心旌摇荡，可惜魏声徒有一副好皮囊，情感淡漠，性情孤傲，我自岿然不动。分配到歌舞团工作之后的几年，状况并无改观，介绍对象的排长队，他只是淡然拒绝。直到团长的千金、一个秀气的二胡演员看中了魏声，迫于政治压力，敢有不从？魏声虽对这位千金没有坏印象，却也谈不上十分喜爱，莫名其妙地结了婚。谁知团中一位暗恋魏声的女演员竟想不开，在厕所上了吊。团里风言风语，谁也说不清到底魏声是不是已经和死去的女演员有了什么瓜葛，人命面前魏声百口莫辩。这桩未解公案于是在他的婚姻里种下了一颗怀疑的种子，结出嫉妒和管制的恶果。魏声妻子个性鲜明，在外强势傲慢，唯独爱他魏声爱得不知该怎么好，永远的任劳任怨，永远地和颜悦色。但如果看到魏声和别的女人多说一句话，就会使用一只有效的软鞭，轻言细语地念叨说："你可不能再去害人了！那么钟情的美丽女子一瞬间就永赴黄泉了。可惜，可惜！我看，你还是老老实实不要招惹是非为好。"由于妻子的管制，魏声很少有外出表演机会，如果非要外出演出，妻子也一定申请跟随，日子就这样绑束着走了几十年，倒也和和睦睦，一儿一女相继降生、长大、出国、定居。

魏声和老伴儿六十岁一过就退了休，有女儿担保办了移民，儿女都在国外，老两口国内没有牵挂，索性安心在国外定居，一住十几年。这期间，他收了几个学唱歌的中小学孩儿做学生，他妻子也收了几个学二胡的华人，老两口小打小闹地赚着零花钱，加上没有外孙需要照顾，比起很多老人都悠闲自在。这是一种水波不兴的生活，无大悲大喜，亦无大起大落。对魏声来说，这一生与其说活着一种方式，不如说是活着一种习惯。一种对平凡的习惯，对家庭的习惯，对日子的习惯，对时间的习惯。可每当他独自一人时，总能感觉到这习惯像个盖子，压着什么东西，这东西隐藏在深处，好像他一段时间不唱歌时那种声带的难受。那个东西却没有声带的福气，可以想唱就唱。它蛰伏在灵魂深处，久久被习惯包裹，久久静止，静止得仿佛压根儿就不存在。可它实实在在就在那里，好像鱼儿身边的水，鸟儿身边的天，在那里，不管你意识到意识不到它，它就在那里。他想起仓央嘉措那首诗《见与不见》"你见，或者不见我 /我就在那里 /不悲不喜/ 你念，或者不念我/情就在那里/ 不来不去/ 你爱，或者不爱我/爱就在那里/不增不减/ 你跟，或者不跟我/我的手就在你手里/不舍不弃/ 来我的怀里/或者 让我住进你的心里/默然相爱/寂静欢喜 "，他的这个深藏着的它不是一个女人，是什么呢？他自己也想不清。

　　老伴儿临终前对他说："这辈子我心满意足，却委屈了你！你的才华，你的热情，你的优秀一直被压抑，一生没有尽情释放，我有罪责。我只想你守着我，守着这个家。我不要你的荣华富贵，我也不在乎你的飞黄腾达，我只在乎你这个人近近地在我跟前，就像现在这样。"当时她的胰腺癌已经大面积转移，睁开眼睛就在剧痛中煎熬，吗啡打到最大剂量也不能止痛，却挣扎着断续地说："你不怪我、不嫌弃我，是你天性温良。我这一生自私自利，霸占着你，现在我要走了，虽然有些晚了，但我终于放开了你，不要怪我，爱是自私的，我别无选择。从今往后，我要你忘记我，放肆你自己，想干什么就干什么，再活二十年，开开心心。我在九泉之下保佑你健康长寿、开心快乐！"

　　老伴儿的先行，令他沉默了几个月。她离去之后，他才发现自己是多么地依恋妻子，他习惯了依恋她，习惯了有她的生活，她就是他一生的习惯。如今孤身一人，他的习惯突然不见了，一个重要的身体部件没有了，一切都不知所措了，他甚至连歌也不想再唱了。他的学生却还认真地来上课，他庆幸自己还有这么几个学生，可以让他转移注意力，把他从悲伤中拉回现实。

　　一个学生家长为了安慰他，请他去艺术中心看歌剧卡门。这样的奢侈是他出国后的首次。虽然出国多年，衣食无忧，音乐会他却不曾自己买票看过。一来票价昂贵，多少有些舍不得；二来歌剧中心在市中心，距离遥远，音乐会多在晚间，不会开车，行动不便；三来英文不通，歌词字幕无法理解，岂不是对牛弹琴。婉言拒绝时，学生家长不容商量地说："魏伯伯，我们来接您，什么都不用您操心，您就穿戴整齐跟着我们去散散心。我知道您一定会喜欢，才专门为您买了票。您也不要担心看不懂字幕，卡门是名剧，您会上计算机，您瞧，我把百度百科的链接地址都给您打印出来了，您先把剧情了解一下，看剧一点儿都不会费力。何况，音乐是没有国界的，您是歌唱家，您听歌剧，即使听不懂歌词，也会对音乐产生共鸣，是不？而且，您千万不要不好意思，孩子跟您学了好几年了，魏婶婶刚走，我们招待您一场音乐会，是我们一点儿微薄的心意，请您一定笑纳。"

魏声果然做了点功课，到网上把卡门的剧情认认真真复习了一遍，又去谷歌查了查去看歌剧的注意事项，选出一身藏蓝西装，灰色条纹领带，在镜子里比划着。老伴儿走了以后，收拾自己的心情也丧失殆尽，这一照镜子才大惊失色。憔悴，如同皮肤一样罩在脸上，额角的白发支楞八翘，双眼无神，后背也驼低了几公分。这样子怎么能去看歌剧？魏声一生在乎衣着体统，对自己的形象颇为自豪。此时此刻，面对镜子里那个苍老无神的老人，他的心缓慢地抽搐扭动，眼里泪光点点，老伴儿，你这一走，把我的精神也都带走了，你知道吗？

在国内因为在歌舞团工作，丈人是团长，近水楼台先得月，音乐会是经常看的。即便是文化最贫乏的各类政治运动期间，只要有文艺表演，他们总能有机会观看。回想那个年月，在丈人的大树底下，乘了多少次凉啊！老丈人经历过二万五千里长征，在延安时就跟着毛泽东干革命，自己成分不好，靠着又红又专的妻子一家袒护着，多少次政治运动都幸运地躲过来，少受了多少罪。想着妻子的好，又不免悲伤不可自拔。

他把西装挂回壁橱，呆呆坐了一会儿，不知道到哪里去找回自己曾经充沛的精神。这时，他的目光落在了窗前的云竹身上。这盆云竹是刚移民时女儿搬过来的，女儿女婿工作繁忙，无心照看花草，云竹半尺来高，黄叶多，绿叶少，半死。植物到了妻子手里，不过几个月功夫，就好似得了仙风玉露，旺盛地绿起来，细细的针叶平平地伸展舒张，除了往横向发展，纵向也有了高度。这十几年过来，这盆云竹用铁丝架子越支越高，齐身大小，交错纵横占地一米方圆，即便深冬，被窗前阳光映照，也会显出春日生机。可现在，边缘的叶片干燥发黄，细碎的枯萎针叶散落在花盆周围，堆起一圈淡黄色的圆圈，一幅衰颓景象。他谴责着自己的粗心，这盆妻子最爱的云竹怎么可能被忽略？它哪里只是一盆植物呢，看着它就似看着一个精致的灵魂，温柔纤细，看似柔弱，却依依娜娜径直上长，无限生机藏在每一根纤细的针叶里，从上到下，几万根针叶啊！

他迅速起身，把植物搬到水池里，尽情浇灌。妻子说过，隔三差五，要让花儿来一次放任的畅饮，喝饱吃够。他对着云竹自言自语："我不会让你枯萎，看到你就看到了她一生细致的爱恋，我怎么舍得看到这样的爱枯萎死去？不，你就是她的代言人，我明白，我都明白。"

恍惚间他听到妻子断续的声音："我要你忘记我，放肆你自己，想干什么就干什么，再活二十年，开开心心。"他用手轻轻剥掉发黄的针叶，好像在仔细地梳理婴儿脸上一根根细嫩的汗毛。

"忘记你？可能吗？不过，我会听你的。这样吧，我们打赌，你让这盆云竹重新像你在的时候一样茁壮，我就会尽力尝试放肆自己，尝试没有你参与的快乐，好好继续生活。"打完赌，他心上蒙着的恍惚才烟雾骰飘散而去。是的，他浇灌的不是云竹，而是一个希望。希望是会像植物一样成长的。七十多年的生命并没有告诉他一个关于希望的确切答案，他准备把一切留给时间，他唯一确信的是，时间会交代一切，包括希望。

观看歌剧归来，他好几天无法从一种梦境般的陶醉里脱身出来。演员卡门穿戴的做工精美的吉普赛服装、夸张的化妆、运用现代科技变换迅速的舞台布景、四面八方传来的音响效果、前排座位背后的字幕显示屏，都令他惊叹不已。最令他难忘的是众多演员美轮美奂的天籁之声，久久在他头脑里旋回弥漫，酒精一样令他陶醉恍惚。法语的舒展滑顺，令那些男女高音唱段拥有了一种空明高远的清朗，他不需要明白词义，就可以被那种空明震慑俘虏。当时有那么一阵，他热泪盈眶，听得如痴忘我，连身边学生递过来的纸巾也不知道去接。

之后的一段日子里，他悄悄哼着那些经典曲调，因为克制着不去高声歌唱，嗓子里有一种难以压抑的瘙痒。他来来回回在房子里转圈，嘀嘀咕咕地自言自语。只有教学生时，可以示范性地高唱几声，却远远不能缓解他歌唱的渴望。终于有一天，他站在已经十分蓬勃的云竹面前，问自己，为什么你不敢高唱？是因为怕这声音破坏对妻子的悲伤吗？这样的压抑是妻子期盼的吗？他用手指轻轻抚弄云竹刚发出的一支嫩绿枝条，那还只是一根柔软的绿线，长着几个大大小小会在未来变成叶片的嫩绿色骨节。他蓦然一惊，退后了几步，观察着云竹旺盛的生长。黄叶不见了，云片似的绿叶平展展地铺伸着，层层迭迭，许多嫩绿的新枝新芽在深绿色的旧枝尖端萌生出来。他的脸上绽开了笑容，哈，这个赌，我赢了。他深深对云竹鞠了一躬，谢谢你，我的爱妻！我答应你，振作，放肆自己，开开心心！

静湖老年合唱团诞生了。他不仅自己放声高唱，还带着老人们一同放声高唱。音乐是糖，甜化生活中的孤独苦涩，歌唱是药，治疗心底的低落悲伤。他有了一个做糖、制药的工厂，这项新兴的事业，让他的生活走进了另一个新的阶段。有时候他想，年龄是个什么都不是的东西，七十岁和十七岁的共同之处就是，你随时随地可以做出新的选择，尝试新的变化。希望是不会衰老的，会衰老的是没有希望的心。

卧春城有不少鳏夫和寡居的老年移民，尤曼殊出现之前，已经有人给魏声介绍过几个老伴儿，都被他婉言谢绝了。合唱团里也有对他有意思的，魏声也总是装着不懂。他虽然渐渐从丧妻的悲伤中脱离出来，却恢复了年轻时的感情淡漠。这个年纪了，还惹什么烦心事儿呢？一个人生活，不用去讨好迎合别人，挺好。就在这时，尤曼殊出现了。

尤曼殊显然是个极为显眼的人物，异常年轻挺拔的相貌，高超的医术，良好的举止风度，大方得体的衣着，独立宽裕的经济状况，都使她在静湖区的老人群体里鹤立鸡群。第一次听到尤曼殊唱歌，他就被这个女人的天生丽质震慑了。从没受过专业训练的人，唱得这样好！有些人似乎得到上帝更多的恩赐，尤曼殊就属于这样一类人。他潜意识里有一种敬而远之的心思，太完美的东西，一定会有着不为人知的缺陷，这是他的生活总结。刚从悲伤中脱离出来的他，不愿意再去挖掘另一种神秘的缺陷。

可是，事情并没有按照他的潜意识发展下去，一切来得不知不觉。两个孤独和骄傲的人，有着一种共同的默契。好像水族馆里一缸五颜六色的鱼里，只有这两条是同宗同族。那是一种说不清道不明的亲近，游着游着，这两尾小鱼就成了坚不可摧的伙伴。练歌时，别人都还没明白的东西，他一说，她便懂了，他就有了伯牙遇到钟子期的兴奋。他下意识地更加注意修饰自己，似乎是为了讨好尤曼殊挑剔的眼睛，可这种挑剔又是如此的迷人，它告诉他，一个女人正在关注自己，这让他感到不可思议。多少年来他对自己外貌的讲究，都是一种自我欣赏和孤傲的展现，从来不是为了什么外在的评价，与他的婚姻一样，这种讲究逐渐变成了习惯。可如今，这种修饰有了一种对外扩张的目的性，而目标只有一个人，就是尤曼殊。这种新鲜的体验，如此陌生，来的措不及手。他还来不及充分准备，就似乎堕入了情网。练歌聚会刚散场，他就开始想念她，盼着买菜或者散步的时候见到她。有了这个念想，他的身子骨似乎更加挺硕，脸色更加红润健康，眼神炯炯放光。有时，他会下意识地拿尤曼殊和妻子比较，两个女人是完全不同的两种类型，对他来说，如果妻子是藏经楼上已经珍藏的一卷稀世经书，尤曼殊就是那卷需要三藏历经千难万险才能取回来的真经。尤曼殊似乎是自己童年青梅竹马的那个女友，高洁清雅，如雾中鲜花，水中明月，可望而不可及。可童年早已变作老年，童年旧爱早已成为历史；而尤曼殊却是活在当下，买菜或者散步会经常遇上的存在，一个高贵得有些神秘的女人。他渐渐有了一种想要解开这种神秘的冲动，终于有一天，他专门去路过了尤曼殊的家，专门去敲了门，于是神秘的一切开始解开面纱。他庆幸自己的勇气，那种令他敬而远之的完美果然是个假像，这是一个一生历尽磨难的女人，她没有过爱。这件人间最基本的需要，她不曾拥有过。一种伟大的理想就是在这种情境中形成了，我要给这个女人她缺乏的东西，虽然老了，但我们的希望没有老，我们的爱情没有老，我们应该去爱。

渐渐地，人们看到尤曼殊和魏声肩并肩去买菜，两个帅气靓丽的老人步履轻盈地走在街上，鹤发童颜，衣着板板正正，像去参加宴会。俩人脸上放着光芒，一见人就微笑点头。五十几岁的长相，似乎跟年逾古稀毫无关联。两人虽然并未搬到一起，却已经搭伙吃上了一锅饭，自自然然地时而在尤曼殊家，时而在魏声家。

两家的孩子都知道了，并不干涉。过年过节都会给魏叔叔、尤阿姨买了礼物表达心意。中国新年时，金齐欣和梁星请母亲和魏叔叔出去吃火锅，魏声女儿女婿立刻回请。本来不认识的两家儿女，也打过了几次照面儿，金齐欣两口子这才发现，原来魏声女儿魏萧萧嫁的是个白人，高科技公司的高管，结婚十几年了，没有孩子，一直保持着二人世界。梁星私下说："人就是无法十全哈，条件那么好的一对儿，说长相，长相一流，说事业，事业成功，可就是没小孩儿。上帝就是这样，这边给的多了，那边就给的少些。"

两家儿女自从知道两位老人心有所属，有了伴儿，都松了一口气，肩上的担子也似卸掉了很多分量。一天晚上睡前，梁星笑嘻嘻问金齐欣："哎，你说说看，老年人谈恋爱和年轻人一样不一样？他们都七十多岁了，是不是还做爱啊？"

金齐欣斜眼看了梁星一眼，也嘿嘿笑了起来："这个，我看肯定要做的，品质咱就不敢太高估计了。"说完就乐。乐着，忽然想到现在和梁星的夫妻生活无论质量和数量都和生病前没法相提并论，心下凄然，笑容不知不觉就凝固了，竟叹起气来。

梁星立刻意识到金齐欣情绪的变化，故意高兴地说："老了，哪儿还有那么多性欲？用咱们在这儿瞎操心？你看我们现在，还不是都退化了？此一时，彼一时，很正常的。老伴儿就是个伴儿，咱俩也正向那个方向发展着呢。"说完，她就关了灯，嘴里嘟囔："明天还要早起上班，我觉得又累又困，快睡吧，老伴儿。"说完嘿嘿笑了两声，翻身睡去。

金齐欣静静躺着，想着梁星的变化，难道她真的退化了？自己生癌到现在，两三年了，两口子似乎没有象样儿地做过一次爱，连身体接触也越来越少了。看不出梁星有什么兴趣，自己病体缠身，心理负担沉重，更无意发起邀请。上次做爱是两个月前？那天竟然勃起了，虽然硬度只有五成，可不到两分钟就泄了。看不出梁星有什么不高兴。自己的退化是疾病造成，那么梁星的退化是什么？有意的伪装？同情心？更年期提前到来？也许是所有这些原因的集合。梁星啊梁星，摊上这个善解人意的老婆，是自己的福气啊！他终于拒绝了对夜的对抗，收回心思。想这些有什么用？日子就这么过着吧，做爱不做爱，到了这个年纪，真的有那么重要吗？他翻转身，背对着梁星，合上眼睛。

九、

梁星和陆西安的二人圣经学习小组是在金齐欣恢复打球以后开始的。一次主日崇拜之后，梁星找到陆西安说："他身体恢复了，上班和运动都像过去一样照常了，我婆婆也有了自己的房子。你……我……"梁星吞吞吐吐地望着陆西安，等着他继续往下说。那还是两人停止二人圣经小组时的约定，等金齐欣好了，两人就恢复学习。两年来，每次陆西安询问梁星是否一切安好时，她都有一种让这约定翻身重见天日的渴望。现在金齐欣是真的好了，有一种兴奋在梁星血液里流淌着，她可知道？同样的兴奋也在陆西安的血液里奔涌着。

陆西安跟周围的教徒们大声道着再见，似乎在掩饰着心中的尴尬和紧张，他低声迅速地说："下周，好吗？下周咱们就开始咱俩的圣经学习。"

梁星的心脏飞快地跳动着，接下来那周的煎熬，因为两年的克制，火焰烧灼般难受。这艰难的两年，梁星觉得自己像一条无声的拐杖，支持着金齐欣在和癌症斗争的路上缓慢前行，巨大的心理压力、强颜欢笑的假面孔、做个忍辱负重的好媳妇的艰辛，经常让她感觉度日如年。陆西安始终没有远离，他安静地注视着她，大哥哥一样护在她周围。"别担心！"陆西安在一封邮件里写道："上帝让我来到你生活里，自有他的用意。不要怀疑上帝的美意，任何时候、任何情况，我都会尽力支持你、说明你！"虽然梁星没有再半夜三更给陆西安打电话诉苦，却经常在遇到烦心事儿的时候，第一个想到陆西安。俩人隔三差五地通着邮件，也隔三差五地打着电话。电话是上班时间在单位打的，不方便多说话。

"是我。"她小声说。

"嗯。知道。你没事儿吧？"他问。

"没事儿！"梁星想说点儿什么，又似乎什么也不需要说。

"好好照顾家。什么都少想。听话！"他说。

梁星放了电话，幸福得不知所措，总会有几个小时不住地复习这段通话。听话，他用了听话二字。是什么时候，他开始这样说话的？两人之间无论隔着多远，都没有距离，这是只有亲人之间才有的语言，充满温暖和信任，不需多做解释。

"爱！"梁星会恍然大悟一般认定陆西安是爱自己的，除了爱，什么会使人的距离拉得这样近呢？我们早就彼此相爱了，就是这样！从二人圣经小组时就相爱了！我一直是个大傻瓜，我一直在否定这个事实！我们是在神的大爱里产生了彼此的小爱，这是神的旨意。这样想着，她就觉得自己的愁苦减弱了，上帝派了一个人关注、爱恋着自己，上帝的确不是偏心眼儿，神除了给她这些艰难的考验，也给了她额外幸福的体验。这个体验让她在寒冷的时候，有个羊毛披风可以包裹身体驱赶寒冷，在满肚苦水的时候，有杯清凉的蜂蜜冰茶来缓解苦涩。她跪下祷告，献上感激。可祷告的时候，她会同时发出疑问："上帝啊，您赐予我的这一切太复杂了，复杂到让我无法面对和了解，甚至让我不知所措！爱难道不是专一的吗？我是爱金齐欣的，这点毫无疑问。那么在婚姻之外的这个爱恋是什么呢？难道我判断错误，难道这不是爱？陆西安只是奉您

132

的旨意来安慰我，并不爱我？您让我困惑，我求您的指引，神啊，求您怜悯我，给我一个答案！"

于是，她又陷入了另外一种苦恼，没完没了地猜测上帝的用意，猜测陆西安对自己的态度。他是圣洁无私欲的！不，他也是人，他也有七情六欲！不不不，他是具有圣洁品德的超人！一定是我自己品格低下、庸俗不堪，才想到男女之爱，我怎么这样丑恶？他只是帮助困苦的我，是他"爱人如己"博爱的一部分，换了教会任何一个弟兄姐妹，他都会如此慷慨地给予安慰，我这是自作多情。

梁星在自己发动的战争中苦熬着，战争的内容除了精神领域的爱与不爱，也有肉体上的渴望与抑制。金齐欣刚生病的时候，她被一种崇高的牺牲主义精神充满着，注意力完全集中在金齐欣的治疗上，对丈夫的悲悯之心完完整整地统治了她，她要全力以赴帮助丈夫恢复健康和生活的信心！生命尚且难保，性生活算个什么？她几乎在那几个月的治疗中忘记了夫妻还需要做爱这项内容。她和金齐欣不谋而合地回避肉体接触，渐渐形成了习惯。

那个被熄灭的欲望之念，是在金齐欣的身体逐渐复原之后悄悄躁动不安起来的。每个月总有那么几天，梁星脸上会发出几颗粉刺，似乎荷尔蒙的旺盛分泌必须在脸上有个耀眼的展示平台。夜梦中她醒来就很难入睡，一种焦灼在她的下体燃烧，那里空洞如黑夜，急需能带来苏醒的阳光来充满。是的，她的身体已经沉睡了很久，久到她几乎忘记了自己是个有血有肉的女人，久到她的冬眠期似乎永远不会被春暖花开来替代。

那几天里，赶上教会活动，她见到陆西安就会莫名其妙地紧张不安，脑袋里繁忙地播放着电影，呼吸都会急促起来。她不敢向任何人暴露这个秘密，甚至连自己也不愿意承认它的存在，她看到了和陆西安最后一次学圣经时的告别，她想念他拥抱她时那扇宽大的胸怀，他的耳语："我舍不得你……我舍不得你……" 平时贫乏的想象力也会出人意料地活跃起来，一些直观的影像展现出来：他裸露的胸怀，并不白皙却闪着熠熠生辉的褐色光芒，有些土著民的雄浑，又有着文明熏陶过的温柔，她不大不小的乳房紧贴着这扇胸脯，显得弱小而寒冷，却在一瞬之间就被他的温暖同化了。她纤细的双腿缠着他的腰身，他就那样抱着孩子一样抱着她。他的呼吸温暖地吹着她的耳廓，她把头深深埋在他胸前，头发扫得他发痒，他就腾出一只手拨开她的头发，直直看进她的眼睛，她羞怯地合上双眸，却感觉到他温暖的嘴唇轻轻地压在了眼皮上，他喃喃低语："你是我的！"

梁星于是在这部只有她看得见的影片里迷失了方向，她恍恍惚惚地开车，恍恍惚惚地回家，和家人说话漫不经心，家人说东她说西，做饭时三心二意，不是少放了盐就是多放了油。那几天的夜晚，她就会在听到丈夫的鼾声之后，轻轻抚摸私处，用不着几下动作，就高高飞扬起来。脑袋里是陆西安的胸膛，仅仅这块平展的胸膛就足够另她热血喷张。一切都是在不声不响中进行，微汗覆满全身，她压抑着身体的颤动，压抑着呼吸，脑子里繁星闪烁，身体被一片光芒照得通明。

随着金齐欣身体的恢复，医生建议他勇敢地尝试性生活。他犹豫再三，终于伸出手抚摸梁星，那抚摸却没有了过去的自信，犹豫而充满怀疑，颤抖而迟缓，但终究身体出现了喜人的反应。两个人小心翼翼地抚摸对方，除了对身边这个人的身体感到了陌生，还有心理上对疾病的恐惧和惶恐。

"你确定可以？"梁星问。

"医生说可以，手术很成功，他的手艺已经得到证实了，你看当时咱们选择的手术方案是最保守的一种，阴茎勃起神经似乎没有被损伤，尿路神经也完好无损，前列腺患者常见的漏尿和尿痛现象，我都没有。你看，摸着你，它好像会听话。"金齐欣小心翼翼地说着，引着梁星的手攥住了半崛起的身体。两人心照不宣，这崛起是打了折扣的。

两个人小心翼翼地行动起来，对待彼此的身体就像对待一件稀世珍宝，碰也不是，不碰也不是。心中的兴奋却不敢放肆到行动上来。梁星几乎是用手把它塞进去的，大动是绝对不敢的，两人都知道必须克制和谨慎，身体缺少了一个重要零件，一切不可能像从前一样。

"你别太用力。"梁星说。

"知道！"他答。他小心地动作着，很快就有了一种眩晕感从那里向身体四周扩散，他轻轻呻吟起来。没有了睾丸，再也不会有精液射出。金齐欣对这种崭新的没有内容的性高潮拿捏不住，两分钟就结束了，他明显地感觉到了梁星的紧张和不安。

"我高了！"他声明，语气里却没有足够的快感。

"好啊！我也很好！"梁星答道，语气里有着明显的装饰性的喜悦。

金齐欣搂了搂妻子，笑着说："这下好了，再不会有黏糊糊的战场需要打扫，省了纸巾了。"

梁星也笑了，自己抽了纸巾，犹豫了一下，还是抽了一张递给金齐欣，然后才顺势搂了搂丈夫。两人不约而同翻转身去，他们习惯了背对背的睡法儿。科学证明，这样的夫妻睡姿是最健康的睡姿，彼此的沉浊呼气不会被对方吸入，没有彼此肉体的温度干扰，睡眠质量最高，缺点是产生距离，不罗曼蒂克。有一天梁星在网上看到这篇关于夫妻睡姿的文章，专门拿来给金齐欣念了听，联想到自身状况得到了科学论证，两人乐不可支，笑说夫妻关系已抵达了最佳境界。

此后，每两三个月金齐欣才会碰梁星一次，她也从不主动索求。她的小动作于是规律地持续，每个月那几天的燥热不安，会使小动作变得频繁。她安静地等待丈夫的鼾声响起，才自我安抚，一边想着陆西安。她不再谴责自己罪恶的行为，有那么几次，她甚至笑嘻嘻地问自己："我是人，我做人该做的事儿，有错吗？"然后又谦卑祷告："上帝我父，人之所以有罪，是因为我们带着亚当偷吃禁果时留下的罪性，只有你会原谅我，因为我是你造的。你给了我这样的生活，这样生病的伴侣，我这样做有错吗？我的欲望难道不是你给的？我请求您原谅我，无论我是对还是错，我的上帝，疼我爱我的天父！"

之后，她总会睡得十分香甜，那是荷尔蒙得到释放后的松驰和适宜，如暴风雨后的雨过天晴，被洗过的天空又高又蓝，风儿轻缓温柔，一切宁静而和平。她翻身背对金齐欣沉沉睡去，一种隐约的满足和苦涩交织缠绕，缓慢地流淌在她的梦境里。

周日一转眼就到了。一切好像面粉发酵一样，轻轻一拨拉，就露出无数大小不等形状各异的气泡，挤在发着酸味儿的、丝丝缕缕的面筋里。即便把它揉匀，一会儿功夫它会再次膨胀到刚才的高度，气泡更加均匀地弥漫扩张，直到膨胀到不能再膨胀的地步，面团完美光滑的弧度，完成了最终的等待。不把这发酵完美的面团做成馒头，我们还有什么别的选择？

陆西安一把搂住梁星的时候，她并没有十分吃惊。门刚刚在背后关闭，她的嘴就被陆西安的嘴唇堵上了。他的行为近似粗野，不管不顾。他顾不上说话，顾不上喘气，只知道贪婪地用力，把她的舌头吸进来又吐出去。她浑身瘫软，头脑嗡嗡轰鸣，眼前一片空白。她觉得自己变成了一块橡皮泥，任由面前这个男人把它揉捏成各种形状。她的衣服不是自己的，皮肤不是自己的，肌肉不是自己的，骨头也不是自己的。她听凭自己的身体分解成无数碎片，统统给出去，给这个令她魂牵梦绕的男人。她不知道自己是怎么上的楼，怎么到了床上，怎么被扒光了衣服。她只知道自己融化在他疯狂的抚摸和亲吻之中，一切都不再属于自己。他的进入是不容商量的，瞬间的充实另她发出惊人的喊叫，他不等她的喊声停止就拼命地动作起来，粗暴凶狠，节奏鲜明迅速，她听到啪啪的撞击声和自己毫无顾忌的呻吟声奏着响亮的交响乐。多么陌生的感觉啊，他像一头没有驯化的野兽，任由着春情外泄。梁星在略微有点儿疼痛的冲撞中，分散成了无数成千上万的细胞，它们凌乱地在四周飞舞着，没有顺序，没有方向。他是怎么把她搬到他身上的，她不知道，他的两手握着她的两侧胯骨托着她上下运动着，他坚硬的身体笔直地冲刺着她的身体，一下又一下，快速而有力，她散成碎片的细胞这时汇聚在一起变成了垂直的旗杆，旗子在风中骄傲地飘扬着，呼啦啦作响。她听见自己毫不克制的呻吟，前所未有的快感在身体里膨胀，一会儿就涨大得快要爆炸一般，她感觉到他的身体在她里面生长壮大，大到她无法容纳，硬如一束千年巨石嵌入体内，一股闪电从巨石的尖端冲向天空，四射全身，一瞬间就抵达了她的大脑和四肢，她和他同时大喊起来，啊，啊！

俩人的圣经小组学习就这样每周一次持续着，这次刚结束，就火烧火燎地盼着下一次。短短的几小时里，两人翻天覆地尽情交欢，如同吸食了鸦片。虽然都已人到中年，俩人的无所顾忌和大胆开放，却像十八九岁的青年一样忘我任性。家里的每个角落都留下了他们欢愉的痕迹，沙发、地板、浴缸、灶台，甚至楼梯和走廊也不放过。

是被信仰约束得太狠了，才如此开怀释放？是压抑得天长日久了，才无所顾忌地决堤倾泻？梁星几乎不认识自己了，一进陆西安的家门，她就开始进入一个全新角色，这个角色活泼得像个孩子，缺乏理智，大胆娇憨。她撒娇、发嗔、调皮，甚至恶作剧。一次她趁着陆西安打盹儿的时候把他的头发梳成了朝天辫，两人照着镜子狂笑到肚子痛。

而陆西安呢，在梁星面前也变成了一个懵懂少年，他任性地变换姿势，有时弄得梁星七扭八歪才心满意足。他搔梁星的痒，对着她眼睛吹气，啃她的脚趾头，吮吸她的私处。他像一头饥饿的野兽见到了食物，贪婪到一根汗毛都要变作美餐来大肆享用。如果说梁星的压抑只是过去两年的积蓄，那么他的压抑就是过去二十年的积蓄。长期的分居，长期的自慰，长期信仰中的克制与自责，把他变成了一个积蓄了亿万年热量的火山等到了喷发的时刻。岩浆从胸膛里流淌出来，如烈焰般炽热，一切都在片刻间融化殆尽，一切都变成了岩浆的再造物，而梁星就是这个"一切"。

两人筋疲力尽之后，会搂抱着小憩聊天儿。"我们在犯罪！神会惩罚我们的。"梁星的一根手指在陆西安的两个乳头之间轻轻划着线。

"嗯。咱们原本就是罪人，原罪从我们出生就伴随我们一生，是不是？"陆西安内心的争斗已经很久了，但男人的自尊令他无法把心中的犹疑对梁星合盘说出。"大卫王那样爱主的人，不是也犯了罪？为了得到美貌的拔示巴，不惜借刀杀人，把她丈夫送到前线战死，才得到她。"陆西安面朝天躺着，一只臂膀搂着梁星，一只手握着她的手搭在自己肚皮上，眼神蒙着一丝忧伤："大卫那么伟大的人尚且如此，我们这些小小的百姓，又能做得有多好呢？至少我们做不出为了私利借刀杀人的恶行吧？"

"可大卫受到了神严酷的惩罚啊！他失去了和拔示巴的第一个孩子。你说，神会不会也用某种残酷的方式惩罚我们？"

"哎！"陆西安听到自己的叹息从腹腔最深处发了出来："我们很爱主，是不是？神对爱他的孩子，即便惩罚也依旧疼爱。你看大卫虽然死了个婴孩，可他的王位继承人是谁？所罗门，一个多么伟大的君王！他难道不是大卫和拔示巴所生的孩子？上帝还是偏爱大卫。很多事，我们人类太渺小了，真的不会懂得神的旨意。我们只有服从。"陆西安说着，突然笑了，他扭头看着小鸟依人的梁星靠在自己怀里，一丝温柔从心尖流过，他伸出手指点着她鼻尖，说："你看，现在神把你送到我面前，让我经历人生里最快乐的时光，难道这一切都是假的？都是违背神的？我爱了那么多年神，难道他能赐给我的只有孤独的煎熬，永远看不到希望？谁能说你我走到今天，不是神的安排，不是神的奖赏呢？我们凭什么拒绝这么美好快乐的体验？谁能证明这一切不是神的安排呢？你我谁能猜准神的旨意？"

他的手开始在梁星身体上下摸索起来，呼吸变得越来越粗重，"多么好的身体！这些日子，我觉得是我一生中最快乐的日子，我在你面前一丝约束都没有，你也一样，不是吗？我和我妻子，你和你丈夫，有过这样尽兴的体会吗？没有，从来就没有！冥冥之中，你我一直在等待着这个默契的到来，如今它来了，我们拒绝不要吗？"他的身体已经膨胀起来，他把嘴凑在梁星眼睛上吹了一口，说："傻妞儿，我们来享受！除了享受，我们什么都不要想！来，让我来好好 F×××你，我的宝贝心肝儿！"

周日金齐欣去打球，五六点钟才会回家。自从尤曼殊搬了出去，金齐欣的身体日渐康复，这个家就恢复了往日的平静安宁。上班、下班、收房租，打球的打球，信主的信主，各司其事、各行齐政，繁忙中一切按部就班。

头一次恢复周日圣经学习，梁星回到家的忐忑心理仅仅持续了几小时。一路开回家，她都处在恍惚状态，我真的做出了这种事儿？从此不再清白，我是一个地道的坏女人了！她时不时地向上帝祈求原谅，可不知为什么，她的身体却轻盈舒畅，负罪感并不强烈。她几乎得强迫自己来谴责自己。有另外一个声音一直在她耳畔念念叨叨：这都什么世道了？就你还三从四德呢！一夜情的网站四处泛滥，难道那些放肆的女人都得经受炼狱的烧烤？人家活得潇洒滋润得很呢！况且金齐欣有病，你情有可原！

回到家，她用勤劳掩饰着心虚，楼上楼下的地毯都吸干净了不说，还紧紧张张赶在金齐欣到家之前做出四菜一汤，小葱拌豆腐，泰国酸辣鸡柳，醋溜土豆片，清炒鱼片和粉丝鸡蛋汤。她心里庆幸着现在当主妇比从前简单容易，比如这鸡柳，现成的调料包超市里买来，鸡肉下锅，调料一倒，就和饭店里的味道一模一样。她品尝着刚出锅的美味菜肴，自己夸赞着自己：这个老婆真模范，如此贤慧能干，他金齐欣难道不是有福之人？这么想着，心上的内疚又减掉了几分重量。虽然在陆西安家已经洗了一个澡，她还是又快快上楼冲了一个澡，确信自己没有一丝一毫异样了，才下楼来等金齐欣回家。

勇子早已被香味逗引得跑下楼来，嘴里嚷着好饿，也不等别人，坐下就狼吞虎咽吃了起来。

梁星坐在孩子面前，心中千万头绪纷乱缠绕，盯着孩子的面孔就发了呆。我这个母亲，也复杂起来了，而且是个出色的演员呢，看看，我竟然脸不红心不跳地坐在儿子面前泰然自若。她眼前晃动着和陆西安翻天覆地的情景，下体不听话地火烧火燎，"让我吃吃它！"陆西安的声音在耳鼓轰鸣，哼，他金齐欣结婚这么多年也没干过一次这事儿啊，那种融化的体验啊！

手机发出滋滋声，她掏出来翻看，是丈夫发的短信："球友聚餐，我不回来吃饭了。"

她长长地松了一口气，起身拿碗筷开始吃饭，心上的重担又哗啦卸掉一块。看看，我辛辛苦苦的做了这么丰盛的晚餐等着他，他哪里稀罕？人家的球友可比我们娘儿俩重要多了，人家在餐馆的聚餐也远比我这点儿超市调料包鼓捣出来的菜肴好吃得多，哪稀罕我这顿饭？

等到晚餐收拾妥当，梁星心里的负疚感早已所剩无几。她今天的体验，是她生平第一次尝试。她这才明白，自以为是的自己原来是蒙着眼睛过了很多年日子！

手里干着活儿，她脑子一刻没有停歇。我对你仁至义尽，你生病，我从未嫌弃，为了不让你有心理压力，我把所有压力都放在自己心上，精神的，肉体的。这么多年一起生活，你怎么从来没有像陆西安那样夸过我？我自己夸自己都夸烦了，你还讽刺我骄傲自满，看不起别人。还不是因为我在你眼里没什么了不起？为什么陆西安就能低在那里亲个没完，你金齐欣就做不到？这是简单的肉体愉悦吗？不！这说明你对我的爱远远少于陆西安对我的爱！张爱玲的什么小说不是说她爱胡兰成爱得低到尘埃里去了。陆西安对我的爱是可以低到那里去的！你金齐欣就不可能！

她于是找到了越来越多的理由来原谅自己，自己也就果真被原谅了似的。金齐欣回家时，已经十一点多，他草草爬进被窝，倒头就要睡去，梁星凑过脸来嗅了嗅。

"怎么？你真是好了伤疤忘了痛！不可救药！酒又喝起来了？你忘了自己的病了？！"梁星感觉到肚子呼呼鼓涨起来，说出的话几乎是压抑的怒吼。心里早就骂了起来，瞧瞧吧，我还傻乎乎地内疚了一下午呢。无论我付出多少，他那里在乎？又喝酒，狗屁癌症！自作自受！我算看透了，你就任你的性，我就任我的性，就这样吧，过一天算一天算了！

金齐欣显然喝了不少，也不知道是怎么开车回来的。他酒气熏天，鼾声大作。梁星两眼瞪着天花板一动不动，她对身边这个呼呼大睡的男人突然感觉陌生和厌倦。他可以一下午不着家，我去学学圣经，又有什么不可以呢？如果我是个自私的人，也许早就跟他金齐欣离婚了。

那晚，直到梦魇袭来拖着她进入梦境，她始终没有想起来上帝。

自从金齐欣恢复打球，他的心情就变得越来越舒畅。病仿佛好得干干净净，母亲的事安顿妥当，婆媳矛盾化干戈为玉帛。梁星脸上有了笑模样，又开始精致打扮自己，两年来她独自与房客周旋，把金齐欣肩上的担子卸下不少，俨然变成了一个颇有经验的老板娘。生活又恢复到了生病前那个几乎没有缺憾的状态。他不再像过去一样热心投资房子，周末不再去听投资讲座，也不再花大量时间研究房产和股市。一场大病让他有了大彻大悟的感觉，健康面前，钱和房子就是个屁！他甚至不再像过去那么小气，看到报税单上梁星捐钱给教会，也睁只眼闭只眼，尽量不往心里去。生命他妈的如此脆弱，说完蛋就完蛋，在乎啥都没用！她捐钱她高兴，就随她去吧。当下最重要，得尽量让当下高兴。我高兴，老妈高兴，老婆高兴，孩子高兴！不高兴也要创造条件高高兴兴！

他发现最令他高兴的事儿是和球友们在一起发疯的时光，打完球的一身臭汗，令他感觉癌细胞正呼噜呼噜随着汗珠往外流，留在身体里的是精气神。当然了，他现在已经没有"精"了，但气、和神他可不缺乏。打完球和球友们钻酒吧下餐馆，他比以前更加像个中心人物，虽然队长的位子早就让了贤。

"操！"他说："咱老邱队长那年栽倒就没再爬起来，我呢，又这么生死路上走了一遭，你们这些个大老爷们儿，如果再看不透这个及时行乐的理儿，真是枉活一世。"

有人就问："怎样才算及时行乐？"

"这个哪有标准？干你喜欢的事儿！爱吃的就吃，爱喝的就喝，爱钱的使劲赚，爱玩儿的尽管玩儿，爱女人的……"不等他说完，就有人嘀咕："玩儿女人！"人们呵呵笑。

有个擅长透过现象看本质的老兄就说："呸呸呸，不是我小看卧春城这群理工男，个个都是洋插队农民，真就没这个魄力！且不说卧春城没这种花天酒地的条件，就算有，多喝的那几年墨水也把人约束禁锢得死紧，又怕得病又怕坏了名声，更怕弄坏家庭。哎！这个'度'如何合理调控，很有技术成分，我看咱们这群没有一个这方面技术高超的。"人们就唏嘘地乐，点头称是，把话题转到如何调控"度"的技术问题上来，七嘴八舌。并不是每个人都坦白诚实，嘴上放得开的并不是那个行为上大刀阔斧的，婚外有事儿的，只管嘿嘿偷笑，庆幸自己家里红旗不倒，家外彩旗飘飘，心下小看面前这些嘴上过干瘾、不懂实干的假爷们儿。

在酒后的球友之间，调侃女人永远都是乐点。谁说八卦是女人的自由？男人八卦，也可以横到东西南北，纵到古今中外。网上的大小消息，邻居的家长里短，少不得都成了下酒好菜。

酒伤肝致癌，金齐欣何尝不知？可他太喜欢这一口了，憋了两年，锻炼不能剧烈锻炼，喝酒不能大口喝酒，他像洞穴里放出来的马儿，撒欢儿地尽情享受草原的天高地远。他坚信这个被酒提升起来的快乐情绪可以抵消酒的危害，何不今朝有酒今朝醉？为了活跃气氛，他还用了点儿功，背了不少黄段子给大家逗乐儿，计算机程序一样每个星期自动更新。

"从前"，他说："有个庄稼汉进城买避孕套，到了商店想不起来避孕套这个名字，只好对售货员小姐说：小姐，有没有卖装鸡巴的塑料袋？"人们哈哈大笑的时候，金齐欣比谁都开心，一高兴就一个接一个说起来："小女孩儿向小男孩儿显摆新玩具，小男孩不服气，脱了裤子说，我这个玩具你永远不会有。小女孩儿也脱了裤子说，我妈说我有这个，想要多少个你那种玩具都能有！"人们又乐。

有个球友讲话直来直去，说："老金，你现在是不是下面使不上劲儿就在嘴上使劲儿啊？"金齐欣也不生气，说："改天把你老婆借我用用，让她告诉你答案，看我是嘴上劲儿大还是下面劲儿大。"人们乐得更欢，"喝！喝！喝！"地碰杯，见他大方爽朗比以前上了一个档次，暗地里嘀咕，哎！癌症这东西真把人刺激得不轻！解放了人的性格，倒是件好事儿，咱们如果也得了癌，不知道会不会生发金齐欣这样的开朗豁达。

周日下午的打球活动通常不会超过七、八点，半夜十一点回家，并不多见。这天，球队的单身贵族赵区哲突然宣布要参加来年的联邦政府大选，华人有意参政在卧春城是首举，球友们兴奋得血脉贲张，这才耽搁了。

"咱华人在国外无声无息，这下总算卧春城要有华人发声音了！"

"我看咱华人就是有种族劣根性，'人不为己天诛地灭'流传了几千年了吧？你们看每年涌入成千上万的华裔移民，大多只会拼命工作，盯着老婆孩子热炕头儿，自私自利，胸无大志啊！"

"对！小区活动见不到华人身影，高层官员里看不着华人面孔，总得有谁来开辟先例吧？想不到会是你赵区哲！"

"有种！老赵，咱该捐钱就捐钱，该宣传就宣传。我们全力支持！"

"咱卧春城研究生博士生用笊篱一捞就一满瓢，要真的调动起积极性来，能写的，会说的，爱跑腿的，不会败给任何族裔！"

餐桌立刻成了军师筹谋大会，大家争先恐后献计献策，喧哗声太大，引得酒吧里人人侧目，队员们干脆往赵区哲家里去，除了继续海阔天空地畅谈伟大理想，还初步设想了如何在党内取得支持，如何在小区造势，如何在华人圈子扩大影响等等问题，又选出球队几位干将做赵区哲竞选委员会的当然核心，大家这才克制着兴奋，散伙儿回家。

金齐欣哪里会想到，这个令人振奋的一天，前院春暖花开，后院硝烟弥漫，夏娃禁不住蛇的诱惑，尝试了那颗鲜嫩的苹果。一切看起来都和以前一模一样，一切，却早已天差地别。

十、

　　陆西安送走梁星，就又回到床上，这时他才感觉到疲劳，身体里如同长出了疲乏的藤蔓，执着而柔软地伸向四肢的犄角旮旯，头皮也麻酥酥地被枝叶蔓延覆盖了。他四仰八叉地把自己放平，脸上挂着平静的微笑，嗯，这样很好。梁星的胴体在他眼前晃了几晃，梦境就把他吞食了。

　　自从金齐欣得病，两人的二人学习小组终止，陆西安安静的生活也在悄悄发生变化。国内抓老虎打苍蝇，童小琦突然就消失得无影无踪了。陆西安只记得最后老婆打来电话，没用手机，打的公用电话。童小琦说："天逸在英国，你要多跟他联络。我要出趟远门儿，时间紧，不多说了。你当爸爸的该多操点儿天逸的心了。"

　　电话打的莫名其妙，多年来童小琦对陆天逸大包大揽，把儿子当成她的身体部件一样不让他这做爸爸的随便触碰，陆西安有口难言。老婆这些年能量广大，要钱有钱、要势有势，他生活在天高地远的卧春城做个小职员，在老婆眼里是既无能又平庸，他一直不明白她为什么不愿意跟自己离婚，宁可维系这种名不副实的夫妻关系。儿子小小年纪就被送去英国读寄宿学校，也都是童小琦说一不二地做了主，没他说话的份儿，他除了寄点儿钱，连儿子的面也没见过几面。每年寒暑假，儿子早早就被童小琦接回国去。有一年好不容易童小琦同意带儿子来卧春城探亲，住了一周，童小琦要回去开会，儿子死活不肯单独和陆西安呆在一起，预定住一个月，结果只住了一周就跟着妈妈回国去了。有两次陆西安凑着陆天逸放假在国内，巴结似地回国去看儿子，儿子见了他却如同陌生人，不亲不近，连话也懒得说一句。当爹的一开口，儿子就皱眉。陆西安私下祷告上帝怜悯看顾，祈求儿子和自己这个做父亲的能够亲密起来，也不见果效。看着儿子那张帅气却冷漠的脸，他尽量和颜悦色，可那层挡在父子俩之间的陌生感如同一层玻璃，明明什么都看得清清楚楚，可你就是摸不着。

　　童小琦的消失却一下就把儿子推近他。有一天他突然收到儿子一封邮件："爸。我妈逃了。"

　　陆西安立刻买了机票飞到伦敦，童小琦的事儿他一无所知，电话、网络都不能令他放心，他必须亲自见到儿子。儿子脸上的冷漠不见了，一脸惊恐不安："爸,我妈托了一个老外给我送的信儿。我现在才明白她早就在筹备逃离了,你看。"孩子取出一个银行卡,说了一个数字,陆西安暗自吃惊,问:"在你名下?"

"是。爸,足够我轻松完成大学了。可我妈呢?她到底去哪里了?我想去找我妈,可我不敢回国。"

"别孩子气,怎么能回国?妈妈的情况咱们一无所知。这个冬假就跟爸爸回加拿大去,你最后一门考试结束,咱们就走。有爸爸在,你什么都不要担心。"陆西安心中忐忑,表面上却泰然自若。他搂了搂儿子的肩膀,这才发现儿子已经和自己一样高了,十七岁的英俊少年!

"这孩子,"他在儿子肩上擂了一小拳,轻声说:"大小伙子了!"

陆西安对童小琦犯了什么事儿充满猜疑,经济问题肯定是主要问题,犯事儿的关键八成儿是男女关系,吊在某条大老虎的藤子上了,国家为了抓老虎,顺藤摸瓜摸到了童小琦。算了,不管怎么回事儿,童小琦我们管不着、顾不了,我把孩子安顿好,是要务。睡前祷告时他加了一条:上帝我父,感谢你一路照看我一家人,求您怜悯我的妻子、天逸的母亲,求你的荣光保佑童小琦平平安安。

接下来几天陆西安马不停蹄,银行的钱大部分提了出来,分成几份又存进不同银行,有的在孩子名下,有的在自己名下。陆天逸说在英国呆习惯了,坚决不想转学去卧春城。陆西安看儿子常年在英国,语言和基本生活能力良好,又深恐给孩子压力会把刚刚建立起来的父子关系弄僵,只好随了孩子,把下学期的注册手续都办妥了,爷俩儿这才安心上路回卧春城度冬假。不应该有人来卧春城骚扰他父子,即便骚扰,也不必担心,他早已入籍成了加拿大公民,这点他心里有谱。

卧春城冬天慢长寒冷,雪从十一月一直下到四月。视线往上看,天空清冷,房顶是一片接一片的洁白,好像落下的云朵趴在房顶冬眠而卧。树枝别有个性,有被厚雪压弯直不起腰的,有我自岿然不动、迎风挺立的。树种不同,枝叶宽宽窄窄被积雪堆出各种奇形怪状,眼到之处自然是一片晶莹之美。可视线往下看,道路两边被积雪占了位子,街道变得狭窄。撒融冰盐的大卡车一过,指甲盖儿大小的盐粒儿就满街蹦跶,车身、裤脚、鞋子都被蒙上一层灰白盐渍,肮脏难看,车辆、行人、街道于是呈现出一块又一块的灰蒙蒙的阴沉色调。人们衣着臃肿,面目严肃阴沉,车辆看不出本来色彩,路滑道窄,行驶缓慢。天寒地冻,预报的温度总是两个,有风温度总比实报温度低五度十度,零下十几度,有了风便刺骨的冷,有了零下二十度的尖锐。即便圣诞节家家户户张灯结彩,仍是难给不习惯寒带气候的外乡人带来心情的温暖。陆天逸懒得出门，带着耳机窝在床上听摇滚乐，上网和英国同学聊天儿，整天懒洋洋无精打采。

陆西安挖空心思讨好儿子，饭出去吃了几顿也就没什么可吃了，陆天逸说伦敦的华人餐馆比卧春城多得多，他总在外面吃。电影院、音乐厅、博物馆去了几个也就没了兴趣，没同龄朋友，陆天逸觉得干啥都没劲。

去学滑雪，完全出于偶然。教会有人多买了滑雪票，让给陆西安两张，没成想却歪打正着。两人租了滑雪用具，请了一个私人教练学了两小时。陆西安人高马大，身体素质优良，儿子正当年少，继承了父亲挺拔的身材和优秀的运动素质，更是青出于蓝而胜于蓝。短短一堂课，两人就可以有模有样地独立滑行了。滑雪教练感叹父子二人运动素质好，夸口说找到了最容易教的学生，父子相视而笑，禁不住洋洋得意。

雪山上飞驰而下的爽快自在，山顶上一览众山小的壮观豪迈，滑行而下时天地人合而为一的销魂快速，都让人心醉神迷。静止的一切不再静止，动荡的生活却在滑行中静止下来。北风不再寒冷，成了助滑的风帆，严寒不再冷酷，成了天赐的宝器。陆天逸兴奋异常，进休息大厅吃东西时，雪帽外的细皮嫩肉冻得红一块紫一块，却两眼放光，说，"爸，滑雪太好玩儿了！我还要再滑一会儿！"

陆西安心中大喜，当机立断，续报了几次私人教练课程，又买了可以天天上山滑雪的套票，爷儿俩才尽兴而归。陆西安一改平时节俭的态度，滑雪板、滑雪鞋、滑雪服都买了最贵的高档货。满载而归的时候，信用卡刷掉几千块。多年来童小琦包揽儿子吃穿住行，他几乎没在儿子身上花过钱，这下有了机会，陆西安像吃了壮阳药似的兴奋异常。花！儿子回到身边来，不容易！运动投资兼感情投资，值！

陆西安干脆提前休假，专职陪儿子滑雪。卧春城四面环山，三四个滑雪场各有风光，爷儿俩今天在这儿，明天在哪儿，整个圣诞假期滑行在特色各异的山坡雪道上，隔三差五去跟教练学几招，勤学苦练，攀上一个台阶，再进行下一轮修炼。圣诞一过，爷儿俩已经从初学者变成了雪场老将，都滑上了最陡峭的双钻黑道。

"滑得屁股痛？呵呵，老爸也痛。没想到滑雪这么锻炼身体，老爸是浑身没一处不痛呢。来，趴下，让爸爸给你揉揉。"陆西安说着坐在趴在沙发上的儿子身边，准备给儿子按摩。

陆天逸却噌地跳了起来，说："爸，谁用你按摩。我去泡个澡。"

陆西安知道儿子不好意思，也不强求，忙着给儿子烧饭吃。

教会崇拜，陆西安带了儿子参加，会众才第一次见到陆长老的宝贝公子。陆天逸仪表堂堂，讲一口纯正英国英语，口音板板正正有棱有角的，颇惹人注目。梁星也上前问候，啧啧赞叹："你儿子都这么大了，跟勇子同岁啊！真精神！是要呆在这儿了？"她惦记着是否孩子母亲也来了，终究没开口。陆西安笑答："过了节就回英国，习惯那边了，他妈忙，他一个人过来的。"梁星听了竟如释重负。那时，金齐欣正在紧张治疗中，她对自己在这种情况下还心存异想，惭愧不已。

陆天逸跟老爸滑雪滑出了感情，回英国时有些依依不舍。如今妈妈人间蒸发了，不和老爸亲跟谁亲？这些日子，老爸竭力顺着他、讨好他，都被他看在眼里。有生以来第一次近距离认识老爸，他感到了满足和骄傲。原来以为老爸窝囊，远没老妈优秀，朝夕相处才知道根本不是那么回事儿。老爸只是选择了不同的生活方式。他从滑雪运动看到了父亲优良的身体素质和精神力量，从教会会众的态度，看到了父亲的人品和人们对父亲的尊重，从老爸每顿亲自烧给他的饭菜里看到了父亲的柔情。他下意识地把父亲和母亲做了一个比较，才发现如果要他选择一个榜样，他会选择父亲。父亲身上这种沉稳安定朴实随和，让他感觉踏实安全。有钱就会拥有一切的信念，头一次在他心里开始动摇。

他想起头一次看老爸低头祷告，心中升起的嘲笑，不知不觉中，自己竟也会产生想和老爸一同祷告的冲动。父亲是有信仰的人，而且是真信，不是虚伪、不是假装、不是卖弄，是从心里信奉他的那个全能的上帝！这令他大吃一惊。有几次他在父亲的饭前祷告中似乎感觉到了上帝的存在，那种突然对食物发生的感激，来得莫名其妙。在英国，他基本上每天下馆子，一个人吃也会要三五个菜，每样菜不过吃一两口。母亲总是说："吃好喝好，妈妈才能放心，钱不是省出来的，钱是赚出来的，赚了就要花，妈妈赚了钱有你来花，妈妈就高兴！"和母亲去餐馆，从不打包。

可是和父亲一起就餐，完全是另外一番情景，大多时候父亲都是自己煮饭烧菜，吃惯了餐馆油大味重的饭菜，父亲做的饭菜特别清香可口。两人即便下馆子，所有剩菜都会打包带回家。他开始并不习惯，笑话老爸小气，满心不屑。陆西安也不生气，呵呵笑说："浪费是最大的犯罪，这是毛主席说的。毛主席这个人物你这个年纪的孩子都不了解，等有空了爸爸给你讲讲。撇开毛泽东的个人功过，很多毛主席语录都是真知灼见。儿子，你看，我们如果准备浪费，不如把准备浪费的这部分钱捐给教会和救助会，帮助那些缺衣少粮的穷人。你说是不？儿子，咱们幸福的时候，要心存感恩，还要想到那些不幸福的人们。"

开始，他觉得父亲很假，一切好像都带着假面具，所有说教都是虚伪不真实的。我的钱我爱怎么花就怎么花，有什么错？凭什么我的钱要拿去给别人花？可日子一天天过去，陆天逸看到父亲不舍得扔掉剩菜，却舍得开支票几百几百捐给教会。每次去商场购物，还会多买几样罐头、饼干之类的干燥、保质期长的食品放在商城门口的食品赞助箱里。有人敲门要赞助，他总会给个十块二十块。这才在惊奇中相信了父亲的善良发自内心，而这种默默付出的善行，让他感觉说不出的好奇和钦佩。他开始喜欢父亲，甚至可以用上"敬重"这两个字眼，这是对母亲从未有过的情感，尽管他非常爱恋母亲。如果母亲的爱是一只光芒四射镶金琢玉的水晶球，父亲给他的就是一枚树林中吸足日月精华、貌似平常却包治百病的千年老参。他不想否定两样东西中任何一样，两样东西他都爱不释手。

有一次，陆西安说："人的不幸大多来自贪欲，人要懂得知足，就会常常喜乐，平安顺利。"两人的眼前都出现了童小琦，陆西安看儿子脸色倏忽变幻，知道他已明白了自己的暗示，才笑着说："别嫌你爸老生常谈，常谈的往往都是人们做不到的。痛苦和波折是一位终身教授，他教的课程是'生活'。爸爸知道你想你妈想得苦，呆在这苦里，你会学到很多。你觉得你妈值吗？"

陆天逸和陆西安都明白，童小琦已经不在国内，什么时候能够再见，只能留给未来。她现在是在乞力马扎罗山上、还是在夏威夷港湾、是藏在俄罗斯的红场、还是躲在巴西的绿荫球场，不是他们的想象力可以企及的。但有一点可以肯定，她再也不能昂首挺胸像正常人一样生活了，她是不是还可以心无挂虑地睡个安稳觉，也只有她自己知晓了。

"儿子，别想太多，好好读书！妈妈那么聪明的人，自然会照顾好自己。你照顾好自己，才能让妈妈安心。爸爸相信你，儿子！"陆西安送儿子上飞机时，两人紧紧拥抱，父与子，心贴着心。陆天逸暗自下了决心，我一定好好读书，争取考上牛津大学，以后一定会比爸爸和妈妈更加优秀。

陆西安安顿了儿子以后，生活似乎回到了以往，一切却有了一种新的意义。和儿子近距离相处，他发现儿子继承了父母的良好基因，身体健康、头脑机敏灵活，对新鲜事物接受迅速，可塑性极强。虽然身上有些富二代的娇骄二气，却一点就透，心地纯洁善良。而且儿子做事果断，

146

知情达理，信心坚定，只要适当努力，前途不可限量。尤其值得欣慰的，是儿子和自己由生疏到亲密，多年的距离没有挡住血脉的汹涌流淌，儿子就是儿子，骨血！他深深感谢上帝的恩典和看顾，让儿子的心贴向了自己。

童小琦的畏罪潜逃，令他魂牵梦绕了一些日子，渐渐也就淡漠了。贪污、做高官的姘头、行贿受贿，这些说不出口的肮脏勾当，还不能充当足够的理由来让他这个做丈夫的遗忘掉妻子吗？他常常猜测童小琦不离婚的理由，也许是她心底还保留着青春时代那点儿纯洁的情愫？或者有什么利用自己的打算？他又有什么可以利用的呢？转移赃款？在国外设个后备营？可童小琦从来没有任何要求啊！他不愿意把老婆想得狡猾丑恶，可这个阴暗的想法还是在他头脑里驻留了一阵。可我该怎么办？她玩儿人间蒸发，何不成全她？就当她是一缕飘过去的空气吧。我的生活不应该被这缕空气长久笼罩，就让它随风而去。他默祷，希望上帝给他指引出路，尽管他似乎已经看到了自己的出路，有了这番祷告，这条路便不是他自己的选择了，而是神示的。

儿子在时，他一门儿心思讨好儿子，整日滑雪滑得浑身酸痛，竟然多日不曾想起做他的手保健操。儿子一走，他旺盛的生命力才在这个空寂的房子里迅速回返，凝聚成这一件事儿纠缠着他，有几天他几乎天天两三次让自己泄掉，看着Ａ片，或者不看。不看的时候脑子里会浮现出梁星关注的眼神和见了自己永远谦卑顺服的面容。这时，他和梁星还没有那层突破，他只是遥远地注视着这个女人在生活里艰辛地行走，默默为她祈祷。

他开始接受自己人性与神性之间的矛盾，他想到童小琦就觉得自己亏得很。他多年来严谨做人，连自慰都有强烈的负罪感，圣经说看见妇人就动淫念的，这人的心理就与她犯奸淫了，所以他一直尊奉言语不说淫词、心里不动淫念。于是一个已婚男人干巴巴地过了十几年独身男人的生活，只会一边对着Ａ片发泄，一边向上帝忏悔。他凭什么这么苦待自己？老婆如此惊天动地地享受人生，他陆西安就该这么白活一辈子？有那么一瞬间，他竟然产生了对神的怀疑，也许，也许不信神就没有这种道德上的牵绊了。

他翻出圣经上有关淫逸的经文仔细研读。哥林多前书 6：18-20 说："你们要逃避淫行，人所犯的罪，无论什么罪，都在身子以外，唯有行淫的，是得罪自己的身子。岂不知你们的身子就是圣灵的殿吗？这圣灵是从神而来，住在你们里头，并且你们不是自己的人因为你们是重价买来的，所以要在你们的身子上荣耀神！"得罪自己的身子？他低头检视自己，禁欲、不行淫就是不得罪自己的身体吗？我怎么是相反的感觉？不不，绝不是这样简单。他哗啦哗啦地翻读圣经，又找到贴撒罗尼迦前书 4：3-4："神的旨意就是要你们成为圣洁、远避淫行，要你们个人晓得怎样用圣洁、尊贵守住自己的身体，不放纵私欲的邪情，像那不认识神的外帮人。"对了，就是这样！上帝并没有告诫我出家才是保持这个圣殿的唯一途径。虽然天主教教士不婚禁欲，但福音派基督教牧师都是有家有口的。上帝不是让我们禁止性欲，他只是让我们不要乱来，以保证身体的洁净。我没有胡搞女人，自我发泄或者只和一个女人一起享受上帝赐给的能力，根本不是什么邪情，完全没有违背圣洁尊贵的原则，我的身体仍有资格做殿！啊，感谢神！他暗自欢喜，确信找到了支撑他欲望的神谕。既然神把我造得具有旺盛的生命力，神自有他的用意，使用神赐的能力，就是荣耀神。

他祷告的时候不再问询自己为什么无法控制情欲，为什么戒不掉手保健操，他只是虔诚地认罪，虔诚地感谢神对他一无既往的大爱，他甚至感谢神让他有缺点有恶习，这样他才有了觉悟和发展神性的余地，才可以用凡人之心来爱神。

几年来，和梁星的关系像一只慢炖佳肴，味道是越炖越醇香。时间的推进，让他俩体会着亲情般的温暖和支持。不见面的距离，却又把一切封藏在火山之下。他时常感觉认识梁星已经一辈子了，比认识童小琦还早。他喜欢梁星信赖的目光，他从来没有在童小琦身上体会过这种仰视的感觉，这种被认可的感觉令他欢欣鼓舞。他喜欢看见梁星高兴地笑，看到她伤心难过，他的心会紧紧地收缩，久久放不下。梁星和婆婆闹矛盾的时候，整日心力憔悴，令他相当心痛，他多想紧紧地抱抱她，给她安慰和力量。他惦记梁星，不是故意，是不由自主。

随着金齐欣病症渐渐好转，梁星脸上现出了越来越多自然的红润，尤曼殊问题解决以后，梁星好像年轻了十岁，容光焕发。每每遇到衣着精致风度翩翩的梁星在单位和教会进出，他就眼前一亮。他期盼梁星能重提二人圣经小组的事情，可他不愿先开口。他静静地观望，静静地等待，直到这一天终于到来。

他清楚地知道自己要干什么，他从梁星的眼睛里看到了同样的热情和焦灼。既然是迟早都会发生的事情，就让它发生好了。从梁星信主到如今已经三、四年过去，他们煎熬的还不够长吗？可怜的梁星，那个丈夫得了那个病，还能行房吗？这么想着，他觉得自己简直就是救世主了，如果能给梁星带来快乐，两人的关系就不但不是罪恶，反倒是善行了。

他在梁星到来之前已经做完了忏悔祷告，他说："父啊，原谅孩子，我必须这样做！我必须要她，帮助她，也帮助我自己。如果这是您的旨意，我在顺行。如果我违背了您，求你像惩罚大卫王一样惩罚我，我甘心承受！我只想请天父您知晓，我爱你这至高无上的真神，我也请求你爱我，成全我做一个男人的基本欲望，也成全我帮助梁星的真心。我感谢你，甘心侍奉你！"

然后，梁星来了。

陆西安不再认识自己，和梁星在一起的那个自己是一个陌生人。他没有任何约束和牵绊，他年轻、大胆、无所顾忌，他拥有使不完的欲望和生命力。这个他除了自己能够返老还童，还擅长挖掘梁星的潜力，帮她找回了青春。他们俩在一起一丝不挂，身体一丝不挂，精神也同样一丝不挂。他们没有不可以说的话，没有不可以做的事儿，有一次他甚至在她撒尿的时候伸出了舌头。他和她在完全彻底的松弛中不再属于自己，他们没完没了地做爱，没完没了地尝试一切新的姿式，渐渐地还购买了许多工具。他们累了就相拥而憩，说着永远说不完的甜言蜜语。

"你是我的女神！"他说。

"你是我的男神！"她说。

"我爱你四天！春天，夏天，秋天，冬天！"他说。

"我爱你三天！昨天，今天，明天！"她说。

"我爱你两天！白天，黑天！"他说。

"我爱你一天！每一天！"她说。

除了甜言蜜语，小区见闻、国家时事、金融房产、老人孩子、家长里短等等话题，两人也毫无保留，彼此倾心，恨不得把胸膛打开，让对方看看那颗完全裸露给对方的心脏。

他们沉醉在一个非现实的梦境之中，在这个梦里，充满了缠绵、放肆、信赖和欢笑，虽然只有每周一次几个小时，俩人却都感觉已经在一起生活了一辈子。生活变得有意思，一切都有了漂亮的色彩，心情总是昂扬喜乐。上帝显然在恩待他们，他们满心感激。

十一、

　　静湖区渐渐变成了卧春城出名的华人聚居地，几年前的茂密森林剃了头似的从地面消失，取而代之的是大片新建房屋。旧的道路已经四通八达，新的道路还在不停向更远更深的地方延伸。这些城市的血管，注射了激素一样向四野快速蔓延，去连接新造的房屋，去扩张城市的疆界。稍稍留意，你会发现街上的行人、进出的车辆里多是东方面孔。华人聚会人们聊起家庭住址，会出现这样的对话：

　　"你家在哪里？"

　　"中国湖！"

　　"哦，静湖区？好区好区！听说那里的房子还在涨价，可老外却在往外搬，是真的吗？"

　　"可不！地点好、交通便利、自然环境好、学校好，最能吸引咱华裔移民。卧春城的华人有点儿钱的没有不喜欢住大房子的，可不都忙活着在好区买房置地？整条街都是华人面孔，公园里都是华人孩子，你想想，如果你是白人，是不是像住在外国？如果我是那位另类面孔的，怕是也想搬走呢。"

　　"嗯，都知道咱华人爱扎堆儿，的确如此。扎堆儿能扎出很多方便！"

　　"是啊，我小孩儿去游泳队训练，和附近四家人乘车轮着接送孩子。孩子一周游泳四次，每家只需要接送一次，省了多少时间和精力！"

　　"听说你们那里小孩子搭顺风车成风，就是说这种情况吧？咱华人就是聪明，用集体的力量造就个人的孩子，效率特别高！"

　　大家都乐，有人接茬："我还听说更有集体主义精神的稀奇事儿呢。几家人合伙买洗车优惠卡，直接买三个月的可以打七折。洗车店通常是一张卡卖给一个人，就算一家两部车，一部车一周洗一次，这张卡一周也才用两次。可咱是三户人家买一个优惠卡，是六部汽车公用，一周洗一次就几乎是每天都有一辆车去洗车。你们看精明不精明？"

　　"我的天！如果人人都这么干，这洗车行要破产了！那我就纳闷儿了，这卡得每天转来转去，也得花些时间和心思不是？"

"为了钻空子省钱，这点儿麻烦算什么？不过下班时拐个弯儿，敲敲门，递个卡。"

"可还得惦记着专门开出去洗个车，多麻烦。要换我，洗车都是顺带的事儿，也不见得一定要一周洗一次，这个便宜卡反倒成了负担了。"

"咱们这里雪季长，一冬天满街化冰盐，车子底盘容易生锈，据说经常洗车可以延长汽车寿命。这几户人家据说都是开宝马、奥迪和奔驰的，车子金贵，自然要勤洗。"

"既然买得起宝马、奥迪和奔驰这些豪华车，又何必为了省几个洗车钱这样小里小气憋憋屈屈几家人合伙干这种事儿？"

"哈哈，这你就不懂了，开着清洗得锃光瓦亮的豪华车，那种荣耀人人可见，而洗车的省钱算计，除了这几家人自己心知肚明，谁看得见？"

人们摇头微笑："呵呵，还好，至少咱们很多人对这种做法大为不齿，洗车行才能继续生存下去，华人的名声也才不至于'精明'得一败涂地。"

"华人精明，人所共知。我看咱就是有劣根性，精明都在小聪明上，干这些投机取巧的勾当，虽然利己不损人，但总拿不到台面儿上，听着没骨气。还有那些打着医疗保险的招牌买东西做美容的，也都是精明得到了就要犯法的地步。你看本地人，愚钝淳朴，哪里想得出这些手段？人人习惯了正大光明，遵守规矩，社会才如此平安稳定。咱这种'精明'，就像搅屎棍，把本来安安定定单单纯纯的社会，搅和脏了。哎，我看这种'精明'已经成了潜在的社会不安定因素，你们说是不是？"

大家点头的、摇头的、不点头也不摇头的，都不再言声。把华人说的如此不堪，把本地西人抬得如此高大上，多少有些上纲上线，即便出发点代表正义，终究有些夸大其词，忽略了大部分老实勤恳遵守规矩的华人移民。于是赞同的，笑笑便罢，不好更加言重。而那些对此类'精明'手段私下竖大拇指的，早扭转身去，思忖着什么时候也招呼几家买个这样的优惠卡洗洗车，然后再去打听打听，怎么用医疗保险买东西做美容。

没几年，卧春城各种各样的业余活动和华人聚会就丰富到了令人目不暇接的地步。女子健身舞蹈队就有了好几十个，跳民族舞的、练瑜伽操的、舞太极剑的。除了教会合唱团，大小民间合唱团也有了五六个，此外还出现了教民族乐器的学校，诗歌朗诵俱乐部，羽毛球队、排球队、高尔夫球队，北京、上海、山东、山西各省份同乡会等等名目繁多的社团组织也雨后春笋般蓬勃发展起来。大小年节，几份中文报纸和连心网的小区栏目里，挤满了各式各样的聚会宣传和文艺表演售票信息。一个家庭成员参加表演或比赛，老婆丈夫孩子七大姑八大姨亲朋好友七七八来捧场助阵，表演啊比赛啊总能热热闹闹。

随着静湖区人口逐年增加，黎群群的舞蹈学校也渐渐发展壮大，她的学生可谓横跨卧春城四方角落，纵括老中青少八段年龄，编排的舞蹈在各类表演中均有出色表现，黎群群也就成了无人不知无人不晓的卧春名人。她特殊的变性身世令人瞩目，漂亮面孔经常出现在网络报纸上，周围渐渐就凝聚了一群文艺男女，除了各种文艺团体的领队们，还有国内出来的过气演员、爱好吟诗作画的中老年文青、卧春城的华侨知名人物等等。

冰儿被拉进黎群群的朋友圈，纯属意外。受网友周桥督促协助，冰儿把自己满意的三十几篇散文结集成册，在美国自费出版了一本散文集《半满集》。秦男吃了一惊，没想到太太不吭不响干出这番写作的事业，虽然他表面上不痛不痒的样子，对冰儿也只是口头祝贺了一下，背后却很兴奋地拿着太太的书去送人。给教授西德尼的那本书自然落到了西德尼太太黎群群手里，几篇文字看过，几乎不读书的黎群群就变成了冰儿的粉丝。家里开派对，一定邀请冰儿，微信群也加她入了伙儿。见人就介绍说："这是我们卧春城的美女作家，大才女！"冰儿不习惯，生性温和，都拿微笑去抵挡了，派对上安安静静坐在角落观看众人欢笑，听她们抖落秘密。

"别提了，这个微信不是有个摇一摇的功能吗？我也不懂啊，那天就摇了摇，结果你们猜怎么着？"说话的是一个艳丽的中年女性，丈夫在国内做官，她移民出来照顾儿子读书，据说家庭很有背景。"哈哈，这一摇就摇来了一个老外帅哥，我们就微信上来来回回聊了起来，后来就约了一起喝咖啡。哈哈哈，感情他微信头像用的是二十年前的照片，见了面把我恶心的呦，又胖又老，还秃顶，肚子这么大，他竟然是在找一夜情，天啊，还有过分的呢！那里的尺寸都告诉我了！"

人们来了兴趣，起哄要她说出尺寸。女人也不在乎，笑答："真不一般，嘻嘻，说是二十三公分。"人们比划着一片唏嘘，就有人说："这是马还是驴呀？人能受得了吗？"那女人笑嘻嘻说："如果他真的像他头像里那样帅气，咱就不妨试试看，也开阔一下眼界不是？"大家都笑，话题转到了一夜情，似乎都心照不宣，时代不同了，要解放思想、解放心灵、也解放身体，竟没人提出反对意见。

冰儿假装不动声色，内心十分震惊。世界真的已经变化到了这个地步？自己用个玩具都提心吊胆满怀罪恶感，几年前充当芯儿里苦上网诉苦，几百个跟帖都没感觉到这种普世开放的态度！是这群人开放，还是这个世界真的已经变成这么个人魔鬼样了？这些有家有口的男男女女，当着老婆丈夫的面就这样谈论一夜情还表示赞同，轮到他们自己的配偶干这种事儿，难道他们也无动于衷？难道婚姻已经变成了名存实亡的形式？那爱情呢？人类和畜生的差别呢？道德呢？责任呢？都哪里去了？

"昨天在网上看到一个关于婚姻的争论，"一个高个儿诗人这时插嘴道："有人说未来人类社会的生存形式有可能会发展到不再存在一夫一妻制的婚姻，也不再存在一个又一个家庭单位。从人性角度，人是喜新厌旧的，而且对新鲜异性的好奇心始终存在。之所以人们恪守婚姻，是因为大家在遵从一种社会认同的道德准则，并非人类的自然属性，而这种社会准则会随着人们对人性的进一步认识和解放而逐渐消亡。到了那一天，人们可能会在一种我们无法预计的社会形态下生活。比如回到群居，或者厌倦了就自然更换配偶而不会受到任何社会谴责。不过，"诗人突然揶揄地笑道："说点儿深刻的，恩格斯说过'一夫一妻制的产生是由于大量的财富集中于一人之手，并且是男子之手，而且这种财富必须传给这一男子的子女，而不是传给其它任何人的子女。'所以，这个一夫一妻制毁灭的一天，怕是得在社会财富公有共产的情况下才会发生。这又扯到共产主义了。"

"可是即便会有那么一天，传宗接代怎样继续？"有人问，"孩子又依靠谁来抚养？"

"也许，会出现一个公共的幼儿抚养机构？女人生了孩子之后，可以有自己的选择，或者自己抚养，或者交给这个公共机构，或者选择两种方式混合并用。而这种专门抚养孩子的机构就好象一个公共家庭，保育员和教师承担对孩子的责任，他们都受过正规培训，会按照一种公众认可的方式抚养大家的子女，他们比生育孩子的父母更了解儿童和青少年心理学，也更有抚养教育经验，当然也更称职，那些孩子也就更容易成长成那个社会需要的人才。"

"仔细想想，这种方式未必没有可能，那样的社会也未必不健康。人类不被婚姻捆绑，不用回家对已经厌倦的人装模作样虚情假意，也不用去解决家庭里各种各样的矛盾，甚至不用去学习如何养育教育子女，就可以全心全意发展自己的长处，贡献于社会。每个人的潜能最大发挥，社会就会进一步良性发展。谁能说这样的社会不健康？"

"不存在一夫一妻制了？没有家庭了？孩子也公共所有了？这样荒唐的社会我可接受不了！这不又回到了原始社会的洞穴时代？"

人们七嘴八舌地议论著，时间似乎已经提前进入了 3010 年，人们讨论的景象是天上或者迄今还没有被人类发现的地球角落。冰儿听得入了迷，大眼睛忽闪忽闪，目不转睛。黎群群递给她一杯刚调好的鸡尾酒，问她："哎，咱们的美女作家，你怎么看这个问题？"

冰儿看人们的目光都转向了自己，不好意思地耸了耸肩，轻声说："我看，你们都可以写小说，编故事编的这样好，我都听傻了，哪里还有多余的脑子想问题，同意和不同意，都来不及呢。"

那位高个儿诗人早就一眼一眼扫视着冰儿，趁大家话题转到了健身运动上去，才端着酒过来跟冰儿说话。"早听黎群群说你是才女，今天有幸见到，荣幸荣幸！"诗人又自我介绍说："我叫郝利平，我也爱舞文弄墨，没事儿了写点儿小诗。我成立了一个诗歌爱好者俱乐部，可不可以请你参加？我们以后可以多多交流！"

冰儿虽然习惯了网上被众星捧月，除了三两个好朋友，生活中却很少和人谈论文学，身边也没有喜爱文学的朋友。郝利平这样一说，她反倒不知所措，心里没有欲望结交一群诗人，嘴上含糊其辞说："哦，我不大写诗，不好意思加入，算了吧。"

"哎，你太谦虚了。人人都可以是诗人，你书都出了，怎么可能不会写诗。来吧来吧，下周六在我家活动，你给我你的微信号，我先加你入群。"

冰儿和郝利平交换了微信，冰儿正愁无话可说，看见黎群群领着孩子走了过来。"两位文豪，在这里说什么高深话题？"

孩子有三四岁大了，长着典型的东方面孔，眉眼细长，肤色白皙，小嘴儿圆嘟嘟撅着如同一枚鲜艳的红纽扣。孩子有点儿胖，圆滚滚的，可爱得好像一个大布娃娃，和她'圆圆'这小名儿特别般配，人们都围过来逗弄她。

黎群群家里雇着一个菲律宾女佣，照看小孩、帮衬家务，周六周日却和上班的工作人员一样放假休息，如果周末要求她上班要额外付加班费。这是周六，派对比较随便，黎群群没让女佣加班，女佣躲在自己房间里看电视，对外面的派对和孩子不管不问。孩子一会儿跟着爸爸，一会儿跟着妈妈。人们发现孩子跟西德尼讲法语，跟黎群群讲英文和中文，话题就七嘴八舌转到了下一代的语言问题上来。

"这孩子一下就是三门语言啊，她不会跟保姆说菲律宾话吧？那就四门语言了。"

"哈哈，就这三门语言已经不伦不类了，菲律宾话就算了。有人说从小语言混杂，并非好事儿，孩子容易把语言的区别混淆，造成语言基础薄弱。哎，谁知道呢？有正方，就总有反方。西德尼从小就是在双语家庭长大，父亲说法语，母亲说意大利语，学校说英语，结果他各种语言都流利。所以他一定要坚持跟孩子说法语，我就把这半路出家的英语和中文混着说，保姆在菲律宾是当英文教师的，英文比我好，圆圆和保姆只说英语。你们看她在这几种语言里自由切换，多自如！我的聪明宝贝！"黎群群说着就抱起女儿，使劲亲着，做母亲的脸蛋儿比她怀里的小宝贝更娇媚动人，一点儿看不出过去是男人的痕迹。

有人家里也想找女佣，就跟黎群群打听情况。黎群群介绍道："一周工作五天，一个月一千五百元工资，管吃管住，我还要为她买医疗保险，她出国来也是我担保的。这是菲佣雇佣机构的名片，你自己和他们联系好了，开销虽然大些，但既正规又安全。如果这位保姆有问题，随时可以找到替换，还有就是不会有偷盗之类的安全问题。而且她们大多都是在菲律宾有正当职业、受过良好教育的知识女性，是想通过这个管道移民来，口碑都不错。这样在主人家里工作两年之后，就可以申请移民，出去求学、找别的工作，最终留下来，然后再申请丈夫和孩子，全家团圆，移民大业就此完成。"

"还是你经济实力雄厚，才这样雇帮佣。我邻居家请了一个附近的中国老人每天来家里收拾家，下午帮着接孩子，再做一顿晚饭，一天给45 块，一个月一千就搞定，还不管吃住，特划算。要省钱，还是找中国老人好。"有人插嘴。

"是呀，我嫂子不爱做饭，我哥家干脆每天跟一个香港女人定饭，都是家常菜，有荤有素，三菜一汤才 25 块，下班时顺路去那女人家取了菜，回家就开饭，省心省力还比吃快餐下饭店健康。算一算，除去菜肉成本，那香港女人真没挣什么钱。"

"可不，静湖区这些移民老人和不工作的女人闲着也没事儿干，能挣点儿零花钱，还缓解了寂寞无聊，就蛮高兴，挣点儿零花钱也很不错呢。"

人们就抢着问那香港女人的联络信息，琢磨着 25 块的三菜一汤，是否可以引进到自己的生活中来。

冰儿也要了那女人的电话号码，想到自己从来不知道要找这种省心省力的办法，难免又可怜了自己一番。

这时，一个叫谭鑫的女人说要提前告辞，她酥胸半裸，一双丹凤眼，左右一瞥，就满室风情。"跟麦克说好了要去见个议员，我就先行一步了。二十号的聚会我可通知到了，都来吧！"她甩着 LV 手包，眉飞色舞地说："这个场你们一定要过来捧捧，就算给我个面子了！"

黎群群送走她，人们彼此问着："你去吗？"有说去的，有说不去的。黎群群从西德尼手里接过他刚给圆圆煮的一小碗儿通心粉，一边安顿圆圆坐在餐凳上吃，一边叹气说："这种政治派对其实就是募捐会，入场就是五百块赞助，我是真心不想去，可关系太近，她老公和西德尼也认识，这个血非出不可。"

"是他丈夫参加竞选还是她丈夫的朋友参选？"

"是她丈夫的朋友马里斯，当然也是保守党员。她丈夫当年做议员时很有些影响力，他家住那么大个山庄，帮他朋友办个筹款派对，靠他的社交圈，能捐到很多钱。我听说过去他家办这类派对，都是请的律师啊医生啊前议员啊富商什么的，有的人去不成，钱早早就捐了，一捐都是五百一千的。"黎群群答。

"我认识谭鑫的前夫，老老实实的华裔书呆子，她这二婚怎么会一百八十度大转弯，找了个社会活动家？"

"哪里是二婚，这是三婚。"一个知情的揭露道，"人们叫她卧春邓文迪你们不知道吗？每次结婚都是目的明确，每次更上一层楼。第一位丈夫带她出国去了埃及，第二位丈夫带她从埃及来了北美，这次甩了那书呆子，找了这个老外，听说结婚前请私人侦探专门调查了这位的银行存款财产状况，就是冲着钱和势去的，那个孩子也是逼着这位生的，这位前议员大谭鑫二十几岁，他和前妻的孩子都快三十了，比谭鑫小不了几岁。谭鑫和他生的这个孩子也和邓文迪一样是人工授精。"

黎群群就笑，说："你从哪里听说这些的？这么隐秘的事儿怎么会传出来？不会是人们羡慕嫉妒恨编排出来的吧？"

那女人就说："怎么会是编排出来的？是那些中国老人传出来的。谭鑫的妈妈不是来帮她带小孩儿吗？她妈妈原来在她二婚的那个家里住，就在咱静湖区，有好几个老人都是她妈的好朋友，她们去同一间教会礼拜。现在她妈虽然搬去三婚女婿的山庄了，可还和这几位老人关系密切，周末也常去教会，谁知道怎么这些事儿就被我妈听见了，绝对没假。还有更隐秘的事儿呢，你们想听不？"

"快说快说，别卖乖！"

"听说她现任老公虽然又有钱又有势，可有个坏毛病。呵呵，你们猜猜看？"

就有人猜赌博，猜酗酒，猜性虐。

"哎，都不是。是嫖娼！不知道怎么就被谭鑫发现了，闹得不可开交呢，又打又闹，还要闹离婚。"

"真的假的？结婚这不才两三年，新鲜感就没有了？现在不是很好，看她那么支持丈夫的政治事业，不像要离婚啊？"

"闹归闹，她那么精明的人怎么可能离婚？笑话！只要她有好吃好喝好穿，地位有保证，孩子又离不开她，她还不是和所有的官商大奶一样认命，管你是养几房小妾、进几回窑子，睁一只眼闭一只眼，日子照过。"

"可不！这男人就像一把茶壶，总得配上几个茶杯。"

"这个我还真不太同意，你用茶壶茶杯比男人女人，我倒更觉得一把锁头配一把钥匙才合情合理。"

"哈哈，一把锁头是配一把钥匙吗？一把锁不是可以配无数把钥匙？"

人们都乐坏了，说那用锁头钥匙打比方的人搬起石头砸自己的脚，那人也乐，摇着头拼了命，也没想出一夫对一妻的比喻。

冰儿听得一会儿愣愣怔怔、一会儿喜笑颜开，心情汹涌起伏如狂风暴雨来临。人的意识多么可怕，一切合理与非合理不过是一念而已，正确的可能是错误，错误的也可能是正确，时间不同，空间不同，标准也不同。而这个谭鑫，本来就因为嫁了前议员出了点儿小名儿，现在连床头床尾的事儿也被人当佐料拿来咀嚼，不知道该为这表面光鲜实际也生活得水深火热的女人笑一笑还是哭一哭。她想起最近在生命中心修行的灵魂升级课程，那种静修时的安宁是多么的祥和舒适，对眼前这一切热闹突然生出一些厌恶来。

"哎，说到这个竞选筹款的事儿，你们看到连心网上有个华人准备参加竞选没有？也是保守党员，在北边的松林区，叫赵区哲。"

"我也看到了。可惜我们不在那个区，否则一定投他票。"

"咱们华人移民每年几十万涌进这个国家，高科技公司里都是中坚力量，想要参政的华人却凤毛麟角，卧春城这是首次，诸位一定要支持，总算华人在主流社会里开始发点儿声音了。"说话的是一个西装革履的中年男子，头发半秃，露出一个醒目的大脑门儿。他一直安静地喝着酒听大家讲话，这时才显出些兴奋来。

冰儿觉得他面熟，想不起来在哪里见过，黎群群悄声告诉她，这是卧春城校友会的会长赵安平，有名的侨领。冰儿这才想起来那年卧春大学野营聚会上赵安平带领校友给华人文化中心捐款的事儿。时光如梭，那文化中心现在早就兴旺地发展起来，银座街的那座教堂买了下来，经常组织各种各样的文艺体育活动。

"这人口碑极好，吃苦耐劳，还特别有奉献精神。"黎群群继续说："知道文化中心的那座教堂吧？听说当时捐的钱不够，他就把自己家的房子二次贷款做了抵押，才凑够了买教堂的钱，所以那座教堂实际是他买了一半，可他根本不在乎个人利益，分毫不取，一边还自己的房贷，还一边替教堂还房贷。教堂的产权归侨协，世上真有这样为公不为私的人。你能想象吗？"

冰儿喜欢这样干净崇高的人，看着赵安平的目光充满钦佩，心中对周围喧闹的厌倦才减去些。

"赵区哲才三十几岁，在我们篮球队打球，是球队最年轻的队员。从小在这边接受教育，父母都在高科技公司工作，从高中时期就喜爱政治，做过学生会主席，到了大学，家里想让他学医，他不肯，进了卧春大学政治系，又做了学生领袖，现在在政府农业部工作，做那个著名农业部长的贴身秘书，很受赏识。他能参加竞选，没有这位部长的支持，怕是有些困难。区哲争气，人品好，热情有干劲儿，认真努力，是个好样儿的候选人！"赵安平说。

"那他是在这里出生的华二代吧？有这种气魄，除了英文好，也得对本地文化有深入了解，才能有竞争实力啊，否则本地其他族裔的选票怎样能拉来？"

"嗯，他演讲能力非常好，对时政很有见解，虽然年轻点儿，我们这些了解他的人都对他充满信心！也希望咱们华人小区都给他支持，我们球队都是他竞选义工团的成员，看我现在就在为他做宣传工作呢。"赵安平说完自己先笑了，笑得憨厚真诚。人们点头称是，关注政治和不关注政治的都打算关注一下这位敢于从政的华人子弟。当人类发现螃蟹的时候敢于第一个去吃它的那位，勇敢精神自然令人钦佩。

"你们看这个卧春城是不是太小了？说起谁都能知根知底。来来来，再去倒酒，我定的新鲜乳酪蛋糕也送来了。"黎群群说着招呼大家倒酒，人们的话题终于转到了舞蹈上，有好几个人都是黎群群的学员，大家兴高采烈地聊着将要举行的卧春城舞蹈大汇演，说哪个队的领队如何如何风骚张扬，哪个队是做广播体操，哪个队都是家庭妇女，又说谁谁谁从国内淘宝网上订购的舞蹈服装美轮美奂，哪个队的领舞是专业舞蹈演员。

就有人不屑道："再专业能专业得过咱们舞蹈学校？谁专业能专业过咱黎校长？要说正规的舞蹈训练，咱们学校的这几个舞蹈当仁不让是设计编排得最专业、最完美的。"

黎群群就笑，嘻嘻哈哈说那人骄傲自满，岂不知天外有天，现在的卧春城卧虎藏龙，早就今非昔比了。

冰儿对华人小区的文艺表演并不熟悉，自己上班工作、下班照顾家庭、业余写作，忙得从没想过要去参加这些热闹纷攘的小区活动，就安安静静一口一口嘬着酒喝，周围人的高声喧哗和红男绿女和她像隔着一层雾，心思早飞到什么看不见的所在。黎群群走过来跟她说话，她才苏醒了一般。

"你这么漂亮，腿长胳膊长，为什么不跳舞？"黎群群问。

"我哪儿成？一来没时间，二来……"她本来想说自己心思不在这些热闹场合，怕黎群群感觉自己高高在上不食人间烟火，就赶紧改口说："二来我好笨，跳不好的。"她不明白自己现在为什么越来越不愿意显摆，躲在人后才感觉安全，谁会知道她小时候跳过五年体操，省级的大赛都得过两三次奖呢。

天色已晚，冰儿惦记着把今天的感触写成文章，便提前告辞回家。那高个诗人郝利平见她要走，过来握手，半天不放，问："喝酒没喝多吧？还能不能开车？我送你吧？"

"喝了也就一杯，还不犯规，我家就五分钟路，没事儿，多谢好意！"冰儿推辞着，已经穿好大衣。

"无论如何请来参加诗歌俱乐部的聚会，你来了，我们诗会就大放光彩了！"

冰儿听着肉麻，着急脱身，懒得多说，心里根本不想参加什么诗社，嘴上却答应了，算了，就算积累一些素材吧。

往家开的路上，冰儿想，这帮人率真放肆，思维超前，毫无矫揉造作之处，真实坦白，本来是群很可爱的人，可自己现在却对这些热闹场面没来由地抵触，是什么在作怪？静修改变了自己？随着年岁增长，在人前越来越无法像别人那样放得开、想什么就说什么，是不是应该鄙视一下自己的虚伪懦弱？转念又可怜自己凡事儿只会压在心头，孤苦伶仃地苦受，还动不动就自我鄙视。车已经停在了自家车道上，她关了发动机，坐着发了会儿呆，下意识掏出手机给旭蓉蓉拨电话，拨通了却又挂了。旭蓉蓉却打了过来："你干嘛呢？怎么通了又挂了？"

"没事儿，就是想你了。刚去了一个派对，好热闹，信息大爆炸。可我看着没谁顺眼，就算有顺眼的，也比不上你。"冰儿喃喃地说。

停了一会儿，旭蓉蓉说："你呀，又多愁善感了！哎，文人的毛病！要不要我去陪陪你？"

"不要，我没事儿。我问你，你说我这人是不是小心眼儿，什么事儿都放不开？悲天悯人的状态，分分秒秒陪伴我，有时真觉得累！"

"可不是！你太善良，太敏感，也太能死受死抗了，幸亏你会写，心思那么多，才有个发泄之处！咱俩注册的那个生命中心的课程不是教咱们学会放下烦恼、放下执着吗？你觉得累，很正常，现在谁不觉得累呢？咱俩鼓励着一起学习放下，一下学不会，就慢慢来，你说呢？"

冰儿关了电话，微微一笑，听见旭蓉蓉说话，总感觉分外开心，其实她说什么都无所谓，这个年纪什么不明白，用谁说什么呢？比如这个放下，就好像熊瞎子掰苞米，掰了这个，丢了那个，放下这个，那个又来了，这边不停地放着，那边又不停地捡起来，只要生活在继续，就总有让你放不下的事儿接踵而来。责任、义务、理想、追求、子女、夫妻，哪一样是能放下的？人到中年的生活不过是一种惯性，每个人都在一条属于自己的轨道上行进着，这条轨道就是习惯。

她把钥匙对准锁眼，插进的一瞬间，毫无阻碍。她心里暖了一下，不知道家里三个男人在干什么，这就是生活，有个自己可以打开的门，有个家，有份惦记，有个属于自己操持的领地，生活不过如此。

三个男人正挤在地下室的家庭影院里看大投影冰球赛，冰儿看秦男端着啤酒，满脸喜色，知道一定是卧春城海狸队进了球。她在三人旁边站了一会儿，安静地端详着父子三人。秦男已经显出一点儿老态，头发向后撤退着，本来挺直的后背多少有些不自然的侧弯，脖子显得要往一边倒去。这是计算机病，长期坐姿不正的恶果。她摇了摇头，从她进来站在他们面前，这位老公没有看过她一眼。秦风已经是十六岁的大孩子了，个子已经超过了父亲，继承了父亲优秀的逻辑思维头脑，课余自己学习编程序，短短一年，考出来两个软件设计证书，一个 Java，一个 Microsoft，也不知道什么时候在网上开辟了一个网页，承揽程序设计业务，专门设计一些小软件，让几个热门游戏的玩儿家可以轻易取得胜利，最近竟成功地卖掉了首个软件，挣了三千元，把当爹妈的都吓了一跳。秦云也长大了，相貌清秀，身材修长，无论品性还是外貌都像妈妈。

这孩子酷爱读书，喜欢幻想，动不动爱编个故事，学校学记叙文，他总能得到班里的最高分。最近一次作业，老师让写最少五页，无上限，他竟然写了五十页。冰儿接到秦风英文老师电话时，吃了一惊，以为孩子出了什么问题，结果是老师表扬秦风有创造性天赋，对这篇作文大加赞扬。平时老师极少会主动与家长交流，除非学生有严重问题需要家长配合解决。一篇作文会令老师如此兴奋，前所未有。冰儿回家就向儿子要了这篇文章来读，不读则以，一读就放不下。合上孩子的作文，冰儿也不由得心潮起伏，秦风创造了一个魔幻世界，故事人物关系复杂，情节巧妙多变，这孩子的天赋真不可小觑。

当时她把儿子叫到面前说："妈妈觉得你这篇作文能变成一本书，你觉得呢？"秦云不置可否，却开始每天挤出时间来给这篇故事添加内容，据他自己讲，故事已经写到一百多页了，似乎还有更多内容需要添加。冰儿把儿子的作文发给秦男看，秦男看了几章就暗自称奇，儿子果然有天赋，如果没有乐趣，十二三岁的孩子怎么可能坐下来写作？这么枯燥的事情，连大人做起来也是需要决心和毅力的。秦云面前好像有一只无形的手在引领着他往一个美好圣地前行，那里的一花一草一石一木都令他心驰神往。

正想着，秦云扭头冲冰儿微笑着问："妈，你要不要坐下一起看球赛？"

冰儿伸手摸了儿子头一下，心中温暖，这个小儿子总是那个第一个想起来妈妈的人。她摇了摇头，"妈妈有事儿，你们看。"

她转身上楼坐在自己的专用摇椅上，打开计算机。

孩子渐渐长大，很多活动都可以自己乘公交车去参加，不再像过去一样拴着自己。有了越来越多的业余时间可以用在读书写作上，冰儿本来应该知足，可她总是觉得生活缺少了点儿什么，淡淡的忧伤总是空气一样环绕着她。写作对她来说不过是一种发泄，像吃了饭要排泄一样，生活着思想着就得写着。可写出来又怎么样呢？将来当个好作家，的确是个理想，可这个理想就能让生活充实吗？她怀疑。人活着到底有什么意义？一日三餐，传宗接代，上班下班，糊口求生，功名利禄，哪一样能够持久存在？又有哪一样是真实可信的？今天信的东西明天就可能被否定，人类不是一直在这种混沌之中徘徊吗？自己的心灵在寻找着什么，它是什么呢？现在的生活，难道还不够她满意吗？两个孩子懂事省心，品学兼优。秦男呢，他的冷漠早被她接受，他的冷与生俱来，在他不过是一种自然的存在，嫁给他必然会面对这样一个跨进了一个数学公式似的家庭生活，这种生活有它的可爱之处，它给她安全，它比外面的浮躁世界踏实可靠得多。前几年那个芯里苦已经成为历史，人都在一天天老起来，激烈的一切正在趋向平静。

那么，是什么另她的心灵空虚无助呢？上网的时候，和粉丝的互动也变成一种习惯，多年来一直在做的一件事儿，没有害处，就做着呗。和周桥之类比较亲近的蓝颜知己网上聊天，也经常会成为她的负担，聊着聊着，她突然就失去了兴趣。总有那么几天，她谁都不想搭理，她只想沉浸在自己的孤独寂寞之中，让那点儿淡淡的忧伤自然地包裹她。有时，她感觉自己对世界对生活的情感正在一滴滴渗漏消失，虽然速度缓慢，却真实地发生着。她知道自己应该找见这个漏洞，及时修补，免得最终流干流尽，可她又缺乏寻找漏洞的干劲，也就随它去了。至少，她还有着写博客的习惯，还有着三个男人组成的生活，有个可以随便倾吐心事儿的旭蓉蓉。只要他们不漏掉，生活就在平缓继续。

她和徐美美仍然会一起逛街吃东西，仍然是无拘无束的朋友，但她知道，她早就把自己的心在徐美美面前关紧了，徐美美从来不用长大也不想长大，她的生活就是一个大派对，她永远不会懂得自己，就像冬虫不会懂得夏草一样。那不是一个平衡的友情，只是习惯，一个她不愿失去的习惯。旭蓉蓉则完全是另一码事儿，想到她，会给她带来一种满足、安宁和踏实，就像想到了什么自己拥有的肢体，手、脚、心、肝、肺，它们如果出问题，她会痛，她不能没有它们。

这天，旭蓉蓉接到冰儿电话的时候，正在装圣诞树，脚边塑料箱装满了圣诞树装饰品。搬进新房的第一个圣诞节，贾易生就买了这棵高大的圣诞树，从此每年十二月一到，搬出来装上，一直到中国的春节过了，才收起来。这两三个月，门厅就被五颜六色的一颗大树充实得满满登登，一进门就喜气洋洋。旭蓉蓉歪着脖子夹着电话听冰儿讲话，两手还在忙着往树上挂装饰吊坠，这只吊坠是丫丫小时候在学校手工课上做的，一张全家福头像用彩色橡皮泥包裹成了心的形状，加热烘烤定型，可永久保存。照片上的丫丫只有七八岁模样，贾谊生和自己也很年轻，一家人笑得假惺惺的，是架着三脚架在旧房子拍的。旭蓉蓉禁不住微笑起来，哎，时光如梭，一转眼丫丫都比妈妈高了，很快就要高中毕业了。

"我昨晚去参加了一个卧春诗社的聚会，你知道咱卧春城有诗社吗？是啊，我也刚知道。其实这诗社是个诗歌阅读爱好者团体，会员拿些现成的诗歌来读，大多数自己并不创作，只有这个社长和一个爱写歌词的算是半路出家，会写几首。后来你猜怎么着？那个诗人兼社长郝利平朗诵了一首他创作的诗，我越听越不对劲，等他读完就要了一份拷贝，回家逐行对照。天啊，蓉蓉，他朗诵的是我的一首英文诗的翻译版，你说，这算什么？"

"这是剽窃！怎么会这么巧？是你英文博客'half empty'上的诗吗？是哪首，你指给我看，我去开计算机。"旭蓉蓉把肩膀上的电话挪得舒服一些，便于长久倾听，一边丢下圣诞树，去开笔记本电脑。诗是这样的：

Under your pillow

Hide myself under your pillow
I breathe out a promise
Stay as close as I can
To your dream

I might laugh
When you win
I might cry
When you sigh
Shout to wake you up
When you in fear
I won't go far
I am near

If you don't remember
The moment when eyes open
Flip your pillow please
I am here

"他的翻译版是这个，你查邮件，我刚给你发了。"
旭蓉蓉打开邮箱，诗是这样的：

枕下

藏匿于你枕下
我呼出一句誓言：
尽我所能，我要
贴紧你的梦

你赢，我会笑
你输，我会哭
你害怕时
我高声唤醒你

从不走远
我很近

如果你不记得我
睁眼的一瞬
请你翻开枕头
我就在
这里

    "我写的诗也不止这一首，这首真写的不怎么样，他连选也选不好，中文翻译出来更加不动人。搞不懂他想什么！"
    "有你这样的吗？还嫌他不会抄？不管他抄袭水平高低，这样拐个弯儿抄袭的，真是够狡诈可耻的。那你准备揭露他吗？"旭蓉蓉问。
    "你觉得呢？"
    "这种人有了剽窃习惯会变本加厉，你应该揭露他，否则他还会去偷盗别人的文字，多恶心？"
    "好，我听你的。可怎么揭露？"
    "把他的丑行放到网上你肯定不愿意，也太狠了些，别结了仇。给他发邮件澄清事实也就够了，是不？让他明白自己的错误，不再犯就好了。"

"我也这么想，只是我必须告诉他我就是 half empty，我有点儿……"

"哎，亲爱的冰儿，这难道丢人吗？你为什么不愿意周围人知道你就是'半满'？中文英文文章都写得那么好，别人夸口还来不及，你却总要遮着掩着！遮着掩着，还不是遮不住掩不住？点击率都上千万了。"

"蓉蓉，那不一样啊。网上的粉丝千里万里见不着面，是虚幻的，和我的生活距离遥远。如果身边人都来用异样的目光看我，我怕是很多东西都不敢写了，人太透明了，会活得很累的。"

"我是你忠实的粉丝，我怎么没看出你写了过分的东西？还有你出的书呢？《半满集》怎么就不怕了？还有啊，这个虚拟的网络世界也早就不虚拟了，周桥隔山隔水还不是跑来向你表达爱情？你怕什么呢，冰儿？这周围的现实生活有什么令你害怕？你如果没了心里的顾虑和羁绊，想什么就写什么，也许你真的会成为一个伟大的作家。"

"嘻嘻，蓉蓉你的言外之意就是我现在有这种羁绊，不会成为一个伟大的作家？"

旭蓉蓉也笑起来，说："我虽然不懂得文学的奥秘，但我倒看得清你的实力，也懂得这个放开手脚写作的道理，你是不识庐山真面目，只缘身在此山中！你能不能成为一个伟大的作家，我说了不算，你自己想成为，就一定能成为！思维引领生活，这是真理！"

贾易生正好在旭蓉蓉身边倒水喝，听见老婆如此故作深沉一套又一套，觉得好笑，伸手掐了掐旭蓉蓉的屁股蛋儿，旭蓉蓉扭身瞪眼，贾易生看着老婆细皮嫩肉的面孔，目光娇嗔，顿生怜爱，干脆放下水杯，从背后环抱了她，手就伸进了旭蓉蓉怀里。旭蓉蓉想要挪开老公的手，挪不动，反被他揉捏得心软，就对冰儿说："丫丫在叫我，我稍后再跟你通话。学会放下，亲爱的冰儿，记住了？你忘了咱俩说好要一起学会放下？我不说了，你自己好好写作，一定会有成功的一天。我给你加油！现在我要去看看丫丫在搞什么鬼。"

这时贾易生的手已经移到她裤子里，两腿之间燃起了烈火，她嗔道："有这样的吗？光天化日的，丫丫在哪儿？"

"她被同学叫出去玩儿滑板去了，这是咱俩的天地。"贾易生的手越动越快，两人跌跌撞撞挪进了卧室。

冰儿给郝利平发了邮件，心头卸掉一块巨石，这种小人，再也不想交往。人品不好，还组织什么诗社？一个人如果没有一颗端正美好的心灵，何以作文？那天派对上人模狗样儿的，说起话来一套又一套，都是假像！人啊，当真不可貌相。这么想着，又悲哀起来。忽然想到旭蓉蓉说自己会成为大作家的话，心里立刻如同长出一个太阳，暖哄哄红灿灿的。自己想在写作上走出一条路，不过是心中一个不确定的秘密，犹犹豫豫的，竟被她说中了。一种柔软的情感，水一样漫过她心口。"蓉蓉，旭蓉蓉！"她嘴里念叨着，发现自己很爱这个朋友，很爱。

　　郝利平没有回信，做贼心虚，从冰儿邮件上知道她不会到处宣扬，才放了心，见她劝诫他改邪归正，就不免耻笑冰儿天真，老子想干啥，用得着你管吗？笑话！黎群群又叫他参加聚会，他推说有事儿不敢去参加，怕碰上冰儿。其实冰儿也很少去参加黎群群的聚会，那样的热闹，她只能是个旁观者，想写的东西太多了，时间总是不够用，她更喜欢沉浸在自我的静寂之中，热闹的聚会能推就推了。那 Half empty 的博客，郝利平仍然时常翻阅，没想到那样出色的英文会出自一个华人之手，反恨世界不公平，把那样好的才华给了冰儿，自己倒霉，网络那么大，诗歌那么多，怎么就撞上了她的一首歪诗？应验了倒霉喝凉水也塞牙的说法。打那儿以后他倒真的不大敢再抄袭，凭着对诗歌的向往和喜爱，读着读着，零打碎敲地认真写了起来，有时写的好，有时写的不好，写的好的在诗社里朗诵朗诵，受用些赞美和掌声，诗歌论坛上得到几个跟赞，和网友酸文腐儒地彼此吹捧寒暄一番，一个儒雅诗人的形象倒越来越像了。

十二、

　　联邦竞选热潮很快席卷了卧春城，离竞选日还有几个月，广播电视新闻网络就充斥了各个参选党派的轰炸式宣传。右翼保守党连续两任当政十年，总理史帝文森虽说没有明显劣迹，却也没有大快人心的政绩；而中左翼自由党候选人戴维金年富力强势头劲猛，颇受青年一代热捧；左翼新民主党在现有议会占有可观席位，竞选攻势亦十分强劲，但民众似乎对极左党派并不十分热衷，新民主党的势头竟渐渐被保守党和自由党夺了去。两党彼此挖空心思攻击对方纰漏，言辞激烈。广播电视在播放这些广告时一定会声明广告是付费的，不代表媒体政见。

周五晚上金齐欣和梁星开车去商店采购，新闻台正在播放保守党点名道姓的攻击性广告："戴维金说预算会自己平衡，你怎么能信任一个认为预算可以自己平衡的人来掌管国家经济？"，不到十分钟，自由党的攻击广告也来了："我们让史蒂文森把注意力放在我身上，我来把注意力放在咱们国家身上！"

　　梁星笑说："这可真是一个民主的国家，这样直接针锋相对指名道姓拿国家领导人和政党领导人说事儿，是不是西方民主国家的特色产物？太逗乐儿了。"

　　"当然是。既民主又自由。你看美国有些脱口秀的喜剧演员专门模仿国家领导人，编撰讽刺小品奚落他们的政见，结果那喜剧演员还成了被奚落的国家领导人的坐上客！"

　　"这是政党最高领袖之间的竞争宣传，咱们各个选区的候选人竞选会不会也有这种针对个人的攻击？你们帮赵区哲拉选票需要做这种努力吗？"

　　"没有。各个党派的基层候选人是自己先申请，然后党内层层考查审核之后才能被确定，党内在确定这些人来代表自己政党参选时，已经对个人历史做了最完善的调查研究，有丝毫不雅劣迹都不可能成为候选人，因为一旦被抓住把柄，不是个人的失败，而是这个区这个党派的失败。所以通常情况下，不容易找到理由针对这些底层候选人进行人身攻击。但参选期间，候选人的个人言行一定要谨慎小心，一旦有疏漏，就会被其他政党利用。毁坏其他候选人的形象，消除对方在民众心中的地位，自己的胜算机率也就增大，是不是？"

　　"那一个党派在一个区域有好几个人申请参选怎么办？赵区哲那个松林区就他一个人申请吗？"

　　金齐欣开心地笑了起来，说："这次还真是赵区哲有运气，松林区现任议员麦克卢文就是保守党员，在松林区连任两界了，很得民心，在保守党内部也算老牌党员，党内一大群支持者。赵区哲跟他争，哪里能胜？说来巧了，松林区和咱们静湖区一样，这两年扩张速度很快，北面的大片森林都建起了豪宅，人口越来越密集，北松林区就被政府分了出去变成了圣罗宾区，那麦克卢文就申请了去圣罗宾区参加竞选，支持他的富人很多都在北面。这样，松林区就空出机会来，赵区哲是农业部长的得力秘书，部长在党内力荐他，其他一两个递交了申请的保守党员都没有部长撑腰，赵区哲的竞选资格也就顺利通过了。天时地利人和都占了，你说今年赵区哲是不是很有运气？"

"我看不见得，赢不赢要到最后才知道。你看保守党这两年声望下滑，经济不好，医疗、教育都缩减开支，好多人怨声载道，加上一个政党当政时间太长，人们也想有个变化，自由党这次势头猛劲，我看说不定自由党会赢，大势所趋啊！"梁星没注意金齐欣阴沉的脸色，继续说："政治的东西我真不懂。我看你最近早出晚归帮赵区哲，都忙些什么啊？累不累啊？你和别人不一样，你得悠着点儿，别帮人帮得把自己的身体赔进去。"

　　金齐欣听了越发不爽，本来想反驳两句，想想梁星是为自己身体着想，忍住没吭声儿，心里早怒吼起来：女流之辈，懂个啥？我支持保守党，你就说自由党要上台，什么意思？还有，竞选议员，这么重大的事情，对赵区哲这样一个没有任何上层背景的华裔移民来说，简直难于上青天，如果再没有咱亲朋好友全力支持，怎么可能成功？咱财力物力帮不上什么忙，人力如果再不支持，还有良心吗？人人都从自己出发，事不关己高高挂起，永远守着老婆孩子热炕头，守着自家二亩三分地，华人参政难道不成了永远的天方夜谭？

　　梁星两眼直视前方，静湖商业中心的霓虹灯火就在眼前。她仍没看出金齐欣的恼怒，继续说："老实说，我挺喜欢自由党这位首领戴维金的，长得真帅，浑身充满活力，他老爹可是连任了三届的总理，大得民心。耳濡目染，老总理对这儿子的影响肯定不小。虽然爹去世了，爹的影响还在，我看支持拥护戴维金的民众不在少数，他声称会截止政府裁员，安排年轻人就业，首先政府公务员就都支持他，我们都少了被裁员的危险，谁不高兴啊！我估计这次保守党史蒂文森无法连任了。"

　　金齐欣忍无可忍，说："竞选还没开始，你怎么就长他人志气？这戴维金乳臭未干，信口开河，自由党说话最不靠谱，胡乱许诺，钱从哪儿来？还不是从纳税人口袋里来？你可真是，长的帅也能让你拿来说事儿！还盯着不会被裁员的个人利益不放，目光短浅，自私自利！"

　　梁星也急了，说："有意思，什么叫涨他人志气？你支持保守党，不等于我也支持保守党，对不对？这是人权社会，谁说妻子一定得和丈夫保持相同政见？还有，长得帅为什么不能拿出来说事儿？面相很说明问题的，长相好的人一般都心底坦荡，容易得民心，是不是？还说我自私自利？盯着个人利益有什么错？哪个人不是从个人利益出发投票？收入高的就支持减税的党，想保住职位的就支持不裁员的党，这才是民主，每个人有权保护自己的利益，为自己的利益说话！政府公务员支持自由党的占多数，难道我说错了？你自己也在政府工作，你自己不清楚？工会每天在宣传什么，你难道不知道？"

金齐欣强压怒火，开着车，怕走神儿出事儿，不再多说。想不到阻力竟来自自己老婆！他妈的！这些日子和几个哥们儿起早贪黑帮赵区哲张罗竞选的事儿，容易吗？网上跟帖宣传，打电话做民意问访，敲门散发宣传页，一件接一件的任务好像在水里按皮球，这个压下去，那个又起来。我们忙得热火朝天，废寝忘食，你不但不理解，还唱反调！真他妈不给力！窝里先不团结，还怎么一致对外？算了算了，和女人不能谈政治，敬而远之为妙！

梁星说完就有些后悔，虽然说的都是心里想的实在话。金齐欣支持华人参政，尽心尽力帮赵区哲参选，她是赞成的，如果住在松林区，她也会为了支持华人参政而去投赵区哲一票。她从来就不是个对政治敏感的人，既不左又不右，没有鲜明的政治观点，选谁都差不太多，她压根儿就没想在这个问题上和谁较真儿。金齐欣大病初愈，不易动肝火，这是怎么搞的，为了选举问题跟他动气？

她突然内疚得要命，不不不，这些都不是原因，原因是因为自己移情别恋，看金齐欣不顺眼。好几次，她发现自己不由自主地用挑剔的目光看待金齐欣的一举一动，那些目光里是一个又一个否定的八叉，脑海里浮现的是陆西安伟岸协调的身体。她是在厌倦金齐欣。陆西安也是保守党支持者，上次两人见面聊到大选的事儿，她一句反驳意见都没说，还如饥似渴地听陆西安讲为什么他会支持保守党。她的温顺来自爱情，政治观点怎么可以影响她对陆西安的迷恋？她不允许。

陆西安成为史蒂文森的支持者，事出有因，这还得从华人浸信会新教堂落成典礼说起。

卧春城有宣道会、灵恩堂、正道会、韦斯利教会等大大小小七八间华人基督教会，城里几间教会建堂早，多以台湾香港移民为主力，大陆移民近几年才有所增加。随着高科技领域的迅猛发展，静湖区人口膨胀，西部的华人浸信会在短短几年之内蓬勃壮大起来，旧教堂无法容纳日渐增多的崇拜会众，建新堂的议题迅速通过，会众踊跃捐款，两年后新堂就顺利落成。新教堂设计简朴宽大，明亮现代，上下两层座席，可容纳崇拜会众三千余人，首屈一指成了卧春城最气派的华人教堂。新堂位居高科技员工聚居地，世界各地高新技术移民密集，会众成分较之城里的老教会复杂得多，台湾的、香港的、大陆的、马来西亚和越南华侨同堂聚会。高科技员工薪酬丰厚，浸信会会众多为中产阶级家庭。因保守党注重保护有产阶级利益，控制税收，深得中产阶级拥护，静湖区渐渐就成了铁杆保守党支持区。宗教信仰在民间的影响渐趋微弱的情势下，保守党相对传统的宗教信仰倾向，得到大多基督教会的全力拥护。史蒂文森本人就是虔诚的基督教徒，周日携儿带女去教会崇拜，成为街头巷尾之美谈。

新来的传道人韩新胆大心细，竟然想到了邀请总理来一同庆贺华人浸信会新堂落成典礼。当时韩新刚毕业还在三年见习期，尚未从传道转正为牧师。韩新当年放弃软件工程师的高薪工作转修神学，曾在华人圈中引起热议，如非虔诚爱主、听受召唤，断不会如此破釜沉舟。此举为追求信仰而舍弃物质，何等令人唏嘘钦佩。他毕业后来到浸信会供职，因其大陆背景，有共同语言，在大陆会众中声望甚佳。长老陆西安一直是韩新的好友，当时给史蒂文森发出的邀请函就是韩新和陆西安合作起草的。总理日理万机，怎么会对一个小小的华人教会发生兴趣？主任牧师潘牧师和青年牧师曹牧师不想扫韩新的兴，才随他去发邀请函，心底却并未对此邀请抱有希望。

史蒂文森却意外地接受了邀请，总理办公室来电话让保密行事儿，不可事先向会众透露，以保证总理安全，紧接着就有总理办公室专人和教会接洽，先亲自走访了新堂，一起商讨庆典流程，安排总理座席、发言、照相等事宜。重头戏是会后的两个多小时，总理会和每个家庭合影、签名留念。

几位牧师和长老抑制着兴奋的心情，悄悄安排迎接总理的准备工作。潘牧师和曹牧师对韩新刮目相看，大家一起祷告感谢神的恩典。陆西安负责起草给会众的邮件，邮件这样写道："感谢上帝天父的荣光临到咱们教会头上，感谢他的一路看顾，让我们这些不配的子民拥有了这样一座闪烁着他圣洁光芒的圣殿，感谢会众虔诚的支持。这次盛典是荣耀主的时刻，也是我们华人浸信会每个人的荣耀。烦请大家务必穿上节日盛装，来欢庆这一时刻，我们会安排集体合影。让我们以最庄重美好的容貌纪念这个特别的日子，阿门！"

宗教的神圣意义在现今社会逐渐削弱，很少有教会对会众的崇拜着装有特殊要求，虽然老一辈的信徒仍然以最庄重正式的服装来显示对神的恭敬谦卑，新信徒和年轻一代却不讲究如此形式，既然神就在我们中间，就让他看着我们自然地穿着牛仔裤体恤衫来和他亲近吧。可今天这个场合千载难逢，和总理近距离接触，即便在不存在个人崇拜的西方民主社会，仍是件可以夸口和荣耀的事情。何况新堂落成、总理造访的双喜临门可以大大增强会众的信心和华人浸信会的影响力，当然要以一种双倍隆重的态度来面对。陆西安对着装的额外提醒，在周日崇拜聚会的通知邮件里极其罕见。

典礼那天，会众到来时就发现了特殊神秘的气氛。教会的每个出口都有身穿黑色西装革履的大汉直挺挺在门旁站立，虽然他们和人目光相视时面带微笑，但显然没有任何意图和任何人展开对话，很多时候他们的目光像扫描仪一样警觉机敏。人们对突然冒出来的这些怪异人士的疑惑，很快就被总理要来的新闻打消了。人们恍然大悟，这才明白为什么陆西安强调着装，强调今天的特别。有些没精心打扮的就分外后悔。人们安静地就坐，兴奋地窃窃私语，目光里闪烁着按耐不住的喜悦，翘首盼望总理大人亲临教会。

史蒂文森没有令会众失望，整个仪式他的微笑好像皮肤一样长在脸上，他的发言也轻松简单，两三句恭喜祝福，丝毫没有领导人的大架子，他甚至学会了"恭喜"一词的广东话和普通话两种发音，卷着舌头说了好几遍，大受会众倾心，他笑，大家都笑，气氛欢快融洽。最可叹的是在之后的签字、拍照留念过程中，他不厌其烦地和每个家庭的每个成员握手问候祝福，有小孩的，他还会弯下腰跟孩子小聊几句。就这样，二百多个家庭的《圣经》上留下了总理大人的亲笔签名，史蒂文森那松弛的微笑也印在了与每个家庭的合影照片上。照像请来了专业摄影师，很专业地给每个家庭编了号，会众根据号码发邮件就可索要到自己与史蒂文森的合影照。

"我忘了告诉会众带个《圣经》之外的书本用来签名。人们都没准备，只好拿手里的《圣经》来让总理签字，这个，有点儿不伦不类。总理再高再大，也只是权力的象征，高不过大不过咱们伟大的上帝。这事儿，是我没想周到。"事后陆西安检讨说。

"你一点儿错都没有。如果你提示大家带个书啊本啊，怎么解释？反倒让人生疑。至于在《圣经》上留下总理签名，也并不等于藐视神的神圣荣光，把《圣经》作为礼物赠送时，还有人在扉页上写下自己的祝福和签名呢，又该如何评判？"韩新笑着安慰陆西安。

庆典过去，会众的兴奋持续了很多天，人们像一个又一个电灯泡，灯泡虽小，它的光波却能亮了一间屋子，被小灯泡照亮的一屋子人，又继续做着传播电能光波的小灯泡，向更多的华裔群众辐射。没几天，总理大人光临华人教会的事儿就家喻户晓了，浸信会的声望大大提高。会众在描述那些精彩瞬间时，说什么的都有。

"做总理不容易啊，你看他几个小时保持微笑，和陌生人交流始终和颜悦色，这难道不是最难的演员？"

"所以政治家的职业其实就是演员的职业，是一种最艰难的表演事业。拍电影的拍完了可以做自己，而政治家的生活分分秒秒都在演戏，不是吗？不容易，不容易！就为他这样笑了几个小时，我也会投他一票。"

"我看啊，总理愿意来参加一个华人教会的落成典礼，是带有明显政治目的的政治行动。看看，你已经准备投他一票了。"

"可不是，史蒂文森明年期满，咱教堂建的真是时候，他这么一来，笼络了一大片华人的人心，反正我的票也投给他了。"

"哎，笼络人心，你们怎么把话说得这么难听？史蒂文森代表保守党，保守党支持的政策纲领大多吻合中产阶级心态，我要选他，是因为赞同他的这些政策，可不是因为他来咱教堂参加了一个典礼。"

"这倒也是。不过，史蒂文森老拿中国的人权说事儿，对中国的外交政策相对保守，不够友善，我就不太喜欢。"

"哎呀，要这么说，哪个政党的纲领政策是十全十美的呢？这个税收政策合了人心，外交政策有缺陷，那个移民政策有远见，经济政策又有了漏洞。要选一个十全十美的政党，根本没有可能。"

"这话有理。花无常好，月无正圆。人都没有十全十美的，何况一个党？总体上值得拥护，咱就投它的票。"

"不管怎么说，保守党明显意识到了华人移民不可忽视，史蒂文森才会来参加这次庆典。你看看咱卧春城，华裔落地人口虽然比不上几个大都市，可咱卧春城移民成分单纯而且高尚，基本上都是有学历的高级知识分子，集中在高科技领域和政府部门，咱是对主流社会有贡献的。他能来，也是对华裔民众的一个认可，你们说是不是？"

"对对对，不管怎么说，这都是一件双赢的大好事儿。"

"史蒂文森明年肯定能连任，咱们打赌看吧。前五年没有劣迹，国家和顺昌平，老实说，老百姓还没腻味呢，他没有理由不连任。华人毕竟是一个小众群体，他要连任，需要得到全社会的拥护才行。"

第二年，史蒂文森果然顺利连任，卧春城的华人做了多少贡献，无人统计，但华人浸信会的会众怕是百分之九十都投了史蒂文森的票。

梁星两口子买好东西回到家，勇子迎上来跟梁星说："妈，我得买车票，我参加的中学义工俱乐部周末在梦德城开北美中学生联合大会，

172

我是静湖中学义工俱乐部的副主席，得去参加，早就报了名，忘了告诉你们，我和詹姆斯一起去，他是主席。我们周五走，周日晚上回来。"

梁星赶紧把信用卡拿出来，递给儿子说："是在网上订票吧？坐大巴还是火车？妈赶明儿给你办个附属卡，你用钱就可以比较自由了。去了梦德城在哪里住宿呢？"

"就住詹姆斯他哥的宿舍，他哥哥在梦德大学学人体科学，四年级的学生，詹姆斯好像特别崇拜他哥，他也要报梦德大学。"

"行啊，勇子。出门什么都能自己搞定了，好样的！"金齐欣拍了拍儿子肩膀，很高兴。"说到大学报名，咱们也得赶紧着手了，你有什么想法吗？你这两年成绩突飞猛进，数理化都突出，肯定要报理工类了吧？"

勇子虽然还是时不时地打游戏，但自从爸爸生病以后，就自觉起来，打游戏基本不耽误功课，成绩保持在85分左右。进入十二年级，成绩突上台阶，飞跃到90分上下，进入优等生行列。梁星心中暗喜，都说男孩子晚熟，果不其然。想到孩子当年玩儿游戏的痴迷状态，如同做了一个噩梦。好了好了，现在儿子有了自觉意识，主动性被调动起来，还有什么可担心的？孩子还参加了不少课外活动，除了这个义工俱乐部，还成了校篮球队的主力队员，天气暖和的时候，他常在门前车道上练投篮，有时金齐欣高兴了，跟儿子抢枪球，比划两下，竟很难取胜。梁星感慨万分，几年来梁星和金齐欣忙着治病，忙着安顿尤曼殊，对儿子几乎不管不问，这孩子反倒练出了独立自主的劲头儿，除了问爹妈要钱买吃喝、参加校外活动，几乎从不麻烦爹妈。

"你说，教育孩子真没有个对错哈，"梁星对金齐欣说："管得多了，孩子依赖心强，自信心就萎缩，能力得不到培养。咱不咋管孩子，倒好，他反倒又懂事儿又独立，干啥特有主见。谢天谢地！"

金齐欣被儿子鼓舞，刚才对梁星的一肚子闷气丢到九霄云外。他说："那天和球友聊天，老李说他的原则是'不管孩子就是最好的管教'，我看还真有几分道理。要强不要强，上进不上进，虽然受家庭和环境影响，但最主要还是得看孩子本身，硬逼不但逼不出来，有时候还可能适得其反。你看老李孩子就是'不管'的教育成果，被耶鲁破格录取啊，咱卧春城进藤校的孩子真不多。据老李说那孩子8岁开始就喜欢拆这个装那个，家里的手表、照相机都被他拆成破烂儿了，别的小孩儿打游戏的时间，他整天琢磨小发明，写科学论文，功课从来不用费劲，这才是真正的天才呢。"

"嗯。他家这孩子真是另类。不过，不管孩子也不太对吧？老李孩子是天才，不能以点盖面。再说，哪有家长不管孩子的？咱勇子如果没有小学在蒙特梭利学校的基础，没有咱俩认真努力的生活态度影响，恐怕也不会突然这样有上进心。"

"呵呵，你这是不愿意放弃'教子有方'的自我功劳。也好也好，咱们儿子的好，是咱们的教育成果！"金齐欣笑道。

"这还差不多！"梁星美滋滋地说，"你就说小唐他家吧，我看猫猫得了厌食症就可能跟小唐平时太操心有关系，猫猫和狗狗的周末永远在忙碌的课外活动中度过，弹琴踢球划船，没个完。那当爹妈的真辛苦啊，除了去教会，所有业余时间都用在孩子身上。结果呢？可怜的猫猫，休学了，今年高中都毕不了业了，还上什么大学？哎，那么优秀的孩子，咋会得这样的病，特别不好治，这可能就是完美主义造成的恶果吧，弦绷得太紧，就断了。教会每次都为猫猫祷告。"

"嗯，有道理，所以干啥都不能走极端。说正经的，勇子该报学校了，我现在帮赵区哲竞选，忙得很。你上班闲，工作计算机基本没有对外屏蔽，好查资料，你给孩子做点儿调查研究，咱们可别把这个正经事儿耽搁了。"

梁星本来想反驳说你当爸的怎么成了甩手掌柜？是赵区哲竞选重要，还是咱儿子报考大学重要？想想自己移情别恋，刚刚还下决心改掉看老公不顺眼的毛病，怎么就又想犯戒？赶紧嗯了一声，闭紧嘴巴转身走开，心里说：求上帝饶恕我。

勇子从梦德城回来，兴奋异常，跟着詹姆斯哥哥去竞选办公室帮了帮忙，突然对大选发生了浓烈兴趣，他问："联邦大选，你们准备选谁？"

梁星和金齐欣都摸不着头脑，愣愣地看着儿子。金齐欣问："你不知道爸爸在帮球友赵区哲竞选吗？我当然是保守党的支持者。为了帮他在党内取得候选人资格，我们球队在松林区住的队员都加入了保守党，否则无法在党内投票。咱家不在那个区，否则，我也加入保守党了。"

勇子翻了翻白眼儿，转向母亲，说："妈，那你呢？你别跟着爸爸，你跟着我选自由党吧。"

梁星和金齐欣对视了一下，梁星问："你选？你还不够十八岁，哪有选举资格啊？"

勇子笑着说："妈，竞选还有好几个月呢，到时候我刚好十八岁生日过了，这次我有权选举！我同学里现在都有好几个够十八岁了，我们都讨厌史蒂文森的保守党，我们都选自由党。"

　　金齐欣眉头皱了起来，问："为什么讨厌保守党？"

　　"哈，这个可太多理由了。你们知道保守党花了多少钱在竞选宣传上吗？几百万还是上千万，我记不住了，那可都是纳税人的钱啊！也就是说是爸爸妈妈你们上了的税钱，他不用这个钱建设国家，用来服务自己的竞选，对吗？而且，他党内的丑闻此起彼伏，那个部长不是挪用公款偿还了自己的私人房贷被告上法庭了吗？史蒂文森还给他的拨款签字呢，这是什么勾当？事情揭发出来了，才说不知道是公款私用，这不是障眼法是什么？还有，那个什么议员利用职权安排了自己女友的工作，网上都吵翻了，这不是以公徇私是什么？还有，那年史蒂文森携带全家老小乘坐总理专用飞机去纽约看了一场球赛，那飞机是用于国事的，他看球赛应该用国家的飞机吗？最糟糕的，妈，爸，你们见过以前哪届政府拿总理的名字命名？只有这届，动不动就说"史蒂文森政府"，这是彻头彻尾的个人主义，宣扬个人崇拜。他们花这么多钱来搞竞选，咱们这几年可是经济下滑，物价上涨，赤字增大，医疗教育经费都大幅缩减，还不是保守党经济政策出了毛病？"

　　梁星和金齐欣面面相觑，梁星问："那自由党就能比保守党好？"

　　"我觉得自由党一定会比保守党好，理念不同，我反正要选自由党！"勇子兴高采烈地说，漂着金齐欣的目光多少有些挑衅色彩。

　　金齐欣沉吟片刻，耐住性子，问："自由党怎么好？你倒是说来看看。"

　　"自由党同意大麻合法化，自由党认可同性恋，自由党讲究民族平等，允许穆斯林女人戴头巾宣誓入籍，自由党会帮助更多青年人就业，戴维金年轻有活力，能给国家带来生机，自由党有望挽救岌岌可危的下滑经济，这些，都是事实吧？所以我喜欢！"勇子勇敢地直视着父亲疏忽变换的面孔。

　　梁星看金齐欣就要动气，赶紧在桌子底下按了按金齐欣的腿，说："有道理有道理，爸爸妈妈得对你刮目相看了。想不到咱勇子不到十八岁，就这么关心选举，还了解了不少党派主张，比你妈都知道得多，厉害！快来，儿子，尝尝妈妈今天专门做的你爱吃的椒盐牛排，看好吃不？"

勇子却不肯转移话题，不折不扣地说："妈，你如果不选自由党，我就不理你了。"

梁星咯咯笑了起来："这是民主社会，这算什么？不带这样威胁利诱恐吓的。"她偷眼瞧着金齐欣，只见金齐欣啪地放下筷子，严肃地说："你支持大麻合法化？你支持同性恋？你倒给你爹说说，这是怎么一回事儿。"

"这有什么呢？爸，你别天真了，大麻都这么普及了，你早就 out 了，自己都不知道！爸我告诉你，大麻比烟、比酒的副作用都小，年轻人里没有谁没尝过大麻。如果有个高中生跟你说他没尝过大麻，那一定是胡扯，他就是个大骗子！哪个学校没有人卖大麻？七块钱就能买一只，你知道吗？容易得很！大麻合法化是迟早的事儿，就像酒当年合法化也遭到很多阻力，现在呢？大麻比酒的危害都小，为什么不可以合法化？合法化后还可以减少犯罪，增加国家财政收入。美国不是很多州早就大麻合法化了吗？为什么，你们想过吗？"

金齐欣和梁星目瞪口呆，盯着儿子的目光如同看到儿子脸上长出了象牙。梁星声音颤抖，问："这么说，你吸过大麻？"

"吸过。"勇子不以为然地说，"妈你不用那么大惊小怪的，我又没上瘾，而且告诉你们，吸大麻不会像吸烟一样上瘾，大麻里没有尼古丁那种令人上瘾的东西，人们喜欢大麻是喜欢那种吸了大麻之后的感觉，如果说上瘾，是对那种感觉上瘾。"

梁星正傻着，金齐欣已经腾地站起身来，指着勇子的鼻子说："你，你就这么不学好？竟然吸开毒了！还骄傲还光荣还正确呢！我，我，我就不信治不了你！"梁星拼命拉住金齐欣，不让他接近勇子，一边对勇子喊："勇子，还不赶紧滚回自己屋里去？快去！"

金齐欣气得脸煞白，他跌坐在餐椅上，鼻子里喷气，胸脯上下起伏好像一列呼啸的火车正开在他胸腔里。这下好了，不仅梁星不支持保守党，儿子更左。岂止是左，连大麻都抽上了，这他妈的是怎么回事儿？

"都是你惯的，他连毒都吸上了！你这妈怎么当的？"金齐欣大吼着。

梁星气的嘴唇颤抖，她磕磕巴巴反驳说："你，你，你不用往我身上撒气，儿子是我一个人的？我这妈怎么当的？你不问问，你这爹怎么当的？帮赵区哲竞选比儿子报大学都重要，你这爹就是这样当的！"

金齐欣两眼冒起了火，喊道："你要是再他妈的拿赵区哲说事儿，我就，我就……"他挥起手，手举在半空中就定了格。

梁星已经冲到金齐欣面前，眼泪流了一脸，喊道："你打吧，连老婆都要打了，多长进啊！我真是瞎了眼了，你生病，全世界就欠了你的了？生病生成英雄了，是吧？我们就都是三孙子，都得让着你吗？这两年，我给你当牛做马忍气吞声受够了！现在还要打老婆，这日子没法儿过了！"梁星说着，背转身就往门厅走，准备穿衣服出门。勇子却从楼上冲了下来，他喊道："你们用不着大吵大闹，你们看我不顺眼，我走就是了。"说着，他伸手扯出外套拉开门就冲了出去。

"勇子！勇子！你回来！"梁星追了出去，哪里赶得上，勇子一溜烟儿已经被夜色吞没。

"都是你干的好事儿！你给我把儿子追回来，你现在就去！孩子万一有个三长两短，我跟你拼命！"梁星回到屋子里，脸上不成个样子，眼泪流得乱七八糟，头发蓬乱，被汗水或者泪水浸湿贴在额头上，面孔通红通红，嘴唇抖得随时会掉落下来。她使劲推着金齐欣，把他往门口推。"你去找孩子，你去把他给我找回来！"

金齐欣头昏眼花，任梁星推搡着，说不出话来，眼前的局势显然超乎了他的控制能力，直到他被挤在了大门上，梁星才精疲力竭。她一屁股坐在门厅地板上，仍然举着头呜呜咽咽哭喊着，"去找儿子，你去找回我儿子！找不回来，我和你离婚！"

'离婚'两字一出口，她就被自己吓了一跳。是的，这念头早就有了，但她一直不愿承认。她早就不喜欢金齐欣了，她爱的是陆西安。

她把头埋在膝盖中间，高声的哭喊变成了低声的呜咽。金齐欣打开门，一阵凉气迎面而来，他打了一个寒颤，赶紧关上门悉悉索索地从壁橱里拿出外套穿上，才走出门去。门咔嗒在梁星面前掩上了。

儿子是自己回来的，半夜时分。梁星一直没挪窝儿，坐在门厅地板上发呆，形容憔悴。儿子一进门就被坐在地上的母亲吓了一跳，他皱了皱眉头径直往屋里走。梁星没看儿子，仍旧坐在地上发呆。勇子回头盯着梁星的背影看了两眼，犹豫了一下，返回头来，蹲在母亲面前说："妈，你怎么了？我就是出去遛遛弯儿。这么晚了，你赶紧睡吧。我要去睡觉了，明天早晨球队还有训练呢。"

梁星好像彻底没听见，目光呆滞。

勇子急了，说："妈你怎么了？你说话啊！我不是在这儿吗？是我不好，行不行？这事儿也不能全怪我吧？本来什么事儿都没有，抽过一两次大麻算个啥？你们为这点儿小事儿大吵大闹就对吗？我不是好好的？吸大麻又不是吸海洛因，跟抽烟差不多，怎么就是吸毒？而且我根本就不喜欢吸大麻，也绝对不会上瘾。我只是试了试，我们这个年纪的人没有不试的。告诉你们，很多社会上的事情你们根本就不知道，我们这一代的生活状况你们懂吗？难道我实话实说是错？那我以后撒谎就是了。"

梁星的目光开始活动起来，她上上下下打量着勇子，莫名其妙地问："勇子，如果妈妈跟爸爸离婚，你会怎样？"

勇子愣了愣，说："为啥？就因为今晚吵架？因为我？我怎么说你才能相信我？我现在好好的，成绩优异，各种活动也没落后，游戏都不怎么玩儿了，我保证会考上一个好大学，你们犯不着互相埋怨，你们还要我怎么样？大麻的事儿，我说清楚了，不过是告诉你们一个社会现状，你们兴师动众好像我要进监狱似的，本来就是小题大做，现在怎么又扯到离婚了？多奇怪！你们能不能别像小孩子一样心血来潮，瞎胡闹？我不管！你们要干啥就干啥，话我说清楚了，还要我怎么样？跟你们根本没法儿交流！烦死了，我去睡了。"勇子站起身，径直往楼上走，嘴里念叨着："莫名其妙！"

金齐欣后半夜才回家，梁星已经在客房睡下了。他蹑手蹑脚去推勇子房门，里面反锁着，他长长地松了口气，如己所料，儿子回家了。

这一夜，他筋疲力尽。被梁星逼出门后，他走了好几条街。昏暗的路灯安静地照在初冬干涩的草地上，街上除了遛狗的三两人匆匆走过，空旷如漠。一座座房子积木一样被摆在自己的位置上，没有一点儿生命迹象。他走着，似乎用的是别人的腿，没有目的地，没有时间。脑子也似乎是别人的脑子，想着他不明白的什么事情，或者什么也没想。一个森林的大片阴影黑黢黢地挡住了他的去路，是小区公园。他蹒跚着走了进去，看到球场边上一个长椅，就坐了下来。这时才感觉到心力不支，腰酸腿乏。

儿子，我的儿子吸毒了。老婆，老婆今天说出了心里话，她早就受够了，她看不起我，我的病令她讨厌，她一直都在装模作样！他双手捧着自己的脸，弯着腰一动不动。黑暗里，他如同一尊思考者的雕像。他不担心儿子的安危，他知道勇子不是个走极端的孩子，离家出走或者寻短见这种极端行为，勇子不会干的。他也许正在某个同学家躲着呢，那就很安全，不必担心。或许他也和自己一样，正坐在路边发呆，只想一个人静一静。严重的问题是他吸毒！十八岁的成人了，不能像小孩子一样被打被骂被强制管束了，怎么办？这个污浊的社会，西方的自由，竟把儿子拐成了问题青年！天哪，他妈的自由党，你们看看，大麻不合法化，都把良家少年整成这样儿了，如果合法化还不翻了天？所有的青年都大模大样地叼着大麻烟，那会是什么景象？天大的笑话！我金齐欣的儿子竟然支持大麻合法化，还身体力行地吸大麻！梁星，哼！这么大的事儿当妈的一点儿都不知道，算个什么妈？儿子都成了问题青年还美滋滋的以为自己教子有方呢！他妈的！狗屁的基督教，什么一人信主，全家得福，都是狗屁！儿子都吸开毒了，还得福呢，得祸吧！就知道往教会跑，臭打扮，嘴上一套，心里一套，伪君子！信主信成假人了！早他妈的厌倦了我，还装模作样拿勇子做借口要离婚，呸，以为老子看不出来吗？不就因为老子操不动你了吗？好，我给你自由，你去找能操动你的人去过日子！

就这样，金齐欣坐在漆黑的夜色里任凭思绪汹涌澎湃、翻江倒海，夜的静谧无法熄灭他胸中的熊熊火焰，有那么一会儿，他不得不站起来，来回踱步。怎么办？这日子怎么过？孩子怎么办？老婆怎么办？他的大脑里好像坐着十几个人，正在开着圆桌会议，一个声音还没落下去，另一个声音已经升起来。他们七嘴八舌，有的说，"离婚就离婚，没什么了不起，与其让老婆瞧不起，还不如自己有点儿骨气，先下手为强，和她拜拜再见，让她去追她的幸福。咱即高尚地成全了她，还尊贵地保住了自尊心。"反对的声音却说，"不能离，离了勇子怎么办？勇子现在正需要夫妻齐心协力把他从泥潭里拉出来，离了无异于把勇子往深坑里再推一把。"又有声音说："还有你，你这个傻子！你准备过独身生活？你有了这个病，还能再找到老婆吗？你花了那么多心血来建设这个家，说扔掉就扔掉吗？"反对的声音又来了："几个月没有性生活，本来也是名存实亡的夫妻，老婆都嫌弃你了，你还赖着过下去，有意思吗？男子汉大丈夫的大无畏气概哪里去了？"有人立刻反驳："好歹这是个家，和梁星过了二十来年，一日夫妻百日恩，她今天是说气话，不能当真。你男人不计女人过，将就将就也就过去了，要你这个狗屁自尊心有什么用？什么男子汉大丈夫，光嘴硬有什么用？那里都硬不起来了。这两年梁星够意思了，你冷静地想想，就冲老婆这种奉献精神，你也不能辜负她。没有性生活，日子不是过得也挺不错嘛？不离，不能离！"

他怎么走回家的，自己也胡里胡涂，只记得开始下霜，他浑身上下没有一处暖和的地方，手脚似乎都开始发僵。有那么一会儿，他甚至想到了自己如果死在这条长椅上，会是什么结果。勇子，梁星，母亲，他们都会因此而悲伤，他的眼前倏忽闪烁着他们围绕着冻僵的他悲痛欲绝的情景。不，这情景一点儿都不好玩儿。他凭什么死？他还远远没活够呢，刚刚打败了疾病，他理应雄赳赳气昂昂地活出个模样。他从来就不是个懦夫，从来就不是。

他在客房门口顿了顿脚步，他不得不承认梁星深深地伤了他的自尊心，他不能原谅她。他衣服也没脱，就进了主卧房倒在床上，拉上被子。被子冰凉，他的身体和心脏比被子更凉，但神经却终于松弛下来。毕竟，这是属于他的床，属于他的被子，一个安全的属于他的房顶就在头上。儿子呢？十八岁成人后还属于他吗？梁星呢？早就经常在客房睡觉，这个老婆还属于她吗？这些疑惑没有挡住暖和过来的身体被沉沉的睡意霸占，他太累了。

十三、

丫丫和马克西姆从星巴克喝了咖啡出来，沿着马路往东走，两人勾肩搭背，叽叽咕咕说着话，时不时停下来在对方嘴上嗑一下。马克西姆十四岁时父母离异，父母各自都重新组建了家庭，平时马克西姆呆在静湖区母亲家，今天是周五，他要乘公交车去父亲家度周末。

两人停在路口，静湖区公交车中转站就在对面。马路很宽，正是上下班交通拥堵的时刻，从公交车上下来的人成堆地等在路口注视着红绿灯，那红绿灯却似乎停止了工作，久久不变颜色。三两个等不及的人们左顾右盼趁没车就急冲冲地赶到中心岛，视红灯于不顾，丫丫和马克西姆便是这三两个人之中的两位，两人咯咯咯直乐，似乎节省的不是这二三十秒，而是整个青春。在这个大多数人都严守交通规则的社会，偶尔犯规所带来的兴奋感远远超越了节省时间的目的性。

"我跟着你尽干坏事儿！"丫丫仰头看着马克西姆嗔道。中心岛离对面只有不到三米的距离，是个小弯道，一个大个子站在马克西姆身边挡住了他旁边的视线。

180

"好事儿也没少干啊！"马克西姆低头凝视丫丫的目光充满柔情。"快走！"他揽着丫丫的手臂用了点儿劲儿，两人咯咯笑着往对面冲去。

那辆小货车就是这时从不知什么地方钻了出来，丫丫只感觉到被马克西姆的身体钝钝地撞击了一下，就被马克西姆侧身压倒在地上，车子发出刹车时和路面发出的刺耳尖叫。"F***！"马克西姆脱口而出。货车的半个车头就在丫丫和马克西姆头顶上几寸的地方，房顶一样盖着两人，倒在地上的马克西姆和丫丫的身体奇怪地迭加在一起。两人斜眼看着对方，都咯咯笑了起来。"你还想压着我多久啊？"丫丫轻轻推了马克西姆一下，马克西姆一边扭动着从地上爬起身来，一边笑答："压到永远！"本来伸直的腰却又侧弯了下去。

这时，周围已经围了不少人，货车司机下了车，是个满脸大胡子的壮汉，他脸色苍白，看见两个年轻人都从地上爬了起来，才松了一口气似的说："你俩怎么闯红灯啊？吓死我了，感觉怎么样啊？"

这时已经有个围观的男人在给911打电话，一个中年妇女对丫丫和马克西姆说："你俩站着别动，我看着你俩被撞倒，魂儿都吓没了。"她转身对货车司机说："路口了你怎么不减速？"又扭头说："我是目击证人，你俩放心。我叫莉萨，需要作证，我一定效力。你们不要动，这样被撞，必须得等医护人员检查了确认没事儿才能离开。"

马克西姆还在笑，他跟丫丫说："吓着了吧？这是一次历险，感觉如何？"

丫丫嗔道："咱俩多笨啊，还笑呢！"

这时，几个人都挪到了路边人行道上，下班的人们惦记着回家，匆匆忙忙经过，知道是车祸，没血没伤，车辆完好，想必是小车祸，并不在意，赶公交车的继续赶公交车，去停车场取车的继续去取车，围观的人渐渐散去，剩下货车司机、莉萨等三两个路人陪伴着。

"你干嘛不站直？这么弯着不累？"丫丫问。马克西姆虽然笑着，却没答话，脸色异常苍白。

莉萨突然神色紧张起来，问："你是不是肚子痛啊？"

丫丫也紧张起来，说："是不是啊？你别逞能，是肚子痛吗？"

马克西姆仍对丫丫笑着，说："没事儿！能咋地？疼一会儿就好了。"话却说的有气无力，腰弯得更厉害了。

大胡子司机也紧张起来，焦急地向那个打了911电话的人询问电话打的如何，救护车是不是已经在路上了。

这时已经可以听到救火车的警报声由远及近，眨眼功夫，救火车到了，警车和救护车也相继到达，一辆跟着一辆，停了半条街。

丫丫被一个女救护从头到脚摆弄着，"这里痛不痛？" "不，脖子不要转动，痛吗？" "这里呢？" "好，胳膊可以抬，就这样，很好，不痛，很好。" "痛吗？很好，膝盖不痛。" 丫丫坐进救护车时，马克西姆已经被放在担架上抬进救护车，一个穿着制服的救护员正在往马克西姆身上夹着测血压心跳的机器，马克西姆眼睛闭着，脸上毫无血色，浑身一动不动。丫丫大脑停滞，一切都似乎离自己很远，梦境一般，这到底是怎么回事儿？救护车往就近医院开去的时候，丫丫从车窗望出去，警察还在和货车司机谈话，莉萨也在近旁和一个警察交谈。

两个小时以后，马克西姆死在了手术床上，肝破裂。

消息不胫而走。

丫丫坐在一个单间候诊室里，已经被上上下下检查了个遍，血液测试还没出来，CT也刚刚做完，她安安静静躺在床上等着，手机就嘀嘀响起提示声，是玛莉萨的短信："我气坏了，有人造谣说马克西姆死了，我痛骂了一顿。你在哪里？放学时我看见你和马克西姆一起走的，甜甜蜜蜜的。你们现在在干啥？"

丫丫摇摇晃晃站起身来，身上穿的浅蓝色病号服从背后系着带儿，露出一长流儿洁白的后背和一线黑色蕾丝内裤。门外就是护士台，几个护士正在窃窃私语着什么，她走过去直盯着一个护士问："和我一起进来的马克西姆呢？我要见他。"

护士都停了说话，有一个护士看丫丫神情恍惚，尴尬地笑了笑，问："是你男朋友吗？他，他还在手术室。"

"别骗我了，他死了，是不是？"

几个护士互相看着，没人答应。丫丫似乎感觉一股巨大的电流从脚底猛冲上头顶，眼前的灯光模糊起来，耳朵里响起嗡嗡声，脑袋被一片刺眼的白光刷地照得什么都看不见了。她软软地瘫倒在地上，一瞬间，一切都远她而去，一切知觉风一样飘散而去。

旭蓉蓉和贾易生把丫丫接回家时，天已经黑了。丫丫始终一句话不说，只是无声无息地流眼泪，贾易生几乎是半抱着把丫丫弄到她房间的床上，旭蓉蓉给女儿把被子盖好，在床沿上坐了一会儿，丫丫蒙着头，被子随着她的抽泣上下起伏着。旭蓉蓉的眼睛也哭得通红，手抬起来想拍拍女儿，中途又抽回手来。贾易生把旭蓉蓉从丫丫房间拉出来，轻轻掩上房门。

两人在起居室的沙发上坐下来，旭蓉蓉才哭出声来。"你说怎么办？这孩子太可怜了，怎么遇到这种事儿？你说怎么办啊？"

贾易生把旭蓉蓉揽进怀里，一只手抚摸着妻子的头发，低声说："你冷静些。不怕，有我在，咱们一起帮孩子度过这个难关。世界上没有过不去的坎儿，没有。"

"怀孕的事儿她自己还不知道呢，怎么办？"旭蓉蓉突然坐起身来问道。

"过一两天再告诉她，孩子坚决不能要，得做掉。"

"这里不给打胎，每年都有反对打胎的游行啊！"旭蓉蓉面露焦急之色。

"别怕，最差咱回中国打胎总可以吧？再说了，既然有人游行，就说明有人提供这种服务，咱们不了解罢了。对了，去年有个新闻说温市有个打胎医生差点儿被人谋杀，你记得吗？反堕胎的暴徒带着枪进了堕胎诊所开枪，结果墙壁和玻璃窗都是防弹的。卧春城肯定有堕胎诊所，我不信不能堕胎，这事儿交给我，你放心。"

"如果丫丫不干怎么办？这孩子是基督教徒，又那么虔诚，我听说基督徒相信胎儿是上帝恩赐的生命，堕胎是杀人。"

"你先不要急，咱们一件事儿一件事儿地解决，先把丫丫的情绪稳定住，尽量把马克西姆的事儿对孩子产生的影响最小化，然后再考虑堕胎。"

"这事儿怎么能不急？胎儿必需在三个月之内做掉，越大对身体伤害越大，做掉也越困难啊！"

贾易生也有点儿急了，把搂着妻子的手放了下来，转身双手抓着她肩膀面对她使劲摇了两摇，严肃地说："老婆，你能不能冷静点儿？请你冷静！三个月之内肯定能做掉这胎儿，你放心。"

"丫丫这么老实的孩子，从来不需要多操心，竟然不声不响地做出事儿来，我太惊讶了。怎么这些事儿突然就缠在一起冒了出来，我真的要崩溃了。"

贾易生又把妻子搂进怀里，小声地嘘着，说："别担心，一切都会解决的。人生一世哪有不遇事儿的？女孩子恋爱怀孕，咱们那个年代都有，现在更不稀奇，你别想太多。更不能责怪丫丫，她精神受这么大刺激，咱们得鼓励和支持，不能指责批评。"

旭蓉蓉点着头，丈夫的话句句在理，也是自己的理智思想，可心里就是乱成一团麻，理智哪里管得住？一个那么可爱优秀的英俊青年一瞬间告别了尘世，自己那么乖巧优秀的女儿中学没毕业就怀了孕，马上就要报大学，这么多事情如同乱炖的一锅胡涂粥，滚烫地在她胸腔里咕嘟咕嘟冒着泡儿。她倒头躺在沙发上，把贾易生递过来的凉毛巾搭在额头上，自来水似的眼泪安静地顺着两个太阳穴源源不断流进头发。贾易生在她身边坐下，一声不吭地帮她擦眼泪。除了两人的呼吸声，家里静得可怕，空气似乎沉重得充满了颗粒，每吸一口都要下定决心并且付出努力。

贾易生突然朝空中挥了挥手，像要铲除空气中的阻力，起身说："你歇一歇，咱不急，振作一点儿！没什么大不了的，我去查一查信息，有我在，你什么都不要担心。"

打胎的事果然如贾易生所料，网上立刻就查到了相关信息，还有个堕胎论坛，不少人彼此交流堕胎经验和体会。一顿饭工夫，贾易生就弄明白了在卧春城堕胎的程序，有家庭医生的，可以由家庭医生推荐到医院里堕胎，也可以自己联络卧春城唯一的一家堕胎诊所，直接预约堕胎。他松了一口气，赶紧把消息告诉了旭蓉蓉。两人抱在一起，也不知道该哭还是该笑，这小小的好消息，在一团坏消息中间，好像把蒙在脸上令人窒息的塑料布扎了一个洞，空气涌了进来，有了这个出口，就可以有力气彻底冲破那些坏消息堆积出的憋闷的窒息。

旭蓉蓉悬着的心放下一点点，和马克西姆的死相比，丫丫能否堕胎决定着丫丫的未来，这件事儿在旭蓉蓉心里更加重大。马克西姆毕竟已经走了，还有什么办法弥补吗？伤痛可以让时间来帮忙愈合。可丫丫还有未来啊，路还得一步步走下去啊！

之后两天，丫丫卧床不起，不吃不喝，玛莉萨整天陪伴着丫丫。网上的消息铺天盖地，丫丫脸书和推特上的慰问帖上了千，全靠玛莉萨帮忙应付，马克西姆家里的电话也是玛莉萨帮着打，交流葬礼事宜。丫丫谁也不想见，有同学来看望丫丫，都被玛莉萨挡了。旭蓉蓉干脆把起居室收拾利落，专门让玛莉萨接待同学，她跟在玛莉萨背后端茶倒水儿，千恩万谢。

"您别担心，我了解丫丫，"玛莉萨对旭蓉蓉说："丫丫外柔内刚，马克西姆的死太让她伤心了，她才会这样沉默自闭，她需要一点时间来过渡。明天周一了，她一定会去上学的，我一定说得动她，您放心。"

周一早晨，丫丫果然一切恢复正常，六点半就在卫生间冲澡。贾易生从不早起，男人是不是都是如此没心没肺的？出了这种事儿，还是能睡得这样死。旭蓉蓉顾不上抱怨贾易生，听见丫丫洗澡的声音就赶紧起床，忙手忙脚地给孩子煎了两个鸡蛋，烤了一个羊角面包，倒好橙汁儿，又忙不迭地夹三明治。

几天来，她看到的总是水平躺在床上的女儿，立起来的孩子显得陌生而消瘦。哎，送进丫丫屋里的饭菜几乎总是原封不动端出来，两天来，孩子只喝了几杯牛奶和橙汁，怎能不瘦？旭蓉蓉心里流泪，不敢多语，看女儿下楼在餐桌边坐下，就伸手摸了摸孩子湿漉漉的头发。她见丫丫的脸上淡妆轻敷，脸色平静，心里松了口气。有心情化妆，就有心情把这困难的日子过下去。

"妈妈夹了一个三明治，你如果喜欢就揣走。"旭蓉蓉把 三明治递到丫丫面前，"是你最喜欢的这种全麦加蓖麻籽的切片面包，放了瑞士奶酪，寇巴萨香肠和罗马生菜，妈妈专门没放太多菜，知道你不喜欢菜多，我还专门放了酸黄瓜。"她看丫丫没吭气儿，就收回面包，说："老带三明治，你也吃腻了，就从学校餐厅买吃的吧。兜里钱够吗？给，这五十块你揣上吧，想吃啥买啥。"

丫丫抬头微笑着说："妈，我没事儿，钱还有，上周不是才给了我五十吗？还没用呢。我今天就带这个三明治，看起来好香！"

旭蓉蓉只顾呆呆地看着女儿，心里翻江倒海。丫丫推了她一把，说："妈，别这么看我，看得我不舒服。我没事儿，您放心。"虽然这样说着，却低了头，眼圈红了。

旭蓉蓉赶紧起身离开，眼睛也潮了。男友死了，怀了孕，生活却仍要继续，别无选择！丫丫真行，还能这样平静地说话，了不起的孩子！

马克西姆的葬礼是在一周后举行的，参加葬礼的除了同学老师，还有很多闻讯而来的陌生人。卧春城这样的小地方，民风淳朴，一个青年这样意外地丧失生命，立刻一石激起千层浪，成了大新闻，静湖区无人不知，人们深表遗憾，赶来参加葬礼以示同情和慰问。出事儿的路口，早已堆满了一束又一束的鲜花，临近葬礼，街头鲜花每天还在增多，远远看去，十字路口的一侧，好像长出了一座小小的花山。

葬礼设立了小区青年基金会的捐款箱，人们带着对马克西姆这年轻生命的惋惜和同情，纷纷捐款。旭蓉蓉没给青年基金捐款，她写了一张五百元的支票直接交给了马克西姆的母亲黛安，说："葬礼墓地都要花很多钱，帮不上别的忙。" 黛安拥抱着旭蓉蓉表示感谢，脸上是平静安详的笑容。

事故发生之后，旭蓉蓉贾易生带着丫丫去和马克西姆父亲母亲见过一次面，在咖啡厅。马克西姆母亲黛安是虔诚的天主教徒，整个交谈她一直平静地安慰丫丫，"事情发生了，是上帝的旨意，马克西姆已经在天国了，他的时间到了，就是这样。丫丫你不要难过，我一直在为你祷告，一切都是上帝的安排，他一定会用他的大能治愈你受伤的心灵。"黛安的脸上架着一个淡茶色的眼镜儿，看不清她的目光，扶着咖啡杯的双手轻微地抖动着。

"我想，我俩过马路时，如果我坚持不闯红灯，或者如果我站在他那一侧，马克西姆就不会死。我有着不可推卸的责任！" 丫丫低头说着，像是自言自语，声音悲凉无助，仿佛随时可以碎成雪花的一片云。"我请你们原谅我，原谅我！"

这是事故之后旭蓉蓉两口子第一次听丫丫直接说起这件事儿，原来，自责心理一直这样折磨着她，看来还会在今后的很多日子里与她相伴下去。

旭蓉蓉不敢想，如果是丫丫站在马克西姆那一侧，天啊，我的丫丫！她吓得一身冷汗，惊奇于自己这些日子竟没有想到过这个恐怖的可能性。她突然感慨生命究竟如何引领，人是没有自主能力的。黛安的上帝为什么没有选择丫丫，而选择了马克西姆的生命，她丝毫无法理解。上帝为什么要拣选马克西姆这个年轻的生命，她更无法理解，她甚至认为这个上帝太不公平了，残酷无比，信这样一个残酷的上帝干什么呢？如果换了她，她一定会怨恨这个上帝。但黛安显然不是她，黛安没有她的自私，也没有她的怨恨。有一点旭蓉蓉看得很清楚，黛安正是靠着这个信仰，安慰和支撑着自己丧子的悲伤灵魂。她的那位至高无上的上帝，有着渺小的人类无法企及的思想和作为，他的高大和无法企及，使马克西姆的死亡闪烁着神圣的意义，这种意义是渺小的人类无法解释的。这种神圣是从人间到天堂的时空跨越，是从苦难到快乐的彻底解脱，是从今生到永恒的飞驰，是值得称颂赞美的。马克西姆短暂的人生在这种辉煌意义的烘托下，早已脱离痛苦，而这种宿命的认可心理大得足够医治一个母亲的伤痛，至少是表面上起到了平静接受现实的作用。他们那个神的拣选是不容置疑的，信他的人只有遵从！有那么一瞬间，旭蓉蓉很羡慕黛安拥有坚强的信仰，这个万能的安心丸是枚可以医治百病的神药，儿子的暴亡可以平静承受，还可以分出心思安慰其他人。一个最痛的人，可以放下自己的痛苦，去安慰他人，这难道不是奇迹吗？

旭蓉蓉对此有些怀疑，也许，也许黛安关上家门独自一人时，会痛不欲生，也许她只是那个把笑容留给别人、把痛苦留给自己的人。撇开黛安坚定的信仰，如果她真是装出来的平静安详，那她也一定是个心胸宽阔强大的人，才可能具有这种于悲痛中保持稳定的能力，这已经足够让旭蓉蓉感到尊敬和惊奇。

马克西姆一家没人知道丫丫怀孕一事，旭蓉蓉和贾易生也耐心地等到葬礼之后再来处理这事儿。丫丫太可怜了，得给孩子一个缓冲的空间。但面对必须解决的问题，逃避终究不是出路，这一天终于来了。

晚饭时，贾易生等丫丫吃完饭，说："丫丫，你妈妈需要跟你谈个事儿。"

丫丫本来已经转身要上楼，又翻身回来坐下，疑惑地看着爸爸，奇怪，妈妈要跟我谈事儿，怎么要爸爸来个开场白？贾易生给旭蓉蓉使了个眼色，就转身离开，这种事儿，女孩子会害羞，老爸还是回避的好。

"丫丫，"旭蓉蓉拉住孩子白皙的手，捏了捏。"你在医院时，做了血液检查。你知道……，我们一直没敢告诉你，"

丫丫看了一眼母亲，站起身来，脸上着了火。她低头小声说："妈，你知道了？"

旭蓉蓉有点儿吃惊，看来丫丫自己也知道了。"本来想早点儿和你谈，怕你压力太大，一直拖到现在，实在不能再拖了。你别担心，爸爸妈妈会一起帮你把事情处理好。"

丫丫的眼泪却流了下来："妈，对不起。谢谢你们不责怪我。可是，这事儿，妈，我太害怕了，我是昨天才知道的，我去药店买了一个试纸测出来的。我都不知道医院早就有了结果，现在是第七周。我心里很乱，我还没想好怎么办，我，我，我蒙了。"

旭蓉蓉起身搂住了孩子，轻轻抚摸着她的头发，小声说："我们怎么会责怪你？妈妈爸爸只想帮助你，明白吗？丫丫，这孩子不能要，必须做掉！"

"不，不！那是杀人！我不能！"丫丫从母亲怀里挣脱出来，一转身跑上了楼，呜呜呜地哭出了声。

贾易生从书房里走出来把站在楼道里发呆的妻子拉进书房，按在椅子上，说："别急，这是咱预料中的事儿，不是吗？道理得慢慢讲。"

旭蓉蓉眼泪流了下来，说："我告诉过你，她受本地文化影响，基督教根本就是反对堕胎的，你看看，她说这是杀人！荒唐不荒唐！中国那么大个国家，计划生育那么多年，不小心怀了二胎的都要被组织劝说去做人流，有些农村，输卵管结扎手术都是指令性的。如果按她的理论，那杀了多少人了？是国家组织杀人？多可笑！咱们得怎么说才能跟她说清楚这个道理呢？孩子如果生下来，没爸爸，她自己这么年轻，生存能力都没有，凭什么抚养孩子？孩子非做掉不可！大好前途不能毁在这件事上！"

　　"你冷静！还有一个月时间，咱们一定能做通她的工作！我已经给堕胎诊所打过电话了，怀孕十二周之内做手术都没有问题，预约非常方便，手术也很快，当时做完就可以回家。"贾易生扯了纸巾递给妻子，又说："丫丫不傻，那个胎儿的未来，她自己的前途，她都会考虑。青春期的逆反心理严重，咱们说的太多，弄不好会起反作用。让她自己去消化一下，她一定会做出明智的选择。你等着看，相信你老公的判断力。"贾易生郑重其事地说。

　　旭蓉蓉犹豫不决，道："咱们就这样干耗着，不吭气儿？我总觉得还是应该再给她讲讲道理。"

　　"这事儿你听我的！丫丫像我，你没看出来吗？她安安静静做事儿，一旦下定决心，就不回头。她是个理智的孩子，不会感情用事儿。咱们谁都不要再提这事儿。至少再等两周。今天她知道咱们的态度，也就够了，这对她是有影响的，你放心。"尽管贾易生心里根本没底，嘴上却十分镇静。

　　之后两周，丫丫安安静静地上学下学，放学后仍然在麦当劳打工挣钱，话很少，面色平静。旭蓉蓉听了贾易生的话，对堕胎一事儿绝口不提。

　　自从丫丫知道自己怀孕，平静的外表下面就藏着高度紧张的神经。背着人，她哭泣，她悲伤，她回忆，她询问，一遍又一遍地和马克西姆对话："你没走，对不对？你不会就这样抛下我而去，对不对？你知道你我的小孩正在我身体里发育成长吗？这不是你想要的吗？上帝是不是有意这样做，来让我永世纪念你我的情意？"她又一遍一遍问上帝："天父你告诉我，这一切都是你的旨意，这旨意意味着什么，我不懂！你为什么把这样的痛苦给我？我不是你虔诚的孩子吗？你怎么舍得送给我这样艰难的生活？我难道不应该因此恨你吗？我求你，求你给我一个答案！"

夜晚，她失眠。和马克西姆在一起的情景，幻灯片一样一个镜头又一个镜头地轮流播放。

"咱们做吧？我忍不住了！你我都十七岁了，并不像你说的那么早。你知道这里平均破处的年龄是十六，咱们已经是迟的了。"马克西姆说话的时候，两人躺在马克西姆卧室床上，鼻尖对着鼻尖。

第一次却失败了，丫丫太痛了，马克西姆既不敢、也不会，两人只好放弃。

"咱俩是不是有点儿傻？怎么会这样蠢的做不成？"

"可能我得心狠些。可我舍不得。你那么干净，那么漂亮，那里，简直完美得像艺术品。我，我舍不得把它弄破，没破你都那么痛，破了得多痛啊？"马克西姆说这话的时候结巴得像个害羞的小男孩儿。丫丫喜爱得眼睛都湿润了，把马克西姆的头像个最甜蜜的西瓜一样抱进怀里，抚摸着说："下次，你一定要狠心，痛多半是心理暗示。我准备好了，总要有这一天，这事儿咱总要做的！咱们一定行。"

一个雨夜的晚上，事情终于成功地完成了。没有几天，每迈一步都疼痛的滋味，很快就变成了丫丫记忆中的历史。丫丫一下觉得自己成了大人，走路都趾高气昂了，做女人，真不错！

两人时不时揣一把学校发放的免费避孕套，马克西姆却不喜欢用。

"我不喜欢它，让我摘了吧，求求你，别让我戴了。"他总是在那激动人心的时刻可怜巴巴地恳求。

很快，丫丫就学会了计算安全期，马克西姆也学会了体外射精，一直平安无事。这次，是怎么回事儿，丫丫试图想清楚，大脑却一片混沌，唯一的可能是安全期出了问题。孩子，我要有个马克西姆和我造出的孩子了！

学校上卫生课时，男女分班。有一天播放的电影是一个女人生孩子的整个过程，一个长着浓密棕发的婴孩从阴道里挤出来的镜头和那女人疼痛时的高声呼喊深深地嵌在了丫丫大脑里。

"小孩儿黏糊糊地粘着血，可恶心呢。可是女人真伟大啊！世世代代就是这些女人的身体繁衍出了地球上的人类。想想就感觉神奇！想到我也能造出这样一个小孩，就觉得自己也好伟大啊！"丫丫感慨道。

"咱们造出的小孩儿肯定特别聪明漂亮！长得要像你，皮肤要像你，聪明要像你！"马克西姆亲着丫丫的眼睛喃喃自语。

"怎么都像我？我要让他肠子像你，肝像你，胃像你，心脏也像你！"丫丫笑嘻嘻地说。

"好像我只配呆在里面似的，我不干，我要他头发像我，指甲像我，手掌、脚丫子都像我！"俩人咯咯笑成一团。

丫丫想到这儿，嘴角就会咧开，脸上的笑容就着眼角流出的眼泪。

"马克西姆，这个小孩就要来验证咱们的设想了，你高兴吗？"丫丫对着天花板无声地自言自语。

有好几次她有了想要告诉玛莉萨的冲动，都忍住了。不行，不能说！还是把秘密留给自己，一旦走漏风声，牵扯面太大，除了自己的前途，还涉及马克西姆的家人。

一天放学后，她跑到附近一家不需预约的诊所排队候诊，这种诊所接受的都是零散病人，没有家庭医生的跟踪病历记录，如果不是专门调查，不会有人知道。挂号排队时，护士要建立档案，问是什么病要看医生，她说肚子痛。丫丫是第一次自己看病，小时候感冒发烧总是旭蓉蓉带她看病，这几年读高中，除了打预防针，她几乎没进过诊所。

等了一个小时护士才唤到她的名字，把她带到小房间里等候医生。坐在小房间写字台边的椅子上，面前两尺远是一张患者检查床，上面铺着一次性的医疗专用白纸，床脚还有两个供人放脚的金属支架。丫丫思忖，医生会不会给她做什么身体检查，脚往那两个支架上一放，腿就大大地分开了。她下意识地摸了摸自己的肚子，电影上，孕妇都是这样叉着腿的，我很快就和她们一样了。她的心脏扑通扑通乱跳起来，我，我才是个中学生，我能行吗？

医生敲门进来，自我介绍完就坐在了桌前，按开计算机，看着就诊单问："我怎么可以帮到你？肚子痛？怎么痛？"

这是个金发碧眼的白面书生，金黄色的眉毛和睫毛浅得几乎泛白，那睫毛下的蓝眼睛就格外朦胧透明起来，很专注地盯着丫丫。

丫丫把头低了下去，停了一会儿，才又抬起头来，道："我怀孕了，想知道怎么办。"

医生抬了抬眉毛，问："是你自己用测孕条查的？我得给你在这儿查一下。"说着就要起身叫护士。

丫丫道："不用再查了，是医院查出来的，没错。我只是不知道该怎么办……"

医生把身体从靠背椅上直起来，眼睛从丫丫脸上挪开，在键盘上敲打起来，嘴里问："中学没毕业呢吧？你们两个准备要这孩子吗？他和你没有一起来？"

"他，他死了。被车撞死了。"

医生打字的手抖了一下，目光迅速在丫丫脸上扫过，敲字的声音停顿了几秒钟，才又劈里啪啦响起来。不一会儿，打印机里就滑出一张纸来。

他把转椅拉近丫丫，说："听到他的消息，我很难过。"他顿了顿，抬头盯住丫丫的眼睛，说："一个女人愿不愿意把一个孩子生下来，是这个女人的基本权利，她有权做完全的决定。"

丫丫低下了头，知道自己没出息，眼睛又在不听使唤地分泌泪水。那医生抽了张纸巾递到丫丫手里，说："要，还是不要，你自己决定。这里是我给你打印出来的两个联络地址和电话，一个是卧春总医院妇科医院，一个是堕胎专业诊所，医院需要我介绍你过去，诊所你可直接联络。另外，这里有一个妇产医生的地址和电话，如果你准备要这孩子，需要跟这位妇产医生联络，定期检查。这位妇产医生，可以我们帮你转过去，也可以你自己直接联系，你看？"

"我自己联络。"丫丫迅速说道。

"你要不要我帮你算一下日期？"医生从抽屉里抽出一个表格来。

丫丫把上次月经的日期说了，医生在表格上计算着，把预产期告诉了丫丫，又提醒，如果要堕胎，十二周之内必须做。

丫丫把那页纸小心翼翼揣起来，一边道谢一边起身。医生仍然盯着她，目光犹豫不决，嘴唇蠕动着，却没有发声。丫丫却突然抬头问："堕胎难道不是杀人？"

医生楞了楞，坚定地摇了摇头："你的身体是你的，你有权对它做出决定。"

丫丫在后来两天里，给堕胎诊所打了电话，询问了所有程序。她打定主意给自己两周时间，是要还是不要，过了这两周就不再考虑。

这天，学生会组织去另外一个学校参加联谊会，黄色大巴载着满车欢声笑语。玛莉萨和丫丫并肩坐着，丫丫突然就紧张起来："不，不！

这车怎么走这儿？"玛莉萨也紧张起来，说："咱俩换座位？我靠窗！"

已经晚了，那小山一样的一大堆花束已经迎面映入丫丫眼帘，她死死盯着那座花山，车子经过，她的目光就像有根线栓着，半天转不过来。

出事儿以后，丫丫从没走过这个路口，有意回避。此刻，那座花山放大了一切，那天的情景再一次浮现眼前，她和马克西姆搂着过马路的笑声就响在她耳边，

"我跟着你尽干坏事儿！"

"好事儿也没少干啊！快走！"

"F***！"

"你还想压着我多久啊？"

她看到了马克西姆迭在她身上的尴尬姿态，那对漂亮的大眼睛就那样笑嘻嘻地斜盯着她，"压到永远！"他说。那是他和她深情对视的最后一眼。眼泪，瀑布一样静静地流淌。

玛莉萨的手轻轻抚摸着她的胳膊，两人谁也说不出话。校车里的嘈杂声好像和丫丫隔着一层玻璃。这个世界已经不再是过去那个世界，她已经和世界分离，眼前的一切都蒙着一层擦不掉的浓雾，一种无法取消的距离。是我变了，还是世界变了？丫丫觉得冷，那冷，从骨头深处向外发散，变成一根根会弯曲、旋转、生长的冰凌，枝枝蔓蔓，藤一样缠绕着她，裹得她濒临窒息。太阳在天上大大地照着，可她感觉不到阳光的温度。什么能融化这些柔韧而寒冷的冰绳呢？怎么能从这捆绑中解脱呢？她不知道。也许，孩子就是那个秘密武器，我肚子里这个孩子！那一刻，她下定决心，我要生下这孩子，我停学打工养活他或者她，青少年妈妈多得很，我为什么不可以成为她们中间的一个？为什么我一定得是那个考个好大学、找个好工作再结婚生子的女人？谁说先要孩子就不可以有事业和自己？我可以，孩子稍微能脱开身，我可以继续上学，或者干脆就半工半读把孩子带大。世界上没有解决不了的问题，没有！就这样定了！

上帝却有着他神秘的计划，一切不以人的意志为转移。

贾易生去美国开交易会去了，他本来不想去开会，家里出这么大的事儿，怎么可以甩给妻子一人。旭蓉蓉却坚决地督促他去开会："丫丫还没决定，你总不能为了她这样一直耗着！一个大男人，事业为重，交

易会上再有突破，生意上个台阶，对咱家也非常重要，你去你的！没你在的那些年，丫丫那么小，还不都是我一个人操持过来的？现在这事儿，不算啥！孩子决定了，我陪她去做手术，回来静静休息一下就好了，不是个什么事儿！家里交给我，你放心去开会，一定去！"

贾易生暗自感叹旭蓉蓉的坚强和大度，别看她最近流了那么多眼泪，外表的柔情之下却是一颗坚强宽大的心！自己命好，有福！这么想着，才赶紧买了机票，飞往美国。

接到电话时，旭蓉蓉正在实验室做测试。公司顺应新形势，取消了座机，给每个员工配备了一个苹果手机，虽然是最低配置，也足够让别的高科技公司员工羡慕嫉妒恨了。电话是丫丫学校老师打来的，她听不清，就从实验室的轰鸣声中躲到楼道，听着听着，眼睛就圆圆地睁大了，"我马上就到！"她迅速请了假，就开车往医院赶去。不管什么事情发生，丈夫不在，她只能依靠自己。

丫丫和一群女孩儿在球场边的树下观看训练，呐喊助威。事情发生的如此之快，匪夷所思，一只命运的大手正在暗中悄悄拨转乾坤。两个球员同时去抢一个头球，球没抢到，却重重地撞在一起并同时向场外飞了过来，一位球队最高大的球员不偏不倚，弹在丫丫身上，把丫丫撞到树上，丫丫只感觉到一瞬间的剧痛，就失去了知觉！

丫丫流产了。

旭蓉蓉是第二天把女儿从医院接回家的，因为脑震荡，医院建议丫丫在家休息。贾易生过几天就会回来，不必去烦他。这件事让她心里突然卸下了一个重担。虽然还在担忧脑震荡会不会给丫丫留下后遗症，毕竟那个影响一生幸福与否的包袱如此出人意料地摆脱掉了，而且医生说没有造成太大损伤，不会影响未来的生育。

旭蓉蓉急急忙忙去唐人超市买了几只乌鸡和两包新疆红枣，请假给丫丫熬汤喝。

"别看这汤黑乎乎的，是最补的，你尝尝这鸡，味道也比普通肉鸡鲜美得多呢！"

丫丫却什么都不想吃，只是蒙着被子哭泣，眼睛肿得睁不开。

旭蓉蓉一趟又一趟换冰袋，给女儿冷敷额头和眼眶。她坐在女儿床边，小声说："丫丫，别难过了，这是上帝的旨意！"她把冰袋翻了个，又镇在女儿眼睛上，接着说："我觉得的确有个上帝，丫丫，我现在相信他的存在了！"

十四、

　　金齐欣和梁星自从有了那次争吵，家里进入了冷战状态，两人心里都憋满了怨气，谁也不想先开口打破僵局。

　　金齐欣的自尊心如果是尊陶瓷像，现在这尊雕像上裂开了嘴一样的一条裂缝儿。一想到梁星竟说出离婚这样的话，那条裂缝儿里就喷出火来。连我生病也成了被怨恨的资本了，真是知人知面不知心，生活了二十几年，今天才露出了真面目！哼！什么都扯淡，就是嫌弃我！嫌弃就嫌弃吧，还装模作样无私奉献，他妈的，老子不要你怜悯，老子没老婆也一样过得了日子！

　　他这样翻来覆去地想着，驱赶不走这个顽固的念头。不想则已，越想越气，气得坐立不安，就干脆开车去竞选办公室，家里所有的东西上都是梁星的影子，都令他心烦意乱。

　　竞选工作忙得紧锣密鼓，办公室里一天24小时都有人值班，球队的哥们儿更是常进常出，一天一大会，几个小时一小会，赵区哲班也不上，专职忙乎竞选。金齐欣每次一进竞选办公室的门，就把梁星抛到了脑后，面前人人都是干正事儿的，大家紧张的面孔，热血沸腾的场面，都让他感觉沉浸在儿女情长里是多么的卑微渺小，男人就应该干这样的大事儿！我怎么了？前列腺坏了，性功能退化，可照样忙乎着男人该忙乎的事儿！豁出去了，儿女情长的小事儿都靠边站去！

　　至于勇子，他已经单独跟儿子谈了一次话，阐明了自己对毒品的深恶痛绝和坚决反对青年人尝试大麻的态度。

　　"即便你只是尝一尝，试一试，也不行！所有吸毒的人都是从尝一尝和试一试开始走上那条不归路的。今天抽大麻，明天就想吸海洛因了，不知不觉上瘾的时候，你会叫天天不应，叫地地不灵，想戒都戒不掉！那时你就知道你爹现在说这番话的意义了！懂不懂？！不能再抽！坚决不能！如果让我发现，我就去找学校或者警察局报告问题，到时候别怪我这当爹的无情！"

　　勇子并没正面反驳，个头儿早已超过爸爸，这时俯视的眼睛里露出了愤怒和鄙视的目光，他平静地说："爸，我告诉你，第一，大麻并非毒品，跟烟酒同类，你这点缺乏常识，是无知！尝试大麻不能等同吸毒。第二，我不喜欢吸大麻，确切地说，我讨厌吸大麻的感觉，就像有人爱抽烟喝酒，有人不爱一样，我不爱！所以你说的上瘾的可能性并不存在！第三，什么海洛因之类的毒品，我根本不可能接触，你这种担忧毫无根据和意义。我没有那么没有脑子！我要上大学，一所好大学，我会对自己的未来负责！我是学校的好学生，我不是问题青年！第四，也是最重要的一点，爸，我马上就十八岁了，你不能再像对待小孩儿一样跟我这样讲话，更不能威胁恐吓我！这点儿行不通！去告诉学校和警察？太可笑了，你现在就去告，只要你告，我立刻搬出这个家！你对我丝毫没有尊重的话，我为什么要在这儿受你的压迫？"

金齐欣强压怒火，攥得紧紧的拳头悬在大腿两侧不停抖动着，始终没有举起来。他知道，这拳头如果举起来，就可能真的把儿子逼走。

他和儿子就这样对视了一分钟，那一分钟比一年更长，儿子的目光坚定不动摇，不屈不挠，在这场目光的较量中，他清楚地感觉到儿子所具有的已经是一个成人男子的刚强和倔强，他再也不能来硬的了。他把目光移开，转身离开，他很想心平气和地对儿子说："你长大了，既然这样有条有理地知道自己在干什么，就好自为之吧！"可他说不出来，一个父亲的骄傲阻挡着他客观而平静地面对儿子，更没有可能在这种充满火药味儿的时刻肯定儿子的立场。儿子的倔强是一种响亮的宣言：你再也不能把一个父亲的意志强加于儿子身上了，你认输吧！

金齐欣的心里有了一种众叛亲离的感觉，再想到自己的病，顿觉无限悲哀。他曾经认为自己属于成功一族，可现在，一切似乎都是一场梦，梦里的一切美好，在醒来的一刹那就烟消云散了。健康没有了，被老婆嫌弃，被儿子疏远，还有一个老妈，本来就有他没他一个样儿。买了几座房子，又能怎么样？一个身体只能住这一张床，奔赴黄泉之时，即便这一张床也是带不走的。晚上，梁星睡主卧房，他就去客房睡觉。一遍又一遍，望着房顶问自己，生命的价值在哪里？夜的深沉把他淹没在无限的孤独之中，这孤独好像一个巨大而无底的漩涡，深深地往一个黑暗的地方漩了进去，他身不由己地被这漩涡把持着往下掉落，四周没有一片可以抓握的东西，什么都没有，只有无边无际的虚空，只有深不见底的无助！

梁星和金齐欣在家里各干各的，擦身而过的时候，陌生人一般，眼睛都有意躲开对视。其实，梁星开始的时候不理丈夫，只是因为怄气，第二天她就后悔自己吵架时失去理智出言太重了。她想主动跟金齐欣说话，可是看金齐欣冷若冰霜的态度，就灰了心。一个大男人这样小肚鸡肠，记老婆的仇，算什么？连个不是也不知道给老婆赔一个，牛逼什么呢？这么一想，这几年为了金齐欣小心翼翼忍辱负重的委屈就一股脑涌上心头，我梁星对你忠心耿耿，对这个家尽心尽责，我不欠你的。就算出口说了伤人的话，我的功劳就能被你一笔勾销吗？不理我，你以为我就那么贱，一定要理你吗？你不理我，我也不理你，看谁最后能赢！

于是，她的脸也冷若冰霜了，那点儿自责早不见了踪影，取而代之的，是日益加深的委屈和怨恨。不就说了句离婚吗？有什么了不起？真要离，我也不在乎！我还有相亲相爱的陆西安呢。如此一想，就莫名其妙地慌乱起来。她对自己充满了怀疑，我是真的想离婚吗？是真的想抛弃这个二十多年辛辛苦苦建设起来的家吗？是真的和金齐欣感情破裂了吗？是不是被陆西安鬼迷了心窍？和陆西安结合的话，能幸福吗？陆西安愿意走出这一步吗？她六神无主。她必须去和陆西安讨个主意。

等不到周末，她就给陆西安打电话说必须见面。两人前后脚提前下班，她就去了陆西安家里。两人照旧颠鸾倒凤缠绵一翻，才相拥着转入正题。

"宝贝，你这是一时冲动！这件事儿绝不可以这样干！"陆西安坚决地说。"你想想离婚的后果是什么？分房子分家，你自己生活？图什么？咱俩现在根本不可能结合，我连婚都不知道去和谁离，不合法啊！而且咱俩的事儿如果被教会会众知道了，就是大逆不道，我们在人前还怎么做人？上帝一直宠爱你我，是因为我们心里还有良心，我们谁也没去伤害！事情如果公开，你我都会背上喜新厌旧的包袱，你心理上有这样的承受力吗？你离婚，第一个受害者就是金齐欣，他病成这样，你离婚，不是嫌弃他是什么？他这个样子，可能再婚吗？你不是害他，是什么？第二个受害者是你自己。你这么善良的人，冒出这个念头，只是一时冲动，并不是心里真的舍得放下这20多年的夫妻之情。等缓过劲儿来，你心里的负罪感会一日强于一日，一想到他，你就会自责。你觉得那样的日子会好过吗？你会痛骂自己贪图爱情淫欲，抛弃了20多年的亲情，你会看不起自己，你会每天在煎熬中度日如年。而这第三个受害者，就是我！你现在只是提了提离婚这件事儿，我都觉得心上压了一块巨石一样。不是我怕负责任，是我怕自己的心结永远不会解开！我这难道不是乘人之危，夺人所爱？我一个上帝忠实的孩子，能这样做吗？除了对不起金齐欣，更对不起的是上帝啊！他一直这样宠爱着你我，我们怎么能像渔夫和金鱼的故事里那位渔夫一样贪婪无度？贪婪的结果，就是最后的一无所有啊！不能，坚决不能！此外的四五六还可以罗列一堆，比如对勇子的影响，等等、等等，坚决不能！"陆西安一口气说完。

梁星听着，把头拱进陆西安胸膛，小声嘟囔说："有这么严重吗？我可没想这么多。你别担心，我看你都有点儿激动了。不离就不离。不过，自从那天动了这个离婚的念头，这念头就好像见风就长的草似的，老往外冒，一冒出来就挡不住。每天在家和他那样貌合神离的，好没劲！那种时候，就特别想你，想你这样光溜溜地搂着我，爱着我，无话不说。想着如果你我结合了，管它三七二十一，背叛整个世界我都心甘情愿！"

陆西安于是就把梁星搂得更紧，长长地叹着气说："哎！你别怪我，我这是为咱俩好！我何尝不想和你做长久夫妻？可是，现实不允许啊！你我都太善良，都太有良心，都不是真能放得开的人。只顾自己快活，不考虑别的，你我都做不到！如果你离婚，付出这么大，咱俩在那样的沉重阴影下，是不会幸福的。人太复杂了！渐渐地我们会彼此抱怨，会下意识地把来自社会的压力和心理上的负疚感强加在对方头上，会渐渐生出不满，也许会开始吵嘴，互相看着不顺眼，今天这样的亲密也就再也没有了，那样的结果是你我都不想要的，是不是？"

"嗯，你分析的都对。我不想那样的结果发生，我想永远见到你都是这样亲密无间如胶似漆。我想永远这样地爱你，也要你永远这样爱我！"

陆西安就欢喜得又亲又抱，"我也希望我们永远这样相爱！多么好的一个身体，多么好的一个人儿啊！我怎么舍得放开你？有时我会想，上帝把你带到我面前，是他怜悯我多年的苦，是他看见我对他的虔诚，赐给我这最好的奖励！你想我怎么能不珍惜我们的现在？上帝也看到了你的虔诚和你的苦，才把我带到你面前，一切都是他的安排，我们必须服从！"

"嗯，这样想，就不会觉得咱们是在偷情，是在做不忠不义的事情，是违背了圣经的教训，是不是？"

陆西安把嘴唇封在她唇上，亲了很久，才松开说："我想通了，咱们不去猜上帝的心思，特别不要去猜负面的东西，违背啊、不忠不义啊、淫乱啊、惩罚啊等等。要猜就往好里猜。他说万事互相效力，你我走到今天，没有他的指引是不会走到这个地步的。不是吗？咱们从此以后，不要给自己捆绑枷锁。咱们做顺从的子民，接受上帝的恩赐！"

"可我就是看他越来越不顺眼，怎么办？过去，他对我还好，我也就忍得下去，现在他理都不理我，我真不知道自己能忍耐多久！"

"哎，冷战不会这样一直持续下去的，说不定哪天，你们就和好如初了。其实，我希望你的日子过得好，只有那样，咱俩的私情才能长久存在。你应该主动和好，你听我的，你家里的日子也好过些，咱俩的心理负担也不会这样重。"

"嗯，这个我得想想。我凭什么先和好？我又不欠他的。"梁星的嘴嘟了起来。

陆西安嘿嘿笑了起来，"你有时候就像个小孩子，可爱得很！我当然没权利要求你去和你老公和好，但我觉得那是对你对我对他三赢的事儿。你想想，后方和谐了，前方才能勇猛作战啊！"

梁星咯咯咯笑起来，伸手捏住了他的要害，假装用力，说："这么不要脸的！"

两人就又火烧火燎缠绵了一番，半天才回归平静。陆西安说："宝贝，我们现在难道不是最佳状况？各自保持着自己，偶尔共享欢乐，我们不需要放弃任何东西，就拥有了一切，这难道不是上帝的恩典吗？你想想看。"

梁星微微笑着，没有说话。她不让自己去反对陆西安，但她知道自己并没苟同。做一个两面人怎么能是最佳状况？这是欺骗，在欺骗中生活怎么能最佳？但她舍不得反对他，一路走来，她是带着膜拜的情绪面对陆西安的，她不想用一两个反对的念头摧毁这个形象。她宁可始终如一地崇拜下去，像一个弱智的小姑娘被安排被操纵着一切，那样她才感觉安全。此时此刻，她享受着他宽大的胸怀，温暖的皮肤，她感觉踏实和知足，这个实惠，比那脑子里看不见摸不着的念头重要得多得多！陆西安有着虔诚的信仰，他如果不这样乐观积极地用"最佳状态"来麻醉自己，他面对上帝时的犯罪心理一定会折磨得他死去活来。麻醉就麻醉吧，生活常常需要被麻醉，越清醒就越痛苦。她把自己更紧地贴在陆西安身上，感觉着他的高低起伏，坚硬和柔软。时间如果停止，永远这样，该多好！

和陆西安见过面，她已心中释然，再面对金齐欣的时候自然随意了很多。但主动跟金齐欣和好道歉，她做不到，金齐欣明显还别着劲儿。

几个租赁房子碰到杂七杂八的事儿，非跟老公商量，她就公事公办地跟他讲事儿，金齐欣也公事公办地提提建议，跑跑腿儿。自从生病，几个房子已经逐渐被梁星接手，都是长期租客，信用不错，收收房租，房子出了问题修理修理，麻烦事儿并不多。平时在家，两人各忙各的，梁星在微信上晃悠，金齐欣上网看竞选消息。梁星想开了，爱理不理，反正我不用你的不理来折磨自己。日子就这么凑合着过，挺好！于是，两个人不说话，倒好像是个正常现象，渐渐彼此都习惯了这种新的家庭气氛。

金齐欣看梁星潇潇洒洒的样子，每天照样打扮得漂漂亮亮才出门上班，周末照样去教会活动，根本就没把自己这个老公的冷漠当回事儿，越发觉得自己不值，便连正眼都懒得看老婆一眼，心下告诉自己放开，哎，管它生命什么意义，得了癌症，命都是捡回来的，现在不能再为家里这点儿破事儿折磨自己，索性鼓起了男子汉的气概，一门心思扑进了帮赵区哲竞选的事业中去。

下了班他在麦当劳吃个汉堡就直接去竞选办公室忙碌，取了宣传单开着车在选区里挨家挨户敲门替赵区哲拉选票。他把家里压抑着的情绪都集中起来转化成拉选票的工作热情，面对着一张又一张陌生的面孔，他微笑，他诉说。

"您对选区里保守党这次的候选人有了解吗？"

"我能解释的很有限，如果您有兴趣了解更深入的情况，我可以帮您跟区哲赵约时间细聊。"

"你猜得对，哈哈，这个名字的确很亚裔，区哲赵是华裔。"

"没关系，这是区哲赵的介绍，您可以浏览一下。"

"他自己？当然当然，他也亲自走访，今天在另一条街上。"

"哦，太好了！今天有好几家都是坚定的保守党支持者。那您同意在您草地上立上保守党的牌子吗?"

"这是区哲赵竞选办的便民电话，您可以直接拨打。"

"对，他对松林区的老人福利设施非常关心，昨天的演讲只是初步设想。"

"关于政府是否会介入战争和接收叙利亚难民，保守党的确相对谨慎。"

"是，咱们松林区的幼儿设施虽然属于全卧春城相对健全的，但仍然有进步空间，健全小区服务是区哲赵非常关心的议题。"

"这个，他的确挺年轻，经验可以积累，他的热情会给咱们松林区带来新鲜活力！如果当选，他会在工作中善用他的热情来为小区服务的。"

"哦，自由党员，没关系，打搅您了。"

这样敲门的经历对他来说史无前列，虽然出国近 20 年，用英文清晰地表达政治观点，面对不同的提问给予合理解答，对他来说还是构成一次新的挑战，更是一种罕得的人生经历。他一直是个自信的人，与人交往即理智又热情，上大学时做学生领袖，这几年做球队队长，工作单位也担任着不大不小一个小组的领导工作，生活中虽然够不上叱咤风云，也算得上一言九鼎。这次赵区哲竞选，他自然而然地成了义工中的中坚力量，球队几个帮忙人员的分工协作，都是他来协调调动。两人一组，电话访问的，上门走访的，网上宣传的，出去插牌子的，搜集民众资料、应对回馈策略的。他为赵区哲骄傲，更为自己能贡献力量深深喜悦。取得卧春城的华裔民众支持，显然是赵区哲华裔智囊团当然的重要任务。华人小区的大多数侨领都或多或少地卷入了赵区哲的竞选事业，文化中心的赵安平、连心网的钱明，还有各省市同乡会的会长们，都有了一些直接和间接的接触和交流。和这些侨领的近距离接触，让他对卧春城的华人状态有了更多更深的了解，小家庭的不快，被大家庭的快乐取代，他感觉到前所未有的充实。

走访进行了一段时间后，问题逐渐显露出来。

松林区坐落在卧春城西北方，和静湖区一样是高科技和政府员工的聚居区，除了居住着大量华人，印度裔居民也占有相当比例。松林区的自由党候选人就是一位印度裔，是赵区哲最直接的竞争对手，其背景与赵区哲十分相似，早年随家庭移民，在本地受教育，就职在政府下属研究机构，除了年龄比赵区哲大十几岁，没有明显的个人优势。可每当敲门或打电话遇到印度裔居民时，那些操着浓重印度卷舌音的面孔就会微笑着说："No，谢谢！我选自由党！"几乎不给来访者一点儿宣传的机会。

金齐欣终于按捺不住好奇心，在一位和蔼的中年印裔男子面前发出提问："对不起，我可不可以问个问题？问题冒昧，您可以不回答。我想知道您立场坚定地选择自由党，是不是因为本区的自由党候选人是印裔？"

"呵呵，"男人笑道："实话实说，这是个主要原因。其实我本人多年来一直支持保守党，今年我们这位印裔老兄很有实力，我心甘情愿为支持他改变自己的政治倾向。我周围的很多印度同胞，都是相同的想法。"

金齐欣钻进车里和同伴大发感慨："印度人明显比我们华人团结啊！你看咱们敲华人家门的时候，是什么情况？干脆对竞选一无所知的，坚决不表露自己政治倾向的，含含糊糊说还没有最后确定主张的，已经打定主意支持自由党、笑面虎一样顾左右而言他的，五花八门。能坚决地因为赵区哲是华裔候选人而支持的人，连两成都不到吧？能因此改变政治倾向的，更是少之又少。不比不知道，一比吓一跳！同样都是亚裔，同样都是移民，人家印度人就能团结一致拥推自己的族裔代表积极参政，咱们华人呢？出了国也一样没种！而且根本就不是他妈一个人的事儿，是一个群体的丑陋共性！当年柏杨写丑陋的中国人，我看写得对写得好，咱中国人就是目光短浅，小聪明都用在自己身上，没有远见，没有宏观意识，只知道个人自扫门前雪，不管他家瓦上霜！"

同伴道："还不仅仅是目光短浅、自私自利，窝里斗、互相拆台、使反作用力的也大有人在！你没看到这几天网络上的热闹吗？连心网上翻了天！支持保守党的和支持自由党的大开口舌之战，就差骂祖宗了。钱明说不得不派一个人负责删贴，有人身攻击的，破坏网规，立刻删除。可还是挡不住铺天盖地的口水大战。"

"看到了，帖子太多，跟不过来。你负责网络跟踪，你倒给我说说看。"金齐欣道。

"撇开保守党和自由党的不同政见不提，很多华人彻底没有本族集体意识，其观点鲜明，这是个政见自由的社会，我支持什么党跟小区候选人的族裔毫无关系，不论什么族裔的议员，都要为小区整体着想，不能偏袒自己的族裔，甚至应该避嫌，所以，选举中其肤色与族裔就理所当然不应占任何考虑成分。赵区哲是不是华裔，根本对有这种想法的人没有影响力，他们的血液里已经把自己的族裔抹消，他们认为自己和本地白人一模一样，自己的想法正大光明。"

"哼，这个时候就来讲公正无私了，我最看不惯有些移民装模作样融入主流社会，恨不得把自己的黄皮肤改成白色，黑眼睛染成蓝色，奴像！"金齐欣说着，意识到同伴的表情倏忽变化，知道自己最近说话无遮无拦，言辞激烈，过分了点儿，就嘿嘿笑道："虽然说这些人的观点不无道理，听起来站在正大光明的制高点上，但他们忽略了一个重要问题，就是在所有政府行政体制中，一个族裔参政的人数比例，对这个族裔在社会中的地位有一种潜移默化的影响。这是一种实力的体现和证明。既然是多元文化国家，自然应该有多元文化特点的政府来执政。你看犹太人是怎么占据了美国的行业业业？那就是整体实力和智慧的体现！现在加拿大议会里各种面孔都有，华裔移民每年疯狂涌入，议会里华人的面孔见到几个？比例失调啊！卧春城好不容易出来一个赵区哲，难道不是咱们华人移民的骄傲？真搞不懂不支持他的人到底打着什么鬼算盘！"

"哎！众口难调！尤其中国人，那些年国内政治斗争搞的，很多人心里都有阴影，谁也不想再卷入上一辈的噩梦，出了国也怀着回避政治和随大流的态度，有见解的也大多明哲保身，从个人利益出发。赵区哲是谁？跟我嘛关系？整体个啥？外国的土地上，再整体也是少数族裔，乖乖地入乡随俗呗。"同伴调侃着，也有些激动，"不过，老金，今年华人参选的人数还真不少，新闻上说全国已经有20几位华裔候选人了，创了历史记录！放眼全国，赵区哲已经不是孤军奋战了。那几个华人聚居的大都市，都有三五个候选的华人，实力都很强，有成功商人，有高级研究人员，还有好几个是博士的。那些地区华人移民聚居，民众支持率颇高。客观地说，华裔民众的参政意识还是在逐渐觉醒的！咱们卧春城华人散布各区，总数量远远少于那几个大都市，能出个赵区哲，真不错。"

金齐欣点头称是，暗自告诫自己嘴上克制，别总带着情绪讲话，极端又片面，还散发负能量。同伴的态度就要更积极乐观一些。自己这是怎么了？都是家里的烦心事儿闹的。

"老金，我家插了赵区哲的牌子了，咱不能光是做幕后支持者，是不是？咱公开表明态度，支持保守党赵区哲！"同伴兴奋地说。

"哦！很好！应该的，应该的！"金齐欣这才悄悄谴责自己把这件事儿忘了。

第二天，金齐欣上班时就给静湖区保守党办公室打了个电话，报了门牌号码，要求在自家草地上插保守党候选人文森特的牌子。

下班时一路开回家，大小十字路口早已插满了各个党派候选人的竞选招牌，高高低低，颇有一番风景，保守党的蓝牌子，自由党的红牌子，新民主党的橘黄色牌子和绿党的绿牌子，交相呼应。进入居民区，零星有些人家草地上也插了牌子。车子一拐进自家的街道，就看见那两条腿的蓝色大牌子威风凛凛地在家门口迎接着他。金齐欣这是第一次插牌，也是这条街上唯一一家插牌的，他顿时对自己表明政见的勇敢举措感到骄傲，哈哈，牛逼不牛逼？咱雄赳赳气昂昂地支持保守党！

几个月前，球队的几个队员是同时加入保守党的，大家碰杯，祝贺彼此摆脱了"无党派人士"身份。当时党内还没确定松林区的候选人，哥儿们四处拉人入党，以便在党内投赵区哲的票。金齐欣住在静湖区，虽无权给赵区哲投票，政见一直倾向保守党，这时就干脆入了保守党，以示对赵区哲的友情支持。

静湖区的保守党候选人叫文森特，慈眉善目的玩具熊长相，挺着啤酒肚，说话幽默诙谐，非常亲民。他去听过一次文森特的听证会，发现这是一位可以随时和任何人勾肩搭背的慈祥角色，立刻对他深怀好感。此时，文森特的脸明朗地笑着站在草地上，整个家门口一下子亮堂起来。金齐欣停好车，下来围着大牌子转了好几圈。他对这些牌子太熟悉了，最近经常在车里装满了赵区哲的牌子，四处安插。松林区的几角旮旯差不多走遍了。此时，面前牌子上的笑脸虽然不是赵区哲的，可亲可爱的蓝色还是令他格外兴奋。他嘴一咧，笑了起来。很久没有这样在家门口笑过了，最近，回家的心情总是阴郁沉重。他抬头望瞭望门口，又看看保守党的大牌子，长长地舒了口气。哈哈，我鲜明的政治倾向就是这样昭然地向世界宣布了！他拎着计算机包上了台阶，脚步似乎比平时轻松了不少。

梁星下班回来，看到草地上的蓝色牌子就愣了。她呆呆地望着文森特的笑脸，一点儿也笑不出来。这算什么？她环顾四周，这个独一无二的大牌子如此醒目突兀，凭什么？她想都没想，就把插在草地上的两根铁丝腿儿抽出来，把牌子卷成一个卷儿，进门仍在门边地上。

多少年来，两人总是谁先下班谁开始做饭，金齐欣病了以后，梁星基本大包大揽，金齐欣进厨房的机会不是很多，病好了以后也局限于洗个菜闷个米。冷战开始以后，金齐欣经常不回家吃晚饭，这样早早回家淘米做饭的时候算得上罕见。

梁星系上围裙就开始洗菜切菜，金齐欣正准备转身撤离，梁星突然说："你无权在咱家插保守党的牌子，我和勇子都是自由党支持者。牌子我拔了，在门口地上。"

金齐欣还以为自己没听清，愣住了，又猛然醒悟一般咚咚咚走到门口，捡起卷起来的牌子展开来看，双手不停地抖着。话也不说，他就冲出门去，把牌子重新展开又插在草地上。老子就要插！我无权插牌？笑话！这是我的家，我支持保守党，我凭什么不能插牌？

他翻身回了家，咚咚咚上楼躲进客房，气得呼呼直喘气。如果留在楼下，非得跟梁星打起来不可，他简直忍无可忍！拔我的牌子？剥夺老子表达政见的权利？简直是站在老子头上拉屎！我金齐欣再窝囊也不能窝囊到这个份儿上吧？妈的，你拔，你接着拔！你拔我就插，看谁硬！他一头倒在床上，胸脯剧烈起伏，不知道该往哪里撒这口闷气。

楼下响起了勇子回家的声音，勇子大声问："妈，我爸呢？"

听不清梁星说了什么。勇子小跑着上楼的脚步声响了起来，他径直走进客房，对着床上的金齐欣说："爸，这是你插的？"

金齐欣睁眼一看，只见勇子手里端着那个大牌子站在地当间儿，一副质问的模样，瞪着大眼睛等他回答。

金齐欣腾地从床上跳起来，伸手就来夺牌子，嘴里骂着："你这个不孝子孙，你妈拔我的牌子，你也拔我的牌子？我他妈的是个没蛋的，任你们宰割？我让你拔，我让你拔！"说着劈头盖脸一巴掌就向儿子挥去。

勇子躲得急，没打着，身体向后退着。爸爸的剧烈反应把他吓了一跳，牌子刚扔在地上，还来不及反应，金齐欣第二巴掌已经扇了过来，他伸出小肘挡住金齐欣的手，另一只手就抓住金齐欣的手腕，金齐欣使出了狠力，勇子也不得不加倍用力抵挡，两人就扭做了一团。梁星早就跑上楼来，哭天喊地地让父子俩助手，见毫无用处，就去抱住金齐欣的腰往外拉，嘴里喊着："勇子，你松手！你再不松手，要出人命了！"

勇子这才松了手，气喘吁吁地坐到地上。金齐欣甩开梁星，抖了抖被儿子攥得黑青的手腕，嘿嘿冷笑起来："儿子和老子动开手了！翻了天了！"说着就朝勇子踢了一脚，这次勇子没躲，身体一歪，就倒在地上。梁星死命地搂着金齐欣喊着："你这个疯子！你踢他，他干了什么？不就是拔了一个牌子吗？你疯了，还不自知！一个牌子比你老婆儿子都重要？为了一个牌子，你宁可跟老婆儿子反目成仇，你不是疯了是什么？你滚吧，我们这个家不要这样不讲理的父亲，你滚！"

梁星哭着喊着推开金齐欣，扑到儿子身上，搂着儿子痛哭流涕，"他踢伤了你没有？让妈妈看看！"说着，她就要去掀开儿子的衣服看个究竟。

勇子身子一扭，甩开梁星的手，说："妈你别喊！我没事儿！"说着从地上爬起来，捡起地上的牌子冲着正在下楼的金齐欣摔了过去，一边说："爸，你可以插你的牌子。没人不让你插！但你没法儿代表我，我也有权插我的牌子，我明天就插！"

金齐欣从脚下捡起被揉搓得皱皱巴巴的牌子，没有停留，摔门走了出去，门外响起汽车发动和猛然启动的声音。

天已经黑了，家家户户亮起了灯光，一座座静寂的房子里如何上演着狂风骤雨，只有屋里的灯光作证。

204

两天之后，街上出现了一个醒目的风景，保守党的蓝色牌子和自由党的红色牌子肩并肩立在梁星家的草地上，自由党的候选人是一位叫凯伦金的退役女军官，棕色卷发下面是一张笑得十分灿烂的面孔。文森特和凯伦金这一男一女，一红一兰，肩并肩站立，由不得不吸引路人观看。消息渐渐传开，就有些陌生面孔和车辆缓慢从门口经过，啪啪拍照。

梁星上班，有人问："听说你家插了两块牌子？"

梁星耸耸肩，冷笑着反问："这难道不是一个自由的社会？有什么稀奇？"

问话的人看出梁星不高兴，不好多言，道："你家开放，佩服！"心下冷笑，谁反对你一家人持两种不同政见？不同就不同呗，有必要招摇过市，让全世界都知道吗？得瑟！

这天晚上刚下班进门，就有人敲门。是两名记者，一名记者肩上还扛着个头儿巨大的摄像机。

梁星吃了一惊，严肃地说："对不起，我没什么可说。"就赶紧把门关上。想了想又怕记者在报纸广播上乱说，只好整了整头发又开了门，和颜悦色地说："很简单，我先生和我意见不一致，就各自插了牌。"

"没有没有，怎么会为此争吵？他从来不反对我有自己的观点，我也不反对他。我觉得夫妻在家庭中保持各自的独立性和见解是一种尊重和认可，健康的夫妻关系应该是保持自我的吧。"

"是啊是啊，我先生没因此把我赶出去，我很幸运啊！哈哈！"

"是，我也觉得这两个牌子肩并肩在我家草地上非常和谐，特别体现这是个民主、平等、自由和宽容的社会。"

第二天，梁星家草地上两块大牌子的照片就上了报纸，梁星的话也被多处引用。金齐欣看到，不停冷笑，伪君子！有本事你把赶走老公的丑事儿公诸于众啊？民主平等？平等个屁！老子现在都无家可归了，连最基本的生活的人权都没有了！牢骚归牢骚，金齐欣的苦水只能悄悄往自己肚子里咽。家丑不可外扬的道理，他和梁星一样，心知肚明。

人们茶余饭后多了一个笑谈，夫妻政见不一的好像也有了理直气壮的榜样，草地上公开插两块牌子的却再没看到第二家。

大选日期日益逼近，选举的热潮一浪高过一浪，广播、电视、报纸、网络上竞选新闻铺天盖地。每家每户都收到了政府寄来的选票，清楚地注明了大选日期和投票地点，小区里还设立了提前投票的便民服务台。

勇子和几个同学业余时间加入了自由党的义工组织，下了课就去走家串户发传单插牌子。

梁星看着家里两个男人互不干涉地各自为自己支持的政党忙碌，心里有一种说不出的凄凉和孤独。这不仅仅是政见不同，是一种四分五裂的先兆吧？她无法阻止自己胡思乱想，下了班，这个宽大富贵的家曾经多么令她自豪，此时此刻却冷冰冰寒飕飕。她有很大一个空间需要填充，她有大把的时间需要去用掉。男人有男人的事业，女人呢？没有爱情和亲情，一切还不都是个零？她和陆西安的爱情是不算数的，无法朝夕相伴。如果爱情可以论个儿，这样的爱情连半个都算不上。谁来和她一起分享这个宽大的空间和寂寞的时间？她想要的不是偶尔分享，是每一天都一起分享。她是多么渴望那个爱情是个整个儿的爱情啊！

她开始花越来越多的时间在微信上晃悠，几个小时一眨眼倏忽而逝，可无论看了多少新鲜故事和心灵鸡汤，关灯睡觉以前，她总是无法在祷告中拥有完全的喜乐。她的心里似乎有个窟窿需要填补，可她既找不到针也找不到线，那个窟窿只能那么空荡荡地敞开着。她问上帝，"我主，你给我的喜乐在哪里？你告诉我！"

甚至刚从陆西安家里出来，她也开始有了这种空虚的感觉。宴席散尽，留下的是加倍的寂寞和孤独啊！

"我是坏人！你是坏人！我们都是坏人！" 有一次她对陆西安这样说，"这坏，令我害怕和感觉空虚。"

"每个人都是罪人和坏人，这个世界没有一个完美的好人，我们是人，不是神。好人的坏和坏人的好，都是相对的，大部分人都是不好不坏的人，就是这么回事儿！"陆西安道。梁星听了，心就会略微松弛一点儿，是，做个不好不坏的人，也很不容易呢。

聊起竞选的事儿，陆西安总是宽和地笑。

"你拥护保守党，会不会像金齐欣那样因为我支持自由党，不喜欢我？"她问。

陆西安就会捏一捏她的鼻子，说："傻小孩！怎么会？你愿意选谁是你的自由，我什么时候试图改变你？我就喜欢现在这个傻乎乎的你！而且，你和金齐欣的矛盾，是因为选举产生的吗？你想想看。选举只不过是导火线罢了。宝贝，事实是，你们俩不爱了。"

206

"你说我们既然不爱了，为什么还要在一起？我还是想不通！动不动还是想离。"

陆西安就坚决地摇头，"道理咱俩都说了无数遍。别折磨自己了，不能离！"

"我看老外就不将就，不好了就离，所以才有那么多重新组合的家庭，男女都有各自的孩子，重新组合之后，看起来也很美满和谐。不像咱们中国人这样虚伪地从一而终。"

"哎，老外有老外的麻烦，小孩在那样复杂的家庭关系中长大，造成很多心理问题。何况，当事人的苦衷，我们外人哪里看得到？表面现象往往都是假像！就像你的家庭，在人们眼里还不是十分幸福和谐的典范？你那几句关于夫妻彼此尊重的话都上了报纸家喻户晓了，咱俩的私情谁能料到？而且，我的宝贝，老外潇洒不潇洒，不影响我们针对我们的具体情况分析解决咱们的问题。这种事情，从来没有一个模范可以效仿。咱俩的现状，你现在不能离就是不能离，对你对我都是死胡同！"

于是，梁星就只好一如既往地驻守在空荡荡的房子里，任时间在孤独中慢慢流淌。

竞选倒计时开始了，梁星和勇子都是在选举日之前就去投了票，避开了大选日排大队的辛苦。

大选日金齐欣没回家，他和义工团成员们聚在竞选办公室附近的酒吧里一起观看电视新闻。电视屏幕上几个党派的选票数实时滚动着，离投票关闭时间还有三小时，自由党的选票就已经显示出惊人的优势，三百多个席位，半数以上已经被自由党拿到。酒吧是被赵区哲保守党办公室包了的，人们神情严肃，本区的投票数还未确定，印裔自由党候选人的票数也已经遥遥领先。

事实与大选日之前的预计相吻合，自由党大获全胜，戴维金以绝对优势组成了多数党议会。赵区哲所在的松林区，印裔自由党候选人获胜。连心网上很快就有了赵区哲做的致谢演讲，竞选结果，是民心所向，不是赵区哲一个人的失败，保守党整体大势已去。松林区六万多居民，五万余人参与投票，赵区哲赢得两万多票，是个输得很有面子的结局。

"好多华人在最后一刻投了赵区哲的票，"金齐欣不无感慨地说，"那些立场摇摆的，看到自由党已稳操胜券，不在乎自己的选票了，不如干脆支持了咱竞选的同胞，让松林区得到一个保守党席位。我同事老魏打电话告诉我，他的几个邻居都是这样在最后一刻从自由党转向改投了赵区哲。呵呵，至少，这让我看到了一点儿卧春华人团结的力量！"金齐欣和几个球友义工虽败犹荣地抢着说话，大家似乎在有意给赵区哲提神，转移他的注意力。

赵区哲却并没有什么沮丧的神情，他和保守党竞选办公室的几位干事一一致谢后，就招呼球队的一众球友去他家里喝酒，"老爸老妈今天在我那儿，早在家里准备了好酒好菜，茅台，龙虾！走走走，大家累了这么久，老弟我心里的感激说不出口，啥都别说了，咱回家喝去！"

竞选的热浪终于冷却平息，戴维金大刀阔斧地推进叙利亚难民的接收工作，大麻也将在不久的将来合法化，石油价格却一路下跌，经济形势颇为低落。人们一边注视着新政府的治国举措，一边回到了按部就班的日常生活中来，一切似乎恢复了原样儿，梁星和金齐欣的僵持关系却还在延续。

勇子报了五所大学，选了理工方向的专业，电子工程和计算机程序设计。他自如地应付着十二年级最后几门功课的考试，积极组织着学校义工俱乐部的活动，还在一家商场打了一份收款员的工，每天早出晚归，整天和父母说不上几句话。

金齐欣在赵区哲竞选中的不遗余力使两人成了挚交，金齐欣这下有了固定去处，在家不高兴了，就呆在单身贵族赵区哲家通宵不归，和经常在赵区哲家留宿的白人比尔也成了好友。

梁星经常独守空房，楼上楼下转悠，拿起这个，又放下那个，心里那个洞又空又深。微信也渐渐看腻了，眼睛对着手机屏幕看得干涩疼痛，就干脆关了微信，连网看电视连续剧。有时一部剧，一连看上好几天，浑浑噩噩，看时揪心扯肺的，看完顿觉无趣，这些风花雪月的故事离生活太遥远了。她心中那个洞还是一样的空一样的深，只能继续没完没了地用叹息去装填。

"那么多小区活动，去参加吧！"陆西安劝道，"跳舞啊，合唱啊，健身啊。西人小区的就甭说了，到处都是健身房，小区中心的绘画、读书会、做饭什么的活动种类繁多，足够你选择。华人小区这两年也风生水起，你看连心网上三天两头这个表演那个表演的，目不暇接。你加入一两个，业余时间有事儿干，就不会这么枯燥无味了，是不是？空巢的年龄，没有点儿爱好，空虚寂寞是必然的，并不是你家庭不顺心才会经历这种孤独。人是社会动物，孤单了，就会苦闷，对不对？咱们教会的合唱团现在不是在鼓励会众参加吗？去参加，好吗？"陆西安苦口婆心地劝导。

梁星于是参加了教会合唱团，一周排练一次，又买了健身房的会员卡，一周去跳三次健身操。

生活果然忙碌起来，无论唱歌还是健身，都好像为她打开了一扇新世界的大门。

在合唱团唱完圣歌，她会感觉身体轻盈、心灵充实，回到家里，那些歌儿还会在脑海里一遍遍重复，"轻轻听，我的牧人在听我声音，你是大牧者，生命的主宰，我的心在听我主声音！"啊，多么美妙的旋律，多么圣洁的歌词，她嘴里小声哼哼着，手里擦桌子扫地的动作都舞蹈一样挥洒着乐感。去跳操更是一种新的体验，她原本不是一个爱运动的人，刚开始，跳一个小时都坚持不下来，汗流浃背不说，累得好像要晕厥过去。可跳了三周下来，她发现自己竟然进步显著，身体协调性大幅提高，脸色光洁红润，一小时的操跳下来，再也不会累得快要晕厥，血液流转，周身舒泰。最重要的是，心情变得平静愉悦。每次一身大汗之后，她都能切实感受自己每个细胞的舒展安适，这种松弛的疲劳令她迷恋。怪不得人们说运动时大脑会产生一种名为内啡肽的物质，具有和吗啡类似的镇痛作用，可以调节心情，引起欣快感，还能降低忧郁和焦虑等消极情绪。她于是在每次运动时都会下意识地想着自己正在创造着这种"快乐激素"或者说"年轻激素"内啡肽，一贯爱美的她就感觉大有青春常驻的可能性，心情就更加愉悦了。

"我变成内啡肽的生产者了，这得归功于你的健身建议。"梁星对陆西安说，"怪不得你总是这么平静安详，你不声不响晨跑了十几年了，为什么不把这么好的经验早点告诉我？"

陆西安耸耸肩，说，"我跑惯了，习惯成自然，都忘了自己在做这件事儿。我总觉得我的稳定和快乐来自对上帝的热爱！"

梁星想到自己也爱着上帝，就更加欢喜，管它是什么原因改变了自己的精神状态，反正一切都在悄悄地进步，这就够了。她尽量不去想自己的两面生活，不再责怪自己的欺骗和虚伪。人生只活一次，我不能委屈自己，这样古怪的生活状态既然可以存在，一定是神示的。陆西安说的对，我们只有服从。

面对那个华丽而空旷的家，她的叹息渐渐在消失，见到金齐欣也笑嘻嘻地说话，"我开始锻炼了，才明白为什么你那么爱打球！"

金齐欣的心感到了一丝柔软，他看了看梁星，发现她近来似乎更年轻了，脸上的阴郁消失，喜气洋洋的。嗯，开始锻炼了，不错。这个老婆至少在中年大妈里不那么令人讨厌，精精神神的，这几年信主信的连过去那种强烈的嫉妒心都没有了。分房睡就分房睡吧，能怎么样？自己的性功能算完蛋了，这几天连自慰都无法成功了。他心中的悲哀缓缓升起，嘴里涌起一股极度的苦涩滋味。这样各忙各的，不和她亲近，不给她机会了解自己的无能，是最佳状态！将就过吧，生活是我从癌症手里夺回来的，过一天算一天罢了，我还剩下啥？这点儿自尊就让我保留着吧！

梁星看不到金齐欣的悲哀，她却看到自己心中那个窟窿在缩小着。也许，生活里有很多不同的针、不同的线可以缝补这个窟窿。过去是我傻，不懂得去找那些针和线。她为自己的进步，颇感欣慰。

十五、

秦男自从冰儿出版了《半满》散文集，兴奋了几天，四处送书。悄悄看了几篇，暗自称赞，也不让老婆知道。她的世界和自己的世界太不一样了，当初恋爱时并没看出这么大的区别，她大学里学的是计算机程序设计。秦男是个简单的人，平静接受现实是他最擅长的，对自己不感兴趣的事情漠不关心。很快，他就把老婆的书丢在了一旁，再也不去碰一下。如果有时间，浏览时事新闻、体育消息才是他最钟情的。可是，渐渐地，有件事儿开始让他烦心。

一天睡梦中他看见冰儿穿着灰色长袍剃着光头站在自己面前微笑，他责怪地问："你怎么穿这么难看的衣服？头发呢？"冰儿只是笑，微微点了点头，就转身离开，背影仿佛漂浮在水面上，一转眼就消失不见了。这怪梦莫名其妙地隔三差五就重复一遍，背景有些变化，有时他自己身边多出两个儿子，有时冰儿的袍子颜色会变成深黄色或者深红色，她身边还会多出棵大树、一块池塘什么的，可梦里的冰儿一如既往地不说话，安静地微笑，安静地离开。

他从来就不是一个儿女情长之人，被一两个梦境所缠绕，前所未有。可这种重复令他心烦意乱。读博士时同学们把他潜意识的判断力看得神乎其神，即便那几个未卜先知的事情发生了，他也从未当回事儿。这时那些巧合的片段却时不时地在眼前浮现，如果我真有"男巫"的法术，现在这个梦暗示着什么？他的生活逻辑是从不为自己不能控制的事情去瞎操心，一两个醒来就消失的梦境当然属于这个不必瞎操心的范畴。可他每天看到冰儿在身边晃来晃去的样子，下意识就会和那个光头女人产生比较，两个身影重合到一处，严丝合缝，令他毛骨悚然。

晚上临睡前，冰儿总要静静地打一会儿坐，说是冥想修心，他从来没对此事儿上过心，女人们练练瑜伽冥想什么的，没什么稀奇。但随着那个梦境的重复，他才意识到，冰儿已经这样规律地打了很长时间坐了，半年？一年？隐约间，他感觉冰儿的静坐和他的梦境有着千丝万缕的联系。

有天晚上他看见冰儿戴着耳机捧着计算机看视频，就凑过去看了一眼，发现是一个老和尚宣讲心经的视频，心里咯噔一下。他问："你怎么突然会对佛教感兴趣？"

冰儿答："我一直对佛教感兴趣，不是突然。我去生命中心活动已经一年多了，你不知道吗？小时候，家人带我出门，我五岁就知道进了庙里要磕头，家人都觉得惊奇，从来没人教过，那是前世有缘。"

秦男点了点头，装着没事儿人儿似的走开了，心脏却像捆在风中的秋千上，忽悠忽悠地飘荡。又听见冰儿笑着说："你本来也不知道我在干啥。我不是出了书，你才知道我会写文章？我都写了五六年了，就是说那五六年里，你对你太太一无所知。"说完，她又轻声笑起来。

他听出冰儿语气里并没有埋怨，却多了从来不曾有过的一种特殊味道，像是不经意的调侃，又像是玩笑般的嘲讽。他顿了顿脚步，没有接茬。他和冰儿婚后从未吵过嘴，除了皱皱眉头，他不想开始那个大多数家庭都会尝试和经历的吵架体验。过日子就是过日子，丈夫老婆各尽其责，脑子里想什么，有什么要紧。这个生命中心是干什么的？跟佛教有什么关系？他从来不会主动向冰儿请教什么问题，他是一家之长，理应什么都知道，向老婆请教问题，掉价。

他开了计算机，找出家里的记账程序，翻阅着冰儿的账单，这才发现，冰儿除了给生命中心交纳一年一次的会员费，还有两次几百元的捐款。他平时从不过问冰儿的开销，现在一留意才发现这个太太除了买书的数量增加，这两年买衣服大量减少，美容也不大做了，倒是这个生命中心成了一块比较大的个人消费。

他按捺不住好奇心，敲了卧春城生命中心的全称，在谷歌上搜索到网页，快速浏览起来。中英文双语网页制作的精美雅致，是由一位名叫顾青开的佛教徒主持开办的禅修中心。主页上写着："现代社会，理智主义与科学技术的发展使我们拥有了高度的物质文明，但人们迷金逐物，单纯自由的心性被屏障泯灭，如何寻找精神家园，找回人类本有天性，成为人们的迫切需要，卧春生命中心将引领您走向一条通向寻求自我的自由之路。"网页上有照片和视频，照片是集体打坐的照片，男男女女一大群人闭目端庄而坐，腿上盖着黄色锦缎织毯，各个神态安详。他仔细看了看，没找见冰儿。他又随便点开一个视频，竟然是身穿袈裟的和尚直接授课，讲如何打坐禅修。和尚是翡翠山虚云寺的主持法弘上师，一位面貌清瘦安详的老和尚，白色长髯一直垂到胸口，和光秃的头顶形成鲜明对比。秦男只晓得距离卧春城百十公里处的翡翠山是著名的滑雪胜地和避暑山庄，全家去滑过好几次雪，但从来不知道那里还藏着一个中国佛教的庙宇，还有这样像模象样的和尚主持寺庙，这在西方国家不能不说是件稀奇事儿。那种莫名其妙的不安就浓雾一样再次重重地笼罩在他心头，也许，也许应该跟太太谈谈。

多少年来，秦男和冰儿像匹配在一张机床上的两个重要零件，严守着各自的岗位和职责，运用自己的功能确保机床的顺利运转。这张机床就是这个家，一个需要丈夫和父亲、妻子和母亲的家。这两个零件因为固定在自己的位置上，钢铁铸造，彼此并不需要接近和交流，完成的只是一种机械式的合作。秦男在这种自然的机械运转中从来没感觉过不适，这正好吻合他的思维方式。至于冰儿那个芯里苦心中的苦涩甘甜，只能在冰儿内心掀起看不见的暴风骤雨，变成《半满》文集，也没有真正引起秦男的好奇心。但这个怪梦给秦男带来的恐慌感，终于给他提了个醒儿，难道她不快乐？

他过去对家中的摆设从不留心，现在突然发现家里竟多了两尊佛像，一尊是玉石雕刻的观音菩萨，端正地摆在冰儿的梳妆台上，一尊摆在一进门的起居室墙边，是可以摆供品的木制佛龛，冰儿虽然没有燃点香烛，却有一小捧鲜花摆在龛箱脚下，供着释迦摩尼佛只手拈花的端庄法身佛像。她这是真的在信佛了，怎么会？什么人会对宗教发生兴趣？空虚无助？忧愁悲哀？心灵没有寄托？生活不是挺充实的吗？为什么需要这种虚头八脑的东西？他是彻头彻尾的无神论者，冰儿的这些变化，令他百思不得其解。

有好几次，他看见冰儿独自一人捧着计算机，都想走过去和太太坐一会儿，说说话，可是近二十年没有做过的事儿，令他感觉极度不适、不敢和不能。特别是心中有了这些疑惑，面对妻子时就好像突然长出来一层屏障。他从冰儿身边走过，告诉自己停下脚步，可脚步不听使唤，径直经过了，他告诉自己的舌头，说话！可舌头不听话，安安静静地呆在口腔里，只帮助吞咽了两口唾沫。屎！他骂自己。就这样，一天又一天，这个应该谈一谈的念头始终没有兑现，却一直烦扰着他。

一天晚饭时候，全家照样团团围坐，冰儿像平时一样询问着两个孩子在学校的情况。两个孩子一边吃饭，一边一一应答。秦风和秦云的手机和平板计算机早就被冰儿禁止拿上餐桌，两个孩子和所有年轻人一样，对电子产品有着不离不弃的迷恋，吃饭这短暂的分离，　成了他们吃饭的加速器，两人呼噜呼噜先后吃完就离开了餐桌。往常，秦男和儿子们吃饭速度差不多，总是剩下冰儿一个人守着餐桌默默地细嚼慢咽。

今天，秦男告诫自己无论如何要跟冰儿聊一聊，就放慢了吃饭速度，儿子们一走开，他就斟酌着如何开口。"嗯，你……"秦男咳了两咳。

冰儿抬起头，目光里有一丝惊奇，她定睛看了看秦男，面孔又恢复平淡，继续低头吃饭，一边喃喃说道，"我看秦风的成绩单很象样子，上西南大学计算机专业稳操胜券。"

"嗯，这孩子念书从不需要多操心，从他下棋时的状态就可看得出来，思维敏捷，精力高度集中，跟我高中时很像，不费劲就学习好。夏天还考出那两个程序设计证书，是块好材料！"秦风很高兴冰儿误以为他要聊孩子，谈话开始得自然而然，心理不安因此大大减轻。平时他的确只在聊孩子的时候才跟妻子讲话，可今天不行，他必须聊她。

"我看起居室里你供了佛像，你是？"

冰儿笑了，说："呦，你注意到了？都放那里半年多了。有什么不合适吗？"

"没有不合适，我只是刚发现。好奇。你，你信佛教了？"秦男小心翼翼地问。

"是。"冰儿简单地回答。

"你能给我说说吗？"秦男缓慢地嚼着饭，说话的时候并没有看着妻子。

冰儿狐疑地看了看秦男，半天没说话。这老公从来没有关心过妻子的思想，这是开天辟地，怎么回事儿？

"你想知道什么？"冰儿问。

"就是你怎么信的，为什么信的？信啥？"

冰儿微笑起来，有点儿受宠若惊的惊喜，眼睛里亮着晶莹的光芒，她说："你想听长篇大论的，还是想听简明扼要的？"

就在这个时候，秦男干了一件大错特错的事儿，他抬起手腕看了看手表。

冰儿脸上的笑容顿时萎缩凝固，喜色一扫而空，她耸了耸肩，说："没什么，信就信了，很简单。"说完她站起身来，叮叮当当收拾桌上的杯碟碗筷，双唇紧闭。

秦男憎恨自己，他看表的一瞬间已经意识到自己的错误，这是在工作单位养成的坏习惯，奔忙于各种会议之间，有时候一个会还没结束，就得查看下一个会议是不是耽误了。此时的冰儿，丝毫没有跟他谈话的意图，他再迟钝，这点儿还是看得出来。他站起身来，默默离开厨房。

坐在书房的书桌前，面前的屏幕忽明忽暗地闪烁着，他一动不动呆坐着，不知道屏幕里上映着什么。冰儿的心，是一个他惦着脚尖也够不着的地方。前所未有，他感觉到空虚、无奈和无助。他从来做不到和冰儿开诚布公无拘无束地讲话，他无力打碎那个尴尬的屏障。他感觉自己迟钝到了呆蠢的地步，这样的自卑，有生以来第一次强烈地控制了他。

虽然和冰儿同床共枕了近二十年，他始终和太太保持着彬彬有礼的状态，平时没有拥抱接吻，睡觉时不搂不抱，不脱睡衣，碰不着裸露肌肤，后背对着后背。他很少有做爱的念想，偶尔做爱，只是完成任务，整个过程不超过两分钟，只有射精的一刹那他有快感，到达这个顶点的两分钟程序，也会让他觉得挺累，至于冰儿是不是也需要享受快感，他从未想过。做爱不就是生儿育女，传宗接代吗？一代一代都是这样过下来的，很正常。他隐约感觉到冰儿不高兴，特别是做爱之后，冰儿总是面无笑容，眉头紧皱。难道她嫌我时间短？这么一想，他越发不喜欢做爱了。我就是这样短，能怎么样？这又不是性无能，咱两个儿子都生出来了。他的聪明才智从来没有引导他往这方面努力，什么前戏后戏口交肛交，对他来说是多么荒唐无聊，甚至恶心透顶，真想不出人类为什么会整出这么多花狸狐哨的淫秽勾当，搞得好人都往邪处想，污染精神、破坏夫妻和谐、搞乱社会。不过，如果冰儿真的信奉佛教，会遵守这个戒那个戒吗？也许会禁欲吧？那倒不错，连这两分钟的辛苦，也可以省略了，至于那一刹那的快乐，自撸也就够了。

那个梦，却丝毫不体谅秦男的苦衷，还是隔三差五地光临他的睡眠，有好几次，他翻身醒来，想告诉身边的冰儿，可话到嘴边，又咽了回去。老人们说有些梦说出来就会破解，有些梦则说出来就会实现，他不知道这个梦是属于哪类，他选择沉默。

这天他在公司休息室里煮咖啡，一个女同事进来沏茶，两人闲聊起来。女同事问："下周情人节，你给太太买什么礼物？"

秦男愣了愣，心想，我似乎从结了婚，再没想起来情人节，不好意思坦白，他反问："你情人节想收到什么礼物？"

女同事自豪地笑着说："哎呀，我收到什么都高兴，我很容易满足的。"

"那你都收到过什么礼物？"

"什么都收到过，小到一盒巧克力，大到一次墨西哥旅行。名牌包啊，表啊，衣服啊，首饰啊，戏票啊，都收到过。我先生特别会弄出惊喜来，我每次情人节都在猜这回他会弄出什么新花样儿来，可每次都猜不对。哈哈！"

秦男觉得自己的心随着女同事的笑声忽松忽紧，她被丈夫这样宠着，还口口声声说自己容易满足，那自己从来没有给妻子购买过情人节礼物，冰儿的满足是什么级别的？他强迫自己相信这个女同事的丈夫是个另类，花这么多心思在太太身上并非常见。可是从休息室端着咖啡出门时，他打定主意，今年他要给冰儿一份情人节礼物，一棒大大的鲜红的玫瑰。

冰儿自从加入了生命中心的活动，渐渐对禅修发生了越来越浓厚的兴趣，除了一周两次到中心去听课和打坐，自己还花大量时间阅读网络文献数据，看禅修视频讲座，文章竟写的少了，中英文博客三天打鱼两天晒网地维持着。

好友旭蓉蓉是和她一起加入生命中心的，两人活动完毕，会去咖啡厅小坐一会儿，冰儿就会把自己的学习心得滔滔不绝倾倒出来。

"蓉蓉，大乘佛教所推行的住世之法，是在咱们这五浊世界里寻求人生解脱苦恼的途径，最终抵达清净无染、度己度人的境界。就好像一朵莲花，出淤泥而不染，不生长在高原陆地，只生长于湿地淤泥之中，独自芬芳自傲，平静安详地开放。你想想，在这个嘈杂肮脏的世界里，做一朵这样的莲花，是不是极美的境界？"

旭蓉蓉道："我看你这个人就像这一朵莲花，混迹于江湖，却不流于世俗，独特，出众。你的悟性似乎大大高于常人，所做的每一件事情，不仅与众不同，而且散发着一种非人间的美好，比如你这秀美飘逸的容颜，你笔下那些美妙的文字，你默默奉献的贤妻良母质量，你温吞柔和宽容的性格……"

冰儿就伸手来推旭蓉蓉："肉麻死了，你把我捧上天去，谁来和你做朋友？"

"你到天上去，随便泼洒些灵汁玉露，就福泽天下了，一定要多往我身上洒些，记住！"旭蓉蓉笑道，又抓起冰儿的手，认真地说，"我不是捧你，是真的这样想，冰儿。你看别的不说，连双盘跏趺坐你都有加持，你从最开始就可以双盘，练了没几天就可以一动不动盘坐45分钟，我们呢？单盘都无法盘30分钟，痛得只能改成散盘。不是亲眼看到，我都不愿意相信你全方位的才能，美貌、善良、才华、幸福，都拥有，实在太完美了。我总觉得冥冥之中有神仙在你左右保佑。"说着，旭蓉蓉前后左右上上下下打量冰儿，看得冰儿莫名其妙，她才不紧不慢地说，"怎么看，我怎么觉得你是神仙投胎下凡，一身仙风仙骨，没准儿上世就是神仙菩萨转世而来，也说不准呢。"

冰儿就又去推搡她，声音大了些，周围有人侧目，两人才噤了声。冰儿说，"你最慷慨，总是夸我，让我受用！我不是从小练过几年体操吗？柔韧性好，双盘跏趺坐自然对我是容易的，这个不算什么。蓉蓉，你说，咱俩是不是上世有过缘分？我为什么这样……"她想说'爱你'，觉得太过肉麻，终于没说，脸却红了起来，扶着旭蓉蓉肩膀的手也缩了回来。

旭蓉蓉也有点儿脸红，和冰儿在一起，总有一种暧昧的感觉不由自主地让她眩晕。她嘿嘿笑道："也许，前世我是你的丫鬟，或者是你的情人？"

冰儿呆呆地看着旭蓉蓉，说："也或许你是我的妈妈或者姐妹？蓉蓉，你真好，总是疼着我。我跟你说点儿心里话吧，除了你，我觉得和谁在一切都没意思。过去对漂亮衣服还感兴趣，现在连这种兴趣也没有了。孩子也很快就要上大学离家了，不再需要我。甚至连写文章，也不过是一种惯性，我时常感觉无趣，真正的彻悟是不需要语言的，不是吗？六祖慧能，一代南禅宗师，大字不识一个，却吟出"菩提本无树，明镜亦非台，本来无一物，何处惹尘埃"的诗句，传承发展了佛教一大宗派，福泽天下。再说老子那样杰出的哲学家、思想家，也不过留下了《道德经》一本五千字薄书，还是被尹喜连逼带苦求才因缘成书，老子本人自隐无名为务，西去游历天涯，再无文字，那才是真正的彻悟啊！用文字可以表达的，总是有限而无力，是不是？宇宙宏苍，小小的人类所领悟的东西微如大海中的一滴水，沙漠中的一粒沙，算个什么？何况，我感觉自己连一粒沙也是不如的，最近学习这些圣人先哲的文字，才发现他们的思想，我连皮毛尚无法领会，何等的博大精深！我太无知渺小了，能写出什么值得流芳百世的东西？已经写出的那些文字，不过是风花雪月、顾影自怜，无病呻吟，凡夫俗子一点鸡毛蒜皮的浅薄卖弄，自己都不好意思回头去读，对世界来说还不是一堆垃圾？很快就会被时间埋没，都不用等到魂飞九霄。加上网络时代，一切都好像奔驰在高速公路上，几个月一两年一个轮回，再热的东西也会被新东西追逼得冷落下去，很快就尘埃一样无影无踪了。写写写，又有什么意思呢？即便发表成书，文字留下，不过是一种短暂的功利心的满足。要那些个功名利禄有什么用？生不带来，死不带去。即便乐观地讲，有一两部书可以流芳百世，又能怎么样呢？百世，在宇宙宏苍之间，也不过是眨眼的一瞬罢了，历史长河中的一滴尘埃。我们渺小的人类，与日月星辰山川河流相比，谁能流芳？没有一个人！你说是不，蓉蓉？"

旭蓉蓉听得呆了，说："我能听懂一半就不错了，冰儿，你太深奥了！想这样多，累不？"

"想，或者不想，哪里是自己可以控制操纵的？咱们练打坐，不就是为了学习拴住自己的思想，让那些无穷无尽的思维垃圾被管理消化，回归简单朴实的原真状态，找出真实自性，再去破除它，最终去与包容万物的太虚实相相契相合相容相兼？"

"你说的真好，冰儿！我悟性太差，又没有你这样的钻研思考精神，打坐时想不到这么深奥的东西，让数息，就数息，让观息，就观息。安安静静的，就感觉好舒服！"

冰儿啪地拍了旭蓉蓉一下，点头说："看到你的长处了吗？这就是悟性！蓉蓉，这点你比我强，你脑子里没有那么多妄念，你具备一种天然的处惊不变的宽容心和平常心，所以可以很容易进入安静的禅定状态。这种时候，能不能双盘，还是问题吗？你的心回归了本性，舒服是什么？舒服就是自在啊，就是那个修习佛法大道想要达到的最高境界！"冰儿说着，又高兴地拍了好友一下，满脸兴奋。

"我哪有你说的那样悟性高？腿痛起来，就不舒服了。定啊静啊，立刻烟消云散，你所说的自在，仅在十分钟之内。"旭蓉蓉咯咯乐起来。

"阿弥陀佛！十分钟也很棒啊！人生在世，没有一个人可以完全自在，你想这是怎样的大不幸？我们从早晨睁开眼睛，就开始为各种各样的的烦恼和责任奔波忙碌，一天里如果能拥有十分钟彻底的自在，也是不容易的。这么多年过来，你我不是才开始学会去寻求'自在'吗？修行的时间还长着呢，咱不必着急，不贪不嗔，不贪图静坐快速收到效果，踏踏实实地安坐收心就是守住了正知正觉，那安坐的几分钟自在已经是奢侈的收获了，是不？"

　　"我就是佩服你这种融会贯通的能力，同样是修行，我只能明白表面的道理，你却可以抵达深处，而且懂得把它随时应用在生活的每个侧面，这就是智能吧？我即便拥有聪明，也是没有什么智慧的，而你，就是那个把聪明上升到智慧的人！"旭蓉蓉真诚地赞美道。

　　"蓉蓉，我哪有什么智慧？现在越读书写作修行，越发感觉自己的浅薄无知，无才无能。学海无涯！有时候真想一个人躲到深山老林里去，潜心读书，潜心修行，再不受这世间繁华的诱惑，像弘一法师李叔同那样斩断尘缘，摆脱嘈杂世界的纷扰烦恼，清净无为地活完下半辈子。"

　　"天，冰儿，你怎么会有这种危险的想法？出家？赶紧收住吧！这个世界还是很美好的，家，工作，亲情，友谊，都值得咱们用未来的日子去慢慢体会感悟，你拥有那么多美好的东西，决不能躲到深山老林里独自消化，太可惜了！"旭蓉蓉说着就把冰儿搂紧了，心里叹息着，自古文人墨客少有精神完全健康的，少了这些多愁善感，少了超常的悲天悯人，少了多于常人的深邃敏感，也就成就不了那些动人的诗词歌赋。高处不胜寒，太高了，和自己并排的就凤毛麟角，没有交流和共鸣，孤独还不是自然规律？她很高兴冰儿肯跟自己诉说这些思想深处的彷徨，显然自己的单纯并没有让冰儿瞧不起。这样想着，心里就柔软起来，喃喃道："我陪着你，你不要再瞎想了！好好写文章，好好生活，打坐不能打到深山老林去！"

　　"蓉蓉，你知道吗？你天性的纯真善良慈悲，是一种福报，你懂得在入世的状态下拥有出世的心态！这就是大隐隐于市的心态。虽然你不说出口，也不写出文字，但你骨头里带着这样的佛性，是很多人多年修行达不到的境界。我羡慕你！你看我，妄念此起彼伏，水中的浮漂一样，一个按下去，另一个又飘起来。最近佛教的东西读得多了，就有了出世的欲望，或者说有了逃避尘世的念想。大乘佛教，教人修身修心，并不要求每个人都出家才可证悟真理，它原本是教人即便守在尘世间，也可以像荷花一样出污泥而不染地清净无染，这样才可以在浮华人世中度己

218

度人。我想我是有点儿走极端了，这些天打坐的时候，蓉蓉，我经常会有幻觉，看到观音菩萨在莲花座上向我招手。这是心魔的诱惑，在禅修中是忌讳的，我一直不敢告诉任何人，怕被人论断，有些恐慌。"

"冰儿，你打坐时都看到幻象了？天，人们打很多年坐才会发生的事儿，怎么在你身上这样快就发生了？你真的有神通！我的神仙妹妹啊！不怕，法弘上师讲课不是说释迦摩尼在菩提树下静坐时，看到各种各样的神魔来诱惑干扰他证悟佛法吗？那种时候要学会跳出禅定，赶走神魔的干扰。你能做到吗？否则会修出鬼神道。你要不要跟顾青开先生或者法弘上师私下聊一聊？可千万别走火入魔啊！"

"别担心！看你急的！这种时候偶尔出现，一瞬间也就消失了，修炼进出禅定自如，这时候就派了用场。我没事儿，因为我知道即便是观音菩萨的幻象，也是魔，违背了正知正觉正念，咱们都是打过预防针的，我控制的还好，所以就不跟顾先生和上师讲了，慢慢自己悟，也得有个过程。"

旭蓉蓉这才放了心，说："你别凡事儿总是闷着，好不好？可以随时给我发短信打电话啊！咱俩这样好，你明白的！"说着，脸上又红霞烟起。

冰儿点了点头，转着手里的咖啡杯说："蓉蓉，我现在越来越喜欢独处，守在自己的孤独世界里非常满足舒适。有时一整天连一句话都不想和人讲。你说，我这样，是不是病态？"

"忧郁症？不，不！你不是忧郁症！你积极操持家务，教养儿子，努力工作，业余时间读书写作禅修，周围百分之九十的人都不如你活得充实积极，你有规律，有动力，有目标。你这不是忧郁症，你只是在探索生命的含义。别自己吓自己了，冰儿。"

那些日子，旭蓉蓉三天两头和冰儿见面，甘心做她的听众，听她倾诉心中无助的迷茫和孤单，直到丫丫出事儿，旭蓉蓉才从生命中心的活动里暂时抽身而退，专心放在丫丫身上。

"其实，你也别太担心丫丫，"冰儿在生命中心见不到旭蓉蓉，就常常打电话。"我近来常想，《心经》之所以成为佛教的总纲，就是因为它说出了宇宙的根本大道，缘起性空。一切都在变化，只有当下的一瞬是真的，其他都是虚妄，而这一瞬是谁都无法把持停留的。所以才会色不易空、空不异色，那空字，便是连没有也是没有的。而我们人类所拥有的一切，眼耳鼻舌身意，色声香味触法，六根，六尘，六识，都是不能依靠的。明白了这个道理，才可能看破红尘，清净无为，心无挂碍，方能解脱一切苦厄。就事论事，丫丫所遭遇的事情，世界上的每个角落都在发生着。蓉蓉，你把自己拉开一段距离，比如让自己长出翅膀飞到云层之上，俯视地下，你想，你还能看到这次车祸吗？能看到马克西姆的死亡吗？还能看到丫丫的苦恼吗？我们像一群微小的蚂蚁，拥挤着折腾自己的洞穴、储备干粮、筑巢垒坝阻挡风雨，可是没有冲不坏的洞穴，没有吃不完的粮食，没有谁能挡得住风和雨。这样想，一切只要顺应它的自然规律，就会迎刃而解。拿丫丫的事儿说，她现在的痛苦也许会造就她非凡的未来。上天给的一切苦难都是有因有果的，释迦摩尼如果不抛却王子的荣华富贵，乞丐一样苦修苦行，菩提树下哪里会得到证悟？又怎么可能福泽万代，给我们今天带来佛法大道，替世人找出一条从苦难中解脱出来的办法？你想想，丫丫现在的苦也许是通向未来伟大成就的一条路，祸之福之所倚，是不？"

"是！"旭蓉蓉安静地听着，默默点头。是的，也许我应该和丫丫从这个角度好好谈谈。只是佛教这些道理，她会接受吗？她看着桌上花瓶里插着的一大捧白色百合花，脸上露出一丝平静的喜悦，这花是冰儿送来的，她并没有跟冰儿讲丫丫流产的事儿，她必须尊重丫丫的隐私。是的，再过五年十年回头来看，丫丫也许会感谢现在的苦难。冥冥之中，不管是上帝耶稣还是释迦摩尼，都是认可人类苦难的存在和发生的，甚至用苦难来教育众生，丫丫也许是那个被重视和拣选的一位，她未来将得到的幸福也许会比别人多。

撂下电话，她静静地坐了一会儿，听得见丫丫坐在起居室抱着计算机打字的声音。这些日子，丫丫已经恢复了正常的作息，比原来略显沉默，静悄悄地进进出出，却经常坐在钢琴前面弹琴。自从十六岁考完钢琴十级，丫丫就停止了钢琴学习。功课紧张，学校活动多，还打工，这钢琴几乎不再发声。旭蓉蓉很高兴现在丫丫懂得从音乐里寻找解脱，孩子曾经喜欢弹贝多芬的献给艾丽斯那类抒情钢琴曲，现在却经常弹莫扎特的土耳其行军曲和科萨科夫的野蜂飞舞，因为节奏快、音符密集，难度极大，丫丫会一遍又一遍练个不停。旭蓉蓉静静安坐倾听，那些快速跳动的音符在家里一遍一遍地回荡，她的眼泪就会不由自主地流下来。她不知道丫丫是不是故意不选择缓慢柔情的曲子，反倒选这些激扬振奋的音乐，难道孩子是专门用这种兴奋的曲调来激励自己生活的勇气吗？是要用音乐的快乐昂扬扫除生活的阴翳无奈？是要用艰难的练习取缔占据头脑中的哀伤吗？

她曾悄悄问过玛莉萨丫丫在学校里一切是否正常，玛莉萨让她不必担心，说丫丫是有信仰的人，她现在去了玛莉萨的教会，明白一切都是神的安排。伤心是必然的，但心中有神的支撑，一定会平安度过这个难关。旭蓉蓉心中的担忧这才略微减少，丫丫离开浸信会的事儿她是知道的，她问为什么，丫丫说："我信的是神，去哪个教会不重要。浸信会有几个人太夸张，我烦。我懒得看人们同情的目光，也不愿意听别人为我祷告，他们总在提醒我，我是那个最值得怜悯和看顾的弱者。"

"西人教会就不同了？"

"他们自然随和，世代信主，看待不幸，比新信主的华人平静安详。何况我去那里，没人会介绍说我刚死了男朋友。"丫丫答着，竟笑了起来。"何况有玛莉萨作伴，她是那里的青年事工骨干。"

旭蓉蓉想到冰儿的开导，神思似乎跨越到很多年之后。眼前晃着一个成熟自信的丫丫，雪白的衬衫外面罩着一身黑色的职业西装群，披肩长发干练地扎成了马尾，笑容自信温暖，微微上扬的鼻尖放射着优雅的风度，只有抿嘴一笑时，才露出嘴角一对小酒窝，和童年时一样天真稚气。旭蓉蓉的心情渐渐松弛下来，在这段艰苦的日子里，这种松弛前所未有。苦难在强者面前是课堂，在弱者面前才是灾难，在有信仰的人面前是必经的洗练吧？

自从马克西姆死后，旭蓉蓉的身体像一只绷紧的弹簧，心脏如一只攥紧的拳头，浑身没有一块肌肉是松弛的，每一个细胞都在惦记着丫丫。此时此刻，她让自己像打坐冥想时学到的那样，深深地吸气，感受着新鲜空气远远地抵达到下腹部，又向四肢缓缓运送，直到手指尖和脚趾尖都充满了，才慢慢地呼气，想象着心中一切不安、对丫丫的担忧、对未来的疑虑，都随着这口气呼出了身体，飘散到空茫宇宙之间，留下的是一片祥和宁静和充满正能量的身体和精神。她的神思被光明充满，那光明里晃动着丫丫自信成熟的笑容。只要有信仰，就会有支撑，也许佛教和基督教是异曲同工的事儿。

"丫丫，佛教讲因果，妈妈最近在生命中心练打坐，学了不少佛教禅修的知识。人生本身就是苦的，生老病死痛，怨憎会、爱别离，求不得等等苦，所有苦难都可能有着各种前世的因缘，所以今世的修行就是通过修正自我来消除这些苦，得到解脱。我感觉静坐很有镇静和舒缓压力的作用，你有没有兴趣尝试一下？"

丫丫笑了起来，说，"妈，您不用担心我。我是基督教徒，怎么会去用佛教的东西来舒缓压力？即便静坐冥想，我也不会掺杂宗教因素。

我看过一个哈佛大学的讲座，讲冥想对人体的改变和影响，哈佛大学专门有冥想静坐的研究课题，他们发现长期静坐之人，大脑的结构都会发生变化，脑子里阿尔法和贝塔波的频率会发生共振，免疫力提高，对外界一切异常事件的反应出奇地稳定，所以，我相信这是对正向思维和镇静极有帮助的。您能喜欢冥想静坐，我很为你高兴！不过，我用别的方式也可以舒缓压力。我祷告，我仰望上帝。"

"孩子，圣经上对苦难有解释吗？妈妈有时候真挺困惑的，为什么上帝会对人类的苦难视而不见？"

"妈，我不怀疑上帝，我们人类太渺小了，不会明白他的旨意，我们服从就够了。圣经马太福音说，若不是上帝的旨意，一根头发也不会掉下来。"

"所以，你坦然接受上帝所赐予的一切？"旭蓉蓉对自己的大胆提问暗自吃惊，出事儿之后，旭蓉蓉说话总是小心翼翼。此刻，丫丫的平静态度让她感觉到她早已不是一个孩子，而是一个和她平等对话的成年人，自己不但不比孩子成熟，反倒要在孩子面前虚心请教了。

"圣经说，万事都互相效力，叫爱上帝的人得益处，就是按他旨意被召的人。'万事'就是一切的事情，是所有的事情，没有一件事情是例外的，包括苦难。一切临到我们身上的事情都会互相效力，都会互相发生作用。在基督徒的生命中一定有很多的"不晓得"，也应该有一些"晓得"。"晓得"这是基督徒的知识，是基督徒生命中的直觉，是基督徒靠着上帝的恩典而得到的宝贵人生经验。现在我的'不晓得'是两个死亡，我的'晓得'，就是我信赖上帝！他是为了叫我得益处，这益处是什么，我还不懂，那也没关系，我只要信，就够了。"

旭蓉蓉几乎在仰视自己的女儿。两个死亡，马克西姆和未出世的婴儿，这孩子的彻悟是多么的彻底，直抵本质。她的解脱又是多么简单，我只要信，就够了。

旭蓉蓉静静地凝望孩子，心中充满爱怜。难道信仰真的这样有效？不用担心了？看来这孩子心中的愁苦，会被时间消化，凭着她强大的精神。在这样坚定的信仰下，还有什么不能化解？

"妈，教会青年组要在夏天去海地援教，我想和玛莉萨一起去。"丫丫说着走到钢琴边，开了琴盖儿，伸手按了几个琴键，回头对妈妈说："妈，我得让自己忙碌着，就不会去想伤心事儿。"

旭蓉蓉对丫丫的坦率有些吃惊，出事后她从未正面和父母提过自己的心情，这是好兆头，敢于面对自己了。当妈的立刻高兴起来："去海地援教？跟教会去？我和爸爸坚决支持！是不是要赞助，没问题！爸爸妈妈全力支持你！"

丫丫冲妈妈笑着点了点头，"自己出机票，再带些钱给那边的孩子，每个人会有一个说明对象，教会正在集资给他们盖学校，玛莉萨去过一次，我见过照片，那些黑油油的孩子很可爱。去帮助那些在穷困中生活的孩子，会是好棒的体验，我都等不急了。"丫丫几乎是兴奋地说道。她在琴凳上坐下来，开始练琴，是一首新曲子，网上找到的琴谱，英国歌手阿黛尔新出的曲子"hello"。

旭蓉蓉走过去搂了女儿一下，转身离开。孩子开始弹流行歌曲了，这是又一个令人欣慰的信号。

旭蓉蓉并不知道，丫丫独处的时候仍然会莫名其妙地哭泣，那个巨大的阴影总是在她孤单的时候膨胀变大，侵略她的空间。她于是学习避免独处。脑海中马克西姆的脸却渐渐地模糊起来，她不再像开始那样拼命地想把那张脸看得清清楚楚，她小声对着那张模糊的脸说：放心，你走吧！

马克西姆的照片和他送给她的东西都被打包搬到了玛莉萨家里，她说："都给你了，我不忍心毁掉它们，你愿意怎么处理，随你的便！"

她把时间安排得如此紧凑，紧凑到如同钟表一样再也挤不进去一秒钟的时间，她不让自己有这样的一秒钟去想念马克西姆和婴孩的死，她用忙碌、声音和运动来占有自己。在学校她和同学扎堆儿学习，扎堆儿运动。放了学扎堆参加派对，拼命打工。回了家，努力练琴，做功课时戴上耳机听着音乐，她的大脑统统被充满了。临睡前她认真祷告，跟上帝说："圣经上说你从来不给我们无法承担的事情，你既然让事情发生，就请把你的大能注入我的脉搏，请给我力量！我会加倍地用这力量爱这世界、爱未来的生活。"

白天超负荷的辛苦，使她浑身充满疲乏，但这疲乏仍无法让她在夜晚安然入睡，她总在入睡前不由自主地想起马克西姆，一遍又一遍回放两个人在一起的情景。终于，她想出一个妙招，她从图书馆借了有声书来听，是她喜欢的侦探小说，祷告之后就开始播放。几次小小的试验之后，她摸出了规律，大概需要半小时，她就会在故事中恍惚入睡。于是她把定时关闭功能设置在半小时，从此，马克西姆和她在一起的幻灯片就很少有机会在她脑海里完整上映了。

渐渐地，她的脸上开始有了红晕，冲澡时可以听到哗啦啦的水声里夹杂着她轻哼的歌声。旭蓉蓉和贾易生相视一笑，彼此拥抱。天空开始放晴，阳光透过阴翳照在丫丫头上。离毕业还有三四个月，几所大学的录取通知书就陆续收到，丫丫报了心理学专业，她已经打定主意要做一名心理医生。

贾易生的生意越做越稳定，除了老客户，新客户也在日益增多。地下室已经雇人装修一新，做出了两间像模象样的办公室，雇了一位刚毕业的中国留学生说明整理文件数据，接听电话、回复邮件，为了避嫌，他专门雇了一个男学生。公司一切走向正轨。他阶段性地忙碌，回国订货、开交易会、和客户见面，一单生意敲定，多则十几二十万进帐，少则三万五万。太小的生意他干脆不做了。生意不忙的时候，他和周锡银一起打高尔夫球，自学更高层次的英语，还参加了一个演讲俱乐部，专门提高口语技能，偶尔还琢磨琢磨菜谱，给老婆和女儿做些令人吃惊的饭菜。

这时，旭蓉蓉已经被提升为项目经理，工作比过去忙碌了很多。她不再编程序，开会变成了工作的主要内容，一天下来，耳朵听的嘴里说的都很多，脑子嗡嗡做响，每周两次的坐禅就变成了必不可少的减压方法。每逢要去禅修中心的日子到了，她在单位附近的汉堡王买点儿外卖随便填了肚子，便直接去生命中心，和冰儿一众人等一起坐禅。平时睡前，她也会坐上半小时，贾易生如果有空，就被她拉着一起坐。

"这静功，咱中国的传统功夫，还真管用哈，不信不行。"一天打完坐，贾易生感慨道，"这两次坐到后来十分钟，上下通气，没熏着你吧？你通不通气？让我闻闻。"说着就把脸凑了过去。

旭蓉蓉笑着躲了，道，"去去，没见过你这样老不正经的。"说完才停了静坐后的按摩，起身步行，舒缓四肢，"静坐通的是气脉，即便咱们只是数息、观息、随息，不专门像道家那样修习气功引导，身体里的气也是自动流通的，气通则无病，久坐的人免疫力提高，不生病，不痴呆，衰老慢，不服不行。我还感觉坐完特别精神，近来睡眠质量大幅提高，睡眠数量倒减少了，做事效率很高。你有没有同感？"

"看我老婆说话多高级，一套又一套的。你觉轻，又比我坐的频繁，睡眠方面的感觉自然更明显。我睡眠本来就像死猪一般，没啥改变。静坐时候倒特别舒服，心情的稳定性提高也是毫无疑问的。你没觉得咱俩都比原来心态随和了吗？"贾易生说着，伸手去搂旭蓉蓉，笑嘻嘻地说，"还有这个总想要，也是静坐的功劳。"他抓着旭蓉蓉的手伸到自己裤门襟前碰了碰硬梆梆的一条。

旭蓉蓉啪地把手抽回来，嗔道，"讨厌，你得憋住。也不知道你是怎么回事，好像还真有些灵气，反应这么强烈。顾老师说打坐练得阳气旺盛，会有这现象，真正修佛的要过这关很难的，他们得戒色啊。咱们不当和尚，只是修身养性，不用刻意，顺其自然就好。"

　　"那咱们这就去顺其自然吧？"贾易生说着，已经把手伸进旭蓉蓉怀里，嘴巴也凑了上去，"你打完坐真好看，脸蛋儿粉嘟嘟的，最近似乎更年轻了。是这个静坐的功劳？还是我给频繁滋养的好？"

　　"真贫！"旭蓉蓉说着，已经半推半就地被贾易生拽进了卧房。

　　事毕，两人都睡不着，搂着说话。"易生，你说丫丫是真的没事儿了吗？别的我什么都不担心，就担心这个。"

　　"咱的丫丫咱知道。她的基因是你和我的，你那么多年一个人带她在这人生地不熟的地方打拼，你的坚强和忍耐，她都继承了。我呢，好处就是沉稳，胆大心细，也不算笨，而且从不服输，是不是？你看丫丫身上有我的影子没有？你再不要担心，丫丫是个坚强的孩子，她相信是上帝给她的力量，随她去想，她所继承的良好基因，不能不说在这件事情上起到的巨大作用吧？还有，老婆啊，还得感谢你，生活多难你都从来不叫苦叫累，打掉牙齿往肚子里吞，身教胜于言传，丫丫这点和你一模一样。她会有个美好未来的，一定的。"

　　旭蓉蓉紧搂着丈夫，望着从窗帘缝里挤进来的一缕月光，心里流淌着一条温柔的河流。

　　"我的生意这样稳定，你要是觉得上班累，就别上班了，咱家不缺你这份工资。这些年够你累的了，我对不起你。"贾易生说。

　　旭蓉蓉伸出手去捂住丈夫的嘴，"还道开歉了，没有谁对不起谁。咱们现在多好啊！我不能不上班，你知道我，忙惯了。等丫丫上了大学，咱俩就空巢了，不上班还不憋闷死了？谢谢老公好心。何况我现在提升了，干得正热火朝天，蛮高兴的，除了时间排的紧，技术含量倒不如从前了，没什么难度。你放心！"

　　"我们大学同学三十年聚会，我决定不去参加了。生意上出差够频繁的了，把你总是丢在家里，我舍不得。现在老了，精力不够了，能歇就多歇，和国内同学说话东一下西一下的，越来越聊不到一起，哎！蓉蓉，咱们一转眼都奔五了，半辈子溜走了。一个年龄才懂一个年龄的事儿啊，一生奔波，现在才明白，家，比什么都重要，我有福气，摊上了你这么个好老婆。前世积德了！"

两人唠唠叨叨说着枕头话儿，空气里飘散着甜腻的滋味，夜的黑似乎是一个密封的容器，里面装满了发酵了一生的温情。

　　"家和万事兴！"这句话在旭蓉蓉的大脑里一圈圈地旋转环绕，如同一首悠扬的催眠曲，渐渐把她送进了沉沉的睡眠。

十六、

　　短短几年，静湖区如火如荼的建设持续展现着新城市的勃勃生机，六条车道的宽阔马路横纵交错画着方格，新建房屋很快就被更新的房屋包围吞没。当年梁星、旭蓉蓉、黎群群同时买的那批房子，已经成了静湖区资格较老的房子，这些资深住户也开始一天天感觉到时间正在把自己推向大龄中年的行列，五十岁的生日派对隔三差五地举行着，人们感叹时光如梭，光阴似箭。小区里遇到的是越来越多素不相识的陌生面孔，仍是华人面孔居多，很多年轻家庭搬进了静湖区，房子多是超过三千尺的超大独立房，小区公园每隔几条街就有一个，一开春就脱掉银装素裹，展开绿林环绕、碧草依依的胸怀。秋千荡漾，沙坑和球场张扬地裸露着。花花绿绿的孩子们晚饭后在小区公园制造快乐的喧嚣，帮着照看孙孩儿的亚裔老年人仍然站在树下一群一伙地聊天，交流在异国他乡给孩子们做绿叶衬红花的丰富心得。

　　尤曼殊和魏声这些老人已经成为静湖区相对比较老的人群，孙儿孙女都大了，小区公园里已经很难见到他们的身影。他们的生活大多都是关在房子里的，吃喝减少，活动不多。日子本该过得越来越简单平静，生活却从来不简单、也很难平静。

　　被敲门声惊醒的时候，已经是凌晨一点钟。尤曼殊慌慌张张披上睡袍就要下楼去开门，魏声一把拉住她说，"半夜三更的，你别去开门，我去！"

　　"哎呀，那怎么好意思？咱俩虽然……但也没有公开结婚，我这老脸不能不要。不行，还是我自己去，你睡着。肯定是熟人，没准儿是合唱团的谁。"尤曼殊看魏声目光里流露出焦急，语气缓和下来，"你呀，我又不是小孩儿。这地方这么安全，别担心，我马上就上来，你就悄悄呆在床上睡你的觉。"

尤曼殊下了楼，大声问，"谁呀？"听见是合唱团的老人一个名叫师芳的江苏人，赶紧开了门。合唱团的老人们经常一起练歌，一来二去彼此都很友好，但尤曼殊跟任何人都没有太过紧密的私人友情。师芳移民时间不长，加入合唱团也就几个月时间，平时沉默寡言，只知道她住在儿子家，别的情况了解不多。

"师老师，快进来，出了什么事儿？"师芳退休前在国内是做小学教师的，移民的老人都以过去的职业称呼彼此。

师芳脸色苍白，神色慌张不安，双唇微微颤抖。尤曼殊把师芳让进客厅，给她拿了一个毯子让她披了，赶紧插了电水壶给她泡茶。

"对不起，这么晚来打搅你。可是，我想来想去想不出去哪里，只有你是有自己一个窝儿的，就……哎，我……，我无家可归了，能不能……？"师芳语无伦次地说。

尤曼殊吃了一惊，楼上还有魏声呢，这事儿……，她脑子迅速旋转，却浆糊一团，估计也别无他法了，不到万不得已谁会到别人家求救？豁出来也就是暴露和魏声同居的事儿，还是帮人要紧。"别急，既来之则安之，家里闹矛盾了？"

茶还没好，魏声已经穿戴整齐，从楼上走了下来，他大大方方地跟师老师打招呼。师芳显然没料到会见到魏声，脸上的尴尬像涂了一层铁锈似的干涩生硬，她弓起身来，站也不是，坐也不是，似乎犹豫着该不该告辞。魏声笑起来，说，"师老师，您放心坐着。曼殊，你去陪师老师说话，我来沏茶。"

尤曼殊的脸早就红透了，好在夜晚朦胧的灯光遮掩着那红晕，她嗔怪地瞪了魏声一眼，嘴角却有了笑意，对走到身边往茶壶里倒茶叶的魏声小声说，"丢人就丢吧。我正发愁咋办呢，你帮我。"这最后三个字几乎是撒着娇说出来的。

尤曼殊这才坐到师芳面前，师芳低着头，一绺花白头发耷拉在额前，遮了半张脸，浑身微微颤抖着，半天不说话。尤曼殊就给魏声使眼色。魏声把茶端过来给每人面前摆好了茶具，这才打破了沉寂。

"师老师，有话别憋着，说出来会好受些。你放心，今天在这里，你就把我们当亲人，我们看能不能帮到你。"魏声沉稳浑厚的嗓音一出口，立刻有了令人信赖的力量。尤曼殊轻轻地舒了一口气，她把沏满的茶杯往师芳面前推了推。

"我不想活了，没意思！"师芳嘟囔道，眼泪静静地流下来。

"可不能这样想不开，事情总有法子解决。"尤曼殊克制着自己的震惊，突然有了一种同病相怜的感情，自己的一生，轻生的想法无数次占据大脑，是怎样一次次熬过来的？往日不堪回首！还能有什么苦，苦过当时政治高压下做人不像人、做鬼不像鬼的状态？现在是和平年代，歌舞升平的国外，和儿女再难相处，也是自家人，总能想到死之外的一条生路。她突然有了劝说的信心，她拍了拍师芳的手，小声说，"你说出来，会舒服些，咱们一起看看怎么办。"

"你孩子知道你出来吗？还是先告诉孩子一声，省得他们着急。"魏声插嘴道，说着就起身拿电话。

"别！不要！"师老师慌张地起身阻拦着，"他们都睡了，是我自己想不开，偷偷跑出来的，别打电话！"

魏声和尤曼殊对视了一下，点了点头，都坐了下来。一杯茶下肚，师芳不再颤抖，她抬起眼睛，从头到尾述说起来。

师芳是九个月前移民卧春城的，老伴儿二十年前离婚另外成立了家庭。她生有二子，小儿子五年前在一次车祸中丧生，白发人送黑发人，她的心为了小儿子的死碎成了几瓣，那以后，她就经常愁苦流泪。卧春城的这个儿子是长子，名叫吕颂，出国已经十几年，媳妇来自安徽，育有一男一女两个孩子。弟弟死后，吕颂就给师芳办了移民，吕颂写信说："妈您在国内也没有什么牵挂了，登陆之前不妨把国内房子卖了，省得国内拖个尾巴，还得找人看房子，怪麻烦的，换成钱方便，我帮您在这边买个公寓，您就出国在这边养老吧。"于是她就把房子卖了，房子是改革开放后学校集资盖的楼，后来房子市场化，地理位置好，很抢手，房价疯涨，将近两百万出了手，她登陆时就把钱都换成加元带了过来，有三十万，这是她一辈子的所有，准备用来在卧春城安度晚年。

刚来的时候，儿子媳妇对她都很好，活儿也不让她干什么，说话和颜悦色，问寒问暖，非常孝顺，她蛮开心的。儿子说："妈您自己住太孤单了，你看我们这个房子也不小，咱们就住在一起多好啊，热热闹闹的，您就别买公寓了，我这房子贷了那么多款，负担挺重的，三十年才能还清，利息都肥了银行，不如咱们先把我这房子的房贷还了吧？"她想，就这一个儿子了，一起住，儿子媳妇都这么孝顺，还有什么可说的，帮儿子偿付房贷不是理所当然的吗？就把钱统统都给儿子还了房贷。

可是，渐渐的，事情就不大对头了，先是儿媳妇采云不再做饭做家务，开始每天给她布置任务，炒什么菜、做什么饭，哪个卫生间需要擦洗清洁，地板该拖了，儿子的鞋需要手工洗一下等等。她从早晨忙到晚上也忙不完该干的活儿。光身体累也就算了，都是吃过苦的，累点儿不算啥，老了还能派上用场，是老有所用。关键是儿子一家的态度越来越恶劣，媳妇每天板着一张脸，晚饭一定会挑肥拣瘦，这个菜咸了，那个菜淡了，声色严厉，像对待下人一样。孙子孙女也照猫画虎，对她呵五斥六，经常说："奶奶你真笨，什么都干不好，不如回中国去吧！"后来干脆叫她"笨奶奶"。儿子最令人伤心，对媳妇和孙子们的态度不理不问，话也懒得跟她说一句。有一次她跟儿子说想回国，儿子对她摆手，像驱赶苍蝇似的，说："妈你真烦，我看你是老糊涂了，现在不是好好的吗？瞎折腾个什么？你回去有地方住吗？在这边吃香的喝辣的，空气新鲜，衣食无忧，你还有什么不满足？人老了就是跟小孩儿一样，还得哄着惯着你吗？"她只能悄悄躲在自己房间里掉眼泪，那个家只有在那个小小的房间里她是自由的，不用看别人脸色，不用提心吊胆怕自己做错事儿。参加合唱团是她唯一开心的事儿，每周练一次歌儿，是她唯一可以歇息的时间，只有那个时候，她才觉得自己是个正常的、平等的人。

"昨天早晨，"师芳道，"我和往常一样五点多就起床给他们全家做早饭，煮鸡蛋，熬稀饭，给他们一家四口带中饭，他们七点多起床了下楼来吃饭，我就躲进自己房间，避免和他们正面接触，每天早晨都是这样。我儿子和孩子们都走了以后，我儿媳妇采云破天荒来敲我房门，她让我跟她下楼去，有话说。她把我领到楼下卫生间，指着镜子训斥我不会刷牙，说我嘴里吐出来的牙膏水喷得镜子上墙上水龙头上到处都是，太肮脏了。她说她忍了很久了，常常背着我去擦洗，成了给我擦屁股的佣人了。她说我从现在起必须学会怎么刷牙，不能为了自己的个人卫生破坏集体卫生，否则，就别再刷牙了。这个卫生间在一楼，不是刷牙的卫生间，家里要是有客人来上厕所，会让人笑话死的。哎！魏老师尤医生，我不怕你们笑话，我真笨啊，我刷牙吐水的时候是会喷到周围，一辈子都这么刷的牙，腰弯得不够低。早晨我起那么早，楼上卫生间动静大，为了不影响他们睡觉才悄悄跑到楼下卫生间来刷牙，又要做饭，就来不及收拾刷牙弄脏的水池。可是，一辈子的习惯不是一下就能改，是不是？你们说，不让我再刷牙，算什么？我把时间都用来擦水池，早饭怎么办？"师芳说着，又摸眼泪儿，尤曼殊眼圈也红了，把纸巾盒递过来，说不出话来。师芳抽了张纸巾擦了眼泪，又继续说："昨天一整天，我都在想，活着真没意思，儿子家是真的呆不下去了，我永远是错的，做的事儿没有一件事是对的。可是，怎么办呢？现在想要回国去也不可能了，无亲无故，还没有钱。一辈子就挣了那个房子，现在房子也没了，老窝不在了，我这不是走上了绝路是什么呢？你们说，我不死，干嘛呢？"师芳抽泣起来，尤曼殊的眼泪也流了下来。魏声静静地盯着两个女人哭得乱七八糟，也不知所措，心中无限悲伤，默默起身把冷茶倒了，去烧热水。

师芳哭了一会儿，才继续说："熬到了晚上，吕颂临睡前把我领到楼下洗衣房，说，妈，你看你刷牙的坏习惯不好改，采云老去帮你清理也不是个事儿，还不如你以后就在这个洗衣池刷牙吧，这儿宽敞，随便你嘴里的水怎么乱喷也不会影响别的卫生间的美观整洁了。哎，我，我当时真想给他一巴掌啊，可我一辈子从没打过孩子，我，我伸不出去这只手！你们想想，我养了个什么儿子？他家楼上两个卫生间，楼下一个卫生间，三个卫生间都没有一个老妈能刷牙的地方啊！我帮他还了三十万贷款，这房子一大半是我的啊，可我连一个刷牙的地方都没有。我……把老妈撵到洗衣房刷牙，洗衣房的水池那么大那么深，连个放茶缸的地方也没有，也没有镜子，你们说，我是不是连个佣人都不如？你说换了你们，觉得活着有意思吗？"师芳失声痛哭起来，半天才停止抽搐，继续道，"我自己呆在房间里越想越没意思，听见他们都睡着了，就跑了出来。我是真的想到树林里上吊死了算了，你们看，绳子我都带着呢。"说着，师芳从口袋里掏出一根蓝色的行李打包带子，"可是，走进我家附近的树林，树木都是又高又大的，找不见我能够得着的树杈，黑黢黢的，我就有些胆怯，我如果这么死了，孩子肯定要背个不孝的恶名，卧春城这么小，华人小区的唾沫也会淹死他们，我不是害了儿子吗？要死，也不能让人找见。可一时也想不出别的法子死，就迷迷糊糊走出树林，脑袋昏呼呼的，就不知不觉走到你家来。我，我如果不是真的走投无路……，哎，对不起，真的对不起，来你家给你们添麻烦。"

"千万别说这种客气话，你来我家是来对了，举目无亲，你不找我们找谁呢？是老天爷不让你死啊！咱们一定能想出个办法来的。"尤曼殊安慰着，心中无限凄凉。

魏声这时烧好了水，给两个女人添了茶，坐下来说，"师老师，你现在是钻了牛角尖儿，需要冷静下来。天无绝人之路，无论怎么样，都不能寻短见。"

三个人聊了一夜，天光微亮的时候，尤曼殊把师芳请上楼去睡觉，看来，矛盾解决以前，只能让她在自己家安顿下来。师芳的状态非常危险，想死的念头始终没有散去，儿子一家的态度不改变，师芳回去很可能会再次寻死。

清晨，魏声顶着寒风往吕颂家走，初春的卧春城仍然覆盖着薄雪，薄雪下已经露出性急的春草，东一片西一片裸露着翠绿的春光，去年的黄草被雪水腌制了一冬，软塌塌地藏在刚发芽的绿草下面，心甘情愿地被春色抢了风头。街头树木都已泛出了绿芽，晨风却还异常寒冷，吹得高大的树尖左右摇摆。魏声在树林边停下脚步，仰头张望这片高耸的白桦林，想到昨夜月黑风高，师芳一个七十岁的老妇人在这树林里逡巡徘徊，风声凄厉，她深一脚浅一脚地踏着高低不平的树叶和衰草，在黑暗中穿梭，寻找着自己的目标，一颗能够承担身体重量的树木来帮她的人生画上一个终结的句号。风把她的头发吹乱，她浑身冰冷，眼前没有亮光，密集的树木没有一颗伸出一根枝杈让她来悬挂自己，那是怎样一种悲哀的景色？他打了一个冷颤，抬脚急匆匆从树林边走过，脑袋里不由自主地出现了一个女人在树上吊挂的景象，他使劲儿摇了摇头，可以听到心脏咚咚咚雷鼓般的轰鸣。

开门的是采云，身上还穿着睡衣睡裤，脸色苍白，眉眼倒是清秀端庄，不像是个怪戾的儿媳妇。她听说师芳在尤曼殊家里，脸上出现了惊诧的表情，大声招呼吕颂出来讲话，就退了回去。吕颂显然也刚起床，他说："什么什么？我妈在尤医生家里？真奇怪。我说早晨怎么没人做饭，我还以为我妈睡懒觉呢。她半夜三更跑出去干什么？怎么早晨了自己不回来，让您递话儿？"

魏声看这吕颂喳喳呼呼的，全没把母亲夜晚出走的事儿当回事儿，心里的气不打一处来，也不好发作，强压怒火说，"我得跟你安静地好好谈谈。"

"谈？尤医生家远吗？我妈走不回来？是不是得我去接？那你把尤医生电话告我一下。这大早晨的，孩子要上学我们要上班，忙都忙不过来，我妈捣什么乱，穷折腾！"

"事情没那么简单，我需要跟你好好谈谈。"魏声坚持道。

这时吕颂才发现事情的严重性，他把魏声让进一楼的小书房，说，"那您先坐一下，我先把家人安顿一下，立刻就来。"说罢，就把门关上，走了出去。

魏声听到楼梯上咚咚咚的脚步声上上下下地响着，又听到孩子们大声地要早饭吃，还听见采云抱怨说，"一大早串门儿，真是……"，想必是故意说给魏声听的，之后就一片寂静，估计一家的喧哗都被吕颂镇压成了耳语。过了一会儿，听见采云打发孩子去赶校车，大门开了又关，终于静了下来。吕颂这才推门进来，他已经换好了衬衫长裤，胡子也刮了，推了转椅坐在魏声对面，等魏声开口。

魏声才简单地说了几句，吕颂的脸色就红一阵白一阵地变了几次，他打断魏声说，"我妈老糊涂了，家里根本就没有什么事儿，都是她自己编出来的事儿。您知道我弟弟前几年出车祸没了，我妈受了刺激，这儿不大对头了。"他抬手指了指脑袋，"所以，我现在就去接她回来，好好地跑到别人家闹什么闹？这不是神经病是什么？还胡说八道，歪曲事实。"

魏声话说了一半，听到这话，顿时哑了口，他吭哧了一声，说，"我感觉你妈很清醒，她是真的不快乐，都差点儿寻死了，你这样说她脑子不正常，似乎不太客观，你做儿子的，是不是不太了解母亲的心思？"

吕颂的眉头顿时皱成一个大疙瘩，他冷冷地说，"我家的事儿，我比谁都清楚。我妈根本不会自杀，她都念叨自杀念叨了好几年了，我弟走了，她就得了老年忧郁症，我妈胆子小，她就是嘴上说说，死啊死的，吓唬人的，她怕死！我这就去接她。再说了，我家的事儿，用不着别人瞎操心！"

魏声被噎住，左右不是，只好站起身来，生硬地说，"你妈精神状态那个样子，我觉得你应该让你妈和你们分开住一段，或者把她送回国去，她现在这样，很危险！尤医生说，欢迎你母亲过去和她住一段儿时间，等矛盾解决了，再搬回来也好。"

吕颂斜眼瞪了魏声一眼说，"矛盾？从何谈起？他是我妈，我会让我妈去别人家住？可笑不可笑？"说完不再搭理魏声，眉头紧锁，拉开门往外走，说，"大爷，我开车去接我妈，麻烦您给我带个路吧。"

师芳就这样被儿子硬性接走了。

尤曼殊和魏声默默相对，很久无话。两人紧挨着坐在沙发上，手拉着手。后来尤曼殊把枕在魏声肩上的头抬了起来，说，咱俩都去睡一会儿吧，折腾了一夜，我哭得头昏了，今天的练歌就取消了吧。魏声点了头，给合唱团的老人们逐一打了电话。两人上楼睡觉，可谁也睡不着，烙饼一样来回翻身。尤曼殊说，"你说，人活着咋这么苦呢？特别是人老了，就遭人嫌。咱俩真幸运，能有自己的小窝儿，否则，还不是一样的下场？"

魏声叹着气说，"看来西方人老人和子女分开过是明智的，再好的家庭，两代人的隔阂还是不容易克服，朝夕相处，哪有牙齿不咬舌头的？更不用说这些有问题的家庭了，有了矛盾就是彼此受折磨，公说公有理，婆说婆有理，都觉得自己委屈、自己正确，对方欺负人、对方大错特错。你看这儿的中国老人有几个不是给儿女卖命的？又有几个自己能做了自己的主？话不会说，广播不会听，车不会开，都变成聋子哑巴瘸子了，正常人变残疾人，舒服吗？要不，怎么每年都能听到有些老人放弃移民身份回国去？本乡本土，就是吃糠咽菜，也是自己的家自己做主，人活着不就是要这点儿自由和尊严吗？哎，人啊，就是难活！"

"哎，你说师芳是不是真的像她儿子说的那样吓唬人的？我看不像啊，我觉得她随时都可能寻短见。你说咱们让她儿子把她接走，这样做对吗？要是万一有个三长两短，咱们……"尤曼殊的话还没说完，就被魏声打断，他说，"别乱想，清官难断家务事儿，咱尽了咱的责任，也就问心无愧了。咱们不是答应她，如果一定要回国，咱们借钱给她买机票吗？老张的媳妇就是做旅行社生意的，能帮她买机票，所以，至少这条路是开着的。她国内的退休金也还在每月发放，租个小房一个人在国内生活，还是可以将就的。"

尤曼殊点头，"是。我都想给她取上两千块钱让她揣在身边，她身边有点儿钱，就不会这么绝望，随时买机票也够用了，你觉得呢？"

魏声伸手搂住尤曼殊，说，"你心真好！里里外外都善良美好。"两人就缠绵起来。

尤曼殊一辈子没恩恩爱爱过，自从跟魏声好上，才点点滴滴学起来。天性聪慧，很快就学了不少，两人风霜历尽，老来相伴，无所顾忌，干脆都放开来，柔情似蜜，颠鸾倒凤，前前后后每次也能折腾半个多小时，皮肤的松弛和体力的不济，似乎丝毫没有降低性爱的兴奋，两人好像都年轻了五十岁。尤曼殊笑着流眼泪说，"这辈子碰见你，满足了！"心想，体会着夕阳红的滋味，真好啊！怎么能想到这么老了还能拥有这样的福气，在寂寞寒夜里抱着一个温暖的身体踏踏实实地进入梦乡？比起师芳的命运，自己可是太幸运了！

梁星当年是在金齐欣为母亲尤曼殊申请移民之后为自己父母申请移民的，没想到等待了五年之后，到了程序的最后阶段被父母放了空。老两口儿没有征求梁星的意见就擅自给移民局发出一封信函，声明自己放弃移民申请。梁星收到移民署通知时大吃一惊，想不到爸妈会来这个撒手锏，这是老人不想移居异国他乡的正式宣言，不留一点儿余地的做法。也难怪，当年梁星接父母来探亲，老人已经体会过语言不通、行动不便、广播电视听不懂的人造残疾状态。现如今，国内生活日新月异，本乡本土，一切都是自己一生熟悉喜爱的，为什么要抛家舍业、移民国外？七老八十的人谁不想在自己的故乡故土安享晚年？

申请费打了水漂，生米煮成熟饭，父母移民的路子算是堵死了，梁星说不出是喜还是忧。一边觉得爸妈不来和自己同享加拿大的高天广地和免费医疗，非常遗憾，一边却又觉得松了一口气。太多老人移民后的麻烦故事在坊间流传，很多老人难以适应新环境，和子女相处艰难、矛盾重重。父母不来，避免了这些潜在问题，照顾老人的负担也小了一层。一两年回国探望一下老人或者接老人来短期探亲以解相思之苦，都简便可行。这样一想，老人的决定是对两代人都有利的决定，心下生出对父母的感激来，也就彻底搁下了这桩心思。

在上有老下有小的中年人生阶段，这老的、小的都将稳定无忧，也就要迈进可以专心享受生活的新阶段。梁星和金齐欣的日子表面上过得平稳安静，梁星并不知道，金齐欣的感觉却非常糟糕。

很长一段时间，疲劳如同魔鬼一样纠缠着金齐欣。一躺到床上，他就感觉浑身快要散架似的又疼又累。白天开车、上班、下班、打球，一件又一件的事情占领着他的注意力，一切似乎都正常有序。别人眼里的他仍是那个热心、有活力的金齐欣。只有他自己知道，开车时他打瞌睡，有一次甚至发觉自己睡着了几秒钟，车子正在往路边偏去，幸亏是小区里的小路，人少车少，但还是惊出他一身冷汗。上班时他也打瞌睡，计算机在面前闪烁着，他已经进入了半睡眠状态，头猛地耷拉下去，才把自己惊醒过来。打球时他已经打不了连续的两个半场，正好队里来了一些新加入的年轻人，大家轮流打，也没人注意他经常半场半场地坐在旁边观望队友练球。他明显地消瘦，人们说："老金减肥呢？有什么绝招，传授传授？"他就笑笑，在这减肥成为时尚的年代，瘦，已经成了人们羡慕的资本，真让人哭笑不得。近来，又多了一项烦恼，坐骨神经痛。坐着坐着，他就剧痛难忍，整个臀部像牵着一根绳子，扯着后腰，背部也常常钝痛难受。他相信运动是解决一切身体苦痛的灵丹妙药，于是依旧把大量业余时间用在打球上面，训练之后，跟哥们儿几个去酒吧喝酒或者去赵区哲家打牌，也是他最喜欢的活动，和兄弟们吃喝调侃，注意力转移，那累那痛也就烟消云散了。于是经常半夜三更才回家，也就不足为奇了。

勇子常常不着家，中学的最后阶段，同学们就要各奔东西，中学生们各种名目的派对一个接一个，家里变得异常冷清，金齐欣和梁星更加无话可说。两人貌合神离，倒也不吵不闹，心平气和。有事儿说话，没事儿就各忙各的，亲密的事儿早就绝迹。他已经习惯了关键部位的柔软状态，也渐渐习惯了自己是一个不能勃起的假男人的特殊角色，人活着就这么回事儿，如何定义自己，只要自己满意也就够了，两眼一闭，是什么、不是什么，谁在乎？他不想给自己罪受，无论肉体还是心灵，都不太在意，在意又有什么用呢？一切都没有可能回到从前，癌症患者，活一天就高兴一天吧。夫妻两人各有各的乐子，互不干涉的生活竟然也很充实自在，单身贵族一样，好像搭伙同住的室友，一棵树上分出的两根树杈，沿着各自的方向伸展发育，越离越远。表面看起来，树仍是一颗树，家仍是一个平稳安定的家。

十七、

开春儿，被积雪压迫了一冬的衰败黄草挡不住青草的焦急生长，雪还没化净，毛茸茸的绿意已经在一块块尚未消融的冰雪之间描绘着春的图案。天好的时候，旭蓉蓉的身影总是在门前的花园和草坪上晃来晃去，剪除残肢败叶，松土施肥，铺盖松树皮。前几年栽种的多年生植物都已初具规模，黄黑的老旧枝头冒出鲜绿的嫩芽儿，预示着盛夏里满池五颜六色的无限生机。一冬天躲在屋子里和车子里的邻居们开始在门前屋后活动，进门出门脸对脸儿，似乎久别重逢，都会打打招呼，聊聊天气，问候问候家长里短。

旭蓉蓉和辛迪的儿子崔强打了几次照面，心里纳闷儿，崔强是去年上的大学，在有名的华远大学读计算机工程专业，很热门的学校和专业，怎么还没放假就回来了？ 那孩子低头走路，总是慢条斯理若有所思的样子，从来不和邻居讲话。旭蓉蓉觉得这孩子说不出哪里有些怪，似乎心底藏着许多东西。

周六上午旭蓉蓉在门前清扫花砖地，花砖地是前年雇人铺的，规模庞大，都用了上好的青色方砖，车库门前也把沥青车道铲掉一条，砌了一大圈弧形砖地，草坪铲掉了一半，铺了有图案设计的造型，中间堆了一个小小的石砾花圈，整个门前顿觉宽敞精致、整洁高贵。辛迪虽然喜欢照猫画虎，却没好意思修一模一样的花砖地，花两三万银子铺院子，她怎么都想不通有什么必要。这样，两家的院子，除了植物相似，就没有一点可比之处了。

旭蓉蓉贾易生两口子与邻居相处，粗针大线，为人大方实在，旭蓉蓉买多了花草种不下，总会送给辛迪，辛迪爱占小便宜的心备受呵护，竟也渐渐死了攀比之心，反倒动不动找旭蓉蓉套套近乎，闲聊点儿东家长西家短的八卦新闻。时间久了，旭蓉蓉发现辛迪除了口舌尖刻，并没什么坏心眼儿，直来直去，喜怒形于色，是个透明度很强的人，加上贾易生在中间和稀泥，也慢慢打消了厌烦心理。远亲不如近邻，低头不见抬头见，和为贵。有了这个宗旨，眼里的辛迪竟也没那么令人讨厌了。

"你儿子怎么这么早就放假了？大学不是五月份才放假吗？华远大学的功课不是很紧吗？"趁辛迪过来借洗车的高压水枪，旭蓉蓉问道。

"哎，愁死我了。你不问，我都不好意思说。"辛迪一反伶牙俐齿的常态，欲言又止，眉头也皱紧了。"哎，我也不怕在你面前丢人，你可别给我往外说。崔强这孩子，他，他自己从学校突然就跑回来了，说不想上这个大学了，说学的那些东西他自学都能学会，他说上这个大学是浪费时间，必须回家来想一想下一步该干啥，反正这个大学不要上了。你说说，这孩子闷头闷脑的有没有主意？我和崔利都要气死了。我们赶他回去，他不听，迄今为止，他的成绩都是 A 呀！可他还嘴硬，说什么他现在是成人了，有权利选择自己的人生，他需要在没有学业压力的情况下思考前途。我，我气死了，现在的年轻人怎么这个样子？都是西方这个自由化闹的，简直是无政府主义！要在中国，还不把他打回去才怪呢。在这里，咱也不敢来硬的啊，他动不动跟咱讲人权啊，如果再报警说咱虐待他，这祸不是惹大了？我愁死了！"辛迪一口气说完，表情丰富的脸还在咧嘴皱眉东拉西扯。

旭蓉蓉一听也吓了一跳，"天，这孩子也太有个性了！那，那你们怎么办啊？大学怎么可以不上呢？"

"能怎么办呢？就等着他自己找到那个什么所谓的目标呗。哎，我，我不是脾气不太好吗？那天对他发脾气，他就干脆离家出走了，我都差点儿报警了，还好，第二天他自己回了家。我现在话也不敢说了，你说我儿子这么偏，万一想不开，那我这辈子还有什么活头？咱也不能把孩子逼得走投无路吧？"辛迪说着，眼眶就红了。

　　旭蓉蓉也觉得自己的鼻子发酸，想到丫丫的经历，心头无限哀伤。现在的孩子怎么这么难弄啊！真是家家有本难念的经。那么好的学校，那么好的专业，人们挤破脑袋想要往里进都进不去，这位倒好，嫌功课简单，说放弃就放弃了。辛迪这个妈，哎，不容易！她伸出手去拍了拍辛迪的肩膀，琢磨着说点儿安慰的话。

　　"是不是应该给孩子看看心理医生？"旭蓉蓉小心翼翼地说。

　　"崔利也这么说，可跟儿子一说，他就炸锅了，他说他周围的确有很多人有抑郁症，在做治疗和吃抗抑郁药的同龄人，比比皆是。但他说他很正常，没有心理疾病。他还说我们大惊小怪，说我们是典型的移民父母，啥都不懂，只知道上大学是唯一出路，死读书，认死理。说老外的孩子高中毕业有些条件好的就先周游世界开阔眼界，也有停学一年打工多了解一下社会，然后再上大学的，目标会更明确。他还振振有词，说华远大学头一年能生存下来的学生不过是百分之六十，另外百分之四十都是他这样退学的学生，或者跟不上、或者有想法的，根本不值得大惊小怪。早一点放弃不应该做的事儿，明确目标，不但不是浪费时间，是节省生命。难道这百分之四十的人就没有前途了吗？他们的前途也许在未来会更光明灿烂呢！"

　　旭蓉蓉听得一愣一愣的，只有拼命摇头、点头，点头、摇头。"荒唐！太荒唐了！大学当然要读，不读大学怎么能行？"

　　"是啊，蓉蓉你说哈，咱们都是读书读出国的，不都是为了让下一代接受西方的良好教育？可你看看，这下一代在西方受的什么教育？吃不得苦，自由散漫到这种程度，不想上学就跑回家，还老子天下第一，我，我都急死了，气死了！你看看，我连白头发都长出一大片了，在这儿，你看看，起码超过 50 根！"辛迪说着，就把鬓角的头发拨开，伸过头来给旭蓉蓉看。旭蓉蓉下意识地躲着，心里突然想笑，这个辛迪，有时候也蛮可爱的！

　　旭蓉蓉回了家就跟贾易生唠叨崔强的事儿，"幸亏咱丫丫懂事儿，这事儿轮到谁家，家长都得气死。"

"哎，要不很多西方家长不给孩子付大学学费，既然十八岁成人了，就彻底自食其力好了，不要一边吃着家里的饭，一边口口声声自己是独立自主的。崔强他现在在做什么？肯定不是窝在家里梦想伟大目标吧？估计会去打工挣钱，或者申请另外的学校？那孩子能考上华远大学计算机专业，应该是理工科很强的。"贾易生说着，摇头笑起来。

"你笑啥？"旭蓉蓉问。

"崔强这么有想法的孩子，还真可能有大作为呢。敢作敢当！中国家庭里这样有个性的孩子，真不多。这孩子显然并不是因为学习跟不上退学，没准儿真有自己什么了不起的见解和实力。"贾易生若有所思，说："还是跟国内的孩子不一样，他的这种自由散漫是建立在一种自信的基础上的，并不是想让爹妈养活自己。昨天我的雇员小张跟我说他最近认识一个小留学生，女孩儿，富二代。一个月换一辆跑车，身上没有一样东西不是一线名牌，整个身体都是手术整过的，跟个假人儿似的。最疯狂的是从入校就找了一个跟自己长相相似的毕业生拍了学生证的注册照片，是付工资给那人的，雇她替自己上学，上课、写作业、考试都是这位替身来做，到时候毕业时，她领毕业证就得了。可怕不可怕？"

"我的天，大学不会发现吗？"旭蓉蓉非常吃惊。

"这边人如此朴实，想都想不到会存在这种事情。雇人上学，把接受高等教育的机会让给别人，不是世界上最荒唐的事儿吗？而且华人在他们眼里都长得差不多，相貌上肯定是没被发现异常，才会这样持续下去啊。这种孩子出国根本就不是为了学知识，是为了拿那张文凭罢了。家里的钱几辈子都花不完，学习对她丝毫不重要。小张说那女孩儿父母是离异的，但都拥有资产和实业，老爸月初打钱过来，老妈月中打钱过来，每人各打五万元，每个月她的零花钱就是十万加元，可怕不？赶上普通人家双职工一年的工资了，还是不上税的。"

"太可怕了！这种孩子除了钱，恐怕什么都不懂吧？"旭蓉蓉拼命摇头。

"这个哪用咱们操心？她的生活目标就是好好把钱花出去，一生用钱来把生活享乐得更好。"

"那你说她父母对她就没有希望？难道父母不希望自己的孩子有文化有知识，能够自食其力，对社会有贡献？我太想不通了。这不把孩子彻底毁了吗？"

"哈哈，孩子不用劳作就可以无忧无虑，也许就是她父母的愿望。人各有志啊。再说了，她消费能力那样强大，对社会经济也是个刺激。

很难用咱们普通人的标尺去测量她的价值。她啥都不学啥都不会，只会花钱，但不用政府拿纳税人的钱去资助帮助她，本身已经是一种贡献了吧。"

旭蓉蓉咯咯咯笑了起来，用指头戳了丈夫一下，说："你还真会替别人着想，啥人、啥活法儿都能被你说得在情在理。"

"老婆，这就是智慧啊，你老公是个有智慧的人，你知道吧？"

"还是个自高自大、最擅长王婆卖瓜的人！"旭蓉蓉忍俊不禁。

华人为主的小区有个共性，房子大、车子高档，守家立业的成功标志首先要通过房子和车子来展现给世界。静湖区马路上奔跑着很多豪华车辆，只要稍加留心，就可以看到黑头发黄皮肤的面孔们坐在驾驶座上，自信地掌握着方向盘。静湖区是中国湖，中国湖住着有钱的华裔中产阶级，渐渐成了不争的事实。静湖中学的排名坚挺在卧春城最高点，大学升学率达到百分之九十以上，每年都会有几个被美国藤校录取的醒目青年被卧春华人群众羡慕、嫉妒、传扬，被当作"人家的孩子"，来做自家孩子的楷模。

梁星、旭蓉蓉等人的子女大多都在同一个年龄段，录取通知书雪花似的飘来，人们碰头，交换孩子的升学信息变成了最主要的话题。以高科技员工为主的静湖区，很多孩子继承了父母强悍的科技大脑基因，继续选择了电子工程、计算机软件工程这些高科技热门专业，医生、律师、会计师这些高尚高薪职业自然也成为华裔子女的重点方向，立志要当医生的就报了生物和化学之类的本科专业。非理工科专业的，报考商科的最多，是从实用主义角度出发，商校里金融、会计、财经专业毕业后容易就职，而且投入少，回报多，性价比超高。如果孩子能挤进华尔街之类的金融行业，就有望在几年之内一跃成为百万富翁，一人得道鸡犬升天，带动全家老小奔向锦衣玉食金樽银盏的富足生活。新移民白手起家二等公民的辛苦奋斗，就有望在二代华裔身上扬眉吐气，翻身得解放。

丫丫报考的五所大学陆续发来了通知书。卧春大学是本地大学，排名一般，却慷慨大方，平均成绩九十五分的丫丫可以拿到两万块奖学金，换上一个不富裕的家庭，这笔不小的数位就会令全家心花怒放。卧春城却留不住丫丫的心，报了本地院校，不过是备用。隔三差五，卧春大学就有电话打来家里，询问是否决定接受录取申请，希望丫丫这样的好学生选择在卧春大学就读。碰上旭蓉蓉接电话，就按丫丫交代过的婉转答复："还没决定。"当妈的心里琢磨丫丫到底想去哪里？想到孩子就要离开身边，心里忽然生出一股凄凉。

"孩子还没走呢，我怎么就感觉心里空落落的？"旭蓉蓉对贾易生说，"我看丫丫八成是要去王子大学的心理学专业，今天上班时突然想到丫丫要离开身边，心里就好像被谁掏空了似的，想掉泪，开会就走了神儿，真舍不得孩子离开。"

"早晚会有这一天。小鸟翅膀硬了，总要离巢飞走啊。"贾易生也叹了口气，他和旭蓉蓉走上了一条通往林间小路的岔道。只要不出差，晚饭后他总会陪妻子散会儿步。"丫丫心高，这半年又经历了这么多艰难，这座城市给她带来了太多痛苦记忆，不愿意留在卧春城，情有可原。当年你我还不是都想离开父母远走高飞？随了她的心意吧，天高任鸟飞。我看咱女儿，绝不是等闲之辈。你不要担心，我给丫丫去南美支教的钱都预备好了，头一年大学的学费也都拨出来了，只要孩子努力，咱们经济上决不让孩子受制。"

贾易生是个溺爱的父亲，孩子从小跟旭蓉蓉在国外长大，他总是抹不去心里对丫丫的愧疚。这几年在一起生活，婷婷玉立的丫丫在眼前晃来晃去，他是看不够，爱不完，痛不及。孩子要什么给什么，不要的也硬塞。每天见了丫丫就笑眯眯的，无论家里家外有什么烦心事儿，一见到女儿就心花怒放，从来舍不得跟女儿大声说一句话。丫丫这种省心的孩子也的确没什么理由令家长横眉怒目，学生领袖，成绩优秀，美丽聪慧，好得不能再好。即便怀孕堕胎的事儿发生了，贾易生和旭蓉蓉也没觉得孩子有错，错什么？贾易生想起和秋苇那档子事儿，自己老大不小了，都经受不住诱惑，七情六欲，谁抗得住？活人不就这么回事儿？何况血气方刚情窦初开的年轻人。

操心的母亲总是无法不操心，旭蓉蓉看着女儿进进出出，常常胡思乱想。去派对太多了，会不会一群一伙地吸大麻啊？打工太多了，会不会影响学习啊？后来出了事儿，又担心丫丫经常闷在家里弹琴会得自闭症。贾易生就一次又一次以他始终如一的乐观态度帮妻子逐一化解。"人这一辈子吧，说难也难，说容易也容易。有些事儿恐怕不信命也不行，该躲的躲不过。但吃过苦的人，往往承受力更强大，也更可能出成就，你别总担心，担心本身是负能量，对你、对孩子有什么好处？你得学会让心放下。"

旭蓉蓉想，即便自己规律地去生命中心练打坐、练心态，仍是比不上贾易生的自然心态平和安详，心里越发对丈夫钦佩爱恋依赖。这几年朝夕相处，旭蓉蓉和贾易生的感情越来越好，说话做事越来越默契和谐。有丈夫真好。她知道自己从来不是一个需要被别人照看的小女人，可现在贾易生出差几天，她就会牵肠挂肚地想他。平时大事小事总喜欢跟丈夫唠叨几句，很多时候并不指望听到丈夫给出什么答案，向信赖的人倾诉，本身就是目的。贾易生就像一块海绵，吸允着她的牢骚、担忧、压力，释放之后，她就又是一个精力充沛、朝气蓬勃的旭蓉蓉了，整天美滋滋乐呵呵的。当年自己一个人是怎样在艰难困苦中把丫丫带大的，都似乎成了别人的故事。

"你说，我这不是倒退吗？"她问贾易生，"过去忙得陀螺一般，自己什么都撑得过来。现在丫丫大了，时间宽裕多了，操心的事儿少了，反倒这么离不开你，你说人是不是犯贱？"

贾易生就伸出胳膊搂了妻子，嗅着旭蓉蓉的头发说："都是我不好，那些年让你受了那些苦。女人，本来就应该被男人宠着爱着，都变成铁女人，这世界还有什么劲？从现在起，我批准你做小女人，禁止你做铁女人！"说着，他的手就不老实起来，早伸进妻子衣服里面去了。

微信的普及，使旭蓉蓉成为一个落后分子。被好几个人笑话，她才在微信兴起两三年之后在手机上装了微信。梁星加入了一个中学升学妈妈群，把旭蓉蓉拉了进去。人们热火朝天地讨论哪所学校、哪个专业有什么特长，如何写简历才更容易录取，哪个大学校园环境如何，哪所大学毕业后出路多等等共同关心的话题。手机上兴高采烈地看了几个月，旭蓉蓉发觉视力下降，业余时间都从微信上溜走了，自己又不擅长微信上和陌生人闲扯，心灵鸡汤看疲了，也没什么劲，相比来说打开计算机看看新闻和喜欢的博客更方便有趣，于是干脆退出了微信登陆，继续做自己的落后分子。

梁星打来电话，"你怎么不见了？我给你发的问题你也不回答。你看见没有，群里有人吵架，说信主的未必有什么好，孩子上不了大学的照样上不了大学，有的能上大学的也照样上不了，上帝根本不理不睬，信主的都是洗脑被洗坏了。我气坏了，这太张狂了，污蔑信主的，还映射小唐家猫猫的事儿，我能不说话吗？你倒是也上来帮帮我啊，丫丫不是信主的？在学校里是学生领袖，成绩优异，五所大学都发来录取信了，什么都是优秀，就是最好的证明。"

"什么情况？我退出了微信登录，跟不上时代。这事儿跟猫猫、丫丫有什么关系？"旭蓉蓉丈二和尚摸不着头脑，说着，赶紧在手机上登录微信，见果然吵得硝烟缭绕，是一两个坚决的无神论者挑战信基督教的家长。

"梁星，快下来吧，别浪费这个口舌了，信仰自由，出来早的谁不知道？谁会这样明目张胆地发动针锋相对的人身攻击式舌战？这两个人一定是国内刚出来的，而且年纪比咱们小至少十岁。理他们干什么？谁能改变别人的想法？吵架不过是泄愤和原地绕圈，多费神啊？因为陌生人生气动肝火，也太不值了。你别再去吵了，快下来！咱是去交流信息，大家取长补短，是去找气受的吗？"

"是 ，你说的是！哎，可是真想不通，世界上还有这样没教养的人！用孩子的事儿攻击别人的信仰，我真气不过！"梁星的口气缓和下来。

"不过， 猫猫的事儿我还真不知道，怎么回事儿？"

"猫猫不是得了厌食症吗？一直休学在家，在网上上了几门课，一边治疗，大夫不让有负荷，今年肯定上不了大学，十二年级的课还没读完啊。那么要强的孩子真可怜，小唐说要等身体养一养，再复读十二年级。"

旭蓉蓉想起丫丫说过和猫猫竞选学生会主席的事儿，似乎丫丫对猫猫有点儿成见，说猫猫心眼儿小，人却是极聪明、又极能干的。"哎，梁星，你说人是不是不能太聪明了？猫猫就是太聪明了才会这样吧？你和小唐那么好，小唐还好吧？那两口子可真是好人啊！他家狗狗不是去年进了藤校伯克利大学吗？这些吵架的人肯定不知道吧？那不就是最好的例子吗？同样家庭出来的孩子，也可以很不一样，孩子优秀与否、生病与否跟信主有多大关系？"

"可不是，我怎么把狗狗考上藤校这事儿忘了呢？哎呀，这是多好的证据啊！谢谢你，蓉蓉！"梁星说着就撂了电话，也不管旭蓉蓉的劝告，就跑到微信上拿狗狗上藤校做了论据，给那两个讨厌的无神论者以最后一记重击。

吵归吵，梁星并没真的动气，看不惯这种人的嚣张气焰，是怕群里的小唐心里不好过，为朋友出口气，更有点儿玩儿游戏开心取乐的架势。这几年和陆西安相爱，梁星已经被陆西安操练得心态越来越平和稳定，加上规律健身，情绪调节迅捷有效。

"小唐，最近好吗？"梁星从微信上下来，就给小唐打电话，她没提微信群的事儿，也不知道小唐看到那两个人含沙射影的恶意攻击没有。"我想你了！"她笑嘻嘻地说。

听筒里传来小唐温柔的笑声，"呵呵，我看见你在微信上吵架了，我笑死了。难为你那么认真！箴言十二章说'愚妄人的恼怒立刻显露，通达人能忍辱藏羞。'记得吗？咱们教会每周读经让背过的，你做了一回'愚妄人'。"

梁星听着正想辩解，小唐又咯咯咯笑起来说，"我开玩笑呢！老实说，真解气！我真佩服你，义正言辞，直来直去，过瘾！我就做不到你这样直爽。"

梁星这才松了一口气，小唐这点儿真是没人可比，你永远听不到她抱怨指责，永远都是赞美拥护，永远都是喜乐微笑。"家里好吗？狗狗啥时候放假回来？猫猫怎么样了？"

"都好！狗狗暑假不回来，给教授干活儿，能挣些钱，你知道他在美国藤校上学多么昂贵，给了奖学金也还是紧张，孩子懂事儿，帮我们缓解压力，也锻炼一下工作能力。猫猫挺好，体重上来不少了，医生说九月份应该可以开始复读了。这孩子特别有意思，你猜怎么样？休学这段时间，迷上了写诗，写了一大本。最近得了一个全国性的奖，英文诗我也看不太懂，有本全国性的女性文学杂志动不动就登她的诗，有稿费的。她说上大学她要学英语文学，以后当职业作家。"

"哇！你看看，金子在哪里都可以发光！是不是？上帝看顾！这就是万事互相效力吧？生病生出了岔，成了诗人了，没准就酝酿出一个流芳百世的大作家呢！真是有心栽花花未开，无心插柳柳成荫啊！为你高兴，小唐！"

"谢谢你！接着帮我为猫猫祈祷啊，我每天祷告祈求上帝听到我们的声音，我知道他会帮助孩子找到她的归属，会让她从疾病中刚强振作起来的。其实，万事的确互相效力，这次孩子生病，我想通一个道理，咱们给孩子的压力太大了，是完美主义害得猫猫生了这个怪病。可如果不是碰到事情发生，我们都是一群不识庐山真面目的傻瓜，瞎眼的人！功名利禄，人人在追，追来追去，连身体都要陪进去，能追到的又有什么呢？"小唐大发感慨。

"可生活总得继续，不追也不可能啊，总不能告诉孩子不要努力，不必上大学吧？"

"我不是这个意思，我是说只有从心里把一切交托给上帝，心才能在动荡的物质世界里找到栖息的平静，连这唯一属于自己的身体都看顾不好，还谈什么别的？这边多用了力，那边就亏欠不足，一个人可以做到一帆风顺无病无灾，多么不易？我们真的不能凭自己的心意做事，我们得依上帝的心意，顺其自然地做事儿，才会达到平衡。"小唐说着笑起来，道，"其实很简单，就是做事别过头，别太过用力。"

"这尺度太难把握了。我问你，小唐，你怎么知道上帝的心意是什么？你真的听到过上帝指点你吗？"梁星问。

"这个……亏你也做了好几年基督徒了，问这种问题。我不回答，你知道答案就是一个'信'字。"梁星听了就笑了，既惭愧也有些开了玩笑的得意。

两人照旧东拉西扯，不外乎谁家老人得了老年痴呆症，教会得癌症的谁谁谁看起来像痊愈了，转来转去，话题就又转回到了孩子身上，小唐问起勇子，梁星得意地说，"可不，这两年突然就长大了，成绩猛地就窜上来，当然比不上你家狗狗，不过，平均分九十，定了去西北大学学生化计算机。我想夏天带他去那边转转，干脆在那边买个公寓给他住，省得租房子了。哎，想想过去勇子玩电子游戏上瘾那会儿，我气得天天想揍他，竟然自己就改了，还挺热衷政治的，联邦选举时走家串户，热诚得很。男孩子晚熟，是不是？说懂事儿一下就懂事儿了。我的心算是放下了！"

"你真好福气！马上就要进入无牵无挂、无忧无虑的空巢时代了！恭喜恭喜！不过，男孩儿晚熟这话可没共性，勇子也不算晚熟，在正常范围。我给你说个早熟的例子，哎，你猜你碰到谁了？"小唐也不等梁星回答就揭了底牌，"是秦封雨和亚历山大两口子，还领着那个混血儿，都四五岁了，可漂亮呢。"

梁星追问："哎哟，都好几年没见过了。亚历山大从我们部门调走去了经济部的时候，秦封雨还没生呢。快说说，他们怎么样？"

"很幸福的模样！你知道邱伟大在干什么？记得吗？咱们给邱段守办葬礼时那孩子特别成熟，对对对，那时我和秦封雨家关系很近，后来她嫁了亚历山大就渐渐疏远了，她大概不想和华裔移民们走太近，怕闲话。看我，又跑题了。对，邱伟大啊，这孩子可是太早熟了，真了不得，秦封雨说他上高中时就喜欢折腾汽车，最开始的时候千把块钱买了一个淘汰了的旧车，折腾折腾换换零件儿就转手卖掉，一部车能挣好几百上千。后来也不好好念书，就买车卖车，高中刚毕业时就已经挣了不少钱，干脆大学也不上了，自己开了一个旧车行，干得风生水起的，现在做了老板，雇了十几个雇员帮着修车卖车呢。"

"真的？这在卧春城高知华裔移民圈里太少见了，这么有商业头脑？厉害！嗯，估计是从他妈那里遗传来的，我当初给秦封雨和亚历山大介绍对象时见识过秦封雨的精明和实际，绝对不简单。"梁星惊叹地说，"看来，行行出状元啊。咱教育的孩子就知道死读书，走求学求职这条保险的路，不见得有人家邱伟大成功，人家有头脑懂得走快捷方式，还得有胆量吧？估计咱们孩子毕业求职的时候，邱伟大都已经成了百万富翁了。"

小唐咯咯笑道，"咱别跟人家孩子比，上帝给每个人的东西都不一样，咱好好用好属于咱的就挺好，你说是不？"

梁星称是，心想，不比不比，还是下意识地要去比。自己的境界总是差些，陆西安也常常提醒自己别比，怎么老记不住？倒也不过分责怪自己，想着邱伟大高中毕业不上大学，终究是个遗憾，光挣钱没文化在知识分子心中毕竟是个缺陷，反倒觉得勇子更会有个光明的未来，刚刚生出的些微嫉妒也就烟消云散了。

小唐放了电话，墙钟已经指着九点，家里静悄悄的，周凌云打球还没回来。小唐蹑手蹑脚上了楼，灯光从猫猫房间地下门缝里挤出一缕桔色的光明来，女儿一定是在读书或者写诗。轻轻敲了门，听见猫猫答应了，她推门进去，只见猫猫半躺在床上，大腿上捧着计算机，闷头敲字，并未抬头。小唐把一杯橙汁放在床头柜上，伸手摸了摸猫猫头发，猫猫这才抬起头来微微笑了笑，脸蛋儿虽然还不不够丰满，却再没有瘦骨嶙峋的感觉了，面颊上的酒窝也看得见了。小唐悄悄走出来，长长叹了口气，写诗能写出啥呢？没听说那个诗人能找个高新工作，似乎连养活自己也难。又一转念，只要孩子病好了，管她干啥呢。一切要交给上帝，天上的飞鸟，地上的野花，上帝都肯看顾，何况是他的孩子，这样美好的猫猫呢？不要忧虑明天，今天的事今天来承担就够了！

猫猫病了以后在医院住了近两个月才脱离危险，这时体重已经在逐渐恢复，之后又每周按要求去医院参加两次规定辅导治疗以巩固治疗效果。医院对猫猫厌食症的治疗是全方位的，药物治疗、心理医生单独辅导、饮食专家辅导、小组讨论治疗、家庭集体辅导等等。

每次家庭集体辅导都会令小唐和周凌云大开眼界，原来自己对猫猫这样不了解啊！原来自己无形中给了孩子这么大的压力啊！原来厌食症来源于这样严重的完美主义的心理状况啊！一家人面对心理医生，小唐既兴奋又害怕，不知道又会面对什么新情况。很多问题和猫猫朝夕相处，做家长的却一无所知，这让两口子在医生面前抬不起头来。多了解一分，负罪感就沉重一分。咱这家长做的太差劲了！

有时候猫猫会从头哭到尾，那样软弱的猫猫，小唐和周凌云是根本不认识的。一次，猫猫在哭得天昏地暗之后，小声说："我心里总是在害怕！从记事儿时就那样！长大了，这怕不但没有缩小，还越变越大！"

"怕什么？"医生问。

"怕失败！怕爸妈不满意！怕不再是好学生！怕人们看到我的不足！"

小唐和周凌云对望着，目瞪口呆。什么？害怕？猫猫一直在害怕？猫猫从小就是家长心中的英雄人物，从来不胆怯，从来不服输，从来不示弱。这，这害怕藏在哪里？为什么要藏起来？

医生却笑了，默默点头说，"完美主义者的心中常常会有一块十分软弱的地方。你们不必自责，她的不表露本身也是一种心理障碍，需要慢慢来调整治疗。学会示弱，学会做个不完美的人，是咱们大家一起来努力的方向！你们对她的高标准严要求是潜移默化、日积月累的，你们从小就在送她学这个学那个，这本身就是一种很高的期望，你们不必有意逼迫，她也会因此产生压力。问题是我们要从现在开始，帮助猫猫恢复信心和健康，先学会做个健康的普通人，放弃去做那个高高在上的完美者。"

小唐和周凌云进入了自我分析自我检讨的状态，原来一直以为自己教育孩子很有成就，认为只要围着孩子奔波忙碌，就是尽了作家长的职责，现在才猛然醒悟为孩子奔波忙碌也许正是问题所在，存在严重的弊端。专注于培养孩子的各种能力，却疏忽了孩子的心理健康；被一个又一个课外活动占据的时候，疏忽了和孩子坐在一起的情感交流；教育孩子做个上进优秀的人材时，忽视了让孩子先做一个开心快乐的人。到底怎么做个合格的家长，显然是个没有定论的课题。

猫猫的恢复是缓慢的，在医院里的头几周，看见食物就不想吃的状态令医生非常头痛。随着各种治疗密集的跟进，猫猫的身体和心灵慢慢发生着变化，有一天，猫猫对小唐说："其实，做个普通人有什么不好呢？这点想通了，做人一下子就变得非常容易了。"小唐和周凌云听了心中暗喜，能这样想问题就是远离完美主义的第一步啊！只要没有轻生的念头，只要孩子健健康康，什么成名成家？能自食其力就谢天谢地了。

教会里的几个好友也和小唐时常一起祷告，圣经小组学习时小唐开诚布公地检讨自己教育子女的功利心，和大家交流见证和心得，"我想，我们华裔移民很少有从心里放得下功利心的，让孩子受最好的教育，各方面均衡发展，长大了做一项高尚的职业，几乎是每个家庭的共同希望。家长们的业余时间几乎都花在送孩子学这个学那个上，音乐、体育、文化课，每样都要求孩子拔尖，这在我们的教育中是如此正常和普遍。可是，我们有没有从孩子的角度去考虑，这样的高目标是不是合适孩子？上帝给每个人的礼物是不同的，我们真的从孩子的角度考虑过孩子的心吗？我们是为了我们自己的功利心还是为了孩子的幸福在着想？高负荷的课外活动和高要求的课业是不是会造成孩子的心理畸形？我们是不是每个人都在充当虎妈？我们所崇尚的因材施教，我们是不是真正做到了？同样的父母，同样的家庭，狗狗能够适应的教育模式，到了猫猫身上就会引发疾病。我感谢上帝让猫猫给我们上了这么好的一堂课。希望大家能从我们身上看到自己的不足，咱们一起进步，一起让孩子们生活在一个健康的人文环境中，先做一个健康的人，再做一个成功的人。"

大家对小唐的坦率非常钦佩，甚至深怀感激。人们不由自主想到自己的孩子，家家有本难念的经，不是有这个问题，就是有那个问题，有的愿意说出来，大家就齐心协力献计献策。不愿意分享自家问题的，听了别人的分享，有了参照比较，思维洞开，带着心得，也下定决心回家搞改革，实施更合适的教育方案。

"咱们人啊，就是骄傲自大，不懂得真正交托，总想靠自己，没从心里真正信赖上帝的大能。兄弟姐妹们一定要警醒，时刻祷告，经常反思，依靠上帝引领，合理管教儿女。"周凌云总结着，又照着小唐推到他手里的圣经念道："经文箴言二十九章说，'管教你的儿子，他就使你得安息，也必使你心里喜乐。'咱们大家彼此鼓励，慢慢学习在主爱中成长。"

浸信会这个静湖区圣经小组已经有十几年历史了，依照圣经上"男人是头"的理论，组里的男人们轮流做小组长，一两年一换。小组十来个家庭，这是第一次轮周凌云当组长。他跟着小唐信主多年，并没像小唐一样常常读圣经，却单纯地信着。周日去教会听道，小组活动两周一次，耳濡目染也学了不少东西，组长当得像模象样，带领祷告时也不再像早几年那样吭吭哧哧了。

小唐温柔贤慧，说话轻言细语，人又长的娇小，但谁也想不到，她柔弱的外表下藏着一颗刚强的心，家里大事小事都是小唐做主，孩子教育也不例外。周凌云乐得省心，多年来，小唐指东他就往东，小唐指西他就往西。小唐说周二他负责接狗狗，他就周二接狗狗，小唐说周日送猫猫，他就周日送猫猫。只要他打球的时间有保证，偶尔可以去老人公寓看看父母，他整天都是乐呵呵的。猫猫生了病，他才发现自己这个父亲做的不够格，多年来，孩子的教育方向基本都是按小唐的心思定的位。最近和小唐一起去参加家庭协助辅导，很多子女教育问题才第一次引起他注意。

一天他对小唐说："要按我的原则，不管孩子，让他们自由成长，想干啥就干啥，猫猫肯定不会出这种问题。不过，狗狗估计也不一定上得了藤校了。"说完就自己嘿嘿笑了起来，看小唐迷惑地看着自己，立刻摇头说，"我是说，家庭教育中母亲比父亲重要。至少在咱家是这样。你比我要强，孩子都被你教育得充满上进心！结果，一半成功，一半……"他准备用失败二字，觉得不妥，谁敢说猫猫以后不会成功？暂时生病并不是失败！成功的定义又是什么？"我是说，母亲的影响巨大。但孩子也得具有上进的基因来配合才行啊，咱家两个孩子还是遗传你的上进心更多些。"

"好像真的是这样！"小唐发现从来没有想过这个问题。"我不是在国内上的中专吗？没上过大学始终是心里的一个结！所以才在孩子身上下这样大的功夫。你不是在责怪我的上进心吧？"小唐怀疑地看着丈夫。

"哪有的事儿。我只是就事论事儿。我是说，关于猫猫，从现在开始，咱们就多采用一些我的'不管'原则，她已经要强的过了头，咱就把她往回拉一拉。"周凌云笑道。

小唐也笑着说，"就听你的！"她心想，猫猫上进不上进，恐怕你我当爹妈的也做不得主呢。看猫猫现在写呀写、读呀读的架势，并不像在散心娱乐，那是真的奔着诗人和作家的方向在努力了。

猫猫出院后，家庭配合治疗变得更加重要，小唐和周凌云齐心协力在做饭上花大量心思，又要烧猫猫喜爱的饭菜，又要保证营养平衡和一定的卡路里。周凌云和小唐都是个爱琢磨做饭的，经常做出挺讲究的饭菜。医生要求猫猫每天的摄入量不少于 2200 卡路里。周凌云就在厨房里的墙上贴了食物卡路里的计量表格，作为猫猫饮食的参照。一块鸡胸脯 200 卡路里，一碗肉丸面条汤 150，一颗苹果 120，一盘炒青椒 35，一颗洋葱 55，一个红薯 120，一条蒸鱼 100……渐渐地，连小唐和周凌云的饮食也不知不觉循规蹈矩起来。

猫猫的饮食状况，却时好时坏，一会儿有食欲，一会儿又厌食，精神也随之起伏波动。医生说这种病最容易复发，看起来是食欲波动导致精神波动，其实却是精神波动导致了食欲波动。现在还在发作期，千万不能着急。好几次小唐问医生孩子什么时候可以回去上学，医生就把问题交给猫猫，"只要猫猫肯回学校上学，随时都可以去。"猫猫却打定主意等这届同学都毕业了，她再跟下一届一起读。小唐明白猫猫要面子，生病停学很伤她自尊心，不想让熟悉的同学见到她说三道四。虽然心理医生总在引导猫猫从这种"别人的目光中"走出来，短暂的时间却还没有给猫猫足够的机会去改变。小唐一次次劝告自己不要为猫猫着急，那种迫切希望猫猫早点儿回去上学的心情经常火烧火燎地折磨她，她知道自己才是真正的完美主义者，需要治疗的不仅仅是猫猫，还有她自己。她不停祷告，把这秘密的煎熬深深藏在心底。

　　猫猫果然如母亲所料，在写作上设立了明确目标。她是个永远要有明确目标才能生活的人，任何心理医生无法驱除这个驻扎在她身体每个细胞里的基本元素。病中的她像被一只大手推着，开始了诗歌的创作，脑子里那些纷乱的思绪拥挤着迫不及待地往屏幕上翻滚涌动，时常，一首诗莫名其妙地写好了，她才吃惊地发现，她几乎无法相信那些漂亮的诗行是她一个字一个字敲打出来的，那些瞬间的诗句闪烁着迷人的光辉，时空颠倒，男女混淆，黑白混乱，日月颠覆。她的诗里有种力量，像雾一样弥漫在整个诗歌里，一走进去，人就会被整个吞没。她的诗歌经常是忧郁和黑暗的，像一个深邃的洞，没有光明，没有边界，可那里有种巨大的吸力，漩涡一样让你身不由己地跟着旋转。她的诗歌还像藏着一种无时不在的音符，你只要轻声朗诵，他们就奏出一首你躲都躲不开的旋律，让你想跟着哭，跟着笑，跟着闹，这一切都让你心醉神迷。她兴奋地看到这种力量，她要让这力量发射出去。她在网上查到一个诗歌杂志投了出去，果然，立刻被相中。

　　这莫名的鼓励让她欣喜非常，从此一发不可收拾，她在一个诗歌网站上迅速建立着粉丝群，一次，两次，三次，她的诗歌成了网站上的每周明星。纸质诗歌杂志的一个征文奖的头奖也轻松落在她的头上。她像吃了迷药一样在诗歌里恍惚遨游，这时她才明白，原来上帝让她生病，是为了给她一个机会让她发现上帝赋予她的写作天分。她开始了每天都写诗的计划，写的顺利，她就很想吃饭，写的不顺利，她就一口都不想吃。

渐渐地，那些小小的成功激发了她好好生存的欲望，她眼中的自己也开始发生变化。镜子里，她左看右看，自言自语，"好像是有点儿瘦，肩膀都是尖的，怎么过去看着总觉得这样太胖？"她不明白为什么自己对于胖和瘦的想法会这样不稳定地变化莫测，但她明白自己不想做个永远被人照顾和同情的病人。医生的诊断显然是正确的，她不想承认也必须承认。昏倒的事实、BMI 指标的严重失衡都是科学的证明，人们看到她纤细四肢时那种恐怖的目光也令她不安。她决定认可自己的疾病，她告诉自己，要想继续写下去，就必须吃饭，长胖，好好地、健康地活下去。她给自己布置了一个任务，每天早晨起来，对自己说三遍"我要胖起来！"才起床做事儿。她一贯是个懂得自制的人，这个习惯，用在立志吃饭和用在立志不吃饭上，几乎同样地奏效。无论怎样有意去改正自己的完美主义思想，她都无法消灭自己的远大抱负。为什么我不可以像哥哥一样优秀？我当然会的，即便不上藤校，我也会出类拔萃！我会在文学上走出一条光明大道，这点儿毫无疑问。她在一首诗里写道：

墓地，不是归宿，是开始
腐烂的躯体使土地肥沃
一朵花从坟墓里冒出头来
它在风中健壮地摇着头
即便在漆黑的深夜
它也愉快地与幽灵共舞

小唐和周凌云制定的家庭支持和饮食计划按部就班地执行着，开饭时间几乎像钟表一样准确，除了中午饭两口子没法儿回家来吃，早饭和晚饭总是轮流陪着猫猫一起吃。周凌云六点多动身上班，两点半就下班，早早回家准备晚饭，小唐八点半才上班，五点半下班，她除了陪猫猫吃早饭，还把猫猫的午餐也准备停当。晚上，三个人会坐在一起，祷告十分钟，感谢主的看顾，也求主继续垂怜让猫猫恢复健康。

日子安安静静地过着，一家人在猫猫每天都在增长的体重之中看到了希望。

十八、

　　事情是突然发生变化的，打球时金齐欣弹跳了一下，落地不稳，左脚一歪，小腿胫骨竟然就骨折了。剧痛让他几乎昏厥过去，被队友送到医院去的时候，谁都没料到，这位充满活力、每天笑嘻嘻的金齐欣，再也没能从病床上爬起来。

　　走在车水马龙的大街上，行人车辆穿梭往来，他置身其中，如同群蚁中的一只，与其说自己行走，不如说被众人拥挤夹带着前行，他只感觉身不由己，想停停不住，腿脚都不听使唤。惯性推动着一切，好像时间一样自然前进。忽然到了一个十字路口，起风了，风先是卷起了地上的纸片，呼啦啦地卷上了天，他的目光紧随着纸片，风于是有了形状，螺旋形的白色漩涡，在空气中向上旋转升腾。人们迅速地跑着，往四通八达的街道深处躲避而去，好像世界的末日将要来临，只有藏进房屋里，才有资格与世界一同灭亡。街道上渐渐空荡起来，他挪动着脚步，可脚步并不移动，大风，像一堵会行走的墙一样推着他，制止他前行。他使劲按着被风掀起来的衣衫，仍然很努力地迎风行走。街道突然变换了模样，他发现自己站在一座房子面前，他知道这是自己的家，于是伸手掏钥匙，还没握稳，大风就从他手上卷走了钥匙，不，不不！他奔跑起来去追，显然风的速度远远比他快，他几乎绝望了，那钥匙也许就这样永远追不到了。忽然间，他听到身后轰隆一声巨响，回头望去，只见自己家的房子被风吹塌了，房顶不规则地向屋里面陷了下去，面对自己的整面墙壁倒了一半，烟尘弥漫之中，隐约可以看见屋里的家具 。我的家啊！他大叫一声，从梦中惊醒。

　　金齐欣眯着眼睛望着天花板，努力回忆着梦中的一切，大风，房子，奔跑，家。他感觉到浑身酸乏无力，从脚尖到发梢的每个细胞都在痛苦地呻吟，身体里好像流淌着粘稠的几乎停滞不前的血液。这种沉重的累，把他向床底下的地面拽着，拽得他仿佛要沉到地球里面去。他闭上眼睛，睁着眼睛是很累的，他睁不动了。

医生的诊断是前列腺癌晚期多处骨转移。骨折部位的夹板刚打上，化疗、放疗计划就开始逐步实施，手术割除身体各处癌变部位已经不可能了。

金齐欣的晚期诊断，把夫妻关系重新拉近。医生预言是半年，最长不会超过一年。两人都明白，这次是真的没救了，这等同判了死刑，是个等待刑期何时到来的问题。来日无多，两人心照不宣，都希望这最后的日子能够和睦而亲切地度过。

"你不用难过，人的命不就是这样吗？早一天晚一天罢了。咱俩这辈子，哎，我满足了！"躺在医院里，金齐欣看见梁星两只哭肿的双眼，拉着妻子的手，笑嘻嘻地安慰她。梁星心中堵着的那块顽石立刻就变成了棉花，软软地包裹着她，眼泪泉水一样哗哗流淌，她紧紧握着金齐欣的手，说不出话来。眼前播放着影片，青涩的大学恋爱，筒子楼里勇子的哭声，机场送别的依依不舍，留学读书时的简单生活，创建家园的辛苦奋斗，有车有房日新月异的移民生活……正是这个躺在床上形容憔悴的病者，给了自己爱情，带领自己出国，共同养育了勇子，和自己一起创建了现在无忧无虑的小康生活。他简单坦率，积极乐观，爱家爱社会爱生活，对自己没有丝毫隐私，而自己却和陆西安……，如今，这个人很快就要从这个世界上消失而去了，我这个罪人用什么来面对他的简单和信任？

她的眼泪是五味杂陈的，酸甜苦辣咸，没有一样不刺激得她揪心撕肺。这一切究竟是怎么一回事？她的大脑似乎一片空白，又似乎拥挤得没有一丝缝隙，她不知道自己正在面对的是什么命运，但它切切实实地在发生着实质性的变化，一个生命中最重要的人物将要从地球上消失。她不愿接受这个现实，有些事儿似乎不应该这样简单地结束，绝不应该，但显然无人能够阻拦它的发生。半年，最长一年，那就是一眨眼的功夫，在这一眨眼的瞬间，她该做什么？不该做什么？她有能力做得好吗？她一下没了主意，唯一自然的反应，就是任凭眼泪哗啦哗啦地流淌。

梁星把金齐欣从医院接回家之前，找了教会几个兄弟帮忙把一楼书房变成了金齐欣的卧室，上下楼梯的辛苦可以省去，端茶倒水儿伺候病号也方便易行。政府公务员可以每年停薪留职请两个半月假，梁星决定请这个长假，可金齐欣却无论如何不让她请假专职在家陪伴。"我又没瘫痪，现在柱拐走路一点儿问题没有，家里舒舒服服的，我自己有什么不行？你在我身边转悠，我反倒不自在，兴师动众的，整的垂死一样。

你赶紧去上你的班。"梁星无奈，顺了金齐欣的意思，心想，难道不是垂死吗？念头一闪，自觉不该，赶紧收住。于是她只在化疗放疗的日子，请假开车送金齐欣去医院，陪伴那一天，平时就照常上下班。

她和陆西安同时提出了断绝见面的提议，毫无疑问，现在的首要任务是要全心全意让金齐欣剩下的日子在充满关爱和幸福的状态下度过，她在祷告时对神许诺：上帝天父啊，你要保佑我全力以赴让金齐欣感觉到我对他的爱，至少让我为这最后的日子，不留遗憾！

日子回到了金齐欣第一次被诊断癌症的状态，下班之后，梁星尽心尽力地照顾金齐欣， 变着花样做金齐欣爱吃的东西，尽管化疗彻底摧毁了他的食欲，不间断的呕吐，几乎把他的胃都吐掉了。

晚上吃完饭，梁星打开电视陪金齐欣看球赛，一边给金齐欣按摩那条因为缺少活动而正在萎缩的腿。这是一个温馨的画面，温馨到梁星和金齐欣都感觉十分陌生。梁星的每一下揉搓都好像是攒了一生的情感，拿来这时灌注在手臂里使用，"我的手是不是太重了？"她问。

"不重！正好！非常舒服。"金齐欣眼神温柔，他忽然笑了，说，"记得咱俩的周六例会吗？过去，只有那个时候我们会互相抚摸。"

梁星微微笑着低下了眼眉，"哎，好像是 N 年前的事儿了。你说，人这一生是不是快得要命？"说这话的时候，她试图想象她和丈夫房事前彼此抚摸的情景，却模糊得想不起来，床上的记忆早就被陆西安整个占据了。内疚一下抓住了她的心脏，她的头更低了，腰也弯了下去，像要躲进床底下去。

"这两年，"金齐欣费了很大劲才鼓足勇气说，"我，对不起你。"两人心照不宣，都明白他在说什么。

梁星伸出手捂住丈夫的嘴，使劲摇着头，说，"别说了。是我对不起你。"话没说完，眼睛已经充满液体，她赶紧站起身背过脸去，说，"你好好躺着，明天化疗剂量会加大，你今天早点儿睡，我去给你泡点儿热乎乎的柠檬茶。"

金齐欣看着梁星走进厨房的背影，肩膀轻微抽搐，便把目光移开了，鼻子也酸胀起来。眼前的电视机嗡嗡响着，图像在泪帘后一片模糊。当生命接近终点，一切都变得柔软而脆弱，敏感而温和。怨恨不满被宽和温柔代替，浮上心头的往事儿似乎都过滤筛选过，剩下了甜蜜美好、积极欢乐的章节。是的，梁星是个好太太好妈妈好媳妇，她应该得到更多幸福。

"你，条件这么好，咱们现在就说定，你一定要再找一个，我走了，不要孤守空房。"金齐欣捧着梁星递过来的柠檬茶，严肃地说。

　　梁星诧异地盯着金齐欣，试图查看他是否在试探自己，目光也专注严肃起来，"你说什么呢？不会的。我这辈子就这样了。咱们俩这些年风风雨雨的记忆就够陪伴我后半生了。"

　　"别说小孩儿话了，你还年轻，需要一个伴儿。这几年我生病，脾气也变坏了，我这个伴儿做的失职，是我不好，我检讨。你应该得到更多幸福，你一定答应我。"金齐欣不折不挠地说。

　　"别再说了，求你别再说了。"梁星起身离开，泪雨滂沱。

　　那天晚上她给陆西安的邮件里写道："他劝我再嫁时，态度坚决，那是一种不达目的誓不甘休的坚决，为了让我后半生能够幸福生活。我真恨自己啊！我不仁不义，我丧尽天良，我该千刀万剐！有那么一瞬间，我几乎忍不住要向他忏悔、坦白、求饶了。这些日子，我经常会有想向他坦白一切的冲动，我是骗子，我太对不起他了！"

　　两人虽然不再单独见面约会，教会里却经常碰头，而且没有一天不通过邮件或者微信彼此汇报情况，也彼此安慰、鼓励。"彼此"，并不贴切，梁星的角色永远是弱小的需要指引和说明的，陆西安则是那位掌舵的主心骨，随时拨正偏离的航向，并不间断地给梁星的心灵提供各种力量。

　　"不要谴责自己。人性的复杂不是我们自己可以解释和证明的，我们要学会面对现实。已经发生的事儿无法更正，专注现在才是首要任务。谴责自己除了让自己难过，还能带来什么益处呢？对他、对你、对我都没有任何好处。所以，我亲爱的宝贝啊，振作起来，你要相信一切都是上帝早已安排好的，他正在这个扭曲的事实里让你我学习进步成长。你现在的任务就是让他的余生快乐地过完，千万不要干傻事儿，坦白事实只会使他的心受伤害，使未来的日子艰难困苦，你我他都很难在事情的公开状况下平安生活，难道你舍得让他承受这样被背叛被否定被戴绿帽子的煎熬吗？我会为你的坚强持久祷告，你也要持久祷告，让对神的爱和对神的信赖指引你我，也让神的光明罩到金齐欣的头上，好使他有个快乐的余生。"陆西安滔滔不绝地劝说着。

　　"是。对了，还有一件重要的事情，他的生命将近尾声，如果他不信主，就不会升入天堂，我难道不应该劝他信主吗？哪怕像那个与耶稣一起钉十字架的匪徒一样在最后一刻信了，也就得救了啊！"

"是。那你就尝试一下吧，仍要借助祷告的力量来软化他无神论的心灵，你信主这么多年，他始终没信，是不是？"

"那是因为我始终没认真地向他传教，他坚硬的像一块铁。现在他快走了，似乎柔软了很多，我觉得也许这是个机会。可是，我又疑惑了，你说他如果信了主，以后到了天堂，你我他三个人在天堂碰了面，会不会尴尬甚至打架啊？"

陆西安忍俊不禁，用了一个大笑的表情符。"天堂里是和平温馨的，不会再有嫉妒、仇恨、争战和不安，一切都是美好的。咱们在地上的一切已经得到了洗涤和评判，才可能进入天堂啊。启示录二十一章四节是怎么说的？'神要擦去他们一切的眼泪，不再有死亡，也不再有悲哀、哭号、疼痛，因为以前的事都过去了。坐宝座的说：看哪，我将一切都更新了。'"

梁星也暗笑自己，天堂里的事儿她其实并不真的担忧，她所担心的是如果金齐欣有机会进天堂却因为她这个妻子失职没有拉他一把而丧失机会，自己和金齐欣就都是最不幸的人了。上帝不但会惩罚金齐欣，也会惩罚自己，因为罗马书十章说，"这道离你不远，正在你口里，在你心里。就是我们所传信主的道……凡信他的人，必不至于羞愧。……凡求告主名的，就必得救。"

之后的日子里，梁星动不动就把圣经故事讲给金齐欣听，金齐欣喜欢历史，对新旧约故事并不排斥，听听耶稣怎么让瞎子睁眼、让瘸子走路，大卫王怎么用弹弓打死非利士巨人、怎么遭扫罗王嫉妒、装疯流浪，摩西怎么带领以色列人出埃及、红海如何分裂等等神奇故事，就和听中国的西游记一样有趣。可金齐欣心里并不信这些故事的真实性，他心里暗笑梁星和众多基督教徒愚昧无知到这种地步，竟然相信这些都是真实发生的。特别是玛利亚从上帝受孕生出耶稣，那不简直是胡扯吗？毫无疑问，玛利亚和某个男人有染或者被强暴，才会怀孕。这是多么简单的道理啊！但他懒得和梁星争辩故事的真伪，也没有力气争辩。梁星尽管当真事儿讲，他尽管当神话听，两人有个共同的事儿干，都不再寂寞。梁星显然在信仰的传播里得到安慰，他金齐欣接受化疗的痛苦也在听故事的过程中得到缓解，双赢。时常，他对两人的讲故事活动，几乎充满了期待。

这期间，化疗的严重副作用折磨得金齐欣度日如年。他满嘴起满了大大小小的溃疡，疼痛难忍，张开嘴，嘴里白花花可怕极了，什么都不能吃。医生说是化疗伤害了免疫系统引起的反应，慢慢会好。这"慢"

却折磨得金齐欣形容枯槁。梁星偷偷掉眼泪，看着丈夫人不像人、鬼不像鬼的样子，心痛得要死。她不停祷告："神啊，你别让他受这种罪了。如果可能，让我来承受一些吧！"

那些日子，梁星把所有的食物都用粉碎机打成浆汁，放凉了，喂给金齐欣吃，吐了喂，喂了吐，指望胃里残留一点汁水可以支撑生命。食物如此在胃里进进出出，家里难免充满了难闻的异味儿。她在门厅里放了空气清新燃瓶，还买了不同味道的芳香蜡烛换着点，才勉强可以遮盖严重病患的气味。金齐欣的球友们隔三差五来看望他，才不至于被浓重的异味驱走。

金齐欣在人前仍是笑嘻嘻的，凹陷的眼眶却再也流露不出咄咄逼人的精神气，一层灰暗遮在眼睛上，看人就像隔着一层透明胶布。他的注意力也不太容易集中，球友们跟他说着什么，他的神思会在片刻间飘游远去，那眼神的游离仿佛无依无靠，球友知道听众已经不再倾听，也就打住了话头。"你太累了，快快休息吧！我们走了。"

人们都明白病人需要安静和修养，化疗期间抵抗力降低，人来人往，会给病人带来不必要的细菌和疾病。渐渐地，球友们来访的频率越来越低，只剩下赵区哲几个最亲近的朋友还时不时打个电话，两三个星期过来看一看。这样一来，金齐欣对梁星的依赖越发加倍了。

背着金齐欣，梁星经常哭泣，她的祷告充满了自责，"神啊，我知道是我的大逆不道毁了他，如果没有我的红杏出墙，也就没有我们后来的争吵，更不会有家庭生活的名存实亡，他的心情就不会那么不好，癌症就不会回来吞噬他的健康。我求您我的主耶稣，让你惩罚的巨手落在我身上，不要落在他身上，求您让他从病痛中解脱出来，求您给医生智慧，让他们选择最佳的治疗方案给他机会病愈。"梁星祷告到这里，发现"病愈"二字的要求太过分了，就补充说，"神啊，我知道你看顾一切，在我提出要求之前，您已经知道我要问什么、求什么，我请求您按照您的旨意来决定金齐欣的命运，而不是按照我这渺小人的心思，我俯首帖耳把自己和金齐欣的命运交到你的手中，由你定夺现在和未来的一切。我只求您不要让他经受太多折磨，这是我唯一的恳求。如果你需要我为此付出代价，我也一百个一千个愿意！"

金齐欣的病，夫妻俩商量好，不到万不得已，不通知尤曼殊和勇子一老和一小。老人帮不了忙，只会增添伤感，白发人送黑发人是世间最苦的事情，尤曼殊好不容易过上几天无忧无虑的日子，不能让母亲再因为儿子的病操心劳力。儿子呢，大学学业沉重，学校又坐落在西海岸，非常遥远，没必要用这种坏消息影响孩子静心学习。就让夫妻俩独自承受和面对一切即将到来的不幸吧。

"我有个要求，"金齐欣说，"我妈现在已经基本适应了这里的生活，生活可以自理，和魏声也有模有样地过着小日子，并不会有太多烦心事儿。她的存款额足够应付她那个房子的开销，只是每年报税、网上交各种费用等等都得你来操心了。我不在了，我妈，麻烦你还像我在时一样多多照应，万一遇到事情，都由你做主。我妈就我一个儿子，她受了很多苦，把我养大不容易。我不孝，要走在她前头了，你就把自己当她女儿好吗？替我给她养老送终吧，就像对你自己爹妈一样。"

"你放心！我会做的和你一模一样，甚至比你更好！"梁星答应着，再也说不出话来，早已泣不成声。金齐欣这是在留遗言，理智而平静地把身后的牵挂安排妥当。可对梁星来说，无疑是提醒她，面前的他将一去不返，她必须一个人面对未来的一切，生活的担子将要由她自己来挑。

"勇子，我不担心。孩子大了，大学毕业找工作、结婚、成家立业，自有他的命运在前面等着他。咱们家底不算厚也不算薄，帮他买车买房都够了，你精明能干，这种事儿自然会处理妥当。可惜我无法一同和你看着孩子这每一步的成长了。是我对不起你，对不起勇子。"

梁星趴在金齐欣身上哭着，不让他接着说下去，"离那个日子还远呢，你为什么一直说这些？别说了！我求你！"

金齐欣抚摸着梁星的头，叹着气说，"随时都可能发生的事儿，哪里远？还是把话都说在前面更好，不要等到最后来不及。"他忽然笑了，说，"你老公我什么时候打过无准备之仗？咱俩一步步走到今天，哪一步没有周密计划？又有哪一步不是积极努力的？是不？"

梁星也顾不上想是不是，一个劲儿点头。

政府部门的清闲使得梁星可以三心二意地应付工作，部门领导知道金齐欣病重，睁只眼闭只眼，对梁星的迟到早退不管不问。有个同事平时嫉妒梁星凡事如意，肚子里的酸变成了嘴巴里的辣，难免在同事面前说三道四，后来干脆跟领导打小报告，说今天梁星几点到的，几点走的，工作留给别人做，如何不公平。领导笑着说，"我理解你的心情，我也理解她的状况。我有权为部下保密，她现在情有可原，我就不跟你多做解释了。你做好你自己的工作就好，我对你没有监督同事业绩的要求。"那同事碰了一头灰，方知道梁星家里有了烦心事，虽不知细节，心里的酸倒减弱了几分，原来你也不总是一帆风顺趾高气昂，命运之神把倒运的事儿倒到你头上也是一样绝不手软的，从此住了嘴。有人私下知道金齐欣来日无多，小道消息小道里飘来飘去，同事再看梁星都满怀同情，连那会打小报告的同事也软了心，哎，如果死了丈夫，日子可真够人受的。同事里竟再也没人闲言碎语，有好心的还经常在工作上替梁星多担待点儿。

化疗结束之后，金齐欣的胃口稍微好些，梁星就开始琢磨怎样提高丈夫的抵抗力。从网络和微信上胡乱找些癌症偏方，也不管是真是假，对症不对症，都拿来给金齐欣吃。从国内捎来的冬虫夏草早吃光了，又托人从华人聚居的美国洛杉矶买来，每天给金齐欣熬汤喝。这时放疗已经开始，金齐欣除了疲劳无力，倒是没什么太大反应，渐渐地脸上有了一些血气，眼神也明亮了一些。

梁星心中欢喜，周末陪着金齐欣坐在窗前看雪景。满目的洁白早把卧春城盖了个严严实实，被清除的积雪占了路边，街道显得狭窄了很多，车来车往，被盐渍溅满的车辆都蒙着一层雾，不干不净的。金齐欣说，"把小车卖了吧，留着大车就够了。"

梁星说，"为什么？赶明儿你好了，开啥车？"

金齐欣摇了摇头，又说，"铲雪车也去旧货网上卖了吧。你推不动，每年还要保养，别费这个心思了。把车道包给铲雪公司，别省这个钱。年纪大了，更别逞能自己铲雪，那是重体力劳动，小心伤了腰。"

梁星不想再听下去，起身站在金齐欣背后，给他揉肩膀，不让他看见自己又红了的眼眶。

"去买块墓地吧，我现在懒得上计算机，总是觉得累，这个任务得交给你。"金齐欣又说。

梁星说不出话来，隔三差五听金齐欣安排后事，竟也没有能够习惯成自然磨出适应能力来，每次涉及这个话题，还是忍不住流眼泪。也不知道眼泪怎么那样多，取之不尽，用之不绝。

十九、

魏声和尤曼殊严守着师芳的秘密，没对合唱团的人透露。来跟魏声和尤曼殊掏心的人也不止师芳一个人，他俩总是守口如瓶，都懂得家丑

258

不能外扬的道理，能帮就帮，道理通顺一下，开导开导，自家的日子终究是要自己去过的。那一阵，一到练歌的日子，俩人就盼着师芳来练歌。师芳仍然是安安静静地坐在后排唱女低音，和魏声尤曼殊对视的时候，目光里都有了歌曲以外的某种含义，火苗儿似的，跳跃着温暖。三个人却再没有机会私下畅谈，师芳总是急匆匆地离开，那夜的事儿好像做了个梦一般。

尤曼殊问，"你说，师芳是不是有意躲开咱的追问和关心？"

"谁愿意总跟人诉苦？何况这种家务事，外人真的很难帮上什么忙。也许，上次我去见吕颂，他儿子媳妇改变了态度？"魏声这么猜测的时候，连自己也不相信，"师芳性格内向懦弱，她儿子如果警告她家丑不可外扬禁止她跟外人说，也是有可能的。"

就在事情渐渐被时间冲淡的时候，平静的湖水突然扔进了一块大石，水花四溅，涟漪翻涌，恐怖的消息传来，师芳失踪了。

合唱团的郭奶奶在练歌后情绪激动地说，"你看出师老师有老年痴呆症吗？他儿子是师老师失踪一天后报的警，新闻上说她有痴呆症状，估计是自己走丢的。"魏声和尤曼殊对视着，心中震惊，前天接到吕颂电话询问师芳下落，尤曼殊就担心师芳是不是采取了什么行动，果不其然！

"不可能，很正常的样子，怎么会痴呆？"

"树林子里找过吗？机场呢？"

"警察都掺和进来了，该找的地方都会找的吧。"

"看着挺正常的，怎么会有痴呆症？"

"那么慈眉善目的人，怎么总是老实人得这种病？"

"不会是家里不愉快，出去寻短见了吧？"

"快别这么说，不吉利。也许就是出去散散心。"

"举目无亲，去哪儿散心？这又不是中国！"

"咱们是不是也应该帮着找找？"

"她认识的人不就咱们这些静湖区的老人吗，咱们不知道她的下落，还能有谁知道？"

"咱们要不要派个代表去问问她儿子？也许能用得上咱们？魏老师，要不您替我们去问问？"

魏声因为有了上次和吕颂交往的经验，知道去也是白去，道，"哎，别问了。他儿子肯定很着急，妈丢了，什么心情？你们几个都和师老师没有深层交往，咱们有什么信息可以提供？"他省略了那夜师芳夜闯尤曼殊家的事情，要说知情，恐怕非我和曼殊莫属，"咱们就别去打问添乱了，静观事态吧！"

人心惶惶，大家散开之前，尤曼殊叮嘱说，"老人在国外都不容易，关着门过日子，虽然都是亲儿亲女，也没有锅碗瓢盆儿不磕磕碰碰的。大家都注意了，有了心事儿，都别憋着，不高兴的时候，更别钻牛角尖儿，找个朋友交交心，抖落抖落烦心事儿，疙瘩都能解开。孩子们有孩子们关心忙碌的事情，咱们大家自己得学会在这陌生的土地上彼此关照。"

老人们难免唏嘘一翻，彼此安慰，心情沉重不安。

尤曼殊等众人都散了，和魏声一道去买菜，两人走近那片白桦林时，都不由自主停住了脚步。已是盛夏，树叶在风中发出沙沙声响，不同的鸟类发出或清绝、或沙哑、或高扬、或低沉的鸣叫，声音穿透树林高低起伏，风声鸟声树叶的舞蹈声，合奏着一首优美的自然交响乐。柏树排着队直溜溜地朝天上奋力探寻着，争先恐后，树叶集中在高高的树尖，它们在向天空索要阳光雨露，还在向天空诉说积蓄了一生的成败得失。树林的地面长满了矮小灌木，深深浅浅茂盛地拥挤着，野花间杂中间，羞涩地探头探脑，散发芳香的灌木花朵放肆地把香味倾泻在林里林外。尤曼殊大大吸了口气，让香味从鼻腔一直贯穿整个身体，血管似乎被芳香冲洗，瞬间的麻木几乎令她目眩神迷。她的手紧紧挽着魏声的胳膊，声音有些颤抖，"这就是师芳准备上吊的那个树林吧？多么美的树林啊！你想，如果师芳选择了这里……也是个蛮好的归宿呢。"她突然打住话头，"我有不好的预感，真的。也许，她已经……"

魏声拍了拍尤曼殊的手，叹了口气，"命，谁知道呢！"他强迫自己掩藏住自己同样不详的预感，"放松，曼殊，也许她一会儿就自己回家了。这是夏天，不冷，在野外住两天也是安全的。"他拉着尤曼殊继续往前走，小声哼唱起"蓝蓝的天空，白云飘……"

那些日子，两人白天在魏声家，晚上在尤曼殊家，两个房子都需要照应，两颗心都需要伙伴，两个生活结合成了一个。

"咱们都这个年龄了，流言蜚语能把咱们怎么样？咱们得活自己，把你我心心相印的日子活好。"魏声说道。师芳的事情更加坚定了两人公开关系、相依为命共度此生的决心。

尤曼殊从没有像现在这样依赖过一个人，也从来没有像现在这样体会过有个老伴是件多么幸福的事情。俩人一起看计算机，一起做饭，一起说话，一起唱歌写字，一起睡觉。爱情把她变得随和宽容，她不再像过去一样挑肥拣瘦。

魏声是个慢性子，生活习惯很多都和她不同，她一样样地适应和接受，自己的急性子也渐渐地慢了下来。独立自主了一辈子，她这时才发现一向习惯的东西并不是唯一正确和不能改变的，过去的自己是多么的教条、多么的有局限性。比如厨房的台面不必一边做饭一边紧紧张张地收拾，灶台一顿饭的凌乱，不会影响世界的照常运转，慢条斯理吃好喝足了再打扫清理，即轻松又消食。人可以懒惰，懒惰的时候，可以让自己歇息，不必把自己训练得像个士兵一样一切按照命令和计划行事。和魏声在一起，她才明白自己一辈子不曾休息，也不懂得如何休息，她永远在给自己制定目标和计划。在她过去的生活里，从睁开眼睛的一刹那，她就习惯地把自己变成了一个永不停歇的机器，她用忙碌来霸占自己的身体和灵魂，借此驱赶孤独和惆怅，驱赶回忆的苦痛，躲避对上天给她的不公平命运的憎恨。

"人不想做事的时候，可以不做事，休息，是人的基本权利。"魏声一边给尤曼殊按摩后背，一边念叨。"你啊，这辈子太要强了，要强的代价可能是要命。"尤曼殊松弛的皮肤在魏声手掌下被推出梯田般的涟漪，那皮肤却是白皙光滑的，几乎连跟汗毛也看不到，梯田推过去就恢复了平整，淡淡地泛着微红。"到了咱们这个年龄，生活的目标就是过一天，算一天。尽量让活着的每一天快乐、健康、充实。我把我的高血压控制住，你把你的糖尿病控制住，咱俩一起努力多活几年，天天开心。"

"好，谁也不能先走，你答应！如果你先走了，我不知道自己能不能坚持！"尤曼殊不说则以，一说竟好像那分离的时刻就在面前，鼻子酸楚起来。"这么老了才体会到爱情，我要让它持续到死。"

魏声就俯身把身体贴在尤曼殊的后背上，紧紧地搂着她，用嘴亲着她的后脖颈，喃喃地说，"放心，我不会丢下你的。我们永远在一起！"

"什么高大上的目标我都不要 ，要了一辈子，也不过是平头百姓，扔掉了成份的帽子，苦苦追来的不过是一点点可怜的尊重。如今在这天高地远的外国，这点儿尊重也不需要了，世外桃源，安安静静相亲相爱地过好咱们的小日子，就满足了。除了你，我别的都不想要！"尤曼殊说这话时，趴着的枕头已经被眼泪打湿了。她感受着魏声身体的重量和温度，没有什么比现在更好，就让时间在这一刻停止脚步吧。

金齐欣一周会打两三次电话给尤曼殊，还会动不动给她几百块零花钱，尤曼殊都存了起来，她自己国内带来的钱买了房子还有很多剩余，足够她用个十几年了，等在卧春城住够十年，就可以像魏声那样拿到政府每月发放的养老金了，现在接受儿子的钱不过是接受儿子的孝心，西去那天，自己的一切还不都是儿子的？一辈子吃喝简省，年纪大了胃口变小，消费很低，本来也花不了多少钱。金齐欣有时顺路过来看看，也不多坐，看见魏声在，客客气气寒暄几句，并不多加停留。梁星经常会送点儿牛羊肉、虾、螃蟹腿之类比较昂贵的食品，问寒问暖两句，也是放下东西就走。

　　超市步行十五分钟就到，尤曼殊和魏声走去走回全当锻炼，和在国内一样，养成了每天买菜的习惯。胡萝卜洋葱之类的便宜蔬菜，即便宜又营养，颇受两人喜爱。住得久了，慢慢对超市里不同季节供应不同菜蔬的状况有了了解，俩人只买当季大量供应的便宜菜，比如夏天就多吃西红柿，冬天就改吃西红柿罐头。时新绿色蔬菜多是批量进口的，四季轮回，什么便宜买什么。超市里总有一两个移动货架摆在醒目的过道里，是贴了红色标签的降价水果蔬菜，用塑料纸包裹的严严实实，大多是下架的焉头耷脑马上过期的食品，也成了魏声和尤曼殊青睐的对象。

　　"这菜不是好好的？便宜一半呢。吃到肚子里，还不是一样？想想咱们过去物资匮乏，什么都得凭票购买，那么苦的日子都过来了，现在想吃啥有啥，幸福死了，还挑肥拣瘦个什么？哎，你看这包黄瓜就不错，稍微有点儿软，咱俩晚上就炒鸡蛋吃，蛮好！"

　　"好。"尤曼殊说啥，魏声都说好。

　　"你看这几种菜咱过去见都没见过，今天买根芦荟试试看吧，人们都管芦荟叫绿色黄金，营养丰富得很呢。"

　　"我不会做，你会吗？"

　　"我听合唱团的徐阿姨说凉拌、清炒都好吃，苦味儿的，网上能找见很多菜谱，去皮花点儿功夫，咱可以学着做，不会难。"尤曼殊道。

　　魏声原本喜欢尝试新鲜事物，胆大心细，炒菜做饭上喜欢琢磨，潜移默化把尤曼殊这个不大在吃喝上花心思的人也带动起来，现在倒基本上都是尤曼殊说了算。俩人商商量量地买好菜，回家你一言我一语地一起忙乎，再面对面唠唠叨叨细嚼慢咽，日子就好像被幸福腌制，生硬的被软化，青涩尴尬的滋味变得醇香可口。

　　生活里有了魏声，一块缺了一辈子的空洞被填补起来，尤曼殊方才意识到自己不再是一个可怜人，从今往后可以过上自由幸福的生活了。

262

年轻时的艰苦生活，还会时不时地浮现在她眼前，那种自怜自哀的情绪却被一种旁观者的冷静替代了，她不再为过去流泪。想起自己曾经又哭又笑地发作，无数次想要轻生，就好像雾里看花、水中望月，不相信曾经的自己是那样的无助和脆弱，一棵本来可以缠缠绵绵的藤被风霜雪雨训练成了一株硬邦邦的树，反倒失去了藤的柔软坚韧，暴风骤雨来临，这缺了林子的树，便常常干脆得断肢丢叶，孤零零摇摇欲坠。

"想不到这么老了，还会变成另一个人。"她对魏声说。"想起那些旧事好像在看电影，虚幻不真实。只有你，这么真实。看，这根笔挺的鼻子，这两片好看的嘴唇，这对温和的眼睛。"她的手沿着魏声的脸一样样细细地抚摸着，眼睛里是一汪少女般的柔情。"你看我，过去活得不像个人样儿，心理性格都扭曲，是你、是爱情把我变成另一个人了。过去我最不会表达感情，也最不会夸人，可现在，一天不对你说声好，心里就过不去似的。"

被新建房屋挤得年年都在萎缩的树林并没有破坏静湖的自然生态，静湖并不宽大的水面上，一到夏天仍然是苇草茂密、水鸟成群。湖边的森林边上修了供人行走的林间道路，跑步的、骑车的、遛狗的人影伴着被树叶过滤的斑驳阳光在小道上零星闪烁。小道有些岔口可以通到景色宜人的静湖湖面，观望台是支在水面的木板搭建起来的，栏杆上常常摆放着有心人留下的鸟食，胆大的小鸟会蹦蹦跳跳地陪着你一起观看湖光水色。观望台上设有木头长椅，坐在长椅上，或夕阳西下，或旭日东升，或艳阳高照，或阴雨淅沥，眼前都是一幅绝美的风景画，画里有碧水、涟漪、飞鸟、光影，和人类赞美的叹息。

就是在这样一个人间仙境里，师芳的尸体挤在苇草中浮出了水面。尸体是被一对遛狗的中年夫妻发现的。没有遗书，她走得静悄悄的，世界却因为她的消失躁动不安了几个星期。卧春城移民老人们心中的哀伤瘟疫般蔓延着，窃窃私语穿梭在大街小巷，不用探究什么原因导致师芳的死，清醒的自杀或者神志不清误跌静湖，成了永远解不开的迷。中青年人对自家的老人变得小心翼翼，老人们则下意识地在师芳身上寻找自己的影子，思想自己的处境。七老八十，背井离乡，生活单调，言语不通，寄人篱下，究竟是幸福还是失落？是得还是失？是苦还是甜？是喜乐还是悲哀？

静湖似乎有了一层新的意义，在静湖里失去生命的名单里，从此多了一位名不见经传的中国老人，她的灵魂能飘洋过海回到生她养她的家乡吗？她一生的操劳，在那辞世的一刻，是否得到了安宁和解脱？

　　尤曼殊失眠了，有一种难以消除的悲哀好像味道一样浮在空气当中，被每一下呼吸摄入，在身体中沉淀积蓄。她一宿能醒四五次，师芳半夜敲门的面孔总是不邀自来，凌乱的头发遮着神色黯淡的目光，灯光下，她的泪水在细密的皱纹里泛着不均匀的水光，"活着真没意思！"她重复了一遍又一遍。

　　每次醒来，魏声都像拍小孩儿似的拍尤曼殊入睡，小声给她唱催眠曲，"看晚星多明亮，闪烁着星光……桑塔露琪亚，桑塔露琪亚"。她的手就紧紧攥着魏声的手，缓慢进入半梦半醒的睡梦。魏声心里也很难过，他和尤曼殊一样明白，师芳不是神志不清，她心中的希望早就熄灭了。但他是男人，只能顾左右而言他地安慰尤曼殊。"不，你不要再这样想了，你救不了她，这样的自责毫无意义。我们尽了心。人最难治的病是什么？瘤子你可以开刀割掉，伤了的心，手术能治吗？你当了一辈子医生，这个你最清楚。我们得学会忘记，我和你一起来努力忘记吧。"

　　合唱团里有两个老人经常跟着子女去华人浸信会做主日崇拜，回来就拿些圣歌歌谱来请魏声教唱，"当赞美的旋律响起，我的心全然向你，当圣灵的恩膏满溢，我的心不再封闭。赞美的清泉如春雨沐浴，我心中的喜乐川流不息。咱们的音符如雪花飘溢，心中的暖流冉冉升起。"尤曼殊觉得词曲都好听，也跟着一起学。唱完了，心情就似乎轻松一些。教会有人义务接送老人去教会崇拜，魏声看尤曼殊因为师芳的离世悲伤难过，久久无法释怀，就鼓动她说，"咱们一起跟着去教会吧，我老伴儿在的时候，我们去过几次，教会的气氛很好，人们热情良善，牧师讲道打开另一扇思维大门，虽然我一直不信神，但不能否认那些讲道很富有正能量，即便跟着唱唱那些崇拜的圣歌也会感觉不错。"

　　尤曼殊和魏声的生活于是又添了一项新内容，周日去浸信会崇拜。来接送的是住在附近的一位叫齐雨莲的中年女性，开着八座的面包车，除了带着她自己的两个小孩儿和她的移民老爸，还能接送四个别家老人，被接送的老人都是自己的子女不去教会崇拜的。几条街兜一遍，把老人们都接上，要四十多分钟。尤曼殊有一次看身边齐雨莲六岁的女儿头发蓬乱，就主动给孩子用指头梳了几下。齐雨莲在后视镜里看见，不好意思地说，"阿姨，孩子头发乱，让您笑话了，难得孩子周日能睡会儿懒觉，我舍不得早早叫醒他姐弟俩，拎起来呼噜一口早饭就哄上车一起去教会上儿童主日学，还要赶时间接你们，手忙脚乱的，您别介意，谢谢您！"

尤曼殊道，"难为你接我们这么多人，如果不接我们，你不用早出门这 40 分钟，不就有足够时间让孩子吃好喝好、收拾整齐了？是我们占用了你的时间，是我们应该抱歉才对啊！"

"您太客气了，这是顺便，我高兴还来不及。"齐雨莲微笑着说。

尤曼殊和几个老人就经常带些小零食塞在齐雨莲孩子的衣兜里，碰上包了包子饺子也给齐雨莲拿两盘尝鲜。心中感叹信主的人富有爱心和奉献精神，为了素不相识的老人，连自己的孩子也舍得放在次要地位了。

浸信会有个老人圣经小组，除了周日崇拜，每周二上午还组织一次聚会，学习圣经，由一位七十多岁的老人佟作为在家带领，老佟从北京来，科学院的院士，是年轻时做访问学者留下来工作的早期移民，儿子女儿后来都是被他接出国。比起这些刚从大陆被儿女接出来的老人，佟作为有本地工作生活经验，英文流利，信主年头多，自然而然成了教会老人团契的骨干。魏声和尤曼殊自从参加了这个老人团契，业余时间除了唱歌又多了一项学圣经的乐趣。

"这是世界上发行量最大的书，读读世界之最，洗洗咱无神论的脑子，不错吧？国内有老年大学，咱有圣经小组，蛮好！"魏声道。

"我呀，就当读历史书了，这旧约不就是以色列中东那一带的历史吗？我看并不好看，仅仅因为埃及王违背了上帝的意志，他就滥杀无辜，动不动就弄个十灾什么的降给人间，这位上帝是不是太残酷无情了？想想看，无辜的小婴儿一夜之间都被杀死，这是什么破上帝？我可不要信这么坏的上帝！新约看着倒不错，这位耶稣自己受苦，从不抱怨，教人爱人如己，还总在帮助病人恢复健康。这个耶稣我喜欢，让我信他，倒还行。"尤曼殊说。

魏声就嘿嘿笑出声，说，"你啊，这是用人的价值观来评论上帝，能对吗？上帝为什么那样滥杀自有我们不明白的道理。老佟说的对，信仰这东西看不见摸不着，但你相信它又大又有力量，是超乎人类的力量，它才会成其为信仰。用人的渺小判断神的大，就像用一个十厘米的尺子去丈量天和地的尺寸，能量出来吗？那天牧师不是说，信不信也不由你，是由上帝说了算的，叫凡事都有定时。你呢，就当学文化课一样学着圣经，也是好事儿，这是在播种，如果是块好地，一定会长出庄稼结出果子来的。说不定哪天圣灵降临到你头上，那个属于你的定时就突然到来了。"

"我还是觉得自己信不了，我看其他老人也都和我差不多。那些决志信主的，多半是迫于教会和善良会众的压力，不好意思不信，人家整天又接又送的，信就信呗，都是信给人看的吧，会从心里信吗？我怀疑。咱们一辈子相信进化论，怎么能说改就改？创造论我就没法儿信，别说骗别人，就连自己也骗不了。"

不管信不信，一生好学的尤曼殊，像发现了沙漠中一眼孕育温泉的井，饥渴地大口吞咽玉液琼浆。一到周二就着急去老佟家学圣经，周日早晨早早就穿戴整齐准备好去教会听道。别的她不管，她却确实地感到每次学完圣经、去完教会、听完牧师祷告，心情就变得轻松愉快，有点儿飘飘然的兴奋和喜乐，久久挥之不去，她爱这种感觉，她喜欢看教会里人们美好温和的笑脸。渐渐地，师芳的事儿如同一遍又一遍加了水的茶叶，茶色不见了，剩下了白开水的味道。时间果真可以擦去记忆，惊天动地的一切终究会模糊隐遁而去，日子如河流一样，无论天气好坏，一刻不停地缓缓流淌。

二十、

静湖区的秋天明亮鲜艳，一切都好像被一把巨刷擦洗过，新新旧旧的房子密集聚合，面对面的、肩并肩的、斜对过的，房前屋后生机勃勃，有花的鲜花绽放，有草的绿草如茵，有树的枝丰叶茂。房屋们安静地站立着，包容着各自的故事。静湖区高远蔚蓝的天空下，故事的主角们从房门里进进出出，故事们交织穿梭，在时光里参与着时代的脚步。

冰儿站在门廊，早先安静的环境已变得热闹非凡，一眼望去，可以看到五条伸出去的街道。周末的晴天，总有孩子们在门前车道上打篮球、玩儿旱地冰球，小区因为孩子的欢笑有了动感，空气里似乎有了电波，刺激经过的人们面带微笑。行走在街上就好像整个天空和大地都是你的家，你可以在草地上躺下，可以在溪边停足，可以在树边小憩，可以高兴地喊叫，也可以安静地默默注视。

冰儿站在门口看了一会儿，似乎想着什么，似乎又什么都没想。她转身进了屋，沏了杯碧螺春，端到后院露台坐下慢慢品茶。她庆幸无论静湖区如何扩大，她这最边缘地带还保持着相对的原始风貌。后院围墙外就是密集的树林，不远处影影绰绰可以看到静湖水面的波光潋滟，树林和院子之间的小土路上时常有散步和遛狗的人们穿行而过。冰儿家的后院在高地上，坐在后院就可俯视小路，如果和路上的行人遭遇目光，双方会面含微笑，点头致意。

近来冰儿越来越喜欢在后院闲坐，有时候端著书，有时候端着计算机，有时候闭目双盘打坐，有时候就坐着观望风景，什么也不干。她常常会觉得自己已经变成了静湖的一部分风景，为了不辜负这幅画面，她必须不停地坐下去。她明显地意识到"老了"的感觉，那是一种海绵缓慢吸水的状态，没有声音，海绵却变得越来越厚重实在。她心态平稳安详，却变得沉默寡言，有一种令人沉醉的孤独感令她持久地陶醉着，很多时候，她不想说话，也不想听谁说话。想起当时以网名芯儿里苦写的那些文字和发的那些牢骚，就会淡淡一笑，耻笑自己的幼稚可笑。都是"欲望"害的，这个人类填不完的洞穴！她惊奇于自己性欲的减退甚至丧失，已经有多久没有和秦男亲热了，半年？一年？竟然也没有感觉难受。宇宙宏苍，无时无刻不在变化，几年前的自己会和现在的自己如此截然不同，难道不是一件很靠不住的事儿吗？世间的一切都是虚幻的，靠不住的，哪怕是自己这架身体。心经所指出的诸法空像，色即是空，空即是色，便是终结答案。

只有打坐时，她感到彻底的平安和满足，宁静中她找到了自己与世界的切合点。那种被光明贯彻身体的舒泰，是任何人世间的冷暖亲情都无法替代的。时刻想打坐的瘾，几乎势不可挡地笼罩着她，哪怕上班时不好意思盘坐，她也会上午下午各一次在办公桌前闭目正襟危坐，争取半小时的冥想，那短暂的空明寂静，把她带往远离嘈杂人世的天外。她太爱那充满光明的所在了，那里只有她自己和空旷的太虚，什么都不用怕，什么都不用烦恼，什么都不用担心，什么都不用厌倦。不用欲望来填补，就十分满足自在，她在温暖中触摸到了一种永恒。

每当结束静坐，她都有一种和周遭世界明显的距离感，人们在她眼前的晃动好像隔着一层透明玻璃在演戏，丑的，美的，真实的，虚伪的，而她，是那个置身事外的旁观者。有些时候，她觉得自己变成了一个照妖镜，能够轻易地探测出人物外表下面的本质。瞧啊，这女人快乐的面孔下掩藏着家暴的苦痛，可还在装做是世界上最幸福的女人。这个男人那淫邪的目光难道不知道在工作时间有所收敛？请把那目光留到夜晚的酒吧里去吧！这位领导业务不通，却擅长霸道专横地抑制手下人的主动性，可怜那个小组的人每天都要在压抑的高压下工作。这位眉清目秀的姑娘，何至于一定要拼命用名牌来装扮自己，难道那能捏出水的青春还不够荣耀自己？这一对夫妻拼命赚钱，却连一张象样的床也不舍得买，生活的意义除了攒钱，还有什么别的乐趣？

隔了一层膜的也并非只有丑恶，美好的东西，她也可以敏感地发现，可这些美丽却也同样失真地远离自己，它们的对面总会有丑恶的东西来映衬，她无法制止自己看到这个反面的强大失落感。看到一个人的善良，总会伴随这种善良被别人利用，看到一个人勤恳，勤恳之人往往疲累不堪，看到一个人聪慧，却发现他找不到知音，陷入孤独寂寞。这个世界是一个无解而无奈的组合，只要活着，就有着无尽的苦痛、悲哀、无助、彷徨、不安和不满，人们活在攀比之中，虚伪之中，虚荣之中，物质的繁荣给人带来精神的空虚，无休止的欲望让物质成为一种发泄工具，可发泄之后仍然是无尽的痛苦和无助。人和人之间的一切都浮在表面，人类自私的本性让善和爱蒙上污垢，当金钱和利益出现冲突，国家之间、人与人之间，有的就只剩下战争、阴谋和仇恨。平静的永远是表像，世间所有的稳定和快乐都不能持久，因为永远没有不变的当下，天下熙熙皆为利来，天下攘攘皆为利往，没有不存在利益的社会，也就不存在没有杂质的纯净之心。

这种距离感和孤独感在越来越长久的冥想中让她渐渐远离人群，生活中她变得波澜不惊，常常面带微笑，内心深处是一种隔世的安详，她深知自己的平静和看透正在逐渐远离这个世界。她对很多曾经喜爱的东西丧失了兴趣，她不再喜欢逛街，衣物用具的堆积令她感觉累赘和沉重，她把整包整包的衣物捐献出去，一切都在做减法。她也不再喜欢参加派对，那种浮在表面的喧哗令她厌倦。就这么一点儿家长里短，在宇宙宏苍之间，不过灰尘一样，颠来倒去说个什么？有什么意义？她甚至不怎么刻意打扮自己了，镜子里素颜的自己干干净净，壁橱里的衣服一辈子也穿不完，随便拎出一件都足够好看。她甚至不在乎别人眼里的自己了，人和人永远无法真正沟通，人人期望他人了解自己，但人人却只知道从自己的角度去期望别人，这种严重的错位使世界成为一个自私的本体，沟通的努力基本是无用功。唯一有效的沟通就是承认人与人的差距，承认个体的独立性，用同意的态度去对待不同意。可她厌倦了忍辱负重，厌倦了装模作样迎合他人。而所谓人类的社会性，那只是共性，并非个性。一个人如果可以在孤独之中找到满足平安，为什么必须进行社会性的操练？比如她现在的状况，在孤独中满足，在寂寞中舒适。有谁可以证明这样的生活方式是错误的？哪一种生活方式又是正确的？即便一个人的一生，也在不同阶段面对和选择着不同的生活方式。如果有人给她冠以孤傲或离群的帽子，她有必要在乎吗？找到自己是多么的不容易，而能够按照自己所选择的方式来生存，又是多么的难能可贵。她隐约感觉自己正在接近那个"找到了自我"的目标，前半生为别人活，后半生何妨为自己活？也许，她只需要再往前迈一大步，就可以实现"活出自己"这个目标。可这一大步，会让她迈出尘世喧嚣，她真的有勇气迈出去吗？

早九晚五，上班下班，已经成为规律。冰儿工作多年，轻车熟路，定期让程序自动运行一下，有问题时忙碌几天，也就迎刃而解。上班对她来说几乎是休闲，大块的"休闲"时间她都用来读书和冥想。工作单位网络受限制，能探访的网站并不太多，她就从家里带了纸书去看，看着看着就会发发呆，顺手写点儿冥想心得。回到家的业余时间也比原来充裕了，秦风已经上了大学，进入华远大学学计算机生化科学专业，秦云十二年级，大小伙子很少麻烦母亲接送，给他足够的零花钱，连饭他也常常在外面买了吃。而秦男，则一如既往地不拘言笑，安安静静地上班下班，吃饭睡觉，话不多，日子照过。她发现自己比原来懒惰了，想做饭就做，不想做了就随便吃一口，跟秦男说，"你今天叫点儿外卖吧，我懒得做饭了。"秦男也不抱怨，一如既往地闷不作声。买外卖就买外卖，他吃得似乎也很舒服，吃完就躲进他的书房看计算机。冰儿几乎后悔自己过去花在厨房里的那些时间，其实这位老公是个很容易满足的人，现在才明白。周末她会花两三个小时来坐禅，许多奇妙现象在她坐禅时时隐时现。

这时，冰儿已经成了生命中心的兼职教员，一周三次坐在学员前面带领七支禅坐。佛教中的非食食戒她也开始实践，每个月逢阴历初八、十四、十五、二十三、二十九、三十这六个斋日，过了中午十二点，就不再吃东西，只喝一点点水。开始的时候，她觉得不吃饭的确难熬，不是饥饿，是馋的难受，到了吃饭时间，身体就发出生物信号，让她的口舌闲得无聊，总想吃点儿什么。头几次被这馋的煎熬折磨得难耐，她就在长久坐禅中度过，一旦入定，饥饿感自动消失。几次成功禁食之后，她的身体发生了变化，胃对这种新鲜活动也产生了适应性，饿两顿饭不再是个什么大不了的事儿，连对食物的喜好也发生了显著变化，口味越来越清淡，有时一只苹果就可以当做一顿饭。最令她开心的是，那种抵制了食欲的成就感和因为禁食而带来的神清气爽、清洁舒适之感很快就让她热爱和迷恋起禁食来。她看起来格外健康，肤色红润，泛着光芒，小腹收回，身材保持着少女的轻灵修长。女人们用羡慕的目光盯着她，男人们用欣赏的目光看着她。她却既不在女人面前骄傲，也不再男人面前风骚，脸上永远带着一层纱一样的淡然微笑。有人向她取经求教，她就让人家跟她练打坐，果然有些人因此成了她的学员，但更多的人在背后嘀咕，"冰儿是不是有点儿神叨叨的？""可不是！这两年变化很大，不食人间烟火，就差装神弄鬼了。""不过，她看起来真的好美，笑起来跟菩萨似的，身材保持得那样好！""也可能真是打坐打成仙人了？"女人们咯咯咯笑起来，"你打坐试试看，可不是每个人都能打成神仙！"嘀咕归嘀咕，表面上冰儿仍然日出而作日落而息，仍然挣着一份工资，仍然尽着母亲和妻子的那份责任，没有丝毫不正常。只有她自己知道，一切都在越变越不一样。

她的中英文博客不连贯地继续着，内容却有了根本的转变。风花雪月的文字几乎销声匿迹，她会长篇大论地讲述打坐时神奇的经历，什么灵魂出窍回到了中国，什么飞上高空，见到了天堂。开始的时候，粉丝们以为她在编小说，跟帖的还相当踊跃，大家猜测着下一篇，她会不会下海捉鳖，上天揽月。可是，渐渐地，人们发现半满是在真实记载自己的打坐体验，就开始有了很多不同的声音，有些老粉丝也开始有了微词，有人劝她去看看心理医生，还有人劝她立刻停止打坐，断定她已经走火入魔，更多的人干脆什么都不说，扑哧一笑就远远走开了。当她发现很多网友把她当成精神病患者时，她彻底停止了博客写作。在这个愚昧的世界里，何必让愚昧之人来评判她的价值？一切都没有意义，当初写博客来展现、倾诉自己的初衷早已消失殆尽，她不需要向谁证明什么，她自己证明自己已经足够。她需要的是在她发掘的那个新世界里得到永远的平安。

冬天来得突然，一夜之间地面就起了霜。刚入十一月，已经下了一场大雪。气候荡着秋千，一个星期寒冷到零下四十度，下一个星期就又反弹到零度。人们谈论着气候变暖，臭氧层被破坏，北极冰川融化，北极熊面临险境，全球气候发生迁移，欧州会越变越冷，加拿大却会越变越暖，恐怕过上一二十年，卧春人民羽绒衣也不用再穿，滑雪要去北极去滑了。玩笑归玩笑，起伏波动的天气如此打摆子，细菌病毒都趁机凑热闹，周围人轮番生病。单位里咳嗽声不断，梁星终于没有躲过一病，嗓子里呼噜呼噜响着，气道堵塞，总觉得气短胸闷，整天昏头昏脑，只想睡觉，这天便发起烧来。

"你这是累的。我如果能去帮帮你该多好啊！我想死你了，心疼你一切都要靠自己应付。这下怎么办？一家两个病人，都倒了，怎么运转？"陆西安在邮件里写道，"我给小唐打个电话，让她去你家帮一下忙。这个你必须答应我，不能再逞强。我真恨不得自己过去帮你，除了我，还有谁更合适、更懂你、更疼你？"

小唐果然立刻就来了，开车带梁星去诊所检查，竟是肺炎，医生给开了十天消炎药和退烧药。路过唐人店，小唐飞奔进去替梁星买了几大包饺子包子，这才送梁星回家。小唐安顿梁星上了床，对金齐欣说，"梁星病得不轻，39 度可不能硬挺着，精神都烧没了，我刚让她吃了药躺下了，那退烧药有镇静作用，这会儿估计睡着了。我得接替她照顾你，你别客气，想吃啥喝啥要啥，尽管跟我说，我今晚等你俩都睡了再回家去。"

金齐欣就有点儿急，说，"哪用麻烦你？我又不是残废，腿上夹板摘了，已经恢复走路锻炼了。放疗没有化疗那些身体反应，我没什么不好的感觉。现在又不上班，我连饭还不能做吗？我做饭，我照顾梁星。她是累病的，休息配合药物一定能很快复原，千真万确不要人帮忙。你看我现在跟好人什么区别？"说着，他就握紧双拳一用力，做了个健美比赛展示肌肉的姿势，脸上也配合着健康者的笑意，腮帮子虽然瘦得吓人，眼神倒闪闪发光。

小唐脸上笑着，心里想掉泪，鼻子酸得难受。说，"我不帮你干点儿啥，别说我心里过不去，就是我们教会陆长老也不会答应的。"

"真的，小唐，太谢谢你了，也替我谢谢你们教会陆长老。我真的能行。我说话费劲，你别让我把力气耗在这上面，快回家吧，饺子包子都是现成的，我来做，听我的，你赶紧回家。"

小唐看金齐欣几句话说得气喘吁吁，不忍再争，满心犹豫，也只得回家。

金齐欣一步一歇上了楼，看见梁星躺在床上，已经熟睡了。伸手摸了摸，额头滚烫，脸蛋儿被烧的通红，呼吸又粗又重。他叹了口气，就静静在床边地毯上坐了下来，靠着床头桌歇气。想着妻子这一段没白天没黑夜地伺候自己，尽心尽力，无怨无悔，望着梁星的脸蛋被烧得赤红，目光立刻充满了柔情，心中感慨不已。

自己的日子还有多远？这个陪伴了自己二十几年的妻子将要独守空房，自己将变作一捧黄土，灰尘一样消失而去，一切将一去不返。家，老婆，孩子，母亲，球友，求学的奋斗，工作的责任，现实的争取，未来的希望，一切都将随着生命的幻灭而回归于零。人生原来就是这样一个无解的程序圈，这个圈转啊转，终究转不出尘土中来、又尘土中去的宿命。梁星小唐他们所相信的天堂存在吗？如果真有天堂，倒是一件突破这生命圈的出口，生命的有限到了那里即延伸为无限。梁星希望我信主，希望我不要失去进入天堂的机会，这是多么幼稚可笑的想法，天堂是你想它有、它就有的吗？是想进去就能进去的吗？有哪一条科学实验能够证明它的存在和它对人类的筛选不会出错？如果那个上帝只带领信他的人进入天堂，把不信他的人打入地狱，这个上帝是多么的自私不公和带有成见！他不就是一个骗人的念想吗？不，不，我不信这个神，这个自私而不公的神。死了就安静地死去吧，如果真有灵魂，就让我的灵魂仍留在人世间晃荡，我没有过够这里的生活，我没有看倦这个家，我没有厌烦这个老婆，我想继续打球，继续和赵区哲们喝酒调侃，我想在快乐中变老，看到勇子毕业、成家、做父亲，我想退休了和梁星一起到处旅行，我想有一天自己成了白发白须弯腰驼背的老人，还能咧着没牙的嘴笑，还能从凹陷的眼眶里流出浑浊的眼泪，我想变成一个长寿的神话。我想我的一生没有做的事情还有很多很多，我不想这么早就死，我不想让我那坚强的母亲为了儿子的早逝而痛哭流涕，我想给老妈养老送终，我想让全世界都知道，我热爱生活，热爱生命，我根本不想死，我还没活够！

他闭上了眼睛，任泪水瀑布一样哗哗流淌。

不知道哭了多久，黑暗中时间仿佛停止了。他被床头桌上梁星手机吱吱的震动声惊醒。影影绰绰，他看梁星还在沉睡，生怕那震动声会吵醒妻子，就悄悄拿起手机，蹑手蹑脚走出了房门。他扶着楼梯小心地摸黑下了楼，进了书房改造的卧室，在自己床上躺了下来，不饿自然不必吃饭。自从癌症复发，他几乎已经忘了饿的感觉，所有的进食都是勉强的。

梁星的手机又吱吱地响了一声。他顺手拿了起来，想把网络关闭掉。这十几年来，他和梁星从来没有动对方手机的习惯，两个文明人都有着尊重各自隐私的基本常识，更没有窥探爱人社交圈的不良爱好。按开手机屏幕按键，跳出密码屏幕，他知道梁星怕自己记性不好，家里银行帐户所有密码都是勇子生日、梁星生日和自己生日的数字组合，而且很少更改，于是想都没想就把自己知道的一个组合敲了进去，果然奏效，屏幕立刻进入首页状态，可还没来得及找到关闭网络的按钮，却赫然跳出了梁星的邮件箱。照例，手机邮件条目的第一行字总是可以看到的，只见刚进来的邮件上写着："宝贝，我非常担忧你的身体，你的烧退了没有？我多么想……"

金齐欣脑袋嗡嗡作响，他犹豫不决，颤抖着双手，点开了梁星的邮件箱。邮件箱、微信等等社交平台都没有再设置密码保护，这个手机是个全部敞开、没有秘密可以隐藏的透明玻璃，它如此清澈透明，里面的一切，一目了然。

那夜，金齐欣整夜未眠，他的震惊比得知自己的癌症到了晚期更加严重，悲伤，洪水一样吞没了他。他经历了一生从未经历过的心灵争斗，战场时而硝烟弥漫，时而寂静无声，时而号角齐鸣，时而血光四溅。他感觉到一只大手攥着他心脏在揉捏，拧出血来，滴答滴答，极端的痛楚从心脏向身体自周伸展蔓延。他想大声喊叫，可喊不出，憋的胸口快要炸开来。他宁可胸口能炸开来，让他被苦水腌制的心脏得到片刻的舒展和轻松，肉体的痛苦就会消失。有一瞬间，他感觉自己是一片无边无际的海洋，波涛汹涌的海面在狂风巨浪中翻腾旋转，天空黑沉沉地压了下来，地狱一般沉重阴暗，风把一切吹变了形，世间没有了形状可辨的事物，一切都扭曲了，一切都失去了定义，只剩下翻腾的水浪和疯狂的暴风。

他对自己的愚昧感到不解，对自己的迟钝感到耻辱。即便在他和梁星口角之后，即便在两人的冷战期间，即便他的性能力降到了零，他也从来没有想过梁星会有外遇。这是最后一件他可以想象的事情，即便面对着手机上确凿的证据，他也不敢相信这一切就发生在眼皮下面，就发生在口口声声信奉上帝的两个虔诚基督徒身上。他所认识的单纯的梁星在哪里？他所确信的忠诚的妻子在哪里？他妈的，这个世界整个就是一个大骗局，没有诚实，没有信赖，没有真实。人人都是自私而丑陋的，所有的一切都是假像，都是幌子，美好的信仰原来只是一种满足个人欲望的挡箭牌！当最值得信赖的人变成了最不可信赖的人，当最亲近的人变成了最疏远的人，当你发现自己最了解的人竟是陌生人，世界还有什么价值？生活还有什么意义？

有一瞬间，他恨不得冲上楼去，把梁星从睡梦中摇醒，给她两个大耳光，质问她、谴责她、辱骂她："婊子！你这个臭婊子！干起偷人的勾当了，还假装信主，你的上帝就是这样教育你们一边做婊子一边立贞节牌坊的吗？"可他没有力气跳起来冲上楼去，他试图挪动自己的四肢，却发现身体像被大山压着一样沉重不堪，胳膊大腿连动一动都需要鼓足勇气克服疲倦赐给他的软弱无力。这时，他才突然意识到，自己是个垂死的病人。他突然从愤怒中猛然醒悟，不，不，等一等，让我想一想。一切都是源于此！我的前列腺癌，我的性无能！梁星提过离婚，她已经在暗示着她的欲望。她难道没有权利追求这人生基本的欲望吗？是我没有能力给予她应该得到的东西，我有什么资格抱怨她的出轨和背叛？来日无多，是让愤怒占据剩下的时光，还是让假像蒙着平静的外衣让大家都平安地面对我的衰亡？

狂风暴雨之后的平静来的如此突然，攥着心脏的那只大手松了开来。蓦然间海面停止了喧器，天空安静下来，云朵飘散了，一切又回归了原样，似乎那场风暴根本没有发生过。他感觉到血液缓慢回到四肢的努力，血管里血液流淌的声音小溪一样潺潺可闻。金齐欣深深地叹了口气，把手机上他双手留下的湿漉漉的汗水在被子上擦了擦，原封不动地翻到了邮件箱首页，这才关了手机。金齐欣啊，金齐欣！走到了生命的尾声，有必要在乎所谓的忠贞吗？让她的余生拥有平静和幸福吧，也算夫妻一场，我仁至义尽。天各有命，上天显然对梁星和陆西安宽容照顾，那个上帝不喜欢我的存在，才造就了我的死亡，来成全他俩。这么看来，那个不公平的上帝还真的偏爱信他的人，挺管用。他在黑暗中冷笑着。去过你们的幸福生活吧，我就要远离这人间的折磨，肉体的无奈了，而你们还将面对所有人世上不堪、无奈和丑陋的一切。早一天晚一天，你们也将与我会合，命运对谁都是公平的，一切终将结束。也许我的大度忍让能带领我进入那个所谓的天堂，让灵魂留在地上看着你们的生活，会是什么感觉，还是去那个没有苦难和不幸的天堂更加明智！上帝，哈哈，上帝，我似乎应该为了这个美好的未来，信了你呢！

金齐欣的嘴角在黑暗中咧开了，他在笑。

凌晨，他蹑手蹑脚回到了楼上，在黑暗中盯着熟睡中的梁星。她头发蓬乱，呼吸粗重，发着烧的脸在疾病中显得衰老憔悴，平时的精致讲究全然不见了。她也马上就五十岁了啊！他暗暗叹了口气。梁星的确是累病的，这点毫无疑问。她对我的情感也是真诚的，那一勺又一勺喂进我口里的饭食没有一顿不是她精心计划烹制的，她希望我好起来，希望我的痛苦少一些，我宁愿相信，那些愿望都是真诚的，我宁愿相信我的妻子拥有善良的品格。大家都不容易。算了，就这样吧。这难道不是我本来就期望的结果吗？去吧，梁星，找个伴儿。这不是我几次三番劝她的话吗？哎，尽管这个伴儿来的太早了点儿，毫无预告。他不必再感觉早逝的内疚，梁星会继续生活的幸福快乐，这样很好。

虽然这样想着，他还是止不住心头的酸楚和对虚伪的事实强大的厌恶感。他把目光从妻子脸上移开，目光落在床头桌上梁星喝剩的茶杯上。突然，他脑子里电光一闪，立刻下定了决心。死亡，在那一刻，竟不那么可怕了。我不怕死！他清醒地对自己说。人啊！说不清！也用不着我这个垂死的人来想清楚、说明白。他把手机轻轻放回床头桌上。

一切都仿佛和原来一模一样，一切却完完全全不一样了。他端起梁星喝过的杯子，喝了一口，又喝了一口，甚至把杯边的每一寸舔了一遍。来吧，他对自己说，肺炎，死亡，都来吧，我不怕，到时候了。

黑暗中，他的面孔，早已被泪水浸湿。下楼时，他两腿发软，几乎滚下楼去。他只好扶着栏杆坐下，一节一节地坐着挪到了楼下，浑身如同棉花做的。当生的希望不再存在，精神与肉体便同时如散架的房屋，瞬间崩塌。

梁星的烧到了第三天终于退了下来。一退烧，她就起身照顾金齐欣，把每天都来张罗两人吃喝的小唐打发走，千恩万谢。

二十一、

静湖的中国化进程是不知不觉的，新移民大量涌入，除了年龄趋向年轻化，初来乍到的也不再像当年的老移民那样两手空空，很多人带着一定积蓄，落地就直接买房买车，英文还说不成整句，生活的富足程度已经超越了很多世代土生土长的本地西人。常常可以听到一些小道消息，诸如一个中国人用现金买了一所豪宅，某个银行大中午决定关门歇业，整个下午要用来数钱；某某车行的推销员卖了一辆豪车，竟然意外地得到一万块小费，相当于他一年工资的四分之一，买车的是一位刚满十八岁的华裔小伙儿；某名牌皮包店几分钟卖脱了三种皮包的所有库存，购买者是一位华裔女移民，几十万块的皮包不过是回国探亲的小小礼物等等。故事稀奇古怪，真真假假。但静湖区的房价一路飙升，人们都知道，大陆富有新移民的涌入是因素之一。旭蓉蓉、梁星一辈儿老移民二十几年落地生根建设的生活，也不得不在新搬进静湖区豪宅里的新移民面前显得捉襟见肘。

出来进去，三四十岁的青年华裔面孔越来越多，除了一部分新移民外，小留学生毕业之后顺利留在卧春城成家立业的也不在少数。这部分七零八零后的青年移民，心怀理想，充满活力，头脑开放活跃，接受新鲜事物迅捷，融汇东西方文化的能力超强，语言能力也较之老一代移民更加娴熟流利。新生力量的勃勃生机在静湖区的大街小巷和网络上悄悄蔓延。公园里的老人也变得年轻化，有些国内来帮忙带孩子的爷爷奶奶看起来不过五十上下，七老八十的面孔几乎看不到了。这些五六十上下的爷爷奶奶中也有很多是拥有大额存款的亲属移民，国内北京上海等一线城市几百万的房子一卖，就可在卧春城买一座甚至几座象样的豪宅，连今后几十年供养房子的花费，也不需担心了。

这些人与国内联络密切，手头宽松，回国探亲访友频繁如邻里串门，来来回回用不了几年，七大姑八大姨也就一家家互帮互助，相继涌出国门，加入到在国外创建新生活的华裔移民大军里来。因为经济能力雄厚，加上勤劳肯干的民族特点，直接开店做买卖的，投资实体搞产业的，甚至买农场开荒种地发展农业的都不再罕见。帮助联系出国留学和移民的中介更如雨后春笋一般蓬勃兴起。擅长利用双边优势的，充当起积极促进进出口贸易的桥梁角色，往国内销售保健品、奢侈品、皮毛制品，从国内进口服装、热销国产厨具、团购中文图书音像等等大小生意，五花八门、风生水起。华人出国只会开中餐馆的状态早已成为历史。

网络与微信的高度发达，给生意人提供了商业拓展手段，信息时代的奔跑速度也让生意插上了飞翔的翅膀。各种微信群变成了最便捷的免费广告，人们的 ID 头像旁边有写电话号码的，有标注公司服务项目的，诸如"冰酒国际""代运国际货品""移民留学咨询"等等。人们的生活不再离得开手机，过去的网迷把视线从计算机屏幕转移到这个小小的手机屏幕上来，曾经红火的卧春中文网连心网虽然开发了微信平台，还是在不知不觉中被繁荣的大小微信圈抢了风头。

新老移民们的商业味觉立刻受到刺激，有些闲来无事的家庭主妇和年老英语困难的老年移民们，纷纷把握时机，将华人"民以食为天"的传统大大彰显，西安小吃、上海美厨、四川厨娘、东北锅灶等等名目众多的家庭厨房悄然兴起，什么面皮、凉面、肉夹馍，什么灌汤包、酸菜粉、酱猪肘，上班在美食圈里定好，下班直接取了回家，方便快捷好吃，省了劳累一天之后吭哧吭哧烧晚饭的辛苦。

久居海外的华裔移民，中国胃突然如沐春风大受娇宠，久违的家乡小吃竟然一条微信就可品尝，一时间彼此传递消息，一个群轻易就有四五百人捧场，人们争先恐后预订喜欢的特色菜肴，家庭厨房生意越做越火，竞争激烈起来。有人别出心裁，在家里开起了厨艺课，报名的人到家里亲自观摩某种食品的烹饪方法，然后包餐一顿特色菜肴，诸如上海冷面、羊汤捞面等等。赋闲的姑娘媳妇和老年移民有了份在家做饭就能糊口的职业，不亦乐乎，繁忙中小金库日渐充实。虽然这些家庭厨房没有食品售卖执照，并不符合食品检验规格，但受益者众多，哪里有人检举抱怨？以"吃"为主的小生意也就光明正大地蓬勃发展起来。

这时，静湖区四周的大型超市都有了售卖中国食品的专柜，挂面方便面、酱油香油、中式零食点心等等占了十几米长的货架，虽然比不得华人超市里种类齐全，随便买点儿豆腐青菜已经不必开车半小时跑一趟华人超市了。但即便这样，爱吃的华裔移民们仍无法满足自己永远旺盛的食欲，围绕着"吃"的新概念生意继续生发着更新的概念。团购各种肉类的微信群两周一次订购各种生熟肉品，鸭掌、鸭脖、羊肩肉、牛筋牛腱、走地鸡、大肥鸭、北极虾等等；你团购肉类，我怎甘心示弱？咱就新增零食团购，花生、瓜子、大杏仁、饼干、鱼柳、牛肉干。端午节团购粽子，中秋节团购月饼，元宵节团购元宵。小小的卧春城从东到西、从南到北，七七八八的团购群何止几十个？到后来连网上预订、送货上门的服务也有了，每周换着花样促销，不用走出家门，花椒大料粮油菜蔬等都能在家门口签收了。

家庭主妇们被朋友拉进团购群，传染病似的，买东西都上瘾，每周换着花样定购稀罕食品，冰箱装满了放不下，就买个冰柜，很快，冰柜也被挤得满满登登。男人们笑说，你们的健康经怎么不起作用了？不是不鼓励大鱼大肉吗？怎么最近荤的多素的少、面食也大大增多？我这小肚子，异军突起了！女人们也意识到家庭厨房食品虽然解馋却多油多盐重口味，团购的食品多以荤肉和非健康熟食为主，眼看着培养了自己的懒惰情绪，还为一家人积攒了有害脂肪，赶紧收敛起食欲和购买欲，降低对家庭厨房和团购群的光顾频率。

一个又一个新的微信群却雨后春笋似的层出不穷并日渐壮大，减少了这个群的光顾，又会进入一个新群的热闹。人们被信息世界的信息强有力地占有着，身不由己地被各种信息绑架，不知不觉地做着奴隶。世界运转的飞快，人到中年，常常感觉到一种被信息时代追逼的惶恐，你不能不往前走，整个世界夹裹着你在往前飞奔着。世界变小了，天空变窄了。出国者曾经的荣耀早已一去不复返，世界各地只要有人的地方就有着数不清的华人。小小的静湖也被亚裔面孔充满了，这些新旧混杂的移民们正以不可忽视的力量在异国他乡落地生根，一天天枝繁叶茂。

金齐欣就是在卧春城的华人小区日新月异的热闹时节去世的。梁星的病还没好利索，金齐欣就彻底病倒了。是梁星出轨击垮了他的精神还是那杯充满肺炎细菌的水把他向死亡的深渊推去，我们不必探讨。他不仅不吃东西，肺炎一开始，就高烧四十度，神志也有些模糊了，一句话也不说。医院马上收他住了院，一切都是抢救的手段和措施。

入院第三天，医生对梁星说，"所有身体机能全部处于衰竭状态，药物已经不起作用，准备后事吧。"

梁星赶紧通知了勇子，电话里，孩子表现的镇定勇敢。梁星欣慰地想，孩子长大了！她立刻给儿子订了回家的飞机票，当天起飞。然后又在小唐陪同下通知了尤曼殊。尤曼殊伤心欲绝，痛不欲生。好在有魏声在场，支撑着她的精神，情况才没有失去控制。"妈，您放心。"梁星一边拧了湿毛巾帮婆婆擦眼泪，一边哭着说，"只要我在，您的生活，一切照旧，无需改变，我这个媳妇从现在开始就是女儿了。"梁星说着，就拥抱了尤曼殊。这是第一次她和婆婆有近距离的身体接触，尤曼殊竟没有拒绝，还紧紧地回抱了她。最亲的人将要离去，相同的命运，一瞬间就把她们拉得很近很近。

第二天，梁星等着医生查完房，就坐在丈夫身边发呆。一直半昏迷状态的金齐欣突然睁开眼睛，费力地微笑起来，他抬了抬手指，示意梁星握住它。又张了张嘴，示意梁星把而耳朵凑到他嘴边去。他断断续续地说，"我不怪你，我为你高兴！你放心，和陆西安结婚吧，好好过日子。我走的很心安，你不要内疚。你们是人，我从你们身上看不到基督教的高大，我看到了肉体的真实。难为你们这样离经叛道，还那样信赖你们的上帝。这使我觉得它明明是不存在的，却好像真的存在了。我信他了，我也想进天堂呢。"他说完，竟然微笑起来，脸色平静安详。

这是他对梁星说的最后一句话。

两天后的清晨，金齐欣安安静静地走了。梁星，勇子，尤曼殊都围在他身边。

278

无论陆西安怎样劝说她，梁星就是高兴不起来。金齐欣临终前说出了梁星和陆西安的秘密，让她震惊并长久地感觉不安。金齐欣走了几个月了，两人聊起此事儿，仍然会耿耿于怀。金齐欣是很早就知道了装着不知道？还是压根就什么都不知道，仅仅是推理和猜测？又或许是最后阶段才知道的呢？怎么知道的呢？两人百思不得其解。梁星始终没有怀疑过是手机泄露了秘密。有一次陆西安问起手机，梁星使劲儿摇着头说，"绝不可能！我们夫妻俩自从有了手机，从来没有查看彼此手机的习惯，一次都没有过。老实说，我对他的信任和他对我的信任不相上下，谁会想到去查看对方手机？想都没想过会对配偶不忠。遇到你之前，我还真的不是这种红杏出墙的人，谁知道怎么鬼使神差就和你这样分不开了，一切都在不知不觉之中发生的。哎！金齐欣怎么都不会想到我会干出这种丑事来，我利用了他的信任啊！即便后来关系有些尴尬，他也没想到我会有这种事儿，我可真是个好演员。"

　　陆西安把梁星搂进怀里，摇着头说："你呀，总是贬低责怪自己。生活中谁不是演员？谁没有秘密？只是人人都以为只有自己最神秘。其实人人都是好演员，当人需要演戏的时候。咱们啊，不能总是生活在负罪感之中。咱们得解放自己。这个世界上不好不坏的人是大多数，不崇高，也不低贱，不伟大，也不卑鄙。因为人人都带着原罪。普通人就是普通到时好时坏，时而崇高，时而低微。这才是真实的人生。别再难为自己了！让我继续好好地爱你吧。"陆西安说着，已经动起手脚了，梁星却轻轻把他推开，说，"不行！亲爱的，我不舒服，不想做这事儿。"她的拒绝是很罕见的事儿。

　　陆西安虽然失望，也只能就着梁星。两人自从金齐欣去世，就没有做过一次痛痛快快的爱。有两次，他正在激情荡漾热血沸腾之时，梁星突然哭了起来，把他从身上推了下去，说，"他的灵魂说不定正在看着咱俩呢！"陆西安当时就软了，觉得这么下去，非发展成阳痿不可。他按捺着每次见到梁星时的热望，祷告上帝尽快让梁星的心灵从自责中修复过来。他克制着自己尽量不去招惹梁星，太难受了就进行久违了的手保健操。

　　在一起的时候，找出金齐欣如何了解到真相，成了两人的主要话题，确切说是梁星翻来覆去的话题，陆西安只是平静地陪着她胡乱猜想，希望她能在这种对话中释放心中的不安。

　　"我还是觉得有可能是电话出了问题。只是你不知道罢了。"陆西安说。

"真的不会。这两年我迷恋微信，信息看都看不过来，手机根本就不离手，洗澡都拿进卫生间，他根本没机会看到啊。再说，手机还有密码呢。"说这话的时候，她完全不记得，自己惯用的密码，早在十年前，金齐欣就耳熟能详了，家里当时买房卖房，大笔投资，银行付账、贷款等等事宜繁琐，两人都是可以同时上网操作查询的。

　　"他为什么在最后抖出这个包袱？"梁星问，"尽管他说让我和你结婚，好好过日子，还说他不怪我。可我就是不愿面对他死以前已经明白自己的妻子是个骗子这个铁打的事实。唯一让我欣慰的是，他说他信了咱们的主，因为咱们的上帝有人情味儿。不管怎么说，他信了，能拥有永生的生命了，我好开心，在神面前，我这个妻子尽了自己应尽的义务了，神一定会让天堂里的一切顺理成章。他肯定是真的不记恨我的不忠，是真心希望我能幸福生活下去，才告诉我他知道真相。他是爱我的，他一直忍着不挑明，就是爱的证据。你说对不对？我得感谢神！你说这不都是神在做工吗？"

　　"是，当然是神在做工，你能让金齐欣信了主，是神最喜悦的事儿！金齐欣原谅你，也是神在做工！"陆西安知道梁星需要神的肯定来让自己的负罪心理平衡，又说，"大卫王霸占了乌利亚的妻子拔示巴，后来戴维悔改，一心信靠神，神就赐他昌荣的国度，又让拔示巴生下了所罗门，所罗门是最辉煌的王。神是公义正直的。你做了这样了不起的事儿，神是会纪念你的。"陆西安嘴上讲着，却想到上帝为了惩罚大卫王，没有让他和拔示巴的头生子存活，而且让戴维的后代常年彼此嫉妒争斗。神的确是公义的，这不能不令他感觉害怕，神会不会也这样来惩罚我和梁星呢？但他为什么让金齐欣先走了？这不是给他和梁星创造机会吗？神对他和梁星的关系到底是支持还是反对？为什么这么多的为什么永远也找不出答案？神在哪里？他需要神的时候，神怎么总是躲着？

　　"金齐欣很了不起，不管他是什么时候得知了咱俩的私情，都会很受刺激。他能不报复打击，不挑明真相，是不是很了不起？"梁星问。

　　"当然，他也许对自己的病体感到愧疚无奈，就心甘情愿原谅了你的出墙行为，这种心甘情愿也是神在做工。不过，我想咱们不必枉费心机去猜测他的动机了，有一点可以肯定，神的确在照顾你我，神也恩待了金齐欣。所以，我们就别一味地谴责自己了，一切都是籍着神的旨意，跟着神的带领慢慢走下去吧！"这样说着，陆西安却仍然忧心忡忡，梁星如今心理上的障碍如同洛基山脉一般巨大，也许这正是神对他俩的惩罚，也许，再也回不到从前那种水乳交融的状态了，这不能不令他万分哀伤。他仔细审视自己，发现自己的内心并没有对金齐欣明显的歉疚心理，人的命运是神定的，金齐欣完成了他在世上的使命，和任何别人无关。但他深知梁星完全无法放下，金齐欣毕竟是她丈夫，而且在生死关头刺激了她。有那么一瞬间，他甚至怀疑金齐欣揭了老底的动机，如果他真的原谅梁星、真的希望她幸福，有必要说出来吗？他不说出来，不是给梁星最大的自由吗？但他制止了自己的想法，毫无意义，事实就是事实，已经造成的损伤，无法清除。除了时间，什么能平伏梁星的心理障碍呢？只有求告神了，让时间过得快些吧！而他自己，必须在时间的折磨之中学会适应折磨。

二十二、

　　冰儿的身边似乎除了家人，只剩下旭蓉蓉一个贴心朋友。徐美美早已渐渐疏远，两人不过偶尔打个电话、微信里问个好，相约喝几次咖啡。"你不嫌无聊吗？我怎么就不懂，上班下班，打坐静修，闷在屋里不出门，有什么意思？这五光十色的大世界到处都是诱惑，卧春城如今热闹非凡，多好玩儿，我简直应接不暇。"徐美美说着，看到冰儿安静地微笑，叹了口气说，"你啊，太清高了。活得累不累啊！"
　　这时的徐美美仍然没有生育子女，时间久了，不再往心里去，她本来就是个不愿责怪自己和给自己加包袱的人，有了孩子反倒累赘，哪如自己及时行乐来得容易？于是，干脆放开手脚如青春期的少女一样每个周末参加派对，今天参加跳舞队，明天参加旗袍模特队，没有一刻安静。间或与肯特撒撒娇拌拌嘴，做起爱来不管不顾，隔三差五接伊莎贝尔过来住住，客客气气，内心仍是单身的少女。在冰儿眼里，她和徐美美的距离可以用确切的时间单位去衡量，这个时间应有三十年，徐美美活在十五岁，而她，已经红尘滚滚一去不返、不惑将逝、安知天命了。
　　旭蓉蓉是在丫丫确定了读王子大学心理学专业并动身去海地支教时，返回生命中心修习静坐的。她和冰儿俩人一如既往地亲密，时不时在静坐之后去喝杯咖啡，闲聊几句。

"想不到丫丫这样坚强，出了那么大的事儿都没打垮她，做了支教，还上了好大学。有其母必有其女！"冰儿说。

　　"这个其母远远不如其女。冰儿，这一代人都是青出于蓝而胜于蓝，他们比咱们有主见，条件也比咱们好得多。单单从公益思想来看，就远比咱们高尚，社会的熏陶。咱们那时候只顾考虑衣食温饱，哪有精力做义工？更没钱捐款。你知道，丫丫从海地回来，像变了一个人，她说看到了不设身处地就无法想象的穷困。生活在这里实在太幸福了，物质生活奢侈浪费，这孩子甚至有了负罪感。她在那里干了很多体力活，帮着搬砖拌石灰造学校房舍，学着用最基本的生活方式过最简单的生活。冰儿你想想，丫丫在家里是衣来伸手饭来张口，出去打工也不过收款机上敲几个数字，说几句'have a nice day!'，我看着她从海地回来又黑又瘦的样子好心疼，可她自己兴奋得不得了，明显成熟了很多，精神还特别好。我甚至感觉这次援教擦去了她心头那块马克西姆死去的阴影。她见到了为一口饭、一本书、一支铅笔而发愁的人们如何生活，自己的不幸又算个什么呢？她知道自己拥有的实在太多了。现在，我心里这块大石头终于彻底放下了，刚出事儿时，我多怕她心灵受伤影响一生的幸福啊！现在好了，孩子看起来很乐观向上。她说大学里也有教会援教团，去中美小国，她爸把钱都提前预备好了。她现在正在自己攒钱支持一个叫莫伊德的海地黑孩子上中学，她的计划是每年攒五百块钱寄给那孩子，够他全年的学费，一直供他上完大学。"

　　"你看，这就是有爱心有理想的年轻人！我真为你高兴！"冰儿啧啧称叹，觉得自己已经很久没有这样激动过了，眼睛亮着，微笑说；"蓉蓉，有时候，我觉得我只有和你在一起的时候，才会有点儿人味儿，才能感觉到美好、善良的存在。比如现在听到丫丫的好，就如同听到了秦风秦云的好一样开心。最近我对周围的一切，越来越麻木，越来越不想关心，包括秦男。夫妻之间维系的是一种什么关系？不过是一种社会结构的必要组合——家庭。过了一辈子日子，一切都变成了一种习惯，可你觉得这种习惯应该存在吗？也许这压根就是一种不必要的社会组合。"

　　"冰儿，"旭蓉蓉伸手捉住了冰儿的手，说，"你在想什么？难道你想离……"离婚二字尚未出口，旭蓉蓉就把它又咽了回去。

　　冰儿把另一只手搭在蓉蓉手上，上下捧着旭蓉蓉的手，轻轻摇了摇，"不不，不是离婚，实话告诉你，是遁世隐居的想法。"

"别胡闹，冰儿。"旭蓉蓉有点儿着急，说，"我看你博客也不写了，停掉之前，那些可恨的网友含沙射影说你神经病什么的，是不是太伤你的心了？你一贯大度，不可能为这些网络上的事烦恼，是不是？当年周桥那事儿还不是被你四两拨千斤轻而易举就搞定了。远的咱就放下不提了，近的就说你和秦男的日子让多少人羡慕嫉妒恨呀，一对精英培育出两个优秀的儿子，衣食无忧，你还有什么不满足的？"

冰儿突然攥紧了旭蓉蓉的手，隔着桌子把脸凑了过来，说，"记得黎群群订婚时那个派对吗？咱俩从那时起开始成了好朋友。"

旭蓉蓉轻轻点着头，有些摸不着头脑，她的大脑在记忆库里拼命搜寻着，是的，就是从那次开始，冰儿约自己出去吃饭聊天，后来成了习惯，两人变成无话不说的好朋友。

"知道为什么我会约你吃饭吗？咱俩过去虽然是同学，可私交并不深厚。可那天你的几句话就把我俘虏了，蓉蓉。"

旭蓉蓉越听越胡涂，眼睛大睁着，等待下文。

冰儿突然欠着身体在旭蓉蓉额上吻了一下，旭蓉蓉慌张地四周张望了一下，见没人注意，才面红耳赤地瞪了一眼冰儿，说，"你搞什么鬼？"

冰儿咯咯笑了笑，说，"你那么瞪着眼睛的样子，真好看！我心里很爱你，表达一下。我这辈子只对你一人这样表达，真见鬼！说不定我是同志？"她看旭蓉蓉的脸越发红起来，拍了拍她手说，"别紧张，我说着玩儿的，看你！咱们言归正传，这事儿我早就想告诉你。记得那阵有个网名儿叫芯儿里苦的发了帖子引起网上网下大地震的事儿吗？"冰儿问。

"当然记得！"旭蓉蓉突然警觉起来，呆呆地盯着冰儿。只见冰儿苦笑着点了点头，说，"聪明的蓉蓉，对，她就是我，我就是她。她所说的一切，都是真的，就是当时我的苦恼和无助。"

旭蓉蓉惊诧得一时无言以对，她想起芯里苦的帖子是关于性饥渴和夫妻之间无性婚姻的问题，无论如何她都不会把冰儿和那个满肚子苦水儿的芯里苦扯到一起。"你可真行！我的冰儿啊，憋了这么多年，怎么现在想起来告诉我实情？"

"早想告诉你，一直没机会。再说，说这些旧事儿有什么意思？今天是你提到我家庭幸福，顺便告诉你这个典故，你就明白很多苦衷只有当事人自己明白，表面现象不说明任何问题。每个人都可能拥有深不可测的秘密。我现在可以坦然告诉你实情的另一个原因是因为我已经从那个芯儿里苦变成了现在这个波澜不惊的麻木之人。实话跟你说，我现在连基本的性欲似乎都没有了，当年那个芯儿里苦多么愚蠢可笑。人都是变化的，每分每秒都在变化。是禅修修去了我的欲望，带我到了一个更高境界。智能是有层次的，在那个层次里一切安详迷人，不需要这些破事儿就令人愉悦、快乐、平安，肉体几乎不再存在，精神达到了彻底的、无限的自由和解脱。你谁都不需要去迎合，更不需要违背心意，真实的一切都是慈悲善良的，和睦安康的，没有战争，没有忧愁，不必在苦海中永无出头之日。你可以寻找到一个你不认识的自己，这个自己令人满足。当我们能够度了自己，也就有了力量去度他人。一己之力可成就众人超度，那是怎样一种境界？蓉蓉，别觉得我不食人间烟火，我正是因为经历着人间，才生出置身其中又能脱离它的美妙感觉。今天我能够如同旁观者一样坦然面对过去的一切，能够这样坦率地告诉你当年的芯里苦就是我，这本身就说明我已经彻底放下了，是一件大好事。"说着，她噗哧笑了起来，说："亲爱的，记得咱俩去买自慰器的事儿吗？那时你多可爱啊！你不知道那东西帮了我多大忙！"冰儿笑着，目光游离，心思已经飞到了遥远的什么地方，"可现在，我的肉体好像变成了胶皮，什么感觉都没有了，我不再需要男人，不再需要性，我解脱了！"

旭蓉蓉轻轻叹着气，看着冰儿那副模样，心里忽然涌起一股莫名其妙的悲伤，面前的冰儿离她很远，这种远是她怎么努力都够不着的距离。她小声说，"你哪里是胶皮？你刚刚不是还吻了我的额头？那难道不是激情？"旭蓉蓉的脸又红了，她的白皙让那红总是无法逃脱任何人的眼睛。

冰儿微笑着，伸手摸了摸旭蓉蓉的脸，说，"这不一样。我即便爱你，也是纯洁的精神之恋，也许过去……现在一点儿都不想。"

旭蓉蓉几乎感觉到身体的灼热，下体隐隐颤抖。

"人太复杂，我们自己也搞不懂自己，人类，大部分都是生活在混沌甚至愚蠢之中。我知道你没有和我同样的感觉，你和贾易生和睦恩爱，你是彻底的异性恋者。但你天性外秀慧中，容忍度高，对我一直体贴宽容，我这样黏糊，老在你面前倒苦水发牢骚，你从没有拒我于千里之外。每次和你在一起，我都会感觉极大的放松和幸福。是心灵和身体都很少得到的幸福，似乎每根汗毛都在欢呼。我今天想认真地跟你说句谢谢！蓉蓉，谁知道以后会不会有机会谢你？"

"你什么意思？搞得好像要生离死别似的？"旭蓉蓉伸手去捂冰儿的嘴，冰儿就干脆凑了上来。俩人噗哧都笑了。

　　"说真的，你的脑子想事情和常人不同，没有敏感的心灵和慎密的思维，也不可能成为作家。有时我幻想你是仙女下凡，来短暂地体验人间苦乐。所以，你别吓我，你这样神经兮兮地说话，我会发怵，心里害怕你有什么大计划。冰儿，严肃点儿，我现在要求你发誓，你不会隐遁山林，也不会求死轻生，更不会剃发修行。你保证！"旭蓉蓉真切地说道，目光死死盯着冰儿，双手包裹着冰儿的手，似乎用足了全身的力量。

　　这回轮冰儿惊讶了，她呆呆地盯着旭蓉蓉，眼睛渐渐就模糊了。她长长地叹了口气，摇了摇头说，"蓉蓉，这个誓我不能发。你要知道，很多时候，我们是什么，并不掌握在我们自己手里。我的前世、前世的前世，对我们的今生都发生着巨大影响，那是一己之力无力违抗的，我们潜心禅修不过是想把孽缘摆脱，把来生修得美好，让今生注定的事情有个精神层次和灵界的升华。虽然你我不是神佛，都是渺小的人，但每个人都有佛性，有的人能把它修出来，有的人一辈子也不会认识它。我想我可能属于前一种人，前世储存了慧根，让我今生成就一点儿什么。"

　　"冰儿，听你这样说，你不会走绝路，大不了就……，那我就，我就暂时放心吧。"旭蓉蓉松了手，强迫自己笑了笑，她深知，有些事的确非人力所能扭转，逼冰儿发誓是强人所难，这一逼倒也好，确定她不会走绝路了，至于出家？这似乎是冰儿暗示的，她来不及多想。"对了，你还记得咱俩的约定吗？等咱们老了退休了，回国去山里农村办乡村学校，帮助贫困儿童读书，那个理想没作废吧？"

　　"阿弥陀佛！当然不作废！除了帮助贫困儿童，帮助天下人都脱离苦海不是更加积德行善？度己的目的是为了度人，哪一位佛祖不是如此？出世的目的最终是为了救世。但不修己，何来度人？也许我不用等到老了退休了就可以提早进行这项事业，先认认真真修己，才会有足够的功力去度人，到那时，如果能让佛法深入人心，回国拯救失去道德准则一切向钱看的恶劣风气，让那些被污染的灵魂重新拥有慈悲心肠，我所做到的是不是远远胜过让几个孩子学一点儿文化知识呢？"

　　旭蓉蓉去生命中心打坐禅修不过是为了平和心态、健康身体，她是个简单的人，冰儿那个度己度人的境界，对她来说遥不可及，也无法完全理解。她叹着气说，"看来你无法和我一起去做援教事业了。冰儿，我只是希望你别走极端，不是每个信佛之人都必须出家，那是为什么会有在家居士的存在，南怀瑾是居士吧？多少人因为他的教诲受益。你要选择弘扬佛法这条宏伟的道路，我赞成，是佛把种子种进了你的心。但我还是恳求你，我的好冰儿，别去什么深山老林，也不要剃发，就在生命中心教课不是很好吗？那么多学生崇拜着你的智慧和德行，顾青开老师不是提到想在卧春南部再开一个禅修中心吗？我看他很想与你合作，你看，弘扬祖国文化、宣传佛法可以随时随地实现，是不是？我，我求你别隐遁，你如果从这平凡生活中隐遁，我会为这世界少了你的参与感到遗憾的。"旭蓉蓉这么说着，眼眶就红了。

冰儿起身坐到旭蓉蓉身边，搂住她肩膀，紧紧捏了捏。"谢谢你，蓉蓉！看你！别担心，走吧，我们都会跟着心走的，丢不了！"

日子在飞，一年之后，秦云已经离家去了哥哥所在的华远大学电子工程专业就读，冰儿和秦男正式加入了空巢族，家里变得异常安静。冰儿经常一天只吃一顿饭，而且全素，给秦男做饭的心思越发淡了。秦男喜欢吃肉，买外卖成了习惯，有时候干脆在外面吃完了才回家，回家后看到的冰儿，陌生人一般距离他十万八千里远。她不是去了生命中心教课，就是坐在起居室里打坐，或者专注看书一句话也不说，两人连对视的目光也罕见了。除了手机上发发短信，汇报一下几点回家，就只有在儿子们打来电话时聊几句儿子的状况，需不需要再给儿子们汇一些钱啊，长周末是不是应该开车过去看看儿子等等。

秦男的迟钝使他对现状没什么不满，他习惯了平淡。开车六小时去看儿子，即便闷在一辆车上，两人也无话可说。六小时的路程好像一种沉默比赛，收音机一路响着，新闻和音乐时断时续进入两人耳鼓，两个大脑却在各自的轨道上定向运转，互不干涉。冰儿即便在车子一路晃悠的情况下，也能在屁股底下把座位铺得适合，端端正正地双盘打起坐来。车子的颠簸和她端庄的静止是那样一种怪异的组合，在秦男的余光里晃动，偶尔会令他感到荒诞不安。

那个荒唐的梦境还是偶尔会来访问秦男，因为习惯了梦中那个光着头颅披着袈裟的冰儿，他不再像早先那样紧张。不过是个梦，也许自己的所谓先知先觉早就不灵了。这个老婆安安静静实实在在地生活在他身边，上班下班，吃饭睡觉，这个最可靠。爱好上打坐禅修和爱上跳舞唱歌儿，有什么区别？女人有点儿爱好，挺好！他劝说自己不要多想，安安静静地重复他自己一成不变、早九晚五的生活进行曲。至于性生活，几乎是零体验了。他从来就不是个喜欢床第之欢的人，也从未意识到这在生活中有什么重要，即便对别人重要，对他也不重要，传宗接代的大业早已完成。冰儿早就搬到客房去住了，说喜欢半夜躺着看书，不愿意打扰他睡眠。他自己占用一个巨大的皇帝床，可以东倒西歪，也乐得自由自在。

冰儿把客房打扮成了一个拥挤的书房，书桌上、床上床下、书架里，到处是书。她还让人从国内捎来一套文房四宝，每天照着赵孟俯的字帖练写毛笔字。沉醉在属于自己的精神享受中，她沉默地拥抱着一切看不见摸不着的快乐，身边一切有形的东西都离她越来越远，功名利禄为她所不齿。望着几个华裔同事经常眉飞色舞地显摆豪车、炫耀名牌包，她会从心底发出不屑的冷笑："善哉，这些被没用的金钱名利堵塞的头脑啊！"作为一种下意识的反抗，她专门把自己的几个名牌包都塞给了旭蓉蓉和徐美美，背着十块钱的假皮包去上班，就有人问她："哎，你的那些名牌包怎么都不背了？早几年我们都没有名牌包，你就三两天换一个呢。"

"是吗？"她淡淡地微笑道，"我有过那样的时候？我觉得现在这个包挺方便实用的。"

她面容平静地进进出出，一脸安详，对谁都是微笑着的，却又似乎对谁都是隔着山隔着水隔着太平洋。她越来越不想说话，也无法让内心对谁感到喜欢和厌恶。眼前的一切变得和她无关，她的心情更是静如止水。下大雪，她的车从身后被撞瘪，被拖车拖走，她做了三周理疗才把撞僵的脖子修理好，别人都对她长吁短叹，她也没觉得有什么值得抱怨。生老病死、爱别离、怨憎会、求不得，这人生八苦，谁能逃避？甚至母亲检查出患了癌症，她也没有焦急不安。人吃五谷杂粮，何人无病？自然规律。她温柔地面对一切，平静地做着该做的一切，不以物喜，不以己悲，心脏似乎真的变成了胶皮。

整个世界都被社交网络充斥了，铺天盖地的微信群一个又一个邀请她入群，她却连登录都不登录。直到有一天顾青天说生命中心也建立了一个微信公共账号，请她担任编辑工作，她才开始订购游览佛教微信平台，把传扬佛法和禅修方面的内容，编辑整理发放出去。软件程序设计出身的她，做起这些事来熟门熟路、游刃有余，但时间消耗严重。半年不到，她就厌烦起来，觉得自己变成了另外一种工具，背离自己要先证悟自己的前提下再去度人证悟的理想。这些用来编辑文字的大块时间严重侵犯了她打坐禅修的自悟时间，她又变成了一个"忙碌流水线"上的一架机床。最忙碌的时期，她几乎感到了那种没有修习禅坐时曾经有过的心灵虚弱。于是，她果断地向顾青天提出了辞呈，把编辑工作让给了一个年轻学员。

她开始花越来越多的时间用来打坐，空明清澈的感觉和彻底脱离尘世烦恼的快乐令她如醉如痴。她甚至会在打坐的时候怀疑自己的真实存在，一切的一切，都似有似无，天地万物、宇宙宏苍与她飘荡的虚无身体合而为一，没有墙壁，没有阻隔，没有肉体和思想的禁忌，她的自由是无限广大的，大到太阳系之外的无数大小星系。七色光明旋转变换，时间消失了，重量消失了，人性也消失了。不必定义什么，定义会被定义瞬间吞掉。不必判断什么，判断会被判断瞬间融蚀。

渐渐地，周末她全部用来打坐了，一天打三次，一次打两三个小时，一整天就过去了，不论阳光明媚还是阴雨淅沥。秦男这时才发现自己的太太像中了魔怔，一个一天打坐七八个小时的人，还是一个正常的人吗？

"你打这么长时间坐，不累？"秦男趁着冰儿刚打完坐，瞅空问。冰儿正在按摩酸麻的双腿，又敲又打。

"我很享受！"她淡淡地说。

"你这样，会不会走火入魔？"

"什么叫走火入魔？"

秦男哑口无言，有点儿想发火，却又不知火儿怎么发，皱着眉头转身走了。有一种巨大而坚实的东西堵在他和冰儿中间，他秦男无力冲破。

日子就这样平静地流淌下去，一切似乎跟过去没什么不同，一切似乎又跟过去截然不同了。连续几天，秦男都会突然产生恐慌感，有时发生在工作时间，有时发生在开车的时候，还有时发生在睡梦里。有一天他从梦中惊醒，似乎刚跟冰儿进行了一场严肃的谈话，这次梦中的冰儿，长发素颜，和每天在她身边悄无声息的妻子一模一样，淡淡的神情，不生气，也不欢笑，不再青春年少，但也不朱颜衰老，她的目光炯炯有神，有着明珠般的清澈。这个冰儿的嘴巴空洞地不停开合，讲着话，却发不出一点儿声音，他拼命想知道她嘴里流淌出来的语言是什么，却徒劳无用。那张嘴越变越深，终于变成了一个千年溶洞，有一股力量要把他吸引进去，他拼命拒绝，可无能为力。那种可怕的恐慌感就在一刹那间席卷了他，把他狠狠地从睡梦中撞醒。

黑夜中，他浑身冒着冷汗，坐在床沿上，倾听着窗外的风声，窗棱呼啦呼啦响着，像有只大手拼命地想要推开这窗。不知为什么，最近老是刮大风，这风令他的恐慌和不安雪上加霜。他伸手扯了张纸巾，擦了擦汗，站起身来，轻轻开了房门，走到客房门口，小心翼翼地扭开了房门。黑暗中他听到冰儿均匀的呼吸，他的眼睛适应了一会儿，才看清冰儿侧身背对着他躺在床上，和她一贯的睡姿一样，整个双腿蜷缩着，像个孩子。枕边和床边地上摆满了书。他突然有种想要走过去抱住冰儿的欲望，他似乎从来没有在床上搂抱过冰儿，也许，他早就应该那样搂抱她了。可是，他一动没动，就那样站了一会儿，默默地。然后，他退出房门，蹑手蹑脚关了门。重新钻进被窝的时候，他莫名其妙地眼睛发酸，鼻子也抽搐起来。一种明显的威胁，似乎就停在他的近旁，皮肤一样。

第二天，他买了一束鲜花和一套诺贝尔文学奖得主艾丽斯门罗的小说集回家，趁冰儿还没开始打坐就端到她面前，笑着说，"我给你买的。"

冰儿吃了一惊，狐疑地抬起双眼看了看丈夫，又低头翻了翻桌上的书，是硬壳精装书。她脸上出现了一丝微笑，书总是她最爱的。就这样翻着它们，看着纸页一页页掀起，又一页页落下，她就会产生快感。她一边找花瓶装花，一边低声问，"怎么想起来买东西？我以为你从不去逛书店。"

秦男耸了耸肩，不知道该说什么，就干脆什么也不说了。

"谢谢！"她淡淡地说着。眼睛仍是低垂着。

秦男看冰儿不理不睬的模样，心里堵得难受，呆呆站了一会儿，只好转身去书房。

"没用。"他听见冰儿说，"时候到了。"

他停了脚步，鼻子发酸。无话。

两天后，是周六。冰儿很早起来，忙乎了一上午，做了一桌丰盛的中饭，清蒸螃蟹，油焖芦笋，麻婆豆腐，咖喱羊排，都是秦男爱吃的菜。另有两盘冷肉拼盘和两种色拉，汤是法式洋葱汤。她甚至开了那瓶保存了多年的陈年茅台。桌上点了丁香味儿的蜡烛。漂漂亮亮的一桌摆好了，才叫秦男吃饭。

一大早秦男见冰儿热火朝天地在厨房做菜，心中暗喜，有那么一瞬间几乎以为是自己的鲜花和书发生了作用。可没过多久，那种激烈的恐慌感就铺天盖地地淹没了他。他披着睡袍躲进了书房，足不出户。厨房里传来锅碗瓢盆叮叮当当的碰撞声。他不知道是什么事情将要发生，但他肯定，什么事情一定会发生。他几乎无法控制自己浑身的颤抖，仿佛正置身于零下四十度的寒冷里。直到冰儿叫他吃饭，他才神色憔悴地走了出来，呆呆地坐到桌边。

"都是专门为你做的。你知道我不吃荤。以后，你再吃不到我烧的菜了。"

一阵眩晕闪电般击中了秦男，他眼前闪着金星。

"咱们干杯！"冰儿举着杯子说，"为咱们二十多年的婚姻和两个优秀的孩子干杯！"

秦男的手轻轻地抖着，他需要用顽强的毅力克制自己的颤抖。他发现自己连"干杯"两字也说不出来，嘴巴已经不是自己的，喉咙也不是自己的，酒的香醇灼热刺激着他的喉咙，他连续地咳嗽着，眼睛就模糊了，整个大脑在迷茫中一片空白。

"我要出家了，秦男。"冰儿的话像山谷里的鸣响，在高山四壁撞出一层层渐渐衰落下去的回声，"出家了，出家了，出家了……"

"我和这个世界的缘分尽了！尘缘已断。"

"尘缘已断，尘缘已断，尘缘已断……"山谷的回音此起彼伏。

"工作我已辞掉。下周我就在翡翠山虚云寺剃度出家，法弘上师主持剃度仪式。除了一部分书籍我会带走，一部分衣物和存款我会留给我父母亲，家里的一切都是你的了。我的私人物品该捐的该送的，我也都打发了。咱家存款和股票基金投资足够供两个儿子上完大学，也许还会有剩余张罗他们结婚成家，这些事就都劳驾你操心完成了。对不起，我不得不带些钱去虚云寺积功德，我知道你不会介意。我感激你给了我婚姻生活和两个儿子，我经历了一个女人应该经历的一切，我在世界上的生活是完整美好的。谢谢你！菩萨保佑。这一切，从现在开始，都变成了过去。"

"都变成了过去，变成了过去，变成了过去……"山谷继续残忍地一遍遍重复着回声。

"无法挽回，一切早已注定。"

"早已注定，早已注定，早已注定……"回声几乎把山岩震得山崩石裂。

那桌饭，几乎原封不动地摆在桌上。秦男喝醉了，他泪流满面，没完没了地说，"冰儿，别走，别走！你别走！！"

模糊的目光里，冰儿似乎在哭，又似乎在笑。就是前几天梦境中那付模样，素颜长发，淡淡的神情，不生气，也不欢笑，不再青春年少，但也不朱颜衰老，她的目光炯炯有神，有着明珠般的清澈和沉静。嘴巴空洞地不停开合，讲着话，他却听不见一点儿声音，他拼命想知道她嘴里流淌出来的语言是什么，却徒劳无用。那张嘴越变越深，千年溶洞一般，他无法拒绝那股巨大的力量，整个灵魂都被它吸了进去……

秦男伸出手去抓冰儿的手，抓到了就紧紧握着不放。可不知怎么的，那冰凉的纤手却泥鳅般一转眼就抽走不见了。

几天后，冰儿在虚云寺受戒出家为尼，法号莲觉。

二十三、

金齐欣的去世和冰儿的出家，把旭蓉蓉的情绪拉入低谷。她万分感慨生命无常，经常会莫名其妙地流泪。很长一段时间，她都无法从悲伤中解放出来。贾易生尽量多陪着她，一起散步，一起买菜，一起做饭，一起说话，旭蓉蓉的话里却除了冰儿就是金齐欣。

冰儿出家后，徐美美曾拉着旭蓉蓉去家里喝了一次酒，那顿酒与其说是为了探讨冰儿的超凡脱俗，不如说是为了炫耀她家酒窖里一千多瓶名贵好酒的收藏。"你看，我和肯特这么热爱高品位物质生活的人，怎么可能明白冰儿出家的行为？我和冰儿好了那么多年，我从来跟不上她的思维。她从我们认识时就多愁善感，想得太多，我觉得她活得太累了，这儿累！"徐美美说着，指了指自己的脑袋。"出家就是一种摆脱，你说是不是？这下好了，她可尽管在大山里使劲想吧，想多少也不会有人来干扰她。"徐美美说着又给旭蓉蓉的酒杯添了一些白兰地，"哎，我就纳闷儿，后来你把冰儿的友谊从我这里抢走了，是怎么做到的？你也是理工女，怎么会和冰儿谈得来？你能跟上她那个丰富的脑袋瓜吗？你用的什么招数？罚你多喝点儿，这可是两百块一瓶的好酒，来，快给我讲讲她出家前后的事情。这么大的事情，冰儿跟我连招呼都没打啊，我听到消息都震惊死了，可伤心呢。怪不得她那一阵把好多名牌衣服都送了我，撂下就走，也不管我穿合适不合适，搞得我莫名其妙的。"

"你别怪她！做人到了她那个境界，红尘看破，和咱们这些个俗人有什么话可说？她出家时也没跟我打招呼，倒是之前一年里多次暗示过这种意愿，我也没料到她竟然如此果断。割断尘缘多难啊，哎，真是个神仙人物！两年前我们开始一起去生命中心修行，她立刻就钻进佛教不想出来了，悟性高得很，后来一直做静坐修行的教员。美美，她原本不属于这个世界，咱们留她不住的。"

"那你知道她现在如何了？咱俩是不是应该结伴儿去翡翠山上看看她？"徐美美提议。

"晚了。她回大陆各大寺庙云游去了，走之前给我写过一封短信。对了，她还让我给你问好呢。"旭蓉蓉自作主张加了最后这句话，看到徐美美对失去冰儿的友谊耿耿于怀，于心不忍。

"真的吗？"徐美美一下变得开心起来，"她让你给我问好了？你怎么一直没告诉我？"

"哎，瞎忙就忘了呗，我检讨。"旭蓉蓉赶紧打马虎眼儿。

"好了，不必检讨了，我知道她一定记得我，即便当了尼姑，也还是有骨头有肉会哭会笑的人类吧？哪能把亲人朋友都从记忆里用橡皮擦掉？说不定她出家时怕你我阻止她实现理想，才不跟咱俩说这事儿的，你说我这样想有道理没？"徐美美说。

"一定会有这个因素。也可能怕咱们离别时伤感悲戚，对大家都不好。"旭蓉蓉这么说着，心头就紧紧抽搐了，眼前是冰儿平静的目光，额头上还感觉得到她的柔唇亲吻过的温度和潮湿。

"云游四海！哇，冰儿就是和常人不一样，连做尼姑都这样富有浪漫色彩啊！"徐美美双目放光，好像恨不得也跟了冰儿去云游一般。

旭蓉蓉笑了起来："哪有那样舒服，又不是度假旅行。我听说有些云游和尚一步一磕头地用身体铺路，苦极了，苦行僧这词儿，听说过吧？当僧侣都是很清苦的。不知道冰儿会不会也那样一步一爬。"这么说着，旭蓉蓉鼻子就酸胀起来，赶紧转了话题，"这几年，国内除了庙宇香火旺盛，俗世里也开着很多禅修中心、辟谷中心。真真假假的。听说有些庙宇还提供试做和尚姑子的服务呢，就是开放庙宇来让人们当半个月和尚，过一过真正的寺庙生活，收费十分昂贵，很多高级白领利用休假去参加，寻找心灵寄托。"

"是吗？花钱干这么邪门儿的事？我怎么没这种兴趣？你有吗？"

旭蓉蓉又笑，道："我挺喜欢打坐的，没有冰儿那个境界。我就是跟你跳舞一样，把这当作减压享受，锻炼平和心态，一周一次去生命中心静修，蛮好。我个人感觉咱们在国外的华人反倒对中国传统的东西更加有兴趣，朴实实在，国内的老同学听说我打坐，都惊奇得很。"

"我想吧，国内人心浮躁，去当半个月和尚尼姑的肯定是极少数，人们干啥都是为了赚钱，要不就是我这样热爱享受的。你说，高收费的庙宇，是庙还是商业公司？不伦不类！"徐美美道。

"谁知道。前一段那个大昭寺的丑闻不是闹得沸沸扬扬，寺庙主持不仅在社会上有实体公司，还有三妻六妾呢，有名有姓的。连佛法静地都讲经济效益，那佛法的真假也就难辨了。希望冰儿回去能明辨是非，别被假和尚骗了才好，阿弥陀佛！"

这声阿弥陀佛一出口，两人都噗哧一声，忍俊不禁了。

这时的徐美美和肯特的日子过得平静滋润，肯特坚持长跑，还参加成人冰球赛，徐美美民族舞跳腻了，又跳拉丁舞，夫妻俩都年轻人一样富有生命活力，周末两人开着敞篷车到处兜风游玩，还购置了一艘快艇，在卧春河上行驶游玩儿，一个夏天两人都晒成了古铜色，好像从非洲回来一样。那肯特的女儿伊莎贝尔进进出出已经长到十来岁了，打扮的精致高贵、与众不同，两条细腿长长地支着饱满丰腴的小圆屁股，走路左右摇摆，出落得模特一般醒目。徐美美早就断了生孩子的念头，收养孩子的念头起起落落，也被时间磨损得自然消亡了。及时行乐，好好活现在不是很好吗？徐美美的哲学一贯简单实用。只看见她成天花枝招展，风流的模样没有丝毫走下坡路的趋势，张扬着里里外外的快乐。

那日，旭蓉蓉回到家中，翻出冰儿写来的长信重读。为了安慰徐美美，她把长信说成了短信。这信她一直当作心肝宝贝一样压在枕头下面。信是这样的：

亲爱的蓉蓉：

不想与你告别，别离的痛苦即便在此刻的纸面上，也如冷风刮进肌肉一样刺骨难耐。我知道你会拉着我的手让我改变主意，我会望着你温柔的目光流下眼泪，在你面前，我的抵抗力随时处在崩溃的边缘，我不想给自己这样的机会。

出家这种深刻的问题，我们已经探讨过多次，有一点我想补充，就是不要以为我对人间失去了热爱，相反，我的爱更大更多，才会走上这条不归路。

　　人们得知我出家后，会有很多猜测，比如说我因为家庭矛盾而出家，这不客观，我和丈夫虽然共同语言不多，但相安无事很多年，不存在不能解决的问题，我出家跟这个没关系。还有人会猜，冰儿在人世间成不了什么气候，失望无助了而选择出家，这点你清楚，咱们这些半拉年纪出国来的人大多过着平凡的百姓生活，没有大富大贵，但小康而知足，平凡人说平凡话，成不成气候跟我无关，我不会为这种不靠谱的所谓失败而出家。还有人会猜测我是为了逃避生活中的不幸和困苦，这种说法就更离谱了，我的生活已经度过了艰苦的雪山与草地，进入了无忧无虑的平川大道，工作稳定、经济收入稳定、孩子称心如意、家庭和睦平安，离不幸和困苦的距离比悟空的一个跟头还要遥远。还有更古怪的猜测，冰儿是躲到庙里白吃白住享清闲去了，这些荒唐的断言自然更不必去理会它。

　　出家，是我在向追求真理的道路上迈出的重要一步，是我经过深思熟虑选择的道路，不是一时兴起、冲动行事。我们生活的这个世界上，有很多种不同工作，拿职业运动员来打个比方，他们通过运动挑战人类体质和体能的极限，来探索发掘体能的最大可能性。我选择受戒出家，与此相仿，是通过心灵的修炼来挑战心灵的极限，在心灵世界里追求更高远的境界，挖掘生命的最大可能性，我所选择的职业是心灵运动员。这个职业和一个好木匠、好铁匠、好作家、好程序员、好经理以及种种为社会带来利益的职业一样，都具有存在的价值和意义。而心灵运动员会对社会产生的影响更为深远，更有意思，是为了获得更大的喜悦和快乐，不仅仅为自己，也为更多人寻找一条通往无忧无虑极乐世界的通道。

　　这条路途的辛苦是我已经预备好去迎接的，清规戒律繁冗复杂，远离喧哗和富贵，回归简朴单纯，甚至充满劳作，都是为了学习和探索出一条超脱生死的道路，得到真正的心灵和肉体解放。千百年来，一代代佛祖高僧已经印证了这条道路的美好和通达，我愿意付出代价追随着祖师的足迹，走上这条极具魅力的道路，我知道一路之上我会看到很多常人无法看到的令人扼腕叹息的风景，为此我时常感觉心潮澎湃。

　　你知道，我是个凡事喜欢寻找究竟的，不喜欢胡涂地活着，尽管以前的生活一直都是胡涂地活着的。我要通过修行获得答案和解脱。对快乐人生我有自己的理解，快乐是来自内心的，不仅仅依赖物质的快乐。物质的快乐总是那么靠不住，不究竟。今天有了，明天必定厌倦或失去。我不是否定物质的重要性，而是人在追求物质快乐丢弃心灵快乐的时候，往往连物质也不能给人带来快乐了。一个拥有心灵快乐的人，物质快乐自然就不在话下，目标降低，轻易的满足就会使人快乐，这个经验是我最后这几年深切感受到的。

你总说我才华横溢，不留在世界上，是世界的损失。我感激蓉蓉你一如既往对我的慷慨肯定，但世界不会因为缺少任何一人而缺憾，你要相信这点。而且，人类的生活本身就是一种缺憾的生活，生活就是让我们面对各种不足、不满和不幸，在这些困苦之中成长壮大、寻找真谛。所以，缺憾的生活无处不在，而且还将世世代代地延续下去。

我这些年陆续写了很多诗歌、散文甚至小说，都在我的中英文两个博客里，密码我已经告诉过你，如果你有兴趣和时间，烦请帮我归类整理，算我留给咱俩友谊的纪念。然后请从博客中删除它们并关闭博客。如果你忙碌没空，就忘了这些文字吧，任它们自生自灭。无所谓。这些文字的存在，在我写完的片刻已经完成了它们的意义：心灵的抒发和释放。所以，当下已经过去，有没有它们，都不再重要。

我在寺院里做着各种各样的功课，读经、诵经、早课、晚课等等。每次拜佛时，我并不祈求一切顺利圆满，而是祈求我们都能够拥有克服困难的心灵力量，能有有勇气和能力去面对不圆满的生活。祈求忏除过往所做的错事，痛改前非，净除罪障。

也许有人会说，出家人对社会有什么贡献？光在寺院里念经拜佛坐禅劳动，与世隔绝。其实，人们忘记了我们东方的佛法里所包含的热情、爱和博大的包容性，虽然关在寺院里，这种精神也随时为人间散发着看不见的光芒，为众生所带来的是一种终极平和的力量，让一切不慈不悲的心灵，变得慈悲善良，难道世界上还有比这项事业更崇高的事业吗？

当然，即便修行，也有很多不同方式，四处讲道传法、在深山里寂静修学、在家修行等等。只要实践和体验解脱之路，就都有价值，不能说此高彼低。佛法的终极目的，是探寻生死和宇宙人生真相。会有人质疑，在家学佛和出家学佛不是一样吗？冰儿你为什么一定要出家？这个问题我也思考过，我尊重那些在家修行的居士行者，但这几年的实践告诉我，我更适合做个专业的僧侣，更专心、更心无旁骛地去探索和寻求生命的真理，这是我的归属。静修时我经常听到佛法的召唤，那声音洪亮清脆，让我浑身充满光明，我愿意在这条路上以自己的肉身增加一个虔诚的实践者。我虽然笨拙，但希望通过努力，在实践上、文化上甚至在成熟的阶段用口舌接起这样的佛法传承。

我也明白追寻佛法的道路，与任何其他道路同样，许多默默无闻的人层层选垒，才能堆出一个巅峰。我很可能就是那默默无闻的一员，做这样一个人，是很美的，只要走着，我就是一位幸运儿。埋头走，不去想成就不成就的未来。生活里我认准的事情，一贯会立刻就干起来，埋头用功。这个习惯会在我出家之后继续陪伴我前行。干好当下的每一件事情，不去管别的，就足够了。我一直在试着学会关照当下，而不是期待未来，做好当下的每一件事情，炫美如画。比如当下我在给你写信，这样说着知心话，我心中就充满温暖、幸福和快乐。而你，读着这封信，或躺、或坐、或在床上，或在桌前，一定也是快乐的，这快乐的当下，在你我之间架起一座看不见的桥梁，我们的思想和心灵就在这座桥上轻松地漫步，这难道不是最美好的时刻吗？

未来的某个当下，我在诵读某部经论，你在实验室调试程序；或者我在洒扫庭院，你在和贾易生卿卿我我；或者我在云游四海，你和丫丫共享母女天伦之乐。只要做好当下的事，我们就都是幸福快乐的，未来就没有什么值得忧虑的。忧虑未来是因为没有把握当下。切记，亲爱的蓉蓉。任何的当下，都是我们的，我们都要为它感觉喜乐。

出家讲"辞亲割爱"，我现在对这个词有了新的理解和认识，亲是要辞的，爱是割不断的。只是爱的性质变了，变的越来越大，不再是世俗之爱，是努力去除对自我的执着，杀掉自私，培植智慧，出小家，进大家。这是爱的升华。

蓉蓉，当你收到这封信的时候，我已经回到祖国的怀抱，走访名山大川各大寺庙，求学修道。我的足迹会从五台山一直延续到布达拉宫，当你对着天空遥望之时，会收到我永远不变的祝福，就和此时此刻一样。这是海洋一样取之不尽用之不绝的祝福，它会如同空气一样环绕着你，让我最亲密的朋友内心永远充满力量，感受温暖，从而拥有克服困难的勇气和能力，获得人生真正的乐趣和自由。

祝美丽的你永远美丽！善良的你永远善良！聪慧的你永远聪慧！正直的你永远正直！幸福的你永远幸福！

紧紧拥抱你！

爱你的冰儿

旭蓉蓉看罢，又发了一阵呆。自从收到冰儿这封手写信，她动不动就拿出来看看。动不动还跟贾易生唠叨几句，翻来覆去那几句："老了，才领悟到人和人的差别有多么巨大。一个人内心世界的广阔真的比天空还要宽阔！咱们每天为柴米油盐奔波劳碌的时候，冰儿这类人早已从肉体的躯壳里脱离出来，到达了一个追求纯粹精神的境界。和她比起来，咱们可真渺小。"

"话也不能这样说，哪个人高大、哪个人渺小，是谁来定义的？这个世界如果只剩下追求精神的冰儿，或者只充满了热爱物质的徐美美，都会缺少趣味。你想想是不是？人们总是用自己有限的标尺来衡量别人，社会则用一种公共的标尺衡量善恶美丑。但谁能说你的标尺和我的标尺哪个更正确？社会的标尺也在不断变化，历史上同性恋者会被判刑当疯子来关进医院，现在的社会却在认可同性婚姻，我们只能遵循当下社会的统一规范罢了，但历史很可能会颠覆曾经的真理，重写现在的真理。归根结底，冰儿的确不是大众人类。难为她那么在乎你俩的友谊，单从这点上，她还是蛮有人情味儿的。我同意你对她的评价，她的确是个令人仰视的与众不同的女人！"贾易生赞叹道。

自从丫丫去上了大学，空巢的家如同一种纪律，把旭蓉蓉和贾易生困在彼此依赖的爱笼里，两人无话不说，出入成双。晚饭后总会看到两人手把手散步的身影。旭蓉蓉明显感觉自己在衰老，一天工作完毕，回家就想躺到沙发上小睡，贾易生做好了饭，她也懒得吃。

"精力不比从前了。"散步时她对丈夫说，"你有没有老了的感觉？咱俩空巢了，丫丫一离开，我就发觉心里空了一块，现在冰儿也走了，这空洞似乎很不容易填平。我只剩下你了，咱俩这后半辈子干啥呢？"

"我当然也有老了的感觉，吃的少了，睡的轻了，想得开了，呵呵，这都是衰老的症状吧？"贾易生笑嘻嘻地说，"不过，我们做男人的有一个好处，没有更年期，你的疲劳和空洞情绪恐怕跟更年期有关。没事儿，迄今为止，我还没有发现你喜怒无常，到时候你乱发脾气，我保证不吭不响地受着，如果打我骂我能帮你解恨，帮你找到平衡，你就打我骂我吧。要不，咱们先试验一下，做个准备，防患于未然？"贾易生说着就抓起旭蓉蓉的手拍了自己的脸一下。旭蓉蓉急忙抽出手来，咯咯笑道，"没见过你这样越老越不正经的！"说着，心里喜欢，头就靠在贾易生肩膀上，说，"我不会得更年期综合症的，乱发脾气我根本就没学过，也不会现学这个技能。现在都有点儿心如止水的境界了，看着徐美美那么有朝气，就好像和下一代在一起，觉得自己七老八十了一样。其实心里也挺羡慕她那种活法儿的，就活现在，就活自己，就为了及时行乐。我这一辈子，总是很重的责任感，放不开。"

"你如果想要过那种生活，现在就可以有啊！我现在这个生意养活咱俩富富有余，你把工作辞了，每天轻松自在地逛逛街，健健身，美美容，多好？我出去开交易会，你就跟着我去，你还能帮帮我，咱俩都不寂寞，以后每年多安排几次度假，咱老了就周游世界，你觉得怎么样？"

"好是好，可是细想想，我这辈子，工作是支撑生命的核心，还没老到不能工作，怎么可能自己主动放弃工作？丫丫小时候那么辛苦，我还不是一边工作一边陀螺一样把丫丫健健康康地带大？现在轻松了，如果不工作，我会闷死的。不是钱的问题，是精神上舍不掉工作的快感，肉体上无法接受无工作的状态。"

"哎，我的好老婆，你天生就是劳碌命。也好，只要你想清楚这个道理，怎么觉得高兴就怎么来吧。我对你没有任何要求，只要每天看着你在身边转来转去，我就高兴。"贾易生这样说完，竟害羞似的低了头，直接表达爱情，显然不是他常做的事儿。

旭蓉蓉心头流过一股温暖，"只要每天看着你在身边转来转去，我就高兴"，把"爱"用简单的语言说出来，好似一滴清露滴入干渴的嘴唇，立刻就有一种滋润的清爽瞬间传遍全身。她说，"周游不周游世界，对我都不重要，只要这样平平静静地在一起，就在咱家后院儿度假，也一点儿都不比周游世界差呢！"

两人一路说着话，从树林里走出来，晚霞在天边画着水彩画，风儿在树梢上跳着轻曼的舞蹈，门前屋后的草坪碧绿欲滴，零星的蒲公英花朵星星一般闪烁着艳黄的热情，撩动着路人的情绪，"记得吗？刚来时看到草地上开着小黄花，觉得好漂亮。渐渐地才知道这些蒲公英是害群之马，不，是害草之花，被广大人民群众深恶痛绝，现在见到它们就想伸手拔掉，你说人的思想变化多大啊！"旭蓉蓉感慨地说。

"可不，什么都在变。人，事，情感，经历，我很高兴，咱家的一切，都在越变越好。"

"也越变越老！"旭蓉蓉笑说。

"老，本身就是一种好，对不对？老是时间的证明，证明咱们活过了很多生活，十分富有，富有就是一种谁也否认不了的好。"贾易生抒发着感慨。夫妻俩手把手，家已经到了。

贾易生看妻子苦叹人生的情绪起起落落，特意安排了一次巴西度假村旅行，渴望松弛的度假能让妻子换个心情。

"别想了，往前看！"站在巴西海边沙滩上，他搂着妻子的肩膀温柔地说。

沙滩上摆着成排的沙滩椅，阳伞下三三两两的人们四肢伸展着晒太阳，目光所及之处，红墙绿草，黄沙碧海，人们放肆地裸露出很多皮肤，大人小孩愉快地在浅海处追逐着浪花欢笑着。远处是透明的云层，一缕阳光从云里放肆地射出，映得人只能眯缝着眼睛。俩人赤脚沿着沙滩散步，贾易生道："你看这蓝天碧海，都是让我们来尽情享受的，咱们够幸运吧？当年咱俩恋爱时生活多不容易，每个月的伙食费只有三十元人民币，衣服都是端到公用洗手间的水龙头下面，在刺骨的冷水里用手洗，你还帮我纳被子，记得吗？针脚这么长。"他说着，用手比了一下。"那时怎能想到现在的生活？想度假就飞到巴西来了。蓉蓉，好老婆，生活一直在日新月异，想开些，面前的美景在召唤你。好好过好咱俩的日子，比什么都重要！"他凝视着红色的云彩在天边棉絮般层层迭迭，捏了捏妻子的肩头。旭蓉蓉把头靠在丈夫肩膀上，把目光拉近，几只海鸥正在海面低飞盘旋。

"道理我都明白，就是常常无法高兴起来。人生多么莫测，多么无常！"旭蓉蓉呆呆地呢喃。两人肩并肩，感觉着沙地的温热，海风的清凉似乎扩大了肺细胞，每吸一口气都贯穿全身，从头到脚的清爽。

两人走累了，找了个干燥的沙地席地而坐，静静地任海风吹乱头发和思绪。

"咱们都老了。"旭蓉蓉又旧话重提。

"是，自然规律。不怕，我陪你一起老。"贾易生搂着旭蓉蓉，听海浪有节奏地拍打着沙滩。

"你说人的一生像不像这一粒粒的沙子？此沙粒还是彼沙粒，无论是被人踩踏还是漫游过天涯海角，最终都会不分彼此地沉落海底，无影无踪，被大海的浩瀚淹没。一粒沙，算个什么呢？"

"看你，多诗意！痛苦创造诗人，果真不假。"

旭蓉蓉轻轻撞了丈夫一下，笑了笑，说："我算看清了，人和人都差不多，有才的，无才的，勤劳的，懒惰的，短命的，长寿的，在历史长河里，都不过是这一粒沙罢了……，命运轮到你去面对它的残酷时，你只能面对。大海把你卷到哪里，你根本没有选择。所以，人活着，是什么就是什么。"

"你这是宿命论，忽视了个人的力量。不过，要说宿命，我只相信一件事。"

"哪件？"

"旭蓉蓉是我太太，贾易生是你丈夫，这个就是咱俩的宿命。最真实，是什么，就是什么。"贾易生嘿嘿笑了起来。

旭蓉蓉又撞了一下丈夫，也抿嘴笑着，不再说话。是的，别的都是假的，身边这个人将陪着我走完今生，一粒沙的渺小也是要一生来完成的。时间，只有时间能够像烙铁一样让生活的皱纹平复。金齐欣，冰儿，就都让他们去吧，他们的那粒沙，已经被生活的海洋卷到他们该去的地方去了。

直到半年以后，旭蓉蓉才逐渐摆脱了低沉失落，恢复了平静快乐的心态。一日三餐，柴米油盐，早九晚五，工作休息，微信脸书，琐碎的一切终于压倒了精神中的迷茫和空虚。旭蓉蓉在时间的帮助下恢复了精神和活力，她把注意力转移到健康饮食和保健上来，两口子的日子被科学地安排规划着，和所有到了这个年纪的人们一样，安居乐业之后就是努力使安居乐业变得绵长久远下去，健康长寿已经不是口号，而是实实在在的生活目标了。

贾易生有的时候还会想起和秋苇的那段经历，特别是跟周锡银一起打高尔夫球的时候，总会不经意地听到点儿秋苇的消息。秋苇这时已经通过周锡银的支持成功移民，落地在另一个城市，来了不久，就嫁了一个开连锁饮品店的白人老头，据说比她大二十几岁。一天，周锡银感叹说，"聪明女人就应该是秋苇这样的人，靠着自己是女人就可以一步步过上自己想要的幸福生活。"

贾易生嘿嘿笑道，"依你的逻辑，你老婆和我老婆都是笨女人了？她们都不靠男人。"

"你装什么傻？咱们的笨女人都只适合做老婆，做不得情人。而秋苇这样的女人是只做得情人，做不了老婆。你信我的话，她那白人老头不被她踢了才怪呢！走着瞧吧，这种女人太精明，她不会吃亏的，永远不会！"周锡银试着挥了几下球杆，才一杆挥在球上，两人看着小球在天空画着弧线，落在远处的池塘一侧。这才一路聊着天，向下一杆走去。

贾易生试图想起秋苇的模样，发现已经想不清楚，好像看着水里的影子，晃着晃着，水面恢复平静，影子就不见了。时间真是一只橡皮擦，可以把生命里很重要的一块记忆就这样轻轻擦去。想起来那时候也曾和秋苇神魂颠倒地爱过，似乎已经是别人的事儿了。

这时的周锡银已经改头换面，只要在卧春城，打球谈生意之外，就认认真真讨好太太玛格丽塔，夫妻俩常常形影不离。俩人经过了心理医师婚姻顾问课程的帮助和痛定思痛的反思，渐渐把受伤的婚姻修补完善，看起来已经找回了恩爱夫妻的相处佳境。至于每年回国工作期间的事儿，天知地知周锡银知，他每次回去之前都会有一套仪式，又宣誓、又写书面保证书，豪言壮语、温言软语都用上，保证"性瘾"已经治好，再也不会乱搞女人。到了国内，早汇报，晚请示，天天和玛格丽塔视频聊天。玛格丽塔经历了那次情感纠葛，也明白了自己离开这个男人几乎是不可能的事儿，也就顺水推舟地选择了信任丈夫，看到他在国内早晚都在家里，不再出入那些声色场所，便宁愿相信人是可以改变的，浪子回头并非神话。日子，于是河流一样平稳地流淌。

喝多酒的时候，两个男人会扯点儿女人的事儿。"你老兄，真的后来再没那事儿？"周锡银问。

"真没有。我发现自己本质纯洁，真不是个好色之徒，老实讲，也闲麻烦。"贾易生实话实说。

"不明白。男人哪有不爱美色的？这口儿，是基因里带着的，哪里能改掉？"周锡银说。

贾易生嘿嘿笑着，冲着哥们儿摇头道，"欣赏美色和享用美色是两回事儿，前者不需要代价，后者则要天时地利人和都合适才能成就，不是吗？你具备那些附加条件和不怕麻烦的心思，我甘拜下风。"贾易生咕咚一口下肚，暗自感叹，精明的玛格丽塔啊，你是真的不明白，还是将错就错呢？做人啊，真他妈的不容易。他眼前晃着玛格丽塔哭肿的眼睛，心头一阵戚戚然。

这时的玛格丽塔，生意不但没有扩大，反倒卖掉了一家店，说是想开了，不再为钱奔命。做了医生的儿子在远方创建自己的事业，周锡银每年有半年在国内，半年在卧春城。生活基本上无忧无虑。丈夫不在身边时，她积极参与小区活动，那张和年龄不相符的漂亮面孔渐渐变成了卧春名脸，大小报刊、华人团体集会时常会有她的中文大名朱悦黎出现，五花八门的赞助也少不了她三百五百的贡献。丈夫回来，她总会尽量安排夫妻俩都喜欢参与的活动，看看国内歌舞团的访问演出，去喜欢的西餐厅吃吃饭，甚至去卧春城屈指可数的一两家卡拉 ok 歌厅唱唱歌。她甚至请了个私人教练开始学打高尔夫球，生意空闲就陪丈夫打球。

这时，她才发现，行走在碧绿无暇的草地上，有种走进童话的感觉，草坪、坡道、池塘的完美塑造，使生活转换到了一个虽然虚假却完美的画面里，清风徐徐，碧草幽幽，小球横空飞舞，体面的球鞋球帽，奢侈的球杆球袋，从身边从容驶过的白色双座车，球友友善含蓄的笑容……城市的喧嚣远离了，心头的烦恼驱散了，锈滞的腿脚疏通了，软弱的臂膀硬朗了。这贵族的运动轻易就给人带来了贵族的满足。她暗骂自己自虐式的生活，出国几十年玩儿命打拼赚钱，钻在生意经里，竟然不知道世界上有这样自在的生活可以享用，就生出对周锡银怨爱交织的情感，一边嫉妒他的潇洒自在，一边决心迎头赶上，不再只在繁忙中劳作，决心学会在闲暇时享乐。这决心果然奏效，不到一年，她的球技就可以和老手交战了。稳、准、狠的击球手法很快就被她掌握，就有了一些白人老外约她打球，打着打着，难免制造友谊，球场俱乐部的餐厅里常常看到她和一个白人房地产商对饮就餐的场面，两人谈笑风生，彼此眼神流盼，相当默契，熟识了一千年一般。贾易生看到几次，犹豫着该不该给正在国内的周锡银通风报信，想起周锡银的酒后真言，倒觉得朱悦黎有点儿婚姻之外的友谊，才顺应平衡定律，于是打消了念头，装得没事儿一样，走过去和玛格丽塔微笑点头打招呼，和房地产商闲聊几句。周锡银回来，他守口如瓶，友谊平稳坚固，生活顺利安康。

二十四、

又是一年春草绿，卧春城的春天和夏天肩并肩结伴而来。昨天的雪还没化净，今天就突然有了二十度的高温。上午还穿着棉衣，下午就要换上短裤短袖了。街边的草地还没绿，大街上的青年人已经裸露出很多皮肤。姑娘们露出长长的大腿和圆润的肩膀，傲人的胸脯向所有人的目光发出挑战。车辆脱去了身上的盐渍，眼前的一切被阳光照得鲜亮迷人。天是蓝的，云是白的，干巴巴的树枝忽然之间就爬满了翠绿的嫩叶，风左摇右摆地吹来，走在街上，你会感觉自己就是路边一棵小树，或者花坛里一株待放的郁金香。街上的人突然多了起来，好像憋了一冬天的闸门打开，人们流水一样哗啦涌出了房门。遛狗的、跑步的、骑车的、散步的，擦身而过，都会露出笑容，礼貌地问好。静湖，波光荡漾，婴儿一般躺在苍莽林海的彩色秋韵的环抱之中，好奇地注视着行人或匆匆或悠闲的脚步。静湖区的很多同龄人家也进入了如此平稳安详的空巢时光，为学习工作拼搏奋斗的青春期远远逝去，疲劳奔波养儿育女的繁忙期也已结束，剩下的日子是如何把中年过得有滋有味儿，再设计准备一个健康喜乐的老年。

移民们经过多年的奋斗与积累，一旦落地生根进入稳定小康阶级的生存状态，就开始体验人类共同热爱的享乐。旅游、健身和娱乐变成了饮食男女们除了吃饱喝足以外最为热衷的事业。大小华人开办的旅行社生意兴隆，代购机票曾经是最热门生意，如今变成了业务中的次要部分，安排定制家庭旅行计划成了重头生意。驾车自助游的，乘加勒比游轮的，飞往世界各地再跟团旅行的，探亲访友式出游的，只有想不到的，没有做不到的。每年一两次度假，在卧春城的华裔移民中已经非常普遍，人们见面聊天，交流旅行经验、研究旅行攻略几乎是绕不开的话题。当游山玩水变成了生活里的必要组成部分，不游山玩水的，就多少有些在人前矮了一截的自卑感。行万里路的理想不再遥远，人群里似乎随便就可以拉出一个在网上写游记或旅行经验的写手。微信朋友圈里也三天两头有人展示出游靓照，人们拿来参照取经，你家今年去了墨西哥，我家明年去阿拉斯加，你家去了加勒比海游轮，我家就去地中海游轮。更有爱热闹的，朋友几家结伴出行，小孩儿有玩儿伴，大人有聊伴儿。旅行社抓住商机，立刻设计出适合团购的旅行计划，人越多折扣也越多，跟风的人们热闹起来，一下子就成就了上百人的游轮旅行团。游轮上黑头发黄皮肤的男女老少成群结伙穿梭往来，构成了一道令金发碧眼的游客吃惊的新风景。有出门旅行不在乎观风赏景的，干脆围坐在阳伞下扎堆儿打扑克，在一轮又一轮输赢中得到休闲的快乐。

钱多的出远门，钱少的就在附近游玩也自得其乐，卧春城周围丰富的自然风光足够人们消受玩赏。森林公园里的野营住地都需要提前几个月预定。营地种类五花八门，有接近城市的，有深入森林的，有沿河靠水的，有背靠深山的，有有电有水有烧烤炉有洗澡设施有人维护的，有没电没服务没洗澡设施的原始营地，人们根据自己的习惯和需求或接近纯自然、或接近半自然，远离城市的喧嚣是共同目标，享受的是同样来自天空的风和日丽、雨露风霜。到了晚间，野营地一堆堆熊熊篝火燃起，隐约的人影在篝火边谈笑晃动。黑夜的天空宽阔无边，城市的天空难得看到这样又多又密又亮的星星，城市的夜晚也没有这么大、这么黑、这么静、这么空。没有计算机电视，没有灯红酒绿，没有喧嚣嘈杂，没有项目计划、没有升级考试、没有同事间的勾心斗角、亲属间的责任，人们回到了不必面对屏幕的天然时光，你可以什么都不想、什么都不做地和同伴面对面看着篝火、感受彼此，你可以抱着你的孩子哼着你妈妈曾给你唱过的催眠曲。当你躺在贴着地面的空气床垫上，隔着单薄的帐篷听一切人类活动之外的生物发出的各种各样古怪的声响，鸟叫蛙鸣、风声、雨声，听着听着你便仿佛也变成了它们中的一员，一粒尘土，一捧野花，一只跑动的松鼠，不知不觉中你被大地紧密环绕着进入了梦乡。这样的一次假期，心灵得到了自然的滋养，紧张的神经也被清风朗月洗涤洁净，松弛美妙的感觉在分分秒秒里滴答流过。

回到日常生活中来，工作之外，健身，成了新老移民最热衷的活动。十几年前的静湖区几乎见不到健身房，如今却今非昔比，几乎每隔几个路口就能碰到一个健身房，更大更奢华的健身房还在不停地修建。每周家门口的广告里总能看到新建健身房会员卡促销广告，买了会员卡定期锻炼的人比比皆是。有的下了班直奔健身房锻炼，有的回家吃了饭，整晚泡在健身房。就连小区游泳池里也拥挤着越来越多的华人。会游泳的一圈接一圈增加着游泳强度，不会游泳的找了老师专门学游泳。也有在泳池里搞社交的，游几圈就钻进桑拿房调侃闲聊建立群众关系，蒸出一身大汗的同时，排了毒、减了肥、建立了友谊，神清气爽，一举多得。各种排球队、篮球队、足球队、龙舟队也都雨后春笋般蓬勃壮大，微信群里有了健身群、滑雪群、高尔夫群各种体育运动群，智力运动群也你刚唱罢我登场，桥牌群、围棋群、读书群等等，今天这个比赛，明天那个活动，只要你想参与，有无数的选择摆在你面前。

男人们健身找组织，女人们就更热闹了，文艺和体育几乎齐头并进，各种舞蹈瑜伽团体遍布城市各个角落，从来没有接触过音乐舞蹈的人也都伸胳膊伸腿跳起舞来，这一跳才发现原来跳舞并不艰难，随着音乐荡漾四肢，女人的身体自然成就舞蹈，笨点儿僵点儿混在一群舞动着的腰肢中间，一点儿显不出尴尬来。女人们挖掘了自己的潜力，也尝到了跳完舞一身大汗的甜头，一发不可收拾，有些人干脆参加三个不同舞蹈团，天天都有舞跳，臃肿的身材竟出现了久违的凹凸有致，眉眼间也顾盼出健康的风情来。热心人开始组织年度舞蹈表演赛，随便就是三十几个舞蹈队参赛，家属捧场，舞蹈大厅场面热闹非常，比赛之后就是红红绿绿舞蹈团的表演照片，无缘亲临现场的还有视频可以观看。女人们在跳舞排练前后自然是东家长西家短地大聊特聊，一个温暖的社会圈就形成了，见面称姐道妹，问候语是"跳好了？"卧春城的华人女性里，"跳舞"一词，一时间时髦得变成了生活里和吃饭睡觉一样平常和领导新潮流的普及概念了。

　　卧春城天高地大，即便城市一直在以迅捷的速度向周边开拓，仍有一张宽大的天空和广阔的森林草坪在四周环绕。通往市中心的高速公路上流淌的车流，只在上下班时间拥挤堵塞。过了高峰时间，行驶在高速公路上放眼望去，一马平川的旷野似乎驶不到尽头，一座座房屋水平铺开，越往郊区行驶，越看不到高楼大厦和灯红酒绿，世界像一张大纸平展地摊开着。静湖区就这样平静安详地坐落在这张大纸的一边，目光所及之处，远山迭嶂，碧草摇曳，一片宁静祥和。散散步，伫立在小路边上，你会觉得时间停止了，眼前这种空旷安宁的气氛似乎可以延续到永久的未来。繁忙的人类却在这平静的表面下，一刻不停地制造着故事，故事的喧闹只有故事的参与者深知。正如这些扎根卧春城的华裔移民们，没有一刻不在为卧春城的繁荣增添着勃勃生机。

　　当年金齐欣所在的篮球队逐渐吸收新生力量，已经成为卧春城赫赫有名的球队，除了赵区哲、周凌云等三五个老队员，主力都被三四十岁的青壮年替代，经常到周边城市参加比赛。赵区哲和周凌云几个老队员还会在练球之后经常到赵区哲家聚会，酒至半酣时，赵区哲泪流满面，说，"当年球队发起人邱段守死在球场上时，我才加入球队，这些年过去，跟大家处成亲兄弟一般。没想到老金五十出头也离世而去，有时候真想他啊！竞选时，老金玩儿了命，家都不顾，人一辈子能碰上几个这样的哥们儿？"

　　周凌云拍着赵区哲的肩膀安慰说，"咱们都好好活，事实证明人生难以预料，健康不等于长寿。老邱和老金都是健康的人，可都短命。咱们现在喝酒说话，明天也不知道会怎么样呢！我看啊，咱们只有尽量把握当下，才对得起黄泉之下的好哥儿们！哭吧，哭痛快了！"周凌云又干了一杯，说，"你呢，也别遮遮掩掩的了，和比尔公开了算了。"

　　赵区哲点了点头，比尔也过来碰杯。比尔是球队屈指可数的西人队员，和赵区哲要好，几个老朋友都明白赵区哲多年单身的真正原因。

"时代不同了，同性婚姻已经合法化了，再别为了你老爸老妈的面子虚假地生活了。"周凌云仗着酒劲儿把话说得清楚明白。

这时的周凌云也不管自己是不是基督徒，也不管基督教是不是反对同性婚姻，能把心里话吐出来就觉得清爽。"这些话我当然不能在教会说，也不能对小唐说，她怎么能懂？女人，一根筋，哎！基督徒也是人，得过人的生活。区哲，我懂你！咱们哥们儿要活出真实！"他突然想到了猫猫，哎！猫猫要强要面子要成了厌食症，用力过猛的生活只会事倍功半。顺应真实、顺其自然才是顺遂人生的唯一出路。

猫猫是第二年考上麦迪大学英语文学专业的，她的病基本得到控制，体重虽然偏瘦，但已经不再自虐式禁食，大学生活管理得不错，自小要强的个性使她的学业始终名列前茅。小唐两口子每周和女儿通一次电话，微信群里设立了一个家庭群，和猫猫狗狗时不时交换些照片，视频聊聊天儿，各自汇报生活学习状况。小唐和周凌云看猫猫瘦得不太厉害，言语平静安详，才彻底放下心来，开始自由地享受空巢时光，过去围着孩子转的时间都可以用来做自己喜欢的事儿了。小唐越来越多地参与教会事工，周凌云则花更多时间运动健身，除了打篮球，也和赵区哲等人一起去健身房练肌肉。

中年人安居乐业，老年移民也在卧春城的四季更迭中平静地生活着。碧蓝的天空下，幽静的树林里，整齐的房子中间，干净的街道上，常常可以看到老年华裔悠闲自在的身影。

尤曼殊和魏声走在静湖街上，本来早已入乡随俗，两张笑脸，见人总是主动打招呼，一对老人健康和谐的身影春光一样，令人耳目一新。可自从儿子病逝，尤曼殊的脸上就难得一展笑颜了，走路时低着头，生怕碰见人们的目光。一开口，就想掉泪，不如干脆就不开口了。她是被魏声连拉带拽强迫着才勉强愁眉苦脸每天散步一小时的，金齐欣病逝这记闷棍，把她打懵了。

丧事办完之后，梁星才陆续把实情告诉了她和魏声。梁星发现魏声这位老人，明理大度，态度宽和谦逊，特别有男子汉的担当。能把尤曼殊这样一位高傲怪癖的铁女人在短短几年里塑造得温和可爱，绝非易事儿。只要魏声坐在面前，就有一种圆润柔和的气场压阵，使局面稳定舒服。梁星从心底尊敬魏声，有他作陪，她说话从容多了，万一尤曼殊有什么异常反应，魏声三言两语就能令尤曼殊变得心平气和起来。

尤曼殊一想到儿子在接自己移民之前，就已经得了癌症，这么多年来，自己一直蒙在鼓里，好像做梦一般，可见孩子的良苦用心。思前想后，儿子从小就不用操心，上了大学后更是样样出类拔萃，把自己接出国以后一切为自己着想，实实在在是个大孝子。想到儿子的好，却已经人去楼空，再无机会表达，揪心裂肺的伤心就铺天盖地地袭来，难免时不时泡在泪水里。合唱团的活动她拒绝参加，儿子没了，这张嘴怎么能张开歌唱？唱歌不是对儿子逝世的不尊重和藐视吗？即便自己张得开嘴，旁人还不说闲话？魏声见她坚决，也不催促，知道只有让时间来慢慢安抚她受伤的心灵。

她深深懊悔自己这个当妈的如此疏忽大意，出国后专注在如何建设自己的新生活，对儿子几乎不管不问。看着他们日子过得很好，儿子常年打球锻炼，哪里想到儿子身上会藏着致命的疾病？联想到金齐欣的父亲金革就是四十几岁癌症去了的，又忍不住感慨基因的强大，儿子的命竟被这该死的基因夺了去了，深恨命运不公，把一生的痛苦遭遇都牵牵绊绊地想了起来，眼泪就水库开了闸门一般止不住。

一次，魏声举着个空杯子凑过来递到尤曼殊眼前说，"来，老伴儿，让我接点儿断线的珍珠，这可是千金难买的宝贝啊，然后用来沏茶喝，肯定别有滋味！"尤曼殊忍不住噗哧笑了起来，一把推开面前的杯子，怨道，"没见过你这样哄人的，拿别人的痛苦当笑料！"嘴上埋怨，心里高兴，赞叹魏声对自己好，想尽一切办法让自己高兴，还懂得使用技巧转移她的注意力。

魏声的爱就这样，熨斗一般把悲伤在她心头堆砌的皱褶一根根熨烫安抚着。那是早开导晚抚慰的耐心、轻言细语的温柔、不怨不怒的包容、洗碗烧菜的勤快，联合起来施加给她的体贴爱护，渴望换取的就是她的快乐。尤曼殊看在眼里，感动在心里，渐渐地觉得自己整天以泪洗面对不起魏声的心意，这才开始配合魏声，学习从丧子的痛苦中跳出来。

心思一变，看问题的角度就开始发生变化，人的心情也随之更替。她想到梁星竟然和自己一样不到五十岁就守了寡，就有了同病相怜的亲近感。如今孙子在远方上大学，身边除了梁星没有亲人，看到媳妇这般努力孝顺，更加心软，把过去那婆媳间的不顺眼都转换成了顺眼顺心顺意，即便没有魏声整天夸梁星懂事儿，她也决定把儿媳当女儿看待了。这一生，还有谁算得上亲人？儿子走了，勇子、梁星和魏声不就是亲人吗？她突然间感觉自己还是很富有的，不该就此消沉。她是大风大浪里扑打过来的，一生面对了各种各样的死亡，从父母、丈夫、儿子这些亲人，到多年行医面对的疾病患者。她近距离目睹着生命无常，无论政治风暴里怎样受气挨整缺乏精神自由，也无论遭遇怎样的经济拮据和物质匮乏，艰难的日子都变成了她磨练意志的战场，她才不倒翁一样坚强地走到了今天。现在，在这块天高地远平安富裕的土地上，有魏声的爱相依相伴，有媳妇真心孝顺，她有理由消沉低落、自怜自哀吗？魏声说的对，不要看咱没有的，咱得学会看咱拥有的！人各有命，儿子早逝是儿子的命运已经完成，上天注定的，上天并不是藉此来毁灭她的生命。她一直是个自强自立的人，在学习"不去悲伤"和"看到拥有"这门功课时，她明白只要她愿意，她一定能够做个好学生。活到老，学到老，已经成为她生命的惯性。

自此，魏声帮她转移注意力时，她就会努力配合。她回到了合唱团，强迫自己开口，一旦开口，那扇封死的心门就彻底敞开了，歌声中她亦时常流泪，但那是被歌词和音符唤醒的知觉，除了悲伤也有喜乐和对生活的感激，歌词和音符的修补作用如此迅捷，令她开心喜悦，每次排练之后，她的心情都会好起来，而且可以持续好几天。周日她也不再拒绝去教会和会众相见，人们友善的笑脸令她感觉安慰，牧师的布道令她思考自己的不足和改进方法，众人的祷告似乎具有一种强大的力量，令她的悲伤和幽怨在祷告中释放减轻。她仍然不承认自己是上帝的信徒，但她明显感觉自己喜欢教会的气氛，也享受去教会崇拜的周日早晨。

魏声安排了不少额外活动来填补闲来无事的空虚，不让尤曼殊有时间悲伤。他们在两人的院子里都开辟了菜地，都生长于城市，对种菜没有经验，但周围的老人很多都是种菜高手，他们虚心取经，选了容易栽培的豆角黄瓜西红柿来种，菜园竟也像模象样地青翠茂盛果实累累。再有空就琢磨做吃的，腌泡菜、包肉馅汤圆、做生煎小笼包、糯米烧卖、蛋黄肉粽等等。忙碌是治疗哀伤的良药，时间在锅碗瓢盆叮叮当当的敲打声中流淌过去，尤曼殊还没来得及静下来去伤感，一天已经到了夜晚。那心头的创伤不去频繁触摸搔痒，平静而迅速地愈合着。

做了好吃的，两个老人一定不会忘了梁星，打电话让她过去吃，吃了还要让她带走。来来去去，梁星竟跟尤曼殊比金齐欣在世时还亲近。吃着喝着有了交流，说话也随便了很多。

"你别顾虑，有合适的就找，我举双手赞成，你放心！我也帮你看着，碰上好的，不妨见见面。"尤曼殊甚至这样劝说梁星。

"我婆婆真好！现在好通情达理，变得温柔和善多了，原来的傲慢一点不见了，人啊，真是此一时彼一时。我觉得改变她的一是魏声带给她的夕阳情，二是他们去教会崇拜，受了神的恩惠洗涤，渐渐学会了用另一种目光看待世界。你看，她受了那么多年苦，老了移民之后遇见魏声，又接触信仰，重新学习做人，似乎把一生的不幸都补了回来。上帝真是公平。"梁星对陆西安说。

　　"嗯，你婆婆的一生可以写本书了。苦是真苦，童年丧父，中年丧夫，老年丧子，都让她碰上了。还不说多少年生活在成分不好的阴影下，一生无法抬头做人。如果上帝不把魏声带进她的生命，就太没天理了。感谢上帝，她可以在魏声的关怀呵护中慢慢修补儿子去世在心上划出的伤口。神会给她力量的。"说着，陆西安伸手揽着梁星，亲了亲她额头，笑着说，"她还有另一个福气，就是你啊！我的宝贝。你的善良、宽和，比她儿子更加细致周到。我看着都被你感动了。你看，你每周都去看望他们，买这买那，为了让你婆婆散心，还经常领他们出去游玩。这种用心用力，不嫌老人麻烦的劲头，难道不比亲女儿还亲吗？金齐欣在世时都没有这么殷勤过，是不是？这不都是你婆婆的福气吗？"

　　"情人眼里出西施，你总是夸奖我。不过，说老实话，老人老了，语言不好，生活在异国他乡，如果没有年轻一代打点照顾，的确很难生存。碰到报税啊，打电话啊，填表登记，去银行办事儿，哪样都不能自立。我是真的把她当亲妈看待了，才对她这样好。不过我知道我没有你说的那么好，我只是心中有着对金齐欣的歉疚，希望能在他母亲这里得到一些弥补。我对她好，是为我自己内心的平安，归根到底，我还是自私地从个人利益出发的，难道不是吗？"

　　"为什么要把自己说得这样不堪？"陆西安摇了摇头，"我了解你，你即便没有咱俩这个事儿，也会同样对你婆婆好。你根本就不是撒手不管的儿媳，你凡事追求完美，这点装不出来。你想想是不是？本性良善的人，即便混合了个人私欲，仍是做着一件非常美好的事情。事实胜于雄辩，很多时候，良好的结果可以推出美好的原因。"

　　可梁星的心还是被那个阴影紧紧地纠缠着，她彷徨，模糊，怀疑上帝，怀疑自己，怀疑陆西安，她感觉一切都不可能回到从前了，包括和陆西安的爱情。

　　她和陆西安的关系是最近刚刚公开的，这事儿还得感谢小唐。

自从金齐欣去世，两个人都变成了单身，陆西安和梁星约会起来就方便简洁多了。梁星家前后左右华人较多，陆西安住在老区，华人稀少，为避免节外生枝，仍是梁星去陆西安家的时候更多些。金齐欣离世的头半年，一家人都没有缓过劲儿来，沉浸在悲伤之中，别人也不好意思提亲。过了不多久，给梁星介绍对象的事儿就多了起来。梁星知道自己条件好，有公务员的铁饭碗，住大房子开好车，比同龄人长得年轻端秀，儿子上大学了，没有经济负担。同事里、邮件里和微信上就总有男人主动套近乎，有金发碧眼的，也有亚裔。梁星一概拒绝，谁能想到，她早已心有所属了呢？

可心中的疙瘩始终解不开，很长一段时间，她总感觉金齐欣幽灵般跟随着自己，她不由自主地回避做爱，陆西安只能耐心迁就。童小琦不知下落，这种情况该如何应对，两人也都心里没数儿。陆西安有时叹气说，"咱俩这样不知要熬到什么时候，童小琦一天没有踪影，我就一天无法解脱，我也就无法给你名分。"

"要名分做什么？咱们周围见得还少吗？我同事鲍勃同居几十年都没有结婚，孩子都三个了，还整天把孩子妈妈称作'我女朋友'呢。你知道我根本不在乎什么名分。这个年代，这个也不算什么。"梁星叹着气说，"不过，我不想再这样偷偷摸摸的了，太累了，我想公开和你好，省得那些人再来烦我。"

陆西安独身多年，早些年也曾经有很多人给他介绍对象，后来发现他不感兴趣，才罢了休，不知情的暗自猜测他生理有问题。金齐欣去世后，小唐怕梁星苦闷伤心，三天两头给她打电话，暗地里琢磨应该帮梁星找个伴儿。她第一个想到的就是教会长老陆西安，越想越觉得合适，从此就多了个心眼儿观察两人的状态，这一观察，才发现陆西安和梁星在教会事奉时说话做事非常熟络，配合相当默契，更加觉得这一对儿是佳配，就瞅准机会对梁星说，"我看啊，他是最佳人选，只有最好，没有更好了！你想想？我看你俩太熟了，反倒都不好意思往这事儿上扯，需要个中介，我来牵这个红绳儿。"小唐热情洋溢，对自己的发现大有不达目的誓不甘休的尽头。

梁星克制住窃喜，心中暗自祷告感谢神选派了小唐来做那红线人，便说，"陆长老独身多年，肯定有苦衷，也许根本就不想结婚，他条件那么好，要想结婚，早结了十次八次了吧？哪能轮到我？"梁星胡乱说着打着掩护，心中暗笑，呵呵，陆长老早就是我的人了。

"你放心，这事儿就交给我吧！"小唐一看梁星不但不反对，言语里还有不少羡慕之意，立刻高兴起来，果断行动，这个月老非做成不可。

陆西安就这样和梁星开始了公开约会，小唐在圣经小组学习时没忍住，显摆了一下自己的英明果断，要求大家一同为二人的幸福祷告。消息走四方，教会人众很快就都知道了，看见两人在一起，就"你们""你们"地称呼，都赞扬小唐做了件好事儿。有人曾经觉得陆长老神秘兮兮的，跟谁也不交流家事，不像把教会大家庭当自己人，还曾心有疑虑，如今看他做出正常人的正常事儿来，反倒松了口气一般，认为他生理有缺陷的也断了念头。反倒是梁星对金齐欣的愧疚感始终挥之不去，这感觉一天停留在她身体里，她和陆西安就无法彻底和谐。至于童小琦，两人选择听天由命。即便童小琦突然出现，她和陆西安的婚姻也早就名存实亡不能算数了。

梁星不必再偷偷摸摸做人，心情似乎好一些，陆西安可以公开自己对梁星的关爱，也感觉舒服很多，两人都有了卸下一副重轭的感觉，在人前进入了松弛的、光明正大的恋爱状态。"做个没有秘密的人，太幸福了。"梁星对陆西安感叹道。心情放松了，和谐的恩爱情绪便在关上门的时候显示出惯性的力量。陆西安拉着梁星的手跪在床头一起祷告，"感谢神的看顾，感谢神怜恤我们的爱，给我们机会享受爱情的滋养。"这样祷告之后，亲热的时候，梁星就似乎被恩典大大充满，罪恶心理有效地被压扁压薄压小，金齐欣的面孔也暂时模糊远去了。两人却莫名其妙地感觉到热情如同有了一个漏洞，一天天地泄漏而去，日子在没有冲突和偷情的状况下被平淡和习惯填满，激情已如风浪在晴朗的天空下销声匿迹。

更严重的是私下里梁星和陆西安都对信仰产生了怀疑。梁星想，上帝竟然允许我和陆西安这样的苟且之事变成了合情合理的恋爱关系，反倒把金齐欣这个受害者至于死地，这就是上帝的公平吗？这个念头每次出现在脑海，她对信仰的渴求之心就减弱一分，有时连教会周日崇拜也不想去了。她难免对陆西安唠叨，陆西安掩盖着自己同样的疑惑，他无力找出解释梁星这种逻辑的经文，只能一遍一遍地强调"一信到底"有多么重要，"信是一种不能够放弃的东西，只要信着，就必得救！"他反复说："神的旨意长阔高深，很多时候，我们的渺小使我们看不到神的心意。"他明知他没有说服梁星，他根本连自己也没有说服。有一次梁星竟然冷笑着回嘴："哎，你呀，你只是在哄骗自己罢了。"他愣了半天，无言以对。他回忆自己的生命历史，竟然发现自己最快乐的时候就是冲破束缚和梁星如胶似漆的那段时光，那是一种抛弃重轭解脱束缚的快感，是人性的最大解放。信了二十几年主，主对他的疼爱似乎只有那几天是在最大地彰显，让他从无尽的孤独和压抑中解脱出来。而现在，两人又因为金齐欣的死陷入一种新的充满负罪感的深渊，这深渊又黑又冷，何时能走得出去？如果，如果没有这个信仰，两人是否都会减少心灵的重压，是否可以甩掉这个重负？假设自己没有这"信"，和许多没有信仰的人一样信自己、信人性、信顺其自然，灵魂的争斗是不是就会减少减弱甚至消失？人为什么要拥有信仰？二十多年来，他的信仰最终使他拥有了梁星的爱情和尊重，信仰不过为他提供了一个平台，可他难道不是最丑陋的伪君子吗？他干的事情比任何一个没有信仰的人干净一分一毫吗？他为什么要做这样的伪君子？如果没有信仰这层"伪"的外衣，他是不是就是个敢做敢当的真君子了？至少他的真实会是一种没有欺骗着自己的单纯！这些复杂的念头，在他内心里激烈争战，残酷持久地掠夺着他的安宁。不知从什么时候开始，梁星不想去教会崇拜的时候，他也跟着不去了，长老的职责也在逐渐卸除，他跟教会领袖们说："老了，身体不如从前，该让年轻会众多多享受一下服侍神的喜乐啊！"

二十五、

当又一年的秋风把山川树木吹成彩色的时候，西部的阿省突然燃起了史上最严重的森林火灾，更叫人难以置信的是森林靠近城镇，火势蔓延，整座麦城的居民都需要搬离躲避灾难。近十万人在高速公路上疏散逃离的新闻铺天盖地，惊动了世界各个角落，网络上恐怖的火灾画面和浩浩荡荡的逃离场面被人们几万次转载。一时间，这个国家除了因新任国家首脑的年轻英俊有为令世界刮目相看，又因这场森林大火毁灭了一座城市而吸引了世人眼球，逃离中人们井然有序的沉着风范被传扬，百姓万众一心捐衣捐物捐钱支持灾民的动人事迹被歌颂。

微信圈里铺天盖地的捐款连结、捐款号召此起彼伏，个人向红十字的踊跃捐款刚刚结束，更大的行动就来临了。一直站在华人小区前沿的文化中心首当其冲开始了募捐义演的号召。这时，卧春城的大小华人文艺、体育团体少说也有三五十个，舞蹈团、合唱团、民乐团、朗诵团等等，从儿童、青年、中年到老年，只要你愿意，就一定找得到你喜欢的团体和活动去参与。义演号召一发出，风吹树动，各个团体纷纷响应。很多团体常年活动，平时经常排练的节目现成就可以派上用场，短短两周，一台集歌舞朗诵为一体的大型文艺演出就准备就绪了。连心网和微信群纷纷代售义演票，票款将全部捐献给灾区用来重建家园，以表达华人入乡随俗、积极参与国家危难、想天下之忧而忧的责任心和关爱情怀。

演员们紧锣密鼓地排练，台前幕后的工作人员放弃了休息日无偿贡献着时间和精力。中英文双语节目单很快出炉，男女声独唱、古筝合奏、器乐小合奏、现代舞、诗歌短剧等节目编排有序、精彩丰富，静湖区也有团体会在义演中一展风姿。人们踊跃购票，转眼就到了义演的日子。

义演定在周六下午，旭蓉蓉和贾易生穿戴整齐就开车往城里文化中心赶去，票是从徐美美手里买的。徐美美虽然也参加西人的舞蹈团体，但仍是黎群群舞蹈学校的主力队员，学校一直是卧春城华人活动的积极分子，徐美美爱热闹擅交际的性格也就使她当仁不让地成了学校的主力宣传员。自从做了邻居，旭蓉蓉就会经常在徐美美的宣传鼓动下去看看文艺表演，有华人的，也有西人的。丫丫离家去上学后，空闲时间增多，只要徐美美推荐的演出，旭蓉蓉就几乎每场不落了。

这时的文化中心已经成为卧春城华人名副其实的"中心"。当年集资购买的教堂几经修整，面貌一新。里面除了漂亮的大礼堂，还有两个大厅可供人租用举办讲座等活动。平时大厅里支起几张乒乓球桌，向群众开放，渐渐就有了几个像模象样的乒乓球俱乐部，请了早年出国的乒乓球世界冠军做指导教练，定期训练比赛，几个球队逐渐有了名气。静湖区的孩子们虽然住的远，也争先恐后送去中心学球。中文报纸上小区消息一栏少不了文化中心的消息，今天理财讲座，明天健康咨询，后天文艺汇演，夏天老人春游，秋天青年排球大赛，冬季室内庙会等等，各种活动四季更迭，忙不停歇。

中心的工作人员多是类似赵平安这样的义务劳动者，有着一颗热情勤恳之心，长年累月把时间、热情、经验甚至金钱无私奉献给华人小区。每逢组织类似的大型表演，就有更多人加入义工大军，负责编写串场台词的，控制灯光的，设计舞台大屏幕布景的，准备舞台道具服装的等等。一进入中心，那些微笑的面孔、繁忙的身影就把热烈的气氛传染给你，让人兴奋激动，让人忘却异国他乡的甘苦寂寞，暂停唉声叹气抱怨指责，让人充满关怀社会时所获得的满足和快乐。

旭蓉蓉贾易生两口子排队进门时看到了很多熟面孔，小唐、梁星都在其中。大家远远地打着招呼，各自入场。旭蓉蓉看时间还不到，就起身跑到梁星身边去，"好久不见，你好吗？瘦了，更好看了！"她满面笑容打量着梁星，这才看见陆西安就坐在梁星身旁，心里忽然念头一闪，赶紧笑着点了点头，而小唐也坐在同一排，就笑说，"哎呦，你们教会包场吗？"

梁星赶紧起身站到过道上和旭蓉蓉说话。"可不，的确是教会集体买的票。振兴家园，匹夫有责吗。让我看看你，啧啧，怎么总不见你老？还是这么好看！丫丫上学走了，你们的二人世界好滋润吧？"这么一问，想到金齐欣已经不在了，和陆西安又有些心理障碍，突然就悲伤起来，眼眶不由自主地红了。近来她情绪忽上忽下，说来就来，控制不住，大概进入更年期了。

旭蓉蓉看见梁星神色不对，赶紧转移话题说，"听徐美美说你也参加跳舞班了，今天不跳？"

"我们跳舞团小，教会一个姐妹组织的，健身为主，太业余。今天都是象样儿的表演团体，轮不着我们。"

"你们教会真挺好，啥活动都有。哎？我看你们教会也有现成的候选人呢，"她冲着陆西安努了努嘴儿，认真地说"你有什么打算？别再耗着了！"旭蓉蓉捏了捏梁星的手，两人心照不宣。

梁星摇头笑说，"有时想，算了，就这样混吧。一人吃饱，全家不饿，也挺好！"

灯光暗了下来，快要开演了，两人匆匆拥抱了一下，就回到各自的座位上去了。

梁星回到座位上，节目已经开始，报幕的六位是两位青年、两位中年、两位老年，认得的只有鹤立鸡群的黎群群。一段动人的中英文双语开场朗诵，立刻调动了观众的情绪，台下掌声热烈。紧接着出场的是一个儿童舞蹈团的燕子舞表演。孩子们一身传统大襟红色袄裤，蹦蹦跳跳格外欢快。

梁星看得三心二意，心思还停留在旭蓉蓉和自己的对话上，老同学看出自己和陆西安好了，心里说不出是高兴还是忧虑，只觉得一种松弛的坦白。哎！她默默叹气，金齐欣的面孔又在眼前晃了又晃。梁星收回心思的时候，演出已经进行到一半，黎群群舞蹈学校、爱华合唱团、中文学校和舒畅朗诵剧团联合制作的音乐歌舞剧开始登场。

义演开始前，就有小道消息说这个音乐歌舞剧精彩非凡，舞蹈部分由黎群群编导，音乐是卧春城最大的爱华合唱团总指挥何灵教授编制，台词是中文学校的校长韩墨强亲自书写，总导演则由中戏演员出身的朗诵团团长翟师通担任。这是本场义演唯一的原创特制节目。

音乐剧一开场，一片通红的巨大投影屏幕就抓住了观众的心，舞蹈演员身穿黑色束身体操服，影子一般被红色背景衬托着，夸张地舞动四肢，低沉厚重的音乐声和演员舒展的舞姿，把观众带入了惊心动魄的火灾现场，深沉的朗诵声在背景中响起：

"这红，灼伤的是你们的家园，灼伤的更是我们的心……"紧接着，逃离场面出现，大人孩子密集登场，有的推着童车，有的牵着狗，道具汽车首尾相连，舞者在其中往来穿梭，民众相互激励、彼此问候的场面栩栩如生。"大火啊，烧毁的是房屋，点燃的是关爱之情……"，演员用肢体语言表达着井然有序的逃离情景，偶尔一两声火焰的爆裂声传来，观众好似身临其境。

"邻家的狗挤在后座的孩子们中间，嬉闹声中，去一个前所未有的旅行……"

"车没油了？来，上我们的车吧！"

"妈妈，为什么这次度假，您要捧着像册？"

"手握手的陌生人，用眼睛说着话，言语，不够！泪水，太轻……"

"十万人的队列，长龙蜿蜒……我们不怕等候，因为我们等候的是希望！"

这时舞台顶部的灯光照亮了一排朗诵者激动的脸庞，很多观众的眼中闪烁着晶莹的泪光，鼻腔低低的抽泣声也时起时落……

进入重建家园的场景时，背景屏幕一边是脚手架与人们建造毛坯房的大幅图案，一边是森林边美丽的房舍和田地，在闪烁着嫩黄翠绿的舞台灯光下，演员们搭建新屋，摆放家具，相互鼓励赞美、搂抱亲吻，音乐悠扬柔和，诗句激扬动情：

"这是你的家，我的乡；这是你的梦，我的想……"

"协力，同心，承担、共建……你可听到了团结的号角？"贝多芬的命运交响乐在背景中回响着。

"力量，来自四面八方，力量，来自千万颗心房！"

"新的城市如植物在废墟上滋长，泪水已化作汗水和甘露
倾洒浇灌，一座美丽的花园挺立在废墟之上……"
这时，背景换成了小区公园和林荫小道，演员里有荡着秋千的孩童
们，笑容满面的老者，一只小狗欢快地从舞台横穿跑过……
"枫林又萧萧，绿叶又葱葱……
争艳的百花、齐鸣的百鸟同我们一起欢唱……"
演员们聚拢了，悠扬的音乐声放大了，观众们纷纷起立，掌声震耳
欲聋，久久不息。
梁星不由自主站起身来，浑身荡漾着难以平伏的激动，伸手擦去眼
角的泪水。她转身看了一眼陆西安，他的眼里也泪光点点，两个人的手
拉着，紧紧地握……
散场时，旭蓉蓉挽着贾易生的胳膊步出剧场，很多人难得碰到，打
个招呼显然不够，就一群一伙的站在大厅里聊天。
"不错不错！咱们卧春城现在文化生活如此丰富，今非昔比了！节
目可以做成这样，真了不起啊！"
"可不，这些年咱卧春城聚集了很多国内的专业人士啊！你看各个
文艺团体的领队，都是可圈可点的。"
"咱们当年出来，那样艰难，都好象是上个世纪的事儿了。现在移
民生活已经丰衣足食，在尽情享受生活了。"
"精神享受是建立在物质基础之上，咱们是从经济基础一步步上升
到上层建筑上来了！哈哈！"
"看到没？前排坐的都是大使馆的官员，还有联邦议员，后来不都
上台与演员们合影了吗？"
"当然！这么大的活动，自然会请大使馆官员参加。咱这场赈灾义
演显然是中加文化的催化剂，最后不是宣布已经超过了预期目标一万块
吗，除了公司捐款，个人捐款在百元以上的也不少呢！华人的参与意识
已经不逊色于本地人了，从这场演出就看得到这个成就！"
"可不是，新移民地位提高，咱们大家都扬眉吐气。在异国他乡当
家作主，很有成就感！"
"对对对，你看现在华人移民渗透在各行各业，小小的卧春城低头
抬头想躲都躲不开华裔面孔了。如果到了你们西面那个中国湖，更是好
像回国了似的，而且都是头光脸净的中产阶级。今非昔比，今非昔
比！"

徐美美还没卸装，花枝招展的从后台跑出来找到旭蓉蓉，说，"国家广播电台国语节目正在里面做采访，需要几个观众说说感想，你们两口子过来捧个场吧？"

推辞不过，两口子只好跟着进去。只见记者正在采访中文学校的校长韩墨强，"听说您是为义演赶写的台词，台词非常感人，这出音乐剧显然是义演的亮点，可以谈谈创作体会吗？"

"这是大家齐心协力的结果，我可不敢居功！写台词一开始就遇到了困难，怎么把握这个角度？我们移民应不应该把这个陌生的灾区城市称作'家乡'？我们的定位在哪里？我们深爱着我们自己的祖国，可落地生根之后，我们拥有了双重身份，这个国家给了我们新的生命和定义，我们是不是也应该把它看作家乡？这样表达，是不是会损伤作为华裔移民的民族自尊心？"韩墨强说着，环视周围，立刻得到围观群众的赞同，很多人点着头。"后来我想，我们在这块土地上享受着平等的权利，拥有国家给予的一切福利，当然也就拥有同样的责任、义务和权力，我们已经是这块土地的一部分，它从我们登陆那天就在滋养我们抚育我们，向我们开放着各种机会，说它是家乡是当之无愧的，它是我们的第二故乡。"围观群众掌声一片。"家乡遭遇天灾，我们没有理由坐视、没有理由犹豫，义演的目的就是唤醒咱们华裔的参与意识，摈弃'各扫门前雪'的狭隘意识，献出我们微薄的力量来加入重建的工程。所以，这个立意一旦确定，情感就自然涌现出来了，全诗几乎是一夜之间一气呵成。感谢我们强大的团队力量，围绕诗歌'火灾、撤离、捐助、重建'四个主题，舞蹈的编排、整个音乐和演员的出场都是几位资深老师亲自参与计划的。他们都太棒了，学养深厚，勤劳热诚。很高兴我是他们中的一员，演出成功就是对我们最大的奖励！对了，我还得在这里向所有参与的演员致谢，这两周，所有演员加班加点，牺牲业余时间，废寝忘食，个个都是好样的！没有他们的无私奉献就没有这场演出！感人至深！"韩墨强这样说着，周围群众已经一片掌声，采访记者的眼圈也红了。

记者向旭蓉蓉两口子询问感想时，旭蓉蓉把丈夫推到前面，自己红着脸躲在丈夫身后。贾易生大大方方地说，"演出非常感人！这样的演出给人的不仅仅是艺术享受，还给我们注入了一种凝聚力，让我们感觉自己不孤单，我们在异国他乡拥有一种集体的力量。这力量在音乐和艺术表演中释放出无法形容的魅力和感染力。用我们具有民族特点的表演来参与社会，也正好吻合了多元文化齐头并进的特点，看这样的演出，参与捐款，我感到很自豪！连我这种平时木纳无聊的人都要掉泪了！这场演出挑战了我的泪点，呵呵……"

采访完毕，旭蓉蓉才抽出机会跟黎群群打了个招呼，这时的黎群群在后台忙碌的像一只蜜蜂。浓妆下的她相当妩媚动人，几乎看不出一丁点儿曾经是男性的痕迹，身材轻盈矫健，一双清澈娇媚的眼睛闪烁着干练温柔的光芒。"丫丫好吗？告诉她我想她了，放假回来，一定让她来我舞蹈学校看看啊，她可是我最得意的学生呢！"黎群群咯咯笑着，已经被人呼唤，演出之后还有很多事都需要她张罗收尾呢。

开车回家的路上，旭蓉蓉笑说，"你说，人是不是需要这样的气场来鼓舞士气？"

"当然了。特别是咱们居住在静湖区那样安静宽阔的居民区，乡村气息浓厚，面对的是宁静的湖泊，高大的森林，一座座房子孤孤单单，人们出门钻进车子，如果不故意去找人说话，平时连和人打个照面儿都困难。虽然是'中国湖'，也是一个波澜不惊的平静之湖，看不见什么'中国特色'。咱们很需要这样时不时的民族热闹氛围来调剂生活和参与社会，这样才符合社会动物的普遍规则，也才吻合了咱华人喜欢扎堆儿的特点，是不是？所以，我要感谢老婆经常带领我看演出，谢谢老婆！"贾易生答道。

旭蓉蓉咯咯笑了起来，说，"呦，还跟我整这种礼貌！哎？你以公司名义捐了好几百，赞助商的名字就在台上那么集体念一下就完了？还会有赞助商的更多消息吧？可以借此提升公司信誉度呢。"

"那肯定。很快就有报纸和网络报导会注销来，一定会把公司赞助名单列出来的。不过，你知道咱们捐款不是为了公司知名度，我和西人做生意，在华人圈打知名度没什么大用。咱们支持灾区，这个才是捐款目的。"贾易生微笑着说。

"我看记者采访你时，你一套套的，过去当领导真没白当。问我，我都吓傻了，根本说不出话来。"旭蓉蓉乐滋滋地夸道。

贾易生也呵呵笑了起来，道，"我是谁？能配得上我优秀老婆的老公，当然也是最优秀的人了。物以类聚！"

旭蓉蓉被老公一语双关的夸奖夸得高兴，心里美滋滋的。忽然想起梁星，说，"你看见梁星和陆西安了吗？是谈上恋爱了，我看他俩倒真挺般配的。"

贾易生若有所思地点了点头，说，"这个男人也挺不容易的，老婆就那么失踪了。卧春城里恐怕只有我知道童小琦的事儿。微信同学群里都忌讳提她，哎， 那样一个人物！真不知到底是王还是寇！人这一辈子！"他叹了口气，"上次回去听同学们说她就那样人间蒸发了，活不见人，死不见鬼的，估计是外逃了，要不就是被关进了监狱。哎，国内的事儿，哪里说得清？我看陆西安这丈夫做的从头到尾都莫名其妙的，早该开始新生活了。那梁星也不容易，年纪轻轻就守了寡。梁星和陆西安如果能成，真不错，两个不幸的人去创造一个共同的幸福吧。"

旭蓉蓉想起金齐欣的葬礼上，梁星哭得稀里哗啦的，自己陪着没少流眼泪，酸楚就又涌上了心头。简直不敢想象这种事如果发生在自己身上会怎样。还有冰儿！哎！生命无常，世事无常！她不要做冰儿，也不要做梁星。此刻，她看着身边丈夫的眼神就发出了前所未有的深情，她爱这个人，她将和他白头偕老，老到九十岁、一百岁，不离不弃。

"你一定不要先走，我会受不了。你一定要等我先走，你再走。"她忽然说。

贾易生吃了一惊，偏头看了妻子一眼，两人目光相对，都温柔地微笑起来。他伸出手轻轻拍了拍妻子的臂膀，什么都不用说，不用说。

旭蓉蓉把头转向窗外，大片的田野正倏忽而过，远处的群山在傍晚的霞光中山水画似的模糊而失真，田野边的枫林，已经姹紫嫣红了。卧春城最美的季节来到了。

（全文完）

杜杜部份著作书影：

杜杜已經出版的部分書籍

杜杜作品進入的部分作家文集

杜杜著作名录：

散文小说集《青草地》
诗集《玻璃墙里的四季歌》
随笔散文集《杜杜在天涯》 淘宝、当当等中国网站均有销售
中长篇小说集《不吃土豆的日子》　　　Amazon 国际网有售
短篇小说集《玫红色的埃玛》　　　　　Amazon 国际网有售
新诗集《上帝之棋》　　　　　　　　　Amazon 国际网有售
散文集《大路朝天》　　　　　　　　　Amazon 国际网有售
英文诗集《When a poem speaks》　　　Amazon 国际网有售
新诗集《一叶书签》　　　　　　　　　Amazon 国际网有售
长篇小说《中国湖》上　　　　　　　　Amazon 国际网有售
长篇小说《中国湖》下　　　　　　　　Amazon 国际网有售
古体诗词集《草色入帘青》　　　　　　Amazon 国际网有售

Amazon 购书英文搜索词："Dudu Anthology" "Dudu's
fiction" "Zhanqing Du" "Days without Potato" "Emma in
Rose" "Chess of God" "A Road heading to Sky" "China
lake" "When a poem speaks" "Grass shows green" 等均可。

杜杜个人微信号：　　　　　butterflydudu
杜杜微信公众号：　　　　　杜杜天下
杜杜邮箱：　　　　　　　　zhanqingdu@yahoo.com
杜杜 twitter:　　　　　　　zhanqingdu
杜杜 facebook:　　　　　　 Du Zhanqing

www.ingramcontent.com/pod-product-compliance
Lightning Source LLC
Chambersburg PA
CBHW020428030726
47495CB00006B/1714